Río de pasiones

Kathleen Woodiwiss

Río de pasiones

Traducción de
Ana Mazía

CÍRCULO de LECTORES

A mi nieto Seth Alexander Woodiwiss, que ha inspirado al niño de este libro. Es tan grato y delicioso tener cerca a Seth que no pude evitar dotar a Andrew de esas mismas características. Espero haberlo logrado.

1

Newportes Newes, Virginia
25 de abril de 1747

El *London Pride* rozó contra el muelle cuando las ráfagas del viento del nordeste, cada vez más intensas, mecieron lentamente el barco amarrado. Cerca de los topes de los mástiles pasaban las nubes, como oscuros presagios de la tormenta que se avecinaba. Las gaviotas se zambullían desde el cordaje del barco, acompañando con sus roncos graznidos el ruido de las cadenas que cargaba una doble fila de convictos flacos y harapientos, que salían por la escotilla arrastrando los pies todos a una sobre las gastadas tablas de la cubierta. Los hombres, sujetos con grilletes en los tobillos y unidos entre sí por menos de un metro de cadena, recibieron la orden de alinearse para ser inspeccionados por el contramaestre. Las mujeres, en cambio, estaban encadenadas por separado y podían moverse a su ritmo hacia proa, donde se les había ordenado aguardar.

Más lejos, a popa, un marinero que pasaba el lampazo interrumpió su tarea para observar a este último grupo. Tras una cauta mirada al puente de mando, la persistente ausencia del capitán Fitch y de su bovina esposa lo animaron y, tras guardar deprisa su cubo y su lampazo, se acercó con paso confiado por la cubierta. Contoneándose como un gallo alrededor de las zaparrastrosas mujeres, con su sonrisa salaz y sus rudos modales, provocó un muro casi sólido de defensa, constituido por torvas miradas. Hubo sólo una excepción: una ramera de ojos oscuros y cabello renegrido, que había sido condenada por robar dinero a los hombres con quienes se acostaba y de causar heridas graves a un buen número de ellos. Ella fue la única que dedicó una sonrisa prometedora al marinero.

–Señor Potts, hace casi una semana que no veo a la pequeña irlandesa –comentó con aspereza la ramera, dirigiendo una mueca triunfal a sus furiosas compañeras–. No creerá que la pequeña mendiga ha encontrado la muerte en el pañol de los cables, ¿no? Se lo tendría bien merecido por golpearme la nariz.

Una chiquilla menuda de lisa cabellera castaña se abrió paso entre el racimo de mujeres y replicó con vivacidad a la prostituta:

–Puedes mover esa lengua mentirosa todo lo que quieras, Morrisa Hatcher, pero aquí todas sabemos que milady te dio tu merecido, ni más ni menos. ¡Por el modo en que le golpeaste las costillas cuando ella no estaba mirando, tendrían que haberte encerrado a ti en el pañol de los cables! Si no fuera por tu pequeño perro faldero –dijo, indicando a Potts con desprecio–, que va con sus cuentos a la señora Fitch, milady podría haber dicho lo que pensaba sin consecuencias.

Poniendo en jarras sus carnosos brazos, Potts se enfrentó a la menuda mujercilla.

–Y tú, Annie Carver, podrías habernos hecho un gran bien si llenaras las velas con el viento que produce tu lengua al moverse. No me cabe duda de que con ese ventarrón habríamos llegado mucho más rápido.

El ruido de cadenas que llegaba desde la bodega atrajo la atención del marinero. Sus pequeños ojos adquirieron un brillo sádico.

–¡Bueno! Creo que oigo venir a milady –riendo para sí, se acercó a la escotilla y se inclinó para escudriñar las sombras de abajo–. ¿Eh, irlandesa? ¿Eres tú la que sube desde las alcobas inferiores?

Shemaine O'Hearn alzó la mirada de sus llameantes ojos verdes hacia la gruesa silueta que asomaba en la abertura. Por el atrevimiento de defenderse de la querida de ese palurdo había pasado los cuatro últimos días aislada en un húmedo calabozo, en las profundidades del barco. Ahí se vio obligada a disputar a ratas y cucarachas cada trozo de pan que le arrojaban. Si no fuese porque sus fuerzas estaban casi agotadas, habría trepado por la escalerilla y desollado el feo rostro del marinero con sus uñas, pero sólo le quedaban energías para un sarcasmo.

–¿A qué otra pobre desgraciada habría ido a buscar este sapo pestilente sino a mí, señor Potts? –preguntó, indicando con la cabeza al regordete hombrecillo que cojeaba a su lado–. Estoy segura de que ha convencido a la señora Fitch de que reserve esas habitaciones sólo para mí.

Potts lanzó un desmesurado suspiro de fastidio, exagerando el menosprecio de la muchacha.

–Shemaine, ya estás insultando otra vez a mis amigos.

El sujeto que la acompañaba estiró la mano y le pellizcó el brazo, por segunda vez desde que la había liberado del encierro. Freddy era tan malvado como Potts, y no necesitaba que nadie lo animara para volcar su desprecio en cualquier ser indefenso.

–¡Cuida tus modales, tú, bocazas presuntuosa!

Shemaine le respondió entre dientes, quitando su brazo de los gruesos dedos que la aferraban:

–Eso lo haré el mismo día en que todos ustedes hayan aprendido alguno, Freddy.

Desde la escotilla llegó la voz gruñona de Potts:

–Será mejor que subas, y rápido, Shemaine, si no quieres que te dé otra lección.

Al notar cómo se desinflaba el ogro, la muchacha se burló:

–Puede que el capitán Fitch tenga algo que decir de esas manos suyas demasiado sueltas, si quiere venderme hoy.

–Seguramente el capitán tendrá algo que decir –concedió Potts, dirigiéndole una sonrisa jactanciosa mientras ella luchaba con esfuerzo para ascender, impedida por el peso de las cadenas y los grillos–. Pero todos saben que, en este viaje, la que tiene la última palabra es su señora.

Desde que había sido llevada a bordo, engrillada y esposada, Shemaine se había convencido de que ningún otro sitio de la tierra era más parecido a las mazmorras del infierno que un barco inglés encargado del transporte de prisioneros a las colonias. Y no cabía duda de que ninguna otra persona había hecho más para convencerla que Gertrude Turnbull Fitch, esposa del capitán e hija única de J. Horace Turnbull, único dueño, a su vez, del *London Pride* y de una pequeña flota de barcos mercantes.

Con el formidable recuerdo de Gertrude Fitch advirtiéndole que tuviese prudencia, Shemaine se detuvo a colocarse en la cabeza un pañuelo improvisado. Varias veces, al salir a cubierta, sus vivos cabellos rojos habían sulfurado a la robusta mujer de agrio semblante, induciendo a Gertrude a vituperar a todos los irlandeses, tildándolos de torpes y retardados, y a la propia Shemaine de sucia irlandesa.

–No te entretengas –la reprendió Potts.

Sus ojillos de cerdo brillaban, atestiguando su tendencia a la crueldad, a buscar, ansioso, cualquier infracción que pudiese castigar.

–¡Ya voy, ya voy! –refunfuñó Shemaine, surgiendo de la escotilla.

Las injusticias que había sufrido durante los tres meses del viaje pasaron por su mente en amargo recuerdo, reavivando tanto su resentimiento que tuvo ganas de escupir una expresión de rencor a la cara de aquel animal. Pero desde su detención en Londres la experiencia había sido una dura maestra, y le había enseñado que la fría sumisión era el único modo en que una prisionera podía abrigar la esperanza de sobrevivir en una corte judicial inglesa o en alguno de sus infernales barcos.

Shemaine detestaba revelar el menor indicio de su menguada fuerza; logró mover sus entorpecidos miembros con dignidad. La golpeó el intenso viento; separó un poco los pies para no caer y enderezó la espalda con tenaz resolución. El aire fresco constituía un lujo que se había vuelto muy escaso en los últimos tiempos; alzó la cabeza para deleitarse con el olor salobre de las aguas costeras.

Potts entrecerró los ojos al ver la postura de la muchacha: era demasiado orgullosa para su gusto.

–Conque dándose aires otra vez, ¿eh? Como cualquier engreída mujerzuela de la corte –señalando con un ademán las ropas destrozadas, bramó, exagerando su burla–: ¡De la corte de los mendigos de Whitefriars, diría yo!

A Shemaine no le costaba nada imaginar lo patético de su aspecto, con esos trapos sucios y cargada de hierros. Si bien su traje de montar de terciopelo verde había sido una vez la envidia de muchas hijas consentidas de ricos aristócratas (las mismas que habían lamentado su compromiso con el soltero más apuesto y posiblemente más rico de Londres), la situación en la que se encontraba en ese momento provocaría en esas mismas damas gozosas y altaneras carcajadas.

Sin duda, el suspiro abrumado de Shemaine fue más sincero que fingido. Antes de ser detenida, sólo había gozado de una vida fácil y confortable, hasta que fue arrojada sin motivo en una cruel prisión, donde la pobre desamparada no encontró más que odio, opresión y la más profunda desesperación.

–Sí, es en extremo incómodo cuando una dama de alta cuna debe viajar al extranjero sin sus sirvientes y su modista– repuso, sarcástica–. El personal que me ha atendido últimamente no sabe lo que es un buen servicio y no conoce las más sencillas funciones de un criado.

Potts se puso suspicaz; intuía el insulto pero no alcanzaba a ver dónde estaba. La suave manera de hablar de la muchacha podía poner incómodo a cualquiera y hacer que no entendiese siquiera su propia lengua, sobre todo en un caso como el de él, que había huido muy joven de su hogar cuando su madre viuda intentó cortar sus vagabundeos con rufianes.

Potts cerró su mano sobre la cadena que colgaba entre las muñecas de Shemaine y la alzó bruscamente, hasta que su ancha cara patilluda y un ciclópeo ojo enrojecido cubrieron todo el campo de visión de la muchacha. Pese a todos los abusos y malos tratos sufridos, la joven se negaba a humillar ante él lo que él más deseaba: su indiscutible sentimiento de superioridad.

–¡Perra irlandesa llorona! –gruñó entre dientes, tirando de los hierros–. Crees que eres mejor que yo, ¿eh? ¡Tú y tus modales altaneros! Bueno, pues estás equivocada, asquerosa irlandesa. No sirves ni para limpiar mis botas.

El rancio olor del aliento del marinero provocó arcadas a Shemaine, que sólo atinó a encogerse cuando los brazaletes de hierro se le hincaron en las muñecas. Desde el momento mismo en que había visto a Jacob Potts, había sentido una intensa aversión por él. Por orden del capitán, la sección de las mujeres estaba restringida a todos salvo a los miembros de mayor confianza de la tripulación, pero Potts desobedecía la orden y, con la pomposa arrogancia de un sultán que examinara su harén, se paseaba delante de las celdas, tentando a las más agraciadas con comida robada, agua de lluvia y otros artículos de primera necesidad hasta que, empujadas por la desesperación, algunas cedían a sus perversas exigencias. Las compañeras de celda compartían luego, doloridas, la vergüenza y la humillación, porque a ninguna se le escapaba lo que el bribón les obligaba a hacer. En el caso de aquellas que lo habían rechazado disgustadas, Potts se había mostrado muy explícito en sus lascivas exigencias, describiéndolas vívidamente con imágenes obscenas para las mentes más inocentes.

Con las visitas clandestinas del marinero había ido creciendo una profunda enemistad y, salvo Morrisa Hatcher, que lo había envuelto con sus añagazas, pronto todas rechazaron a Potts. Pero la ramera lo había aprovechado en su propio beneficio, apresándolo en una artera telaraña, y llegó un momento en que Potts seguía las órdenes de Morrisa y satisfacía todos sus caprichos.

«Sigue persiguiendo a su más encarnizada rival», pensó Shemaine, hostil. Olvidándose de cualquier cautela, se atrevió a hostigarlo:

–Ah, si la señora Fitch supiera que usted ha estado contando mentiras con respecto a mí...

Potts explotó. ¡A esa mocosa le encantaría denunciarlo!

–¡No se lo dirás, mala puta, pues de lo contrario tendrás más de esto!

Echando atrás uno de sus robustos brazos para darle impulso, Potts le asestó un golpe en el hombro, en el preciso momento en que ella procuraba eludirlo, y la hizo trastabillar sobre las cadenas. Pero aun así, el deseo de venganza de Potts no quedó saciado. Deseaba verla encogerse ante él, presa del más absoluto terror. Levantó uno de sus pies calzado con zapatos de lona, enganchando las cadenas que colgaban de los grilletes, y la hizo caer.

De los labios de Shemaine brotó un grito indignado de dolor, mientras caía hacia atrás sobre las tablas de la cubierta. En verdad, el barco amarrado casi no se movía, aunque para Shemaine, débil y mareada, el crujido de los maderos pareció aumentar al ritmo de las ráfagas y la marejada que pasaba bajo el casco, a tal punto que le daba la impresión de que la cubierta estaba viva. Lanzó una mirada precavida hacia arriba, donde mástiles y vergas giraban en un vago manchón contra el fondo de un cielo oscuro y sombrío; la muchacha se estremeció y las emociones en conflicto le oprimieron el estómago. Temerosa de vomitar lo poco que había comido, rodó sobre sí misma y apoyó la frente húmeda de sudor frío en el brazo flexionado, esperando que pasara la náusea.

El contramaestre, que volvía de inspeccionar a los prisioneros varones, llegó a tiempo para presenciar el incidente y, alzando su bastón, se adelantó con pasos coléricos:

–¡Ya está bien, Potts! –ladró–. ¡Deje en paz a esa muchacha!

–¡Pero señor Harper! –protestó Potts–. Sólo intentaba protegerme, cuando esta víbora me clavó los colmillos en el pellejo.

James Harper exhaló un bufido despectivo.

–¡Sí, señor Potts, y el sol se pone por el este!

–¡Yo lo vi, es verdad!

Potts miró alrededor, buscando a Morrisa para que apoyara su mentira.

–¡No escucharé más mentiras de su aduladora compañera! –repuso Harper, alzando el bastón en gesto amenazador para subrayar sus palabras. Símbolo de su autoridad, el bastón había sido usado en muchas ocasiones para castigar a mentecatos y perezosos–. ¡Y ahora, escúcheme bien, palurdo indigno! ¡Ya estoy harto de sus bufonadas! Si el capitán no puede vender a la prisionera por lo que vale, usted recibirá lo mejor de este bastón. Y ahora, maldito, ayúdela a levantarse, y hágalo con gentileza, o recibirá un buen golpe en la coronilla.

Unas manazas se deslizaron por debajo de Shemaine antes de que se hubiese recobrado, pero la realidad cayó sobre ella como un jarro de agua fría cuando notó unas manos que toqueteaban sus pechos. Lanzando un chillido de ira, muy poco digno de una dama, rodó y lanzó un fuerte golpe con su pie descalzo. Su azarosa puntería fue desastrosa para el pesado Potts. Mientras éste caía hacia atrás, lanzando un aullido de dolor, Shemaine se ponía de pie, con la satisfacción de ver al sujeto retorciéndose de dolor en la cubierta.

La prudencia le aconsejó quedar fuera de la vista y del alcance del patán; Shemaine vio la oportunidad de lograrlo cuando algunas mujeres la llamaron deprisa. Se apresuró a deslizarse en medio de ellas, se sentó sobre la tapa de la escotilla mientras ellas cerraban filas a su alrededor, ocultándola para que no la viesen. Flexionando las piernas contra el pecho y apretando la cara contra las rodillas, trató de pasar lo más inadvertida posible.

Potts se incorporó, vacilante, dominado por el impulso de venganza, de descargar su ira en la muchacha. Como un toro herido disponiéndose a embestir, giró su cabeza cubierta con un sombrero de paja, buscándola con los ojos. Entre los tonos apagados de los harapos de las mujeres, atisbó los largos mechones rojos que revoloteaban como un pendón colorido en la fuerte brisa. Con los labios retraídos, que dejaban al descubierto los dientes manchados de negro, avanzó gruñendo hacia Shemaine con aviesas intenciones.

–¡Potts! –bramó James Harper. Dio unos pasos, pensando que tendría que cumplir su amenaza y golpear a ese necio hasta hacerlo obedecer–. ¡Si pone una mano encima de esa muchacha, haré que lo azoten hasta despellejarle la espalda! ¡Se lo prometo!

El grito del contramaestre recibió al capitán Fitch, que subía al castillo de popa, tras su esposa. Al mismo tiempo que el marinero de guardia tocaba el silbato y anunciaba: «¡Capitán en el puente!», Everette Fitch se detuvo junto a la barandilla para observar el resuelto avance de Potts por la cubierta principal. Entonces, su mirada pasó adelante, buscando a la destinataria del ataque del marino, hasta que vio a la joven beldad que una vez lo había reprendido por lo que ella y las otras prisioneras consideraron una deplorable injusticia cometida contra una de ellas. Ese día, la muchacha había atraído su atención con la protesta pero, además, con la pasión que había puesto argumentando en favor de los derechos de otro ser humano, y sin proponérselo había despertado sus apetitos. Desde aquel momento, el capitán Fitch se sintió arrastrado por un intenso deseo de gozar de las delicias que Shemaine O'Hearn podía ofrecer a un hombre. De no ser por la robusta salud de Gertrude y por el revestimiento de hierro que parecía tener su estómago, que resistía las dosis de láudano que él iba mezclando furtivamente en su vino, no cabía duda de que la muchacha hubiese pagado el precio que exigía su pasión. Su fracaso no había hecho más que incrementar el deseo de poseerla y Fitch se había prometido que cuando llegaran a puerto se apoderaría con disimulo de la moza para poder gozarla y la instalaría en un refugio totalmente desconocido por su dominante esposa. Para ocultar su pasión, le había parecido prudente modificar los castigos que su esposa infligía a Shemaine sólo cuando le resultaba evidente que la vida de la muchacha corría peligro, pero tras las advertencias de Harper, creyó razonable añadir su propia amenaza, como refuerzo.

–¡Si no obedece, ponga grillos a ese patán! –vociferó Fitch, y luego, en voz más resonante y baja, agregó–: Y si el agresor lastimó a la muchacha, despelleje su espalda con una veintena de latigazos por cada magulladura que ella tenga.

Por fin, la severa advertencia penetró en la dura cabeza del palurdo, y Potts se detuvo de golpe. Clavando en Shemaine, que se preparaba para huir, una mirada furiosa, masculló un juramento:

–Recuerda lo que te digo, irlandesa. Así pasen dos semanas o un año, haré que lamentes el día que me hiciste caer, te lo aseguro.

Shemaine se esforzó por mantener una expresión pasiva, por miedo a que la más ligera mueca hiciera perder el control al hombre. Esta vez había escapado a la agresión, pero, en cuanto estuviera en tierra, si su nuevo amo no podía defenderla contra este vigoroso bribón, era muy probable que la encontrase y la castigara severamente.

–¡Potts! –gritó James Harper, llamando la atención del marinero.

Potts se enfrentó a su superior, sin fingir, siquiera, una apariencia de respeto.

–Sí, señor Harper. ¿Qué quiere ahora?

El tono agrio del marinero irritó a Harper, quien dijo en tono cortante:

–¡Si por mí fuera, colgarlo del penol! –hizo un gesto colérico con el bastón–. ¡Y ahora, borracho inútil, vaya abajo! ¡Se ha ganado tres días limpiando cadenas a proa!

–¡Vamos, señor Harper! –trató de engatusarlo Potts, sacudiendo la cabeza de un lado a otro–. Estamos a punto de recibir permiso para bajar a tierra, y yo tengo una picazón aquí en la entrepierna; tengo que buscarme un par de rameras para que me la quiten.

–No podrá salir del castillo de proa en los próximos cinco días –retumbó la voz de Harper hirviendo de rabia–. Y ahora, Potts, ¿tiene alguna otra queja?

Los ojillos de cerdo se entornaron con una hostilidad casi palpable, pero el marinero no tenía otra alternativa que obedecer, si no quería que el castigo se extendiese varios días más.

–Ninguna, señor Harper.

–¡Bien! Entonces, preséntese de inmediato en el sollado de proa.

Con sombrío ceño, James siguió por un momento el avance del corpulento marino, luego hizo señas a otro de que lo siguiera y lo encerrase en el pañol de proa. Harper apartó de su mente al marinero, se volvió hacia su segundo y se concentró en el problema que tenía entre manos.

–Ya he contado a los prisioneros varones, señor –anunció el joven, entregándole la lista. A continuación, agregó en voz más baja–: Menos los treinta y uno que murieron durante el viaje.

–Es una pérdida poco frecuente la que ha sufrido el *London Pride,* señor Blake –musitó Harper.

–Sí, señor, y viendo cómo rogó usted al capitán que no permitiese a su señora limitar la ración de los prisioneros cuando zarpamos, me figuro que tiene sobrados motivos para afligirse. Una semana más en el mar y pocos de esos pobres diablos habrían quedado vivos para pagar los víveres de la tripulación, por no hablar de nuestros salarios.

La mandíbula de Harper se puso tensa mientras éste recordaba las numerosas veces que había ordenado arrojar los cadáveres de los convictos por la borda, sólo porque el dueño del barco, J. Horace Turnbull, abrigaba sospechas acerca de la contabilidad del *Pride,* de viajes anteriores, y había insistido en que su hija acompañara al esposo en esta ocasión para hacer una evaluación precisa. El viejo barón armador había dado a Gertrude una autoridad sin precedentes para que controlara los libros contables del barco y, además, para que recortase cualquier gasto que considerara superfluo, orden que había acarreado consecuencias espantosas.

–Es de imaginar que cuando el señor Turnbull dio a su hija permiso para aplicar su propio criterio, no tenía idea de que llegaría a perder más prisioneros en este viaje que en todos los de los últimos cinco años que venimos trayéndolos a las colonias. En su ansiedad por ahorrar a su padre algunos chelines, la señora Fitch ha matado a la cuarta parte de los prisioneros, nada menos. Eso puede disminuir las ganancias del viejo en unos cuantos cientos de libras, por lo menos.

–Si el señor Turnbull sospechaba que se producían robos antes de este viaje –murmuró Roger Blake con aire sombrío–, puedes apostar a que ahora pensará que estaba en lo cierto.

–Y, sin duda, mandará a su preciosa hija en el próximo viaje, para hacer otra revisión.

La siniestra perspectiva se reflejó en el ceño de Harper.

–Señor, ¿tenía razón el señor Turnbull? ¿Hay un ladrón entre nosotros?

James Harper lanzó un suspiro de pesar.

–Cualquiera que sea la verdad, prefiero reservarme las sospechas, señor Blake –se encogió de hombros, y añadió–: Aun así, si descubriésemos la identidad del culpable, no me gustaría acusarlo ante la señora Fitch, que no ha dejado dudas de que sospecha que todos nosotros estafamos a su padre.

–Sí, seguro, señor –concordó Roger Blake, convencido.

Sin duda, la señora Fitch podía conseguir que un honesto hombre de mar se sintiera menos digno de respeto y confianza. Ni el capitán se salvaba de su suspicacia. Con todo, había mostrado una fuerte inclinación a prestar oídos a la cháchara de Jacob Potts, aunque el vil palurdo era despreciado por todos los oficiales del barco y buena parte de sus compañeros.

Roger Blake echó una mirada hacia el puente y apostó para sus adentros que encontraría al matrimonio enzarzado en otra de sus refriegas verbales, y sonrió, seguro de que ganaría la apuesta. Los dos robustos esposos estaban discutiendo de nuevo, y él sabía por experiencia que la señora Fitch no desistiría hasta salirse con la suya. Roger regresó a sus tareas, contento de no tener que cargar con una esposa que recordaba tanto a una gran ballena blanca.

Shemaine disfrutó de un intenso alivio después del encierro de Potts, pero al cabo de poco tiempo el murmullo de las otras mujeres irrumpió en su conciencia. Sus afligidos comentarios y sus mórbidas especulaciones acerca de las desdichas que les esperaban bajo la autoridad de los nuevos amos comenzaron a filtrarse en su mente, aumentando su temor con un punzante matiz de sombrío realismo. Pese a las adversidades que se había visto obligada a arrostrar desde la partida de Inglaterra, había procurado fortalecer su coraje aferrándose a la frágil esperanza de que, gracias a algún milagro, sus padres o incluso su prometido descubrirían adónde la habían llevado y llegarían a tiempo para salvarla del destino de ser vendida para servir a un amo, con un contrato que duraría todo el tiempo de su condena. Pero hasta el momento no había aparecido ningún rostro amado; enseguida se enfrentaría a esa situación humillante.

Shemaine pasó los dedos delgados bajo la banda de hierro que rodeaba su muñeca en un vano intento por aliviar el constante roce. Sólo el hecho de estar allí representaba una amarga ironía pero, tras beber el trago amargo de la justicia inglesa, ya no creía ser la única prisionera a bordo del *Pride* que había sido injustamente condenada. Había otras víctimas de la misma dureza; su único crimen había consistido en robar una hogaza de pan o expresar una opinión política, algo que ciertos jóvenes irlandeses de sangre caliente solían hacer. Pese a la insignificancia de sus delitos y de lo absurdo de sus condenas, habían sido enviados desde las costas de Inglaterra como si fuesen una chusma despreciable, por pomposos magistrados empelucados que habían ordenado a los carceleros que ofrecieran el perdón real a cualquiera de los convictos que aceptara un tiempo de trabajos forzados en las colonias. La otra alternativa hacía que el ofrecimiento pareciera magnánimo. O la servidumbre fuera de las fronteras de Inglaterra o elegir entre dos extremos: ser colgado en la horca por los crímenes más graves o la probabilidad de sufrir violación, asesinato o heridas graves en los pestilentes calabozos de la prisión de Newgate, donde no se hacía distinción alguna entre los prisioneros ni se los separaba por sexo o edad, ni por la gravedad de sus ofensas, en los casos de delitos más leves.

Shemaine no conseguía superar el trauma de haber sido apresada en el establo familiar y que la llevara a la corte, como si fuese el peor de los criminales, un feo sujeto que sólo se había identificado como Ned, el apresador de ladrones. Una breve estancia en Newgate le había enseñado la futilidad de las súplicas lacrimógenas y las desesperadas promesas de recompensa a cualquiera que viajase hasta los almacenes de su padre en Escocia y llevase a su familia la noticia de su detención. Había sido absurdo pensar que alguien creería en su palabra de que obtendrían una bolsa llena de monedas, considerando que los rostros más compasivos que había visto eran las caras pétreas de criminales, carceleros y sus indefensas víctimas.

Después, tras haber sido embarcada en el *London Pride* y presenciado con sus propios ojos las desventuras de otros, había perdido toda esperanza de encontrar alguna vez un benefactor compasivo. Había visto cómo arrancaban a recién nacidos de los pechos de sus desesperadas y suplicantes madres, como Annie Carver, que no había previsto la posibilidad de que le arrebatasen a su hijo de los brazos para venderlo a un desconocido que pasaba. Simples niños de ojos azorados y ríos de lágrimas corriéndoles por las caras sucias, abandonados en el muelle, viendo cómo sus únicos parientes eran llevados por la pasarela, encadenados. Otros jóvenes, condenados por crímenes insignificantes, iban esposados junto a endurecidos rufianes y ladrones. Los dos únicos que embarcaron en el *Pride* no habían sobrevivido.

Tales escenas habían sido una afrenta a la sensibilidad y la cuidada educación de Shemaine. La muchacha no imaginaba siquiera que pudiese existir semejante brutalidad, hasta que la vio con sus propios ojos. Habían sido tratados, en conjunto, como alimañas, como algo detestable que debía ser escupido de Inglaterra para que el país fuese más apropiado, más limpio para personas más refinadas, seguramente la misma clase de aristócratas que habían contratado a un apresador de ladrones como el que la había detenido, y fraguado un delito que la condenase a siete años de prisión, con el único propósito de impedirle que arruinase la herencia de su prometido con su sangre parcialmente irlandesa.

En los últimos tiempos, los recuerdos de las bondades pasadas se habían vuelto difusos y distantes para Shemaine, como si ella hubiese soñado que el principesco Maurice du Mercer le había propuesto casamiento. Era preciso recordar que Maurice era un inglés noble y que había podido elegir entre una enorme variedad de doncellas de la misma clase social, mientras que ella no podía alardear de otra condición que la de ser el único retoño del matrimonio entre un comerciante irlandés y una graciosa dama inglesa.

–Impúdica campesina –solían susurrar las condesas cada vez que Maurice se paseaba con ella.

Y sin embargo, lo más probable era que la riqueza de su padre hubiera hecho vacilar las convicciones de algunos aristócratas tan orgullosos de sí mismos, que tanto se jactaban de sus elevados títulos pero, a decir verdad, podían mostrar muy pocas posesiones de cierto valor monetario. Por otra parte, Maurice no sólo era heredero de una vasta fortuna, de propiedades y del título de su difunto padre, el marqués de Merlonridge, Phillip du Mercer, sino que, además, era nieto de Edith du Mercer, una formidable matrona y protectora de un linaje bien consolidado con impecables credenciales.

Aunque el abultado soborno que le había ofrecido la anciana no estuviera motivado por la intolerancia, pensaba amargamente Shemaine, ¿por qué entonces estaba en aquel barco de convictos y por qué había sufrido la degradación de un criminal condenado después de haber rechazado dejar a Maurice e Inglaterra para siempre? Si ella hubiese aceptado las condiciones que le imponía la *Grand Dame*, era poco probable que hubiese acabado en esta situación.

Las lágrimas hicieron borrosa la visión de Shemaine, se sintió inundada por una angustia que casi la ahogó en un mar de desesperación, porque si era cierto que Edith du Mercer había conspirado para echarla de Inglaterra, sus estratagemas habían tenido un éxito completo. Shemaine no sólo tenía un océano separándola de su hogar y de su familia; además estaba a punto de ser arrojada a la esclavitud y despojada de la última brizna de esperanza de escapar a un modo de vida para el que no estaba preparada. Si no moría de pena, lo más probable era que sucumbiese a cualquier otra de las temibles enfermedades que diezmaban las colonias o a manos de Potts, si lograba encontrarla.

Un brazo delgado pasó sobre los hombros de Shemaine, arrancándola de sus amargas reflexiones. Con sobresalto miró a su lado y vio a Annie Carver observándola con curiosidad.

–Una adecuada justicia para el viejo Potts, ¿eh, milady? –aventuró la joven con una sonrisa vacilante, buscando una explicación a las lágrimas de la amiga–. Puedes apostar a que ya no cumplirá más las odiosas órdenes de Morrisa hasta que bajemos del barco.

Shemaine no estaba nada convencida de que ésta fuese la última vez que veía a Potts.

–Me sentiría mucho más tranquila si el señor Harper mantuviese encerrada a esa bestia en el pañol de proa hasta que el *London Pride* zarpase de regreso a Inglaterra –confesó, sombría–. Morrisa sabe exactamente cómo hacer para que su matón esté irritado conmigo y no descansará hasta que yo sea debidamente castigada por haberla desafiado estos meses en alta mar.

Annie coincidió con ella para sus adentros. Antes de encontrarse cara a cara con Shemaine a bordo, Morrisa no había tenido dificultades en obligar a sus compañeras de prisión a cederle la ración más grande de la escasa comida que les proporcionaban. Morrisa estaba segura de que Shemaine también la obedecería, porque era evidente que la muchacha había gozado de una vida protegida de niña consentida, mucho mejor que la de todas ellas. Y, sin embargo, a pesar de las amenazas de la mujerzuela, Shemaine había mantenido su posición, resistiendo todos los esfuerzos de Morrisa para verla quebrada o humillada. Además, Shemaine había convencido al resto de las mujeres de que se rebelaran contra la meretriz, profundizando así el virulento odio que ésta le tenía.

–Sí, lograste ponerte en contra a Morrisa desde que os visteis por primera vez. Desde entonces tiene tales arranques de furia que echa espuma por la boca.

–Nada le gustaría más a Morrisa que clavarme su pequeño cuchillo –dijo Shemaine con total convicción–. O, mejor aún, conseguir que el palurdo de Potts hiciera el trabajo sucio. Al parecer, goza dando órdenes pero prefiere que otros carguen con la culpa y la recompensa.

Annie miró más allá de Shemaine y en su cara apareció una expresión de susto.

–Hablando de la bruja, mira quién viene.

Shemaine siguió la dirección de la mirada de Annie y dejó escapar un abrumado suspiro al ver acercarse a Morrisa, balanceando las caderas.

–Nada menos que el propio demonio.

La meretriz de ojos negros esbozó una sonrisa afectada deteniéndose junto a Shemaine.

–No te gustó la estancia en el pañol, ¿eh, cariño? Bueno, no puedo decir que no te entiendo, aunque no conozco a nadie que lo merezca más.

–Yo sí conozco a alguien que lo merece.

Cargada de intención, la mirada de Annie se posó en Morrisa.

Retrayendo el labio en cínica mueca, Morrisa derramó su desprecio sobre la menuda mujer.

–Pero si es el pequeño cangrejo arrastrándose otra vez ante su señoría, como si esperara unas migajas de belleza. Bueno, querida, estás perdiendo tiempo con esta hez irlandesa del pantano. Shemaine ya no tiene nada que dar.

–Yo conozco a mis amigos –afirmó Annie en tono llano–. Y conozco a mis enemigos, y lo cierto es que tú no eres mi amiga. A decir verdad, preferiría estar sepultada bajo el polvo de la tumba de una sucia irlandesa antes que divertirme con la buscona de un libertino.

Los ojos castaños de Morrisa relampaguearon ante el insulto, y alzó un brazo para golpearla, pero una súbita cautela la detuvo. En la lucha cuerpo a cuerpo, ya había descubierto que Annie Carver era capaz de vencer a cualquiera que la doblase en tamaño, y un labio hinchado o un ojo amoratado podría disuadir a un comprador de arriesgarse a adquirir una esclava convicta que pudiese resultar poco dócil. Por más que lo deseara, Morrisa no pudo decidirse a asestar el golpe. Bajó el brazo y se encogió de hombros, sacudiendo sus pechos apenas cubiertos. Por la abundancia de carnes que exhibía, era fácil ver que no había sufrido la falta de víveres durante el largo viaje.

–Es una lástima que el viejo Potts haya sido encerrado por el contramaestre. Sin duda, no le gustaría oír tus insultos.

Shemaine lanzó un pesado suspiro, exagerando su queja.

–Pobre ciego, Potts. Si supiera cuánto lo odias, creo que te aplastaría como a un insecto fastidioso.

Morrisa hizo una mueca petulante.

–No te creería, querida, aunque se lo dijeras. Shemaine, yo sé cómo manejar al viejo Potts, ¿sabes? Si hasta habla de desembarcar y quedarse conmigo en lugar de regresar a Inglaterra. ¡Menuda sorpresa os llevaríais vosotras dos si lo hiciera!

Shemaine se estremeció imaginando esa posibilidad. Casi podía oír a los espíritus murmurando su nombre. Pese al cosquilleo de temor que le ponía carne de gallina, procuró adoptar un aire pensativo y proponer una solución para semejante dilema.

–Quizá debería advertirle al que te compre que es muy probable que tú misma o tu lacayo le corten el cuello. Estoy segura de que tu amo podría encadenarte para que no te metieras en problemas, al menos por un tiempo. Además, cuando Potts ya no te resulte útil, encontrarás otro bufón que te lleve y te traiga. No creo que lo tuyo sea permanecer leal a un hombre una vez lo has exprimido.

La mueca altiva de Morrisa se convirtió en una de rabia.

–¡Tú no sabes cuándo te propasas, Shemaine! ¡A estas alturas, cualquiera hubiese aprendido, pero tú no! ¡Tendré que metértelo a golpes en la cabeza!

Morrisa se abalanzó sobre Shemaine con las uñas convertidas en garras, con toda la intención de arrancar de sus órbitas esos ojos verdes, pero el grito del contramaestre resonó por segunda vez, frustrando una nueva pelea.

–¡Señoras –advirtió James Harper, usando el título con bastante amplitud–, empiecen otra vez, y las pasaré por debajo de la quilla hasta que se calmen!

El ceño de Morrisa expresaba su furia, pero el contramaestre cumplía su palabra; ella se detuvo a reconsiderar su actitud ante tan terrible amenaza. Por fin, sus dedos se aflojaron y, con un revuelo de su melena renegrida, se alejó, arrastrando las cadenas tras ella.

El grito agudo de un águila marina perforó la brisa, atrayendo la mirada de Shemaine hacia las nubes turbulentas que se agolpaban en el cielo. Bajo ese velo oscuro y amenazador, las gaviotas asustadas giraban, con sus alas de puntas negras y se zambullían en el agua, tratando de escapar de su enemigo, pero el ave parecía indiferente a las más pequeñas, flotando a la deriva en las corrientes de aire, con las anchas alas extendidas. Subyugada por la libertad de vuelo del pájaro, Shemaine podía imaginarse elevándose en el aire con unas alas parecidas, para escapar a la dura prueba que se avecinaba, incluso a aquellas que los próximos siete años le prometían. Pero la áspera realidad estaba ahí cerca. Encadenada con sus grilletes de hierro, atada para siempre a la tierra, sólo le quedaba contemplar, impotente, el vuelo del águila que se remontaba, perdiéndose de vista. La libertad del pájaro para vagar a su antojo parecía una burla brutal para el castigo que sufrían ella y los otros prisioneros, desde que habían sido condenados por una corte judicial inglesa.

A su lado, Annie lanzó un suspiro nostálgico.

–Milady, me alegrará abandonar el barco, y más aún si me compra una persona bondadosa que tenga uno o dos pequeños para que yo los cuide.

–Tal vez sea así, Annie.

Tratando de dar ánimos a su amiga, Shemaine se encaramó a la tapa de la escotilla y estiró su esbelto cuerpo hacia arriba hasta que logró ver por encima de la borda. Recorrió con la vista a los colonos que esperaban en el muelle a que comenzara la subasta. A decir verdad, nada de lo que veía la alegró demasiado. La posibilidad de que Annie fuese comprada por una familia joven parecía absurda ante los posibles compradores. Hombres de cabezas grises, de piel pálida y esposas bajas y regordetas; terratenientes calvos; y mujeres con aspecto de solteronas, de rostros delgados y sombríos, parecían ser las únicas alternativas posibles. Sólo un hombre se distinguía del resto, tanto por su aspecto como porque se mantenía aparte. Era lo bastante joven para alimentar ciertas esperanzas a las expectativas de Annie, aunque su ceño fuese formidable. Los otros pobladores le echaban miradas furtivas, como temerosos de toparse con su dura mirada, que no ayudaba a apaciguar las especulaciones de la propia Shemaine con respecto a él. Sin embargo, pese al recelo de los demás, el hombre parecía el tema principal de su charla incesante.

James Harper se acercó a las mujeres y, mientras las observaba, sacó de su cinturón una argolla con llaves. Gertrude Fitch no había permitido que las prisioneras subieran a cubierta a bañarse a la vista de los hombres que se preparaban para la venta. Lo que hizo fue mandarles una mísera barra de jabón y dos baldes de agua, por la que pelearon y terminaron desperdiciando. Los tres meses en el mar habían cobrado su tributo; las mujeres no tenían mejor aspecto que los mendigos más pobres de Londres. Parecían lejanas las posibilidades de obtener un precio justo por cualquiera de ellas, algo que, por supuesto, la entrometida hija de Turnbull tenía merecido por no haber suministrado raciones abundantes y por oponerse con tanta rigidez a que la tripulación viese un pecho o una nalga desnuda. Teniendo en cuenta que las mujeres estaban muy flacas, y tenían un aspecto escuálido, lo peor que hubiesen provocado habría sido alguna mirada escéptica.

–¡Muy bien, señoras! ¡Tengan ánimo ahora! –pidió Harper, tratando de utilizar un tono alegre–. Ahora, vamos a liberarlas. No podemos permitir que esos colonos las vean con grilletes, ¿verdad? Les aseguro que no es el fin del mundo sino una nueva vida para todas ustedes.

–¿Quién lo dice? –chilló una vieja bruja.

Morrisa lanzó una risa como un cacareo y se adelantó para desafiar al contramaestre.

–Vamos, Jamie, muchacho, ¿acaso crees que unos hierros les importan algo a esos peregrinos? Oí decir que casi todos ellos fueron enviados aquí encadenados, igual que nosotros, pobres desgraciados.

James Harper ignoró a la ramera y, entregando a Roger Blake una llave, señaló los grilletes:

–Quítales las ligas, compañero, mientras yo me encargo de los brazaletes...

En el castillo de popa, el capitán Fitch se secaba la frente traspirada con un pañuelo arrugado, y se acercaba a la barandilla. Accediendo, al fin, a las exigencias de su autoritaria esposa, llamó al contramaestre.

–Señor Harper, tenga la gentileza de subir al puente. –La irritación de Fitch provocaba oleadas ácidas en su estómago; no podía menos que preguntarse cómo llevaría a cabo con éxito sus planes si su esposa observaba la venta de convictos con su acostumbrada tenacidad. En ese momento, no tenía el menor deseo de disimular con sutilezas las órdenes de la mujer–. La señora Fitch desea aclarar a todos los involucrados que ella ha recibido autorización para supervisar cada transacción que se realice hoy aquí.

–Sí, capitán –respondió Harper, preguntándose cuánto faltaría para que la señora Fitch se pusiera los pantalones del esposo y asumiera por completo el mando de la nave. Estaba muy resentido por la intromisión de la mujer en el funcionamiento normal del barco, pero el barco no era suyo ni estaba a sus órdenes–. Ahora mismo, señor.

Harper se enfrentó otra vez a las prisioneras.

–Señoras, pónganse en fila, y dejen que el señor Blake les quite esas cadenas.

Con el debido respeto a su capitán, Harper entregó las llaves a su ayudante y subió al puente, dejando que su compañero llevase a cabo la inspección de las prisioneras, tarea que Harper no le envidiaba. Le incomodaba sumamente tener que tratarlas como a animales en una subasta. Algunas de ellas parecían ser tan inocentes y jóvenes como su dulce hermana.

Acercándose al matrimonio, Harper hizo un rígido saludo a su superior, y a continuación se encontró con la mirada petulante de Gertrude fija en él.

–Buenos días, señora.

–¡Señor Harper! –En condiciones normales, su voz era alta, y más cuando estaba decidida a hacerse cargo de una situación, que era lo que sucedía en ese momento–. Como sabe, tengo un interés especial en los procedimientos que se realizan a bordo de este barco; deseo estar al tanto de cada oferta que se haga antes de que se formalice la venta de un convicto. De ese modo, podré rendir un informe mejor a mi padre. ¿Entiende?

Teniendo en cuenta que su padre era propietario del *Pride,* era imposible que nadie, en ese barco, ignorase su exigencia. Por cierto, el capitán Fitch no podía.

–Como desee, señora.

–Hay otra cuestión que me inquieta mucho, señor Harper –informó con brusquedad–. No estoy de acuerdo con que haya encerrado a Jacob Potts en el pañol. Gracias a ese sujeto he estado informada de las actividades de los prisioneros y las violaciones a mis órdenes. Debe usted revocar de inmediato su orden y dejar en libertad a ese hombre.

La mandíbula de Harper se puso tensa; tuvo que controlarse mucho para argumentar contra esa orden.

–Perdóneme, señora, el hombre se insubordinó; si usted me obliga a retirar el castigo, ya no tendré autoridad sobre la tripulación. Sería una locura hacer eso, señora.

El capitán Fitch también encontraba difícil dominar su ira. El hecho de que su esposa hubiese prestado oídos a las murmuraciones de un simple marinero agregaba motivos para sentirse ofendido por su presencia a bordo del *Pride*. Un oficial con experiencia habría examinado la fuente y sospechado de los motivos del marinero.

–Gertrude, el contramaestre tiene razón...

–No importa, señor Harper –interrumpió, grosera, dejando en evidencia que ignoraba a su marido–. ¡Si no cancela la orden, me ocuparé de que el capitán Fitch lo despida del barco sin dilación!

–¡Gertrude! –La amenaza escandalizó a Fitch, y se apresuró a disuadirla intentando evitar un enfrentamiento con su suegro–. ¡No esperarás que despida a un hombre por cumplir con su deber!

–¡Lo que espero que recuerdes es quién es el dueño de este barco! –replicó Gertrude.

–¿Cómo puedo olvidarlo, si me lo recuerdas constantemente? –repuso el marido.

–Te olvidas de ti mismo, Everette –retumbó la grave y autoritaria voz de Gertrude, mientras el esposo la miraba, ceñudo–. Espero no tener que mencionar esta situación a papá.

Si bien a James Harper le disgustaba la manipulación de la mujer, no estaba en posición de quejarse. Prometiéndose no volver a navegar en otro barco con ella, se irguió con toda la dignidad de un marino mercante y procuró expresarse con cuidado, esforzándose por hablar con voz serena.

–Señora, siempre he recibido órdenes directamente del capitán. Si él me ordena dejar a Potts en libertad, no tendré otro remedio que hacerlo.

Sabiendo que cargaba con toda la responsabilidad a su superior, Harper se enfrentó al otro y esperó la orden que Fitch no se animaba a dar.

–Siga con sus ocupaciones, señor Harper –dijo Fitch, al fin–. Discutiremos esto en otra ocasión más conveniente.

–¡Everette Fitch! –El prominente pecho de Gertrude puso a prueba la resistencia de su corpiño cuando la mujer resopló como una morsa indignada–. ¿O sea que permitirás que el señor Harper se salga con la suya e ignore mis deseos? Si no le obligas a hacer lo que digo, quizá mi padre deba recordarte a quién debes obedecer.

Llegará a Nueva York en el *Black Prince* antes de que nos hagamos a la mar, y no me cabe duda de que él tendrá algo que decir con respecto a tu conducta de hoy.

El capitán Fitch logró disimular su enfado tras una expresión cortés y formal. Sabía por experiencia que irritar a Gertrude era provocar la ira de su padre, que nunca había demostrado compasión hacia nadie, y menos a aquellos que provocaban su ira o la de su hija. Si no fuese porque Turnbull era el único dueño del *London Pride,* Fitch habría cortado las intrusiones de Gertrude desde el comienzo mismo, pero no podía olvidar quién controlaba el monedero. Ése era uno de los inconvenientes de casarse por dinero, algo que él había disfrutado bastante poco. Salvo por algunas monedas que había podido sisar aquí y allá, el grueso de la fortuna de Turnbull estaba fuera de su alcance. Esto lo exasperaba sin descanso, porque Horace Turnbull era increíblemente rico.

–Perdóname, Gertrude, pero he creído prudente esperar y ocuparme de esta cuestión después de que la mayor parte de la tripulación haya abandonado el barco, para que no se enteren de la liberación de Potts.

Como un enorme gato, Gertrude metió la cabeza entre los pliegues del cuello y sonrió, serena, contenta de haberse salido con la suya. Jacob Potts la había mantenido al tanto de las explosiones temperamentales de cierta chica irlandesa que había cometido la tontería de hacerles recriminaciones a ella y a su marido, como si fuesen unos niños malcriados. Fueron los azotes propinados a Annie Carver lo que motivó las críticas de Shemaine, y eso había sucedido poco después de la partida de Inglaterra. Y era lo mínimo que merecía ese ratoncillo deslucido por haber tratado de matarse después de perder a su hijo, pero Shemaine O'Hearn merecía mucho más por atreverse a desafiarles, criticando el trato que daban a esa pilluela de la calle delante de la tripulación y de los demás convictos. Desde entonces, Gertrude había ansiado ver caer el cuerpo sin vida de la muchacha en las profundidades del mar y había procurado vengarse. Pero no había encontrado argumentos capaces de convencer a Everette o de forzarlo a admitir algún castigo más severo que cuatro días de aislamiento y media ración a la buscona irlandesa. Aunque él también había recibido las furiosas críticas de

Shemaine, no había dado importancia al incidente, diciendo que él no había provocado la situación y que, si había que culpar a alguien, era a la persona que había ordenado arrebatar al niño de los brazos de su madre para venderlo.

Apoyando una mano en la barandilla, Gertrude contempló a la que había condenado dos veces al encierro en el pañol de proa. Un sucio pañuelo deshilachado cubría la cabellera de vivo color, pero ni siquiera esa ordinaria prenda lograba empañar la belleza del rostro ovalado, los grandes ojos rasgados de color esmeralda bajo las cejas de delicado arco. Percibiendo algo de sirena o de reina de las hadas en la frágil belleza y el cuerpo esbelto de Shemaine, Gertrude se dejó llevar por su temperamento de arpía.

–Miren a quién han dejado salir de las lóbregas profundidades –provocó, atrayendo la mirada de la joven hacia ella–. ¡Has estado allá abajo tanto tiempo que los dedos de tus pies ya deben de estar unidos por una membrana! Sin embargo, es extraño: te has arreglado un poco. Pero ¿acaso no lo sabes, Shemaine? Es difícil disimular a una bruja pelirroja.

Shemaine se dijo para sus adentros que si allí había alguna bruja, sin duda era esa gallina gorda que, con sus tendencias vengativas, había hecho muy difícil la vida de los prisioneros. Quitándose el pañuelo de la cabeza, Shemaine arrojó la cautela al viento, literalmente, dejando que los refulgentes mechones ondearan en rebelde confusión y desafiando en silencio a la vieja, cuyo rostro se contrajo de odio.

–Eres una bruja malvada, Shemaine O'Hearn –siseó Gertrude entre dientes–. ¡Compadezco al tonto que te compre!

De repente, el viento arreció y barrió la cubierta, arrancando a Shemaine de su mórbida incertidumbre, mientras sostenía la mirada colérica de Gertrude. En ese instante comprendió que tenía mucho que agradecer, porque había demostrado ser capaz de sobrevivir en las condiciones más intolerables, muchas de las cuales esa mujer había contribuido a crear. ¡Y, sin embargo, a pesar de todos los malos tratos y los venenosos reproches que había sufrido, sabía sin lugar a dudas que aún estaba maravillosa, desesperadamente viva! ¡Y ése sí que era un logro por el cual podía estar agradecida!

–Deseo que tenga usted muy buenos días, señora Fitch –exclamó, imprimiendo un tono alegre a su acento irlandés, a pesar de la aversión que sentía contra la arpía–. ¿No le había dicho, acaso, que sobreviviría al calabozo? Aquí me tiene usted.

Gertrude apretó los labios en una mueca.

–Es una lástima, Shemaine. Es una lástima. Pero tal vez no seas tan afortunada en los próximos siete años.

2

El marinero de guardia tocó el silbato; ésta era la señal que esperaban los colonos para subir a bordo. Aunque la mayoría de los hombres había acudido al barco con la intención de adquirir peones para el campo, pasaban lentamente ante las convictas, como si se dispusieran a comprar alguna, hasta que llegaron ante Morrisa, que había adoptado una pose provocativa, cerca del palo de mesana. Contemplaban con ojos desorbitados su abierta exhibición; parecían incapaces de apartarse de ella. Sus esposas y otras mujeres del pueblo pasaban ante la ramera alzando la nariz, en demostración de desdén, y dedicaban su atención a otras alternativas más prácticas. Un hombre bajo y calvo miraba boquiabierto las generosas proporciones de la meretriz, pero cuando hizo un intento de interrogarla, Morrisa lo espantó, irritada.

–Quita de ahí, pequeño sapo –escupió–. Estoy esperando que me compre un hombre de verdad.

La cara del hombre se ensombreció, moteándose de púrpura, y la miró ceñudo, pero Morrisa contrajo los labios en mueca de disgusto, y exhaló un sonido sibilante, como una serpiente ahuyentando a un depredador. Muy ofendido, el hombre retrocedió unos pasos, y se arregló el abrigo de un tirón.

–¡Aquí ahogamos a las brujas! –le advirtió.

Después de un gesto de desprecio, se alejó para unirse a otro grupo de hombres que estaba evaluando a Shemaine y a algunas de las mujeres más jóvenes.

Shemaine no podía soportar que la examinaran como una mercancía. Tenía que quedarse de pie y someterse a una minuciosa inspección de los dientes, manos y brazos por parte de éste o el de más allá. Sus corteses respuestas provocaban gestos de aprobación en las mujeres, pero el brillo ardiente en los ojos de los hombres sugería que su imaginación estaba desatada. La idea de que pudiese ser comprada sólo para apaciguar algún bajo apetito la atemorizaba; elevó una desesperada súplica, pidiendo ser comprada lo más pronto posible por alguna bondadosa señora que, tal vez, la instruyese con paciencia en sus deberes como criada doméstica.

–¡Aquí, mujeres! –exclamó James Harper desde la barandilla–. ¡Acérquense aquí de inmediato y presten atención a este hombre! –Con un gesto del pulgar, indicó a un colono alto, de pelo oscuro, que estaba junto a él–. Se llama Gage Thornton y está aquí en busca de una niñera que cuide de su hijo de dos años.

De la gente del pueblo se alzó una oleada de conjeturas, y todos miraron, boquiabiertos, al hombre como si de repente le hubiesen salido dos cabezas. Shemaine reconoció que era el único lo bastante joven para ofrecer cierta esperanza a la satisfacción de los deseos de Annie; no entendía cuál podría ser la razón de que ese sujeto recibiera tanta atención.

Shemaine dio un suave empujón a su amiga, animándola.

–¡Date prisa, Annie! ¡Ésta podría ser tu única oportunidad!

Annie estaba ansiosa por acceder y, sin demora, intentó colocarse delante de todas. Por el entusiasmo de las otras mujeres, fue evidente que todas querían el puesto ofrecido por el señor Thornton. Tanto jóvenes como viejas empujaban y arañaban tratando de acercarse a él, pues, sin lugar a dudas, la tarea de niñera era muy preferible a la de criada de cocina, trabajadora del campo o cosas por el estilo.

–Recuerden que son unas damas –advirtió Harper, preguntándose si estaría obligado a sofocar el tumulto.

Shemaine fue la única que no se sumó a la refriega, aunque una curiosidad cada vez mayor empezó a arraigar en ella mientras observaba al hombre. Tenía las mangas de la camisa remangadas por encima de los codos, como si hubiese interrumpido alguna importante tarea para ir hasta el barco, aunque su tenso ceño y su mandíbula rígida daban un fuerte indicio del disgusto que le provocaba el asunto en cuestión, más aún viendo que podía quedar atrapado en medio de una gran batahola. Dedos sucios se aferraban a la camisa de tela casera y a los pantalones de piel que cubrían el cuerpo de aquel hombre, mientras que algunas de las mujeres, entre exclamaciones de admiración, tuvieron la audacia de rozar el bulto aletargado que delineaba la gamuza.

–¡Señoras! –exclamó Harper–. ¡Quiten las manos de encima al comprador, por favor!

–Ay, compañero –refunfuñó una mujerzuela de dientes rotos, exagerando su desilusión–. Es el mozo más estupendo que hemos visto desde hace mucho tiempo, ¡ya lo creo! Además, no sé qué daño podrían hacerle al tipo algunas caricias amorosas. ¡Por todos los santos! ¡Nosotras las necesitamos más que él!

No habían bastado tres meses de compartir la celda con estas mujeres para borrar el sentido de la propiedad de Shemaine. Muy avergonzada en nombre de su sexo, percibió además la irritación del colono que, por un instante, dirigió la vista al cielo. Si estaba arrepentido de haber subido a bordo del *London Pride* o si, por casualidad, suplicaba en silencio la intervención divina, ya era demasiado tarde para cualquiera de las dos cosas. Entre las compañeras de Shemaine él seguía siendo el centro de atención, y la muchacha no podía menos que admitir que con muy buenos motivos.

En un rostro muy apuesto y dorado por el sol brillaban sus ojos castaños, salpicados de destellos ambarinos. Estaban sombreados por cejas bien definidas, rodeados de oscuras pestañas y tenían una maravillosa transparencia. La nariz era fina y esculpida en una sutil, aristocrática curva que habría envidiado cualquier patricio griego. Lo mismo sucedía con los pómulos, huesudos y de bella prominencia. Con la barba afeitada, la mandíbula y el mentón se delineaban, nítidos, bajo la piel bronceada. Era un rostro genuinamente masculino, tanto como el torso que lo sostenía.

Era casi una cabeza más alto que el robusto señor Harper y, si bien no era macizo ni de excesiva corpulencia, los hombros anchos se resolvían con elegancia en un pecho de tensos músculos que se afinaban hacia una cintura esbelta y unas caderas angostas. Si había que guiarse por los férreos tendones de los brazos, el resto de su persona debía de ser duro como el acero templado.

En los ojos del colono apareció una expresión dolorida mientras su mirada vagaba lentamente sobre las mujeres que lo rodeaban.

Cuando Morrisa se abrió paso hacia él a codazos, desplazando a otra con un empujón de su cadera, las cejas oscuras del hombre se alzaron amenazadoras como un trueno. No daba la impresión de tener el menor interés en la transparencia de su blusa, más bien parecía estar irritado.

–Vaya, eres un tipo apuesto –arrulló la ramera. Adoptando un aire tímido, recorrió con un dedo el contorno del antebrazo y le sonrió–. Mi nombre es Morrisa Hatcher, patrón, y para mí sería una delicia atender a su pequeño.

Gage Thornton ya estaba convencido de que ir al barco había sido una estupidez. Un momento antes estaba resuelto a ignorar el inevitable atrevimiento de las prisioneras, pensando en la remota posibilidad de encontrar entre ellas alguna que satisficiera sus exigencias, pero su paciencia se agotaba rápidamente ante lo absurdo de la idea. ¿Cómo, en sus más locos sueños, había esperado hacer una adquisición tan rara como la que tenía en mente en un lugar tan poco a propósito? Tal vez su desesperación había sobrepasado todo límite. No estaba dispuesto a aceptar nada menos que su ideal, pero cada vez le resultaba más evidente que la clase de mujer que buscaba no estaba en un barco de convictos.

–Señorita Hatcher, tengo en mente calificaciones muy diferentes de las que usted exhibe con tanta generosidad. Me temo que usted no se adapta a mis propósitos.

Morrisa asintió, comprensiva, y se mofó:

–Tiene miedo de su esposa, ¿eh?

Gage sintió que se le retorcían las tripas de indignación. Por supuesto que esta mujer no tenía idea de lo que él había pasado desde la muerte de Victoria, y seguramente ninguna réplica áspera se lo aclararía.

–Discúlpeme –respondió, conciso–. Mi esposa se mató en un accidente, hace un año. Si hoy estuviese viva, le aseguro que no estaría aquí, en esta misión tan absurda.

Annie se adelantó, tímida, y tiró de la manga de Gage.

–Mi nombre es Annie Carver, señor. Han vendido a mi hijito poco después de que me embarcaran; por eso, mi más ferviente deseo es tener un pequeño a quien cuidar. Puedo prometerle que querré a su hijo como si fuese mío, señor –se sonrojó, súbitamente confundida y, retorciéndose las manos, agregó–: Quiero decir, si está de acuerdo en pagar las monedas para comprarme.

La mirada indómita de Gage se suavizó un poco al bajarla hacia la mujercilla de rostro común, pero su modo de hablar revelaba su falta de educación.

–Tenía la esperanza de encontrar a una mujer que en el futuro pudiese enseñarle a mi hijo a leer y escribir. ¿Usted podría hacerlo?

–¡Caramba; no, patrón! –exclamó Annie, perpleja por la exigencia. Muy decepcionada, estaba por alejarse cuando la asaltó un súbito pensamiento. Dirigiéndose otra vez al hombre con ansiosa sonrisa, le informó–: ¡Pero conozco a una que sí podría! Le aseguro que es una dama, señor.

–¿Una dama? –Gage lo dudaba, ya que había visto a casi todas las mujeres–. ¿Aquí, en un barco de prisioneros?

–¡Sí, señor! –repuso Annie, enfática–. Milady sabe leer y escribir, y hasta puede sumar de memoria. Yo la he visto hacerlo, señor.

–Sin duda, debe de tener noventa años –se burló Gage.

No podía desperdiciar su dinero en una mujer que, probablemente, moriría a los cinco minutos de haber desembarcado. Argumentos ya conocidos reducían sus expectativas al reino del absurdo, minando su confianza y aplastando sus esperanzas. Ninguna mujer de buena cuna podía haber cometido un delito tan grave para ser enviada a colonias en un barco de convictos, a menos que hubiese sido arrojada a una prisión para deudores. Incluso en ese caso, dudaba seriamente de que pudiese permitírsela. Tenía otros compromisos que le impedían pagar tales lujos.

Una sonrisa curvó las comisuras de los labios de Annie.

–¡No, señor! ¡Una dama joven! ¡Y además, bonita, señor!

–¿Dónde está esa maravilla? –preguntó Gage, sin mucho ánimo.

Temía que Annie no hubiese comprendido bien el significado de la palabra dama, porque él no había visto nada que pudiera calificarse como tal desde que había llegado al *Pride.*

Annie se volvió e hizo una seña a sus compañeras, indicándoles que se apartasen mientras buscaba a la amiga. Cuando se formó un pasillo, estiró un flaco brazo, señalando a una figura sentada sobre la tapa de la escotilla.

–¡Es ésa, patrón! ¡Shemaine O'Hearn; es ella!

Shemaine se puso alerta de inmediato ante la atención que recibía y al notar la fuerza de esos hermosos ojos castaños que se posaban en ella, azorados. No podía abrigar la menor duda respecto al interés que había despertado en el desconocido, que estaba por completo absorto, contemplándola.

Gage Thornton había trabajado muy duramente para obtener todo lo que tenía, y no podía convencerse de que pudiese llegar a su meta con tan poco esfuerzo. Esa joven era de un atractivo poco común, un premio, pero él temió que tuviese algún defecto oculto.

Se inclinó a un costado para interrogar a Annie.

–¿Una dama, dice? –Tras el gesto afirmativo de la muchacha, preguntó lo evidente–: Pero ¿por qué está aquí? ¿Qué ofensa cometió que justifique ser enviada a estas costas en un barco de convictos?

Annie habló en un susurro:

–Un caza ladrones apresó a milady mientras sus padres no estaban y no le permitió comunicarse con ningún conocido, así que, ya ve, señor, no había nadie para rebatir al tipo cuando dijo que ella había sido la que robó las joyas de otra dama.

Gage no estaba muy convencido, aunque sus reservas no bastaron para disminuir su interés. Hasta con las mejillas manchadas y el pelo salvajemente revuelto sobre los delgados hombros y la espalda, la belleza de Shemaine era indiscutible. Su rostro parecía delicadamente esculpido, como si un artista hubiese pintado la imagen de un sueño y le hubiese dado vida con un beso. Tenía la fuerte sospecha de que su ascendencia era irlandesa, pues ninguna otra raza gozaba de tanto favor de la naturaleza en la combinación del llameante cabello rojo, los resplandecientes ojos verdes y la impecable piel clara. Pese a los harapos que la cubrían, su graciosa pose evidenciaba con claridad su refinamiento, pues tenía un aire majestuoso, con el mentón un poco elevado, los ojos que miraban de frente, como si no tuviese escrúpulos en sentirse igual a él.

A Gage le asombró el insólito tumulto que sentía dentro de sí; sólo atinó a preguntarse qué era lo que más lo excitaba: si el descubrimiento de una muchacha aparentemente capaz de cumplir con sus exigencias o el otro propósito no dicho, ése que no se atrevía a esperar que se viera satisfecho. Si en verdad la compraba, era probable que sus intenciones para el futuro dejaran estupefactos a amigos y enemigos. Con todo, no sería la primera vez que él actuara en contra del decoro, para dar a su vida una dirección definida.

Gage procuró asir las riendas de su fantasía desbordada y, adoptando un aire desinteresado que no coincidía con lo que sentía, llamó al contramaestre.

–Señor Harper, me gustaría hacer averiguaciones con respecto a esa prisionera que está ahí.

James Harper estiró el cuello para ver cuál de las mujeres le había interesado, creyendo que quizás era la vieja que había cruzado delante de Shemaine. Harper indicó a la anciana que se acercase, dudando para sus adentros del gusto y la sensatez del hombre, pero Gage negó con un ademán impaciente. Yendo hasta un lugar desde el cual podía llamar directamente la atención de Shemaine, le hizo señas de que se adelantara, con un solo gesto.

Consciente de esos chispeantes ojos castaños que seguían cada uno de sus movimientos, Shemaine se puso de pie y avanzó entre los grupitos de mujeres cuyos ceños expresaban a las claras la envidia y la rabia que sentían. De todas maneras nadie se interpuso en su camino, hasta que Morrisa le cerró el paso.

–Queridita, si yo estuviese en tu lugar, sería un poco cautelosa antes de irme con este caballero Thornton. No he visto a un tipo tan guapo desde que nací, y lo quiero para mí. ¿Sabes, Shemaine? Si me impides tenerlo, no me sabrá nada bien. Te aseguro que te haré picadillo.

A Shemaine la asombró que Morrisa todavía procurase intimidarla. Para cualquiera que no fuese un poco imbécil, habría sido evidente que ella era demasiado obstinada para dejarse amedrentar por amenaza alguna.

–Y si yo estuviese en tu lugar –dijo entre dientes–, tendría presente el alboroto que podrías causar si llegaras a hacer daño a una persona a su servicio, Morrisa, y sobre todo una por la cual ha pagado bastante dinero.

–Iré a por ti, Shemaine, no olvides mis palabras. Y cuando te encuentre, te haré lamentar no haber prestado atención a mis advertencias. Cuando acabe contigo, ese sujeto no te querrá.

La mirada asesina de Shemaine contrastaba con la suavidad de sus palabras:

–Morrisa, no te sorprendas demasiado si hago saber al señor Thornton que me has amenazado.

Morrisa refunfuñó exasperada, mientras Shemaine pasaba junto a ella. Los intentos fallidos de ver muerta o seriamente dañada a la sucia irlandesa resultaban inútiles ahora que la pelirroja había atraído al mejor del grupo. Sin duda, si la chica hubiese tenido el rostro surcado de cicatrices, el tipo no se habría interesado por ella.

James no había levantado la vista cuando Shemaine se detuvo junto a él. El alboroto creado en torno del colono lo había impacientado y, al igual que Potts, estaba ansioso por concluir con la venta para poder disfrutar su permiso en tierra, porque tenía grandes ansias de beber una gran jarra de cerveza. Estudiando la lista, preguntó con brusquedad:

–¿Su nombre?

–Shemaine O'Hearn.

La firme respuesta le hizo alzar la cabeza de golpe, sorprendido. Ese nombre conjuraba imágenes de la esbelta beldad pelirroja que había divisado desde lejos y admirado con ardor desde cerca. Ni el último prisionero había deseado ver vender a otro hombre a esa muchacha, la que había despertado las esperanzas y la imaginación de muchos marineros a bordo del *London Pride.* Hasta el capitán Fitch había caído, y sólo los más discretos sabían que su esposa pronto tendría sobrados motivos para envidiar a la doncella. Poco después, el marido instalaría a la muchacha en una casa cercana y la convertiría en su querida. A Harper no le agradaba arreglar eso para su superior, pero no tenía ninguna alternativa.

Habló en voz baja al desconocido:

–Me temo que usted no estará contento con ésta –aconsejó; pues el capitán Fitch le había indicado que desalentara a cualquier comprador serio–. Tiene una lengua hiriente, capaz de dejar mal parado a un hombre con sus ataques. Si no me cree, pregunte al capitán y a su señora.

Oyendo la advertencia, Shemaine clavó en Harper una mirada incrédula, sin comprender cómo podía ser tan insensible y distorsionar así lo ocurrido aquel día, cuando él llamó a los prisioneros a cubierta para que presenciaran cómo azotaban a Annie Carver. Los habían obligado a ver cómo el látigo de nueve colas hería la pequeña espalda de la mujer, mientras les advertían que parecidas infracciones acarrearían castigos similares. Los murmullos interrogantes y confusos se habían convertido rápidamente en indignados, porque todos sabían bien por qué había intentado matarse Annie. Miraron hacia el castillo de popa, donde estaba el capitán. Shemaine recordaba el desprecio que había subido hasta su garganta como ácido al ver al capitán que, indiferente, se encontraba junto a su esposa que, a su vez, contemplaba la escena con maligno placer. Con la misma pasión que su padre irlandés siempre ponía en juego, se había puesto de pie sobre la tapa de la escotilla y reprochado con aspereza al matrimonio la brutalidad con que trataban a Annie.

Y ahora, con mucha menos vehemencia que la que había manifestado tres meses atrás, Shemaine preguntó al contramaestre:

–Señor Harper, ¿no me dará oportunidad de explicarme?

–¿Acaso no he dicho la verdad? –replicó, inquietándose, porque al cumplir órdenes, podría volver a la muchacha en su contra.

No le gustaba la idea de que la joven se fuera con ese hombre, como tampoco que la hiciera suya el capitán, pero ¿qué podía hacer?

–Me ha acusado usted correctamente, señor –admitió Shemaine, encrespada, alzando el mentón al ver la expresión atribulada del hombre–. Pero en ese incidente hubo muchas más cosas que las que usted dice. El crimen de la señora Fitch haciendo azotar a una madre que lloraba la pérdida de su hijo equivalía a castigar a una viuda por llorar la muerte de su esposo. Su interés en mantener a Annie viva era puramente mercenario, pero usted, señor, ¿no podía entender la profundidad de la desesperación de Annie cuando intentó matarse? ¿Acaso carece tan completamente de compasión que no puede comprender la desdicha de una madre joven a la que arrebatan su hijo? ¿O, tal vez, pensó que, en realidad, ella necesitaba aún más azotes?

–No podía desobedecer a mis superiores –arguyó Harper–. Tampoco me correspondía discutir la cuestión con ellos.

–Entonces, con su silencio, consintió los azotes –regañó suavemente Shemaine–. Eso es muy poco caballeresco.

Harper se sonrojó, sabiendo que los argumentos de la muchacha lo habían sacado de su firme posición. Su persuasivo razonamiento inclinaría al colono en favor de ella, sin duda. Con la esperanza de desechar toda idea de galantería, trató de justificar sus afirmaciones:

–¡Pero tampoco le correspondía a usted acusar al capitán y a su esposa, y empujar a las otras prisioneras a una revuelta!

–¿Revuelta? –Shemaine rió, con amarga incredulidad–. Lo único que hicieron fue expresar su desacuerdo. ¡Créame señor, no nos encontrábamos en condiciones de rebelarnos, medio muertas de hambre y trabadas por el peso de los hierros como estábamos, hasta el punto de que casi no podíamos movernos!

–El contramaestre tiene razón, patrón –interrumpió Morrisa, apartando a las otras a empujones–. Esta ramera irlandesa tiene un carácter malvado y despreciable, es verdad. Me humilló unas cuantas veces, sin que yo sepa aún por qué.

–¡Pedazo de mentirosa! –chilló Annie.

Aferró a Morrisa del brazo, la hizo girar y luego la soltó, lanzándola a trompicones entre el agitado grupo de mujeres.

Durante el viaje, en algunas ocasiones, el temperamento de Annie había sorprendido por completo a Shemaine y ahora volvía a suceder. Al principio, parecía un ratón asustado, pero desde el lúgubre día de los azotes, Annie se había vuelto más temeraria, como si se hubiese prometido a sí misma vengarse de aquellos que la habían maltratado, y retribuir a Shemaine por todo lo que había sufrido después de salir en su defensa. No cabía duda de que Annie había demostrado su gratitud en mayor medida de lo que Shemaine habría esperado o, incluso, de lo que a su juicio aquel acto merecía.

Fue la propia Annie la que se volvió y agitó un sucio dedo bajo la noble nariz de Gage Thornton:

–Fui azotada por orden de la señora del capitán, pero milady la llamó malvada, arpía sin corazón y...

–¡Sí! ¡Muchas estuvimos de acuerdo con Shemaine! –intervino la vieja de los dientes rotos–. Hasta encadenadas, estábamos decididas a romper los grillos y presionar a la tripulación, hasta que el capitán accediera a detener los azotes.

Annie insistió en su defensa.

–Y también pensábamos protestar por el encierro de milady en el pañol, pero Shemaine nos dijo que cuidásemos de nosotras mismas. Dijo que la señora Fitch iba a encontrar la horma de su zapato y que ella no perdía nada por intentarlo...

Shemaine gimió para sus adentros, convencida de que su amiga estaba hablando demasiado de su fugaz momento de locura. Había perdido el control, nada más.

–Lo único que le salvó el pellejo fue que el capitán redujo el encierro a cuatro días en lugar de dos semanas –agregó Annie.

A decir verdad, el discurso de Annie tuvo poco efecto sobre Gage Thornton: ya estaba decidido desde hacía unos momentos, durante la discusión entre Harper y la muchacha. Defendiéndose de las acusaciones del contramaestre, ella había confirmado su inteligencia y su educación. Gage estaba encantado de que satisficiera tan completamente sus aspiraciones. El hecho era que le había posibilitado evitar el conflicto consigo mismo, porque en realidad él no quería resolver el dilema de quedarse con ella sin importar cuáles fuesen sus méritos.

Sin embargo, no podía permitirse parecer demasiado ansioso cuando tenía que desembolsar una suma significativa de dinero. Tenía que ser cuidadoso con las monedas que había ganado, por lo menos hasta que terminara de construir el barco que había diseñado y pudiese encontrar comprador. Tenía toda la intención de hacerse rico algún día, pero no se podía decir que lo fuese en el presente, de ningún modo. Como había sido despojado de todo derecho a la fortuna de su padre a causa de una riña entre ambos, al llegar a las colonias era un auténtico paria. Sólo por medio de una buena combinación de ingenio y tesón había conseguido progresar como lo había hecho. En verdad, si había podido desistir de su sueño de construir barcos, los muebles que fabricaban él y sus cuatro empleados en su taller de carpintería le aseguraban unos buenos ingresos, pero ahí residía el dilema: ¿cómo podía uno abandonar una ambición de toda la vida?

–No le molesta que inspeccione mejor a la muchacha, ¿verdad, señor Harper?

Gage alzó una ceja, irónico, como esperando que el contramaestre se lo negara.

Harper frunció el entrecejo. La insistencia del hombre lo ponía fuera de sí.

–No le servirá de nada.

–¿Por qué no? –preguntó Gage–. Si yo estoy dispuesto a correr riesgos con el carácter de la muchacha, ¿qué podría impedirme comprarla?

Al ver el ceño sombrío del hombre y su rígido encogimiento de hombros, Gage dejó de hacerle caso y pasó junto a Annie hasta donde estaba Shemaine. No era la criatura más limpia que hubiese visto ni la que olía mejor, pero las intensas luces que relampagueaban en esas órbitas de verde intenso lo divertían. Y eso significaba mucho para él. A decir verdad, desde la muerte de su esposa casi había olvidado lo que era reír.

–La muchacha parece medio muerta de hambre –comentó Gage, echando a Harper una mirada desafiante.

Había oído rumores de privaciones a bordo de los barcos prisión, y aunque los capitanes solían desmentir esos rumores como exageraciones, la deplorable condición de los convictos en este navío parecía confirmar esos informes desfavorables.

Cada vez más irritado, Harper hizo rechinar los dientes. Por mucho que él se hubiese opuesto a la escasez de víveres para los convictos, el hecho de que este colono se refiriese a ello no hacía más que aumentar su irritación, porque estaba seguro de que este intruso trataba de fomentar una pelea.

–No es asunto suyo el estado actual de la muchacha, señor Thornton. Ya le he dicho que no puedo vendérsela.

–Ella engordará muy bien, patrón –lo animó Annie, impetuosa, acercándose a Shemaine–. Si le da buenos alimentos, tardará muy poco.

–¡Cállate, Annie! –Los ojos de color esmeralda de Shemaine relampaguearon, airados–. No soy un cerdo para que intentes venderme así.

–¿Sabe cocinar? –preguntó Gage.

Annie hizo un gesto con la cabeza, y se apresuró a contestar por la amiga:

–¡Claro que sí, patrón!

–¿Quieres callarte? –susurró Shemaine, furiosa–. ¡Me meterás en problemas!

Gage creyó entender hacia dónde iba la advertencia pero, para estar seguro, preguntó a Shemaine:

–¿Qué ha dicho?

Annie desechó la pregunta.

–Oh, absolutamente nada, patrón. ¡Milady sólo estaba carraspeando, eso es! Es por todas esas esporas que hay en el aire, ¿sabe usted?

–¡Annie!

El nombre siseó como vapor saliendo del pico de una tetera, descripción que tal vez pudiese aplicarse a Shemaine. No le agradaba mucho que se hablara de ella como si fuese un lechón en venta.

Gage caminó lentamente alrededor de Shemaine, observándola desde todos los ángulos. Por espaciosa que fuese una cabaña, podría resultar incómoda como morada de dos personas que no podían tolerarse entre sí. Últimamente, cada vez percibía con más agudeza la dificultad de tratar con las mujeres, sobre todo con una tal Roxanne Corbin, que trataba de ahogarlo con su presencia y su atención. Si no fuera por la desesperada necesidad que tenía de una niñera que cuidara de su hijo, jamás habría pensado en tomar a Roxanne; ahora ella esperaba de él más de lo que estaba dispuesto a dar. Sin embargo, en el caso de Shemaine le parecía que disfrutaría teniéndola cerca y descubriendo cada uno de los detalles de su persona.

Deteniéndose a su lado, Gage deslizó los dedos con curiosidad sobre los delicados huesos de la muñeca de Shemaine. El contacto pareció demasiado audaz e íntimo a la muchacha. Si le hubiese aplicado una marca al rojo, no se habría sentido más sobresaltada, porque el contacto fue como una llama tibia que ascendía lentamente por su piel.

–¡No, por favor! –rogó, apartándose.

Viéndolo tan próspero, sano y fuerte, no sabía qué mérito podía encontrar en ella, tan frágil, sucia y delgaducha.

–No quise asustarla, Shemaine –se disculpó–. Sólo quería mirarle las manos... ¿Me permite?

A Shemaine no le gustaba ser objeto de una atención tan minuciosa, sobre todo sintiéndose tan sucia. Levantó las manos, a desgana, resentida por la falta de alternativas que se le presentaban.

¡Y tenía que agradecer que no se le hubiese ocurrido observarle los dientes!

Gage examinó los delgados dedos con cuidado; los encontró sucios aunque de buena forma. Pasó el pulgar por los frágiles huesos del dorso de las manos y, volviéndolas, contempló las palmas que eran suaves como las de una dama bien nacida.

–Da la impresión de no estar muy preparada para el trabajo, Shemaine –comentó, asombrado.

Bajo la mirada que la escudriñaba, Shemaine sintió que el rubor encendía sus mejillas.

–No le temo al trabajo, señor –dijo, cautelosa, sabiendo que las siguientes palabras podrían disminuir mucho sus posibilidades de ser comprada–. Sólo que no estoy familiarizada con él, eso es todo.

–Ya veo –respondió Gage, pensativo. Tal vez fuese cierto lo que le había dicho Annie, de que, en realidad, Shemaine O'Hearn había sido educada como una dama. Sólo los muy acaudalados podían permitirse brindar sirvientes a sus hijos, y eso explicaba la suavidad de las manos y su falta de habilidades–. Sinceramente, espero que tenga talento para aprender, Shemaine. No podría permitirme pagar a alguien que le enseñe, ni tengo tiempo o inclinación para hacerlo yo mismo.

–Aprendo muy rápido, señor –se apresuró a afirmar–. Si puede conseguir libros donde haya instrucciones detalladas sobre los deberes de un ama de llaves, podré aprender sola.

–Buscaré alguno.

–Eso sería útil –respondió con vivacidad.

–¿Al menos sabe cocinar? –repitió Gage la pregunta, tratando de aliviar su repentina preocupación.

Abrigaba la ferviente esperanza de que no muriesen de hambre mientras ella aprendía algunas cosas básicas.

–Soy buena con la aguja –dijo Shemaine, evasiva.

No tenía interés en divulgar algo de lo que estaba insegura. Su madre había considerado prudente que una joven aprendiese todas las habilidades de una esposa, y la cocinera de la familia había estado de acuerdo, pero Shemaine no había sido una alumna demasiado atenta, y no podía garantizar hasta dónde llegaba su memoria.

Aceptando la respuesta como una negativa, Gage exhaló un suspiro de abatimiento. No le entusiasmaba en absoluto la perspectiva de soportar la cocina de una novata, pero ni la destreza de Roxanne en este aspecto podía apartarlo del curso que estaba trazando para sí mismo. Sabía que, con el solo acto de ir al barco, estaba poniendo seriamente a prueba los vientos del destino, pero su deseo de poseer a Shemaine estaba sobrepasando todas las demás consideraciones.

–Parece muy joven –comentó, para no hablar de su inexperiencia.

–No tan joven, señor –se apresuró a replicar la muchacha, aunque en ese momento se sentía vieja–. Cumplí dieciocho el mes pasado.

–¡Bastante joven! –se burló Gage–. Claro que, para usted, treinta y tres debe de ser una edad avanzada.

Esto confundió a Shemaine.

–¿Por qué treinta y tres, señor?

–Es mi edad –informó Gage, sin rodeos.

¡Oh! Los labios de Shemaine formaron la exclamación, pero su voz no sonó entre sus labios. Avergonzada por su torpeza, apartó la mirada por temor a que él detectara su asombro. ¡En verdad, no lo hubiese creído tan mayor!

Entre ellos se creó un incómodo silencio hasta que, al fin, confusa y preocupada, Shemaine alzó los ojos y se encontró con los de él que la observaban. Estaba segura de que estaba a punto de decirle que buscaría otra criada, pero los ojos del hombre escudriñaron los suyos, como si quisiera adivinar sus más recónditos secretos.

–Ahora –musitó Gage, como para sí–, lo único que me queda por hacer es convencer al señor Harper de que me la venda.

El corazón de Shemaine se colmó de genuino alivio. Si bien antes había querido que la comprase una mujer, algo en ese hombre le hacía confiar en su integridad. Quizá fuese la expresión furiosa que había crispado su frente cuando aludió al hecho de que hicieran pasar hambre a los prisioneros. Ojalá su falta de conocimientos domésticos no acarrease dificultades a la reducida familia de ese hombre.

Gage volvió junto al contramaestre y le ofreció una suma, con bien fingida indiferencia.

–Le daré quince libras por la muchacha.

James Harper sintió que se le erizaba el pelo de la nuca. Tal vez fueron sus propios celos los que alzaron su cabeza como una serpiente alerta cuando el hombre observó a la chica, aunque se inclinaba a pensar que el colono no la quería como niñera para su hijo sino como querida para sí mismo.

–¡El capitán me ha dado órdenes estrictas acerca de la muchacha, señor Thornton! No se vende.

–Entonces, serán veinte libras –dijo Gage, empecinado. Sacó un monedero de cuero de una bolsa más grande que llevaba colgada de un hombro por una correa de cuero, y que se apoyaba sobre la cadera. Contó con cuidado las monedas y se las ofreció al contramaestre–. Eso debería bastar para conformar a su capitán.

–¡Le repito, la chica no se vende! –insistió Harper, con creciente ira. Desdeñó la mano que se le tendía.

–¡Maldita sea, hombre! –exclamó Gage. Con la intención cada vez más firme de comprar a Shemaine, fuera cual fuese el precio, preguntó, incrédulo–: Usted ha traído a puerto su barco prisión, y exhibe la carga para que todos la veamos, ¿y ahora dice que no quiere vender la mejor pieza? –Rió con amargo escepticismo–. Vamos, señor Harper, ¿qué juego es éste? Si se trata de un juego, no tengo tiempo para tonterías. Ahora bien, dígame, ¿cuánto quiere por la muchacha?

–¿Qué está pasando aquí? –preguntó en voz fuerte el capitán, uniéndose a ellos.

–Señor, este *peregrino* –ridiculizó Harper, indicando a Gage con una sacudida irritada de la cabeza–, insiste en que quiere comprar a Shemaine O'Hearn. Su última oferta fue de veinte libras. Quiere saber cuánto desea usted por ella.

Apartando la levita de su vientre prominente, el capitán Fitch enganchó los pulgares en los bolsillos del chaleco, se balanceó hacia atrás sobre los talones y sonrió con petulancia al extraño:

–Me temo que no tenga usted suficientes monedas para comprar a la moza, señor. Ya está reservada.

Shemaine contuvo el aliento, sorprendida, y traspuso rápidamente la distancia que los separaba.

–¿Por quién, señor?

Mirando de soslayo tras la larga proa de su nariz, Everette Fitch alzó sus oscuras cejas hirsutas, contemplando a la doncella. Su sonrisa solapada iluminó los ojos grises con un ardor inconfundible y, al comprenderlo, Shemaine se sonrojó, indignada. De algún modo, el capitán había conspirado para tenerla para sí, aunque tuviese que esconderla en las narices de su propia esposa.

–¡Señor, se lo ruego!

Shemaine se acercó peligrosamente al llanto al pensar en tan repugnante perspectiva. Convertirse en el juguete de ese hombre sería más horrible que cualquier cosa que hubiese imaginado.

–Por favor, capitán Fitch, no quisiera despertar más la ira de su esposa. –Era dudoso que una azotaina calmara las ansias vengativas de la mujer si alguna vez llegaba a conocer las intenciones del esposo–. Deje que me compre el señor Thornton. Él es viudo y tiene un niño del que debe cuidar, señor.

Reconociendo los pesados pasos de su esposa que se acercaba desde atrás, Everette se puso rígido y, alterado, puso las manos a la espalda. Durante todo el viaje, Gertrude se había ocupado de trasladar rápidamente su robusta figura a su lado cada vez que sospechaba que estaba tratándose alguna cuestión monetaria. Era una vieja mujerona fastidiosa, entremetida y criticona; él estaba ansioso de probar a una doncella mucho más joven, agradable y dulce.

–Everette, te necesitan en el puente para firmar los contratos –dijo Gertrude, mirando con desprecio a James Harper.

–Iré en un instante, querida –dijo Everette, tratando de que su mujer volviera a la zona del barco de donde había venido–. En cuanto termine el asunto que tengo entre manos.

Gage captó de inmediato la situación y, tras duplicar la cantidad de monedas en su monedero para atraer la atención de la mujer, le habló con discreción:

–Se me ha dicho que la doncella Shemaine O'Hearn no puede ser adquirida por ninguna cantidad de dinero que yo ofrezca. Quizá quiera contarlas usted misma, señora.

Gertrude miró, curiosa, al hombre alto que ponía el monedero en su mano. A continuación, dirigió a su esposo una mirada suspicaz, mientras sopesaba el monedero. Hizo rápidamente una estimación de su contenido.

Shemaine temblaba, temerosa y aprehensiva. Estaba segura de que si Gertrude Fitch llegaba a sospechar la ansiedad que sentía de que la vendieran a Gage Thornton, la posibilidad quedaría rápidamente anulada.

Gertrude sacó sus propias conclusiones y, después de volver a guardar las monedas en el saco, lo cerró tirando de los cordones de cuero con una resolución que condenaba el plan de su marido. Por mucho que deseara ver a Shemaine muerta y enterrada, no podía desechar a la ligera una suma tan generosa como ésa.

–Firma los documentos, Everette –ordenó–. No obtendremos una suma mayor de cuarenta libras de otro comprador.

El capitán Fitch abrió la boca para protestar pero calló al ver la mirada irónica del colono. De golpe, comprendió que si quería seguir comandando ese barco, no tenía otra alternativa que firmar los documentos del contrato de la muchacha y dárselos a ese hombre. Entregó los papeles quejándose:

–No sé qué diré al otro caballero cuando venga a buscar a la moza.

–Estoy seguro de que se le ocurrirá algo –respondió Gage, cortante.

Con una sonrisa lacónica en los labios, enrolló el pergamino y lo metió en la bolsa que llevaba al costado.

Miró a Shemaine.

–¿Está lista?

La aludida estaba ansiosa por marcharse antes de que al capitán Fitch se le ocurriese un motivo para entretenerlos. Miró alrededor en busca de Annie, y la encontró respondiendo con timidez a las preguntas del hombre bajo al que Morrisa había rechazado. Alzó una mano en gesto de despedida, y parpadeó para deshacerse de la humedad que nublaba su visión cuando Annie le respondió asintiendo y con los ojos también húmedos. Acercándose a su nuevo amo, Shemaine procuró controlar sus emociones.

–No tengo más cosas que la ropa que llevo puesta señor, por pobre que le parezca. Puedo partir cuando usted quiera.

–Entonces, partamos –surgió Gage. Viendo la fría mirada ceñuda de James Harper por encima de la cabeza de la muchacha, agregó–: Ya no tengo nada más que hacer aquí; además, me parece que se avecina una tormenta.

Shemaine alzó los ojos hacia el cielo oscuro que se cernía, bajo, sobre sus cabezas, pero cuando miró alrededor y vio los rostros coléricos de los hombres, comprendió que el colono se refería sólo en parte al clima. Lo siguió, dejándose guiar, lejos de aquellos que los observaban.

3

Para ser un hombre que, en los últimos tiempos, consideraba esencial la frugalidad para la concreción de sus ambiciones, Gage Thornton se dio cuenta de que acababa de echar por la borda toda discreción en su obstinación por poseer a Shemaine O'Hearn. Por su impaciencia en ofrecer una bolsa tan considerable, nadie hubiese adivinado que ahora tendría que postergar la compra de material muy necesario para la construcción del barco hasta que pudiese cobrar el pago de varios muebles que había acabado hacía poco para unos ricos clientes que vivían en Williamsburg. En situaciones normales, no se habría permitido semejante demora. Y, sin embargo, ahí estaba, dueño de una sierva, y no habría estado más contento si hubiese pasado todo el año planeando y ahorrando con ese fin. En verdad, era raro que concretara alguno de sus objetivos sin haber pasado antes por un arduo período de planificación, duro trabajo y escrupuloso ahorro.

En cuanto a Shemaine, se había hecho a la idea de que había un documento que acreditaba su servidumbre como cumplimiento de la condena, y ese papel estaba ahora en poder del colono Gage Thornton. Durante los próximos siete años de su vida, estaría sujeta a su autoridad. Cuidaría de su casa, de su hijo, y haría todo lo que, razonablemente, se espera de una criada. Había que esperar acontecimientos, pero por el momento su situación no le parecía demasiado humillante. De hecho, era un alivio que las cosas hubiesen resultado de esa manera. No creía que fuese a recordar con demasiado cariño su partida del *London Pride,* salvo como una liberación temporal del infierno.

Gage bajó por la pasarela hacia los adoquines del muelle y se volvió con naturalidad para ofrecer su ayuda a la flamante adquisición, que lanzó una rápida mirada a la mano esbelta que se le tendía. Parecía lavada hacía poco y, por contraste, resaltaba dolorosamente la tremenda suciedad de la suya. De cualquier modo, un rato antes el hombre había inspeccionado sus palmas y sabía exactamente lo que iba a tocar. Avergonzada por el agudo contraste, aceptó con desgana la ayuda, descubriendo que esa mano estaba muy encallecida por el trabajo y los dedos eran delgados pero fuertes. Sin embargo, para su sorpresa, la piel tenía un tacto suave bajo la suya, como si algún extraño aceite o ungüento la hubiese acondicionado.

No bien Shemaine había pisado el muelle cuando la asaltó la idea de volver a la pasarela de madera. Las piedras estaban heladas bajo sus pies descalzos; ansió poder pisar algo más tibio y, como si no fuese suficiente eso para hacerla tambalear, el viento que soplaba entre los barcos amarrados al muelle y los almacenes cercanos parecía especialmente malévolo. No estaba preparada para un tiempo tan inclemente, y esas fuertes ráfagas penetraban entre su ropa con brutalidad. No había ningún refugio a la vista; sólo atinaba a temblar y a apretar los dientes para defenderse del gélido aire. Ni sus frenéticos esfuerzos por someter su rebelde falda resultaron provechosos, porque el ruedo deshilachado le azotaba las pantorrillas desnudas y, de vez en cuando, se arremolinaba enloquecido, como si hubiese adquirido vida propia y se deleitase en contrariarla.

Gage siempre había sido proclive a admirar un tobillo bien torneado, y no se negó la oportunidad de satisfacer esa propensión. Después de todo, hacía bastante tiempo que no se permitía una buena mirada. Sin embargo, no pudo decidir qué fue lo que más atrajo su atención, si el grato contorno de las esbeltas pantorrillas o las reveladoras marcas rojas causadas por el prolongado roce de los grillos de hierro. Oscuros hematomas marcaban la piel en la parte inferior de la pierna, dando indicios de una herida más reciente. Bajo su mirada, los pies se curvaron hacia dentro, dando cuenta de la creciente incomodidad de la muchacha. Contra su voluntad, levantó la vista y se encontró con la mirada cautelosa de los ojos verdes.

–¿No tiene calzado? –preguntó, con la sincera esperanza de no tener que arrancar otra porción a su menguada riqueza para comprarle unos zapatos.

Ceñudo, intentó deducir cómo hacer semejante adquisición.

Shemaine se apartó las enredadas hebras de cabello que el viento le echaba a la cara, mientras observaba a su nuevo amo. Su ceño era tan amenazador que sintió ganas de volverse y huir.

–Lo siento, señor Thornton –murmuró, odiando el incontrolable temblor de su voz–. Me robaron las botas en Newgate, poco después de mi detención. –Recordó que ella no había hecho nada para merecer esa confiscación ni la vergüenza que le había sido impuesta. Pero la verdad no aliviaba esa humillación, ni tampoco la proximidad de varias parejas mayores que acababan de llegar al muelle. A pesar de la franca curiosidad de esa gente y del viento que la cortaba como una espada de hielo, se detuvo y explicó–: Señor, le aseguro que... las botas fueron una pérdida que lamento amargamente. Eran únicas y muy finas... A mi padre le costó una elevada suma hacer grabar mis iniciales en un par de diminutos colgantes de oro que llevaban, y al zapatero, bastante trabajo encontrar el modo de sujetarlos a los tobillos de las botas. En ese momento, me pareció más prudente entregarlas sin protestar. Cada una de las dos mujeres que me las exigieron me doblaban en peso y estaban frenéticas para cambiarlas por gin... Me convencí de que, si no obedecía, mi vida corría peligro. Cuando me las quitaron, di gracias de que mi traje de montar estuviese roto y manchado después de mi captura. De otro modo, se les hubiera ocurrido sacar algún provecho de su venta también, y ahora estaría aquí casi desnuda.

Esas dos esferas de luminoso castaño veteadas de ámbar la recorrieron de la cabeza a los pies, sin dejar traslucir del todo los pensamientos del colono.

–Sin duda, es una lástima.

–¿Cómo dice? –Shemaine no captaba por completo el sentido del comentario, y sintió un cosquilleo de recelo al preguntarle–: ¿Lamenta la pérdida de mis botas o el hecho de que esté completamente vestida?

La sonrisa de Gage fue demasiado fugaz para resultar cálida.

–La pérdida de sus botas, claro.

De pronto, a Shemaine se le ocurrió preguntarse qué clase de hombre sería ése que la había comprado. Bajo esa apariencia oscura, indiferente e inaccesible que presentaba en ese momento, ¿encontraría a un infame libertino? ¿Estaría destinada a que Gage Thornton la usara del mismo modo en que pretendía hacerlo el capitán Fitch? ¿O se trataría, acaso, de un travieso sentido del humor destinado a contrariar una reticencia asumida para la ocasión? Daba la impresión de estar muy seguro de lo que quería de la vida y ya había demostrado su resolución en el logro de sus objetivos, y la poca importancia que concedía a lo que pudiesen decir o pensar los demás de él. Por cierto, no había hecho caso de las malas lenguas que habían comenzado a funcionar en cuanto el contramaestre anunció el motivo que lo había llevado al barco. Tampoco parecía hacer el menor caso de las miradas groseramente curiosas que en ese momento se fijaban en ellos. Sin duda, era un hombre acostumbrado a que se hablara de él.

Extendiendo una mano, Gage rozó con el dorso de los dedos la manga de Shemaine, arrancada del corpiño.

–Jovencita, a menos que los harapos se hayan convertido en una moda, me inclino a discrepar con usted en cuanto a eso de estar completamente vestida.

Dolorosamente consciente de su aspecto harapiento, Shemaine unió los bordes del desgarro sobre su hombro desnudo.

–Ha comprado usted una sierva muy pobre y desaliñada, señor Thornton.

Los ojos castaños se clavaron de nuevo en los de ella y la escudriñaron profundamente, como si quisieran llegar hasta el alma. No había en ellos calidez, fuera de la que suscitaba su color, pero tampoco frialdad.

–Teniendo en cuenta dónde la encontré, me considero afortunado de haber obtenido tan raro tesoro, Shemaine.

La expresión de la muchacha se tornó inquisitiva y perpleja.

–Señor Thornton, ¿no está arrepentido de haber tenido que desembolsar semejante suma por alguien como yo?

Gage desdeñó la pregunta.

–Hoy llegué aquí con un propósito definido, y no acostumbro a lamentar mis acciones, hasta que no demuestran ser irremediablemente estúpidas. –Alzó una ceja y preguntó a su vez–: Shemaine O'Hearn, conociéndose como se conoce, ¿diría que he desperdiciado mi dinero?

–En verdad, espero que no, señor –lo dijo con voz débil–. Todo depende de lo que usted pretenda de mí. No fanfarroneo cuando digo que soy capaz de enseñar a su hijo a sostener una pluma con bastante destreza, a sumar de memoria y a leer como el mejor en los años por venir, pero la verdad es que podría usted haber comprado a un ama de casa más capaz, niñera o cocinera, si hubiese elegido a Annie o a alguna de las otras mujeres.

Por fin, Gage dirigió la mirada hacia los curiosos, haciéndolos huir nerviosamente con sólo un ceño duro. De repente, todos parecieron tener mucha prisa por cruzar la pasarela e ir a bordo del barco. Gage no dedicó mucha atención a su indigna huida y miró de nuevo a la muchacha.

–Shemaine, usted dejó bien establecida su falta de habilidades antes de que yo la comprase. No puedo alegar haber sido defraudado. No la devolveré.

Shemaine sintió que su corazón se aliviaba.

–Es bueno saberlo, señor.

Notando que varios marineros miraban a la chica desde lejos, Gage hizo un gesto vago hacia el vestido de Shemaine.

–Es obvio que tendremos que hacer algo con respecto a su vestimenta. No me agradan las miradas que atrae, ni quiero que se avergüence por mi falta de generosidad.

Shemaine trató de interpretar otra vez el ceño inescrutable que crispaba la frente bronceada mientras la observaba detenidamente, pero él mantenía una enigmática y cuidadosa reserva. Sabiendo bien que su apariencia podría hacer encogerse hasta al corazón más robusto, propuso, titubeando:

–Señor Thornton, si prefiere no ser visto conmigo, podría seguirlo unos pasos atrás, de modo que nadie sepa que vamos juntos.

Gage cortó de raíz la sugerencia.

–Jovencita, no pagué cuarenta libras por usted para que tenga que ocultarse tras mi espalda. Usted no conoce esta región, de lo contrario sabría que no hay muchas mujeres para elegir, menos aún las que merezcan el calificativo de bonitas. En cambio hay muchos tramperos y montañeses merodeando, prestos a causar preocupación a cualquier doncella virtuosa. Muchos de ellos están dispuestos a hacer cualquier cosa para conseguir una mujer y llevarla a sus campamentos. Usted sería una magnífica presa para un sujeto de esa clase, sobre todo en los meses invernales.

Shemaine no agradeció la reprimenda, y explicó, crispada:

–Mi única intención era evitarle la vergüenza, señor.

–Sé lo que pensó, Shemaine, pero estaba equivocada. Aun flaca y mugrienta, es la doncella más atractiva que ha visto la gente de esta aldea desde hace meses.

Shemaine no era de las que se dejan convencer por unos cumplidos caritativos.

–Señor Thornton, no cabe duda de que sus halagos podrían marear a una muchacha simple. Si yo fuera así, probablemente estaría abrumada de gratitud, pero tengo plena conciencia de mi aspecto.

Ante tan franco rechazo del elogio, Gage dejó escapar su propia exasperación, y suspiró.

–Niña, a su debido tiempo sabrá que sólo estoy diciendo la pura verdad. No tolero las mentiras.

–Y a su debido tiempo, señor –replicó con rapidez Shemaine, en tono altivo–, sabrá que no soy ninguna niña.

Gage notó cómo se acentuaba el sonrojo de su sierva que, rígida, parecía prepararse para la reprimenda. Inclinándose un poco hacia ella, atrajo su completa atención. Mirando de frente sus grandes ojos, musitó la respuesta:

–Shemaine, créame que ya lo sé.

Su aceptación desarmó por completo a Shemaine, y provocó una plétora de preguntas en su mente. De repente, no estuvo segura de que el colono pensara sólo en su hijo cuando desembolsó su dinero por ella. Si le hubiese dicho directamente que había evaluado sus curvas femeninas por el placer que pudiesen brindarle, sobre todo los pechos, únicas curvas que había conservado durante su cautiverio, no se habría sentido más incómoda.

Y sin embargo, pensando en su propia obstinación, le pareció ventajoso ofrecer cierta información sobre sus defectos si quería entenderse con ese hombre o conservar las esperanzas de estar con él el tiempo suficiente para conquistar su aprobación. Si lo irritaba más de lo debido, no había la menor garantía de que él la conservara. Le bastaría con venderla al primer extraño que estuviese dispuesto a pagar su precio. Por su propia protección, era imperioso que demostrara su disposición a ser dócil. Y si el colono alimentaba fantasías lujuriosas, tendría que enfrentarse a ellos cuando surgieran. No era prudente ni justo juzgar a un hombre antes de que cometiese la falta.

–He tenido poca experiencia como criada, señor Thornton –murmuró Shemaine, prudente–. Sin duda, en ocasiones le pareceré atrevida. Quizás, hasta impertinente.

La mirada de Gage no se apartó de su rostro.

–Shemaine, prefiero que diga lo que piensa y no que mi presencia la intimide.

Sorprendida por sus palabras, admitió:

–Tengo muchos defectos, señor, y uno de ellos es mi carácter. Me temo que, en ese sentido, me asemejo mucho a mi padre.

Gage también hizo una advertencia con respecto a sí mismo.

–Shemaine, estoy seguro de que, llegado el momento, usted también conocerá mi talante y, a veces, me creerá una bestia caprichosa. Pero no debe temerme. No la golpearé.

La joven respondió con una sonrisa genuina.

–Es un alivio saberlo, señor.

–Venga, pues –la urgió, tomándola del brazo. Echó un vistazo a las nubes amenazadoras que se cernían en el cielo, y comentó, refiriéndose a la tormenta que se desataría sobre ellos–: Si nos quedamos mucho tiempo más aquí, nos empaparemos.

Avanzando por el muelle, Gage la llevó con él pasando ante la gente y rodeando cajas de madera, como si tuviese algo urgente que hacer en algún otro sitio. Su andar era ágil, de pasos largos. No era hombre de perder tiempo ni demorarse demasiado en una tarea. Su energía y su fuerza eran rasgos valiosos, y los aprovechaba. En su prisa por llegar a su hogar antes de que lloviese, no prestó mucha atención a la falta de vigor de su sierva y a sus pasos vacilantes.

El largo ayuno sufrido por Shemaine en su encierro en el pañol la había dejado demasiado débil y sin fuerzas para seguir el ritmo de su amo. Antes de llegar al final del muelle, sus piernas se convirtieron en frágiles zancos que trastabillaban, inseguros, y parecían a punto de ceder en cualquier momento. Sintiendo el inminente peligro al notar que la visión se le hacía borrosa y las formas y los edificios giraban a su alrededor, se detuvo tambaleante y rogó un descanso con voz débil. Cuando Gage la soltó, se apartó dando tumbos para aferrarse de un poste. Cerró los ojos y esperó que le volviesen la fuerza y la lucidez, ansiando que así fuese.

Gage vio la mano temblorosa que la muchacha apretaba contra la boca, la falta de color de su rostro, y se dio cuenta de que no se trataba de un fingido desfallecimiento. Temiendo que se desmayase, se acercó a ella:

–¿Se siente mal?

Para no alterar su equilibrio más de lo que ya estaba, Shemaine alzó con cautela la vista, y se sorprendió al encontrarlo tan cerca. Tenía el estómago tan vacío que sentía náuseas; pasó un momento difícil hasta que logró contenerlas.

–Déme un momento para recuperar el aliento –rogó, en un apurado susurro–. Ya me pondré mejor. Estoy segura de que no es más que una debilidad pasajera.

Gage comenzó a comprender; la miró más atentamente. Las mejillas hundidas y el evidente temblor de las delgadas manos indicaban las consecuencias de un prolongado ayuno.

–¿Cuándo fue la última vez que comió?

A pesar del viento helado que le robaba sus energías y la sumía en el estupor, Shemaine luchó desesperadamente por mantener la coherencia.

–Durante los cuatro días que estuve encerrada en el pañol, me dieron unos mendrugos de pan y un jarro de agua maloliente... –Se tambaleó, aturdida, sintiendo que una gran debilidad le arrebataba los últimos vestigios de fuerza, pero cuando él se acercó y la sostuvo, poniéndole la mano debajo del brazo, ella se echó atrás, apartándole la mano aún sin fuerzas, y procuró mantenerse erguida–. En verdad, señor... –tragó saliva, luchando contra una nueva oleada de náuseas, y prosiguió con dificultad–: Tengo tanta hambre... Estoy a punto de desmayarme.

Gage se apresuró a llamar a un vendedor que pasaba y fue hacia él. Compró varias tortas de trigo, volvió y las ofreció a su esclava:

–Tal vez esto la ayude.

Shemaine aceptó con avidez la torta y, partiéndola, devoró los trozos con ansiedad atragantándose al metérselos en la boca. Mortificada por su olvido de los buenos modales, no se atrevió a levantar la vista hacia ese hombre alto, de hombros anchos, que la ocultaba a las miradas de los que cruzaban por la calle principal del pueblo. Comió las últimas migas y tomó aire, lanzando una mirada vacilante al hombre, que la observaba con preocupación.

–Fui mucho más afortunada que otros prisioneros, señor, que murieron de inanición. Fueron treinta y uno, para ser exacta.

Gage evocó las robustas siluetas del capitán Fitch y de su esposa, y se indignó al imaginarlos hartándose mientras sus víctimas morían de inanición.

–Había oído rumores de privaciones sufridas por los convictos de los barcos prisión como el *London Pride* –reflexionó–. Yo llegué aquí hace unos años como pasajero de un barco mercante, y me he considerado mucho más afortunado que la mayoría de los que cruzaron los mares para llegar aquí.

Avergonzada, Shemaine cruzó los brazos sobre la cintura, sintiendo que su estómago gruñía.

–Señor, yo doy gracias de estar viva aunque, a veces, en realidad dudaba de que pudiera sobrevivir.

Gage le dio otra torta y esperó a que la consumiera, esta vez con algo más de dignidad. La terminó y, de inmediato, empezó a ansiar algo para beber. Al parecer, su flamante amo le leía la mente, pues hizo señas al anciano vendedor para que trajese un vaso de sidra.

Lo peor del hambre y la sed de Shemaine había pasado; entonces se dio cuenta de que estaban atrayendo la atención de todos los que pasaban por el callejón. Algunos aldeanos se habían detenido y los observaban, con la boca abierta. Había quienes se sentían incómodos por curiosear, y trataban de disimular, mientras que otros eran tan entremetidos que, dando un rodeo, se acercaban para ver mejor. Un puñado de soldados británicos estaban a cierta distancia, riéndose de los comentarios que hacían algunos de ellos, mientras los contemplaban abiertamente.

Shemaine imaginaba sin dificultades lo que la gente podía estar pensando o diciendo. Sin zapatos, el duro viento agitando su falda desgarrada y el pelo revuelto, estaba convencida de que tendría toda la apariencia de una bruja pelirroja. Pero también notó que cada vez que un habitante del pueblo la veía, su reacción natural consistía en echar un vistazo a su acompañante, para ver qué clase de persona era la que estaba con ella. Las expresiones, que manifestaban diversos grados de asombro, casi se hacían predecibles en el preciso momento en que los curiosos reconocían a Gage Thornton. Del mismo modo que las otras parejas que se habían apartado para ir a bordo del *London Pride*, éstos parecían resueltos a asegurarse la huida antes de ser detectados por la mirada hosca de Gage.

Éste saludó brevemente con la cabeza a varios conocidos, que parecieron avergonzarse al ser sorprendidos mirándolos con la boca abierta. Sin atinar a otra cosa que a echarle una mirada nerviosa, seguían su camino. Como a Gage no se le ocurría ningún motivo válido para desafiarlos, miró con curiosidad a Shemaine, y entonces le resultó fácil comprender por qué atraía las miradas de los hombres. Tendrían que ser ciegos para no descubrir la belleza de la muchacha detrás de la suciedad. Su complexión era tan delicada como la de su difunta esposa, pero de ahí no pasaba el parecido. Comparada con Victoria, Shemaine era de un color más vivaz, bastante más baja y, en general, más menuda, con la diferencia de que su busto era más generoso que el de su esposa.

–Shemaine O'Hearn –murmuró, pensativo, casi sin advertir que lo había dicho hasta que vio que la muchacha lo miraba, interrogante.

–¿Señor?

A Gage no se le ocurrió ninguna excusa para observarla así, y recurrió a su anterior conjetura:

–Irlandesa, ¿eh?

Los ojos verdes relampaguearon de indignación. «¿Y qué? –pensó Shemaine–. ¡Gage Thornton debe de ser como todos los ingleses, que detestan a los irlandeses!» Alzando el mentón hasta imprimirle un gesto imperioso, repuso muy tiesa:

–¡Sí señor! ¡Mi apellido es O'Hearn! ¡Shemaine Patrice O'Hearn! ¡Hija de Shemus Patrick y Camille O'Hearn! ¡Por cierto, soy mitad irlandesa y mitad inglesa, señor, si es que a ustedes, los colonos, eso les importa!

Las cejas oscuras de él se arquearon, dándole una expresión de sorpresa y curiosidad. Por inocente que hubiese sido su comentario, Gage supo que había encendido el espíritu apasionado del cual le había advertido la muchacha.

–Shemaine, no hay ningún crimen en ser una cosa o la otra, incluso ambas –repuso, procurando aventar las sospechas y el resentimiento de la joven–. Pero dígame algo, si le parece. Annie dijo que usted es una dama, y aunque resulta evidente, me pregunto cómo vino a parar a un barco de prisioneros.

El enfado de Shemaine se ahogó rápidamente cuando se encontró con la manifestación palpable de la tolerancia de Gage, pero tardó en responder. Había hecho mil intentos por convencer de su inocencia a Ned, el apresador de ladrones, al magistrado de rostro sombrío y al guardián, y ninguno de ellos prestó oídos a sus llorosas súplicas. Era muy probable que fueran sobornados con elevadas sumas, como ella sospechaba. Cualesquiera que fuesen los motivos, tenía serias dudas de que este extraño la creyese.

–No maté a nadie, señor Thornton, si eso es lo que le preocupa.

Gage respondió con una carcajada.

–Jamás imaginé eso de usted, Shemaine.

La expresión de Gage era inflexible; era obvio que aguardaba una respuesta, y que no pensaba resignarse a cualquier excusa endeble. Exhalando un suspiro, Shemaine se preparó para la dura prueba de explicarse y se precipitó en el pantano de su embrollada situación.

–Unos ocho meses atrás, tuve el placer o, tal vez, debería decir la desdicha de convertirme en la prometida del marqués du Mercer, de Londres. Su abuela, Edith du Mercer, me rechazaba por mi falta de antepasados aristocráticos, abundantes en el caso de Maurice. Sospecho que fue Edith o, al menos, alguien a su servicio, y en cuya discreción confiaba, quien contrató a alguien para raptarme del hogar de mis padres, en ausencia de ellos. En aquel momento, sólo estaba a cargo de los criados y de una tía, circunstancia que Edith no ignoraba. Para mí, fue un intento desesperado por destruir la posibilidad de que su nieto me tomara por esposa. Cuando Maurice se empecina en algo puede ser inflexible, y tal vez Edith no había logrado disuadirlo. Después de apresada, fui acusada de robo y sentenciada a prisión. Después de muchos intentos fracasados por sobornar a alguien que pudiese informar de mi situación a mis padres o a mi tía, me convencí de que era poco probable que mis parientes descubriesen mi paradero por otros medios. Aunque hubiese dispuesto de las monedas para comprar a los carceleros o alcaides y que llevasen la noticia a mi familia, dudaba de que alguno de ellos fuese más allá de la taberna más cercana. En lugar de arriesgarme al peligro de ser violada o incluso asesinada en Newgate, firmé para formar parte de la larga lista de prisioneros que aceptaban ser vendidos como siervos bajo contrato aquí, en las colonias.

Gage no dudó de que estuviese relacionada con aristócratas. Aunque un oído atento podía percibir el acento irlandés en sus palabras, modulaba mejor de lo que él se atrevía a esperar y, pese a su carácter arisco, tenía buenos modales. En cuanto a que fuese inocente de algún delito, tendría que aceptar la explicación de ella hasta que pudiese constatarla.

–Shemaine, al parecer su mala suerte resultó en mi provecho, pero aunque usted despierta mi simpatía por lo que ha sufrido, creo que comprenderá que no finja entristecerme por el hecho de que esté aquí.

Sintiendo la mirada inflexible del hombre, Shemaine preguntó con timidez:

–¿Considera apropiado que yo sepa algo acerca de usted, señor Thornton?

Levantando la cabeza, Gage posó la mirada a lo lejos un instante, y luego respondió:

–Soy constructor de barcos por vocación, fabricante de armarios por necesidad. Tengo un taller y una casita a poca distancia de aquí, junto al río James. En la actualidad, estoy construyendo un barco diseñado por mí, un bergantín, pero aún faltan varios meses de trabajo. Después de terminarlo y venderlo, pienso dedicar todas mis energías a construir otro, con la esperanza de convertirme, algún día, en un constructor naval importante. Hasta entonces, tengo que pagar el trabajo y los materiales con lo que gano haciendo muebles.

Shemaine no entendía por qué un hombre de recursos tan limitados había insistido tanto en comprarla.

–Estaba segura de que le sobraba el dinero, señor Thornton.

Gage también estaba asombrado de sí mismo.

–Tengo la impresión de que usted satisface por completo mis propósitos, Shemaine. Creo que, aun cuando hubiese revisado cada barco que llegase a puerto, no habría encontrado a otra como usted. –Hizo una pausa, frunció el entrecejo y su cara se ensombreció cuando empezó a relatar sus motivos para trasladarse a las colonias–. Fui obligado a dejar Londres hace más de nueve años. Tuve una pelea con mi padre porque me negué a casarme con una joven que afirmaba que yo había abusado de su inocencia y la había dejado embarazada. Era hija de un viejo conocido de mi padre; estoy seguro de que por lealtad a su amigo mi padre trató de obligarme a casarme con ella. Creo que temía ver manchado nuestro apellido si yo no accedía a las exigencias de Christine de que nos casáramos de inmediato, pero yo no estaba dispuesto a quedar atado a esa pequeña mentirosa ni a dar mi apellido al hijo de otro hombre. Nunca supe si, en realidad, era sólo una estratagema para que me casara con ella o si de verdad estaba embarazada. Era bastante bonita para atraer a los pretendientes que quisiera, aun sin la fortuna del padre. A causa de mi negativa a ceder, mi padre me echó de nuestro hogar. Así que, ya ve, Shemaine, los dos hemos sido dejados a la deriva gracias a las estratagemas de mujeres confabuladoras. Seguramente, esas dos arpías se pondrían furiosas si consiguiéramos medrar en esta tierra salvaje.

–Señor Thornton, usted tiene mejores posibilidades que yo de lograrlo –repuso ella, pesarosa–. Mi única oportunidad sería que mi padre descubra dónde me han traído y viaje hasta aquí para volver a comprarme, y eso me parece improbable, teniendo en cuenta mis esfuerzos pasados. Jamás se le ocurriría hacer averiguaciones en Newgate, y ya no me quedan recursos para pagar a un mensajero que lleve una carta a Inglaterra, como tampoco los tuve en Newgate. Además, cualquier misiva que consiguiese enviar tardaría meses en llegar a mi familia... si llegara... y más aún hasta que ellos pudiesen llegar a las colonias. De lo que estoy segura es de que, en caso de que dieran conmigo, no sería en el término de este año.

Gage reflexionó en silencio largo rato, comprendiendo lo contenta que se pondría la muchacha si el padre la encontraba y la llevaba de regreso a Inglaterra, y también supo la decepción que sufriría él si tuviese que reiniciar la búsqueda. Como él también había sufrido un abrupto alejamiento del hogar y de la familia, procuró calmar los temores que Shemaine abrigaba con respecto al futuro.

–Shemaine, a veces, cuando nos vemos obligados a abandonar la protección de los muros del hogar en que crecimos, tenemos la oportunidad de determinar nuestro propio destino. En Inglaterra, yo soñé durante años con construir un barco diseñado por mí, pero mi padre me necesitaba en la construcción de los grandes barcos que siempre había producido. Todos esos años, yo estaba persuadido de que él no comprendía mis diseños y que, a causa de mi juventud, no confiaba en mí lo suficiente para dejarme crear a partir de mis planos. Durante varios años fui aprendiz de un ebanista de mucho talento. Yo era mejor en la terminación del trabajo que cualquiera de los otros hombres empleados por mi padre, pero cuando me echó, furioso, y se negó a tener en cuenta que yo era una víctima inocente, quedé libre para perseguir mis anhelos y mis ambiciones.

Lo único que Shemaine sabía era cuánto ansiaba ver a sus padres y estar segura, al cuidado de ellos.

–Señor, bien puede ser cierto lo que usted dice, pero no tengo ambición mayor que la de ser rescatada por mi padre y volver a mi hogar.

–Veremos cómo se siente dentro de siete años –replicó Gage, no sin gentileza.

Estas palabras provocaron una mirada desconcertada de Shemaine, pues sugerían que sólo la muerte podría acortar el tiempo de servicio que debía cumplir. Se preguntó qué pasaría si su padre la localizaba. En la ley inglesa no figuraba ninguna previsión que obligase a un amo a vender a su esclavo en contra de su voluntad. ¿El derecho de su amo sobre ella invalidaba cualquier otro derecho? Hasta su contrato de compromiso matrimonial quedaba anulado por el hecho de que ella le pertenecía; Shemaine se preguntó si ese hombre encontraría compasión en su corazón para venderla a su padre. ¿O acaso le exigiría quedarse con él contra su propia voluntad?

–¡Gage Thornton! ¿Qué es lo que ha hecho? –exclamó la matrona–. ¿Es posible que haya comprado una esclava en ese horrible barco de convictos? ¿Acaso ha perdido el juicio?

–No lo creo así, señora –repuso Gage con frialdad–. Más bien he hecho lo que estaba pensando desde hace tiempo.

Una fuerte ráfaga aplastó el sombrero de tela de Alma sobre su frente arrugada, pero la mujer lo apartó con un gesto impaciente, lo volvió a colocar en su lugar y echó al hombre una mirada suspicaz.

–¿O sea que en verdad ha estado pensando en la compra de una sierva contratada antes aun de que arribase a puerto el *London Pride*? Bueno, semejante absurdo me convence de que usted se ha vuelto loco.

En las mejillas delgadas de Gage se contrajeron los músculos, dando muestras de su irritación, pero su voz era tan firme como su mirada:

–En fin, señora, lo hecho hecho está, y no pienso disculparme ante nadie.

La señora Pettycomb levantó su fina nariz y lo miró de soslayo a través de sus pequeñas gafas.

–¿Ni ante la hija del herrero? –insistió–. No hay duda de que si a alguien debe usted una explicación y una disculpa es a Roxanne Corbin. Esa pobre chica lo adora como si fuese una especie de dios.

Gage no se inmutó.

–Últimamente se me ha ocurrido pensar que he abusado de la buena voluntad de Roxanne, y que debo permitir que ella continúe con su propia vida sin imponerle por más tiempo el cuidado de mi hijo. Su padre siempre le ha exigido que se ocupe de las tareas domésticas de su hogar antes de ir a mi casa, y ahora que Hugh está postrado por haberse roto una pierna, Roxanne no podrá venir, al menos por un tiempo. No tenía a nadie que pudiese cuidar de Andrew mientras trabajo y me encontré con la necesidad de buscar a otra persona. –Eso mismo había dicho a Roxanne, y ella le había rogado que pidiese ayuda a los vecinos durante un tiempo, pero él jamás cargaría con más tareas a personas que ya tenían tanto que hacer como él. Además, no habría soportado que Andrew estuviese tanto tiempo fuera de casa–. Roxanne sabía mejor que nadie lo mucho que yo necesitaba una niñera, señora Pettycomb, de modo que no será una sorpresa para ella.

Rechazando a todas luces la afirmación de Gage, Alma se puso de cara al viento hasta que él terminó de hablar, y luego se volvió con un movimiento brusco y sacudiendo un dedo bajo su nariz, le dijo:

–Gage Thornton, usted sabe muy bien que cuidar de su hijo jamás fue una imposición para Roxanne Corbin. Quiere a Andrew como si fuese su propio hijo. Convendría que usted comprendiera lo buena que ha sido con él, lo beneficioso que sería para el niño tenerla como madre. Más aún, debería pensar en los problemas que tendrá que afrontar si lleva a una convicta a su hogar. Por cierto, jamás aprobé el hecho de que esos barcos trajeran a lo peor de la sociedad a nuestras costas. ¡Esta muchacha podría ser una asesina! ¡Caramba! Podría perjudicar mucho a esta población albergando a semejante mujer bajo su techo.

Gage no se sintió muy complacido por el desaire que Alma le hacía a Shemaine. La muchacha, de pie junto a él, guardaba un silencio pétreo, pero, por lo poco que la conocía, ya sabía reconocer la hondura de su ofensa por la tensa rigidez de la espalda. Le asaltó la tentación de decir a la vieja arpía que se ocupara de sus propios asuntos, pero supo que su ira no haría otra cosa que aumentar el resentimiento de esa urraca hacia Shemaine.

–Estoy muy conforme con mi elección, señora Pettycomb, y tengo intenciones de conservarla.

–¡Sí! Me imagino qué es lo que puede haberlo convencido –repuso Alma en tono sarcástico, mirando a Shemaine con franco desdén. Pareció debatirse internamente unos instantes, como si quisiera decir algo más. Cuando continuó, fue evidente que había cedido a la tentación, porque desató sobre el hombre una tormenta de críticas más densa que las nubes amenazadoras que flotaban en el cielo–. ¡En este pueblo hay muchos que lo consideran un tonto, Gage Thornton, y comprar una convicta lo confirma! ¡Ha derrochado casi todo el dinero que había logrado ganar construyendo ese ridículo barco, cuando todos sabemos que jamás saldrá del James!

No era la primera vez que Alma Pettycomb desafiaba el decoro, emitiendo juicios sobre los ciudadanos que habitaban la región. Y Gage Thornton de ningún modo era el primero. Si bien Alma gozaba de un deleite especial observándolo cada vez que él iba al pueblo, la reserva de Gage siempre la había frustrado y despertado sus sospechas. Un hombre tan poco comunicativo como él demostraba ser sin duda tendría algo que ocultar: ésa era la conclusión de la mujer. Y ahí estaba, dejando por completo de lado las convenciones al llevar a esa vil criatura a su hogar, además de que no parecía arrepentido en absoluto por haberlo hecho. En opinión de Alma, Gage necesitaba una buena reprimenda.

A Gage no lo sorprendía la falta de tacto de la mujer. En los nueve años que llevaba viviendo en la región, había tenido que escuchar muchos de sus comentarios, bien de los labios de la propia Alma o de otros. Solía expresar con frecuencia sus puntos de vista en cuestiones que no le concernían, y era igual de generosa con sus consejos. Nunca olvidaría la tarde en que depositó a Victoria en el ataúd que él había hecho para ella y la llevó al pueblo en su carro. No tardó mucho en difundirse la noticia de la muerte de ella, y a Alma Pettycomb le faltó tiempo para ponerse al frente de los que exigían conocer las circunstancias en que había ocurrido la caída fatal de su esposa desde la proa del barco sin terminar y qué participación podía haber tenido Gage en eso; hasta llegó a insinuar que él podría haber arrojado a Victoria en un ataque de cólera. Era preciso recordar que un mes antes de esa ocasión Gage había pegado a un hombre en la aldea, sin motivo aparente.

Roxanne se había apresurado a explicar que Gage no podía haber asesinado a Victoria ni tenido tiempo de llegar al lugar en que ella lo vio, instantes después de la caída de la esposa. Sin embargo, hubo quienes expresaron su escepticismo, recordando que la hija del herrero estaba perdidamente enamorada de él desde hacía años, y diría o haría cualquier cosa para exonerarlo, por culpable que fuese.

Cuando se le hacían preguntas directas, Gage no confirmaba ni negaba la versión de Roxanne; se limitaba a explicar que había vuelto con su hijo a la cabaña para lavarlo y no podía decir qué era lo que había pasado en realidad entre el momento en que él dejó a Victoria en el barco y aquel en que llegó Roxanne en canoa. Los funcionarios británicos integrantes del cuerpo gubernativo de la región no encontraron pruebas de su culpabilidad y, por lo tanto, no tuvieron motivos para desestimar su coartada, por muy enamorada de él que estuviese Roxanne.

–Señora Pettycomb, mi barco es muy marinero –informó Gage, rígido–. Le aseguro que navegará mucho más allá de las aguas costeras de esta región. Es sólo cuestión de tiempo que demuestre su valía.

Alma Pettycomb no se dejó convencer.

–Eso está por ver, ¿eh?

Por más que para Shemaine fuesen unos desconocidos, estaba segura de que esa mujer debía de ser estúpida para no notar la rabia que bullía tras la aparente calma del hombre. Ella sabía bien cómo hubiese reaccionado su padre y le asombraba el férreo control de su amo. Si hubiera sido Shemus O'Hearn el receptor de tan dura increpación, la señora Pettycomb habría caído rápidamente bajo el asalto de la ira verbal de su padre. En contraste, Gage Thornton mantenía su cólera bajo control, sosteniendo su posición como un bastión inexpugnable, y guardaba una férrea lealtad a sus ambiciones e ideales.

–No espero que lo comprenda, señora. –Gage jamás había dado mucha importancia a las opiniones de Alma Pettycomb y en ese momento no tenía por qué hacerlo–. Son necesarios más conocimientos sobre navegación y barcos para percibir la bondad de mi diseño y el potencial de velocidad del bergantín cuando esté aparejado.

Alma no estaba dispuesta a admitir que podía haber algo en esta costa del continente sobre lo cual ella no estuviese enterada, y mucho. En verdad, ignoraba muchas cosas fuera del ámbito de sus intereses inmediatos y una de las principales era la construcción de barcos, y por eso eludía las preguntas pertinentes desviando la cuestión.

–Gage Thornton, como no quiere atender a razones, es inútil continuar con esta discusión relacionada con su barco. Derroche todo su tiempo y su dinero en sus tontos propósitos, si lo desea. Lo que más me preocupa es Roxanne: su adquisición más reciente la perturbará terriblemente. Por cierto, no esperará usted que acepte una propuesta de matrimonio mientras usted tenga a esta... a esta *criatura* viviendo bajo su mismo techo.

A Gage no le agradó más el consejo de la entremetida de lo que le habían agradado sus reproches.

–Señora Pettycomb, me temo que esté usted muy mal informada si cree que existe algo entre Roxanne y yo.

Alma alzó una ceja y lanzó a Shemaine una mirada altiva.

–Sin duda, puesto que ha comprado usted a esta sierva.

Gage enfatizó aún más la negativa:

–Perdóneme, señora, pero *jamás* ha habido nada entre nosotros.

–¿Acaso afirma ignorar que Roxanne ha estado bordando un ajuar... con las iniciales de usted?

La pregunta dejó perplejo a Gage por un momento. Desde la primera vez que se vieron, cuando él necesitó los servicios de su padre, el herrero, Roxanne le había hecho insinuaciones. En tiempos más recientes, sugería con insistencia que sería deseable una unión entre los dos, y Gage había tenido sumo cuidado en no alentarla.

–Nunca hablé del tema del matrimonio con Roxanne ni apoyé ninguna idea de que pudiese haber algo entre nosotros.

Alma ignoró deliberadamente las negativas de Gage.

–Sería conveniente que sepa que sus palabras caerán en oídos sordos, Gage. Si tenemos en cuenta que ningún otro hombre casadero que resida en la zona tiene las iniciales GHT, todos hemos concluido que Roxanne está bordando monogramas que responden al nombre Gage Harrison Thornton.

–Entonces, están todos equivocados –repuso Gage, cortante.

La señora Pettycomb lo miró con profundo escepticismo.

–Quizá Roxanne tenga motivos para pensar que se casará con ella porque usted jamás se propuso desalentarla –porfió la matrona–. Es obvio para todos que hace tiempo que ella sueña con convertirse en su esposa, incluso antes de que Victoria llegase aquí, a Newportes Newes y captara su atención. Quizá no pueda advertir que Roxanne está prendada de usted desde hace tiempo; sin embargo, todos los demás lo notan. Tendría que haberle dicho con franqueza que no tenía esperanzas en lugar de engañarla durante tantos años.

Gage, harto ya de la entremetida y de sus mezquinas acusaciones, cortó bruscamente la discusión.

–No tengo tiempo de continuar esta discusión con usted, señora Pettycomb. Lo siento, pero debo regresar a mi cabaña, con mi hijo.

Alma continuó, sin hacer caso de la negativa:

–Gage Thornton, si fuese usted prudente, seguiría mi consejo y olvidaría esta locura. Al llevarse a esta... –dirigió un resoplido desdeñoso a Shemaine, alzó la nariz con arrogancia y se esforzó por ser más caritativa de lo que deseaba– *chiquilla,* dará pábulo a especulaciones con respecto a sus verdaderos motivos para comprarla...

–Debo darme prisa –insistió Gage, cortando el incesante parloteo.

–¡Prisa! ¡Prisa! ¡Prisa! –lo remedó–. ¡No piensa en otra cosa! ¡No tiene tiempo de parar a pensar en lo que hace, Gage! De lo contrario advertiría cuándo una mujer pone los ojos en usted. Trabaja sin cesar, no para nunca. ¿Por qué se toma tantas molestias?

–Por Andrew, señora Pettycomb –respondió Gage, mientras observaba que empezaba a caer una ligera llovizna–. Por mi hijo.

Despidiendo a la mujer, tomó del brazo a Shemaine y la alejó de allí. Entre tanto, indicó con la cabeza una zona cercana al río:

–Mi canoa está cerca de aquí. ¿Cree que podrá andar?

–Haré lo que pueda, señor –respondió Shemaine con un ligero cabeceo.

Como burlándose de su respuesta, el viento arreció, obligando a Shemaine a retroceder ante su ataque. Parpadeando para ahuyentar las pesadas gotas que habían comenzado a azotarlos, procuró avanzar, pero era un esfuerzo inútil; el viento parecía tenerla prisionera.

Gage se detuvo de golpe y se volvió hacia ella; Shemaine se encogió, preocupada. Era consciente de que estaba lenta y torpe, que no le quedaban muchas fuerzas; estaba segura de que recibiría una reprimenda por vacilar. Por un momento, el cuerpo alto, de hombros anchos, la protegió contra la lluvia. Luego, sin una palabra, el hombre se inclinó y la levantó en brazos.

–¡Señor Thornton! ¿Qué está haciendo? ¡Déjeme! –Shemaine contuvo una exclamación, indignada de que a él se le ocurriese tratarla con tanta familiaridad. Ningún hombre, salvo su padre, había tenido la presunción de cogerla en brazos, y cuando ella era muy pequeña. Le inquietaba sentirse apretada contra el cuerpo endurecido de su amo, porque semejante proeza física ponía de relieve lo débil y frágil de su propio estado. Bajo la lluvia, el limpio olor varonil parecía más esquivo, pero bastaba para inundarle la cabeza y avergonzarla todavía más, porque se sentía demasiado sucia–. La... gente nos mirará, señor Thornton.

Gage restó importancia a sus objeciones y, echando una rápida mirada sobre el hombro, vio precisamente a Alma Pettycomb que los observaba, a pesar del sombrero que se pegaba cada vez más a su frente.

–¡Si una vieja arpía quiere quedarse bajo la lluvia mirándonos con la boca abierta, por mí que lo haga! –musitó–. Yo, por mi parte, tengo la intención de llegar a mi casa lo antes posible; no puedo esperar a que usted recupere la capacidad de andar.

Corrió a lo largo de la calle principal del pueblo, obligando a Shemaine a rodearle el cuello con los brazos y a sujetarse para no caer. Iban demasiado rápido según su parecer, y se le ocurrió pensar en el daño que se haría si él resbalaba en el barro y ella caía. Sin duda, las magulladuras causadas por Potts serían insignificantes, en comparación.

Mientras corría hacia la orilla del río, Gage Thornton llegó a la conclusión de que su flamante sierva no era una carga pesada de llevar; parecía tener un vilano en sus brazos. Además, le impresionaba lo suave y femenina que la notaba, con sus brazos rodeándole el cuello. Se comparó con un abstemio, embriagado por la presión de esos redondeados pechos. El placer que le provocaba le hizo preguntarse si, por haber permanecido viudo tanto tiempo, había olvidado lo delicioso que era estrechar entre sus brazos a una mujer joven y bella.

Entró en la espesura, donde una fila de árboles formaba un entoldado con su follaje a la orilla del río. Ahí se detuvo y dejó a Shemaine en el suelo. Arrastró la canoa que estaba metida entre unos arbustos, la empujó de proa hacia el agua, e indicó a Shemaine que subiera a bordo. La esbelta embarcación pareció demasiado frágil a la muchacha, pero aun así obedeció a su amo y se acomodó donde él le había indicado. Miró alarmada el ancho río a su alrededor y se crispó, subitamente preocupada. Consciente de la agitación nerviosa de su estómago, se volvió para no enfrentarse a la posibilidad de ser tragada por los remolinos.

Gage se sentó en la popa, hincó el remo en la orilla del río y empujó para alejar la embarcación de la costa. La corriente atrapó a la canoa haciéndola oscilar un poco; Shemaine sintió que le daba un vuelco el corazón. Después de todo lo sucedido, sería una verdadera burla ahogarse pocos minutos después de dejar el *London Pride.*

Gage le arrojó una pequeña lona.

Agradecida por esa protección contra la lluvia y el acuático paisaje que los rodeaba, Shemaine se cubrió con la lona y se acurrucó bajo sus pliegues. Pese a las gotas que azotaban su cara, fijó la vista en la tierra que se veía más allá de la ribera, tratando de descubrir señales de vida y algún lugar habitado. Pasando el caserío, el campo era llano y bajo; en ciertas zonas, era una marisma herbosa habitada por aves acuáticas y reptiles, pero en otros sitios los matorrales eran tan espesos que parecían impenetrables, salvo para los animales más pequeños. A Shemaine le impresionó la belleza de esa región silvestre y, al mismo tiempo, le asustó un poco porque no tenía idea de lo que encontraría en esta tierra, y menos aún si podría sobrevivir en ella.

De vez en cuando, a través de la lluvia, veía una cabaña con sus construcciones auxiliares externas, anidadas entre los árboles, o alguna otra en proceso de construcción. En un gran claro vio que estaban levantando una casa mucho más grande; le asombró el valor de esas personas que contraían semejante compromiso con el futuro, sin garantías de seguridad, tan lejos de la civilización.

La canoa se deslizaba sin dificultades en la veloz corriente; Gage hundía el remo una y otra vez en las aguas salpicadas por la lluvia, impulsando lentamente el bote a un lado, luego al otro, siguiendo un curso cercano a la ribera, donde las ramas altas y extendidas les brindaban protección contra la tormenta. Atravesaron una profusión de pétalos rosados y blancos arrancados por el viento de unos retorcidos árboles frutales que crecían cerca de la orilla; algunos flotaban en la superficie bajo el abrigo de las ramas. Otros eran arrastrados hacia el canal principal, donde giraban en la corriente unos momentos, y luego eran arrastrados a las profundidades. Sintiéndose tan vulnerable como ellos, Shemaine reflexionó sobre las similitudes entre su vida y el corto viaje de esos pétalos en el río. Contra su voluntad, había atravesado el océano; ahora se dirigía hacia un extraño destino, lejos de los suyos. Sólo el tiempo revelaría cuál sería ese destino; si sería arrastrada a un oscuro marasmo de adversidad o si lograría mantenerse a flote hasta que acabara su contrato de servidumbre.

Por fin, apareció a la vista una pequeña playa arenosa donde se veía un barco en construcción, apoyado en unos puntales, cerca del agua. Shemaine no necesitó que nadie le dijese que aquel lugar era donde Gage Thornton estaba dando forma a su sueño. A medida que se aproximaban, el barco parecía convertirse en la estructura esbelta de un edificio, mucho más grande de lo que Shemaine se hubiese atrevido a imaginar. Ciertamente, ése sería un velero capaz de internarse en alta mar, pensó maravillada, y comprendió lo decidido y emprendedor que debía ser el hombre que lo había diseñado.

Sobre un terreno más elevado, más allá del barco, se erguía una gran cabaña. Su techo de fuerte pendiente parecía alzarse bajo el vientre de una turbulenta niebla gris que rodaba muy cerca de las copas de los altos pinos y otros árboles de hoja caduca que rodeaban la vivienda. Las ramas se balanceaban impulsadas por el fuerte viento que soplaba a través de ellas, y daban la impresión de lanzar un quejumbroso gemido, como lamentándose por haber sido perturbadas.

Gage dirigió la canoa hacia la playa. Saltó a tierra y arrastró la embarcación, varándola sobre la arena. Las gotas seguían cayendo sobre ellos con fuerza; él tomó a Shemaine en sus brazos y corrió hacia la cabaña. Llevándola con facilidad, subió a saltos los peldaños de entrada, cruzó el porche cubierto, levantó el pestillo y empujó con el hombro la puerta de gruesos maderos. Ya dentro, cerró la puerta con el pie y depositó a Shemaine en el suelo. La dejó, descolgó una toalla de un perchero que había cerca de la entrada y procedió a secarse la cara y los brazos y parte de la humedad de la ropa, mientras se movía por la espaciosa cabaña, encendiendo las lámparas para ahuyentar la penumbra del interior.

–Cuando se calme el viento, abriré las contraventanas –dijo Gage, atrayendo la atención de Shemaine hacia las ventanas de pequeños cristales que se distribuían a intervalos regulares en las paredes cubiertas de madera de ciprés. Salvo aquellas protegidas bajo los aleros del tejado, en el porche delantero y en el trasero, las demás ventanas estaban protegidas con contraventanas de madera, que se cerraban y aseguraban desde afuera–. Coloqué los cristales sólo un par de meses antes de la muerte de mi esposa y no fue tarea fácil ni barata. Cuando se avecina una tormenta, suelo cerrar las contraventanas para evitar que se rompan los cristales, sobre todo para ahorrarme la molestia de cambiarlos.

El encanto y el confort del interior impresionaron a Shemaine.

–Aquí dentro, con las lámparas encendidas, es agradable y acogedor.

Bajo el techo de fuerte pendiente se había construido un altillo, que formaba parte de una segunda planta con vista al gran salón y se cerraba con una balaustrada de graciosas curvas. Sirviendo de apoyo al altillo, en la planta principal había un tabique a cierta distancia del muro. A la izquierda se había construido un hogar de piedra dando a la cocina una zona para trabajar con los alimentos. Inmediatamente a la derecha del hogar y enfrente de la entrada principal, había una puerta que daba a un amplio corredor, y al final de éste, una ventana y la puerta trasera. A la derecha de la pared interior más lejana, una segunda puerta entreabierta revelaba una despensa muy ordenada. Adosada a la misma pared había una división que iba del frente al fondo; en ella había una puerta, tras la cual se veía un espacioso dormitorio.

Era evidente que los muebles habían sido hechos por un excelente artesano; eran tan finos y elegantes como cualquiera de los que había en el hogar de sus padres, en Inglaterra. El más sobresaliente era un alto secreter, contra la pared de la sala, cerca de la puerta del dormitorio. Estaba adornado con relieves tallados, cajones de gráciles curvas y puertas de fina madera. La tapa fileteada de cuero estaba plegada, dejando al descubierto pequeños compartimientos, cajones y espacios donde se alojaba una colección de chucherías. Coronando majestuosamente el mueble había un par de adornos en forma de espiral en cada extremo y, en el medio, un ornamento de complicada talla, sin duda alguna obra de su nuevo amo.

Maravillada, Shemaine miraba a todas partes. Ese costoso mobiliario era un lujo que no esperaba encontrar en las colonias. Más aún, eran tantos los lujos que no podía abarcarlos con una sola mirada. Un sofá y dos grandes sillones de respaldo alto, tapizados de tela escocesa, se agrupaban cerca del secreter.

En la cocina, una fregadera de madera, una mesa y un alto armario se alineaban contra la pared interior, a la izquierda del hogar. Un batidor de manteca, ollas de barro y otros utensilios abundaban en esa parte de la casa y, a pocos pasos, un par de bancos de madera de respaldo alto se enfrentaban a ambos lados de una mesa de caballete. En un extremo de la mesa, había una silla alta para niños. A poca distancia, una silla mecedora cerca del fuego permitía sentarse a disfrutar de su tibieza o de la vista al corredor trasero.

La boca del hogar de piedra era casi tan alta como la propia Shemaine. Estaba equipado con ganchos y parrillas, donde se podían poner a calentar ollas de hierro y sartenes sobre el fuego principal. A un costado se abría una parrilla de hierro, que podía moverse fácilmente, para acercarla más al calor. La chimenea era de sólida construcción; sin duda sobre ella se apoyaba la estructura del altillo y el tejado a dos aguas.

–¿Usted mismo hizo esta cabaña y todas estas cosas? –preguntó Shemaine, volviéndose hacia Gage con expresión de asombro.

–Sí, poco después de llegar construí una pequeña cabaña para mí, y cuando me casé con Victoria la agrandé y empecé a fabricar los muebles para ella. –Su mirada se paseó por la habitación, en cada rincón y cada detalle–. Ella convirtió esto en un hogar. Cosía mejor que ninguna otra mujer que haya conocido –señaló el sofá y los sillones–. Hizo que cambiara una mesa a un escocés por la tela. Yo puse las patas y los brazos, y después ella rellenó las tres piezas con crin de caballo, las cubrió con lona y luego con la tela de lana.

–Debe de echarla mucho de menos –aventuró Shemaine, notando el extraño tono de su voz.

–Sí, pienso mucho en ella cuando no estoy ocupado –reconoció, colgando la toalla en un clavo, cerca de la puerta–. Sin embargo, cuando vaya al pueblo, oirá rumores que dicen lo contrario. Alma Pettycomb y otros chismosos del pueblo dudan de que yo sea capaz de amar otra cosa que no sea ese barco que estoy construyendo.

–Creo que no daré demasiado crédito a cualquier cosa que diga la señora Pettycomb sobre algo o alguien –afirmó Shemaine, convencida. Ya había llegado a la conclusión de que no valía la pena trabar amistad con esa mujer; menos aún hacerle caso–. Si usted hizo todos estos muebles para su esposa, en mi opinión, debió de amarla mucho.

Gage respondió con una sonrisa fugaz. Luego, se acercó al hogar, removió las ascuas y puso un par de leños más.

Mientras él alimentaba el fuego, Shemaine se dio cuenta de que no había visto a nadie más en la cabaña.

–¿Dónde está su hijo?

Gage colgó una enorme olla con agua sobre las llamas reavivadas, se volvió de cara a la muchacha e hizo un ademán en dirección al oeste.

–Lo dejé en casa de un vecino que vive río arriba. Si no fuese porque Hannah Fields tiene un marido y siete hijos que cuidar, podría haberla contratado para cocinar y limpiar aquí. Pero yo quería a alguien que pudiese enseñar a mi hijo, y eso estaba más allá de sus posibilidades. Hannah es una buena mujer, trabajadora, y a Andrew siempre le encanta tener ocasión de jugar con sus dos hijos menores, Malcolm y Duncan. Cuando la conozca, estoy seguro de que le parecerá muy buena persona, y nada amiga de entregarse a murmuraciones y cosas por el estilo.

–Será agradable conocer a una persona dispuesta a enseñarme cuáles son las tareas de una sirvienta, pero no creo que la señora Fields, con una familia tan numerosa, tenga mucho tiempo –dedujo Shemaine, con sonrisa vacilante.

Aunque Gage intentó quitar importancia a las carencias de la muchacha, dando a entender que eso era algo que ella resolvería sin problemas, era obvio que un hombre que trabajaba duro todo el día llegaría hambriento de buena comida, incluso en presencia de una mujer tan atractiva.

–En cuanto pase la tormenta, iré a buscar a Andrew. Cuando esté en la cabaña de los Fields, pediré a Hannah que venga cualquier día de éstos y le enseñe algunas cosas relacionadas con la cocina. No dudo de que estará más que dispuesta a visitarla. Con excepción de los dos hijos menores, los demás están bastante crecidos y deben ayudar a su padre. Tiene dos hijas de entre doce y catorce años, pero están más interesadas en los hijos de los vecinos que en asuntos propios de mujeres. Prefieren quedarse en casa, por si a alguno de los muchachos se le ocurre pasar. –Una breve sonrisa pasó por los labios de Gage, que añadió–: Su padre las vigila de cerca y, a juzgar por el tamaño de su escopeta, no me cuesta entender cómo se las arregla para disuadir a los muchachos de que hagan visitas inesperadas.

Shemaine sonrió.

–¿Me da su permiso para echar un vistazo a la cabaña mientras usted no esté?

–Sí, pero le recomendaría que se bañara y se cambiara primero; entonces podrá gozar de un poco de intimidad. Hay ropa en el baúl que está en el dormitorio; la puede arreglar para que le vaya bien. Iré a buscarla.

Sintiendo curiosidad por ver qué le daría para vestirse, Shemaine lo siguió al dormitorio, que le pareció espacioso y cómodamente amueblado con una enorme cama con dosel, una cómoda, un armario y otras bellas piezas. Incluso había una gran alfombra de piel de oso a un lado de la cama.

Una parte del cuarto original había sido separada; ahora era un pequeño dormitorio para el niño. No existía puerta entre ambos espacios, sólo una ancha abertura en la que colgaba una pieza de lona que, al parecer, rara vez se usaba, porque los pliegues se habían fijado con el tiempo y estaban muy marcados, casi duros. En el cuarto del pequeño había una mecedora, una cómoda, una cuna y un carrito, todas piezas espléndidas y sin duda confeccionadas por su amo.

Gage levantó la curva tapa del baúl que había al pie de la cama de la habitación principal y señaló su contenido.

–Estas cosas pertenecían a mi esposa. Era más alta y delgada y sus pies y manos eran más largos y delgados, de modo que seguramente tendrá que acortar los vestidos y rellenar un poco las puntas de los zapatos, hasta que pueda comprarle otro par, pero puede usar lo que desee.

Su generosidad apabulló a Shemaine.

–¿Quiere que use la ropa de su esposa?

Gage no tuvo necesidad de imaginar su asombro, pues se reflejaba con claridad en el sucio rostro. Su respuesta fue bastante lacónica:

–Más vale eso que los harapos que lleva puestos.

Un vivo sonrojo apareció en las mejillas de Shemaine, que se subió otra vez la manga descosida sobre el hombro.

–Señor Thornton, su caridad me asombra. Creí que lo último que haría es dejar que una desconocida usara lo que en otro tiempo perteneció a su esposa.

–La ropa le será más útil a usted que a mis recuerdos –respondió–. Y en este momento no puedo permitirme comprar una pieza de tela para que se haga un vestido. He pagado por usted más de lo que pensaba, y debo recuperarme económicamente para poder comprar materiales para el barco.

–No soy una desagradecida, señor Thornton –se apresuró a aclarar Shemaine–. Lo que sucede es que no esperaba que me diese algo más que un poco de comida y, quizás, un sitio donde descansar.

–El niño y yo dormimos en estos dos cuartos –anunció Gage, sin rodeos–. Usted puede dormir en el altillo.

Invitándola a seguirle, abrió la marcha hacia el gran salón y, pasando por la entrada que estaba cerca de la cocina, entró en el pasillo que iba hacia el porche trasero. Sobre la pared, a la derecha, un gran tablero de dibujo estaba instalado debajo de un armario alto y poco profundo. A la izquierda, una escalera daba acceso al altillo.

Gage indicó la escalera con un ademán, invitándola a subir. No pudo evitar mirarla mientras subía; se notaba en ella una graciosa elegancia que su ropa destrozada no podía disimular. Al llegar a la planta alta, se hizo a un lado mientras ella recorría la habitación. Se detuvo, callada, junto a la angosta cama, miró en derredor, observando los escasos muebles y el pequeño hogar adosado a la chimenea; luego se acercó a la baranda para mirar hacia abajo, donde se veía la sala. Regresó junto a la cama y rozó pensativa la tapa de una mesa sin desbastar que había al lado.

–Sé que esto está un poco atestado –admitió Gage un momento después–, pero es lo mejor que puedo ofrecerle como cuarto. Más adelante pondré una cuerda sobre la baranda y colgaré una vela de barco, para que cuente con cierta intimidad.

–Es mucho más de lo que esperaba, señor Thornton. –Conmovida por la bondad del hombre, Shemaine trató de contener cualquier despliegue de emoción pero, muy a su pesar, ésta se filtró en su voz cuando continuó–: Comparada con lo que viví en el barco, parece una alcoba grande y lujosa. Es reconfortante saber que gozaré de intimidad en un sitio bastante mejor que el pañol de cabos.

Sorprendido por el temblor de su voz, Gage la miró con más atención y notó el brillo de las lágrimas en sus ojos transparentes, aunque la muchacha se alejó, en incómodo silencio. Para no avergonzarla, fue hacia la escalera y bajó al corredor de la planta baja.

–Aquí es donde empecé a fabricar muebles –explicó, cuando ella bajó–. La primera pieza fue una vitrina para una señora rica; ella me aseguró que si le gustaba cuando estuviese terminada, la compraría. Desde entonces, he hecho unos cuantos muebles para esa señora. En este momento, estoy trabajando en este bargueño que encargó hace unas semanas.

Extendió la mano hacia el tablero de dibujo, donde estaban desparramados varios croquis de las piezas en diversos estados de construcción. Era evidente que su talento para crear muebles también se extendía a los dibujos, que eran magníficos y llenos de precisos detalles en cuanto a la terminación que debía tener cada pieza de mobiliario.

Los ojos de Shemaine clavaron su mirada en una estantería poco profunda que colgaba de la pared, sobre la mesa de dibujo. Una variada colección de libros de contabilidad, rollos de pergamino y esbozos, seguramente similares a los que había sobre el tablero, estaban guardados en los pequeños cajones, compartimientos y anaqueles del mueble, llenándolo casi hasta desbordar, como testigos del trabajo que desarrollaba su amo en el pequeño tablero.

–Como el trabajo aumentó mucho durante los últimos años, tuve necesidad de trasladar el taller afuera. Ahora está en un gran cobertizo, al final del sendero que parte desde el patio del fondo. Dos hombres trabajan para mí casi desde el principio. Cuando empezaron, eran aprendices, incapaces de distinguir una tabla de arce de otra de roble. Hasta parecía estar más allá de su comprensión el uso correcto de una sierra. No me atrevía a confiarles tareas importantes. Pero, con los años, tanto Ramsey Tate como Sly Tucker han progresado y superado mis expectativas. Ahora los considero los dos mejores ebanistas de la región. Hace poco he comenzado a enseñar a dos nuevos aprendices, un joven alemán y otro tipo de Yorktown, pero todavía no han pasado más allá de la sierra. Normalmente, a esta hora del día estoy trabajando en el taller con ellos o ayudando al viejo carpintero de ribera y a su hijo, pero hoy les he dado la tarde libre para que pudiesen ocuparse de sus asuntos personales, mientras yo iba a ver qué había traído el *London Pride* a Newportes Newes.

–Es evidente que es usted un hombre con mucho talento, señor Thornton –dijo Shemaine, con sinceridad–. No sé nada de construcción de barcos ni cosas por el estilo, pero sí puedo reconocer una pieza fina de mobiliario cuando la veo. Si lo que hay aquí es una muestra de la calidad de los muebles que usted hace para la gente de esta región, no me cabe duda de que sus clientes lo echarán de menos si decide dejar su oficio algún día.

Un breve encogimiento de la comisura de los labios hizo las veces de sonrisa; luego Gage alzó la cabeza para escuchar. El suave golpeteo de las gotas de lluvia sobre el techo indicaba que la lluvia y el viento empezaban a amainar.

–Da la impresión de que la tormenta se está calmando. Convendría que me marchara ahora que puedo, antes de que vuelva a empezar.

–Pero ¿dónde me puedo bañar? –preguntó Shemaine.

No tenía idea de cómo haría para darse un baño en la cabaña. En la casa de su padre, eran las criadas quienes le preparaban el baño.

–Ya hay agua en el fuego calentándose para usted y, afuera, en el extremo más alejado del patio trasero, hay un manantial del que puede sacar más agua, si la necesita. En la despensa, encontrará una bañera colgada. Por ahora, tendrá que bastar para cualquier baño que tomen usted y el niño, y para lavar dentro de la casa. Un día de éstos, cuando tenga un poco de tiempo, convertiré la despensa en cuarto de baño, pero hasta entonces deberemos arreglarnos con lo que tenemos. Mientras el tiempo lo permita, yo me baño en el arroyo que desemboca en la ensenada. Tal vez lo haya visto cerca del grupo de árboles, en el camino hasta la cabaña. No hay mucha intimidad para una mujer, fuera de la que puedan proveer los árboles, pero si a usted le parece bien, estoy seguro de que mis hombres y yo disfrutaremos del panorama.

–Gracias, me bañaré en casa –repuso Shemaine, sintiendo que se le caldeaban las mejillas.

Una vez más, Gage recibió la respuesta con una leve sonrisa.

–Por lo general, a Hannah le agrada que me quede un rato cuando voy de visita, de modo que tendrá tiempo suficiente para bañarse y vestirse durante mi ausencia. Pero también depende del tiempo –le dirigió una pregunta–: ¿Tiene miedo de quedarse aquí, sola?

Shemaine sonrió más ampliamente que él.

–Creo que esta noche me sentiré dichosa de contar con un poco de intimidad. Como podrá imaginar, no gocé de mucha en el *London Pride.*

–La puerta de enfrente se puede cerrar desde dentro, después de que yo me haya ido –informó–. Le aconsejo que tome esa precaución, por si algún extraño ve la cabaña y viene en busca de alimentos u objetos de valor, y la encuentra sola. Detestaría que se la llevaran sin haber tenido la oportunidad de ver su cara lavada. –Hubo otro leve atisbo de sonrisa, una pequeña muestra de su humor–. Cuando regrese, golpearé tres veces para que sepa que puede abrir la puerta sin peligro. De lo contrario, no se asome a las ventanas. Antes de que termine la semana, trataré de enseñarle a disparar un mosquete. No me voy muy a menudo, pero cuando lo haga, se sentirá más segura si aprende a usarlo. Nunca se puede saber cuándo aparecerá un oso o un gato montés...

–¿O un indio? –interrumpió, pues durante el viaje había oído relatos acerca de la ferocidad de los indios.

–De vez en cuando, un indio –admitió Gage–. Pero la mayor parte se han trasladado a las montañas o a los valles que están al otro lado de los montes Allegheny. Aquí ya está demasiado poblado para ellos, con tantos ingleses, alemanes y esos tenaces escoceses e irlandeses que se asentaron en la región.

Shemaine lo acompañó hasta la puerta, preguntándose si sería necesario hablarle de Jacob Potts y sus amenazas, tan poco tiempo después de haberla comprado. Pero lo veía distraído, y no quería darle ninguna excusa para devolverla. «En otro momento más conveniente –razonó para sí–, cuando no lo perturbe tanto.»

Gage se detuvo junto a la puerta y señaló el alto aparador que había cerca del hogar.

–Ahí hay pan y queso, por si tiene hambre antes de que yo regrese. Por lo general, Hannah me da un paquete de comida para que traiga a casa cuando sabe que Andrew y yo estamos aquí solos. Esta noche, al menos, estará alimentada. No puedo darle garantías para mañana.

Abrió la pesada puerta, salió al porche, echó un rápido vistazo alrededor y cerró tras él. Las tablas del suelo crujieron cuando bajó los peldaños. Una vez se hubo marchado, sobrevino un momento de agradable silencio. A continuación, con una suave sonrisa, Shemaine corrió el pesado cerrojo de la puerta, sintiendo resurgir la esperanza en el futuro por primera vez en muchos meses.

4

Un prolongado lavado de cabeza y un baño tibio, sin prisa, hizo maravillas en el espíritu de Shemaine. La sorprendió el inmenso cambio que se operó en ella cuando sacó una deshilachada camisa del baúl de la mujer muerta. En otros tiempos, habría desechado una ropa interior semejante como si fuese algo que sólo podía servir para que las criadas quitaran el polvo o como trapo de fregar. Pero después de haber llevado el vestido de montar día y noche durante meses, agradecía cualquier prenda limpia y razonablemente conservada. Aunque había enaguas más bonitas guardadas en el baúl, hasta una adornada con encaje que, sin duda, sería la mejor que tenía la mujer, Shemaine no quiso aprovecharse de la benevolencia de su nuevo amo. Teniendo en cuenta sus futuras necesidades, también sacó una segunda camisa, un vestido verde, uno azul claro, dos largos delantales blancos y un par de zapatillas negras, todo bastante usado.

Después de bañarse y lavarse el pelo, Shemaine empezó a pensar en la importancia de expresar su gratitud a Gage Thornton por el hecho de haberla comprado; llegó a la conclusión de que la mejor manera de hacerlo era demostrando ser una cocinera emprendedora y una sirviente eficaz. Claro que le llevaría tiempo recuperar sus fuerzas y su energía, pero de todos modos envolvió su cabeza húmeda con una toalla y, llevando sólo una camisa puesta, se dispuso a probar su habilidad en la preparación de la comida.

Habían pasado unos años desde que Bess Huxley, la cocinera de la familia, había tratado de estimular el interés de Shemaine en las tareas culinarias y de enseñarle las técnicas básicas necesarias. En aquel entonces, Shemaine había cumplido las tareas de mala gana,

Sintiendo una presencia cercana, Gage miró alrededor y se encontró con una mujer madura, delgada, que se inclinaba hacia ellos, ávida por escuchar la conversación hasta donde se lo permitiera el fuerte viento. Al verse sorprendida, la mujer se irguió, impávida bajo la mirada de Gage, y lo saludó con un rígido movimiento de cabeza.

–Bueno, Gage Thornton, ¿qué le trae hoy por Newportes Newes?

Gage conocía bien la fuerte inclinación de la mujer hacia las murmuraciones. Sin duda, esperaría que él la complaciera, contestando la simple pregunta con todo detalle. Pero él no era hombre de satisfacer la curiosidad de la entremetida y respondió al saludo con cortés reserva.

–Buen día, señora Pettycomb.

La mujer hizo un breve movimiento de cabeza hacia la joven.

–¿Y quién es esta desconocida?

Aunque Gage percibió el rechazo de Shemaine a ser presentada, la tomó del brazo y le hizo darse la vuelta con delicadeza, de frente a la mujer mayor, cuya especulativa observación parecía taladrar la esbelta espalda de la muchacha.

–Permítame presentarle a la señorita Shemaine O'Hearn, de Inglaterra.

Los pequeños ojos oscuros de Alma Pettycomb descendieron hacia los pequeños pies descalzos que asomaban bajo la falda maltrecha. Casi al instante, las cejas ralas se arquearon sobre las diminutas gafas con montura de metal, que cabalgaban sobre la delgada nariz aquilina. Habiendo llegado ya a una conclusión, Alma apretó su mano de venas azules contra el pecho plano, dando muestras de estar apabullada por este último acontecimiento en la vida del ebanista. Este individuo siempre provocaba conmoción entre los aldeanos. Cualquier hombre normal habría cumplido sólo unos meses de duelo tras el fallecimiento de la esposa. En las colonias la vida era dura, y se esperaba que los hombres volvieran a casarse para aligerar la carga de cuidar a los pequeños. Muchos padres de la villa habían imaginado que Gage iría a solicitar a sus hijas, lo cual habría sido muy bien visto, pero él había permanecido aislado, prefiriendo su viudez a casarse con cualquiera de las muchachas del lugar. Y había desalentado más aún las expectativas de esos padres contratando a la hija del herrero para que cuidase de su hijo.

repitiéndolas una y otra vez hasta alcanzar la perfección que la cocinera le exigía, aunque odiaba eso de revolver salsas sin cesar para que no se quemasen y batir claras de huevo hasta ponerlas a punto de nieve. Había convencido a Bess de que sus instrucciones eran un esfuerzo vano, porque ni siquiera a esa temprana edad se imaginaba casada con un hombre sin medios y propiedades para garantizarle una casa llena de criados.

«Vaya expectativas las mías», se burló para sus adentros. Bess le había aconsejado que no fuese tan soberbia, porque una niña no podía predecir qué hombre pediría su mano o, más importante aún, a quién entregaría ella su corazón... si tenía la fortuna de poder decidir. Pese a la dura insistencia de la cocinera, Shemaine estaba segura de que había olvidado buena parte de sus enseñanzas. Aun así, en ese momento necesitaba probar su capacidad y, si fuera posible, recordar todo lo que Bess Huxley se había esforzado tanto por enseñarle. Nada motivaba tanto como la desesperación para prestar atención a los sabios consejos de otra persona.

Shemaine confió en su memoria para hacer unos bollos. Mientras cumplía su castigo en el pañol del *Pride,* recordaba con nostalgia los tranquilos tés de la tarde que disfrutaba con su familia. Esos valiosos recuerdos volvieron ahora con punzante claridad, mientras preparaba la masa. La mezcló, cubrió el cuenco con un paño y lo dejó cerca del calor del horno, donde la masa fermentaría mientras ella terminaba de arreglarse.

Sentada ante el fuego, le pareció un fastidio interminable tratar de peinar los obstinados rizos de su pelo húmedo. Le llevó mucho más tiempo de lo que esperaba, y empezó a preocuparse por el tiempo, porque la tarde desaparecía rápidamente. Desesperada, buscó una tijera para abreviar su tarea, y no encontró nada mejor que un cuchillo de carnicero, pero cambió de idea rápidamente cuando imaginó el desastre que podría causar con semejante utensilio.

Mientras rebuscaba entre los objetos guardados en el baúl, había encontrado un cepillo con varios largos cabellos rubios enredados entre las cerdas. Y aunque su nuevo amo le había dado autorización para usar cualquier cosa que necesitase, no tuvo valor para destruir tan precioso recuerdo. Entonces buscó entre las cosas de

Gage y vio que la mayor parte de su ropa y de sus prendas interiores estaban pulcramente apiladas y separadas en su ropero, con la única excepción de un lío de camisas arrugadas, de muy superior calidad a la prenda de tela casera que estaba usando en ese momento. Estaban en el fondo mismo del armario; hacía tanto que estaban ahí que habían absorbido la fragancia de la madera. Por grato que fuese el olor, Shemaine decidió que una de sus primeras tareas sería lavar, almidonar y planchar las camisas de su amo. Después, si las usaba o no, dependería de él pero, al menos, tendría una opción.

La lluvia volvió a caer con mucha fuerza y, como no sabía si el aguacero demoraría o apresuraría el regreso del señor Thornton, Shemaine decidió no dedicar más tiempo a su pelo. Por fin, encontró un cepillo junto a las cosas que su amo usaba para afeitarse y así terminó de desenredar su cabello. Las pesadas mechas todavía estaban un poco húmedas cuando hizo dos trenzas que enrolló apretadamente en la nuca. A continuación, lavó rápidamente el cepillo y lo dejó donde lo había encontrado, con la esperanza de que su amo no advirtiese que lo había usado.

Tal como había predicho Gage, los dos vestidos eran demasiado largos, y le apretaban en el pecho. Shemaine se asombró de que un hombre fuese capaz de recordar con semejante precisión a su esposa, tanto como para calcular correctamente las medidas de otra mujer, un año después de la muerte de aquélla. Tras inspeccionar las costuras, Shemaine descubrió que no se podían agrandar los corpiños y que si quería modificar el dobladillo de la falda tendría que hacerlo en otro momento, cuando tuviese más tiempo. Eligió el vestido verde porque le pareció que era un poco más corto. Se calzó y ató las livianas zapatillas de piel con finos lazos de cuero, pasándolos alrededor de sus tobillos y anudándolos. Frunció la nariz, disgustada, al ver lo rojos e irritados que estaban sus tobillos por el roce constante de los grillos, e imaginó que se inflamarían mucho más con las correas de cuero.

Fue a controlar la masa y, para su alivio y alegría, vio que se había hinchado, pese a la precipitación. Agregó los otros ingredientes hasta que la pasta adquirió la consistencia correcta, y volvió a poner la masa cerca del hogar. A continuación, se dedicó a desempolvar y ordenar la cabaña.

Cuando la masa fermentó lo suficiente por segunda vez, Shemaine apoyó una plancha sobre una rejilla, encima del fuego, donde las llamas cocerían los bollos a la temperatura adecuada. Resuelta a ofrecer a su nuevo amo la oportunidad de disfrutar de una merienda liviana, puso a calentar agua en una tetera, deseando que regresara a tiempo para probar los bollos y el té todavía calientes.

No cabía duda de que las lecciones habían quedado grabadas en su memoria gracias a la constante repetición, pese a haberlas recibido hacía años, porque los bollos resultaron una maravilla. Por primera vez en la vida, se sintió encantada por los resultados, y profundamente agradecida a Bess Huxley, que le había exigido hacer lo mejor en cualquier preparación que su alumna emprendiera. Suspirando con nostalgia, deseó poder recordar todas las meticulosas instrucciones de Bess con el mismo éxito.

Unos pasos rápidos que sonaban en los peldaños de enfrente la alertaron de la presencia de otra persona, luego tres golpes rápidos en la puerta disiparon el cosquilleo nervioso en su nuca. Mientras dejaba varios bollos más dorándose en la plancha de hierro, Shemaine corrió hacia la puerta, levantó el cerrojo y abrió de par en par, para dejar pasar al hombre, empapado por la lluvia.

Durante todo el viaje de regreso y la rápida carrera hasta la cabaña, Gage Thornton había procurado proteger con una lona a su hijito y a la gran cesta con comida que llevaba en el brazo. Y siguió haciéndolo aunque ya estaba dentro de la cabaña. No hizo mucho caso de Shemaine, que se apresuró a volver junto al hogar; Gage cerró la puerta con el hombro y dejó la cesta sobre una mesa sin desbastar que había cerca de la entrada, antes de quitar la protección a su hijo. Cuando el niño vio a una desconocida en la casa, se apretó de nuevo contra el hombro del padre, asaltado por la timidez, renuente a separarse de la seguridad que le ofrecía su padre, pero el aroma que llenaba la cabaña pronto atrajo la mirada de sus claros ojos ambarinos hacia el hogar.

–Papá... Andy... hambre.

El delicioso olor atrajo también la curiosidad de Gage que, dejando a su hijo en el suelo junto a él, escudriñó el contenido de la plancha al mismo tiempo que sacaba los faldones empapados de la camisa fuera de los pantalones de cuero.

–¿Qué es eso que huele tan bien?

–He preparado unos bollos –anunció Shemaine con una sonrisa que oscilaba entre la timidez y el orgullo.

Lo que pensaba añadir quedó borrado cuando Gage se quitó la prenda empapada por la cabeza y la dejó caer en un cubo de roble, junto a la puerta. La visión de la cintura esbelta, los anchos hombros musculosos y el pecho abombado por músculos y tendones era más que inquietante para una joven que, durante sus infrecuentes excursiones por la cubierta del *London Pride,* sólo había tenido ante su vista a muchos marineros de prominentes barrigas y estrechos hombros, que no tenían reparos en pasearse sin camisa delante de las mujeres, como si se creyeran ejemplares admirables de belleza masculina capaces de impresionar a las más exigentes integrantes del sexo opuesto.

Gage Thornton, en cambio, tenía un físico extraordinario, tal vez el mejor que Shemaine podía recordar, en sus limitados encuentros con hombres a medio vestir. A pesar de todo, Gage no hacía mucho caso de su excepcional apariencia y de la perturbación que causaba a su sierva. Shemaine no recordaba haber visto a un hombre que la pusiera nerviosa por el sólo hecho de quitarse la camisa. Con ese nerviosismo llegó la noción de que, salvo por la presencia del niño, era la primera vez en su vida que estaba completamente a solas con un hombre extraño. Cualquier mujer que fuese una verdadera dama estaría menos maravillada por la anatomía del hombre y más cautelosa, sobre todo porque en tales circunstancias estaba a merced de los caprichos de su amo.

Avergonzada por su propio descaro al admirar abiertamente ese pecho un poco velludo y los hombros anchos y, al mismo tiempo, no queriendo que la sorprendiese con la boca abierta, Shemaine volvió a concentrarse en la cocina, y agregó un comentario trémulo:

–Me pareció que a usted y a Andrew les gustaría disfrutar de unos bollos con el té de la tarde.

–Espere que me quite esta ropa mojada y estaré de inmediato con usted –respondió Gage, mientras iba deprisa al dormitorio.

Lo único que podía haber estropeado la completa satisfacción con su sierva era la preocupación de que no supiese cocinar. Aunque se había esforzado por no preocuparse, no había dejado de pensar en la cuestión, preguntándose cómo haría su reducida familia para sobrevivir con comidas mal preparadas. Fue un alivio inmenso descubrir que la muchacha sabía más de lo que había dejado entrever. Si era capaz de hacer algo cuyo aroma penetraba, tan tentador, en sus sentidos, haciéndole la boca agua, se reanimaban sus esperanzas de que seguramente podría hacer muchas más cosas.

–¡Papá! –gimoteó Andrew con repentina ansiedad, al ver que su padre se había alejado.

Lanzó a Shemaine una mirada de pánico, con los ojos muy abiertos, y corrió hacia el dormitorio, gritando de terror.

Shemaine sonrió mientras oía a Gage que consolaba a su lloroso hijo.

–Está bien, Andy. Shemaine se quedará con nosotros y cuidará de ti mientras papá hace cómodas y mesas...

–¿Y también un barco grande, papi? –preguntó el niño, entre lágrimas.

–También un barco grande, Andy.

Shemaine apoyó la tetera sobre la mesa, arrimó una taza y un plato, dos platos pequeños, cubiertos y una mermelada de frutas que había encontrado en la despensa. Un momento después Gage salió del dormitorio con su hijo en brazos; llevaba unos pantalones de piel marrón oscuro y una camisa de mangas sueltas. Antes de su prisión, Shemaine se inclinaba por admirar a los hombres vestidos de punta en blanco. Maurice era un individuo de espléndida elegancia, y cuando más le atraía era cuando llevaba aquellas levitas de seda negra y chalecos y pantalones de la misma tela. Como su pelo y sus ojos eran del mismo color, el contraste entre las prendas de seda oscura y las níveas camisas y calcetines que acostumbraba usar le daban un aspecto muy llamativo. Ciertamente, vestido para las ocasiones más formales, Maurice lograba con la mayor eficacia hacer palpitar de ávida admiración los corazones femeninos. Y sin embargo, al ver que su nuevo amo casi le cortaba la respiración con un atuendo tan sencillo, Shemaine se preguntó si alguna vez volvería a sentirse fascinada por los principescos atavíos de esos señores de calcetines de seda.

Gage sentó al niño en la silla alta que estaba en el extremo de la mesa, le ató un babero al cuello y luego se sentó en el banco, a la izquierda de Andrew. Shemaine se inclinó sobre la mesa para poner la fuente con bollos en el centro, y Gage levantó la vista para darle las gracias, pero cuando la lámpara iluminó la cara de la muchacha, la vio con claridad por primera vez desde que había regresado.

Si había algo que consiguiera romper esa enloquecedora reserva que manifestaban sus misteriosas y mezquinas sonrisas, Shemaine supuso que ese algo era el cambio en su aspecto. Cuando sus miradas se encontraron por primera vez en el *London Pride,* la fuerza de esos chispeantes ojos castaños la sobresaltó, pero había algo completamente diferente en el modo lento, minucioso, en que la miraba ahora, como si estuviese viendo por primera vez a la mujer en lugar de la posesión. Shemaine contuvo el aliento, amedrentada, preguntándose si al verla con la ropa de Victoria, se arrepentiría de haber sido bondadoso con ella.

–Está diferente... –murmuró Gage–. Yo diría que muy bonita.

«¡Pues sí! Demasiado bonita para un hombre que ha estado sin mujer durante el último año», pensó, bajando la vista y fijándola con gran atención en los bollos. Tomó uno con un movimiento casi mecánico, lo partió por la mitad y untó mermelada en una de las mitades, para su hijo.

–¿Sirvo té a Andrew? –preguntó Shemaine, vacilante, sin poder interpretar el ánimo de Gage, que parecía más distante aún que antes.

Para evitar mirar en dirección a ella, Gage se puso de pie. Era una dolorosa verdad que la abstinencia agudizaba los sentidos de un hombre hasta una intensidad torturante cuando había tan cerca una doncella hermosa.

–Puse a enfriar un poco de leche en la fuente –respondió–. Si quiere, le mostraré dónde está.

–¿Llevo la lona? –preguntó; detestaba la idea de mojarse y enfriarse otra vez.

No se había aventurado a ir hasta el manantial durante la ausencia de él porque estaba impaciente por bañarse, y le bastó con esperar a que el agua de la olla estuviese lo suficientemente caliente para usarla.

–No, no es necesario. El patio trasero tiene techo y yo lo extendí hasta la fuente, de modo que no nos mojaremos aunque esté lloviendo.

Gage la guió por el corredor trasero, quitó el cerrojo de la puerta y la abrió para dejarla salir. Shemaine salió al porche y se maravilló ante la diligencia del hombre. Cada vez le resultaba más evidente que Gage Thornton disfrutaba creando cosas que no sólo fuesen hermosas sino también útiles.

La fuente de la que hablaba estaba en el extremo más alejado del porche y se había construido de piedra y madera. Pero eso no fue lo único que vio Shemaine. Donde terminaban los escalones, había unas piedras planas que, puestas unas junto a otras, formaban un sendero serpenteante que se extendía a cierta distancia de la cabaña. Entre floridos arbustos y árboles frutales, se veía una variedad de flores primaverales y hierbas mojadas por la lluvia, que bordeaban el sendero. A corta distancia, un cobertizo colmado de leña albergaba un pequeño ahumadero. A su lado había un montón de basura y tierra, frente al cual había una puerta que sin duda debía de servir de entrada a un sótano. Más lejos, en medio de un corral, un gallinero con una pulcra fila de compartimientos a un costado, que permitía recoger con facilidad los huevos. Cerca de allí había un cobertizo con dos corrales, uno para un par de caballos, el otro para una vaca y su ternero. En el extremo más alejado del sendero, entre los árboles, había una gran estructura techada.

–Allí es donde mis hombres y yo hacemos los muebles –explicó Gage, haciendo un ademán en esa dirección–. Detrás, hay otro cobertizo donde guardamos la madera que usamos para la construcción del barco y para los muebles.

–¡Papá! –llamó Andrew desde la cabaña, en tono afligido.

–Ya voy, Andy –respondió Gage con premura y, tirando de una cuerda que se hundía en la fuente, extrajo una botella con leche.

Metió un dedo en el asa de la botella, abrió la puerta a Shemaine y, cuando ella se volvió, observó el busto de la muchacha, apretado por el vestido. El sutil balanceo de la falda atrajo su mirada mientras ella atravesaba el cuarto trasero.

Al volver junto a la mesa, Gage dejó la leche pero se quedó esperando, de pie junto al banco. Pasó un momento antes de que

Shemaine comprendiera qué estaba esperando él: que ella se sentara. A su mirada interrogante respondió con un gesto de la mano que la invitaba a sentarse en el banco que tenía más cerca.

–Shemaine, aquí, en esta cabaña, comemos todos juntos. En mi casa será tratada como uno más de la familia; también por todos aquellos que vengan.

Deslizándose sobre la pulida tapa del asiento, Shemaine unió las manos sobre el regazo, y murmuró agradecida:

–Gracias, señor Thornton.

–Gage... mi nombre es Gage. –Se sentó enfrente, aunque todavía no se sentía seguro para mirarla demasiado tiempo, por miedo a que se encendieran esos fuegos que tanto le costaría apagar. Hasta entonces, nunca había tenido un sirviente, menos aún una sirvienta y, si bien conocía casos de amos que habían ignorado los reglamentos que prohibían la violación y el abuso de sus siervas, prefería no sumar su nombre a la lista–. Todos me llaman así. Usted también debería hacerlo. No me gusta que nadie me diga señor Thornton... salvo mis enemigos.

Intentando disimular las lágrimas que se agolpaban en sus ojos, Shemaine hizo un breve gesto de asentimiento.

–Si ése es su deseo... Gage.

El aludido pasó la fuente de bollos al otro lado de la mesa.

–Y ahora, coma, Shemaine. En mi opinión, está demasiado delgada.

–Sí, señor.

Andrew había seguido el diálogo con interés, pasando la mirada de uno a otro, e inclinando la cabeza espió con expresión interrogante a Shemaine, que tenía la cabeza baja. Sintiendo la mirada curiosa del pequeño, Shemaine parpadeó para ahuyentar la humedad que dificultaba su visión y le dirigió una valiente sonrisa. El niño miró con curiosidad a su padre.

–Shimen llora, papá.

Shemaine alzó la cabeza y se encontró con la mirada inquisidora del hombre, mientras pequeños arroyuelos corrían por sus mejillas. Recordando la decisión con que se había enfrentado a los intentos de Morrisa y de Gertrude para humillarla y destruirla, a la joven le costaba creer que pudiese perder el control sólo porque alguien le demostraba un poco de bondad.

–Lo siento, señor Thorn... –se interrumpió, temiendo que su compostura terminara de derrumbarse si se corregía, utilizando la forma más familiar de dirigirse a él. Trató de explicar–: No... esperaba ser tan bien tratada. Hace cuatro meses o más que no oía una palabra amable dirigida a mí o que un caballero me abría la puerta y menos que esperara a que yo me sentase. Mi llanto me avergüenza mucho, señor... pero al parecer no puedo detenerlo.

Gage metió la mano en el bolsillo del pantalón, sacó un pañuelo limpio y se lo pasó. Luego se puso de pie y se apartó, mientras ella se secaba los ojos. Abriendo el armario, sacó un par de jarros pequeños, llenó de leche casi hasta el borde uno de ellos y luego echó una pequeña cantidad en el otro. Al regresar a la mesa, le entregó el jarro lleno y la invitó:

–Beba, Shemaine. Necesita más la leche que el té, pues la calmará. –Partió otro bollo, untó ambas mitades con confitura y las puso en un plato que colocó ante ella–. Disfrute de sus bollos, muchacha. Huelen de maravilla.

Shemaine rió en medio de las lágrimas y notó la breve sonrisa que se dibujó en los labios de Gage cuando le devolvió la mirada. Sin entender bien por qué, esa magra medida en que se suavizaba el rostro severo, aligeró su corazón y su espíritu. Obediente, bebió la leche fría, que le pareció deliciosa, y luego comió con ganas algunos bollos. Andrew bebió ruidosamente del otro jarro, mientras su padre le ayudaba a sostenerlo. Después, Gage se sirvió té y probó los bollos. Comieron en silencio unos momentos, disfrutando de la suntuosa merienda. Luego, con aparente desinterés, Gage se dispuso a aliviar la tensión de la muchacha con la historia de un oso que lo había estado molestando durante un tiempo, años atrás.

–El Viejo Una Oreja era una criatura increíblemente malvada, que odiaba a las personas, seguramente porque había perdido una oreja en un encuentro con un trampero que a duras penas escapó con vida. Varias veces entró en mi propiedad sin causar demasiados daños, aunque una mañana helada, cuando salía del retrete, sorprendí al Viejo Una Oreja tratando de atrapar a un ternero joven que yo había comprado a comienzos de la primavera. Supongo que tenía intenciones de comérselo, y cuando salí y lo interrumpí, se enfureció. Pronto me di cuenta de que el Viejo Una Oreja quería venganza, quería al menos un bocado de mi pellejo. Había dejado el mosquete en la cabaña, y ahí estaba él, frente a mí, como desafiándome a hacer el menor movimiento. Yo estaba indefenso, sólo tenía los pantalones que llevaba puestos. Victoria oyó todo el escándalo que hacía el oso y salió corriendo por la puerta trasera con mi arma cargada, que era de ésas que se cargan por la boca. En aquel momento, estaba casi a punto de dar a luz a Andrew, pero aun así, no vaciló. El oso se volvió para atacarla, y ella se apoyó la culata en el hombro y le hizo un agujero enmedio de los ojos. –Hubo una sonrisa fugaz como un parpadeo–. Así fue como conseguí la alfombra de piel de oso para el dormitorio. Curtí la piel y la puse en el suelo, del lado de Victoria. Así, no se le helarían los pies al invierno siguiente, cuando tuviera que levantarse durante la noche para amamantar a Andrew.

Aunque los ojos de Shemaine todavía estaban rojos, las lágrimas habían cesado y sus verdes pupilas tenían una luz cálida, tras las largas pestañas húmedas por el llanto. Apoyando un codo en la mesa, dijo:

–Pienso que será conveniente que me enseñe a disparar el mosquete, señor Thornton, tanto por su seguridad como por la mía.

–Espero poder hacerlo antes de que termine la semana –repuso Gage, con una sonrisa fugaz en los labios.

Cuando acabó el ligero refrigerio, Shemaine se levantó y comenzo a recoger la loza, mientras Gage lavaba la cara y las manos de Andrew y tomaba al niño en brazos. El pequeño bostezó y apoyó la cabeza en el hombro de su padre, mientras éste iba al dormitorio. Cuando salió otra vez, cerró con suavidad la puerta del dormitorio. Levantó la botella de leche de la mesa y la llevó de nuevo al manantial; luego volvió a la cocina llevando consigo un pequeño bote.

–Éste es un ungüento que uso para cualquier cosa que haya que suavizar o curar –dijo a su sierva–. También sirve para heridas graves, pero sobre todo lo uso para callos, magulladuras y cosas así. –Retiró la tapa, fue hasta el fregadero de madera donde Shemaine estaba lavando la loza, y acercó el bote para que ella mirara dentro–. Se me ocurrió que tal vez ayude a curar esas marcas rojas que tiene en las muñecas y los tobillos.

Shemaine guardó el último plato en el armario y después miró dentro del bote y se encontró con un ungüento transparente, con un matiz amarillento. Pero tras olfatearlo brevemente frunció la nariz, disgustada.

–Ya sé que el olor bastaría para matar a un zorrino –bromeó Gage–. Pero las propiedades que le comenté son ciertas.

Tratando de no temblar, Shemaine alzó la vista.

–¿Cómo tengo que aplicarlo?

–Pues hay que frotarlo en la zona lastimada. Si me permite, creo que yo podré hacerlo mejor.

Shemaine sintió que el calor coloreaba sus mejillas ante la idea de que un hombre prestara semejante servicio a una dama, y se apresuró a rechazar el ofrecimiento:

–Oh, no creo que sea correcto, señor.

–¿Podría saber por qué no? –preguntó Gage. Como no pensaba en otra cosa que en ayudarla, no se dejó convencer por las nociones de corrección de la muchacha–. Shemaine, es necesario curar esas muñecas y esos tobillos, y su virtud no estará amenazada en absoluto porque le pase este ungüento. Créame, niña, si yo me propusiera comprometer su modestia, usted lo sabría, porque no empezaría por sus muñecas o sus tobillos.

Su mirada se fijó en el pecho apretado por el vestido, como indicando claramente por dónde empezaría, y de inmediato la levantó hacia la expresión azorada de Shemaine.

La joven cerró la boca, al darse cuenta de que la tenía abierta. Por cierto, no contribuyó a rehacer su compostura sentir que un calor abrasador invadía sus mejillas. Avergonzada, cruzó los brazos sobre el pecho, deseando que el vestido no fuese tan ajustado. Su protesta no era muy sincera, pero la dijo como si lo fuera:

–¡Le... le aseguro, señor Thornton, nada más lejos de mi mente que la preocupación por mi virtud!

Un breve fruncimiento de las comisuras pasó por sonrisa escéptica.

–En ese caso, es usted diferente de la mayoría de las jóvenes que he tratado en esta región. Muchas piensan que un viudo está tan desesperado que es capaz de arrojarse al paso de la falda más cercana y satisfacerse con una doncella, por la fuerza, si fuese necesario.

–Gage notó que las mejillas de Shemaine estaban encendidas; se preguntó si su crudeza la habría ofendido, o si su pulla había dado en el blanco–. Créame, Shemaine, soy algo más exigente.

–¡Yo también, señor! –alzó ella el mentón en encolerizada protesta–. Y si me permite objetar el ser comparada con otras mujeres que usted ha podido tratar aquí, le aseguro que soy una persona poco propensa a caer a los pies de *ningún* hombre. Créame que me sentiré muy contenta de vivir mis días a su servicio como una solterona sin mácula. ¡Y si no le importa, reservaré mis muñecas y tobillos para mí!

Una mueca irritada apretó los labios de Gage mientras extendía su mano y depositaba el bote en la de ella.

–Shemaine, si cambia de opinión, será un placer ayudarla... sin comprometer su virginidad.

Girando sobre los talones, salió del cuarto y luego por la puerta del fondo, haciendo saltar a Shemaine al cerrar, dando un portazo. De repente, el enfado de Shemaine se esfumó, y se vio reemplazado por una abrumadora sensación de temor y aflicción. Se reprendió, diciéndose que podría haber actuado con mayor prudencia. No tenía por qué hacer tan evidente el temor que sentía de que ese hombre la tocara con esas bellas manos delgadas.

En la habitación contigua, Andrew empezó a gimotear, tal vez sacado del sueño por el portazo. Shemaine corrió hacia la habitación, abrió la puerta y miró dentro. El niño estaba acurrucado de lado en medio de la cama, tapado con una manta. Tenía los ojos cerrados, pero las pequeñas cejas estaban fruncidas y las comisuras de la boca proyectadas hacia abajo, mientras emitía un suave gemido. Shemaine se acercó de puntillas a la cama, se inclinó sobre el niño y le acarició lentamente la cara, mientras cantaba una nana irlandesa. El ceño se aflojó casi al instante y la respiración se hizo más profunda. Luego, con un suspiro sereno, el niño se volvió de espaldas y se sumió en el sueño. Canturreando suavemente, Shemaine volvió a cubrirlo y se volvió para salir.

El corazón estuvo a punto de saltarle del pecho al distinguir una silueta oscura, enmarcada por la entrada de la habitación. Ahí estaba Gage, en pose relajada, con el hombro apoyado en el marco, con toda la apariencia de haber estado observándola desde hacía un tiempo. Esa suposición caldeó nuevamente las mejillas de Shemaine, mientras intentaba recordar sus últimas acciones. Sin poder entender qué lo habría llevado a observarla sin hacerse notar, corrió hacia la entrada con la intención de cederle la intimidad de su cuarto pero, para su sorpresa, Gage no se movió.

Al encontrar su paso bloqueado por esa alta figura de hombros anchos, Shemaine alzó la vista, consciente de lo insignificante que era su fuerza comparada con la de él. Si se le ocurriese tratar de imponer su voluntad, ella sabía muy bien cómo acabaría aquello. Con el corazón palpitante, esperó a que él retrocediese hacia la sala, cediéndole al fin una vía de escape. Cuando traspuso la puerta, el alivio la desbordó. Sintiendo la proximidad de él, quiso apartarse rápidamente, pero él la atrapó del brazo, impulsando una multitud de ansiosas emociones en ella. Con el hijo dormido, Shemaine sospechó que el padre habría considerado que era el momento oportuno para lanzar un asalto a su persona, obligándola a defenderse con los pobres medios que tenía a su alcance. Si bien la presión que ejercía en el brazo era suave, era igual que sentirse sujeta por un temido carcelero que tuviese el poder de quitarle la vida o de liberarla. Temiendo lo peor, se preparó y su mirada buscó cautelosa la de él.

–Señor Thornton, ¿necesita algo de mí?

Gage se inclinó hacia ella, provocándole una temerosa rigidez, pero él se limitó a cerrar con suavidad la puerta del cuarto.

–He vuelto para disculparme –dijo en voz baja, mientras se enderezaba–. Sé que ha sufrido muchas penurias y que el capitán Fitch ansiaba comprarla y convertirla en su amante a espaldas de su esposa, pero no todos los hombres son iguales. No tendría que haberla provocado como lo hice, Shemaine. Lo siento.

Shemaine lo miró fijamente, atónita. «¿Eso era todo lo que quería? ¿Disculparse? ¿No comprendía que la había asustado tanto que casi le resta veinte años de vida?»

La muchacha sonrió con cierta dificultad, algo avergonzada por haberse asustado e imaginado, sin motivo, que él quería acostarse con ella, como si la hallara irresistible. Como él mismo había expresado, el hecho de que fuese viudo no significaba que fuese un libertino. Además, también había dicho que estaba demasiado delgada.

A medida que el corazón de Shemaine fue normalizando su ritmo y consiguió razonar con lucidez, pudo comprender mejor lo que él le decía; en cierto modo le sorprendió su aguda percepción. El capitán Fitch se había creído muy listo planeando una cita galante, pero he aquí que un perfecto desconocido había descubierto el plan de inmediato. Quizá Gertrude Fitch tampoco fuera tan lista como ella creía.

Debatiéndose aún con un profundo arrepentimiento, Shemaine bajó la vista y respondió, humilde:

–Saber que tal vez tenga motivos para ofenderse por mi infantil reacción no hace que me sienta mejor, señor Thornton. Lo único que me preocupaba era que resultaba inapropiado que un caballero soltero como usted curase las muñecas y los tobillos de una dama. Ahora comprendo que usted sólo pretendía ayudarme.

«¡Y no violarme!», agregó para sí, reprendiéndose.

–Me gustaría hacerlo –aseguró Gage con mucha gentileza, haciéndole levantar la vista cuando su respuesta siguió a ese voluble pensamiento. Apelando a su voluntad, Shemaine sometió su desbordada fantasía y procuró estar más atenta a lo que decía su amo y no caer presa de sus propias ilusiones. La voz de Gage era fuerte pero amable–. Creo que el ungüento curará bastante bien las llagas.

–Entonces, hágalo. –Tras un compromiso anunciado con tanta calma, Shemaine soltó el aliento en un trémulo suspiro, y aventuró una sonrisa–. Pero tenga cuidado con mis tobillos. Hoy, Jacob Potts me obligó a ponerme de pie de un tirón, y no sé qué está peor, si mi trasero o mis tobillos.

El mero atisbo de una sonrisa aclaró ese semblante más bien sombrío.

–Será un placer masajear ambas zonas, si usted quiere.

Apenas Shemaine había logrado recuperar el control de su desbordada imaginación, cuando él reducía sus esfuerzos a cenizas. ¡No era de extrañar que ella tendiera a pensar lo peor! ¡Era el impredecible humor de él lo que provocaba sus imprudentes especulaciones!

Los ojos verdes se clavaron con expresión suspicaz en ese hombre apuesto, como si se atreviese a medir la profundidad de su temple.

–Señor Thornton, si quisiera adivinar el origen de esos fugaces atisbos de humor que he visto en usted, yo juraría que de pequeño le secuestraron los gnomos, que le enseñaron con gran deleite a burlarse con tanto ahínco como para arrancarle las verrugas a un sapo.

La enrevesada conjetura arrancó al hombre una genuina carcajada.

–Y yo que pensé que todo era por haber besado una piedra en el castillo de lord Blarney –replicó, indicando con una mano la silla mecedora que estaba ante el hogar–. Siéntese ahí, Shemaine; le pondré este preparado.

–No sé si podré aguantar hasta que termine –musitó, con un exagerado gemido–. Apesta tanto que me revuelve el estómago. –De pronto, sospechando de los motivos de él, lo miró con suspicacia–: No estará tratando de engañarme, ¿verdad?

En los ojos de Gage apareció una chispa de malicia.

–Así podría olerla en caso de que usted decidiera huir.

Shemaine giró rápidamente para escaparse en ese mismo momento, pero Gage la tomó de la muñeca con una breve carcajada y la hizo volver.

–Vamos, Shemaine. Sólo hago lo que los gnomos me enseñaron a hacer. Siendo irlandesa como es, ¿no sabe distinguir cuándo alguien está bromeando?

Shemaine sacudió la cabeza, con franca desconfianza.

–En diversas ocasiones he podido entender por qué los ingleses odian tanto a los irlandeses, porque no cabe duda de que son capaces de fastidiar al mismo diablo, hasta lo harían gritar. Pero en este caso, los papeles están invertidos.

Los ojos castaños veteados de ámbar la miraron, resplandecientes, reflejando la luz del fuego tanto como la calidez que venía desde dentro.

–No tema, Shemaine –dijo–. El ungüento se puede lavar después de haberlo masajeado para que penetre en la piel, pero también entonces empieza a disminuir el olor.

Shemaine se instaló en la mecedora y se sometió con aire cauteloso a los cuidados de él, que se arrodilló ante ella. No fue tan difícil de soportar que le levantara las mangas, pero miró de soslayo mientras él hundía los dedos en el ungüento y comenzaba a frotar sus delgadas muñecas, extendiendo el preparado. Lo hacía penetrar en la piel enrojecida con lentos movimientos circulares del pulgar, hasta que el olor realmente empezó a disminuir, asombrando a Shemaine, pues en su lugar una fragancia mucho más sutil subió hasta su nariz, cuando su amo inclinó la cabeza, concentrado en su tarea. Era una extraña y agradable mezcla de olores: la tela basta de la camisa, el cuero de los pantalones, el jabón con el que se había lavado las manos y el limpio perfume masculino, que se combinaban formando una esencia intrigante, que intensificaba su percepción de ese hombre. Shemaine supo que le afectaba de una manera que ella jamás habría imaginado, porque sus propios sentidos femeninos respondían al suave contacto, desplegándose como los pétalos de una flor.

–Le aconsejaría que no use más esos cordones de cuero para sujetarse las zapatillas, Shemaine, al menos hasta que se le curen los tobillos –dijo Gage, mientras desenrollaba las finas correas–. Podrían retrasar la curación.

Levantó un pie descalzo en su mano, y los latidos del corazón de Shemaine se aceleraron. Con ojos dilatados de incertidumbre, lo miró a la cara, pero él no se inmutó y metió otra vez los dedos en el pote.

–Será mejor que se levante la falda –le advirtió–. Así evitaríamos que se manche.

Titubeante, Shemaine recogió la camisa y el vestido hasta una medida que consideró modesta; Gage esperó, pero no hubo más reacción. Arqueando una ceja, la miró de nuevo, hasta que ella levantó un poco más, contra su voluntad. Todavía insatisfecho por lo irrisorio de la zona descubierta, Gage lanzó un suspiro de frustración, apoyó el pie descalzo en su muslo y, con la mano limpia, le levantó la falda casi hasta la rodilla, provocando una ahogada e indignada exclamación de la muchacha. Sin hacer caso de la nerviosa confusión de ella, volvió a asir el pie y empezó a esparcir la sustancia alrededor del tobillo. Masajeándolo, la hacía penetrar poco a poco, frotando con el pulgar en círculos, desde el empeine hasta los dedos de los pies y en la planta. Sujetando el pequeño talón con una mano, masajeó con suavidad el pie con la otra. Esas rítmicas caricias pronto la calmaron; Shemaine descubrió que se relajaba en la mecedora, apoyando la cabeza contra el borde curvo de la silla.

–Tiene una hermosa voz, Shemaine –comentó Gage en voz queda, mientras empezaba a extender el ungüento en el otro pie–. Victoria también le cantaba a Andrew. Aunque era sólo un recién nacido, daba la impresión de que escuchaba atentamente hasta que se dormía, pero desde el accidente no hubo nadie que le cantara. A mí no se me da demasiado bien.

–Está usted tan dotado en tantas cosas que su talento me apabulla –repuso Shemaine, apaciguada por sus tiernos cuidados y el fuego que enmarcaba los anchos hombros y la espléndida cabeza oscura–. Si no tuviera ningún defecto, no sería humano, señor Thornton.

–Oh, ya lo creo que soy humano –afirmó, acariciando el diminuto y delicado pie.

Sus pulgares se turnaban para ejercer su magia, pasando con lentos movimientos arriba, abajo y alrededor. Por la mente de Gage cruzó el pensamiento de que todavía no había descubierto nada que no fuese digno de admiración, incluso sus pies, de delicada estructura ósea.

–Todos somos humanos –suspiró Shemaine–. Ninguno de nosotros es perfecto, y no es lógico esperar perfección de los que nos rodean. En verdad, si entendiésemos mejor nuestros defectos, podríamos ser más tolerantes con los ajenos, y tender menos a ofendernos ante la más leve provocación. Si los hombres pudiesen perdonar con el mismo fervor con que hacen la guerra, pienso que podríamos convivir más pacíficamente. Y, sin embargo, hay algunos tan malvados que no deberíamos tolerarlos.

Las manos de Gage subieron para masajear el tobillo.

–¿Conoció a alguien así en el *London Pride*?

Shemaine supo que había llegado el momento de hablarle de sus enemigos.

–A bordo del *London Pride* había varios. Una era Gertrude Fitch, la esposa del capitán. Otro era Jacob Potts. Pero la peor de los tres era Morrisa Hatcher. Usaba sus manejos para incitar a los otros dos, prometiendo sus favores a Potts, que, a su vez, con sus mentiras lograba que la señora Fitch emprendiera acciones contra nosotros. Cualquiera que no se arrodillase ante él o ante Morrisa podía ser castigado, sobre todo porque la señora Fitch fastidiaba a su marido hasta conseguir que diese una orden al respecto. Y aunque la señora Fitch se creía muy inteligente, en realidad era la más ingenua de los tres. Al menos Potts sabía lo que iba a obtener si se sometía a las maldades de Morrisa. Era un círculo vicioso, pero la que más se beneficiaba con él era Morrisa. Además, era la más resuelta en su deseo de causar daño a sus adversarios, sobre todo a mí. Aunque era evidente que los tres albergaban resentimiento contra mí y querían verme muerta.

Gage notó que Shemaine parecía repentinamente nerviosa, como si temiera algo que él no conocía.

–¿Y piensa que ellos continúan deseando su muerte?

–Quizá la señora Fitch se alegraría si yo muriera pero no lo buscará abiertamente aquí en las colonias. Para ella, una cosa es ser la reina suprema en un barco de su padre y otra muy distinta tener que responder ante las autoridades británicas en una tierra extranjera. En cuanto a los otros dos, seguirán persiguiendo su objetivo en tanto estén aquí –aseguró, convencida–. Lo han prometido. Morrisa mandará a Potts a ejecutarlo y, cuando lo haga, estará satisfecha.

–¿Él es el hombre que vi en el barco? –preguntó Gage, frotando otra vez la pierna.

–James Harper lo había mandado al pañol de proa unos instantes antes de que usted subiera a bordo. Es un hombre corpulento, más alto que usted, de pelo pajizo, mejillas rojas y nariz grande, bulbosa.

Un leve fruncimiento de labios indicó el humor de Gage.

–Por su descripción, me pregunto si Potts la persigue en sueños. Es evidente que conoce muy bien sus rasgos, Shemaine.

–Pues sí, lo reconocería de lejos.

–Espero que tenga tiempo de avisarme si le ve acercarse.

–Y me enseñará a disparar el mosquete, ¿no es cierto? –dijo, ansiosa, sabiendo que habría ocasiones en que él estaría ausente y ella se quedaría sola para defenderse si Potts la buscaba.

Gage alzó una ceja con aire escéptico, y le hizo una pregunta pertinente:

–Shemaine, ¿en realidad piensa que es capaz de matar a un hombre?

–Si el señor Potts me encuentra, tendré que hacerlo –razonó–. Si no me defiendo, me matará.

–Por lo general, si yo o alguno de mis hombres divisamos un bote acercándose a la costa, uno de nosotros le sale al encuentro, pero debo confesar que a veces estamos demasiado ocupados hasta para mirar por la ventana del taller. Si llega a ver a Potts, sencillamente toque la campana que está junto a los escalones de entrada, o grite a todo pulmón. Sin duda, alguno de nosotros oirá una de las dos cosas y vendrá corriendo.

–Creo que no entiende a lo que tendrían que enfrentarse usted o sus hombres, señor Thornton –respondió Shemaine con cautela–. Ese tipo es un bruto. ¡Un pedazo de bestia! Harían falta dos como usted para vencer a ese monstruo.

–Normalmente, soy capaz de cuidarme a mí mismo o cualquier cosa que me pertenezca –aseguró Gage, aunque admitiendo la posibilidad de no percibir con precisión las dificultades antes de que sucedieran o de prever el futuro con claridad–. Aun así, por las dudas le enseñaré a disparar el mosquete.

Shemaine soltó un suspiro de alivio, convencida de haber obtenido lo que quería. Se inclinó hacia delante, observando cómo él frotaba sus piernas con una toalla para quitarle el exceso de ungüento. Luego, Gage se sentó en el suelo, le permitió bajarse la falda y se limpió las manos con la toalla, bien a sus anchas en esa postura.

A Shemaine la sorprendió sentir ya cierto alivio de la inflamación de sus magulladuras.

–Señor Thornton, estoy convencida de que entre otros talentos, está usted muy dotado para la medicina. Ya me duelen mucho menos los tobillos. Muchas gracias.

Gage inclinó la cabeza aceptando el amable comentario, aunque lo que le deleitaba no era tanto lo que ella decía como la inflexión que le daba a ciertas palabras, sobre todo a su apellido, porque las sílabas sonaban tan mágicas y gratas como el argentino tintineo de pequeñas campanillas en la brisa matinal. Sin olvidar que él mismo había insistido en que lo llamara por su nombre de pila, debía admitir que cuando su apellido brotaba de los labios de ella, agitaba sus sentidos en considerable medida. La pronunciación de Shemaine, aunque bien modulada, revelaba la influencia del acento de Shemus O'Hearn.

–En pocos días, sus tobillos estarán mucho mejor –predijo–. Antes de que pase un mes el enrojecimiento habrá desaparecido, y tal vez para entonces pueda comprarle un par de zapatos.

–No tiene que preocuparse por eso, señor Thornton –replicó suavemente–. Estoy agradecida de tener éstos que me dio. Como puede ver, me van un poco grandes, pero no me será difícil habituarme a ellos. Ya sé muy bien lo que es andar descalza y estoy contenta de tenerlos, aunque estén gastados y me vayan algo grandes. La verdad, es mucho más cómodo estar calzada que notar las piedras en los pies al caminar.

–No hacía falta mucha inteligencia para saber que los zapatos de Victoria serían demasiado grandes para usted –señaló Gage–. Aunque de huesos finos, mi esposa era casi una cabeza más alta que usted.

–Creo que Andrew también será alto –predijo Shemaine, mirando las manos del padre. Eran largas, delgadas, y las puntas de los dedos más bien cuadradas, tan atractivas como el resto de su persona–. ¿Cómo podría ser de otra manera, siendo usted tan alto? Estoy segura de que cuando crezca será su viva imagen.

–Victoria dijo lo mismo apenas nació Andrew –recordó Gage Thornton–. Y quizá sea cierto, pues ella era muy rubia. Su pelo era claro como el maíz, y con un brillo similar. Yo lo veía revolotear en el viento y siempre me asombraba que sus mechones jamás se enredasen.

Consciente de sí misma, Shemaine se alisó un rizo, apartándolo de la cara. Su pelo distaba de ser fino. Era tan grueso y rebelde que era necesario trenzar los pesados rizos o recogerlos en peinados capaces de poner a prueba la paciencia del peluquero más ingenioso. En Inglaterra, su doncella gozaba del desafío de peinarla, creando bellos arreglos y jactándose de los reflejos dorados que ostentaba. Pero ella había cepillado y cuidado el cabello de la muchacha desde que tenía diez años y, desde luego, no era demasiado objetiva. Orgullosa, Nola solía asegurar que ni la querida más consentida de cualquier aristócrata estaría jamás tan exquisitamente peinada como su Shemaine.

–Lamentablemente, mi pelo es muy rebelde –se quejó Shemaine, añorando aunque fuese una parte de la habilidad de Nola–. Esta tarde estuve a punto de cortármelo, sólo para evitar que se enrede...

Gage contempló un obstinado mechón, que se rizó de inmediato, en cuanto la mano de Shemaine bajó, y tuvo ganas de acariciar el rizo entre los dedos para sentir su sedosa textura, pero se contuvo, adivinando que Shemaine saldría huyendo como una cierva asustada. Ya comenzaba a familiarizarse con sus escrúpulos; se dio cuenta de que había conseguido un gran logro masajeando esos miembros bien formados durante tanto tiempo.

–Me gusta su pelo, Shemaine; y no me gustaría que se lo cortara.

Temerosa de aquellas cuestiones en las que podría ofenderlo sin darse cuenta, Shemaine comenzó a afligirse por lo que ya había hecho; decidió que sería preferible admitir la verdad antes de que él la conociera de otra manera.

–Espero que no se enfade conmigo, señor Thornton... –dijo de un tirón–. Después de usarlo, tuve buen cuidado de lavarlo y dejarlo donde lo había encontrado...

–¿Qué? –Gage alzó una ceja–. ¿Qué está tratando de decirme, Shemaine? ¿Qué es eso que encontró?

–Su cepillo –respondió sin rodeos–. Tuve que usarlo para desenredarme el pelo.

Tras la breve sonrisa, Gage exhaló un suspiro de alivio.

–¿Eso es todo? Por el modo que lo dijo, pensé que habría cometido algún terrible desastre.

–¿No le molesta que lo haya usado? –preguntó Shemaine, perpleja –. ¿No está enfadado?

–¿Debería estarlo? –preguntó, con un brillo travieso en los ojos–. ¿Acaso tiene usted algo que podría contagiarme?

Riendo, Shemaine sacudió la cabeza.

–No creo que tenga ninguna infección, señor.

Gage se frotó la barbilla con aire reflexivo, sofocando el deseo de sonreír mientras se burlaba:

–Más bien debería temer lo que yo pudiese contagiarle, Shemaine. Dijo que lavó el cepillo después de usarlo y no antes, ¿verdad?

Apoyando las manos en las rodillas, Shemaine le dirigió una mirada intrigada:

–Señor Thornton, ¿está seguro de que usted es inglés?

El aludido respondió con un encogimiento de hombros.

–Si soy hijo de mi padre, entonces provengo de una larga línea de ingleses. O eso o mi madre fue violada mientras dormía, porque ella adjudicaba todo el crédito de mi nacimiento, mi apariencia y mi obstinación a William Thornton.

–¿Papá? –llamó Andrew, adormilado, desde el cuarto.

–Ya voy, Andy –respondió Gage, poniéndose de pie de un solo movimiento ágil que embelesó a Shemaine por su fuerza y su elegancia varonil.

Cruzando la sala hacia el dormitorio, Gage no advirtió ese par de ojos esmeraldinos que lo seguían por la habitación. Desapareció dentro y Shemaine se arrellanó en la silla para escuchar su voz apagada, mezclada con los balbuceos soñolientos del hijo. Las palabras que Gage pronunciaba no importaban, pero su tono era reconfortante; sin duda entibiaba el corazón de Shemaine tanto como el del niño.

La noche descendió sobre la tierra y, con ella, la niebla que cubrió la cabaña, convirtiéndola en una isla. Fuera, se oyó el ulular de un búho en un árbol, en algún punto del bosque, hacia el oeste. Con la oscuridad, el interior de la cabaña se tornó silencioso, sólo se oía el crujir y el sisear del fuego y el rasgueo de la pluma con la que Gage hacía anotaciones sobre el pergamino de un libro de cuentas, en el corredor trasero. Concentrado en su contabilidad, pareció haber olvidado a la mujer que había comprado ese mismo día, pero cada vez que Shemaine alzaba la vista de su costura, en la cocina, podía verlo a través de la puerta abierta. Sentada en la mecedora, a la derecha del hogar, tenía una clara visión del corredor. Después de compartir la comida que había enviado Hannah Fields para la cena de los Thornton, había dejado preparada la de la mañana, para desayunar temprano, y limpiado la cocina. Más tarde, Gage llevó a Andrew a la cama, a su rincón, apenas separado del dormitorio principal, y luego se instaló a trabajar en su mesa de dibujo mientras ella cosía el dobladillo del vestido azul y de la segunda camisa que había elegido para usar.

Por cierto que no era su intención comparar a su amo con su prometido, pero mientras sus dedos guiaban la aguja a través de la tela, la mente de Shemaine vagaba lejos, y sucedió lo inevitable. Los dos eran similares en muchos aspectos. Ambos tenían el pelo negro como el ala de un cuervo. Gage llevaba el suyo muy corto y pegado a la nuca, mientras que Maurice lo ataba en una pulcra coleta en la parte de atrás de la cabeza, evitando los polvos y las pelucas. Si existía alguna diferencia en la altura, era tan minúscula que no se notaba. Los dos eran altos, de hombros anchos, delgados pero musculosos, y llevaban con elegancia cualquier atuendo que usaran, ya fuesen pantalones de piel de ante y camisas de hechura doméstica, como era el caso de Gage, o la vestimenta más formal de Maurice. Si bien su prometido prefería, en general, la dignidad de la seda negra en lugar de otros colores y telas para las ocasiones importantes, Shemaine pensó que el marqués, con todo lo apuesto que era, no resultaba más impresionante con sus galas de la corte que Gage Thornton con su ropa más rústica. La cintura y las caderas de su amo eran lo bastante estrechas para dar envidia al más presumido de los dandis, y los largos pantalones de cuero le ajustaban de modo que se pegaban a los contornos musculosos, revelando los tensos tendones que recorrían los muslos, evidenciando el vigor atlético del hombre.

Sin duda, Maurice du Mercer no carecía de fuerza, arguyó mentalmente Shemaine, tratando de no perder la clara perspectiva de la comparación. Más aún, era un espadachín formidable y meritorio jinete. Era aficionado a todas las danzas de la corte, y las practicaba con tanta elegancia como montaba a caballo. Sin embargo, la diferencia entre los dos hombres podría sintetizarse en el contraste de sus manos. Los dedos de Gage eran delgados y duros. Apretadas por semejante mordaza, las manos pálidas y sin callos del marqués du Mercer habrían quedado muy maltrechas.

En otra época, quizás uno o dos siglos atrás, Shemaine estaría convencida de que la galanura de su prometido era inigualable. Seguramente, nadie podría negar el refinamiento aristocrático de las facciones de Maurice y la belleza de sus ojos de negras pestañas. Cuando se enteró de la propuesta matrimonial, la madre de Shemaine, que había demostrado su firme confianza en la sensatez de su hija, expresó sus dudas alegando que Maurice y Shemaine podían estar bajo la influencia de una fuerte atracción física más que de una profunda e indoblegable devoción.

Un tiempo después, Camille conjeturó que a Shemaine le había impresionado la grandeza de su novio y su posición social. Si bien Shemus O'Hearn tenía un carácter difícil, era lo bastante prudente para tomar en serio los consejos de su esposa. Entre los dos se pusieron de acuerdo y le negaron su consentimiento, rogando al pretendiente que comprendiese: sólo querían que Shemaine fuese consciente de la vida que llevaría al convertirse en marquesa. Comprendiendo su preocupación, Maurice insistió en su ardiente amor hacia ella, y prometió que no permitiría que nada le faltara. Había pasado por lo menos un mes cuando los O'Hearn por fin accedieron, prestando sus oídos a las afirmaciones de Shemaine de que ningún otro hombre que conociera podría compararse con Maurice, a quien había llegado a conocer.

¡Y eso había sucedido en Inglaterra, ocho meses atrás!

¡Y éste era otro continente y otro tiempo!

Cuántas cosas habían pasado desde aquel tibio día en Londres, cuando Maurice le había pedido que fuera su esposa... ¡Ella ya no era una joven dama ociosa sino una sierva, comprada por un colono que ahorraba y trabajaba para hacer algo con su vida y cumplir sus aspiraciones!

Shemaine hizo tenaces intentos de evocar una imagen clara de su prometido, y pasó largo rato hasta que comprendió por qué le resultaba tan difícil imaginar el noble rostro de su novio: lo impedía el hecho de que el bronceado, musculoso y vibrante señor Thornton estaba ahí, ante ella, donde podía observarlo atentamente cada vez que levantaba la vista.

Gage cerró el libro, metió la pluma en el tintero y apartó su taburete del escritorio. Cogió una vela, tocó la mecha con una cerilla encendida, y luego apagó las otras velas que había en la habitación. Salió del corredor, se acercó a la mecedora, y Shemaine se apresuró a doblar la camisa que había estado cosiendo.

–Necesitará esto para iluminarse en la escalera –dijo, ofreciéndole la vela encendida–. En el arcón que está junto a la cama hay una manta, por si la necesita. He tendido una cuerda sobre la barandilla, y he colgado de ella una lona mientras usted terminaba en la cocina. Bastará con que la corra.

Dándole las gracias, Shemaine recibió la vela y vio, confundida, que él cogía un candelabro, le deseaba las buenas noches y marchaba hacia el dormitorio. Como le daba vergüenza confesar que esa tarde había olvidado proveerse de prendas para dormir del baúl de Victoria, recogió las que había arreglado y fue hacia la puerta de la cocina.

Gage había llegado a la entrada del dormitorio cuando recordó la carencia de ropas de su sirvienta. Se volvió y atrajo su atención, diciéndole:

–Lo siento, Shemaine, casi olvidaba preguntarle si necesita algo más del baúl de Victoria.

–Me vendrían bien un camisón y una bata, señor, si no es molestia –admitió con timidez–. No me acordé antes.

–Venga a buscarlos, pues. No tiene por qué intimidarse.

Le hizo señas de que se acercara, se volvió y entró en el dormitorio.

Cuando Shemaine se decidió a seguirlo, Gage ya había levantado la tapa del baúl y revisaba su contenido. Bajo la mirada de la mujer, apartó un camisón roto que estaba arriba y buscó más abajo entre la ropa, hasta que al fin dejó a un lado un camisón que a Shemaine le había parecido el más bonito. Eligió otro más, sin importarle su elevada calidad y su delicado bordado, añadió la única bata que había en el baúl y le entregó las tres prendas.

–Pero esto es demasiado para una sirvienta –insistió Shemaine, sin hacer ademán de aceptarlas.

Gage las empujó hacia ella, obligándola a aceptarlas.

–No tiene sentido dejar que se estropeen, Shemaine.

–Podría guardarlas para su esposa cuando vuelva a casarse –arguyó, apretando las ropas contra su cuerpo.

Como si pensara en el comentario, Gage torció la mandíbula y contempló a Shemaine. Al parecer, había tomado una súbita decisión, porque hizo un leve gesto de asentimiento.

–Si me gusta cómo le queda, tal vez acepte su consejo y me case con usted.

Shemaine lo miró con la boca abierta, incapaz de pronunciar una sola palabra. Estaba demasiado atónita con la sugerencia para murmurar una negativa.

Con una expresión maliciosa, Gage le apoyó el dedo índice en el mentón y le cerró la boca.

–No se impresione tanto, Shemaine. No sería el primer matrimonio de conveniencia que tiene lugar aquí, en las colonias, ni tampoco el último. Con lo escasas que están las mujeres, no es infrecuente que un hombre tome a una extranjera por esposa. Y si el sujeto es tímido, lo más probable será que otro le arrebate la doncella antes de que él se atreva a abrir la boca para proponerla en matrimonio.

Al fin, Shemaine recuperó la voz y se apresuró a asegurar:

–No quise insinuar que deberíamos casarnos, señor Thornton... es decir... le aseguro que jamás pensé en semejante cosa... jamás se me ocurriría... yo... no podría... estaba prometida, ¿sabe?

Se interrumpió de repente, advirtiendo que estaba protestando demasiado.

–Es muy tarde para que estemos parloteando sobre estas cuestiones, Shemaine. Póngase uno de esos camisones y váyase a la cama. Descanse. Recupere las energías. Espero que dentro de poco mis hombres y yo podamos entregar a nuestros clientes de Williamsburg los muebles que hemos terminado. Cuando vayamos, ya sea dentro de un par de semanas o quizás un mes, me gustaría llevar a Andrew conmigo, pero necesitaría que usted nos acompañase para cuidarlo. Los hombres y yo deberemos cargar las piezas en la barcaza, pasarlas a un carro y llevarlas a Williamsburg. No puedo hacer eso y también cuidar del niño. Estoy seguro de que necesitará todas las energías que pueda reunir para seguirlo durante todo el día.

–Trataré de estar en condiciones para cuando decida ir, señor Thornton –respondió Shemaine mientras retrocedía lentamente hacia la entrada.

Gage la siguió hasta la puerta y, levantando el antebrazo, lo apoyó en la jamba y sostuvo la mirada de ella con sus ojos castaños muy fijos.

–Por si no lo advirtió, Shemaine, tiene usted un acento muy bonito. Lo percibo con mucha claridad cuando me nombra con mi apellido, y como parece que no se decide a tratarme de otra manera, puede seguir llamándome señor Thornton; tiene mi más calurosa aprobación. –Relampagueó una efímera sonrisa y sus ojos brillaron, maliciosos–. Hasta el día que nos casemos, claro.

–Ni por todas las verrugas de un sapo –murmuró Shemaine, petulante, mientras giraba sobre sus talones, aunque la carcajada de él le hizo sonreír en su rápido regreso al corredor.

En el silencio de la cabaña el apresurado golpeteo de sus zapatillas llegó hasta los oídos del hombre y, durante largo rato Gage escuchó los movimientos de ella en la planta alta, contento de poder oír algo más grato que los obsesionantes gritos de su esposa muerta.

5

Desde siempre, los adultos en el hogar de los Thornton acostumbraban levantarse antes de que el sol asomara sobre las copas de los árboles. Shemaine no estaba habituada a levantarse antes del alba; en Inglaterra se le permitía holgazanear hasta mucho después de que el globo solar hiciera su cotidiana aparición. Siendo hija única, había estado bastante consentida. Sin embargo, tanto su madre como la vieja cocinera de la familia le advertían con frecuencia que las cosas cambiarían de manera drástica cuando fuese el ama de su propio hogar. En el *London Pride* había dormido cada vez que podía, pero esos torturados intentos habían sido cualquier cosa menos descanso. Por el contrario, su primera noche en la cabaña de Thornton había sido tan tranquilizadora en lo físico como reparadora en lo mental. Sin embargo, su despertar vino acompañado por la dura realidad de que ya no podía quedarse en la cama hasta cualquier hora. Ahora era una sierva y, por lo tanto, se esperaba que se comportara como tal y que sirviera en lugar de ser servida.

Lo primero que le dio una vaga conciencia de cuanto la rodeaba fue el ruido de la puerta del dormitorio de Gage al abrirse, pero cuando los pasos de él avanzaron por el corredor, despertó del todo esperando que su amo subiera la escalera y la sacara de la cama. Pero el suave chirrido de la puerta del patio que se abría y se cerraba le indicó que él había salido de la cabaña, y el latido frenético de su corazón disminuyó, recuperando un ritmo más normal.

Aún temblando, Shemaine salió de la cama e hizo funcionar la yesca para encender una vela. Poniéndose la bata de Victoria sobre el camisón que Gage le había dado, recogió la palmatoria y bajó deprisa. La pequeña llama se achicaba y chisporroteaba por la corriente que creaba su rápido descenso hacia la cocina. Aunque estaba a medio vestir, encendió una lámpara, avivó el fuego en el hogar y comenzó a preparar el desayuno: ya había decidido dejar su *toilette* matinal para más tarde. En ese momento tenía mucho que hacer.

Como había preparado la comida matinal la noche anterior y dejado una buena cantidad de bollos a fermentar no muy lejos del calor del hogar, Shemaine se ahorró el trastorno de las prisas. En una ocasión, Bess Huxley había ensalzado la prudencia y la importancia de que una mujer se organizara bien en cualquier tarea que emprendiese y había tratado de imbuir a su discípula tales motivaciones. Pero sólo en el presente, cuando Shemaine se encontraba forzada a demostrar sus méritos al hombre que la poseía, por fin reconocía y valoraba los beneficios de una buena organización y distribución del tiempo. El placer que sintió viendo los bollos calientes dorándose en el horno del hogar, las tiras de carne de venado ahumado siseando en la plancha y los huevos cuajando mientras ella los revolvía en la sartén, no tenía nada que ver con el aburrimiento que había sufrido cuando la obligaban a realizar tan monótonas tareas. Cuando todavía estaba en su hogar, con sus padres, cualquier trabajo en la cocina le había parecido una odiosa imposición, y ella hacía lo que le ordenaban sólo para apaciguar a la cocinera, o quizá para ganar unos días de respiro y no tener que soportar el tedio de su enseñanza.

Los primeros rayos del sol ya entraban por los cristales de las ventanas cuando Gage empezó a abrir las contraventanas. Cuando terminó sus faenas exteriores y volvió a la cabaña con un cubo de leche recién ordeñada y una cesta con huevos, el interior estaba lleno de luz y del delicioso aroma de los bollos calientes y la carne asada. Al pasar junto a Shemaine en la cocina, Gage vio, asombrado, la comida que estaba preparando.

–Ha resultado una mentirosa, Shemaine –comentó, apoyando el cubo y la cesta en la mesa, cerca de donde ella trabajaba.

Casi no podía apartar la vista de los panecillos, porque tenía serias dudas de haber visto alguna vez algo de aspecto tan delicioso. Aunque tal vez fuese su apetito, que enturbiaba su memoria.

Su comentario provocó la consternación de Shemaine:

–¿Por qué lo dice, señor?

–Bueno, es obvio que sabe cocinar –respondió Gage, indicando la comida con un ademán–. Quizá tan bien como para avergonzar a Roxanne Corbin. ¿Por qué trataba de que creyera lo contrario?

Dispuesto a conocer el motivo, Gage le dedicó toda su atención, y el ceño pensativo que había crispado su frente fue alisándose a medida que los cálidos ojos castaños bajaban lentamente, recorriendo desde sus desordenados tirabuzones hasta sus pies delgados que asomaban bajo la falda. Las pequeñas extremidades se curvaron bajo su distraída contemplación, hasta que invirtió el examen. Esta vez, su mirada se deslizó hacia arriba, deteniéndose brevemente en el redondeado pecho, suelto bajo la ropa de dormir.

Incómoda por su desaliño, Shemaine cubrió su pecho con un brazo y cerró el borde de encaje de la bata en su cuello. Si las prendas hubiesen sido transparentes, y su cuerpo pálido estuviera por completo expuesto a la mirada fija de Gage, no se habría sentido más desconcertada. La intensa atención del hombre la ponía muy nerviosa, porque no tenía la menor garantía de que seguiría tratándola con cortés deferencia. Después de todo, no era más que una esclava. No había sitio donde pudiese huir y nadie podía brindarle protección. Además, si había interpretado correctamente la timidez de los habitantes de la aldea cuando Gage Thornton los miraba, podía suponer que eran demasiado cobardes para enfrentarse a él para defenderla. Otros, como Alma Pettycomb, podrían tener valor pero, si sentían su misma aversión contra los convictos, no se tomarían la molestia.

Por fin, Gage subió la mirada hasta encontrarse con la de ella, y Shemaine volvió la cara para ocultar su intenso sonrojo y se concentró en pasar los huevos revueltos a un cuenco. Pese a sus esfuerzos por parecer indiferente, daba la impresión de que Gage estaba respirándole en el cuello. Cada fibra de su ser vibraba con la cercanía de él.

Tratando de controlar el temblor de su voz, Shemaine respondió de inmediato, esperando que se apartara:

–Señor, cuando me preguntó lo que sabía hacer, yo no estaba segura de lo que podría recordar. Para mi madre era importante que aprendiese a cocinar, pero yo detestaba las lecciones y no les veía futuro, ¿entiende? Me impedían hacer lo que de verdad me gustaba.

Llevando el cuenco y la fuente con carne a la mesa, Shemaine se inclinó sobre ella para dejarlos cerca de los dos platos que había puesto más temprano, para su amo y para el hijo. No necesitaba constatar la dirección de la mirada de él, porque sentía su peso en la espalda.

–¿Qué era lo que le gustaba, Shemaine? –preguntó Gage, interesado en el modo en que el camisón y la bata modelaban las prietas nalgas.

Decididamente, valía la pena observar con detalle el espectáculo con el que ella le obsequiaba inconscientemente, mientras durase.

–Cabalgar, señor –respondió Shemaine, sintiendo cierta nostalgia por su pasión por los caballos. Edith du Mercer despreciaba la idea de que una joven corriese por el campo a lomos de un indócil semental, que habría resultado imposible de manejar para muchos hombres. Shemus O'Hearn le había enseñado a montar a edad muy temprana, y padre e hija compartían un gran amor por esa actividad. Maurice era la única persona que Shemaine conocía capaz de montar tan bien como su padre–. Mi padre era dueño de algunos de los mejores purasangre de Londres. Él me puso sobre el lomo de una yegua cuando yo sólo tenía dos años; después de eso, mi madre juró que ésa sería mi perdición futura. Supongo que, en cierto modo, tenía razón. Sin duda, el cazador de ladrones sabía dónde encontrarme; fue en el establo donde me apresó.

–¿Insinúa que la abuela de su novio contó al cazador de ladrones lo de su pasión por los caballos? –preguntó Gage, un poco decepcionado cuando ella se volvió de cara a él.

Pero el busto mal cubierto era lo bastante tentador para atraer más que una subrepticia mirada. Los suaves promontorios lo tentaban con azarosas apariciones, incitando sobremanera su imaginación.

–O, al menos, alguien contratado por ella, señor –respondió Shemaine–. He llegado a convencerme de eso. Desde mi detención, he tenido mucho tiempo para pensar, y el modo clandestino en que se produjo me ha persuadido de que alguien quería mantener en secreto mi desaparición, porque no había nadie cerca cuando fui secuestrada. Los mozos de cuadra habían llevado las yeguas al campo a pastar. Si me equivoco en mis deducciones, habré cometido una gran injusticia con la dama, la habré juzgado mal.

–Si su familia la encontrase, ¿piensa que la sospecha que tiene de esa mujer le haría desistir de casarse con su novio? ¿Con ese... Maurice du Mercer?

Ese tema había monopolizado los pensamientos de Shemaine casi desde el momento de su detención; le daba vueltas sin cesar. No había podido llegar a ninguna conclusión válida, aunque la necesidad de hacerlo era fundamental, porque no podía imaginar que el marqués pudiese tomar por esposa a una convicta.

–Es muy poco probable que a mis padres o a Maurice se les ocurra buscarme aquí. Además, dudo de que Maurice disponga de tiempo para semejante empresa. Tiene muchos asuntos y propiedades en Inglaterra que requieren su constante atención; no puedo imaginar que deje a un lado con ligereza sus obligaciones para venir aquí.

–¿Ni para buscar a su prometida?

La conclusión dejó perplejo a Gage, porque no podía concebir que un hombre olvidara a una mujer tan atrayente como ésta.

Shemaine no gozaba precisamente dando explicaciones, por eso habían sido bastante sucintas.

–Hasta nuestro compromiso, a Maurice nunca le faltaban damas de la nobleza que lo lisonjearan. Estoy segura de que a estas alturas ha dirigido sus pensamientos y atenciones hacia otra.

Mientras hacía la pregunta, Gage la observó atentamente:

–¿Eso significa que usted ha dejado atrás esa parte de su vida?

Incapaz de confiar en la firmeza de su compostura, Shemaine asintió sacudiendo la cabeza y se dedicó a poner la mantequilla y las confituras sobre la mesa, para no dejarse llevar por los sentimientos de pérdida y nostalgia.

Con aire pensativo, Gage se inclinó y tomó un bollo. Arrancó un trozo y meditó la respuesta mientras se lo metía en la boca y empezaba a masticar. Un instante después, el apetitoso sabor atrajo toda su atención, y sus ojos echaron chispas de genuino placer. Decididamente, jamás había probado nada tan delicioso desde que se marchó de la casa de su padre. Ni siquiera Victoria hacía un pan tan delicioso.

–Shemaine, no debería haber limitado mi comparación a Roxanne Corbin. No es un cumplido rebuscado si le digo que es usted la mejor cocinera de la región.

Shemaine apartó un mechón rebelde de su cara y escudriñó a Gage.

–Señor Thornton, ¿eso significa que se quedará conmigo?

La pregunta lo sorprendió.

–Por supuesto, Shemaine. Ya le dije que no la devolvería. ¿No me había creído?

–Señor, hay hombres que dicen una cosa y hacen otra completamente diferente –respondió con timidez.

–Yo no soy de ésos.

La puerta del dormitorio se abrió con un crujido, y los dos se volvieron y vieron a Andrew que avanzaba descalzo hacia ellos. El niño tenía un aspecto tan adorable con su pequeño camisón y sus oscuros rizos revueltos cayéndole sobre los ojos que Shemaine quiso acercarse a él y tomarlo en sus brazos, aunque sabía que aún desconfiaba de ella, que no era más que una desconocida.

Gage se aproximó a su hijo que, en medio de un bostezo, le tendía los brazos. El padre lo alzó en el aire, arrancándole una oleada de risas, y luego lo apoyó en su hombro.

–Volveremos en unos momentos, Shemaine –dijo Gage, mientras iba hacia el corredor del fondo–. Enseñamos a Andy a usar el orinal, pero él prefiere ir afuera, al retrete. Cuando yo no pueda, tendrá que acompañarlo usted. Trata de portarse como un hombre, pero es mejor tener cuidado.

–Desde luego, señor Thornton.

Shemaine se volvió, disimulando su sonrojo. En Inglaterra, en algunas ocasiones que había estado en el campo o desde las ventanillas de un carruaje había visto a niños pequeños jugando desnudos bajo la lluvia o en hondonadas llenas de agua. Y aunque fueron escenas breves, le habían dado cierta noción de la anatomía de los varones. Aun así, lo cierto es que no tenía tantos conocimientos sobre el sexo opuesto como su amo seguramente suponía.

Poco después, Gage volvió junto a la fregadera de la cocina, donde arrancó nuevas risas a su hijo, mientras lavaba las manos y la cara del niño, como un juego.

Ahora que la comida ya estaba dispuesta sobre la mesa, Shemaine podía anticipar una fácil huida hacia su cuarto. No quería poner una mancha en la comida de la mañana con su apariencia desaliñada; tenía la intención de aprovechar la ocasión mientras Gage instalaba a su hijo en la silla alta. Pasó detrás de ellos en dirección al corredor, pero su amo, percibiendo sus intenciones, la atrapó del brazo y la hizo detenerse de golpe, un tanto sorprendida.

Con el corazón palpitándole, en medio de la confusión, Shemaine contempló el rostro bronceado tratando de captar el talante de su amo, pero lo único cierto en ese momento para ella era su altura, porque Gage Thornton le llevaba más de una cabeza. El temblor de su propia voz le hizo comprender hasta qué punto se había vuelto pusilánime, porque en ese momento sentía lo mismo hacia él que Andy seguramente hacia ella.

–¿Desea algo, señor Thornton?

–Sí, Shemaine. –La sonrisa fue tan breve como un destello–. Quisiera que se quedara a comer con nosotros.

Avergonzada, cruzó los brazos delante del pecho, sin saber bien qué podía estar viendo él.

–No voy decentemente vestida, señor.

–Está muy bien –aseguró él, rozando con su mirada el rostro de la muchacha y los mechones rizados que lo enmarcaban.

Gage nunca dejaba de asombrarse de lo fascinante que le había parecido Victoria moviéndose en la cocina con su camisón y los pies descalzos. Desde la muerte de ella sentía un extraño vacío en la cocina, incluso cuando Roxanne andaba por allí; en cambio, esta muchacha, con sus tirabuzones y una mota de harina en la atrevida nariz, llenaba ese oscuro hueco con una sensación de calidez y de vida. Deseaba gozar unos momentos más de su presencia, con la esperanza de que esa mordiente sensación de vacío se esfumara para siempre de su conciencia.

–Creo que Andrew y yo jamás hemos compartido una comida tan apetitosa como la que usted nos ha preparado esta mañana, Shemaine. Roxanne siempre tenía que preparar el desayuno de su padre antes de venir aquí; por eso me tocaba a mí hacer algo para el niño y para mí. Le doy mi palabra de que, en el mejor de los casos, los resultados eran pobres. Y le aseguro que no hemos podido disfrutar de la presencia de una bella mujer en nuestra mesa desde que Victoria nos fue arrebatada. Me gustaría que se quedara con nosotros tal como está. ¿Puede ser?

A Shemaine la incomodaba tanto la cuidadosa observación de su rostro como antes la había avergonzado la de su cuerpo, pero le pareció prudente no quejarse. Si Gage se limitaba a mirar, podría considerarse afortunada.

–Como usted desee, señor.

–Así es –susurró Gage. Se inclinó para aspirar la fragancia de su cabello–. Además, huele bien.

Inquieta por tanta atención, Shemaine se pasó los dedos con gesto nervioso por los largos cabellos que se habían escapado junto a las sienes, ansiando poder refugiarse en el altillo.

–Seguramente, debo de oler a pan...

–Como una mujer que ha estado cocinando –murmuró Gage, en tono cálido. Hizo un ademán de invitación hacia el banco donde ella se había sentado la noche pasada–. Después de usted, Shemaine.

Obediente, se deslizó sobre el asiento de alto respaldo y aceptó una taza de té que él le ofrecía, mientras Andy ladeaba la cabeza y la observaba con curiosidad. Sonriéndole, Shemaine tomó un panecillo al que aquella mañana había dado la forma de un hombre.

–Éste es para ti, Andrew –le dijo, ofreciéndoselo.

–¡Papá! –exclamó el niño, excitado, mostrando a su padre el regalo de ella–. ¡Shimen cocinó hombe!

Shemaine rió y, extendiendo la mano, revolvió el pelo del niño. Andrew rió, frunció la nariz y, con los pequeños dedos, arrancó un brazo del hombre de pan y se lo llevó a la boca. Sus ojos brillaron, y la muchacha lo vio masticar con deleite. Después, miró a su padre y rió de nuevo.

–¡Hombe rico, papá!

Gage rió, mientras se servía huevos revueltos con cebollino.

–Lo sé, Andy. A mí también me gusta el pan.

–Papá, ¿Shimen hizo hombe para ti? –preguntó Andrew, inclinándose hacia delante para observar el plato del padre.

–No, Andy, Shemaine lo hizo especialmente para ti, pero preparó un delicioso desayuno para los dos.

–¿Shimen bonita, papá?

–Shemaine *muy* bonita, Andy.

Gage puso tal énfasis en la palabra que hizo levantar la vista a Shemaine y, por un instante, quedó atrapada, mientras el hombre sondeaba las profundidades de esas órbitas verdes. Entonces, Andrew pidió huevos, y su padre se apresuró a complacerlo.

El apetito de Shemaine estaba lejos de ser el habitual; tras unos pocos bocados, se sintió indispuesta. Armándose de valor, trató de terminar las pequeñas porciones que había servido en su plato, pero el temor de vomitar lo poco que había comido la hizo desistir. Apartando la mirada de la mesa, unió las manos sobre el regazo mientras los demás seguían comiendo. Al parecer, estaban disfrutando de la comida y se veía que no tenían premura por terminarla; era lógico anticipar que pasaría un buen rato hasta que ella pudiese escabullirse hacia el altillo.

Gage Thornton no se había olvidado de su sierva. Centraba sus esfuerzos en no mirarla más de lo que ya lo había hecho, aunque sus instintos lo impulsaban a hacerlo. Si le había costado apartar la vista de ella después de regresar de la casa de Hannah Fields, esa mañana era más duro aún, cuando la veía con menos ropa. Lo que más deseaba era mirar sus pechos. Si bien eran tan generosos para despertar la lasciva admiración de cualquier hombre, su plenitud era juvenil; sentía un intenso anhelo de pasar las manos sobre esa suavidad y liberarlos de su encierro. Esa idea causaba estragos en su interior, porque tenía aguda conciencia de sus intensos deseos y de la necesidad impostergable de saciarlos.

Aunque no deseaba que ella se marchara, Gage ya no podía seguir ignorando la impaciencia de Shemaine por dejar la mesa, hasta que al fin alzó la vista hacia ella cuando fue a servirse otra taza de té. Con la mirada cautelosa y la indudable incertidumbre con que lo miró al volver, lo convenció de que se sentía atrapada como un gorrión enjaulado. No tuvo más alternativa que ceder:

–Tal vez haya sido desconsiderado al insistir en que se quedara con nosotros, Shemaine. Si quiere, puede ir a su cuarto a vestirse.

El alivio desbordó a Shemaine, que esbozó una trémula sonrisa.

–Gracias, señor. Creo que estoy un poco indispuesta por haber comido tanto.

–Es comprensible, teniendo en cuenta todo lo que ha pasado –respondió Gage, sintiéndose algo arrepentido por haberla retenido–. Avíseme cuando se sienta mejor. Mis hombres llegarán dentro de una hora, y entonces deberé dejar a Andrew con usted para poder empezar a trabajar.

–No tardaré, señor.

Shemaine estaba ansiosa por escapar de la torturadora visión de la comida, pero después de lavarse la cara y el cuerpo con agua fría, se sintió bastante reanimada. Cuando miró el vestido azul, notó que se le había pasado por alto que el encaje del cuello estaba suelto en la parte de atrás, pero no se atrevió a perder tiempo arreglándolo. Se puso la ropa, se peinó rápidamente y se tomó un momento para ordenar el altillo y apartar las cortinas de lona que Gage había colgado sobre la baranda.

Al regresar a la cocina, encontró a Gage sentado en la mecedora, cerca del fuego. Estaba leyendo a Andrew, que escuchaba atentamente, recostado en el pecho del padre. Negándose a abandonar la seguridad de los brazos de su padre, Andrew no quiso ir con Shemaine ni aceptar sus esfuerzos por atraerlo, hasta que la muchacha inventó un divertido juego. Cantando una copla irlandesa que había aprendido de niña, envolvió su mano con un trozo de tela, dibujó una cara en ella, marcando los labios en el pulgar y el índice, y ocultó el brazo detrás de Gage. Moviendo los dedos para dar la ilusión de que el títere hablaba, engatusó a Andrew con voz chillona, captando toda su atención. Pronto, el niño reía dichoso, provocando, a su vez, la hilaridad del padre. Entonces, Shemaine retiró el muñeco de la vista, escondiéndolo tras el brazo del padre. Andrew se asomó, ansioso, sobre las piernas de Gage para buscarlo, y para su sorprendido deleite, Shemaine hizo aparecer de repente al títere.

–¡Aquí está! ¡Te veo!

Atenta a las risas del niño, Shemaine no advirtió que el hombre giraba la cabeza para percibir el sutil perfume de su pelo cuando se acercaba. Tampoco notó la mirada con la que contemplaba su oreja y la pulcra trenza que había recogido en un rodete, en la nuca. Si hubiese alzado la cabeza, habría percibido un ávido anhelo en esos luminosos ojos ambarinos que la devoraban.

Por fin, Andrew aceptó pasar a los brazos de ella y, al parecer, se sintió a gusto en ellos. Cantando en voz queda contra la mejilla del pequeño, Shemaine siguió al padre hasta el porche trasero. Dijo a Andrew que saludara a su padre con la mano, mientras éste se dirigía hacia los peldaños.

–Adiós, papá –exclamó Andrew, cuando Shemaine le sopló el saludo; luego frunció la pequeña nariz sobre una ancha sonrisa, cuando el padre se volvió para mirarlo.

Gage volvió, puso un dedo bajo la barbilla del hijo, inclinando su cara hacia atrás para depositar un beso en la frente.

–Pórtate bien, Andy.

Andrew giró hacia la mujer que lo llevaba en brazos sus grandes ojos inquisitivos, luego miró con curiosidad a su padre:

–¿Un beso a Shimen, papá?

–¡Oh, no, Andrew! –dijo Shemaine, y negó con la cabeza, deseando que Gage no creyese que ella había dado esa idea a su hijo.

Gage aceptó con gusto la sugerencia y posó los labios sobre la boca entreabierta de la muchacha, para diversión de Andrew. Ese beso fue mucho más allá de los límites de un roce breve entre extraños. Ciertamente, fue cálido y atrevido como uno que le hubiese dado Maurice.

Confusa, Shemaine retrocedió tambaleante, asombrada de que ese breve contacto de labios hubiese provocado tantos y tan deliciosos estremecimientos en su joven cuerpo de mujer. Con una extraña sonrisa burlona, Gage contempló la expresión atónita de la muchacha, se tocó la frente con un dedo a guisa de saludo informal, se volvió y atravesó el porche con largas y veloces zancadas. Tanta prisa daba sensación de indiferencia, lo que, en contraste con el alud de emociones que Shemaine trataba de dominar, bastó para escaldar no sólo su rostro, sino también su orgullo.

Recordaba muy bien con cuánto fervor Maurice procuraba conseguir sus besos y, más de una vez, fue necesario recordarle que enfriara su ardor hasta después de la boda. Tras la formalidad del compromiso, le había implorado que se entregara a él, prometiéndole ser tan cuidadoso como discreto, para que nadie se enterase. Sin embargo, con una calma y un pragmatismo que igualaban al que solía manifestar su madre, Shemaine lo había convencido de que sería mejor para ellos esperar a la noche de bodas para gozar de las delicias íntimas del matrimonio, en lugar de ignorar las posibles consecuencias que podría acarrear para ella si él llegaba a ser víctima de un accidente fatal y ella quedaba embarazada.

Gage saludó con la mano y se alejó con pasos ágiles cruzando el jardín hacia su taller. Sus hombres ya llegaban a caballo desde sus hogares, habiendo recorrido el estrecho y serpenteante camino que atravesaba el bosque. Durante buena parte del día, él y sus empleados se dedicarían a envolver y embalar los muebles terminados, preparándolos para el traslado a Williamsburg. Si bien no se había fijado una fecha para la entrega, si se embalaban las piezas en ese mismo momento disminuían las posibilidades de que se estropearan. Con suerte, antes de que hubiese transcurrido mucho tiempo, estarían haciendo el viaje río arriba, para entregar y cobrar los artículos terminados. Hasta entonces, Flannery Morgan, el viejo carpintero de ribera y su hijo Gillian, tendrían que trabajar solos en el barco, porque los limitados recursos no permitían progresar lo suficiente para que Gage supervisara regularmente la construcción ni participara en ella todo lo necesario.

Después de acolchar y envolver las piezas, los cinco hombres se dispusieron a hacer las cajas para su traslado. Gage salió junto con Ramsey Tate, un hombre alto, de hombros anchos, de poco más de cuarenta años, y comenzaron a recoger tablas sin cepillar para llevarlas dentro. La tarea se desarrolló sin inconvenientes hasta que a Gage se le ocurrió echar un vistazo hacia la cabaña; entonces se enderezó lentamente.

Ramsey sintió curiosidad por saber qué había atrapado la atención de su patrón y, siguiendo su fija mirada, divisó a una joven de pelo intensamente cobrizo, sacando agua del manantial. No necesitó posteriores aclaraciones, porque se hizo evidente cuál era el motivo de la súbita preocupación de Gage.

–¿Ésa es tu nueva sierva?

Aunque Ramsey hizo su conjetura en forma de pregunta, podría haberse ahorrado el aliento, porque ya conocía la respuesta.

Distraído, Gage asintió lentamente.

Ramsey se protegió los ojos con la mano, esforzándose por ver mejor a la mujer.

–Desde aquí, parece muy atractiva.

–Lo es.

–Aunque no se parece mucho a tu esposa, con ese pelo rojo.

–Ni pizca.

–¿La conservarás algún tiempo?

–Todo el que sea necesario.

Ramsey retorció entre los dedos una de las guías de su bigote, arqueó una hirsuta ceja y contempló, pensativo, a su amigo.

–¿Todo el que sea necesario para qué?

La esbelta figura femenina desapareció en el interior de la cabaña y, más allá de la mirada especulativa del otro, Gage concentró de nuevo su atención en las tablas apiladas que debía levantar. Al ver que el carpintero no lo imitaba, hizo una impaciente pregunta:

–¿Qué pasa contigo, Ramsey? ¡Despabílate!

Ramsey rezongó y se apresuró a obedecer.

–Si me lo preguntaras, te diría que te ha picado.

–¿De qué diablos estás hablando?

–¿Qué te parece? –replicó Ramsey–. Esa pequeña pelirroja sale al porche y, de repente, te quedas embobado. ¡Hasta ahora, nunca te había visto tan ensimismado! Nunca te has parado a babear como un sabueso hambriento cuando Roxanne venía pavoneándose hasta aquí a buscarte.

–No, y tampoco me verás hacerlo –musitó Gage.

–¿Y qué piensas hacer con respecto a ella?

Gage lo miró como si se hubiese vuelto loco.

–¿Con quién? ¿Con Roxanne?

Ramsey puso los ojos en blanco, incrédulo, y respondió a gritos:

–¡No, maldita sea! ¡Con la pelirroja!

Gage arqueó una ceja y clavó la vista en su empleado.

–Te lo haré saber cuando me parezca conveniente –respondió, gruñón–. Hasta entonces, viejo clava-clavos, ocúpate de tus propios asuntos.

Ramsey protestó, con fingida indignación:

–¡Si no le importa que le alborote un poco las plumas, *señor* Thornton, permítame recordarle que usted es asunto mío! ¡Aquí nadie saldría adelante sin ti! Y si se me ha ocurrido preocuparme por ti, significa que me preocupo de mi propio pellejo y de mi familia.

Gage no le hizo caso.

–No eres suficientemente viejo para ser mi padre, así que no te portes como si lo fueras. Ya tienes varios hijos que cuidar como para añadirme a tu prole.

–Bueno, entonces considérame un amigo –propuso Ramsey con una súbita carcajada–. Y ya que estamos, pienso que necesitas un consejo. Eres un hombre con una imperiosa necesidad de lo que sólo una mujer puede brindarte, y por la expresión lasciva que tienes, no te conformarás con andar alrededor de las faldas de esa muchacha, cuando podrías meterte debajo.

La reprimenda del amigo provocó una mueca en Gage. Al comprobar que Ramsey había dado en el clavo de lo que le estaba irritando, se preguntó si se habría vuelto transparente. Nunca le había gustado buscar los favores de mujeres mercenarias, y había intentado ignorar su creciente necesidad de mujer, concentrándose por entero en el trabajo. El beso que había dado a Shemaine quizá le había sorprendido más a él que a la propia muchacha, porque lo había atravesado como un hierro candente, reavivando de inmediato sus sentidos, haciéndolo percibir la avidez que bullía en su interior. En lugar de dejar que Shemaine viera hasta qué punto lo había afectado, había huido como un perro escaldado. Y sin embargo, aun en ese momento, hacía oídos sordos a su necesidad, negando la lógica del razonamiento de Ramsey.

–Mi querido amigo, tu consejo es tan elemental como meter un toro en un corral de cría, pero yo pretendo algo más que eso.

Ramsey se burló de la afirmación, lanzando una última mirada hosca hacia la cabaña.

–Sí, ya lo he notado.

Hasta esa etapa de su vida, Shemaine desconocía su propio talento para entretener a los pequeños. Pese a su falta de experiencia con niños, logró conquistar la confianza de Andrew y despertar su curiosidad con el hombrecillo de pan y la improvisada marioneta.

El pequeño ya estaba dispuesto a hacerse amigo de ella y cooperó de buena gana cuando lo bañó y le lavó la cabeza. Cuando Shemaine se enjabonaba las manos y formaba pompas de jabón que flotaban en el aire, el niño reía entusiasmado y se divertía reventando con el dedo las que flotaban cerca de él, viéndolas estallar y desvanecerse en un abrir y cerrar de ojos.

Shemaine lo vestía en el dormitorio principal cuando se oyeron unos golpes insistentes en la puerta delantera de la cabaña. Envolvió a Andrew en una manta, lo levantó en brazos y se apresuró a ir a abrir. Una mujer alta, de facciones duras y pelo pajizo recogido en un rígido rodete en la nuca se encontraba en el umbral. En respuesta al cauto saludo de Shemaine con la cabeza, la desconocida le dirigió una tensa sonrisa.

–Soy Roxanne Corbin... –Los ojos grises la recorrieron de arriba abajo, observando su cuerpo esbelto y el vestido, dolorosamente familiar. Era uno de los que más había usado Victoria Thornton, cuando trabajaba en el jardín o en cualquier otra tarea con la que pudiera ensuciarse y estropear los vestidos mejores. Al ver a una convicta usando la ropa de la muerta, un enconado resentimiento clavó sus garras en el corazón de Roxanne, que miró los curiosos ojos verdes–. Usted debe de ser la sierva, Shemaine O'Hearn.

Shemaine reacomodó a Andrew en sus brazos y respondió a la suposición de la otra con un cauteloso asentimiento.

–Si ha venido a ver al señor Thornton, creo que está trabajando en su taller.

–En realidad, vine a verla a usted. –El ceño de Roxanne exhibía una penetrante frialdad que hizo estremecerse a la destinataria–. Quería ver qué clase de niñera ha encontrado Gage en un barco prisión.

Shemaine sintió una llamarada en la cara al notar el desdén que expresaba el tono de la otra. Tuvo ganas de pedirle de buenos modos que se fuera y volver con Andrew al dormitorio, porque sus brazos debilitados empezaban a resentirse por el esfuerzo de sostener al niño. El riesgo de que sus brazos se aflojaran y lo dejaran caer la ponía nerviosa, pero no se le ocurría un modo elegante de invitar a su visitante a que se marchara.

Con todo, pese a las protestas de la señora Pettycomb de que

Andrew estaba encariñado con Roxanne, el niño casi no miró a su anterior niñera. Parecía mucho más interesado en meter un dedo entre los mechones rebeldes de sus sienes, que insistían en rizarse.

Shemaine levantó un poco más a Andrew, apelando a las últimas fuerzas que le quedaban. Por suerte, Andrew le rodeó el cuello con ambos brazos y, para más seguridad, enganchó los dedos en la tela de su cuello.

–¿Hay algo que pueda hacer por usted, Roxanne? –preguntó Shemaine, tratando de concluir rápidamente aquella situación–. De lo contrario, iré a vestir a Andrew.

–Señorita Roxanne para usted, jovencita –corrigió la rubia, con altivez–. Aunque no sepa nada, al menos tendría que aprender la manera correcta de dirigirse a sus superiores.

–Señorita Roxanne, si lo prefiere –repuso Shemaine, rígida.

La puerta del fondo se abrió y se cerró, y se oyeron unos pasos varoniles que avanzaban por el corredor. Un roce de papeles indicó que Gage se había detenido ante el escritorio y estaba buscando algo en él.

Shemaine sintió una oleada de alivio ante su presencia.

–Ya está aquí el señor Thornton –anunció a la mujer–. Tal vez quiera hablar con él.

Gage oyó su voz, pero siguió hojeando sus recibos, mientras gritaba:

–¿Hay alguien ahí, Shemaine?

–Tiene una visita, señor Thornton –dijo Shemaine sobre el hombro.

Al momento sintió que se iba hacia atrás; Roxanne la empujaba para pasar.

Gage avanzó hacia la puerta de la cocina y se detuvo bruscamente al reconocer a la recién llegada. Intentó disimular su fastidio, pero sus cejas se unieron en un sombrío ceño, porque sabía lo que se avecinaba.

–Me sorprende verte aquí, Roxanne. Pensé que estarías cuidando a tu padre.

La rubia levantó la barbilla con el gesto de una sufrida mártir.

–Vine a ver qué has comprado, Gage, puesto que no has hecho ningún esfuerzo para explicarme tus intenciones. La señora Pettycomb, por el contrario, estaba muy impaciente por informarme de tu adquisición. Ha sido muy amable de tu parte hacerme saber que habías encontrado alguien para reemplazarme y que ya no necesitarás de mis servicios.

–Roxanne, yo te había dicho que necesitaría a alguien y que no podía esperar a que tu padre estuviese bien –replicó Gage, con ganas de quitar de enmedio a la señora Pettycomb–. Tú deberías saberlo mejor que nadie. Lamento no haber tenido tiempo de pasar por tu casa ayer, a decírtelo, pero por culpa de la tormenta y todo eso, tuve que volver aquí. Justamente, estaba pensando ir hoy al pueblo y, de paso, hacértelo saber. –Hizo una pausa, conteniendo un suspiro de irritación. Lamentaba que ella sufriera la mortificación de las charlatanas, pero le había dado suficientes avisos. Pero ella no había querido escuchar–. Tendría que haber sabido que la señora Pettycomb iría corriendo a tu casa impaciente por ser la primera en decírtelo. Y por eso te debo una disculpa...

–Con tantas mujeres que hay en la región –interrumpió Roxanne, sin hacer caso de lo que él decía–, ¿por qué tenías que comprar a una convicta para que cuidase de tu hijo? ¿Y sobre todo ésta? –Su voz se volvió quejumbrosa, casi suplicante–. ¿No tienes miedo de lo que podría hacerle a Andrew?

Gage sintió que se ponía furioso al oír aquellas preguntas, pero procuró mirar a Roxanne con expresión tolerante. No quería herirla diciéndole la verdad: que hacía ya tiempo que había decidido librarse de ella, mucho antes de que el herrero se hubiese enredado con un caballo y roto una pierna. Sin embargo, se negaba a recibir reprimendas por haber elegido a Shemaine.

–Yo soy capaz de valorar racionalmente los méritos de la mujer que elijo como niñera, Roxanne, y confío en que Shemaine estará a la altura de mis expectativas.

Pensando en el efecto que tendría la conversación sobre la muchacha, Gage apartó la vista de Roxanne. Era evidente que Shemaine estaba alterada, pero el motivo principal era que ya apenas podía seguir sosteniendo a Andrew en sus brazos. Todo su cuerpo temblaba por el esfuerzo. En verdad, la caída le parecía inminente.

Gage corrió a auxiliar a su esclava, sin detenerse a pensar en que despertaría los indignados celos de su visitante. Shemaine estaba más que dispuesta a dejar la carga en brazos más aptos, y se inclinó hacia delante mientras su amo pasaba el brazo entre ellos para recibir a su hijo. La impresión de ese brazo de acero deslizándose por su pecho le provocó un ardiente sonrojo en las mejillas y, con aguda incomodidad, trató de retroceder y se sintió retenida de inmediato. Para su desdicha, se encontró prisionera de Andrew, que tenía los dedos enredados en el encaje roto del cuello del vestido. Procurando soltarse, sobre todo para apartarse de ese hombre, Shemaine forcejeó ciegamente en la parte de atrás del cuello para liberar los pequeños dedos infantiles.

–Espere, déjeme a mí –dijo Gage, apartando una de sus manos–. No hace más que empeorar las cosas.

Dolorosamente consciente de la dura situación, Shemaine obedeció, y se quedó inmóvil para no complicar su dilema. Como Andrew estaba entre los dos, Gage tuvo que inclinarse hacia ella para mirar la parte de atrás del cuello mientras intentaba desenredar el encaje de los dedos de su hijo. Intensamente consciente de la cercanía de él, Shemaine no se atrevió a levantar la vista hacia sus apuestas facciones, y la fijó en Andrew, que soportaba con paciencia los intentos de separarlo de Shemaine.

Para Gage era imposible ignorar la inquietante presencia del suave pecho femenino contra su brazo pero, por placentero que fuese apretarse contra Shemaine, no podía permitirse perder el control, con Roxanne allí, observándolos.

Contemplándolos a ambos, Roxanne fue espectadora de conocidos anhelos, que había sentido con demasiada frecuencia desde que se enamorara de Gage Thornton. Ansiaba con todo su corazón estar en ese preciso momento en el lugar de la mujer comprada, pero estaba sola, prácticamente olvidada. No era la primera vez que la dejaban a un lado cuando otra mujer entraba en la misma habitación. Sólo se trataba de un momento más y otro rostro diferente.

Saber que había sido reemplazada por una convicta en el hogar de los Thornton era demasiado para los sentimientos de Roxanne, pero aún tenía la esperanza de que Alma Pettycomb sólo tuviese la intención de crear dificultades cuando decía que la chica era notablemente hermosa, quizá más que Victoria. Roxanne se sintió ofendida ante lo que percibió como un insulto tácito. Esa chismosa *jamás* elogiaba a nadie a menos que tuviese intenciones de hacer que su interlocutor sintiera su menosprecio. Cuando vio a Shemaine con sus propios ojos, a Roxanne casi se le paró el corazón, porque comprendió que Alma no había exagerado. La muchacha era realmente hermosa, por mucho que le costara admitirlo. Y si bien lo que más deseaba era el corazón de aquel hombre y no el puesto, ahora veía que eso también corría peligro de serle arrebatado. El temor de perder a Gage no era algo nuevo para ella, pero la fustigó con crueldad, reavivando un antiguo rencor que había clavado sus garras en el corazón hacía varios años.

Roxanne no podía soportar verlos juntos un momento más. Con la intención de prestar la ayuda que pudiese para acabar con esa farsa indignante y desagradable, avanzó, con la furia ardiendo en sus ojos. Su frustración era inmensa; veía a la sierva a través de una niebla roja.

Por fin, los dedos de Andrew quedaron libres y, con un suspiro de alivio, Shemaine se tambaleó hacia atrás, sin poder aún cruzar con la suya la mirada del hombre. Pero antes de que sus nervios tuvieran tiempo de aquietarse, el sonido de pasos que avanzaban rápidamente irrumpió en su conciencia y miró a su alrededor, para encontrarse con un ceño tan ominoso que hubiese podido avergonzar al que Morrisa le dedicaba. Temerosa de ser atacada, Shemaine retrocedió al ver acercarse a la otra.

La rubia se lanzó a la carga con feroz ímpetu.

–¡Ah, pequeña perra falsa...!

–¡Roxanne! –El cáustico acento de la mujer hizo que Gage esclamase, sorprendido. Aunque la mujer había expresado con toda claridad lo decepcionada que estaba de que él hubiese elegido a otra por esposa, jamás había atacado verbalmente a Victoria. Pero no estaba dispuesto a tolerarlo ahora, como tampoco lo habría estado entonces–. ¡En mi casa no quiero insultos! ¿Me has oído?

Su tono cortante atravesó la furia de Roxanne y, como aturdida, se volvió y lo miró con expresión dolorida y suplicante.

–Gage, ¿acaso no adivinas las verdaderas intenciones de esta muchacha? –preguntó, angustiada–. ¿No viste cómo se arrojaba sobre ti..., cómo te dejaba que la tocaras...?

Ante la acusación de la mujer, el rostro de Shemaine ardió en llamas; abrió la boca para protestar, pero le faltaron las palabras. ¿Cuántas veces había intentado negar su culpa ante el estrado del juez, con la única consecuencia de ser condenada a prisión? En el momento presente, las explicaciones también parecían inútiles.

El comportamiento de Roxanne alteró sobremanera a Gage. Las mejillas de Roxanne habían perdido el color y sus párpados se crispaban sobre una mirada opaca, como si mantuviese un precario equilibrio en el límite entre la cordura y la locura. Gage no tenía modo de anticipar qué haría ella a continuación, si se desmayaría o se arrojaría sobre su sierva, dispuesta a herirla con sus uñas.

Gage dio la espalda a Shemaine y se interpuso como barrera protectora entre ella y su visitante. Trató de explicarse una vez más, esperando poder sacar a Roxanne de su trance, hablándole de manera suave y racional.

–Roxanne, creí que habías entendido que no podía esperar a que tu padre estuviese recuperado. Necesitaba una niñera que estuviese más atenta a mis órdenes que a las de otra persona, alguien que pudiese enseñar a Andrew a leer y a contar en los años venideros. Shemaine ha recibido una buena educación; es capaz de satisfacer esas exigencias, y yo no podía desdeñar esas habilidades, teniendo tanta necesidad de...

–¡Ninguna necesidad! –exclamó Roxanne, entre dientes, reavivándose otra vez su ira–. Ésa es una excusa endeble para librarte de mí.

Ya casi podía oír a los aldeanos murmurando y riéndose a sus espaldas, zahiriéndola con crueldad por haber sido tan tonta de creer que Gage Thornton, nada menos, pudiese casarse con ella. Él había ignorado a mujeres mucho más agraciadas que ella, y había tomado por esposa a una joven beldad que ninguna podía superar. Dirían que era tonta por creer que *cualquier* hombre la pudiera tomar por esposa. Y más tonta aún por haber depositado sus esperanzas tan alto como para atreverse a soñar que el ebanista podía cortejarla. Después de todo, sólo era la hija del herrero, la descendiente de rostro vulgar de ese hombre encallecido, duro, cuya esposa los había abandonado a él y a la hija años atrás, para huir con un viajero. Igual que entonces, habría miradas compasivas, tristes cabeceos, y las lenguas viperinas empezarían a sisear cada vez que la viesen llegar.

–Hubiese vuelto a trabajar para ti en cuanto quitaran el entablillado a la pierna de mi padre. ¡Hasta entonces, Hannah podría haber cuidado de Andrew!

Asustado por el tono airado de la mujer, Andrew se puso a gemir y se aferró a su padre. Volviéndose de lado, Gage trató de consolarlo, pero lo sintió temblar contra él.

–Sabes que estoy diciendo la verdad –acusó Roxanne, vehemente, avanzando hacia él.

Gage miró sobre el hombro con expresión amenazadora, haciendo detenerse súbitamente a Roxanne con el frío penetrante de su mirada.

–Tendremos que discutir esta cuestión en otro momento, Roxanne –musitó–. Estás inquietando a Andrew...

–¿Que yo le estoy inquietando? –vociferó Roxanne, indignada por la acusación, y por el modo cortante en que le hablaba. Con expresión desdeñosa, señaló con el mentón a Shemaine–. ¿Y qué me dices del pequeño paquete mugriento que te has comprado? ¡Tu hijo tiene más motivos para asustarse de ella que de mí! ¡Tú no sabes lo que ha hecho, Gage! ¡Por lo que sabes, bien podría ser una asesina!

Gage giró sobre sí mismo y se enfrentó a la rubia con fuego en los ojos, pero cuando su actitud hizo gritar alarmado a Andrew, se tragó la colérica réplica que estaba por lanzar. Conteniéndose con firmeza, entregó su hijo lloroso a Shemaine y le hizo señas de que fuese al dormitorio. Cerró la puerta tras ellos y luego, aferrando a Roxanne del codo con la mayor suavidad de que era capaz en ese momento, la llevó al porche delantero, pero no se detuvo ahí. Obligándola a bajar a paso rápido los escalones, la condujo por el sendero hasta la orilla del río, donde estaba el esquife de su padre, varado en la arena. Sólo cuando hubo pasado ante su propio barco y estuvieron fuera del alcance de los oídos de los hombres que trabajaban en él, pudo controlarse lo suficiente para hablar en lugar de rugir.

–Roxanne, tú y tu padre fuisteis las primeras personas que conocí cuando llegué a Virginia –empezó, en tono tenso pero contenido.

Le soltó el brazo y se enfrentó a ella–. Me llevabas cestos con comida cuando yo estaba aquí construyendo mi cabaña, aunque en aquel momento te aseguré que no quería que te tomaras esa molestia. Cuando llegó Victoria a las colinas con sus padres, fuiste amable con ellos y te hiciste amiga de ella. –Se interrumpió, aguijoneado por la conciencia, porque en realidad había sido Victoria la que se acercó a tomar a Roxanne bajo su protección, sintiendo gran simpatía por la solterona. Pero no tuvo valor para recordarle que, prácticamente, ella carecía de amigos hasta que Victoria sintió compasión por ella–. Meses después, consolaste a Victoria cuando murieron sus padres. Sé que crees que te traicioné al casarme con ella. Es más, lo dijiste. Pero al fin fuiste a visitarnos y, por un tiempo, pareció que me habías perdonado. Viniste junto con otras mujeres a ayudar, la noche que nació Andrew. Tú fuiste la que me aseguró que todo iría bien con Victoria... que era demasiado fuerte para morir en el parto. Después, te acercaste muchas veces a ayudarla en el cuidado de Andrew. Poco después de su muerte, me rogaste que te dejara limpiar mi casa y cuidar a mi hijo, diciendo que, de ese modo, tu pena se aliviaría con mayor rapidez.

»Durante todo ese tiempo, jamás te alenté ni te di motivo para que alimentaras una esperanza de algo más que la amistad que te ofrecí. Pero tú querías más, algo que yo no estaba en condiciones de darte. Sé que ahora debo hablar con claridad sobre esta cuestión, para que no haya más confusiones. Si *alguna vez* imaginaste que podría haber entre nosotros algo más que una disposición a ser amigos, entonces te has equivocado, Roxanne, y has imaginado demasiado.

Su fría aclaración heló el corazón de Roxanne. Todo el amor que sentía por él se convirtió en un odio hirviente.

–Tú sí que te has imaginado demasiadas cosas, Gage Thornton, si por un instante creíste que voy a guardar silencio con respecto a Victoria...

Gage sintió un temblor helado en la nuca y una opresión en las entrañas. Desde la muerte de Victoria, jamás le había amenazado abiertamente, pero después de la compra de Shemaine, él había previsto que ocurriera algo así. Preguntó con cautela.

–¿A qué te refieres?

–Confié en ti... –La voz de la mujer se quebró, cuando barbotó–: Te amaba, y no podía creer que pudieras matar a tu propia esposa, pero fui una tonta por ignorar los hechos. Vine aquí *después* de la muerte de Victoria, *después* de que llevaste a Andrew a la cabaña. Ese día no había nadie por aquí, ¿recuerdas? Tus hombres tenían el día libre. Pensando en eso, hace poco fui hasta la proa del barco para verlo por mí misma, y comprobé que hacía falta la fuerza de un hombre para arrojar a Victoria por encima de la borda, hacia las rocas de abajo, esas mismas rocas que tú y tus empleados pusieron ahí para sostener los puntales y que las lluvias de primavera no lavaran la arena donde se apoyaban. A menos que tu esposa tuviese motivos para matarse, sólo tú pudiste haberlo hecho, Gage Thornton, porque eras el único hombre que estaba aquí en ese momento. Quizá *de verdad* la mataste en un arranque de ira, como insinuó la gente del pueblo. Cualquiera que sea la verdad, no tuve más alternativa que creer que ese día, cuando me viste llegar con la canoa, arrojaste a Victoria por la borda, y luego corriste a la cabaña con Andrew, para que fuese *yo* la que la encontrase, ¡porque tú sabías lo que yo sentía por ti! ¡Pero ahora soy más consciente, y he llegado a creer que aquel día mataste a Victoria, de un modo u otro!

–¡Eso es mentira! –aulló Gage–. ¡Oí gritar a Victoria cuando llegué a la cabaña y, cuando vine corriendo, tú estabas de pie junto al cadáver! Si hubiese sospechado por un instante que tenías la fuerza para cometer el crimen, te habría hecho detener ese mismo día. Pero, como dices, hizo falta la fuerza de un hombre para alzar a Victoria hasta la proa y arrojarla, y hasta ahora no encontré a nadie con motivos suficientes para querer hacerle daño, y menos aún matarla.

–Eres tú el que miente, Gage Thornton, no yo. ¡Y voy a hacerlo saber a todo el mundo!

Gage lanzó una amarga carcajada ante la amenaza.

–¿Supones que alguien te creerá después que juraste que habías oído gritar a Victoria y que saliste corriendo de la barca a tiempo para verme correr desde la cabaña? Yo estaba demasiado lejos para haber venido del barco, eso dijiste. Dudo sinceramente de que tu nueva versión cause mucho efecto en el pueblo, Roxanne. Estando Shemaine aquí, todos comprenderán tus celos y los interpretarán como corresponde.

–¡Tú la asesinaste! –gritó Roxanne, alzando el brazo.

Rechinando los dientes y con los ojos en llamas, ella le dio una bofetada en la mejilla y sintió el escozor del golpe en su propia palma magullada. Pero tanta furia almacenada no podía agotarse tan fácilmente. Quería vengarse para aliviar su hirviente furia.

Durante un instante, Gage se quedó tal como estaba, con los ojos cerrados, el rostro vuelto, las mandíbulas apretadas, en rígido control. Volvió lentamente la cabeza, arqueó una ceja y la miró, ceñudo.

–No hagas eso nunca más, Roxanne –advirtió–. De lo contrario, sabrás de lo que soy capaz.

–¿Me lanzarás sobre la borda de tu barco, como hiciste con Victoria? –provocó.

Por un fugaz instante, Gage la miró fijamente, atónito por la helada frialdad de esos ojos castaños, normalmente cálidos. Luego, girando sobre los talones, la dejó.

La puerta del dormitorio aún estaba cerrada cuando Gage entró en la cabaña. Se detuvo junto a la puerta y se quedó ahí un buen rato, oyendo cómo Shemaine cantaba unos animados versos a su hijo, que reía de un modo que Gage se convenció de que debía de estar marcando el ritmo haciéndole cosquillas en el mentón. Levantando la mano, se limpió un hilo de sangre de la comisura de la boca y, con paso mesurado, caminó hasta la puerta del dormitorio. Empujó la puerta hacia dentro y se encontró con Shemaine arrodillada junto a la cama. Andrew ya estaba completamente vestido, sentado en el borde de la cama, encerrado en el círculo de los brazos de ella. Cuando entró, los ojos de la muchacha clavaron de inmediato su mirada en la mejilla enrojecida; ella se puso de pie con cierto embarazo.

Gage trató de sonreír para tranquilizarla, pero su intento fue patético.

–Debo llevar el carro al pueblo esta tarde, Shemaine; me gustaría que usted y Andrew me acompañasen. –No se atrevía a dejarlos, por temor a que Roxanne volviese y atacara a la muchacha–. Uno de mis hombres me informó de que hay una viuda de visita en la región que quiere conocerme para encargarme la construcción de una conejera. Si lo hace, tendré fondos suficientes para comprar algo de material para el barco y encargar un par de zapatos para usted.

Su generosidad dejó estupefacta a Shemaine.

–Señor Thornton, ya le he dicho que estoy muy contenta de usar lo que usted esté dispuesto a darme. No necesito otro par.

Por fin, Gage logró esbozar una breve sonrisa.

–Por desgracia, el golpe de sus zapatillas contra los talones basta para enloquecer a un hombre cuerdo. Y ahora, vamos, mujer, vístase. Y rápido.

La sonrisa de la propia Shemaine era radiante.

–Sí, señor.

Se detuvo en la puerta para quitarse las zapatillas y, tomándolas en la mano, echó atrás una mirada risueña y salió corriendo de la habitación. Su efervescencia fue contagiosa para Gage, que pasó a la sala para verla correr; percibió que su ánimo estaba liberándose del oscuro pantano en el que había estado hundido.

6

Newportes Newes había sido fundada por un irlandés cien años antes y, al principio, la poblaron personas de ese mismo origen. Lo más probable era que Shemaine se hubiese sentido cómoda en el pueblo si hubiese conocido mejor a los habitantes, pero desde el encuentro con la señora Pettycomb y con Roxanne, tenía sobrados motivos para ser cauta. Por otra parte, no estaba segura de cómo la recibiría la población de la pequeña aldea al enterarse de que ella era una convicta que venía de la prisión de Newgate. Y teniendo en cuenta la indiscreción de la señora Pettycomb, Shemaine suponía que la novedad había llegado a todos los oídos.

En el preciso momento en que Gage detenía su carro frente a una gran tienda, de ella salía una mujer baja, de cabellos blancos. Gage saltó al suelo para atar el caballo a un poste cercano y, al enfrentarse con la anciana, se tocó el ala del sombrero a modo de saludo.

–Buenos días, señora McGee.

–Muy buenos días te deseo a ti, Gage Thornton –respondió, alegremente, apoyándose en el bastón y caminando hacia él–. ¿Qué te trae por el pueblo en este día luminoso, muchacho guapo y atrevido, en compañía de una joven tan bonita y de tu precioso hijo pequeño?

Gage adornó su respuesta con impresionante acento irlandés.

–Bueno, sería verdaderamente raro encontrar en este ancho mundo a una muchacha más bella que la viuda Mary Margaret McGee.

–¡Ja! –La mujer sacudió su bella cabeza demostrando su incredulidad, mientras Gage bajaba al pequeño Andrew del carro, aunque sus brillantes ojos azules chispeaban de placer–. Diablillo, ¿acaso esperas que una mujer inteligente como yo crea tus absurdas mentiras? –preguntó con impertinencia–. No te atrevas a creer que soy como esas muchachas tontas que se les cae la baba cada vez que te ven llegar al pueblo. De todos modos, está bien que nos visites, así veré con mis propios ojos cómo estás. He oído rumores tan absurdos acerca de ti que estuve por enganchar la calesa y llegarme hasta tu cabaña para ver si eran ciertos. –Su mirada se posó en Shemaine y, como llegando a una conclusión, asintió lentamente–. Sí, los chismosos le han hecho justicia. Una sucia irlandesa de los pantanos, decía un alma amarga que ha estado en la taberna, bebiendo whisky casi medio día. –Hizo un elegante ademán con la mano, indicando el establecimiento que estaba junto al almacén, y su sonrisa se ensanchó, mostrando unos impecables dientes blancos y pequeños–. Por cierto, que si ese patán encallecido hubiese sido de mi tamaño, lo habría derribado con mi bastón por difamar a un pueblo tan noble como el irlandés, y por hablar de los pantanos... ¡como si ese torpe no hubiese visto jamás un pantano en Inglaterra!

La prevención de Shemaine no tardó en desvanecerse ante el humor irresistible de la señora McGee. Por cierto, la viuda era una agradable sorpresa después de sus dos primeros encuentros con mujeres del pueblo. Esta anciana le daba cierta esperanza de que hubiese otras personas como ella en la región.

Mary Margaret hizo un gesto imperioso, indicando a Gage que ayudara a la muchacha.

–¿Cómo? ¿Ha olvidado usted sus modales, gran señor? ¿O pensará que, como es su sirvienta, no necesita que la ayude a bajar?

Sintiendo cierta mortificación por la bienintencionada reprimenda de la anciana, Gage fue hacia el carro y, poniendo por un instante los ojos en blanco, indicó a Shemaine que se acercara en el asiento. Mientras la sujetaba por la cintura y la ponía en tierra, Shemaine notó que su rostro había adquirido un tono rojizo bajo el bronceado, como avergonzado ante la posibilidad de que ella lo considerase maleducado o grosero. Algo agitó su corazón ante una reacción tan infantil en un hombre tan robusto: no cabía duda de que le importaba lo que ella opinase de él.

–Señora, permítame presentarle a la señorita Shemaine O'Hearn –anunció Gage, quitándose el sombrero con garboso estilo. Y aun así, tuvo que apartar de su mente la noción de lo cerca que habían estado sus dedos de rodear la cintura de la muchacha. Aunque delgada, tenía más curvas de las que él podía tallar en un arabesco. Con una mano señaló a la anciana–. Shemaine, esta gran dama es el miembro más notable de nuestra pequeña comunidad, la digna, dulce viuda, Mary Margaret McGee.

–¡Vaya, hombre! –rió Mary Margaret, desechando con un gesto el extravagante cumplido, con un gracioso floreo de su mano de finos huesos. Encarándose con la joven, le sonrió con afabilidad y estrechó la mano delgada de Shemaine–. Es un placer conocerte, querida, y si nadie de este pueblo lo ha hecho, permíteme darte la bienvenida.

–Aprecio mucho su bondad, señora –respondió Shemaine con sinceridad.

Mary Margaret miró con una ceja arqueada al hombre alto que ahora tenía a su hijo en brazos.

–¿Se opondría un fino caballero como tú a que una vieja viuda llevase a tu criada a un recorrido por el pueblo para presentarle a sus habitantes?

Gage alzó una ceja y miró a la mujer, examinó la calle con la vista y vio que había varios solteros más cercanos a la edad de la muchacha que él. Por más encariñado que estuviese con la anciana, conocía su afición romántica. Ya había concertado tres matrimonios entre irlandeses recién llegados y antiguos residentes del pueblo. No le agradaría que animara a algún sujeto para que empezara a fastidiarlo, insistiendo en que le vendiese a la muchacha.

–Mary Margaret, dejaré a Shemaine a su cuidado, pero le ruego que no arme embrollos a mis espaldas.

La anciana hizo una exhibición de indignación.

–¿Qué clase de embrollos crees que pueda armar una viuda indefensa como yo, Gage Thornton?

El aludido se mantuvo inflexible.

–Ejerce usted las sutiles tretas de una casamentera, Mary Margaret, y no quisiera que influya sobre algún joven patán para atraer su simpatía hacia mi sierva. En resumen, no se la venderé a ningún enamorado Romeo que quiera tomarla por esposa. ¿He sido claro?

Mary Margaret contuvo las ganas de sonreír, complacida, pero arqueó una ceja con aire de fingida inocencia.

–¿Qué dice, señor Thornton? ¿Debo creer que usted mismo ha puesto los ojos en esta muchacha?

Gage se esforzó por parecer imperturbable ante la mirada firme de la mujer.

–Piense lo que quiera, Mary Margaret, pero si quiere seguir siendo mi amiga, tenga cuidado de lo que hace con mi propiedad.

La mujer inclinó la cabeza en señal de aceptación.

–Su advertencia ha sido registrada, señor. Tendré especial cuidado.

–¡Bien!

Dando un breve asentimiento, Gage las dejó y entró en la tienda junto con Andrew.

Sonriendo pensativa, Mary Margaret se volvió y, apoyando sus delicadas manos en el bastón, procedió a una lenta y minuciosa inspección de Shemaine.

–La verdad, eres muy guapa –convino, al fin–. No me cabe duda de que, teniendo un lugar en el hogar del señor Thornton, pronto ganarás la envidia de todas las doncellas y solteronas del lugar. Lo único que espero es que no se pongan demasiado celosas de que hayas pescado al pez más grande de este mar. Durante todo el año pasado han estado tratando de atrapar en sus redes a ese bello ejemplar. Sobre una, en particular, quisiera advertirte, pero supongo que ya la habrás conocido.

Eludiendo la mirada curiosa que la dama fijaba en ella, Shemaine fingió inocencia:

–No sé bien a quién se refiere, señora.

Mary Margaret dejó la vista fija en Shemaine hasta haber recuperado la atención de la muchacha.

–Querida, tengo la impresión de que eres una muchacha inteligente, y no será necesario que te lo explique. Ten cuidado con Roxanne –aconsejó–. Ya hace tiempo que está fascinada con tu amo, como ocho o nueve años, mucho antes de que él conociera a Victoria y se casase con ella. En los últimos tiempos, Roxanne ha convencido a todos en el pueblo de que Gage tenía intenciones de casarse con ella, preparando su ajuar y hablando de él como si le perteneciera. Si tu patrón no se casa con ella, te echará a ti la culpa. Si lo hace, lo más probable es que te venda a otro antes de la boda. –Mary Margaret hizo una pausa, observando si aparecía algún indicio de congoja en la otra y, al ver que las delicadas facciones permanecían inmutables, empezó a germinar en su pecho una diminuta semilla de respeto. Muchas de las jóvenes eran precipitadas y frívolas, y ventilaban todos sus secretos sin dar la menor importancia a las consecuencias. Exhaló un suspiro reflexivo–. Sin embargo, no me parece que eso pueda suceder, teniendo en cuenta que Gage me advirtió que no avivase las esperanzas de otros hombres.

–Señora, hasta ahora el señor Thornton se ha comportado con la bondad y la cortesía de un caballero –dijo Shemaine–. Me ha tratado mejor de lo que yo esperaba y no ha tenido actitudes ni exigencias inapropiadas.

Lo declaró con prudente resolución, como para aplastar cualquier rumor que se pudiera difundir. Sabía que la gente hablaría de ellos: lo había dicho la señora Pettycomb. Pero tenía la esperanza de quedar a salvo de cháchara tan calumniosa hasta mucho después de haber regresado a Inglaterra, aunque faltaran siete años para eso.

La anciana asintió lentamente, como defendiendo la causa de Shemaine y luego, tras una pausa, señaló hacia la calle principal con su bastón:

–Ven, caminemos un poco. No me atrevo a llevarte a recorrer el pueblo, viendo lo ansioso que está él por mantenerte apartada de los otros varones de sangre caliente que buscan compañera. Te aseguro que hay una grave carencia de mujeres decentes en el pueblo; esto lo ha convertido en un refugio adecuado para mujeres de otra clase, completamente diferente, aunque éstas por lo general se quedan con los hombres que visitan la taberna y dejan las calles para nosotras, al menos durante las horas del día.

Sin comentarios, Shemaine echó a andar junto a la viuda y avanzaron a paso lento mientras Mary Margaret, con ampulosos gestos de su huesuda mano o con un movimiento de su blanca cabeza, dirigía su atención hacia los distintos establecimientos situados a lo largo de la acera. Shemaine se fijó especialmente en la mercería, donde la señora McGee describió a su dueño, el señor Pettycomb, como un sobresaliente miembro de la comunidad. Pero como Shemaine había conocido a su esposa, se reservaba el juicio con respecto al marido.

Varias señoras salían parloteando de la tienda, sin prestar atención a nada que no fuera lo que conversaban, hasta que vieron acercarse a las dos mujeres; entonces casi chocaron entre sí en su prisa por volver a entrar. Hubo un súbito revoloteo cuando todas forcejearon por lograr una posición favorable tras la ventana, y como una bandada de gansos alborotados, estiraron sus largos cuellos y balancearon sus cabezas ensombreradas en un esfuerzo por ver mejor a Shemaine.

–Que no te alarmen esas gallinas viejas, querida –aconsejó la señora McGee, inclinando la cabeza de modo casi imperceptible para indicar a las mujeres–. Son parte del séquito de la señora Pettycomb. Sin duda, han sabido de ti y están impacientes por diseccionarte también.

Shemaine miró de soslayo las caras apretadas detrás del cristal, pero el grupo se alejó de él casi al unísono, cuando la señora McGee saludó con la mano y gritó alegremente:

–Buenos días, Agnus, Sarah... Mabel... Phobe... Josephine –saludó, identificando a cada mujer con los ojos a medida que las nombraba–. Hermoso tiempo tenemos hoy, ¿no es cierto?

Si las matronas tenían la esperanza de pasar inadvertidas tras la ventana, la anciana había puesto de manifiesto su fracaso al nombrarlas una a una. En los labios de Shemaine asomó una sonrisa divertida, no sólo por el asombro y el fastidio de las chismosas, sino por el delicioso y travieso humor de Mary Margaret McGee.

La señora McGee sonrió a su joven acompañante.

–Se diría que estas mujeres se han creído invisibles tras el cristal, como si fuesen ratones escondidos en un rincón.

Como ningún esfuerzo de la imaginación podría lograr que se las considerase pequeñas, el comentario de la mujer mayor resultó más descabellado aún. Shemaine rompió a reír con disimulo, viendo cómo los ojos azules chispeaban de malicia. La mujer era tan encantadora que no pudo menos que sentirse segura y cómoda en su compañía.

Siguieron su camino, pero, después de pasar ante la única posada del pueblo, se detuvieron y la anciana hizo un gesto hacia el extremo de la calle, donde estaban el taller y la vivienda del herrero.

–Allí viven Roxanne y su padre, pero a ninguno de ellos les agrada la compañía de los desconocidos... –las cejas delicadas se alzaron un instante–. Ni tampoco de los vecinos. Hugh Corbin sigue siendo tan agrio como cuando tenía una esposa joven a su entera disposición, pero hace unos años Leona abandonó a la familia para huir con un viajante, y Roxanne tuvo que aprender por sí misma lo que significa vivir sola con un pedazo de bruto como el padre. Cabría imaginar que se había vuelto timorata al crecer bajo el yugo de su padre, pero yo creo que Roxanne se parece mucho a él. Si uno de estos días ella no le parte la cabeza en pago por el modo en que la trata, sin duda será un milagro.

–En mi opinión, es digna de lástima –murmuró Shemaine.

Mary Margaret la miró, alarmada:

–¡Ay, no se te ocurra decir eso en su cara, porque se volvería contra ti como una salvaje! Roxanne no tomaría a bien que la compadecieras. Precisamente, eso es lo que más le molesta: creer que todos la compadecemos porque ha sido una solterona sin gracia durante mucho tiempo. –Una sonrisa triste apareció en los labios de la anciana, mientras miraba pensativa a la beldad pelirroja–. Tú eres perspicaz y tienes un corazón bondadoso, Shemaine O'Hearn. Ella es un alma herida, que da mucha pena. Y no sería justo que ninguno de nosotros la condenase, olvidando que ha tenido que vivir con un viejo oso gruñón en los últimos años.

–¿Por qué cree usted que el señor Corbin es así? –preguntó Shemaine, agradecida de que su propio padre hubiese tratado a su familia con amor y respeto.

Los extraños y los conocidos casuales no siempre se sentían cómodos en la presencia de su padre porque tenía tendencia a manifestar su carácter de una manera explosiva cada vez que alguien lo presionaba o insistía en que hiciera algo. Era prudente aquel que cuidaba sus maneras ante Shemus O'Hearn.

Mary Margaret rió con disimulo.

–Oh, querida, si yo lo supiera, sería adivina. Con todo, en estos años he pensado que Hugh ansiaba tener un hijo varón, y jamás perdonó a su esposa por haber perdido al único que tuvieron al principio de su matrimonio. El embarazo de Leona llegó a su término normalmente, y sin embargo el niño nació muerto, no llegó a respirar fuera del vientre de su madre. Al menos, eso fue lo que se dijo. Desde entonces, Hugh quiso que su familia se mantuviese aislada, y no permitió que los vecinos les ayudaran. Cuatro años después, por fin Leona dio a luz otro hijo, pero a Hugh le sentó mal que fuese una niña. Después de Roxanne, ya no hubo más, y poco después del quinto cumpleaños de la niña, Leona fue vista con una elegante peineta que le había dado un viajante. Se oyó a Hugh, esa alma de piedra, gritar y escandalizar, diciendo que él no le había dado una moneda para semejante compra, aunque ella lavaba ropa ajena para ayudar. A la tarde siguiente, el viajante volvió a la casa de ellos, Leona se escabulló fuera de la casa y no volvimos a verla. Por cierto, era bastante bonita, y por el modo en que Hugh la trataba, todos entendieron que siguiera los dictados de su corazón. En verdad, es una pena que Roxanne se parezca al padre y no a la madre.

De repente, un áspero grito quebró la serenidad del pueblo, atrayendo la atención de las dos mujeres hacia la acera, frente a la taberna, donde un jorobado grotescamente deforme se agazapaba, aterrado, a los pies de un hombre alto, robusto, de pelo ralo, que gritaba a voz en cuello mientras golpeaba al deforme con una gruesa vara. Con salvaje crueldad, el rufián pateaba a su víctima en el estómago, y lo lastimaba, mientras le gritaba todos los improperios que le venían a la boca.

Meses atrás, ese mismo corpachón que se cernía sobre el hombre desfigurado se había grabado con asombrosa claridad en la mente de Shemaine. Pese a la indignación que le provocaba verlo maltratar a otro ser humano, lo que impulsó a Shemaine a apartarse de la señora McGee fue reconocer en él a Jacob Potts. Recogiendo su falda, corrió hacia la taberna como si la ira le hubiese puesto alas en los pies.

–¡Shemaine! –gritó Mary Margaret, alarmada–. ¡Ten cuidado, niña!

La ira de Shemaine llegó a su culminación cuando vio que seguían lloviendo golpes sobre el desdichado jorobado, y mientras corría gritó a todo pulmón:

–¡Canalla roñoso y sanguinario! ¡Deje en paz a ese hombre!

El grito femenino alcanzó un tono más agudo de lo que Jacob

Potts recordaba haber oído jamás en el *London Pride* pero, aun así, supo sin lugar a dudas que era el que él se desvivía por detectar entre las diversas jergas de los colonos. Por fin daría rienda suelta a su sed de venganza contra la irlandesa por las veces que lo había dejado como un torpe estúpido. Ninguna buscona irlandesa tenía derecho a ser tan altanera y arrogante. Sin embargo, la idea de cortar el cuello a la muchacha había sido de Morrisa, no de él. Le había dado la orden hacía casi tres meses, pero ese método era demasiado veloz y seguro para saciar su deseo de venganza. Quería para Shemaine O'Hearn una muerte lenta y dolorosa.

Arrojando la vara, Potts puso los brazos en jarras y observó a la muchacha. Su sonrisa se volvió jactanciosa y sus ojillos de cerdo brillaron con malévolo placer al ver acercarse la presa que había estado buscando.

–¡Caramba, si es la buscona irlandesa que viene otra vez a meter la nariz en mis asuntos!

–¡Grandísimo cobarde! –masculló Shemaine–. Estoy harta de que abuse de pobres inocentes.

Pasó ante un barril lleno de mangos de hacha que estaba frente a la tienda, tomó uno y, al llegar junto a Potts, lo descargó con toda la fuerza que fue capaz de reunir, acertándole en una oreja y un costado de la cabeza. El fuerte aullido del sujeto atrajo a hombres y mujeres vestidas extravagantemente, que salieron dando tumbos de la taberna y se quedaron mirando la escena, boquiabiertos. El bruto se apretaba la mano sobre la oreja ensangrentada y seguía aullando con gritos ensordecedores, pero Shemaine no cedió. Alzando su improvisado garrote, lo bajó con ambas manos y lo estrelló otra vez con resolución; esta vez dio en los nudillos de la mano con la que Potts se cubría la oreja lastimada y magulló la coronilla del sujeto. Si hubiese sido un cuchillo lo que empuñaba, Shemaine le hubiese quitado la mitad del cuero cabelludo, pero Potts no podía seguir soportando la afrenta a su orgullo. Con un rugido de rabia, aferró el mango en su puño carnoso y, arrancándoselo de las manos, lo arrojó a un lado. Sus ojos llameaban de furia cuando estiró las manos y aferró a Shemaine del cuello. Levantándola sobre las puntas de los pies, la puso a la altura donde su rancio aliento a whisky contaminaba el aire y a Shemaine le costaba respirar. Los labios gruesos de Potts se torcieron en una mueca, mientras ella coleaba en el aire, indefensa.

–¡Ahora morirás, perra! –prometió el hombre, apretando sus gruesos dedos en torno al delgado cuello–. ¡Y esta vez te aseguro que no estará aquí el señor Harper para salvarte!

Shemaine clavó las uñas en esas manos que la ahogaban, tratando de apartarlas de su cuello, pero no lo consiguió. Tampoco podía respirar y, aunque parecía un esfuerzo inútil, luchó con valentía intentando librarse del estrangulamiento, pero sus fuerzas empezaban a agotarse y sus manos a aflojarse en las muñecas del hombre. El ancho rostro que tenía delante, las caras boquiabiertas de las personas y hasta el sol se convirtieron en un oscuro borrón. Tuvo vaga conciencia de que alguien, quizás el jorobado, se abría paso entre el grupo de curiosos, aunque parecía estar tan lejos que no tenía esperanzas de que llegara a tiempo para aflojar ese anillo de acero que se cerraba sobre su cuello y lograse salvarla de la muerte. Sus brazos cayeron, laxos, a los costados, y desistió de sus débiles intentos. Muy pronto, todo acabaría.

Gage había salido de la tienda para ver a qué se debía la conmoción en la calle y se había detenido cerca de la gente para mirar sobre los hombros y las cabezas de los que formaban el grupo de curiosos. Al ver a Shemaine colgando del cuello en manos de una robusta bestia se encendió la mecha de su cólera. Con una maldición brutal, aferró del cuello al espectador más cercano y lo hizo a un lado. Empujando a los demás a izquierda y derecha, se abrió paso hacia el centro del círculo, recogiendo al pasar el mango que Potts había arrojado. Al llegar a su meta, impulsó el extremo romo del mango contra el abultado vientre del sujeto, con tanta fuerza que éste se dobló sobre sí mismo con un fuerte gruñido de dolor y aflojó las manos que apretaban la garganta de la muchacha, que cayó hacia atrás.

Gage se giró con agilidad para recoger a Shemaine. La alzó y observó su rostro, pero se alarmó al ver que estaba floja en sus brazos, pues se había deslizado al mundo de la inconsciencia. Su cabeza se balanceó sobre los hombros cuando la levantó más alto. Empujando con los codos, se abrió paso entre la gente y casi corrió con ella hasta la tienda, donde Andrew observaba la escena desde la puerta.

El ruido de pasos que corrían y el grito de advertencia de la señora McGee le hizo dar un paso a un lado al mismo tiempo que el grandote se lanzaba tras él para atacarlo por la espalda. Al toparse con el aire, Potts pasó de largo agitando los brazos. Gage estampó su bota en el ancho trasero del sujeto y lo envió volando al espacio vacío que había más allá de la acera. A unos metros Potts aterrizó boca abajo en un gran charco de barro que, en las últimas horas, había sido enriquecido con estiércol fresco por los caballos que pasaban. Escupiendo tierra, se apoyó sobre las manos y las rodillas y trató de levantarse, pero sus pies resbalaron y patinaron en el fango, y cayó otra vez hacia delante, tragando más porquería. El segundo intento fue tan ineficaz como el primero y el tercero falló rápidamente. Pronto, fuertes carcajadas acompañaron sus esfuerzos frustrados de salir del barro y, cuando logró zafarse del pestilente cieno, la gente reunida rugía de risa. Le llovió una generosa rechifla y gritos de «¡Cerdo!», acompañaron su paso, goteando y apestando, mientras se alejaba calle abajo.

–Papá, ¿Shimen pupa? –preguntó Andrew, afligido, siguiendo a su padre al interior de la tienda.

Gage tendió a Shemaine sobre una tumbona de cuero y se apoyó a un costado, sobre una rodilla. Si bien aún no había vuelto en sí, respiraba; eso animó sus esperanzas, aún pequeñas. Echó una mirada a su hijo, vio que los ojos del niño desbordaban de lágrimas de susto e intentó aliviar su tierno corazón.

–Shemaine se pondrá bien, Andy. No llores.

Andrew sorbió y se limpió las lágrimas, mientras se acercaban Mary Margaret y el tendero, Adam Foster. Éste había ido a llenar una palangana con agua, que ahora depositaba en una mesa pequeña junto a la tumbona. Se acercó a Gage para observar a la muchacha y, sin querer, bloqueó la vista del niño.

–Esto es horrible –se quejó el señor Foster, muy nervioso. Ofendido por el incidente, siguió divagando en frases cortas, incompletas–. ¡Atacar a una mujer es algo tan vil! ¡Debería ser encarcelado!

Mary Margaret suspiró, apenada.

–Es una pena que en las colonias no se permita el castigo.

Como no podía acercarse ni a Shemaine ni a su padre, Andrew

miró alrededor y detectó un movimiento cerca de la entrada. Escudriñando con atención en las sombras, tras un montón de azadas, rastrillos y palas que asomaban de un pequeño barril cerca de la puerta, fue hacia allí con cautela, pensando que sería un perro o un gato que se habría metido en la tienda. Entonces, sus ojos empezaron a adaptarse a la tenebrosa penumbra que había detrás de los bártulos y de repente se dilataron cuando, al fin, distinguió la silueta oscura acurrucada allí, en silencio. Era un ser fantasmal, de piernas cortas, brazos largos y pelo oscuro, que colgaba sobre una frente fruncida. Para un niño era una visión monstruosa. Lanzando un chillido de terror, Andrew giró en redondo y echó a correr a toda velocidad hacia los adultos, arrojándose sobre su padre y aferrándose a él con desesperación.

Gage lo levantó en brazos y miró, tratando de saber qué le había dado semejante susto; cuando su mirada se posó sobre el ser deforme, ahora a la vista, comprendió el motivo del pánico de su hijo.

–¿Qué pasa, Caín? –preguntó con amabilidad, poniéndose de pie–. ¿Qué quieres?

La presencia del jorobado en la tienda le intrigaba porque, en general, Caín se mantenía apartado de los desconocidos. Sólo iba al pueblo para cambiarle algo al señor Foster o para que Hugh Corbin herrase su mula. De lo contrario, rara vez era visto.

Caín se acercó arrastrando los pies, venciendo la dificultad de sus piernas deformes, los brazos y los hombros que pendían, torcidos, desde su nacimiento, y se detuvo vacilante, al ver que Andrew trataba de apartarse y volvía a gritar de miedo. Después de tranquilizar a su hijo con palabras suaves, Gage lo dejó junto a la señora McGee, que lo tomó de la mano y lo llevó al fondo de la tienda, para mostrarle un frasco con dulces.

Ladeando la cabeza, Caín enfocó su rostro monstruoso hacia el hombre alto que se acercaba. Era la primera vez, que Gage tuviese memoria, que podía acercarse al jorobado sin que él huyese. Caín comprendía, tal vez mejor que nadie, lo espantoso que era, y prefería ocultarse. Tenía la nariz larga, estrafalariamente respingona, los ojos formaban ángulos insólitos bajo las espesas cejas. Los dientes eran escasos, y en la enorme boca que estaba siempre abierta, su lengua tendía a colgar sin control. De varios cortes y magulladuras en su cara manaba sangre, dando testimonio del reciente maltrato.

–¿Querías algo, Caín? –preguntó Gage otra vez.

El jorobado movió en dirección hacia Shemaine, todavía inconsciente, una gran mano velluda y luego miró otra vez a Gage con la boca abierta y preguntó.

–¿Tá mueta?

Gage frunció el entrecejo tratando de descifrar su confusa manera de hablar hasta que, al fin, comprendió:

–No, no está muerta, sólo desmayada. Enseguida se recuperará.

Caín metió con torpeza la mano en el bolsillo de su harapienta chaqueta y sacó las zapatillas que habían caído de los pies de Shemaine cuando Potts la sujetaba en el aire, ya desmayada.

–Su zapato.

–Gracias –respondió Gage, con el entrecejo aún fruncido, aceptando el calzado. Era insólito que Caín demostrase tanta preocupación por otra persona o que desandara su camino para devolver objetos perdidos, y menos aún cuando eso significaba tener que mostrarse ante los aldeanos–. Le diré a Shemaine que se los trajiste. Se pondrá contenta.

–¿Sheimon?

–She-maine O'Hearn –pronunció Gage con claridad para que lo entendiese, sin saber qué era lo que había despertado el interés de Caín por la muchacha.

En los nueve años que hacía que Gage vivía en la región jamás había oído decir al jorobado tantas palabras como las que había dicho ese día. Algunos aldeanos incluso dudaban que él fuese capaz de hablar, aunque ésa era la opinión de los que habían mantenido distancia con el sujeto, creyéndolo demente.

De niño, abandonaron a Caín en la puerta de la casa de una anciana medio loca que vivía sola en una tosca choza del bosque. La vieja lo había bautizado con el nombre de Caín por sus deformidades, convencida de que el pobre niño había sido duramente marcado por el dedo de Dios. Con el paso de los años, la mujer, antes agresiva, se hacía cada vez más frágil hasta que al fin murió cuando Caín tenía nueve años. Desde entonces, el niño había tenido que ingeniárselas para sobrevivir aunque, como la bruja le había exigido que trabajase para ella desde la más corta edad, le había enseñado a armar trampas, a rebuscar y a merodear para procurarse el alimento. Aún vivía en la choza de la mujer y se mantenía solo, pero cuando necesitaba elementos indispensables que no podía hallar en el bosque llevaba pieles de ciervo, de conejo y de otros animales para cambiárselos al señor Foster por lo que necesitaba. Pero incluso en esas ocasiones Caín procuraba permanecer en las sombras y en los rincones oscuros donde se sentía a salvo mientras el tendero reunía las provisiones que había ido a buscar.

En contadas ocasiones, gracias a la insistencia del tendero, el jorobado cedía y llevaba pájaros de madera que tallaba con habilidad, y le permitía venderlos. Sin embargo, según decía Foster, a Caín no le gustaba desprenderse de ellos porque las tallas eran para él como amigos y, aunque Foster le había prometido una buena suma de dinero para alentarlo, hacía años que no llevaba ninguno.

Con excepción del señor Foster, Mary Margaret, Hugh y Roxanne Corbin, casi toda la gente del pueblo temía a Caín y si lo veían acercarse solían echarlo con escobas, palos y piedras o lo que tuviesen a mano aunque, por lo que Gage sabía, él jamás había hecho daño a nadie. Más bien, por lo que había oído y visto por sí mismo, estaba convencido de que Caín tenía más motivos para temer a los aldeanos porque los jóvenes más rudos tenían la costumbre de aprovecharse de él para probar su masculinidad... o la falta de ella, ironizaba Gage.

Una sombra atravesó la entrada y, al alzar la vista, Gage se encontró con Roxanne en medio del umbral, en actitud indecisa. Pese a que todavía estaba furioso por las amenazas de la mujer, la saludó con un breve movimiento de cabeza, convencido de que era más prudente no enfrentarse a ella. Al ver ese saludo tan formal, el jorobado se dio la vuelta arrastrando los pies para mirar hacia la entrada.

–No ha sido Caín, ¿verdad? –preguntó Roxanne, aprensiva, señalando a la inconsciente Shemaine.

–Por lo que sé, Caín no ha tenido nada que ver con el incidente –respondió Gage con aire rígido–. El hombre que atacó a Shemaine era un marinero del *London Pride.* No sé bien cómo empezó, pero parecía que ese sujeto estaba resuelto a matarla.

Mary Margaret se adelantó, con Andrew a la zaga.

–Yo puedo explicar lo sucedido –ofreció–. Lo vi con mis propios ojos.

La anciana se había detenido muy cerca de Caín y, sin embargo, Andrew casi no hacía caso de su presencia, pues ahora tenía un caramelo de bastón que sostenía y admiraba hasta que su padre le diese permiso para comerlo.

Y Gage tenía curiosidad por saber cómo había sido el ataque a Shemaine; centró entonces toda su atención en la mujer.

–¿Qué vio usted, Mary Margaret?

La mujer hizo un ademán hacia la muchacha.

–Esta valerosa muchacha golpeó a ese odioso marinero con un palo cuando lo vio castigando a Caín; por eso estuvo a punto de perder la vida, aunque había una cantidad de borrachos allí, mirándolo todo. ¡Ay qué pena, no ser hombre para dar un par de pescozones a esos zoquetes, a ver si los sacaba de su estupor! Seguramente estaban ebrios. Sí, lamento mucho confirmar que los irlandeses sean tan amantes de la murmuración y la bebida. Cuanto más empinan el codo, más parlotean.

–Shemaine se pondrá bien, ¿no? –preguntó Roxanne, preocupada.

Su preocupación dejó perpleja a Mary Margaret.

–Sí, estará como siempre después de haber descansado y recibido buenos cuidados.

Roxanne esbozó una rígida sonrisa y echó una mirada a Gage.

–No olvides hacerme saber si hay algo en lo que yo pueda ayudar.

Gage no pensaba hacer nada semejante; sin embargo, el cambio de actitud lo sorprendió de nuevo. Habría sido poco decir que, en ocasiones, Roxanne tenía un comportamiento errático. Desde su punto de vista, interpretaba las cosas según cómo la afectaban a ella.

–No te preocupes, Roxanne.

Roxanne saludó con la cabeza a Gage, luego a la anciana y salió por la puerta. Luego, llamó con la mano a Caín.

–Ahora ven conmigo, no quisiera que te metieras en más líos.

El jorobado lanzó una mirada a Shemaine y luego, obediente, salió de la tienda y echó a andar por la acerca con su extraño paso en dirección a la herrería.

–Pobrecillo –suspiró Mary Margaret asomándose a la puerta para ver cómo se iba–. Es como una oveja perdida, herida, buscando a un pastor que lo guíe. Pienso que sería leal a cualquiera que fuese amistoso con él.

–¿Le parece insólito que Roxanne se preocupe por su bienestar? –preguntó Gage, sentándose junto a Shemaine.

Mojó un trapo en la palangana de agua fría y comenzó a humedecer la cara de la muchacha, mientras esperaba la respuesta de Mary Margaret.

La anciana suspiró y movió la cabeza.

–Ambos son almas perdidas, enfrentados con esta aldea y con el mundo, creo yo.

Sintiéndose flotar lentamente hacia arriba en una niebla fantasmal, Shemaine tomó cada vez más conciencia de una dolorosa opresión en la garganta. Tragó, y el dolor le obligó a hacer una mueca. Giró la cabeza sobre el almohadón de piel, abrió apenas los ojos y trató de fijarlos en el rostro angelical que se inclinaba sobre el suyo, apoyándose sobre dos puños diminutos, pero sus párpados rasparon las tiernas órbitas como si fuesen de pergamino seco, haciéndole brotar las lágrimas.

–¿Andrew? –susurró, ronca–. ¿Podrías pedir a alguien que me dé un vaso de agua?

–¿Papá?

El niño alzó la vista y vio que su padre ya se inclinaba hacia delante con una pequeña taza en la mano.

–Aquí tiene un poco de agua, Shemaine –dijo Gage, pasándole el brazo por los hombros para ayudarla a incorporarse.

Volvió a sorprenderle la levedad y fragilidad que sentía en su brazo. Eso le recordaba cuánto hacía que no tenía una mujer en los brazos. Le acercó la taza a los labios y la sostuvo mientras ella bebía lentamente, mirándola con tanta atención como esa mañana, cuando daba el desayuno a Andrew.

Mary Margaret se acercó y, apoyándose en el bastón, contempló a Shemaine por encima de la cabeza de Andrew. Como había empezado a preocuparse de que sufriera un daño permanente, sintió alivio al ver que las mejillas de la muchacha recuperaban un poco de color.

–Defender a Caín fue algo valeroso hija mía, pero también debo decir que fue una tontería, teniendo en cuenta el tamaño de ese bufón al que atacaste.

–¿Caín? –pronunció la muchacha en tono sibilante. Sus cejas se unieron expresando confusión, porque no podía recordar a nadie que llevara ese nombre–. ¿Quién...?

–El jorobado, querida –informó la anciana con sonrisa compasiva–. Su madre adoptiva consideró que ese nombre le cuadraba.

Gage dejó la taza y apoyó otra vez a su sierva sobre el almohadón. Ya tranquilo al ver que el daño sufrido no era irreparable, no pudo guardar silencio por más tiempo con respecto a la locura que a ella le había asaltado.

–¿Por qué no me llamó y dejó que me encargara de la situación, Shemaine? No estaba tan lejos; si me hubiese llamado, la habría oído. –Se inclinó hacia ella exigiéndole atención, ceñudo–. No permitiré que vuelva a arriesgar otra vez su vida, ¿me oye?

Shemaine se sentía como una niña regañada por su padre, y no le aliviaba la certeza de que él tenía razón. Le asustaba entender lo tonta que había sido y las consecuencias que podía haber sufrido si no la hubiesen arrebatado de las manos de Potts: podía haberla matado. Y lo que más la martirizaba era su falta de consideración hacia Gage. Si hubiese tenido que comprar otra esclava, se habría visto en serios apuros. Más aún, era probable que durante un tiempo se hubiese quedado solo para atender a su hijo.

–Señor Thornton, lo siento. Creo que perdí la cabeza cuando vi a Potts golpeando a ese pobre hombre –se disculpó, contrita–. Debería haber sido más cuidadosa y tener en cuenta la gran suma que usted invirtió en mí. En el futuro, me esforzaré por ser más prudente.

Esas conjeturas erradas indignaron a Gage.

–¿En verdad cree que las cuarenta libras que pagué por usted son más importantes que su vida? –preguntó, colérico–. Yo hablo de la estupidez de exponerse al peligro. Por otra parte, ¿quién era ese hombre? No me diga que es el sujeto contra el cual me advirtió.

–Sí, es Jacob Potts, el marinero del *London Pride* –respondió Shemaine, en un áspero susurro–. Antes de que yo desembarcara, prometió matarme.

–¡Casi lo logró! –repuso Gage, exasperado con ella porque había ignorado las amenazas del hombre y lo había atacado, seguramente aumentando así el resentimiento del sujeto.

Para tranquilidad de la propia Shemaine, Gage tenía la esperanza de que el palurdo se hiciera pronto a la mar.

Shemaine no lograba recordar nada después de la turbia neblina que la había envuelto; tenía curiosidad por saber cómo había logrado salir librada con tan poco daño de las garras de Potts.

–¿Qué lo detuvo?

–El señor Thornton te salvó, querida –respondió Mary Margaret en lugar de Gage.

Había escuchado con atención la reprimenda del ebanista y le alegraba comprobar que su auténtica preocupación era por la muchacha y no por su bolsillo. Como vivía tan cerca del pueblo, la anciana había oído desagradables rumores que reputaban a Gage de hombre frío e insensible, aunque ella se había reservado su opinión prefiriendo obtener pruebas irrefutables antes de condenarlo como habían hecho muchos habitantes de la aldea. Pese a las murmuraciones, a lo largo de los años se había encariñado con el fabricante de armarios y, en su corazón, lo había adoptado como a un hijo, el que no había tenido la fortuna de concebir. Le resultaba difícil imaginar que fuera tan deficiente para juzgar a las personas como para admirar a un asesino.

–Tendrías que haber visto a este guapo mozo irrumpiendo entre los hombres para llegar hasta ti.

Gage echó a la mujer una mirada ceñuda. Estaba persuadido de que ella veía un posible matrimonio en cualquier pareja con la que se cruzaba, pero sabía el riesgo que respresentaba que la viuda divulgase esas ideas por el pueblo. Con las amenazas de incriminarlo que había expresado Roxanne, el parloteo de la anciana podría resultar su ruina.

–No exagere, Mary Margaret.

La irlandesa sonrió con dulzura y salió al paso de la réplica. Desde que tenía memoria, Gage Thornton había sido parco con respecto a sí mismo y huía de los elogios como de la peste. En una ocasión, había salvado a una niña de cuatro años de ahogarse en el río, pero, cuando sus padres y casi todos los pobladores que habían presenciado su audaz rescate trataron de felicitarlo y darle palmadas en la espalda, había entregado la niña a su madre con la advertencia de que vigilara mejor a su hija en el futuro. Después, había pasado entre la gente, deteniéndose sólo para recoger su mosquete y su morral que había dejado antes de zambullirse en el río. Deslizó la canoa hasta el agua y se alejó con la actitud de desapego que la gente había aprendido a esperar de él.

Mary Margaret se preguntó por qué no querría que la muchacha supiera que casi había tirado al suelo a los hombres para llegar hasta ella. ¿Le avergonzaba su espíritu guerrero? ¿No quería que nadie sospechara que él era quien estaba más perdidamente enamorado de Shemaine entre todos los hombres que podrían admirarla y sentir una intensa atracción hacia ella?

La idea de que aquel hombre tan alto y rudo fuese tan vulnerable hizo sonreír a Mary Margaret. Confirmaba que era humano, cosa que muchos dudaban en la aldea. Pero ésa era una opinión expresada desde lejos por los que husmeaban y espiaban detrás de las ventanas, como aquellas regordetas matronas de la mercería, pues nadie que realmente conociera a ese hombre podría juzgarlo con tanta dureza.

Pensó que ahora Gage Thornton tenía un nuevo enemigo, evocando al patán del charco de barro, aunque, con suerte, éste se iría en pocas semanas.

–Estoy segura de que el señor Potts buscará venganza por haberse convertido en el hazmerreír del pueblo. Sin duda, querrá matarnos a todos si a alguien se le ocurre llamarlo cerdo.

El ánimo de Gage se ablandó un tanto y una sonrisa cruzó sus labios.

–Después de haber provocado la risa de todo el pueblo, dudo de que Jacob Potts quiera volver a mostrar su cara en Newportes Newes.

Shemaine desechó el argumento.

–Según mi experiencia, el señor Potts retribuye el doble por cada ofensa sufrida, y no descansará hasta haberse vengado.

–En ese caso, es muy probable que vuelvan a verlo –predijo Mary Margaret, sombría–, porque ambos lo avergonzaron hasta lo más profundo. ¡Imagínense! ¡Una muchacha menuda dando una buena paliza a ese pedazo de grandullón! Y como si eso no fuese suficiente, el amo que lo arroja al barro de una patada. El orgullo de Potts se ha visto muy lastimado. No podrá superarlo durante años.

Gage se levantó y se enfrentó a la anciana, dispuesto a cambiar de tema por el bien de Shemaine.

–Mientras estoy en el pueblo, tengo asuntos que atender. Si no fuera un abuso, me gustaría dejar a Shemaine con usted para que pueda descansar, Mary Margaret.

–Será un placer tenerla en mi casa –aseguró la anciana–. Y más aún si también permites que Andrew se quede conmigo. Es un niño tan bueno que me encanta tenerlo a mi lado. Cocinaré algo para nosotros, para que no tengas que preocuparte hasta que estés de vuelta.

–Le agradezco su gentileza, señora. –Miró a su alrededor, buscando al tendero que, en ese momento, no se veía por ninguna parte–. Si me disculpa, debo encontrar al señor Foster y darle las gracias antes de irnos.

La señora McGee señaló hacia la parte trasera de la tienda.

–Creo que Adam iba hacia el fondo la última vez que lo vi.

Gage cumplió su misión en poco tiempo y volvió para acompañar afuera a las mujeres. Ya instalada en el carro, Shemaine puso a Andrew en su regazo, dejando lugar para Mary Margaret en el asiento, a su lado. Gage subió y, haciendo restallar las riendas, hizo andar a la yegua. Recorrieron el camino que atravesaba Newportes Newes y, poco rato después, se detuvieron ante una pequeña y primorosa casa en las afueras de la aldea. Tomando a Andrew en sus brazos, Gage acompañó a las dos mujeres hasta la puerta, ajustando el paso al de su esclava, que rechazó su ayuda. Después de verla instalada, se marchó prometiendo regresar tan pronto como fuera posible.

Tres horas después, Gage había terminado de cargar las provisiones en el carro, y recibido el encargo de una acomodada señora de Richmond para fabricar varios muebles de comedor. Con el encargo conseguiría casi la mitad de lo que había gastado en los documentos de Shemaine. Eso aliviaba mucho la estrechez de su presupuesto; confiaba que volvería a progresar a buen ritmo en la construcción del barco.

Volvió a la casa de la viuda McGee, quien le hizo señas silenciosas de que entrase al interior. La mujer apoyó un dedo en sus labios y señaló hacia una puerta cerrada que daba al vestíbulo.

–Hace como una hora, Shemaine se acostó con Andrew para hacerlo dormir –susurró–. Desde entonces, no he oído a ninguno de los dos.

Gage entró con paso silencioso y, tras un leve golpe que no obtuvo respuesta, hizo girar el pomo y abrió lentamente. La imagen que sorprendió entibió su corazón como hacía muchos meses que no le sucedía; y se adelantó con cautela para regodearse en el encanto de la escena. Shemaine y Andrew dormían profundamente. Compartiendo la almohada, estaban acurrucados en medio de la cama, el niño de costado, con la espalda contra el pecho de la muchacha. La mejilla de ella se apoyaba sobre los rizos del pequeño y su brazo sobre él, como una madre con su hijo.

–¿Le gustaría una taza de té, señor Thornton? –murmuró Mary Margaret.

Gage miró a su lado, sorprendido de ver a la mujer apoyada contra el marco de la puerta. La anciana sonrió y él inclinó un poco la cabeza, no muy seguro de poder entretenerse tanto, porque necesitaba llegar pronto a su hogar y aún no había llevado a Shemaine a casa del remendón para encargarle un par de zapatos.

–Sería una pena perturbar tanta paz, ¿no le parece, señor Thornton? –aventuró la mujer, observándolo con disimulo.

La mirada de Gage volvió a la cama, a Shemaine perdida en el sueño. Parecía muy delicada y bella, como una pequeña flor de intenso color en un manchón de intenso verdor. Sus suaves labios rosados estaban entreabiertos como si esperara el beso de un amante fantasmal. Sus pestañas sedosas, marrón oscuro, descansaban sobre sus mejillas sonrosadas por el sueño. Su busto redondeado se alzaba y descendía en lánguido reposo contra la espalda de su dormido compañero y, en ese momento, Gage envidió a su hijo.

–Debe de estar agotada para dormir tan profundamente –reflexionó en voz baja–. No creo que haya podido descansar mucho durante el viaje.

La señora McGee siguió la dirección de su mirada e inclinó la cabeza con gesto pensativo como si ella también estuviese contemplando a la muchacha.

–Es de una rara belleza, ¿no es cierto?

Gage alzó una ceja con expresión interrogante y miró de soslayo a la viuda, porque sus intenciones eran evidentes, pero contuvo la tentación de preguntarle por sus planes casamenteros.

–¿Ya ha preparado el té, o debo despertar a Shemaine y a Andrew y marcharme?

–Alise sus plumas alborotadas, mi hermoso pavo real –regañó Mary Margaret con gentileza, haciéndole señas de que la siguiera hacia el hogar. Con aire pensativo, tomó la tetera y sirvió una taza llena–. Si le animara a hablar con la muchacha, sería sólo por el deseo de ver a usted y a su hijo con una buena mujer en la casa.

–¿Cómo puede decir que Shemaine es buena si no sabe nada de ella?

La señora McGee sonrió y se tocó la sien con un dedo.

–Tengo un poco de sabiduría aquí, en mi sesera, y puedo ver lo que tengo delante de los ojos.

–¿Y qué es lo que ve, señora? –preguntó Gage, mientras ella le alcanzaba la taza de té.

–Shemaine es tan dama como cualquier mujer de este pueblo. Lo veo en el modo en que camina y en su postura. Tiene la elegancia confiada, refinada, de la mujer que ha recibido buena enseñanza de las maneras sociales. Lo percibo cuando habla, a pesar de ese acento irlandés. Bien vale el alto precio que ha pagado por ella, señor Thornton, si es que usted no lo sabe.

–Es todo lo que usted dijo, y más –admitió Gage–. Sus talentos son ilimitados. Andrew se está encariñando mucho con ella. Tal vez haya visto usted lo preocupado que estaba cuando creía que estaba malherida. Es muy buena con él, mejor que...

Se interrumpió de golpe, advirtiendo que estaba hablando demasiado.

–¿Roxanne? –aventuró Mary Margaret en suave tono interrogante, pues no quería malquistarlo con ella.

–Shemaine tiene su modo de ser –dijo Gage, pasando por alto la pregunta de la anciana–. Es muy dotada.

–Oh, sin duda. Sin duda. –La mujer bebió un sorbo de su taza y luego se acomodó en la silla mecedora frente al hogar. Contempló durante largo rato las llamas, mientras saboreaba la infusión. Luego, echó al hombre una mirada furtiva–. Tengo que advertirle de los rumores que han empezado a circular por el pueblo, sobre todo gracias a la señora Pettycomb. Si esa mujer se ocupara tanto de sus asuntos como de los ajenos, sería una santa.

–Me imagino que esos rumores no deben de ser muy agradables –murmuró Gage sobre su taza–. Nunca lo son.

–Cuando alguien es tan apuesto como usted, suele provocar murmuraciones, señor, y si, además, tiene bajo su techo a una muchacha tan bonita como Shemaine O'Hearn... bueno... es de esperar que se produzcan esas murmuraciones. Tenga por seguro que observarán su vientre para ver si empieza a crecer.

En las mejillas de Gage se tensaron los músculos cuando dijo, obstinado:

–Compré a Shemaine porque está en condiciones de enseñar a leer y escribir a Andrew.

–¿Ése es el único motivo? –preguntó Mary Margaret con suavidad.

Gage la miró, sorprendido; aunque le costara la vida no podía seguir negando la tácita insinuación de la mujer porque sería una flagrante mentira.

–Si yo fuese un hombre tan guapo como usted y tuviese a una esclava tan hermosa como Shemaine –aventuró Mary Margaret–, no dejaría espacio a los rumores. Me casaría con la muchacha y sonreiría con orgullo cuando las viejas comadres viesen crecer el vientre de ella.

Su invitado alzó una ceja, perplejo.

–No se rinde jamás, ¿eh, Mary Margaret?

–¿De qué habla?

Fingiendo inocencia, le dirigió una dulce sonrisa.

–Sabe bien de qué hablo –desafió Gage–. Se congelarían los infiernos antes de que usted desistiera de concertar matrimonios. Tiene usted un carácter muy decidido, señora.

La anciana sonrió y se encogió de hombros.
–¿Qué esperaba? ¡Soy irlandesa!
Gage puso los ojos en blanco.
–¡Que los Cielos protejan a los ingleses de las irlandesas de este mundo!

7

El taller del zapatero remendón estaba casi en el centro de Newportes Newes y, aunque la tarde declinaba rápidamente, Gage no quiso irse del pueblo sin completar todas las tareas que se había propuesto, la última de las cuales era encargar unos zapatos para su esclava. Detuvo el carro frente a la tienda del zapatero y bajó primero a su hijo y luego a Shemaine. Al hacerlo, notó que muchas personas se habían detenido en la calle principal y los observaban con franca curiosidad. Daba la impresión de que el interés de la gente estaba centrado, sobre todo, en la muchacha y, tras su reciente conversación con la señora McGee, no le costó trabajo adivinar qué pensaba la mayoría de ellos. Por otra parte, debían de haberse divulgado en el pueblo relatos sobre el enfrentamiento de Shemaine con Potts, y no cabía duda de que la misma gente estaría interesada en ver cómo le había ido a la muchacha.

Varios solteros se acercaban para ver mejor. Aunque Gage no se imaginaba a la adusta señora Pettycomb elogiando la belleza de una convicta, otros miembros de la comunidad habían presenciado la compra de Shemaine y estaban en mejores condiciones de describirla con mayor detalle. Era comprensible que tales habladurías despertaran la curiosidad de los jóvenes galanes. Más aún; con la escasez de mujeres que había en la región, habrían mirado con avidez a cualquier doncella atractiva que apareciera por allí.

Gage los conocía bien a casi todos; había algunos mejores que otros. Dos de los más jóvenes habían trabajado para él como aprendices durante un tiempo, pero los había despedido porque no habían cubierto sus expectativas. Conocía la lucha de los solteros para conseguir esposa. Él mismo había sufrido el mismo tipo de frustraciones antes de su boda con Victoria, y luego otra vez, en meses recientes, pero el problema de esos jóvenes no era de su incumbencia. Si cualquiera de ellos hubiese querido, podía haber desafiado las intolerantes opiniones de las chismosas del pueblo y haber ido al *London Pride* como había hecho él mismo. Pero, como no lo habían hecho, Gage prefería dejarse colgar antes que permitir que le arrebatasen a la mejor de las mujeres. Shemaine era suya y, a menos que los padres llegaran para comprar la libertad de la joven, no tenía intención de venderla ni aunque obtuviera una elevada ganancia. Era exactamente la clase de sierva que había esperado encontrar, mejor y más bella de lo que se hubiese atrevido a imaginar, razón suficiente para rechazar cualquier proposición.

–¡Pero si son el señor Thornton y Shemaine O'Hearn! –exclamó tras ellos una burlona voz de mujer.

La áspera voz femenina resultó vagamente familiar a Gage, pero Shemaine la conocía demasiado bien. Su tono cáustico le trajo el sombrío recuerdo de largas horas encerrada en el pañol del *Pride* y de horribles escenas de cuerpos sin vida arrojados al mar. Haciendo una profunda inspiración para calmarse, Shemaine respondió con desgana mientras Gage se enfrentaba a la mujer a la que la joven y los demás convictos habían motejado desdeñosamente como «la capitana Fitch».

–Señora –saludó Gage, tocándose el sombrero al reconocer a Gertrude Fitch; luego saludó con la misma concisión a su ceñudo esposo–. Capitán Fitch.

Gertrude recorrió con mirada mordaz al objeto de su odio y sintió una amarga decepción al notar cuánto había mejorado la apariencia de la joven. Sus labios se torcieron hacia abajo cuando comentó:

–Vaya, la vida de sirvienta parece sentarte bien, Shemaine.

El despecho había impulsado a Gertrude Fitch a averiguar cómo le iba a la irlandesa en funciones de esclava. Más aún, había exigido a su esposo que la acompañase a recorrer la aldea con la esperanza de sonsacar espantosas noticias sobre la suerte corrida por Shemaine a partir de los comentarios casuales que pudieran hacer diversos pobladores. Pero cuando vio que el colono tomaba con gentileza los dedos de la muchacha en los suyos, Gertrude estuvo a punto de ahogarse con la amarga bilis de la animosidad. Quizá fuese un gesto de reafirmación, de compasión o, peor aún, de tierno afecto; de cualquier manera, el gesto provocó en ella sentimientos que atravesaron una vez más su corazón, desbordándolo de hostilidad. Con la evidencia de que el hombre había tomado a Shemaine bajo su protección, Gertrude podía prever que nada malo le pasaría a la muchacha.

Se produjo un breve silencio, durante el cual Gertrude miró, ceñuda, a Shemaine; el capitán Fitch no compartía la enemistad de su esposa hacia la muchacha y consideraba su molesta hosquedad con cierto dejo de desdeñosa burla.

–Es la primera vez que mi esposa se aventura fuera de las costas de Inglaterra. Tenía tanta curiosidad con respecto a estas malditas colonias que casi me amenazó con cortarme el cuello si no la acompañaba a recorrer el lugar. –Disimulando su resentimiento con unas carcajadas sin alegría, se balanceó hacia atrás sobre los talones y dirigió una mirada irritada a lo largo de la calle principal. Sabiendo que Gertrude había abrigado la esperanza de saber algo sobre las adversidades sufridas por Shemaine, siguió con sus sutiles insinuaciones–. Le aseguré que no habría nada digno de ver, pero creo que estaba impaciente por encontrar alguna chuchería o una novedad que la contentara.

Everette Fitch posó fugazmente la vista en Shemaine. Con el pelo peinado en un rodete de trenzas recogidas en la nuca, la muchacha tenía una apariencia tan pulcra y bonita como él había imaginado que podía estar en circunstancias más favorables. Considerando la profundidad de las odiosas expectativas de Gertrude, estaba seguro de que su esposa debía de estar ardiendo de rabia.

Gage percibió la mirada que el capitán Fitch dirigió a Shemaine y el torturante anhelo que bullía en el interior de sus ojos grises. También captó el significado de las palabras del hombre y las respondió sin vacilar.

–En efecto, hay tesoros... pero tal vez no siempre atraigan, en su forma verdadera, a aquellos que buscan con tanto empeño. Otros, en cambio, los aprecian mucho. Más todavía, algunos hombres serían capaces de arriesgarlo todo para conservarlos a salvo y en su poder.

Las astutas insinuaciones exasperaron de tal modo a Everette que no se sintió capaz de enfrentarse a la mirada de esos ojos de ámbar; mucho menos de hablar. Todavía estaba furioso por haber perdido a Shemaine, y más aún de que ese intruso desvergonzado desafiara su autoridad como capitán del barco con la audacia de involucrar a Gertrude para que considerase su oferta de comprar a Shemaine, como si en realidad hubiese comprendido que era su esposa la que detentaba el poder verdadero. Para el orgullo de cualquier hombre, el éxito de un recién llegado arrebatándole a la muchacha hubiese sido un golpe vil, pero para Everette Fitch estaba teñido de la sospecha de que J. Horace Turnbull había arreglado las cosas de manera que Gertrude fuera la persona que controlase toda la situación, tal vez con el único propósito de humillar a su yerno.

Gertrude no había captado lo que había pasado entre los dos hombres. Durante la conversación, ella se había dedicado a pasear la vista por la calle salpicada de charcos de barro y las construcciones de madera que bordeaban las aceras, y sacó sus propias conclusiones. Expresó su disgusto con un resoplido desdeñoso.

–No he visto nada en este lugar que me dé motivos para querer volver alguna vez.

Gage esbozó una sonrisa tolerante.

–Newportes Newes es una insignificancia comparada con Londres, señora. Pero hay en este país otras ciudades que están progresando mucho, aun para sus primeros años de vida. Williamsburg, por ejemplo. El palacio del gobernador es representativo de un modo de vida más agradable que lo que usted verá en este puerto. En lo que a mí respecta, disfruto de vivir junto al río, y valoro el espacio y la libertad que me proporciona esta región. En esta tierra prospera el espíritu de la aventura, y eso me atrae.

Gertrude no guardaba mucha consideración hacia los principios de un colono de esa zona semisalvaje y menos aún los de uno que, sospechaba ella, era de origen modesto.

–Sin duda usted está lleno de entusiasmo por esta zona salvaje, señor, pero yo prefiero con mucho los refinamientos de la civilización en Inglaterra a esta sucia y pequeña aldea. Claro que sólo un inglés educado estimaría su herencia cultural.

El tono despectivo de la mujer alarmó a Andrew. Había oído hablar de brujas a Malcolm Fields, su compañero de juegos, y en ese momento estaba viendo a una de ellas. Dándose la vuelta, escondió la cara entre las piernas de su padre embutidas en los pantalones y deseó con todas sus fuerzas que esa fea mujer de voz áspera se alejara.

Gage pasó, distraído, los dedos por la cabeza de su hijo mientras respondía:

–Conozco muy bien Londres, señora. Me he criado allí y trabajé cerca construyendo barcos para mi padre. He conocido aristócratas que se creían más sabios que el hombre común. Por cierto, que algunos lo son, aunque la mayoría no; en mi opinión sus puntos de vista se basaban en prejuicios propios de mentes estrechas.

Gertrude alzó la nariz, con gesto arrogante. Era preciso poner en su lugar a ese patán; qué mejor para lograrlo que rebajar a sus ancestros.

–Dice usted que su padre es constructor de barcos y yo me pregunto si alguien en Inglaterra ha oído hablar de él, señor. Usted no estaría viviendo en este asentamiento junto al bosque si él tuviese tanto éxito. ¿Cuál es su nombre?

–William Medford Thornton –respondió Gage, dejando de lado el título de lord.

Gertrude movió la cabeza, sin poder recordar a nadie de ese nombre y sin comprender que su mundo era bastante estrecho, y más aún su círculo de amigos. Con altanero orgullo, avanzó otra suposición:

–Estoy segura de que usted habrá oído hablar de mi padre. Es muy conocido en los mejores círculos. Casi no hay nadie en el ramo de la navegación que no conozca a J. Horace Turnbull.

Asombrado y divertido, Gage arqueó una ceja.

–¿Dijo usted J. Horace Turnbull?

–Ha oído hablar de él, entonces.

–¡Ya lo creo! –replicó, enfático y un tanto misterioso.

Gertrude sonrió presumida, complacida de haber demostrado su argumento.

–Al parecer, la fama de mi padre se ha extendido hasta aquí. Dígame, señor Thornton, ¿cómo es que conoce a mi padre?

Gage alzó una ceja oscura con aire dubitativo y la miró de frente.

–Señora, no sé si debo decírselo.

–¡Desde luego que debe decirlo! –insistió–. No aceptaré una negativa.

Gage miró a Shemaine, que se había acercado a él como buscando refugio sin advertirlo, tal como lo hacía Andrew. Tal vez la respuesta de Gage fuese la única venganza que ella podría saborear. Gage tomó su mano para tranquilizarla.

–Hace unos diez años, mi padre me envió a buscar al suyo, señora –dijo, volviendo otra vez su atención a la matrona–. Antes de eso, J. Horace Turnbull había recibido un barco que había encargado a mi padre y había dejado un cofre con monedas como pago total. Se contó cuidadosamente el contenido antes de sellar el acuerdo pero, después de que su padre se hiciera a la mar con el barco, el cofre fue trasladado a un banco de Londres. Cuando lo abrieron, vieron que sólo contenía balas de mosquete. En algún punto del espacio y el tiempo, su padre se las había ingeniado para cambiar el cofre por otro exactamente igual pero de distinto contenido, estratagema que, según supimos después, había planeado con Lendon Crocket, uno de los hombres en quienes más confiaba mi padre.

Hizo una pausa mientras Gertrude contenía una indignada exclamación de rechazo; notó que al capitán Fitch parecía encantarle el relato. Los titubeantes intentos de la mujer por convencerlo de la integridad de su padre se fueron apagando, y Gage continuó:

–Turnbull había asegurado a Lendon Crocket que se haría responsables a los banqueros y que nadie sabría jamás de la ingeniosa treta que habían urdido; parece que su verdadero propósito era dejar que el señor Crocket, nuestro hombre, fuese quien cargara con la culpa. El señor Crocket tuvo la perspicacia de darse cuenta de que había sido engañado y lo contó todo, acortando así una larga condena en Newgate.

»Si bien en aquella época yo tenía poco más de veinte años, mi padre me envió en un barco dotado de una tripulación de reemplazo, con órdenes de perseguir a Turnbull hasta los confines de la tierra, si fuera preciso. Encontramos al navío cargando en Portsmouth, no más lejos, y esperamos hasta el atardecer fijado para que zarpara, cuando la mayoría de los hombres disfrutaban de una última jarana en las tabernas. Así las cosas, nos deslizamos a bordo, arrojamos al resto de la tripulación por la borda y llevamos el barco de regreso al río Támesis. Mi padre vendió la carga y conservó la ganancia a cambio de lo que su padre había tratado de robarle. Turnbull se puso furioso y se quejó de que le habían robado, pero había olvidado a nuestro hombre preso en Newgate, que estaba dispuesto a testimoniar en nuestro favor. Como Turnbull tenía fortuna suficiente para comprar su libertad, fue liberado y pudo seguir adelante en el negocio de la navegación. Es innecesario decir que fue la última vez que construimos un barco para su padre.

–¡Jamás he oído nada tan ridículo! –chilló Gertrude, indignada–. ¡No sé cuál será su propósito, señor Thornton, pero sé que su historia no es más que una burda calumnia!

Sus ojos llamearon de furia desbordante al posar la vista sobre Shemaine:

–¡Y tú, pequeña ramera! ¡No sé cómo convenciste a tu amo de que dijera semejantes mentiras sobre mi padre! –Sin hacer caso de las vehementes negativas de la roja cabeza, Gertrude siguió, rechinando los dientes–: ¿Qué exigió el señor Thornton para hacerlo? ¿Una noche en la cama?

–¡Ya está bien! –gritó Gage–. ¡Shemaine no tiene nada que ver con esto! ¡Usted insistió en que se lo dijera, y yo le di el gusto, señora! ¡Si está empeñada en acusar a alguien, hable con su padre la próxima vez que lo vea! Quizá le diga la verdad. ¡Pero no meta en esto a la muchacha! ¡Ella no ha hecho nada!

–¡Ja! –se burló Gertrude–. ¡Ha hecho todo lo posible para avergonzarme!

–Usted se avergüenza a sí misma, señora –acusó Gage con brusquedad–. Acusa a otros de malicia y los juzga de acuerdo con su propio carácter despreciable. Le aseguro que cualquier vergüenza o difamación que caiga sobre usted o sobre su padre tiene el origen en ustedes mismos. Y ahora, le deseo buenos días.

Soltando los dedos de Shemaine, pasó una mano bajo su codo y la guió con gentileza hacia la puerta. Notó cómo temblaba y quiso detenerse para tranquilizarla, pero no contaban con suficiente intimidad para ello porque el zapatero los aguardaba en su tienda y, tras ellos, la señora Fitch consumía su cólera.

Andrew lanzó una mirada asustada hacia la mujerona mientras seguía a su padre. En sus pocos años de vida, jamás había visto a nadie tan malo, ni a persona alguna que se pusiera de un color tan desagradable. Corriendo hacia la puerta tras su padre, tironeó de sus pantalones para llamar su atención. Señalando con temor a la mujer de rostro lívido, preguntó:

–Bruja gorda, ¿tá loca, papá?

La pregunta del hijo contribuyó a aliviar la tensión que había hecho presa en Gage desde que llegaron a la aldea. Echando una mirada a Gertrude Fitch, le costó esfuerzo contener la risa y, cuando traspuso la puerta, ya había estallado en francas carcajadas, asombrando a Shemaine, que lo miraba atónita.

–¿Qué le pasa, señor Thornton? –preguntó, asombrada por su expansión, tan poco común en un hombre que sólo a veces dejaba ver una sonrisa.

–Bruja gorda loca –imitó Gage, saludando con la cabeza a Gertrude, que seguía profiriendo amenazas hacia ellos a través de los pequeños cristales cuadrados de la ventana más grande de la fachada del local–. ¿Le parece que eso es subestimar la realidad?

Shemaine sintió que una extraña alegría bullía dentro de ella y echó una mirada hacia la furibunda mujer. Después de todos los malos tratos que había sufrido a manos de Gertrude, era una satisfacción presenciar cómo alguien pinchaba el inflado orgullo de esa arpía.

«¡Los dos me la pagarán por esto!», se prometió Gertrude.

Ya fuese porque su inconsciente convocó a un malvado encantamiento o, más rebuscado aún, la providencia se sometió a sus deseos, lo cierto fue que una voz sedosa le preguntó desde atrás:

–¿Qué piensa hacer con esos dos, señora Fitch? No dejará que el amante de Shemaine salga bien parado, después de haber calificado de ladrón a su papá, ¿no es verdad?

Gertrude volvió su voluminoso cuerpo y se enfrentó a la mujer que había hecho esa pregunta; era Morrisa Hatcher que, con una sonrisa confiada, se acercaba meneándose desde la puerta vecina, donde se había demorado para escuchar la conversación. La última vez que Gertrude había visto a Morrisa fue cuando la meretriz abandonó el barco en compañía de la mujer mayor, de chillona vestimenta, que la había comprado. Muy animada, Morrisa había arrojado besos a todos los marineros que la saludaban, y los había invitado a visitarla en la taberna.

–¿Y a ti qué te importa, Morrisa? –preguntó Gertrude, altiva.

–No es de mi incumbencia, señora Fitch, lo que sucede es que me parece que debería usted silenciar todas esas mentiras que se están diciendo de su papá –repuso Morrisa con indolente encogimiento de hombros. El reciente fracaso de Potts en asestar un golpe mortal a su adversaria la había disgustado, y ahora se veía en la necesidad de tener a otro mono amarrado a su correa. En el barco, Gertrude la había servido eficazmente a través de Potts y, si la manipulaba con renovada eficacia, podría ser una aliada útil. Según lo que había dicho Gertrude cuando elogiaba sin medida a su padre estando a bordo, era cuestión de tiempo que él atracase en algún puerto al norte de Virginia–. Si lord Turnbull estuviese hoy aquí, apuesto hasta mi última camisa a que él se ocuparía de hacer algo con esos dos.

Para las astutas estratagemas de una habilidosa manipuladora, Gertrude era flexible como la arcilla. Ante la deliberada exageración de la importancia de su padre, se hinchó su orgullo y se dignó tomar en cuenta la sugerencia. Gertrude sabía que en un par de semanas o, a lo sumo, en un mes, su padre llegaría al puerto de Nueva York en el *Black Prince*, nada menos, el mejor y más grande de sus barcos. Si ella le hiciera llegar un mensaje que estuviera esperándolo cuando él amarrara, su padre estaría dispuesto a navegar hacia el sur y encargarse de ese sujeto, Thornton. ¡Cuando el colono y esa perra de esclava se enfrentasen a la ira de J. Horace Turnbull, pronto comprenderían la imprudencia de contar mentiras vengativas con respecto a él!

Gertrude demostró su gratitud con una tensa y cínica sonrisa, la mejor que pudo dedicar a la meretriz.

–No tienes por qué preocuparte por esas cuestiones, Morrisa, estoy segura de que pronto esos dos tendrán su merecido.

Morrisa fingió solicitud con un ceño afligido.

–Sabiendo lo conocido y admirado que es el señor Turnbull, me parece una vergüenza que un burdo patán como ése pueda empañar el buen nombre de su padre, milady. –Sonrió y saludó con timidez al capitán Fitch, que enrojeció, avergonzado. Aliviando su conflicto, Morrisa se despidió de Gertrude–. Les deseo buenas tardes.

Gertrude exhaló una exclamación de disgusto viendo alejarse lánguidamente a la ramera de atuendo chillón en dirección a la taberna. Luego, dirigió a su marido una mirada iracunda y éste, a su vez, fijó la vista en algún punto cualquiera, en dirección opuesta. Como Gertrude no lo había perdido de vista desde que partieron de Inglaterra, se salvó de tener que responder a un montón de airadas acusaciones. Él había sido tan prisionero de ella como los convictos que iban a bordo del *London Pride.*

Centrando de nuevo su atención en la joven que estaba en la tienda del remendón, Gertrude compuso una expresión amenazadora y agitó uno de sus gordos dedos, como si estuviese regañando a un niño travieso:

–Pequeña y sucia irlandesa de los pantanos, te aseguro que haré que lo lamentes.

Shemaine hizo un movimiento de hombros para liberarse de la ahogada amenaza, y se enfrentó de nuevo a su amo.

–Creo que usted provocó adrede a la mujer; le daría un beso por ello.

Gage se inclinó hacia delante esbozando una amplia sonrisa.

–Si es una promesa, la reclamaré cuando lleguemos a casa, Shemaine.

–Bueno, en realidad no... quiero decir, yo sólo...

Shemaine se asombró de la habilidad del colono para ponerla nerviosa; no podía recordar que la presencia de Maurice le provocara jamás tal reacción. ¡Y eso que su prometido era un marqués, por el amor de Dios!

Al advertir que el zapatero los aguardaba expectante, una impotente y confusa Shemaine señaló al hombre.

–¿No deberíamos encargar los zapatos ahora, para poder regresar a la cabaña antes de que oscurezca?

Gage levantó una mano, solicitando al hombre que se acercara.

–Miles, aquí tengo a una muchacha que necesita probarse un par de zapatos. ¿Podría complacernos?

El hombre de cabellos grises se apresuró a adelantarse.

–Ya lo creo, Gage.

–Shemaine... –Gage hizo las presentaciones– ... el señor Miles Becker. Miles... permítame presentarle a la señorita Shemaine O'Hearn.

Miles Becker saludó con un vehemente movimiento de cabeza.

–Miles, señorita O'Hearn –sugirió con fugaz sonrisa.

Le hizo señas de que tomara asiento en una silla, se acomodó en un taburete frente a ella, y le quitó uno de los zapatos que llevaba. Admiró la esbeltez del pie cubierto con la media y luego, al levantar la vista, se encontró con los ojos más verdes que había visto en su vida. Como solterón, le sorprendió la súbita aceleración de su pulso al contemplar esas órbitas resplandecientes. No se atrevió a confiar en su voz mientras medía el pie y trazaba su contorno en un trozo de madera. Era como la embriaguez que seguía a una copiosa libación, algo que en ese momento le habría venido muy bien.

Las cejas de Gage se arquearon un poco al percibir la confusión del zapatero, pues no era difícil discernir el motivo. Ciertamente, la cercanía de Shemaine O'Hearn tenía sus desventajas, comprendió. Sin duda, si era capaz de hacer tambalear el juicio de un soltero como Miles Becker sólo con una mirada inocente, eso significaba que ningún hombre quedaba a salvo de su belleza y de su encanto; menos aún uno que estuviese siempre cerca de ella.

–¿Qué clase de calzado prefiere, señorita O'Hearn? –preguntó Miles, con voz trémula.

Se aclaró la voz, esperando que ella no notara su inquietud.

–Algo práctico –respondió Shemaine, maravillándose del cambio producido en ella. Poco tiempo atrás habría encargado la seda más costosa o el cuero más suave para sus sandalias sin sentir la menor preocupación por su duración. Pero eso se debía a que podía apoyarse en su padre, confiando en que pagaría toda su ropa y sus accesorios. Ahora, en cambio, debía considerar los limitados recursos del hombre que la poseía y restringirse para no resultar una carga–. Deben calzar bien y no costar mucho.

–Tengo dos tipos de zapatos que cumplen esos requisitos –informó Miles, yendo hacia su mesa de trabajo. Tras buscar en un pequeño y desordenado montón, volvió con dos zapatos diferentes, seguro de que le servirían–. Éstos son voluminosos y no muy vistosos, pero son muy duraderos, señorita.

Shemaine se sintió algo abatida por la fealdad de ambos zapatos y se preguntó si podría usarlos durante cierto tiempo sin que ese cuero tan rígido le ampollara los pies o el peso le acalambrase las piernas. Por desgracia, no podía permitirse pensar en detalles tan insignificantes. Recordó que era una esclava, y que los siervos contratados no podían darse el lujo de ser selectivos.

–Si el señor Thornton está de acuerdo...

Dos pares de ojos se alzaron, inquisitivos, hacia Gage, desviando su atención de la muchacha. Reprochándose por ser tan vulnerable al atractivo de Shemaine como Miles Becker, tomó un zapato en cada mano, los examinó por ambos lados, probó la flexibilidad y el peso de cada uno, y los devolvió con un reproche:

–No está herrando a un caballo, Miles. La muchacha necesita algo más ligero y flexible que estos incómodos zuecos.

–Gage, un cuero mejor le costará más dinero –advirtió el remendón–, y tal vez no dure tanto.

–¿Le pedí a usted que se ocupara del tamaño de mi bolsa? –preguntó Gage, terco–. Y ahora, veamos qué otra cosa tiene. No quiero que Shemaine lleve esos zapatones tan pesados.

Miles accedió y, por fin, se pusieron de acuerdo con un par más adecuado que también era más bonito. Gage contó las monedas para el adelanto y luego, tras despedirse del zapatero con una leve inclinación, alzó a Andrew en brazos y salió tras Shemaine.

Había caído el crepúsculo y se habían encendido las luces de la taberna cercana, en la misma acera. Se escuchaban desde la puerta risotadas estrepitosas y la vivaz melodía de un instrumento de cuerdas flotaba calle abajo.

–Papá... tengo hambe...

–Yo también, Andy –respondió Gage, advirtiendo que no se había detenido el tiempo necesario para comer desde la mañana–. Falta demasiado rato para que lleguemos a casa.

Echando una mirada a Shemaine, hizo un gesto con la cabeza hacia el establecimiento.

–No es una taberna propiamente dicha o una cafetería, como las que visité en las Carolinas. Suelen beber y alborotar mucho ahí dentro y, tal vez, una dama bien educada como usted se sienta incómoda. Aun así, resulta que es el mejor lugar de Newportes Newes para comer algo, como no sea en una casa particular. Pero si prefiere que no...

Shemaine mostró el atisbo de una sonrisa. Después del enfrentamiento con Potts, en la casa de la señora McGee no había tenido ganas de comer nada.

–A decir verdad, estoy hambrienta y en tanto haya comida allí dentro no me importaría aunque fuese un viejo cobertizo.

–Es probable que nos encontremos con otros marineros del *London Pride* –advirtió Gage–. Es un lugar frecuentado por los hombres de mar y sus mujeres.

La información no inquietó a Shemaine, que respondió encogiéndose de hombros. Gage intentaba prevenirla ante la posibilidad de que sucediera algo desagradable, pero la muchacha dudaba de que ningún incidente pudiera ser peor que lo sufrido durante el cruce del océano. Estar tres meses encerrada con Morrisa fue una experiencia que le dejó una gran enseñanza, y que no quería volver a repetir.

–Creo que hasta podría soportar otro encuentro con la señora Fitch si eso significara poder comer algo.

Pasando a Andrew al otro brazo, Gage puso una mano en la cintura de la muchacha y no la quitó mientras recorrían la calle en dirección a la taberna. Shemaine se mantenía rígida, sintiendo vívidamente la presencia del hombre alto y apuesto que caminaba junto a ella, y de la mano que se apoyaba suavemente en su cintura.

Un movimiento furtivo en la entrada de la tienda de ultramarinos hizo detenerse a Gage, súbitamente aprensivo. Frenó a Shemaine poniéndole una mano en el brazo, le hizo señas de que esperase y dejó a Andrew al lado de ella. Se adelantó con cautela, preguntándose si Jacob Potts habría decidido volver y atacar de nuevo pero, cuando llegó a la entrada, exhaló un suspiro de alivio al ver que sólo se trataba del jorobado que estaba agazapado en la sombra.

Al saber que había sido descubierto, Caín salió del rincón, se inclinó hacia delante y miró en derredor desde el frente de la tienda, hasta que vio a Shemaine. Llevaba en la mano un ramo de marchitas flores silvestres. Poniéndose frente a Gage se las tendió pero, al ver que el hombre alto se negaba a tomarlas, Caín levantó una mano señalando a la muchacha.

–Floes... paa Sheimon. Po favó... déle... las floes.

–Dáselas tú –lo animó Gage, indicando a su sierva que se acercara–. No hay problema, Shemaine. Es Caín, que quiere darte algo.

Shemaine se inclinó para tomar la mano de Andrew, pero el chico se resistió ante la perspectiva de acercarse al deforme y sacudió la cabeza con vehemencia. Pese a las suaves frases tranquilizadoras de la muchacha, el niño no se dejó convencer y se quedó atrás, tembloroso, mostrando que no quería saber nada con Caín. Por último, Shemaine lo dejó y se acercó a la puerta, donde estaba el padre del niño. Al acercarse ella, Caín retrocedió hacia las sombras como si no quisiera dejarse ver de cerca, pero la sonrisa de Shemaine le dio ánimos y, mientras ella esperaba, se adelantó con torpeza y le entregó las flores.

–Gracias, Caín, son preciosas –murmuró, amable.

Cediendo a un impulso, se inclinó hacia delante y depositó un beso en la mejilla del hombre.

Caín se tambaleó hacia atrás, atónito, y la miró boquiabierto. A continuación, muy perplejo, como si no pudiera creer en lo que ella había hecho, se tocó con delicadeza el lugar donde los labios de Shemaine lo habían rozado.

La bondad de Shemaine maravilló a Gage.

–Me parece que se ha ganado su corazón, Shemaine.

Desde su detención, Shemaine había visto muchas escenas desgarradoras y, en muchos casos, su impotencia la había frustrado. Nada como un cruel encarcelamiento para provocar el anhelo de una palabra bondadosa o un gesto caritativo. Los odiosos insultos y la malvada persecución a los que había estado sometida durante su confinamiento le inspiraron una profunda compasión por los desdichados y los menos afortunados. No le resultaba difícil discernir que este pobre hombre, tan feo y repulsivo de nacimiento, tenía una necesidad desesperada de amistad y de un poco de ternura.

Shemaine apretó el ramo contra su pecho.

–Conservaré tu regalo, Caín –prometió con dulzura–. Te agradezco nuevamente tu bondad y también que me devolvieras mis zapatos. No conozco a muchas personas aquí, en la aldea, y si no te molesta, te consideraré mi amigo.

Sin saber qué responder, el lisiado inclinó la cabeza para mirar a Gage como si quisiera obtener una aclaración por parte de alguien que conocía a esta criatura de tan tierno corazón. Pero Gage no podía aclarar nada al jorobado porque estaba tan asombrado como él por la compasión que la muchacha le había demostrado.

Desconcertado y, sin embargo, colmado por una extraña sensación de maravilla, Caín se marchó arrastrando los pies en dirección opuesta al niño que parecía clavado en el suelo, tembloroso y con los ojos muy abiertos.

El miedo de su hijo despertó la compasión de Gage, que, acercándose, lo alzó en sus brazos. Andrew se abrazó al cuello de su padre, muy aliviado de estar a salvo y de que el monstruo se hubiese ido.

–¿Todavía tienes hambre? –preguntó Gage, echándose atrás para ver el rostro de su hijo. El niño asintió, ansioso y, con una repentina sonrisa, apretó con más fuerza los brazos. Gage le devolvió la sonrisa y el abrazo y, echando una mirada a Shemaine, que parecía muy abstraída con las flores, susurró al oído del niño–: ¿Y qué me dices de Shemaine?

–Ven... Shimen –llamó Andrew, extendiendo un brazo hacia ella–. Papá... hambe.

Shemaine rió contemplando a los dos sonrientes varones. Aceptando las irresistibles invitaciones, se acercó a ellos, y la familiaridad de la vivaz melodía que salía de la taberna animó su espíritu irlandés y, lanzando una suave exclamación de alegría, bailó unos pasos de giga hacia ellos, para hilaridad de Andrew y placer de Gage.

Cuando llegó junto a ellos, Gage volvió a posar la mano en la cintura de la muchacha. Era un lugar agradable, cómodo para su mano y en realidad no le importaba que se divulgaran conjeturas atrevidas en el pueblo, relacionadas con los motivos que él podía haber tenido para comprarla. Le gustaba tocarla y, para él, era suficiente justificativo.

–Será conveniente que la lleve pronto de regreso a casa –comentó, con los labios temblándole de incontenible diversión–. De lo contrario, me vería envuelto en una pelea para ahuyentar a los solteros. Y le aseguro que no será porque tengan deseos de matarla, como Potts. ¡Tratarían de arrebatármela!

Shemaine se imaginó a la orgullosa y elegante Edith du Mercer desmayándose de horror si hubiese presenciado sus poco dignas cabriolas. Imitando la expresión condescendiente de la anciana, hizo un gesto como si apoyase la mano en el mango de plata labrada de su bastón, del que nunca se separaba y, alzando la barbilla, se adelantó con pasos imperiosos.

–Supongo que preferiría verme actuar de manera más refinada y distante, señor.

Los ojos de Gage brillaron, contemplando la encantadora pantomima.

–A Andrew y a mí nos gusta tal como es.

Shemaine se puso de puntillas, giró de cara a él y luego ejecutó una profunda reverencia como las que hacía en los bailes suntuosos. Padre e hijo la aplaudieron, Shemaine rió y alzó los brazos con infantil entusiasmo.

–Puede atribuirlo a la sangre irlandesa, señor Thornton. Es fuerte y, por lo general, me domina a pesar de mis esfuerzos por controlarme. Con frecuencia, me impulsa a hacer bufonadas.

Sus juguetonas travesuras embelesaron a Gage.

–Shemaine, nos ha aligerado los corazones como hacía mucho que no sucedía –reconoció con una sonrisa–. Nos levanta el ánimo.

Su relajada sonrisa provocó una extraña euforia en Shemaine. Radiante, inclinó la cabeza en otra reverencia.

–¡Estoy encantada de que esté encantado, señor!

La carcajada de Gage se vio acompañada por el palmoteo de Andrew, que demostraba su aprobación.

–¡Shimen divertida, papá!

–¡Tú eres divertido! –replicó Shemaine, apretando su cara a la del niño.

Haciendo carantoñas, sacudió la cabeza. Cuando la enderezó, pellizcó la pequeña nariz, provocando más risas.

Cuando traspusieron la puerta de la taberna los recibió un fuerte bullicio. Andrew tuvo la prudencia de taparse los oídos. Shemaine se crispó, deseosa de hacer lo mismo. Gage dudó de que fuera capaz de soportar semejante manicomio. El local estaba atestado de marineros ebrios y mujeres, ataviadas con ropa llamativa. Shemaine vio a Morrisa Hatcher sentada sobre las rodillas de un hombre, bebiendo sin prisa de la jarra de cerveza mientras él jugaba a los naipes. El atuendo de la mujer era tan atrevido como su profesión que, al parecer, continuaba bajo la supervisión de su nueva dueña. Hasta ese momento la mujer no los había visto, y Shemaine abrigó la esperanza de que lograran encontrar un rincón discreto antes de que los viese. Casi ninguno de los presentes en la taberna les prestaba la menor atención pues los parroquianos estaban demasiado interesados en sus propias aventuras para darse cuenta de lo que sucedía más allá de su estrecho mundo. Mientras los clientes sacaban monedas para pagar comida y libaciones, agotadas mozas de taberna vestidas con ropa de colores apagados se afanaban con grandes fuentes de comida o jarras en equilibrio sobre bandejas. Una de ellas pasó cerca de la puerta y los ojos de Andrew se dilataron a la vista de las cargadas bandejas que la muchacha manipulaba en medio del gentío.

–Quizá podamos encontrar un rincón más tranquilo en el fondo –propuso Gage, tomando la mano de Shemaine y guiándola.

James Harper había trasegado una abundante cantidad de cerveza cuando divisó al hombre alto, de pelo oscuro y reconoció en él al colono que había comprado a Shemaine. Con una fea mueca que deformaba su rostro, el contramaestre se abrió paso entre sus compañeros en un intento por interponerse en el camino del otro. Al llegar junto a Gage, se puso de puntillas y se inclinó para mirar a la cara al colono.

–Usted no me agrada, señor Thornton –pronunció, en turbia voz de ebrio, tratando de enfocar la vista. Se tambaleó hacia atrás y luego recuperó el equilibrio. Adoptando una postura más digna, se enderezó la chaqueta de un tirón y dio un paso más hacia Gage–. Para ser franco, creo que es usted el bribón más terco y tramposo que existe. Y Shemaine O'Hearn es demasiado buena para un tipo como usted.

–He venido aquí a comer –declaró Gage, hostil–. Si quiere pelear, tendré que complacerlo otro día. Ahora vengo con mi hijo y Shemaine.

Las cejas de James Harper se arquearon, altivas, mientras buscaba detrás del colono a la muchacha de la que se había enamorado.

Posó sobre ella la mirada de sus ojos sanguinolentos y empezó a recorrer su refrescante belleza con mirada lasciva y ávida. Abriendo los brazos, se abalanzó hacia ella como si fuese a abrazarla pero Gage lo detuvo asiéndolo por las solapas y haciéndolo girar.

–Mantenga la distancia, señor Harper –refunfuñó Gage en voz baja. Sosteniendo aún al hijo en el hueco del brazo, levantó al robusto individuo sobre las puntas de los pies y lo sujetó con fuerza inflexible–. Ahora, es mía y no suya, y le romperé las malditas manos si trata de tocarla otra vez. ¿Me entiende?

–No me asusta usted –farfulló Harper, por encima de los blancos nudillos que le aferraban la chaqueta–. No es más que un torpe colono.

Gage lo sacudió con fuerza, los ojos de Harper rodaron en sus órbitas como canicas sueltas.

–Tal vez yo sea un torpe colono, pero usted es un tonto si cree que no puedo hacerle pasar vergüenza ante sus compañeros. Si no nos deja en paz, cuando termine con usted, estará bebiendo de la escupidera. ¿Me entiende ahora?

Para dar énfasis a sus palabras, levantó más al otro hasta que sus pies abandonaron el suelo.

James Harper recuperó cierto grado de cordura cuando trató de respirar y no pudo. El puño del otro era como una apretada cuña contra su tráquea, impidiendo el paso del aire a los pulmones. Temiendo por su vida, Harper asintió con vehemencia y entonces, casi con suavidad, fue puesto sobre sus pies. Ese puño duro se aflojó y se apartó. Al instante, esos dedos delgados ya recuperaban la mano de Shemaine y la conducían por entre los espectadores, que habían interrumpido lo que estaban haciendo para observarlos con atención.

James Harper tocó su garganta para cerciorarse de su estado, tragó varias veces y estiró el cuello para estar seguro de que no había resultado dañada ninguna parte vital. Pese a haber sufrido cierta escasez de aire durante algunos segundos, tenía la cabeza asombrosamente despejada para tratarse de un hombre que había bebido tanta cerveza. Se precipitó hacia una silla y se dejó caer, flojo, en el asiento. Contento de estar vivo, exhaló un suspiro trémulo acompañado de vapores que apestaban a fuerte cerveza.

Una moza se detuvo junto a él y ladeó la cabeza, observando primero al contramaestre y luego a la pareja que en ese momento se dirigía al fondo de la taberna.

–Le aseguro que debería considerarse afortunado, jefe –informó al marinero–. Ese Thornton puede ser muy malo cuando quiere. Una vez le vi dar una paliza a un hombre que lo doblaba en tamaño cuando el tipo trató de molestar a su esposa en la calle, saliendo de esta taberna. Claro que ahora la señora Thornton está muerta, y hasta podría ser que el propio señor Thornton la hubiese matado, viéndolo tan malhumorado; pero, a mi modo de ver, sería una verdadera pena, siendo él tan guapo.

Harper dudó en encontrar el significado preciso de sus palabras mientras ella hablaba. La comprensión llegó con torturante lentitud unos momentos después, haciéndole levantar la vista y fijarla, boquiabierto, en la atrevida mujer.

Al ver su expresión atónita, la moza se preocupó.

–No tienes porque asustarte tanto, cariño. –Le dio una palmada en el hombro en actitud maternal–. A estas alturas, el señor Thornton ya te habrá olvidado. Estás a salvo.

Morrisa Hatcher se abrió paso a codazos entre la gente, empujando a la moza con brutalidad al pasar ante el contramaestre. Los ojos de Harper vacilaron observando las amplias caderas bamboleantes, pero la ramera no le prestó atención y siguió en pos de su pelirroja adversaria. Deteniéndose ante la mesa que Gage había elegido cerca del fondo, Morrisa adoptó una pose sensual y pasó una mano por sus curvas voluptuosas, esperando que él advirtiese su presencia. Gage puso a Andrew en la silla entre él y Shemaine y luego acercó otra silla para su sierva. Por fin, se enfrentó a Morrisa reconociendo su presencia con una mueca de los labios tensos, el mejor saludo que podía ofrecerle.

–Morrisa Hatcher, seguramente.

–Así es, patrón. –La furcia flexionó el brazo en un movimiento artificioso que hizo resbalar la manga de su vestido rosado, dejando el hombro desnudo–. He estado esperando a que vinieras, pero no sabía que se te ocurriría traer a tu hijo. Por cierto, es un niño muy guapo. –Estudió un momento al pequeño, y concluyó–: Es imposible no ver que has cumplido tu deber de hombre: es tu viva imagen.

–¿Qué se le ofrece? –preguntó Gage, impaciente, sin mucha paciencia para tolerar sus picardías.

–Nada verdaderamente importante, patrón. –Se encogió de hombros, logrando hacer bajar la línea del escote–. Se me ocurrió invitarte a que vuelvas y te quedes un rato cuando no tengas a tu hijo o a Shemaine pegados a los talones. Si quieres, puedo satisfacer muy bien tus necesidades. Sé más que Shemaine sobre todo lo que puede complacer a un hombre guapo como tú. Hasta podría enseñarte un par de cosas, si me lo permitieras.

Ante la audacia de Morrisa, el rostro de Shemaine se puso escarlata. Fijó su atención en Andrew, cuya nariz a duras penas llegaba al borde de la mesa, porque estaba sentado, Shemaine se puso de pie de un salto y, utilizando un pequeño barril que había cerca, lo puso sobre la silla, debajo de Andrew, mientras el padre lo levantaba.

Una vez que Andrew estuvo instalado sobre el barril, Gage se dirigió de nuevo hacia la ramera y, al descubrir que no se había marchado por propia voluntad, se enfadó y lanzó un suspiro exasperado.

–Morrisa, lo único que quiero ahora es que me dejen en paz con mi hijo y con Shemaine. Supongo que no será mucho pedírtelo a ti o a cualquiera de los que están aquí.

Semejante respuesta provocó un resoplido irritado de Morrisa.

–No eres un sujeto muy amistoso, ¿eh?

–No, no lo soy –admitió Gage–. Parece que hoy me encuentro con alguien del *London Pride* dondequiera que vaya y que todos los encuentros terminan en algún tipo de refriega, por eso te ruego que me dejes en paz antes de que realmente pierda la paciencia.

–¡Que te aproveche, patrón! –saludó Morrisa, resoplando–. Sólo trataba de ofrecerte mis servicios... viendo que tienes bajo tu techo a una pequeña ignorante. –Morrisa inició el movimiento de volverse pero se detuvo mirando a Shemaine. Muy pronto la gratificación se había convertido en frustración cuando el colono arrebató a la mocosa irlandesa a Potts. Todavía ansiaba asestar el golpe mortal a su adversaria, pero habiendo testigos de sus acciones, debía limitarse a una forma más aceptable de tortura–. He oído que un ratón chillón que llegó ayer al *Pride* para observarnos compró los documentos de Annie, Shemaine. Como él es soltero, sospecho que Annie no tendrá ningún niño que cuidar. Sin embargo, creo que pronto te pedirá que la protejas de ese viejo avinagrado. Un ratón de la calaña de Samuel Myers puede llegar a ser más malo que una enorme rata.

–¿Has terminado? –preguntó Gage, cortante, captando las crueles intenciones de la ramera.

El ceño angustiado de Shemaine era una clara indicación de su honda preocupación por su amiga.

–¡He terminado, patrón! Te veré pronto... tal vez cuando te canses de esta señora mojigata.

Morrisa concluyó echándose atrás la negra melena y se alejó contoneándose, exagerando al andar el balanceo de sus caderas.

Shemaine se inclinó adelante para atraer la atención de su amo.

–Señor Thornton, ¿cree usted que Annie corre peligro de ser maltratada por ese hombre que la compró? ¿Ese tal señor Myers?

Gage miró a los ojos a su esclava.

–No lo sé, Shemaine, pero si quiere podría averiguar el carácter de ese hombre, preguntando a alguno del pueblo que lo conozca mejor que yo.

–Se lo agradecería, señor Thornton. Annie ya ha sufrido demasiado; me gustaría saber que puede disfrutar de su trabajo y estar contenta con su vida.

–Veré qué puedo averiguar.

Una de las mozas que servían en la taberna se acercó a la mesa.

–Tenemos guiso *burgoo* y bizcochos. No hay otra cosa –dijo con voz aburrida.

–Comeremos eso –dijo Gage e, indicando al niño, agregó–: No mucho para él.

–¿*Burgoo* y bizcochos? –repitió Shemaine, confundida, cuando la moza se fue.

En el húmedo calabozo del *London Pride* había roído algunos bizcochos, pero la palabra *burgoo* era desconocida para ella.

Gage se encogió de hombros.

–Es un estofado hecho con carne y verduras. Los bizcochos es el pan que comemos aquí... sin duda mucho mejor que las galletas marineras que habrá soportado en el viaje.

En pocos instantes, pusieron ante ellos tres platos de estofado y una gran fuente con bizcochos. Shemaine imitó a Gage, que untaba con mantequilla el pan de Andrew, y luego, animada por él, dio un mordisco. Para su sorpresa, le pareció delicioso.

Gage sonrió viendo cómo le brillaban los ojos cuando estaba contenta, y la observó, expectante, mientras probaba el guiso.

–¿Está bueno?

Shemaine asintió, vehemente:

–¡Oh, sí!

–Bueno, papá –coincidió Andrew con una amplia sonrisa.

Gage miró a la muchacha con expresión interrogante y esbozó una sonrisa.

–Entonces, ¿me perdona por haberla traído aquí?

Shemaine se asombró de que a su amo le importaran los sentimientos de su esclava.

–No hay nada que perdonar, señor Thornton. Usted no es responsable de las acciones de otras personas. No puede determinar el comportamiento de Morrisa ni del señor Harper, del mismo modo que no puede ordenar al sol que avance o retroceda y esperar que le obedezca.

–Trayéndola aquí, lo menos que se puede decir es que estaba tentando al destino. Desde hace algunos años los marineros suelen reunirse aquí por diversas razones.

Después de haber conocido a Morrisa, Shemaine podía imaginar sin dificultad a qué clase de razones se refería.

–Usted me ofreció la oportunidad de negarme, pero, para decirle la verdad, señor, en el *London Pride* he visto y oído cosas mucho peores que las que han sucedido aquí, esta noche. Si bien yo era bastante ingenua con respecto a la vida antes de mi detención, puedo decirle, sinceramente, que he aprendido mucho gracias a esa penosa situación y que buena parte de ella preferiría olvidarla. Le aseguro que no estoy hecha de porcelana. No me romperé en mil pedazos en cuanto tenga que enfrentarme a una adversidad. Si fuese tan frágil, no estaría sentada aquí ahora. Es probable que hubiera sucumbido a los malos tratos de la señora Fitch o al despecho de Morrisa mucho antes de que el barco llegara a puerto.

–Es bueno saberlo, Shemaine –murmuró Gage–, porque ésta es

una tierra dura y, a veces, más bien austera. Para los débiles se hace difícil sobrevivir aquí. Las desventuras pueden abrumar, e incluso quebrar a una persona decidida si no está preparada para soportar los desafíos de vivir en una zona no civilizada. Sí, es útil ser resistente.

–Como crecí en la seguridad del hogar de mis padres, jamás había imaginado que un día tendría que enfrentarme a calamidades –reflexionó en voz alta–. Antes de mi detención, estaba destinada a convertirme en marquesa. Lejos estaba de suponer que pronto estaría expuesta a la hostilidad y la brutalidad de personas que tenían poder y autoridad para determinar mis circunstancias, o que sería arrojada a un modo de vida que me resultaba desconocido. He recibido muy duras lecciones desde que fui apresada, pero he llegado a comprender que no carezco de solidez y de energía, señor Thornton. Con la voluntad de Dios, sacaré provecho de estos siete años.

Gage le dedicó un atisbo de sonrisa.

–Creo que ya he presenciado algunos cambios desde que llegó ayer.

Shemaine se ruborizó, comprendiendo que quizás había hablado con cierta jactancia de su propia fuerza y resistencia.

–Señor Thornton, entiendo que cualquier beneficio que yo obtenga de mi servidumbre con usted provendrá, sobre todo, de su tolerancia con mis defectos. Sé que todavía tengo mucho que aprender pero, si tiene paciencia, trataré de superar mis fallos.

–Usted es una bendición para Andrew y para mí, más de lo que se imagina, Shemaine –dijo Gage con una generosa dosis de sinceridad–. Es refrescante como una lluvia de primavera después de un duro invierno. En este momento, estoy demasiado ocupado apreciando sus valores para saber si tiene o no defectos.

Shemaine sonrió, complacida y tranquilizada.

–Si no llegamos demasiado tarde a su casa, tal vez Andrew y usted quieran comer pastel de crema antes de acostarse. Lo preparé esta mañana para ustedes.

Una lámpara arrojaba un aura dorada sobre el rostro de Gage, poniendo un suave resplandor de bronce pulido en sus nobles facciones. Para Shemaine era como contemplar la estatua de un dios de fábula que hubiese cobrado vida. El mismo resplandor iluminaba sus ojos castaños dándoles un suntuoso tono ámbar translúcido, haciéndole sentirse maravillado por su belleza. Pero lo que colmó su corazón de una extraña, inquietante tibieza, fue la dulce luminosidad de su sonrisa.

8

Cuando salieron de la taberna, la noche había caído y una brisa suave soplaba desde el sur. Su tibia fragancia embriagaba a Shemaine que, pocos días antes, desesperaba por poder disfrutar de aire fresco alguna vez. Aceptó la ayuda de Gage para trepar al asiento del carro, recibió a su hijo dormido y acurrucó al niño en su regazo mientras el padre se alejaba para desatar el caballo. De pronto, Shemaine escuchó una sorda maldición de los labios de Gage y levantó la vista, preocupada.

–¿Ocurre algo?

–La yegua ha perdido una herradura –Gage rechinó los dientes, sabiendo lo que sobrevendría, y suspiró–. Me temo que no tenemos alternativa. Debemos ir a ver a los Corbin si queremos regresar a casa.

Ante la perspectiva de tener que enfrentarse otra vez a Roxanne, Shemaine se estremeció pero no dijo nada porque, al parecer, Gage sufría similares recelos.

–¿Tendremos que bajarnos para que pueda desenganchar los caballos?

–Por ahora, pueden quedarse donde están. Yo guiaré a la yegua al taller del herrero y la desengancharé cuando lleguemos ahí.

Al llegar a la herrería, en el extremo más alejado del pueblo, Gage ayudó a bajar a Shemaine y luego volvió a entregarle a Andrew. Desenganchó la yegua y llevó al animal a un cobertizo abierto donde aún se veían algunas cuantas brasas en una fragua construida con ladrillos.

Un hombre corpulento de vientre prominente salió a la puerta delantera de la cabaña ayudándose con una improvisada muleta.

Cuidando de no pisar con su pierna entablillada, se acercó al borde del porche escudriñando en las sombras de la noche que rodeaban a sus visitantes. Su voz áspera retumbó en la oscuridad.

–¿Quién anda ahí?

–Soy Gage Thornton, señor Corbin. Mi caballo ha perdido una herradura.

Hugh Corbin respondió con un fuerte resoplido desdeñoso.

–Es una hora bastante avanzada para venir aquí con un caballo que ha perdido la herradura. Cualquier hombre sensato estaría en su casa, que es donde le correspondería, pero usted no es esa clase de individuo, ¿no es así?

–¿Puede ayudarme o no? –preguntó Gage, irritado, sin hacer caso de la ofensa.

–Parece que no tengo otra alternativa si pretendo que usted se marche –replicó Hugh, irascible–. Espere, que iré a la casa a buscar una lámpara.

Roxanne, que había reconocido la voz de Gage en la breve conversación, salió por la puerta delantera con una lámpara que se había apresurado a encender. Llevaba el pelo suelto a la espalda y se había puesto deprisa una bata sobre el camisón.

–¡Ve a vestirte! –ladró Hugh, mientras trataba de tomar la lámpara de manos de su hija.

–¡Estoy vestida! –replicó Roxanne, poniendo la lámpara fuera de su alcance.

Bajó rápidamente los escalones y corrió casi hacia la herrería, sin intentar, siquiera, adaptarse a la cojera de su padre. A la luz de la linterna, sus ojos parecían animados y llenos de alegría, hasta que el halo de luz se extendió más allá de Gage e iluminó la delgada silueta que estaba a corta distancia de él. Entonces, sus pupilas grises tomaron una dureza acerada. Había tenido la esperanza de que Shemaine aún estuviese incapacitada por todo lo que había pasado y que después de su advertencia de esa mañana Gage lo hubiera pensado y quisiera disculparse. Pero Roxanne se dio cuenta de que semejante idea era absurda: el fabricante de muebles era tan empecinado como su padre.

Roxanne se acercó a la sierva y la recorrió de arriba abajo con mirada malévola.

–Bueno, Shemaine, veo que te has recuperado bastante. Tal vez suceda que, en realidad, no estabas tan mal. Quizá fuera sólo una treta para provocar la simpatía de tu amo.

Shemaine sonrió sin ganas.

–Imagine lo que quiera, señorita Corbin. Estoy convencida de que diga lo que diga le hará cambiar de idea.

Alzando el mentón en gesto altanero, Roxanne esbozó una sonrisa desdeñosa.

–Por supuesto, tienes razón. Jamás haría mucho caso de lo que dijera una convicta.

Roxanne se volvió rápidamente haciendo volar su bata; daba la impresión de que flotaba hacia el hombre a quien había ofrecido una vez su corazón y que, después de meses de haberle servido con devoción, había rechazado cruelmente su amor. En tono bajo, herido, confesó:

–Gage, creí que habías venido a reconciliarte, incluso a contarme que te habías deshecho de tu sierva. Pero veo que te empecinas. Siguiendo tus inclinaciones, como siempre, ¿eh? –Movió la cabeza, pesarosa–. Es una pena... tanto para ti como para tu hijo.

Percibiendo una amenaza en sus palabras, Gage clavó en ella su mirada, aunque permaneció mudo, pues prefería no tener otra discusión con ella ni con ninguna otra persona mientras Shemaine estuviese cerca. Le parecía que todo el día había estado enzarzado en una riña tras otra y lo único que quería era regresar a su casa y disfrutar de una agradable y apacible velada a solas con su hijo y su esclava.

Hugh, que iba cojeando hacia la fragua, se apoyó en la muleta y ladró a Gage:

–Avive el fuego; sea útil si quiere que hierre su caballo. No puedo hacerlo solo.

–Puedo hacerlo yo mismo, si quiere –ofreció Gage–. Lo único que necesito es que me deje lo necesario.

–De todos modos, pagará; lo haga uno u otro –informó con brusquedad el otro–. No crea que le saldrá gratis.

–No lo pensaba –repuso Gage sin inmutarse.

Sintiendo que crecía dentro de él un gran resentimiento, empezó a mover el fuelle para dar aire a la fragua.

El herrero se volvió para mirar con aire especulativo a Shemaine, alterándola con su desvergonzado examen. Shemaine se marchó con Andrew hacia un gran tocón que había a cierta distancia de la herrería y se sentó allí, para poner cierta distancia entre ella y los Corbin, pues había llegado a la conclusión de que el herrero le agradaba tan poco como su hija.

Estrechó al niño contra su cuerpo y empezó a cantarle y a mecerlo atrás y adelante. Poco a poco, Andrew se relajó en sus brazos y se cerraron sus párpados. Un suspiro escapó de sus labios entreabiertos y se quedó dormido, acurrucado contra ese pecho tierno.

Contemplando a Shemaine, que trataba tan dulcemente al niño, Hugh se debatió en un conflicto interno, pero se sentía impotente para contener el rugiente torbellino que arrasaba su corazón y su mente. Desde las tenebrosas profundidades de recuerdos sepultados hacía mucho tiempo subieron a la superficie violentas impresiones que lo hirieron y lo vejaron, y se descargó con Gage, llevado por una oscura envidia.

–Ha conseguido una estupenda convicta –se burló–. Sin duda, como ella le pertenece, podrá calmar sus deseos con sólo chasquear los dedos; por eso seguramente ha desistido de casarse con mi hija.

Gage, que estaba inclinado sobre la fragua examinando la herradura que había estado calentando, al oír al hombre alzó los ojos hacia Roxanne. Ésta se inquietó bajo esa mirada perspicaz y se concentró en colgar la lámpara de un poste cercano. El sombrío ceño de Gage se volvió hacia el herrero.

–Si cree que alguna vez he pedido a su hija que se casara conmigo, me temo que está equivocado, señor Corbin. Como no es así, realmente no creo que deba explicarle mis motivos para comprar a Shemaine. En resumen, señor Corbin, no es asunto suyo.

–¡Pedazo de libertino arrogante! ¡Ya le enseñaré yo a respetar a los mayores!

Hirviendo de furia, Hugh aferró el extremo inferior de la muleta y, blandiéndola como un garrote y saltando sobre un pie, se precipitó hacia el otro con la intención de golpearlo.

Gage se enderezó lentamente y arqueó una ceja, mirando al hombre mayor con expresión condescendiente.

–Señor Corbin, si piensa golpearme con eso, le aseguro que no lo soportaré sumisamente. Créame que yo termino todo lo que comienzo.

La mirada helada que atravesaba el resplandor de la lámpara enfrió pronto la cólera de Hugh. Aún estaba fresco el recuerdo del dolor que había sufrido cuando el caballo que estaba herrando lo pateó y le rompió la pierna, y no tenía deseos de sufrir más. Como no encontró otra manera elegante de retirarse del enfrentamiento, alzó una mano en una teatral demostración de ira y refunfuñó:

–Termine lo que está haciendo y márchese. Mi niña y yo no los queremos aquí ni a usted ni a esa sucia fulana, ¿me oye?

Gage necesitó recurrir a un enorme esfuerzo para contener la tentación de estrellar su puño en la cara del hombre. Tenía todas las razones para reprimir semejante ataque, y hasta un imbécil las habría reconocido. Hugh Corbin lo doblaba en edad y, en ese momento, estaba baldado. Si lo golpeaba, entonces él no sería mejor que Jacob Potts maltratando a Caín. ¡Por mucho que lo ansiara en ese momento, no podía golpear a un inválido!

–Shemaine no es una fulana y no acepto que la llame así –repuso Gage, entre dientes–. Lo único que lamento en este momento es que debo terminar de herrar la yegua. De lo contrario, lo mandaría a usted al infierno –resopló desdeñoso mientras lo pensaba–. Pero ¿para qué voy a desperdiciar el aliento? Con lo malvado que es, de todos modos irá a parar allí.

Entre los dos hombres que se miraban, ceñudos, el aire hervía por la tensión. Hugh tuvo ganas de lanzarse sobre él en ese mismo instante, pero no podía desechar la temible posibilidad de resultar más dañado de lo que ya estaba. Por una vez, prevaleció la sensatez aunque aún sentía la exasperación provocada por la impía mordedura de la animosidad.

Hugh dio media vuelta, regresó al porche con su paso irregular y se sentó con dificultad en el borde. Desde ese lugar podía vigilar hasta que el otro terminase la faena. Si bien nunca había tenido motivos para creer que Gage Thornton fuera capaz de estafarlo, Hugh no confiaba sus pertenencias a ningún hombre. Después de recibir las monedas del ebanista, lo mandaría a seguir su camino.

Roxanne se acercó lentamente hasta un punto desde donde podía ver mejor a Gage. Apoyándose en un poste, observó el rostro vuelto hacia abajo sobre las brasas ardientes y se asombró de que todavía sintiera anhelos de contemplar ese bello rostro y declararle su amor. Hubiese bastado con una sonrisa tierna por parte de él para animarla. Pero al mismo tiempo que contemplaba ese noble rostro, Roxanne vio que sus cejas se unían en un hosco ceño como si la intensa atención de la joven lo irritase. Al pensarlo, Roxanne se enfureció.

–¿Qué piensas hacer, Gage? ¿Luchar contra cualquier hombre que insulte a tu convicta?

–¡Sí, si es necesario! –replicó vivamente, sin mirarla.

–Eres obstinado, Gage Thornton, y en este momento se me ocurre que eres un tonto. Shemaine no merece tu protección.

Esas palabras indignaron a Gage, pero no quiso mirarla.

–Roxanne, a decir verdad, tus opiniones me tienen sin cuidado. Nunca me importaron.

Esa frase fue para la mujer como una bofetada que cruzara su cara; la evidente indiferencia de Gage encolerizó aún más a Roxanne. En esos nueve años, desde que lo conocía, ¿cuántas veces se había ofrecido a él? ¿Y cuántas veces él la había ignorado? ¿O acaso había sido una treta deliberada de él? Había estado a punto de volverse loca de tanto desearlo, y siempre, en todas las ocasiones, se encontraba con que él la rechazaba cortésmente, como si fuese incapaz de considerarla su amante... o su esposa. No conseguía imaginar que fuese tan insensible con su esclava. ¡Ah, no! ¡Tenía otras intenciones con respecto a su convicta!

–Tienes intenciones de llevarte a la cama a esa buscona, ¿no es cierto? –preguntó Roxanne, con la voz quebrada por la emoción–. ¡Eso es lo que has deseado desde el primer momento en que la viste, fornicar con esa furcia!

–¿Y si fuera así, qué? –replicó Gage, furioso, convencido de que no había diferencias entre padre e hija. Aunque sentía escrúpulos por empujar a una mujer hasta el borde del precipicio de los celos irracionales, azuzó la ira de la mujer hasta un descontrolado frenesí y, apoyando las palmas en los pilares de ladrillo de la fragua, se inclinó y clavó en ella una mirada penetrante–. Dime, Roxanne, ¿en realidad crees que te concierne lo que yo decida hacer con Shemaine en la intimidad de mi cabaña... o en mi cama?

Los labios de Roxanne se torcieron en una fea mueca y en el fondo de su garganta se formó un gemido borboteante. Con la furia de una mujer despreciada, explotó en un horrendo chillido. El ruedo de su bata giró alrededor de sus piernas desnudas cuando se volvió y, como una furia, corrió hacia la cabaña. Pasando junto a su padre, entró como una tromba por la puerta delantera. El estrépito del portazo hizo que Hugh Corbin agachara la cabeza e hiciera una mueca, como si esperase que el porche cayera sobre él.

Durante el largo trayecto de vuelta, Shemaine permaneció silenciosa en el asiento del carro, junto a Gage, llevando en brazos al dormido hijo del hombre. La luna ya estaba por encima de los árboles y proyectaba su luz de plata sobre el paisaje; Shemaine podía ver el ceño sombrío que unía las magníficas cejas del hombre. No se atrevía a preguntarle qué era lo que le preocupaba. Iba contra todas las reglas de la corrección que una sierva hiciese preguntas sobre los pensamientos íntimos, los torbellinos interiores y los sentimientos de su amo, pero no podía evitar preguntarse qué le habrían dicho los Corbin para ponerlo de un talante tan hosco. Había visto las disputas de esa noche. Más aún, tendría que haber estado completamente distraída para no ver cómo Hugh lo había amenazado con su muleta o la furia de Roxanne antes de entrar corriendo en la cabaña, si bien el viento se había llevado las palabras, impidiéndole oírlas. Aun así, Shemaine tenía intenciones de preguntarle, sobre todo porque el primer altercado se había iniciado poco después de que Hugh la viese y estaba claro que la discusión se había iniciado a raíz de algo que Hugh dijo acerca de ella.

La luz escasa de la luna fue suficiente para que Gage percibiera la mirada pensativa que su esclava contratada fijaba en él, pero transcurrieron muchos kilómetros antes de que él se sintiera bastante seguro para mirar en dirección a la joven. Al fin lo hizo y se encontró con unos ojos brillantes, iluminados por la luna.

–¿Está preocupada, Shemaine?

–Sucede que noto su enfado, señor Thornton –murmuró con timidez–, y estaba pensando qué hacer para serenarlo. Tengo la impresión de que, en cierto modo, yo tengo la culpa.

–La culpa no es suya –afirmó Gage, vehemente.

Efectivamente, él pensaba que no, que los problemas habían comenzado poco después de su llegada a Newportes Newes. En cuanto le conoció, Roxanne no necesitó mucho tiempo para obsesionarse con la posibilidad de ser su esposa. Había urdido astutas tretas para atraparlo en un matrimonio forzado, fingiéndose inocente cuando lo provocaba, rozándose contra él, esperando excitar los sentidos de un hombre solo. Gage, reconociendo su gran vulnerabilidad en ese plano, con sus insatisfechos deseos carnales, había tenido sumo cuidado en ignorar cada una de las insinuaciones de la mujer, aun a riesgo de parecer estúpido. Después de todo, no había huido de Inglaterra y de la bonita Christine para pasar un buen rato con una mujer a la que no podría mirar a la mañana siguiente. Tuvo la prudencia de mantenerse atareado, lejos de ella.

Años después, cuando se casó con Victoria, Roxanne se encerró en casa de su padre y se entregó al duelo como si hubiese llegado el fin del mundo. A la larga, Roxanne había salido de su estado de desdicha. E incluso entonces, durante un tiempo, lo había tratado con el desprecio y el odio que una doncella deshonrada podría alimentar contra el canalla sin principios que la abandona tras aprovecharse de su inocencia. Llegó el momento en que su amargura fue cediendo, siendo reemplazada por miradas anhelantes, sonrisas trémulas y, por fin, sutiles insinuaciones, hasta que Gage empezó a temer y a detestar sus visitas. Victoria no percibió las intenciones de Roxanne, y Gage no se ocupó de explicárselas. Su esposa sentía compasión por la solterona y, a su tierna manera, se convirtió en la mejor amiga que Roxanne había tenido.

Después de la muerte de su esposa, Roxanne había vuelto a demostrar su determinación de ocupar un lugar privilegiado en la vida de Gage. Sin duda, creía que, al estar disponible de inmediato después de la fatal caída de Victoria, había adquirido cierta ventaja gracias a la cual podría empujarlo hasta el altar. Aunque tácita, la amenaza nunca estuvo ausente. Roxanne diría la verdad o incluso estaba dispuesta a mentir pero, esta vez, se hallaba decidida a quedarse con él... o a despojarlo de todo.

Gage había comprendido lo que arriesgaba frustrando las aspiraciones de Roxanne; por eso había ido al *London Pride,* prácticamente a comprar su libertad y fijar el rumbo de su vida en una dirección diferente de la que ella había fijado para él. De antemano sabía que a Roxanne le costaría aceptar que él comprara una sierva contratada. Seguramente imaginaba que cualquier mujer que él comprase sería sólo una usurpadora, quizá como había considerado a Victoria. Era triste llegar a la conclusión de que Roxanne había confirmado esos temores.

Hugh Corbin también había representado un problema; Gage sabía que podía aprovechar como excusa la presencia de Shemaine para provocar una disputa con él. El herrero habría recurrido a cualquier cosa que le diese una ventaja. El odio de Hugh hacia Gage se percibía con claridad en cada palabra que decía.

–En los ocho o nueve años que hace que le conozco –reflexionó Gage, mirando de soslayo a Shemaine–, Hugh Corbin siempre ha sido áspero y hostil, y últimamente se ha vuelto insoportable, malvado y caprichoso como el Viejo Una Oreja. No escatima insultos y, al parecer, se esfuerza en provocarme sobre todo cuando estoy con mi familia... o, como comprobé esta noche, con usted. Una vez, no hace mucho, lo sorprendí observando a Andrew con una expresión extraña en los ojos. Me puso muy nervioso. No sé de qué sería capaz ese hombre... si se atrevería a volcar su despecho sobre un niño, pero su actitud me preocupó. En el pasado, Roxanne me pidió muchas veces que le permitiese llevar a Andrew a su casa y que se quedara a dormir allí, pero no pude decidirme a darle mi consentimiento. No confiaba en su padre.

–La señora McGee me dijo que el señor Corbin deseaba tener un hijo varón –comentó Shemaine con suavidad–. El único que él concibió nació muerto, cuatro años antes del nacimiento de Roxanne. Quizá cuando le ve con Andrew, el señor Corbin recuerda su frustración de no tener un hijo varón. Bien podría ser envidia y no odio lo que siente por usted.

La rabia que había enturbiado el talante de Gage Thornton durante la última hora empezó a disiparse cuando se puso a pensar en la conjetura de Shemaine. Por sus pasadas experiencias con el herrero, debía reconocer que tal vez ella tuviese razón sobre ese punto. Había conocido al irritable herrero y a su hija de diecinueve años poco después de llegar a las colonias, pero en los dos últimos años era precisamente cuando el hombre había manifestado una aversión intensa hacia Gage.

Sacudió la cabeza, perplejo, reprochándose por no haberlo pensado antes y porque fuera necesario que una muchacha casi adolescente se lo sugiriese. Le maravilló la lucidez de ella.

–Es usted muy perspicaz, Shemaine. Mucho más de lo que he sido yo. No podía entender por qué Hugh me detestaba de ese modo.

–Tal vez usted haya estado demasiado cerca de la situación para reconocer esos celos –aventuró Shemaine, mirándolo.

Lo que vio entibió su corazón: la expresión de Gage se había suavizado y aparecía en sus labios el asomo de una sonrisa. Gage se volvió para mirarla de frente y, cuando la mirada de él acarició su rostro, Shemaine contuvo la respiración. Luego, la mirada del hombre descendió hasta la pequeña cabeza acurrucada en su pecho.

–Tal vez sus brazos estén fatigados –tomando las riendas con una sola mano, Gage levantó el brazo libre y lo apoyó sobre la parte superior del respaldo, detrás de Shemaine, evitando tocarla y espantarla–. ¿Por qué no se acerca más a mí y apoya la cabeza de Andrew en mi regazo? Así aliviará el peso en su brazo y estará más cómoda.

Shemaine estaba más que dispuesta a aliviar sus músculos agarrotados, pero cuando trató de moverse descubrió que sus fuerzas no alcanzaban para desplazarse sobre el asiento. Tras varios intentos fracasados, confesó su derrota:

–Lo siento, señor Thornton, me parece que no puedo.

Sujetando las riendas entre las piernas, Gage pasó su brazo derecho por la cintura de la mujer y la mano izquierda bajo sus rodillas. No le costó un gran esfuerzo acomodarla muy cerca, a su lado. Dejó su brazo como sólido sostén tras la espalda de la joven y ella apoyó la pequeña cabeza en las piernas de Gage. Un hondo suspiro escapó de los labios de Andrew, pero no se despertó.

Gage contempló a su hijo dormido, la carita vuelta hacia arriba, bañada en la luz suave de la luna. Las largas pestañas se apoyaban, en apacible descanso, sobre las mejillas del pequeño, y la mandíbula, aflojada por el sueño, dejaba la boca entreabierta. Shemaine extendió la mano y la apoyó con suma delicadeza en la mejilla del niño y, poniendo el pulgar en la barbilla, le cerró la boca. Andrew se movió, se volvió sobre el lado derecho, hacia su padre, y pasó un brazo sobre el de Shemaine, apretando su mano, que había quedado atrapada entre la mejilla del niño y el vientre de su padre.

Shemaine soltó una exclamación mientras procuraba liberar su mano. Fue sólo un instante, pero le pareció que pasaba una eternidad hasta que consiguió hacerlo y, durante esa eternidad, una multitud de sensaciones se vieron estimuladas en el hombre.

En el preciso instante en que la mano de Shemaine quedó atrapada, una oleada de sangre caliente recorrió a Gage con feroz intensidad, dándole dolorosa conciencia de su deseo abrasador. Pasó un largo rato después de que la mano quedó liberada y a salvo, junto a la otra mano de la joven; sin embargo, voraces llamas todavía hacían latir con torturante vigor los genitales del hombre, intentando derribar el delgado muro de su contención. Con cada fibra de su ser percibía la sutil fragancia de su esclava que llenaba su cabeza, la misma fragancia que había aspirado con placer embriagador cada vez que la había tocado o la había atraído junto a él durante ese día. Era el dulce perfume de una mujer que, hasta ese momento, él no había tenido conciencia de ansiar. El busto suave atrajo su mirada y, cuando al fin levantó la vista para encontrarse con la mirada de ella, se encontró con unos ojos muy abiertos, desbordando consternación. Aun bajo la tenue luz, creía detectar que en las mejillas de Shemaine se intensificaba el rubor bajo la mirada de él.

–¡Lo... lo siento! –El susurro estrangulado de Shemaine parecía llenar la noche dando testimonio de su pudor. Apretó la mano ofensora contra el pecho; aun así, le parecía seguir sintiendo en el dorso el calor quemante de su virilidad, la inesperada firmeza que había crecido rápidamente, poniendo de relieve la diferencia de madurez entre este hombre y su hijo. Contrariando los instintos que la obligaban a guardar silencio y fingir que nada había sucedido, Shemaine imploró su perdón con la esperanza de disipar cualquier idea que pudiera ocurrírsele a Gage de que su acto había sido deliberado–. No tuve intención de tocarlo, señor Thornton.

Gage dirigió la vista otra vez al camino y no hizo ningún comentario. Chasqueó la lengua y espoleó a la yegua para que acelerase la marcha. Gage era incapaz de ignorar el suave cuerpo femenino que tenía junto a él y, mucho más difícil, el recuerdo de esa mano que había rozado deliciosamente su virilidad.

Una semana después, tras el desayuno, Shemaine llegó a la conclusión de que le costaría un cierto tiempo establecer una rutina, pues su principal preocupación debía ser, como había señalado su amo, cuidar de Andrew. Y sin embargo, entre cocinar y atender a las necesidades del niño, se encontró con que estaba haciendo mucho más de lo que, aun remotamente, se había creído capaz.

El cliente de Williamsburg había pedido a Gage que postergase indefinidamente la entrega de los muebles nuevos. Sucedía que los albañiles aún estaban trabajando para terminar la casa y no podía recibir los muebles hasta que ésta no estuviese habitable. Entre tanto, Gage se había puesto a fabricar las piezas de comedor que hacía poco le habían encargado en Newportes Newes. Por las noches hacía los planos, dibujando los brazos y las patas de las sillas y un nuevo armario. Durante el día, trabajaba con sus hombres en otras piezas pero, con frecuencia, era posible econtrarlo en el barco, ayudando a Flannery.

Esa mañana, antes de salir de la cabaña, Gage había anunciado que trabajaría en el barco buena parte del día. Dijo a Shemaine que, si le parecía bien, alrededor del mediodía podría llevar a Andrew y comida suficiente para los carpinteros de ribera y los ebanistas; así podrían disfrutar comiendo en la cubierta del barco, ya que el día prometía ser hermoso y soleado.

–Cuando esté preparada para ir al barco, toque la campana que está junto a los peldaños de enfrente –le indicó Gage cuando ella le aseguró que podría hacerlo–, y yo enviaré a alguien a buscar la comida.

Shemaine se entregó de inmediato al desafío de preparar un banquete suculento que satisficiera el apetito de unos hombres que trabajaban duro. Unos días antes, vagando por los alrededores, había descubierto una cavidad que su amo había excavado en un altozano, cerca de la cabaña. Allí fueron ella y Andrew a buscar zanahorias, cebollas y unas cuantas verduras para el estofado de venado que pensaba preparar. Sería su propia versión de un suculento plato irlandés que Bess Huxley solía preparar para el padre de Shemaine. Muy pronto estaba hirviendo suavemente al fuego.

Esa mañana, Shemaine había puesto masa de pan a fermentar. Ahora la amasó, la separó en pequeñas piezas y las puso cerca del calor del hogar para que fermentase por segunda vez. Peló una buena cantidad de patatas y las puso a hervir en una cacerola. Luego, preparó un pastel y, mientras se cocía, se ocupó de otras tareas en la cabaña.

La técnica del lavado de ropa había formado parte de las instrucciones que ella recibiera cuando todavía estaba bajo la tutela de su madre, aunque sólo fuese para ser capaz de administrar una casa llena de sirvientes. Shemaine no tuvo dificultad en recordar los consejos que había recibido en aquella época. Con la entusiasta ayuda de Andrew, quitó las sábanas de las camas y las lavó junto con varias toallas de lino, algunas prendas del niño y las camisas que había encontrado en el armario de Gage poco después de su llegada. Colgó la ropa fuera, donde le diese el viento y la luz del sol. Mientras la ropa se secaba, aireó las almohadas, barrió y pasó un lampazo a los suelos, lustró los muebles y limpió a fondo el interior hasta dejarlo reluciente, sin olvidar convertir cada tarea en un juego para mantener entretenido a Andrew. Incluso empezó a enseñarle una canción para aprender a contar, y la pronunciación del pequeño le hizo reír. Todo eso embelesaba al niño, que reía con fuerza, esforzándose por imitarla.

Para la comida en el barco, Shemaine sacó de la despensa un buen surtido de utensilios, platos de estaño y tazas, añadió un mantel y servilletas que encontró entre los paños de cocina, y lo metió todo en una cesta junto con el pastel, que había cubierto con una capa azucarada. Cortó el pan, lo envolvió en un paño limpio y lo dejó a un lado para que Andrew lo llevase. Sacó del estanque una botella de sidra fresca, y retirando del fuego la olla del estofado, la tapó y la dejó con todo lo demás en el borde del porche delantero. Por último, chafó y condimentó las patatas, puso el puré resultante en una fuente con tapa y la envolvió con un pañuelo para que se mantuviese caliente.

Pocos momentos después, hizo sonar la campana que colgaba de un poste, junto a los peldaños, y un joven alto y delgado corrió hasta la cabaña para ayudarla a llevarlo todo al barco. Cuando se detuvo, jadeando, junto a los escalones, inclinó el sombrero en cortés saludo y sonrió, y su cara más bien tosca se transformó agradablemente. A Shemaine le pareció que los suyos eran los ojos más azules y el pelo más negro que había visto, aun en Irlanda.

–Buenos días, señorita –saludó alegremente–. Soy Gillian Morgan. El capitán me envió a buscar la comida para llevarla al barco.

Shemaine expresó su perplejidad con un leve ceño.

–¿El capitán?

–Quise decir el señor Thornton, señorita –se apresuró a explicar Gillian–. Lo que pasa es que a él no le gusta que le llamen así. Pero como el señor Thornton es el constructor principal y diseñador del barco, el que paga nuestro salario, y además tiene trece años más que yo, mi padre armó un escándalo al oírme llamarlo por su nombre de pila. Por eso, mi padre lo apodó el capitán.

–Ya entiendo –dijo Shemaine, asintiendo y sonriendo–. El señor Thornton me comentó que siente aversión a que lo llamen por su apellido, pero yo no puedo abusar de la familiaridad y llamarlo de otro modo.

Entonces fue Gillian el que se mostró confundido.

–¿Aversión?

–Disgusto... desagrado –explicó Shemaine, ladeando la cabeza con expresión curiosa–. ¿Ha explicado alguna vez el señor Thornton por qué no le gusta que lo llamen por su apellido?

–Bueno, sólo dijo que cuando aún construía barcos para su padre, trabajaba con otros hombres que hacían lo mismo que él, pero su padre insistía en que le llamasen señor Thornton porque era el hijo del propietario. Y el capitán odiaba ese trato.

Shemaine indicó la olla de estofado y el cuenco de las patatas, envuelto en un pañuelo.

–¡Será mejor que llevemos esta comida al barco antes de que se enfríe, o será a nosotros a quienes odie el señor Thornton!

–¡Sí! ¡Nos arrancará el pellejo! –agregó Gillian, riendo entre dientes–. Por cierto, tiene un modo muy expresivo de hacernos saber cuándo está enfadado.

–No es malo, ¿verdad? –preguntó, recelosa.

–No, no es malo. Pero es muy exigente con el trabajo que hacemos para él. Espera lo mejor que podamos darle, y a usted le convendrá hacer lo mismo.

Shemaine exhaló un breve suspiro.

–Lo intentaré.

Colgó del brazo de Andrew el paño en que había envuelto los trozos de pan, lo tomó de la otra mano y recogió la cesta. Gillian cargó con la olla, el cuenco y la jarra, y abrió la marcha, mientras Shemaine lo seguía con el niño. Cuando se acercaban, Gage bajó a la grada para salirles al encuentro, levantó a Andrew, tomó la cesta que llevaba Shemaine y la escoltó hasta la cubierta en construcción.

Los cuatro ebanistas y el viejo carpintero ya estaban esperándola, impacientes por conocerla, tras haber insinuado en voz bastante alta y con ánimo burlón que ya era hora de que el *señor* Thornton dejara de preocuparse por la posibilidad de perderla a manos de alguno de ellos y se dispusiera a presentársela. Gillian sacó a Andrew de los brazos de su padre y comenzó a forcejear y a rodar por la cubierta con el niño, haciéndolo chillar de risa mientras Gage, por fin, cumplía con la exigida formalidad. Shemaine reconoció a Ramsey Tate como el hombre que había estado ayudando a su amo fuera de la carpintería el día después de que ella fuese comprada. Sly Tucker, un hombre alto, bastante corpulento, de pelo rubio rojizo y barba poblada, era otro ebanista experimentado. Los dos aprendices eran de edades parecidas, de poco más de veinte años. Uno era un alemán llamado Erich Wernher, joven de facciones regulares, de pelo y ojos oscuros; el otro, Tom Whittaker, un apuesto colono de pelo cobrizo y ojos grises. Flannery Morgan era un anciano canoso con tantas arrugas en su rostro como estrellas había en el cielo nocturno, aunque su ingenio era tan agudo que solía hacer estallar a los otros en sonoras carcajadas.

Todos ellos trataron a Shemaine con el respeto debido a una dama, algo que ella atribuyó a un gesto deferente hacia su jefe. Se apresuraron a colocar unas tablas mientras ella sacaba el mantel y, una vez que lo tendió, ellos ayudaron a distribuir platos y tazas. Como Sly Tucker era predicador itinerante, fue el que pronunció la oración de gracias antes de la comida. Pronto se oyeron exclamaciones de deleite y de satisfacción cuando los trabajadores empezaron a devorar el estofado que habían puesto sobre el puré, acompañándolo con pan. La botella de sidra fresca dio varias vueltas en la mesa llenando las tazas de estaño, para apagar la sed de los hombres. Cuando se sirvió el pastel, varios de ellos gimieron, en manifestación de burlona agonía.

Por primera vez desde que Gage la comprara, Shemaine logró comer toda la comida que se había servido, aunque su peso en el estómago le provocó somnolencia. Ansiaba llevar a Andrew de vuelta a la cabaña para dormir la siesta, pero era obvio que teniendo a Gillian cerca, el niño no querría marcharse tan pronto.

Gage se había sentado sobre un barril con clavos en un extremo de la mesa improvisada cuando al fin apartó su plato, inclinó un poco el barril y se apoyó en la estructura de la borda. Desde ese lugar podía abarcar con la vista a sus hombres y apreciar el goce que les había proporcionado la comida. En ese momento estaba convencido de que hubiese dado lo mismo que Shemaine fuese un sapo viejo; sus hombres la habrían admirado lo mismo por su talento para cocinar.

Les dio un momento de descanso antes de reanudar las labores, porque era evidente que lo necesitaban después de una comida tan suculenta. A los más jóvenes correspondió la tarea de recoger los platos sucios, la olla vacía y los restos de comida, que llevaron de vuelta a la cabaña mientras Shemaine se quedaba un rato más con Andrew. Recorrió el barco junto con el pequeño, admirando el excelente trabajo realizado mientras Gage comentaba las dificultades que les causaba una madera mal curada que Gillian había llevado desde el cobertizo.

–Capitán, esas tablas se abrirán más antes de que finalice la semana. Tendremos que sacarlas pronto y cambiarlas –aconsejó Flannery Morgan a su jefe.

–Si hay que hacerlo, hagámoslo, entonces –respondió Gage con lógica irrebatible–. Al parecer, no tenemos otra alternativa.

Andrew vio a una gaviota que planeaba cerca, sobre la proa del barco, y corrió hacia allí con la esperanza de atraparla. Shemaine se apresuró a seguirlo pero el niño, rápido como un ratón, se puso a trepar por las tablas en su impaciencia por acercarse. El ave planeaba sobre él, como si quisiera tentarlo. Luchando contra su propio letargo, Shemaine trepó tras él saltando sobre las tablas y cruzando tirantes en su ascenso. Estaba asombrada de que un niño tan pequeño tuviese tantas energías y tanta destreza para trepar, pero tan repentinamente como antes, la atención de Andrew se desvió hacia otra cosa y comenzó un rápido descenso hacia la cubierta principal, donde una rana saltaba sobre las tablas. Shemaine se detuvo para recuperar el aliento y, de pronto, se encontró bien cerca de la proa y, muy intrigada por la vista, se acercó al vacío. Al mirar hacia abajo, vio grandes rocas amontonadas alrededor de los puntales que sostenían la construcción, y cuando miró alrededor, al paisaje que rodeaba la cabaña, vio que era lozano y bello.

–¡Maldición, Shemaine! –vociferó alguien desde muy cerca, haciendo tambalear el sitio donde se había encaramado–. ¡Baje de ahí! ¡Baje, antes de que se caiga!

Shemaine vio que Gage ya corría hacia ella y, antes de que pudiera obedecerle, ya estaba a su lado aferrándola del brazo y apartándola bruscamente del borde. Cuando llegaron a la cubierta principal, la tomó de los hombros y la sacudió con fuerza, mientras la regañaba, furioso:

–¡No vuelva a subir allí! ¿Me entiende? ¡No es seguro! ¡Manténgase lejos!

Shemaine asintió, asustada, impresionada por su furia.

–S... Sí... por su... puesto, señor Thornton –tartamudeó, conteniendo lágrimas de dolor. Los dedos del hombre apretaban sus brazos con tanta fuerza que estaba segura de que le dejarían una huella. Crispando la cara, trató de liberarse del férreo apretón–. Por favor, señor Thornton, me está haciendo daño.

Como asustado por su propia ferocidad, Gage dejó caer las manos y retrocedió.

–Lo siento –dijo, en un ronco susurro–. No quise...

Girando sobre sus talones y con el cuerpo rígido, la dejó y se alejó a zancadas por la cubierta. Como estatuas de piedra, Shemaine y los trabajadores lo vieron descender rápidamente del barco en construcción. Luego, como si los demonios del infierno le pisaran los talones, siguió andando a grandes pasos hacia la cabaña y, un momento después, oyeron el lejano portazo que sonó como un trueno en el silencio creado por su partida.

Shemaine se volvió hacia Gillian con un ceño que manifestaba su perplejidad, impresionada por la furia que había manifestado su amo.

–¿Qué he hecho? ¿Por qué se ha enfadado tanto conmigo el señor Thornton?

–No se preocupe por creer que el capitán estaba enfadado con usted, señorita –murmuró el muchacho, procurando aliviar sus temores–. Se asustó de verla en la proa. Allí fue donde trepó su esposa cuando cayó y se mató.

Shemaine se llevó una mano a la boca para ahogar un gemido de angustia. ¿Cómo había podido cometer semejante torpeza?

–Señorita, ¿por qué no lleva a Andy a la cabaña? –sugirió Gillian–. Yo llevaré lo que falta.

Shemaine aceptó el consejo y llevó a Andrew a la casa. Descubrió, agradecida, que los más jóvenes habían lavado los platos y las tazas en el río y los habían dejado en la cesta, junto a la puerta de la cabaña. Fue sólo cuestión de unos momentos pasarlos por agua jabonosa, por agua hirviendo y limpiar la cocina.

Entró las sábanas, fragantes de olor a limpio, también las almohadas, hizo las camas y, por fin, se acostó con Andrew en su cama del altillo. Le leyó hasta que el pequeño se durmió. Con su cabecita apoyada en el hombro, Shemaine permaneció acostada largo rato mirando el techo y recordando la furiosa reacción de Gage cuando la vio en la proa del barco. Si bien podía comprender que para él resultara un doloroso recuerdo el modo en que su esposa había hallado la muerte, en el breve lapso durante el cual le gritó y la sacudió, Shemaine había visto el dolor y la angustia de esos ojos, que hasta entonces no había notado. Sin duda se trataba de un hombre atormentado por un recuerdo fatal, quizá por algo que había hecho o que no había podido hacer, y que aún no se había diluido en el liberador olvido. ¿Qué había en aquel accidente, que a ella no le habían contado? ¿Qué cosa más terrible que la muerte de una joven esposa y madre había ocurrido aquel día y tenía el poder de sumir a un hombre en las profundidades de su alma y hacer que se debatiera en la angustia?

Meditar sobre todo lo que podía haber pasado agotó a Shemaine, porque no encontraba respuestas sencillas a sus preguntas. Con un suspiro afligido, rodeó a Andrew con un brazo, se acurrucó junto a él y se sumió en la somnolencia.

Ramsey Tate se acercó al taller de carpintería y, antes de entrar, golpeó suavemente. Oyendo una amortiguada respuesta desde dentro, abrió la puerta, entró y la cerró sin hacer ruido. Su patrón miraba por la ventana con expresión lúgubre, un profundo ceño crispaba su frente y una hosca mirada apenas consiguió tranquilizar a Ramsey en el sentido de que su presencia sería tolerada.

–Sly y los otros temen venir, creyendo que te molestarán –dijo el hombre, inquieto–. Me enviaron a preguntarte si quieres que vuelvan al trabajo.

Gage lanzó un resoplido de irritación y miró a su oficial ebanista con un ceño más sombrío aún.

–¿Tú qué crees?

Ramsey arqueó sus cejas hirsutas.

–Sí, eso es lo que yo les dije, que tú querrías que siguieran trabajando como de costumbre, por muy negro y agrio que fuese tu talante. No necesito decirte cuánto asustaste a la chica. Estaba convencida de que te había ofendido, hasta que Gillian le explicó que sólo estabas recordando a tu esposa.

Gage no hizo caso del parloteo del hombre referido a Shemaine, sabiendo que era para ponerlo a prueba. No ignoraba que había asustado a la muchacha, pero al verla asomada sobre la proa su mente se había visto invadida por horribles escenas de Victoria haciendo lo mismo. Por un instante, la realidad se enredó en una telaraña de torturantes visiones, como si estuviese reviviendo la pesadilla de la escena de la muerte, esas imágenes paralizantes que persistían en él desde la muerte de su esposa, arrancándolo de las profundidades del sueño y obligándolo a pasearse por su habitación como una fiera enjaulada. La única diferencia era que esta vez era Shemaine la que se precipitaba hacia las rocas, y se veía a sí mismo inclinándose sobre la proa, y viendo cómo sucedía todo desde arriba.

–Mi humor no tiene nada que ver –replicó al fin Gage–. Espero que mis hombres terminen la jornada y den lo que corresponde por sus salarios. He comprobado cómo han colocado los planos sobre la madera para cortar las piezas nuevas; creo que dejan mucho que desear las vetas que han elegido y destinado a mi inspección. Yo habría puesto madera nudosa en las puertas y vetas similares para los cajones.

–Podrías mostrarnos cómo lo quieres –propuso Ramsey con gentileza.

Sabía que ni él ni los otros podían imaginar la pieza terminada tan bien como el maestro ebanista. Además, estaba seguro de que el trabajo podría servir como bálsamo que aliviara los tormentos de Gage Thornton, al menos hasta que se resolviera a tomar una mujer.

–Di a los hombres que vengan –ordenó Gage con cierta aspereza–. Les mostraré lo que quiero.

–¿Y a los Morgan? –preguntó Ramsey, inseguro–. Querrán saber si hoy volverás a trabajar en el barco.

–Flannery debe cambiar algunas tablas –afirmó Gage, sin rodeos–. No me necesita para eso.

Pasándose una mano por los ojos, Gage soltó un suspiro apesadumbrado cuando el otro se marchó. Recurriendo a la voluntad, apartó los pensamientos de la engañosa, aterradora escena de Shemaine precipitándose hacia la muerte. Sólo podía pensar en sí mismo preguntarse si alguna vez se vería libre de ese tumulto que seguía arrasándolo por dentro, dejándolo a veces con la sensación de haber sido duramente lastimado y golpeado.

Esa noche, los moradores de la cabaña cenaron con una suculenta sopa y, mientras Shemaine lavaba la vajilla, Gage le leyó a Andrew; después lo acostó. Cuando volvió a la cocina, encontró a Shemaine esperándole.

–Señor Thornton, lamento haberlo inquietado hoy, en el barco –murmuró en voz queda–. No sabía cómo había muerto su esposa.

A modo de sonrisa, lo único que pudo hacer Gage fue esbozar una breve mueca.

–Me asusté al verla tan cerca del borde y pensar que a Victoria pudo haberle pasado algo bastante parecido.

–En este momento no tengo nada urgente que hacer, señor Thornton –dijo en tono tranquilo–. Tal vez usted se sienta mejor si puede hablar de ello.

La suave sugerencia parecía llena de compasión; él no tuvo coraje para ofenderla, negándose a hablar.

–Yo no estaba allí cuando mi esposa... cayó –dijo, entrecortadamente–. Había traído a Andrew aquí, a la cabaña, para limpiar la brea de sus dedos; se había ensuciado con la estopa de calafatear. Cuando estaba aquí, oí gritar a Victoria; parecía asustada. Un instante después oí más gritos. Dejé a Andy en su cama y corrí a ver qué había sucedido. Al llegar al barco, encontré a Roxanne sollozando desesperadamente sobre el cadáver de mi esposa. Dijo que acababa de varar su canoa en la playa cuando oyó gritar a Victoria. Que cuando llegó junto al barco vio a mi esposa sobre las rocas, debajo de la proa. Se había roto el cuello en la caída; yo no pude hacer absolutamente nada por ella. Hice una caja de pino para poner su cuerpo y la llevé al pueblo para que fuese enterrada en el cementerio de la iglesia, junto a sus padres.

Se abstuvo de mencionar lo que debió de sufrir cuando llegó a Newportes Newes. Sin duda, actuó en su contra el hecho de que, en años anteriores, se había malquistado con ciertos habitantes del pueblo al atreverse a señalar que varias de las leyes que habían propuesto para la región eran una tontería. Desde entonces lo consideraban un antagonista, y su hostilidad se había recrudecido poco después de la muerte de Victoria. Las autoridades británicas habían llegado a la conclusión de que el interrogatorio que le habían hecho no era más que una maldad, y sugirieron que su esposa había trepado a la proa y resbalado por accidente. Aunque la mayoría de los habitantes del pueblo estuvieron de acuerdo, las murmuraciones difamatorias habían continuado bullendo en el oscuro caldero de las habladurías y las calumnias.

–Después del accidente, me sentí como si hubiese descendido a un calabozo oscuro del que nunca podría salir –continuó Gage–. Pero el duelo suele ir aliviándose con el transcurso del tiempo. Cuidar de Andrew me ayudó a superar la pena.

–Tiene usted un hijo maravilloso, señor Thornton –aseguró Shemaine con dulzura–. Andrew es capaz de conquistar el corazón de cualquiera.

–Ha sido una bendición para mí en diversos sentidos. –Gage suspiró. Se hizo un incómodo silencio entre ellos, hasta que él inclinó la cabeza hacia el corredor del fondo–. Shemaine, si ahora quiere tomar un baño, puede hacerlo. Esta noche no pienso trabajar en mi escritorio, de modo que dispone de tiempo para disfrutar todo lo que le plazca.

–Gracias, señor Thornton –repuso ella, sonriendo–. En el *London Pride,* eso de no poder bañarme era una tortura para mí, por decirlo suavemente. Nunca imaginé que podría darle tanto valor al hecho de estar limpia. Nada me gustaría más que un largo baño de inmersión.

–Entonces, hágalo, por favor –la animó–. Leeré un rato en la cocina, así que seguramente estaré despierto todavía cuando usted termine.

Shemaine se dispuso a preparar su baño vertiendo tres cubos de agua caliente en la bañera y trayendo dos más de la fuente. Esa tarde, después de la siesta, había leído a Andrew en el porche trasero y luego, mientras lo miraba jugar, había doblado la ropa limpia. Había apilado todo en una cesta, colocando las toallas encima de todo pero, en su prisa por preparar la cena y bañar a Andrew antes de la comida, había dejado la cesta junto a la silla, en el porche trasero. Al mismo tiempo que entraba el último cubo de agua, entró la cesta de mimbre y la dejó sobre el taburete de Gage antes de verter el agua en la bañera.

Un momento después, se metió en el agua caliente con un hondo suspiro de satisfacción. La bañera no era demasiado elegante, el jabón no era el más suave, pero gozó del baño como si la ayudaran las doncellas de la corte real. A decir verdad, permaneció demasiado tiempo en el agua, hasta que se le arrugaron los dedos de las manos y los pies y el agua se puso decididamente fría. Sólo en ese momento pensó en la posibilidad de salir.

Se incorporó y estiró la mano para buscar una toalla. La tomó de una punta, tiró para sacarla del cesto y notó que tenía un peso extraño. Al instante siguiente, un horror helado la paralizó y le arrancó un gemido, cuando una larga serpiente cayó al suelo. El animal empezó a sisear y a retorcerse, irguiéndose sobre el vientre. Los ojos del reptil se clavaron en ella, amenazadores, y su lengua apareció entre los colmillos, mientras seguía siseando a modo de advertencia. Su cola nudosa se alzó y empezó a sacudirse, emitiendo un extraño sonido.

La cabeza de la serpiente se avalanzó hacia delante; lanzando un grito asustado, Shemaine retrocedió hacia el otro lado de la bañera. Oyó el ruido de una silla que caía en la cocina y pasos que corrían hacia la puerta. Gage la llamó a gritos en tono ansioso, pero ella no tuvo tiempo de responder, pues el reptil se lanzó otra vez hacia ella, provocando un nuevo grito. Apretando la toalla contra sí, Shemaine retrocedió hasta el escritorio al mismo tiempo que la puerta que daba a la cocina se abría de par en par.

La serpiente, tenaz en su celo por atraparla, se había deslizado alrededor de la bañera y estaba cerca de la puerta cuando apareció esta nueva amenaza. El reptil se volvió bruscamente, atacando apenas el hombre traspuso la entrada, pero Gage saltó hacia atrás, fuera de su alcance, y corrió hacia la despensa. Cuando volvió, traía en su mano un largo cuchillo de aspecto feroz. La serpiente lo observó con suspicacia, buscando una ocasión para clavar sus colmillos. Gage eludió otro ataque y, cuando la serpiente se enroscó, ya estaba listo. Dando un rápido paso adelante, bajó la ancha hoja, cortando casi la cabeza de la serpiente y clavándola en el suelo.

Temblando, Shemaine apretaba la toalla ya húmeda contra sí, mientras observaba cómo se retorcía el cuerpo del reptil en las garras de la muerte. Gage abrió la puerta del fondo y luego, pasando el cuchillo bajo la cabeza cortada de la serpiente, la sujetó con la otra mano, cerca de la cola. La levantó y la llevó al porche trasero.

Shemaine se relajó, aliviada, apoyándose en el escritorio, todavía temblorosa. Pasó un buen rato hasta que se le ocurrió que podría haber otra serpiente en la cesta. No sabía si los reptiles eran gregarios, pero sin duda a esas alturas, si había algún otro, ya habría hecho su aparición.

Dejó escapar el aliento en un prolongado suspiro de alivio al comprender la causa de su inquietud: lo que estaba haciendo era dejarse llevar por la imaginación. Ya estaba a salvo, se dijo. Su amo había matado al animal y si hubiese otro igual en la cesta, también lo mataría.

Oyó salpicaduras de agua en el porche, y comprendió que había desperdiciado la ocasión de escapar con su pudor razonablemente intacto. Apretando la toalla sobre el cuerpo, estaba a punto de lanzarse hacia la escalera pero al oír pasos que se acercaban a la puerta, el dilema la paralizó. No podía dejar su refugio sin exponer su desnudez ante Gage. Si se quedaba, en cambio, la toalla ya húmeda y corta no la protegería lo suficiente, porque la tela cubría sólo la parte delantera de su cuerpo. Se mordió el labio, nerviosa, echando un vistazo a la cesta que estaba en el extremo más alejado de la bañera. Una segunda toalla le daría mejor cobertura, pero ¿tendría tiempo de tomarla?

Entró Gage, dando fin a su dilema y, en su desesperación, Shemaine se apretó entre la pared y el escritorio, poniendo un brazo sobre los pechos y el otro atravesado en el vientre. Eso era lo mejor que podía hacer. Pero ni aun así se calmó la agitación de su corazón.

Un cúmulo de emociones inundó a Gage cuando vio que su esclava se refugiaba detrás del escritorio. Le asombraba que no hubiese huido aún. Cerró la puerta con el hombro y avanzó a paso mesurado por el corredor, centrando su atención en secar las salpicaduras de agua del cuchillo con un trapo engrasado que guardaba con tal fin en una caja, cerca de la puerta. Deteniéndose junto a su esclava, frotó la hoja, ya resplandeciente, con la tela, fingiendo una calma que le costaba esfuerzo mantener.

–Ha tenido suerte, Shemaine –afirmó. Los tambaleantes límites de su deseo estaban siendo puestos a prueba, y él procuraba distraerse. Sabía muy bien el efecto que le provocaría ver el cuerpo de ella con tan escaso atavío. Y aun así, no podía abandonar la tentadora situación en que se encontraba–. La serpiente era venenosa. Podría haberla matado a usted. O, al menos, envenenarla. ¿Tiene idea de cómo logró entrar?

Shemaine no podía contener el temblor nervioso que la sacudía. Se sentía demasiado expuesta para percibir otra cosa que el estremecimiento que le provocaba la presencia del hombre. La inquietud le trabó la lengua cuando quiso dar una explicación.

–La... la ví... víbora se habrá refugiado entre la ro... ropa del cesto que de... dejé esta tarde en el po-porche. Su... supongo que se acurrucó en la toalla para dormir.

–Debería dar las gracias que no la atacó cuando usted entraba la cesta.

Shemaine alzó la vista hacia él, y Gage sintió el impulso de observarla. Eso fue su perdición. Cualesquiera que fuesen las nobles intenciones que abrigaba con respecto a su reacción ante ella, por escasas que fuesen, quedaron hechas añicos cuando sus instintos viriles se alzaron como la espada de un bárbaro guerrero feroz lanzado a la carga. Era un hombre ávido de mujer; sus ojos hambrientos devoraron la deliciosa visión, como si contemplase su primera comida tras un largo ayuno. Hasta ese momento había lamentado la escasez de toallas, que le parecían insuficientes para secar como era debido el cuerpo de un hombre, pero esa noche valoraba en gran medida el hecho de que esa toalla, precisamente, siendo tan estrecha, fuese tan generosa.

Su vista fue descendiendo, ansiosa, desde los hombros pálidos hasta los pechos plenos, que un brazo empujaba tentadoramente hacia arriba. El borde superior de la toalla casi no se veía por encima del brazo, y sus costados arrugados hacían poco para ocultar el valle ahondado por la presión que hacía. Por cierto, desde su altura, podía espiar dentro del improvisado corpiño, donde la tela se apartaba un poco de esa provocativa plenitud. Su mayor altura le permitía una visión detallada de esa piel rosada, aumentando sus deseos de verlo todo.

En las partes que los brazos no ocultaban a su inspección, la tela húmeda revelaba cada curva y cada hueco, pegada al femenino territorio, insinuando las dulces delicias que pretendía ocultar. Todo un costado de Shemaine, desde el pecho derecho hasta más abajo de la toalla que terminaba en un muslo bien torneado, quedaba expuesto a su mirada vagabunda. La piel era tan suave y clara como él había imaginado. Y estaba seguro de que sería igual de placentera y dulce al saborearla.

Sus ojos ardieron, oscuros, cuando elevó otra vez la vista, agudizando hasta un punto doloroso la conciencia de Shemaine de su vulnerabilidad. La joven no podía contener los violentos temblores ni dominar el frenético tumulto de su corazón. En verdad, el deseo que ardía en esas pupilas castañas habría intimidado a un guerrero. Admitiendo la superioridad de la fuerza de su amo, no podía abrigar la menor esperanza de apartarlo, si él decidía arrojarse sobre ella y satisfacer sus deseos.

El momento se demoró más allá de su tolerancia, y contribuyó a azuzar el temperamento irlandés de Shemaine, hasta que al fin se manifestó en una franca pregunta, cuando ella expresó su irritación ante ese escrutino tan atrevido.

–¿Le molestaría que me pusiera algo de ropa, señor Thornton? –Derramando sobre él una buena dosis de sarcasmo, ironizó–: No sé si habrá notado que esta toalla es bastante escasa para cubrirme.

–Perdóneme, Shemaine –se disculpó Gage con una mueca divertida en los labios–. El espectáculo es tan apetitoso y placentero que casi olvidé lo incómoda que estaría usted con su falta de ropa. Por favor, perdóneme.

Shemaine levantó el mentón en gesto altivo y se preguntó si él no había dado importancia a su curiosidad porque, hasta ese momento, ella no le había puesto ninguna objeción. Ante la duda de que se sintiera animado por su demora en protestar, fue directamente al grano.

–Sí, me siento muy incómoda, señor Thornton, y es la expresión de sus ojos lo que me hace temer las consecuencias de esto. Si no tiene intenciones de deshonrarme, le ruego que salga antes de que cambie de idea, señor.

Después de una nueva mirada, Gage inclinó la cabeza indicando su aceptación, y se dirigió hacia la puerta. La cruzó sin detenerse ni mirar atrás y cerró suavemente tras él. Un momento después, Shemaine oyó cómo enderezaba una silla en la cocina.

–Por las verrugas de un sapo –protestó Shemaine, deshaciéndose de la traicionera toalla. Sacudiendo la cabeza, imitó la endeble excusa de su amo en un susurro siseante–. «Casi olvidé lo incómoda que estaría usted con su falta de ropa, Shemaine.» ¡Oh, vamos, señor Thornton! ¡Qué engañosas tretas!

Se puso el camisón y luego una bata, anudó con firmeza el angosto cinturón en torno de su esbelta cintura, aunque le asaltaron serias dudas de que fuese suficiente protección contra la lujuria que había entrevisto en esos ojos brillantes. Lo ignoraba todo sobre los apetitos del sexo opuesto, pero era lo bastante perspicaz para saber en qué pensaba un hombre cuando miraba a una mujer como Gage Thornton la había mirado hacía unos instantes.

Cuando, poco después, Gage apartó las mantas y se metió entre las sábanas, el delicioso aroma a limpio invadió sus sentidos, haciéndole notar el cambio que habían experimentado sus sábanas y almohadas desde que se levantó aquella mañana. Una cosa se le hizo evidente: lo que había hecho Shemaine, Roxanne no había tenido tiempo de hacerlo, ocupada como estaba persiguiéndolo. Sintió un enorme placer cuando hundió la cabeza en las mullidas almohadas e inhaló su dulce fragancia. Después de haber pasado toda la tarde en melancólica reflexión, advirtió que se había relajado y estaba listo para beber el dulce licor del sueño como un recién nacido que acabara de mamar. Y, sin embargo, no podía apartar su mente de la inquietante visión de los abundantes pechos de Shemaine que se elevaban bajo la toalla, ni de la deleitosa fantasía en la que cualquier hombre se hubiese demorado: la idea de saborear su plenitud con cálidos besos.

9

Cuatro días más tarde, poco después de la cena, comenzó el aprendizaje de cargar y disparar el mosquete. Gage se acercó a Shemaine una vez ella hubo secado y guardado los platos. Por precaución, ordenó a Andrew que se quedara en el porche trasero jugando con sus construcciones de madera, donde podrían vigilarlo y estaría bien lejos del blanco que Gage había instalado en la dirección opuesta. Antes de dar el arma a su sierva, Gage le explicó el modo correcto de cargarla y cebarla y luego le mostró el procedimiento. Hizo un disparo y observó atentamente cómo preparaba ella el arma para el siguiente.

Antes de dejarle disparar, Gage le advirtió que pulsar el gatillo era sólo el primer paso en el largo proceso de disparar el rifle. Cuando caía el martillo y percutía en la mecha, el pedernal lanzaba chispas que encendían la pólvora que, en consecuencia, explotaba e impulsaba el proyectil por el cañón. En suma, daba la impresión de que transcurría cierto tiempo hasta que la pólvora se encendía aunque, desde luego, no era así.

Gage le sugirió un modo conveniente para sostener el arma de modo que el peso no fatigara demasiado sus brazos y, para corregir su postura, se puso detrás de ella, muy cerca, y acomodó el arma que ella sostenía. La tibia presión de su cuerpo, que se amoldaba a su espalda, distrajo mucho a Shemaine y, en pocos instantes, el simple acto de respirar se tornó difícil. No cabía duda de que era un cambio de posición eso de tener que vérselas con su propia reacción ante la proximidad de él; el mal menor era un temblor incontrolable. Teniendo en cuenta que ahora ella sentía los alocados latidos de su propio corazón cada vez que la cara interna del brazo del hombre le rozaba el pecho o que sus muslos le rozaban las nalgas, no podía juzgar a Gage con demasiada dureza por el flagrante deseo que había descubierto en sus ojos unas noches atrás. La falda no significaba ninguna protección. Habría necesitado una armadura para impedir el contacto con ese cuerpo masculino. No podía creer que su mentor ignorase el caótico retumbar de su corazón, pero si por casualidad no lo percibía, ella era muy consciente de él. Debió recurrir a una fuerte resolución para no darse la vuelta y huir.

Pese a su agitación nerviosa, el horrible estruendo de los disparos y el retroceso de la culata en el hombro que la lanzaba contra el hombre, Shemaine se las arregló para extraer una buena cantidad de conocimientos sobre el correcto manejo de las armas de fuego. Si bien la cercanía de Gage la inquietaba en sumo grado, él transformó la lección en algo tan fascinante como un baile de salón. Shemaine estaba encantada con su habilidad de novata para acertar en un blanco fijo y estaba ansiosa por ver llegar el día en que podría fijar la vista en un blanco móvil, disparar y hacerle un agujero. Abrigaba serias dudas con respecto a su capacidad para matar a un animal o un hombre, y esperaba que no llegara nunca el día en que tuviese que poner a prueba su coraje de esa manera, aunque sabía que existía la posibilidad de que cambiara por completo de disposición si alguna vez debía enfrentarse a una amenaza, la golpeaban o corría el peligro de que Jacob Potts la matara.

–Criatura, parece que tiene un talento natural para dar en el blanco –comentó Gage al día siguiente en tono elogioso–. Y ahora, veamos qué puede hacer con un blanco móvil.

Gillian se había ofrecido a arrojar al aire, bien alto, un plato de estaño, pero Gage, que estaba muy cerca detrás de Shemaine, la había rodeado con los brazos para ayudarla a sostener el arma, a guiarla mientras apuntaba y, por último, a disparar. Si bien le permitiría apuntar y tirar del gatillo, él estaba allí para cerciorarse de que ninguno de los disparos saliera para cualquier lado. Gage sentía cómo temblaba todo el cuerpo de Shemaine e, interpretando erróneamente su estremecimiento, trató de calmar sus temores.

–Para ser una principiante, lo está haciendo extraordinariamente bien, Shemaine, así que puede relajarse y dejar que le enseñe cómo seguir un blanco.

Mucho antes de que se realizara el disparo, Shemaine se convenció de que le sería casi imposible concentrarse en apuntar a nada, porque su mente estaba pendiente del hombre y no del arma que sostenía. Cuando el rifle disparó, errando al plato por un amplio margen, y la explosión aplastó su espalda contra el cuerpo fornido, a Shemaine se le escapó una exclamación contenida, y con buenos motivos. Para su ser femenino era todo un impacto sentir que sus suaves nalgas se apretaban contra unos muslos pétreos. Si se hubiese sentado sobre ascuas encendidas su reacción no habría sido diferente, porque se apartó de él como si se le hubiese escaldado el trasero.

–Éste no fue tan bueno como el de ayer, pero volveremos a intentarlo –comentó Gage, sin darle excesiva importancia, inclinándose sobre el hombro de ella para tener una idea de adónde debería apuntar ella la próxima vez. No ignoraba el cuerpo suave que encerraban sus brazos, pero se propuso inhibir sus desviados pensamientos, sobre todo durante las lecciones–. No hay motivo para que esté nerviosa, Shemaine. Relájese.

«¡Existen todos los motivos del mundo para estar nerviosa!», pensó Shemaine aterrada, sintiendo el pecho de él apretado contra su espalda, el brazo rodeándola para sostener su mano bajo el cañón del arma, para que el peso no la abrumase. De pronto se sintió sofocada y le faltó el aire; se dio cuenta de que debía escapar antes de pasar una gran vergüenza.

Apartando los brazos de Gage, le dejó el mosquete y salió corriendo tras farfullar una excusa, casi sin aliento.

–¡Tengo que amasar el pan! No tengo más tiempo para lecciones.

–Shemaine, ¿adónde va...? ¡Vuelva!

Gage se quedó boquiabierto al ver que ella se levantaba la falda y salía corriendo hacia el porche trasero. Totalmente desconcertado, cruzó una mirada con Gillian, que estaba tan perplejo como él.

El joven se encogió de hombros, contempló el plato de estaño todavía intacto y, alzándolo para que su patrón lo viese, sonrió, diciendo una obviedad:

–Bueno, al menos con éste todavía se podrá comer.

Al día siguiente, Hannah Fields y sus dos hijos menores llegaron de visita, para deleite de Andrew. Los tres niños retozaron y jugaron en el patio trasero mientras Shemaine y la mujer mayor los observaban desde el porche y trababan conocimiento.

–El pequeñín de su amo es adorable –dijo la robusta mujer de rostro jovial, sonriendo y siguiendo con la vista a Andrew por el patio–. Y es cierto que su padre está educándolo como corresponde.

–¿Hace mucho que conoce al señor Thornton? –preguntó Shemaine, esforzándose por conocerlo mejor.

Era cierto que aquella noche del encuentro con la serpiente había visto un apetito en los ojos de Gage que le había inquietado bastante, sobre todo al pensar que estaba sola con él; sin embargo, desde aquel momento su amo la había tratado con toda la consideración que un caballero debe a una dama. Por supuesto, ella no podía leer en su mente y, a veces, cuando alzaba la vista y lo sorprendía contemplándola con expresión intensa, se preguntaba qué estaría pensando... o deseando.

–Prácticamente desde que su amo vive aquí –respondió Hannah con una risotada–. Nosotros nos asentamos aquí un par de años antes de que llegara Gage. Su señora era una verdadera dama, ya lo creo. No tan arrogante y altanera como son algunas, ¿entiende usted?, sino bondadosa y dulce. Nunca vi a una mujer que amara a su hombre tanto como ella amaba al señor Thornton. Algunos decían que él no la merecía, porque sólo amaba a su barco, aunque yo he pensado siempre que todo trabajo que él hiciera lo hacía tanto por ella como por sí mismo.

–Pues sí, el señor Thornton es un hombre ambicioso y de mucho talento –comentó Shemaine, señalando con una mano el pulcro sendero que serpenteaba por el prado desde el porche pasando entre los árboles y llegaba hasta los cobertizos y las construcciones que él había erigido–. En cada lugar que miro veo pruebas de su esfuerzo.

Hannah volvió la vista hacia Shemaine preguntándose qué le habrían contado acerca de su amo. Era poco probable que la muchacha se hubiese resignado tanto a su servidumbre contratada de haber oído una parte de lo que la señora Pettycomb y su círculo de intolerantes amigas solían decir a espaldas de Gage Thornton. Las chismosas se sumían, ansiosas, en especulaciones malévolas, y a veces expresaban fantasías tan absurdas que no muchos podían soportar sus ataques. Gage había podido. Con estoica determinación, había seguido trabajando como de costumbre, desafiando a todos a que repitiesen esos cuentos en su cara. Cualquiera que fuese la verdad con respecto a la caída fatal de Victoria, Hannah no tenía intenciones de divulgar semejante habladuría. Calumniar a un hombre inocente era, para ella, una ofensa grave, por mucho que Alma Pettycomb y otras como ella desestimaran el daño causado por sus largas lenguas.

–Vine dispuesta a enseñarle lo poco que sé de cocina –informó Hannah a Shemaine con una chispa divertida en los ojos–. Pero tan pronto como llegué su amo me ha dicho que usted se las ha arreglado muy bien sola... por eso estoy pensando que quizá no necesite mi ayuda.

–En realidad, me encantaría aprender a preparar los bizcochos que sirven en la taberna... si usted sabe la receta –respondió Shemaine, ansiosa–. En el viaje por mar hasta aquí he comido galletas marineras, pero eran muy diferentes de las que había en la taberna. Hacía falta un estómago fuerte para tolerar esas cosas llenas de bichos y alimañas.

–Podemos hacer una hornada de galletas ahora mismo –propuso la mujer con una carcajada alegre–. Traje una cesta con comida pensando que tal vez estuviese un poco cansada de la que usted prepara. Los bizcochos serán un sabroso añadido a lo que traje.

–Sería preferible que trajéramos a los niños a jugar dentro de la cabaña mientras cocinamos –dijo Shemaine, preocupada–. Hace poco, sufrí un susto tan grande con una serpiente venenosa que me inquieta que pueda haber otra por aquí.

–¡Esas cosas horribles! ¡Qué miedo! Hay unas que llaman de cascabel y, si ha oído alguna, ya sabrá por qué.

–Ya he oído a una y la tuve demasiado cerca para mi tranquilidad –repuso Shemaine, estremeciéndose.

Hannah dio unas fuertes palmadas llamando a los niños.

–Niños, vamos adentro. Malcolm y Duncan, quiero que os portéis bien en la casa del señor Thornton, tan bonita y limpia. No me gustaría que la señorita Shemaine pensara que estoy criando a una pandilla de rufianes.

Como suele suceder con los niños cuando están encerrados en un espacio limitado, empezaron a retozar y a jugar con cierta brusquedad. Por ser el más pequeño, Andrew llevaba la peor parte y Shemaine sufría cuando, en medio de los forcejeos, resultaba golpeado. Con la intención de protegerlo, probó de separarlos por las buenas. Los mayores estaban acostumbrados a jugar entre sí y eran demasiado rudos para Andrew, en opinión de Shemaine, pero, a pesar de las magulladuras, era valiente y volvía a la refriega lanzando un grito de gozo. Pero los bulliciosos revolcones fueron cortados abruptamente cuando, al fin, Hannah vociferó una orden a sus hijos, que se pusieron de inmediato en alerta.

–Niños, os he dicho que os portéis bien; si no lo hacéis, os bajaré los pantalones y os daré unos azotes en el culo. ¡Y ya sabéis que cumplo lo que digo!

Desde ese momento, los dos niños podrían haber pasado por un par de ángeles, sin tener en cuenta el brillo travieso de sus ojos. No cabía duda de que creían en la seriedad de las amenazas de su madre, porque incluso aceptaron hacer la siesta con Andrew mientras Hannah y Shemaine limpiaban la cocina.

Antes de ir de visita, Hannah había preparado la comida para su familia y dejado a sus hijas la tarea de servir la cena si ella regresaba tarde, por eso cuando Gage invitó a su vecina a quedarse a cenar con ellos, Hannah aceptó de inmediato agradeciendo el respiro que tendría en sus innumerables deberes de madre y esposa. Se hizo evidente que disfrutaba de la comida que Shemaine había preparado y, cuando Gage la animó a repetir, aceptó con gusto. Después, se apartó de la mesa lanzando un gemido.

–Espero que mi canoa no se hunda en el trayecto a casa, porque no sería capaz de nadar hasta la orilla. Mi pobre Charlie jamás me perdonaría por dejarlo con la responsabilidad de criar a nuestros hijos él solo.

Gage sonrió.

–¿Quiere que la acompañe a su casa?

Hannah lo miró de soslayo, los ojos chispeando de travieso deleite.

–Después de sus malvados intentos de hacerme engordar, tendré que aceptar su oferta –bromeó, jovial, pero descartó la idea–. Si la canoa empezara a hundirse, ataría una cuerda alrededor de Malcolm y de Duncan, y los dejaría ir nadando a casa.

–¡Mamá! –gritaron los niños al unísono, y se quedaron mirando a la madre con la boca abierta.

En medio de las carcajadas de su madre, los niños se señalaban mutuamente.

–¡Malcolm irá primero!

–¡No, mamá! ¡Primero Duncan! ¡Quiero verlo nadar hasta casa!

–¡Os echaré a los dos! –advirtió Hannah al ver que comenzaban a forcejear y a atacarse entre sí.

Gage rió cuando la mujer lo miró, como suplicándole ayuda y propuso bromeando:

–Podría atar a los dos ya mismo, así se ahorrará problemas más tarde.

–No, si yo ya lo había pensado antes –declaró la madre de los niños exhalando un suspiro fatigado–. Por el modo en que se pelean será un verdadero milagro que estos chicos sobrevivan hasta haber madurado del todo.

–Imagínese su futuro como valientes soldados o algo por el estilo –sugirió Gage con una sonrisa–. Ya están acumulando ahora toda la experiencia que necesitarán.

–¡Ya lo creo que sí! Pero hay veces que me gustaría disfrutar de una pequeña tregua entre batallas para poder aprender yo misma un poco de estrategia... por ejemplo, cómo darles un buen coscorrón sin hacerme daño en los dedos.

La forma de hablar de la mujer era demasiado divertida para que Shemaine la escuchara seriamente. Mientras preparaba el baño de Andrew había oído la conversación y trataba de ahogar sus risas al alzar el caldero de agua hirviendo para quitarlo del gancho sobre el fuego. Pero su risa resultó incontenible; se le escapaba en breves ráfagas mientras llevaba la olla al corredor del fondo y pronto estalló en carcajadas contagiosas, haciendo reír primero a Andrew y luego a Gage y a Hannah, que se había acercado a la puerta delantera. Hacía muchos meses que la cabaña no desbordaba así con ese bullicio alegre. Para Gage fue como un elixir mágico que entibiaba todo su ser.

Finalmente, las carcajadas cedieron y, preparándose para partir, Hannah agitó la mano hacia el porche delantero y pidió un favor:

–Gage, si no le molesta, le dejé un par de sillas para arreglar cuando tenga un poco de tiempo. No es necesario que lo haga de inmediato, ¿entiende?, pero sería grato tenerlas antes de que termine el año. Aunque a primera vista no se nota, tienen los respaldos flojos. No son seguras.

–Veré qué puedo hacer, Hannah –dijo Gage–. ¿Está segura de que no las necesitará antes de fin de año?

–Tenemos suficientes sillas para la familia. Cuando llegue Navidad las necesitaremos para nuestros parientes. Vendrán los hermanos y las hermanas de Charlie y son tantos que será como si nos invadiese un ejército.

La idea de contar con tanto tiempo para repararlas hizo reír a Gage.

–Tal vez pasen un par de meses antes de que pueda repararlas, pero estarán listas mucho antes de Navidad. Si las necesitara antes, hágamelo saber. Hasta entonces, las tendré en el porche para no olvidarme.

Hannah ladeó la cabeza y prestó atención a la canción que Shemaine le cantaba a Andrew en el corredor del fondo, donde estaba bañándolo. Era una melodía alegre y airosa, de nítido origen irlandés, y la voz de la joven era la más dulce y grata que Hannah había oído. La mujer alzó la vista hacia Gage y sonrió:

–Por si no lo advirtió, Gage Thornton, su esclava podría enseñarme un par de cosas, y no precisamente de cocina. Tiene la cabeza muy bien puesta sobre los hombros, sin duda, por no hablar de su voz de ángel. Estoy pensando que tendría que venir a algunas de las lecciones que dé a Andrew. Nunca he sabido mucho de números.

–Shemaine es todo lo que esperaba encontrar, y más –admitió Gage.

–Y usted decía que no sabía cocinar –reprendió Hannah con afabilidad, sacudiendo la cabeza.

Gage se encogió de hombros.

–No sé si Shemaine es consciente de su talento. Es una maravilla cocinando y, además, cuida de Andrew como si fuese su propia madre. El niño se ha encariñado mucho con ella.

–Sí, esta mañana, cuando Shemaine trataba de proteger a Andy de mis hijos, he visto el afecto que se tienen. No sabía cómo hacerlo para no herir mis sentimientos. Yo dejé que el juego brusco siguiera algo más de lo debido sólo para ver cómo reaccionaba ella, y puedo asegurarle que ninguna gallina vigilaría a sus polluelos con tanta atención como la que ella demostró con su hijo.

–Shemaine parece tener una inclinación natural hacia la maternidad –respondió Gage–. Creo que tiene un don especial para traer paz y seguridad al niño, para hacer que se sienta querido, nutrido... y amado.

Hannah sonrió satisfecha al percibir el cambio operado en ese hombre. Todos los atributos de la muchacha que, según él, habían beneficiado a Andrew también lo habían modificado a él. Parecía mucho más relajado y en paz consigo mismo que nunca, desde aquel horrible día de la muerte de Victoria.

–Ha sido afortunado encontrando a Shemaine. No es habitual conseguir mujeres como ella por mucho dinero de que se disponga.

Un maullido lejano se coló en la noche; Shemaine, que se resistía a separarse de sus sueños, había vivido una vez más la emoción y la euforia de correr en el campo de la propiedad paterna sobre el lomo de su potro, *Donegal*. Había sentido el viento revolviendo su pelo, sacudiendo su traje, y disfrutado de la libertad de cabalgar en cualquier dirección que le pidiese su fantasía.

El sueño se esfumó gradualmente, los gemidos continuaron y los barrotes de la prisión de Newgate se cerraron a su alrededor. Nuevamente la perseguían los gritos y los sollozos impotentes de los desdichados, el arrastrar de pies y los pasos inquietos que siempre iban acompañados del ruido de cadenas. La lúgubre y sombría desesperación de la penumbra la inundó, y estuvo a punto de dejarla sin aliento.

Shemaine se incorporó con una aguda exclamación y, mientras el corazón le golpeaba frenético en el pecho, escudriñó en la oscuridad que la rodeaba buscando las caras adustas de sus compañeras de Newgate y esperando, temerosa, que unos pasos se acercaran. Lenta, dolorosamente, Shemaine logró ir separando la realidad de las engañosas dimensiones del sueño hasta que, al fin, lo comprendió: lo que en realidad estaba oyendo eran los gemidos de Andrew, en el dormitorio de la planta baja. Prestó atención unos momentos más, esperando oír algún movimiento de su padre en respuesta a los plañideros gemidos, pero el llanto se hacía más intenso y cada vez sonaba más asustado. No podía creer que Gage siguiera durmiendo mientras su hijo lloraba; empezó a preocuparse. ¿Y si algo le había pasado al padre de Andrew? ¿Y si había ido al retrete y no podía oír a su hijo?

Sintiendo el impulso de consolar al niño, Shemaine apartó las mantas y fue poniéndose la bata mientras bajaba deprisa. La puerta del dormitorio de Gage estaba abierta y la luz que provenía del hogar de la cocina y la de la luna que entraba por las ventanas, encima de la cama, bastaban para iluminar la habitación y confirmar que su amo no estaba en el vestíbulo ni en su dormitorio. Entró, cautelosa, en el cuarto de su amo en dirección al rincón de Andrew, un poco temerosa de haberse confundido y de toparse con el hombre antes de llegar junto al niño. Pero sus temores resultaron infundados: allí no había nadie más que Andrew.

Los sollozos se habían hecho más fuertes, oprimiendo el corazón de Shemaine; se apresuró a acercarse a la cama del niño y a alzarlo en sus brazos. Cantándole una nana, se paseó por la habitación estrechándolo contra su pecho, besando la mejilla mojada de lágrimas y acariciando su pelo revuelto. Poco a poco el llanto asustado cesó y la respiración del pequeño se hizo más profunda, pero cuando intentó acostarlo de nuevo, soltó un grito de alarma. Lo alzó de nuevo y desandando el camino, se paseó en dirección a la cama del amo, mucho más grande, yendo y viniendo una y otra vez hasta que sintió que la pequeña cabeza se apoyaba sobre su hombro. Fue bajando la voz, detuvo su paseo, para cerciorarse de que el niño siguiera dormido después de que lo llevara de vuelta a la cama.

A la luz escasa, Shemaine estaba admirando las hermosas facciones del niño volviéndolo de lado a lado cuando percibió otra presencia en la parte principal del cuarto. No fue el sonido de la entrada del hombre lo que la alertó, sino su estremecimiento cuando él caminó hasta el lado opuesto de la cama. Shemaine alzó la vista con la intención de explicar sus motivos para invadir los dominios personales de su amo, pero le faltaron las palabras cuando lo vio de pie, desnudo, bajo la luz de la luna. Pequeñas gotas de agua brillaban como diamantes sobre el torso y los miembros musculosos, testimoniando su reciente inmersión en el arroyo. En ese momento, tenía una toalla sobre la cabeza y se frotaba vigorosamente el pelo. Al parecer, aún no había advertido la presencia de ella.

Y sin embargo Shemaine tenía aguda conciencia de la presencia de él. Nunca había visto a un hombre desnudo, y la visión de ese cuerpo alto, potente, fue una sacudida para sus sentidos virginales. Al mismo tiempo, estaba completamente fascinada por la belleza y la elegancia audaz y masculina de ese cuerpo. Tal como lo revelaban las ropas, los hombros eran muy anchos y no necesitaba de las hombreras que solían usar los pomposos lores en sus chaquetas. El pecho amplio se estrechaba en la cintura de tensos músculos y las caderas. Una fina línea de vello bajaba desde el pecho, atravesaba el vientre y atraía de manera irresistible la vista de Shemaine hacia su punto más bajo.

Con las mejillas ardiendo, el corazón saltando desbocado, Shemaine se sentía paralizada, incapaz de apartar la vista. A juzgar por las delicadas, embarazosas descripciones que le había hecho su madre y los gentiles consejos de lo que podría esperar cuando se casara con Maurice, Shemaine comprendió que ¡no la había preparado para tanta... madurez!

Como no quería atraer hacia ella la atención y, en consecuencia, sufrir la humillación de que su amo supiera que había estado contemplando su desnudez y tener que huir como una doncella sonrojada, Shemaine retrocedió muy lentamente, en silencio, hacia el pequeño cuarto de Andrew. Aun así, sus pensamientos galopantes no encontraron vía de escape, sabiendo que en algún momento tendría que pasar cerca del hombre.

De repente, Shemaine se detuvo notando un cambio que tenía lugar en los genitales del hombre. Su tamaño y turgencia aumentaba visiblemente.

La mirada de Shemaine voló hacia arriba atravesando los rayos de luna y los espacios oscuros, hasta que se topó con las pupilas plateadas por la luz lunar que le sonreían desde el lado más alejado de la cama. La toalla rodeaba el robusto cuello de Gage, y sus brazos colgaban flojos a los lados. El agua formaba en la cabeza negros mechones, revueltos y resplandecientes.

–Lo siento –pronunció en voz estrangulada, advirtiendo que se disculpaba demasiado desde que era esclava contratada–. ¡Andrew estaba llorando y yo no sabía que usted había salido!

En el silencio que siguió, Shemaine giró bruscamente sobre sus pies descalzos y acostó al niño en la cama. Sintiendo que el calor de la vergüenza la consumía, cerró los ojos mientras el temblor sacudía todo su cuerpo y se esforzaba por recobrar el sentido común. Pero pese a sus esfuerzos, la imagen de lo que acababa de ver había quedado grabada para siempre en su memoria, y ardía en su mente con tanta claridad como si aún estuviese viendo al hombre.

Shemaine, apartando con cuidado la vista del hombre desnudo, corrió hacia la puerta abierta y huyó hacia el pasillo. En su prisa, tropezó en la escalera y apretó los dientes para contener un grito por el dolor que palpitaba en su espinilla golpeada, pero no se detuvo. Arrojándose sobre la cama, se volvió de cara a la pared y se cubrió hasta la cabeza con las mantas, deseando con desesperación que desapareciera el mundo que la rodeaba.

10

Shemaine se enfrentó con temor a la mañana siguiente, poco dispuesta a encontrarse con su amo y a sufrir el trauma de estar cerca de él, de saber que a los dos les resultaría difícil pensar en otra cosa que no fuese la noche anterior, cuando él la sorprendiera contemplando su cuerpo como cualquier atrevida ramera. Ya había sido bastante embarazoso cuando la mano de Shemaine había quedado atrapada junto a la ingle de Gage, pero lo ocurrido la noche anterior había sido aún más humillante. La muchacha ansiaba quedarse en la cama hasta que Gage se marchase a trabajar a su taller, pero sus deberes de sierva le impedían el privilegio de esconderse en su cuarto como una cobarde. Tenía que hacer lo que pudiera ante el inevitable encuentro, por mucho que deseara desvanecerse en el aire antes de que eso sucediera.

Cuando bajó, cautelosa, Shemaine sintió el alivio de descubrir que Gage ya había salido fuera para ocuparse de sus faenas matinales. Sólo después de que ella hubo dispuesto el desayuno sobre la mesa y tenido tiempo para vestirse, él volvió a la cabaña con su acostumbrada provisión: una cesta con huevos y un cubo con leche. Echó una mirada apreciativa a la mesa repleta de comida, y luego depositó la cesta y el cubo en el mostrador, junto a Shemaine.

–Shemaine, huele muy bien. –Desde que ella estaba ahí, Gage se había acostumbrado a esperar la comida matinal más que ninguna otra; tenía la impresión de que ella se esmeraba en preparar exquisitos platos que él recordaba haber comido en el hogar paterno, en Inglaterra–. ¿Ya podemos comer? Estoy hambriento.

Shemaine tenía vergüenza de encontrarse con la mirada de Gage, por eso se concentró en echar el contenido de una pequeña sartén en una salsera.

–Estará todo preparado en cuanto termine con esta salsa. ¿Despierto a Andrew?

–Déjelo dormir. Pobre niño, ha tenido una noche difícil.

Por inocente que hubiese sido el comentario, Shemaine lo sintió como un rudo recordatorio de su horrenda torpeza. La cuchara que estaba por hundir en la salsa resbaló de sus dedos como si le hubiesen brotado resortes. Bajo su mirada horrorizada, cayó sobre el borde del mostrador y alcanzó el suelo. Se apresuró a agacharse para recogerla y casi chocó con Gage, cuyos reflejos eran más veloces. Él levantó la cuchara y la entregó a Shemaine, mientras juntaba los talones. La muchacha le echó una nerviosa mirada mientras la recibía, provocando así la curiosidad del hombre. Él notó el color subido de sus mejillas y la evidente incertidumbre de su mirada. Se acercó y ladeó la cabeza tratando de atraer hacia arriba la mirada de la joven, pero ella fingió buscar con urgencia otra cuchara y no lo miró.

Gage estaba decidido. Tomó el pequeño mentón entre el pulgar y el índice y la obligó a levantar la cara hacia la luz, hasta que pudo contemplar ese bello rostro.

–¿Qué es lo que la aflige, Shemaine? –preguntó con suavidad–. ¿Acaso cree que me importa un ápice que anoche me viera desnudo? ¿O que usted haya dedicado unos instantes a contemplarme y satisfacer su curiosidad virginal con respecto a los hombres? Por Dios, muchacha, ya comprendo que no entró allí para seducirme sino para reconfortar a mi hijo, y estoy agradecido por eso. Lo que debo hacer es disculparme por haberla asustado, pero un hombre no siempre es capaz de controlar las reacciones de su cuerpo ante una bella mujer. No he estado con ninguna desde que Victoria murió. La verdad es que no había en el pueblo ninguna con la que quisiera acostarme y, al verla a usted en mi cuarto, se despertaron los deseos que había estado debatiéndome para contener desde que enviudé. Shemaine, soy un hombre, y estoy sujeto a todos los sentimientos y defectos de mi sexo. Como hombre, admiro su belleza y disfruto de su presencia en mi hogar. Contemplarla me da placer. Es usted suave, atractiva, gentil y bondadosa. Embellece esta cabaña y nuestras vidas como una delicada flor que remueve los sentidos con su fragancia y su belleza. En el poco tiempo que ha pasado desde que la conozco, he llegado a reconocer que en verdad la deseo como mujer. Y sin embargo, jamás la forzaría, Shemaine... ni le haría daño intencionadamente. Quiero lo mejor para usted, y por eso le pido que no se preocupe por lo que sucedió anoche. Como habrá adivinado, disfruté de que me contemplase usted. Si quiere, condéneme por eso o acépteme como a un hombre que está muy interesado en usted como mujer.

Un suave suspiro trémulo escapó de los labios de Shemaine.

–Hoy no quería encontrarme con usted –admitió a desgana–. Creía que no podría soportarlo.

–Shemaine, nunca tiene por qué sentirse incómoda en mi presencia. Jamás la reprendería por tener sentimientos sinceros ni por ser humana.

Todavía insegura de sí misma e incluso más con respecto a la situación, Shemaine indicó la mesa con la cabeza y murmuró en voz queda:

–Su desayuno se enfría, señor Thornton.

–Después de usted, señorita O'Hearn –repuso Gage, haciendo una galante reverencia y moviendo el brazo en gesto de invitación.

–Papá, ¿dónde estás? –llamó Andrew desde el dormitorio; luego salió adormilado al pasillo.

–Estás ahí, dormilón –exclamó Gage con una carcajada.

Se puso en cuclillas y abrió sus brazos al niño.

Riendo, el pequeño corrió a los brazos de su padre, que lo levantó en el aire. Luego, Gage lo acercó a él y le dio unos juguetones mordiscos en la barriga a través de la camisa de dormir, fingiendo un monstruoso gruñido que hizo chillar y reír al niño.

Cuando, al fin, Andrew fue instalado en su silla alta, inspeccionó la comida dispuesta ante él y dedicó una amplia sonrisa a Shemaine:

–¡Rico, rico!

Gage sonrió a su sierva.

–Creo que eso significa: «A comer». ¿Lo complacemos?

Una vez más, Shemaine se sintió cautivada por los dos y, pese a sus reservas, manifestó su obediencia con una reverencia.

–Estoy aquí para obedecer, milord.

–Cualquier derecho a ese título lo dejé cuando me marché de Inglaterra –comentó Gage sin darle mucha importancia.

Shemaine alzó las cejas, confundida, y se irguió lentamente. Preguntándose qué habría querido decir, preguntó:

–¿Existe un lord Thornton?

–Mi padre, William, conde de Thornhedge. –Se alzó de hombros, como quitando importancia al significado del título–. No será tan impresionante como un marquesado, pero aquí, en las colonias, el título tiene poca importancia para la gente común, aunque sí la tiene para los dignatarios británicos.

Hizo un ademán hacia el banco que estaba detrás de Shemaine, pidiéndole sin hablar que se sentara. Cuando ella lo hizo, él se sentó enfrente. En otra ocasión, le había contado la historia del Viejo Una Oreja para hacer que se sintiera cómoda. Esa mañana, contó cómo Sly Tucker había tratado de escapar de una abeja mientras descargaba provisiones de la parte trasera de un carro.

–Sly se bajó del carro dando un salto, pero su pie quedó enganchado en un agujero. Cayó hacia delante como un saco de patatas, tendido en el suelo, y casi se rompió la nariz. Quedó tan magullada y despellejada que quien lo veía se echaba a reír. Por lo general Sly tiene buen carácter, pero las carcajadas que provocó el incidente fueron tan estrepitosas que lo pusieron nervioso. Desde aquel momento, muchas veces se le oía farfullar que hubiese preferido dejar que la abeja lo picara en lugar de tener que soportar la risa que provocaba su nariz hinchada y magullada.

Shemaine tuvo que reír del relato. Entonces, alzó la vista y se encontró con la mirada cálida de los ojos luminosos de su amo, que parecía indicar que se encontraba satisfecho de haber disipado la timidez de ella. Shemaine inclinó la cabeza en señal de reconocimiento.

–Gracias, señor Thornton.

Gage fingió inocencia.

–¿Qué he hecho?

–Creo que usted lo sabe muy bien –replicó–. Yo estaba muy alterada por lo sucedido anoche, y usted me ha hecho reír y olvidar, por un momento, ese espantoso incidente.

Gage inclinó la cabeza con gesto reflexivo.

–¿Qué es lo que le pareció tan espantoso?

Abrumada por la pregunta, a Shemaine le resultaba difícil explicar todas las emociones que había sentido cuando supo que él la había sorprendido mirándolo. Cuando al fin respondió, no pudo evitar que su mirada vacilara ante la de él, que se mantenía firme, pero de todos modos habló con sinceridad:

–Que usted pudiese considerarme una atrevida, señor Thornton.

Gage se encogió de hombros, quitándole importancia.

–Usted sólo manifestó una inocente curiosidad con respecto a los hombres. Es natural que una doncella inexperta quiera saber.

–Parece que sabe usted mucho de mujeres, señor Thornton –reprochó suavemente.

Los labios del hombre se curvaron, divertidos, y sus ojos castaños la desafiaron.

–Seguramente, más de lo que usted sabe de hombres, señorita O'Hearn.

Shemaine le clavó la vista, azorada, incapaz de discutir semejante afirmación.

–Sí –suspiró al fin, bajando la vista hacia su plato–. Tengo mucho que aprender con respecto a los hombres.

Gage sonrió, porque no se le ocurría que pudiese existir deleite mayor que ser él quien le enseñara.

Ramsey Tate golpeó en la puerta trasera mientras aún desayunaban y se asomó para preguntar:

–¿Puedo entrar?

–Sí, Ramsey, pasa –invitó Gage, haciendo lugar para su amigo en el banco, a su lado. Una vez que Ramsey entró en la cocina, Gage notó las oscuras ojeras del hombre; le hizo una sencilla pregunta–: ¿Has comido?

–Nada que estuviera tan bueno como esto, te lo aseguro –dijo con una risa pesarosa, pero levantó una mano para detener a Shemaine, que hizo ademán de levantarse a buscar un plato–. No, señorita, será mejor que no. Lo que como me cae en el estómago como una piedra. Yo mismo cociné, y desde entonces estoy lamentándolo.

–Has venido mucho más temprano que de costumbre –comentó Gage–. ¿Sucede algo malo?

–Mi mujer no está bien –respondió Ramsey, sombrío–. Estoy preocupado y me gustaría quedarme hoy con ella para hacerle compañía, por si me necesita.

Gage se preocupó.

–Tómate todos los días que necesites. ¿Podemos ayudar en algo?

–Bueno, yo no cocino demasiado bien. Si pudieras enviar alguna cosilla para Calley y para Robbie, mi hijo menor, yo podría arreglármelas con lo que prepare, pero como nunca aprendí a cocinar no me parece justo que Calley tenga que sufrir más de lo que ya está sufriendo. Mis hijos mayores han ido río arriba a trabajar para su tío hasta mediados del verano, de modo que en este momento sólo somos tres en casa.

Gage tuvo reparos en ofrecer los servicios de Shemaine hasta no estar seguro de que lo que tenía Calley no era contagioso. Si había que llevar comida, lo haría él, y se mantendría alejado por el bien de Andrew y de la muchacha.

–¿Qué supones que le pasa?

Ramsey exhaló un suspiro.

–Hace un tiempo te conté que Calley iba a tener otro niño a finales de la primavera, pero ahora tememos que pueda estar a punto de perderlo. Según los cálculos de ella, es demasiado pronto para que sea el parto.

La actitud de Gage se hizo resuelta.

–Calley necesita que la vea un médico. Si no te molesta, llevaré a Shemaine y a Andrew cuando vaya, y luego iré a buscar al doctor Ferris al pueblo. ¿Tienes alguna objeción?

Ramsey parpadeó para contener las lágrimas que empezaban a asomar en sus ojos.

–Te lo agradecería, Gage.

–Ahora, vete a ver a Calley –propuso Gage–. Nosotros iremos en cuanto podamos.

–Te lo agradezco mucho.

Poco después, Gage detuvo el carro ante la casa de los Tate y acompañó a Andrew y a Shemaine adentro. Casi de inmediato, Andrew y el pequeño Robbie, de tres años, se instalaron en el suelo de la cocina para jugar con los animales de madera que Ramsey había fabricado para su hijo menor. Ramsey condujo a Gage y a Shemaine a la parte de atrás de la casa, donde su atribulada esposa estaba en cama. Se acercó e hizo señas a ambos de que se aproximaran, mientras tomaba la mano de su esposa y presentaba a los recién llegados.

–Calley, aquí están el señor Thornton y su sierva, la señorita Shemaine. Ella ha venido a cocinar para ti y para el pequeño Robbie.

Gage se acercó.

–Shemaine la cuidará a usted y a los niños hasta que yo regrese con el médico. Estará en buenas manos, Calley.

La mujer asintió y trató de sonreír, alzando la vista hacia la muchacha.

–Me alegra conocerla, señorita, aunque habría preferido que fuera en mejores circunstancias.

Gage y Ramsey se marcharon y Shemaine se puso a acomodar las almohadas de la mujer y a ordenar la cama. Le preguntó, solícita:

–¿En qué puedo ayudarla?

–Me gustaría que me hiciera compañía un rato –sugirió Calley con sonrisa insegura–. Ramsey se atolondra de tal manera cuando alguno enferma en la casa que casi es un alivio verlo marcharse al trabajo. Su aflicción me agota.

–No cabe duda de que ama mucho a su familia y por eso se angustia cuando ve que alguno de ustedes no está bien –comentó Shemaine.

–Oh, yo sé que es así –repuso Calley con una risa interrumpida, pero se puso súbitamente rígida cuando la asaltó un espasmo. Apretando los dientes, soportó en silencio el dolor hasta que éste comenzó a ceder. Entonces miró a Shemaine a través de las lágrimas–. Yo pensaba que este hijo podría ser una niña. Ya tenemos cinco varones; estaba segura de que esta vez era diferente y que tendríamos una preciosa muchachita.

Shemaine apretó la delgada mano de la mujer.

–No pierda la esperanza, señora Tate. Quizás el doctor pueda ayudarla.

Los labios de Calley temblaron de ansiedad.

–Hasta ahora, nunca había tenido problemas; estoy asustada por el pobre pequeño.

Apoyando las manos en el colchón, Shemaine se inclinó hacia delante para atraer la atención de la otra mujer.

–Yo diría que, hasta ahora, ha sido muy afortunada, señora Tate. Mi madre perdió un hijo después de que yo naciera, y no pudo volver a concebir. De modo que ya ve lo bienaventurada que ha sido.

Con los ojos cerrados y moviendo los labios en una ferviente plegaria, Calley se retorció, silenciosa en su dolor.

–Señorita, me encuentro muy mal; me temo que lo perderé antes de que llegue el doctor Ferris.

Shemaine la dejó y corrió a la cocina. Gage se había ido y, en su ausencia, Ramsey se paseaba como un alma perdida, sin saber qué hacer consigo mismo.

–Será conveniente que ponga agua a hervir –dijo ella, sacándolo de su estado de confusión–. Y prepare trapos y toallas, pero no los lleve a la habitación hasta que yo se lo diga.

–Sí, señorita –repuso Ramsey y se dispuso a cumplir las indicaciones.

Shemaine se arremangó, fue al dormitorio y murmuró una silenciosa plegaria cuando estuvo junto al lecho de la mujer.

–Usted sabe más que yo sobre esta clase de cosas, señora Tate. No soy remilgada. En el viaje desde Inglaterra dejé atrás cualquier idea infantil de mojigaterías, de modo que si decide confiar en mí, me quedaré con usted y haré lo que necesite antes de que llegue el médico.

–Confío en usted –respondió Calley en un susurro.

Empezó a agitarse otra vez retorciendo las sábanas, mientras lamentaba su infortunio y se entregaba de tal modo a la angustia que no podía quedarse quieta.

–Relájese, por favor –recomendó Shemaine, recordando a su amiga Annie cuando había ayudado a una compañera de celda en su parto en el *London Pride.* El niño había nacido con graves malformaciones, tal vez por la desnutrición de la madre. El niño no había sobrevivido ni siquiera un día, pero Annie había guiado a la mujer durante el parto y lo había llevado a feliz término. Si bien Shemaine comprendía que las circunstancias eran diferentes, estaba resuelta a ayudar a Calley de una manera similar, si podía. Salvo que había visto nacer a un niño, no tenía conocimientos suficientes para que su acción fuese muy beneficiosa–. Trate de imaginar a la criatura y cómo podría ayudarla si mantiene la calma. No se esfuerce demasiado ni le haga sentirse no deseada. Que se sienta alimentada en el refugio seguro y tibio de su cuerpo. Cierre los ojos e imagine lo hermosa que es. Creo que se parecerá a usted, con el pelo del color del trigo y los ojos como el cielo. Será el tesoro y el orgullo de sus hermanos...

Con los ojos muy apretados, Calley asintió y en su mente empezó a tomar forma la imagen del bebé. Su respiración se hizo más pausada como por arte de magia, las lágrimas se secaron y dieron paso a una sonrisa.

–Sí, será muy hermosa.

Shemaine se inclinó para susurrarle en el oído:

–¿Se imagina dándole el pecho y meciéndola suavemente, mientras le canta una nana?

Calley exhaló un suspiro arrobado.

–Sí, le gusta que le cante.

–Está sonriendo, señora Tate –murmuró Shemaine y, cuando los ojos de la mujer se abrieron, sorprendidos, rió suavemente–. Y el dolor ha pasado.

–¡Bueno, tiene razón! –girando la cabeza sobre la almohada, Calley miró a Shemaine a través de las lágrimas de emoción–. ¿Puede ser verdad? ¿Lograré retener al niño?

–No lo sé, señora Tate –respondió Shemaine, sincera–. Pero a mi juicio, si conserva la esperanza y se mantiene relajada, será mucho mejor para ambos que si está ansiosa y afligida.

–Llámeme Calley, señorita –imploró la mujer–. Yo sé que usted es una verdadera dama, tal como el señor Thornton es un auténtico caballero. Él necesita una esposa como usted.

–Sólo soy su esclava –dijo Shemaine.

Después de una noche como la pasada, lo último que necesitaba era que esta mujer supusiera que su amo pensaba casarse con ella y cometiera el error de hacer algún comentario a Gage en ese sentido. Últimamente, se había disculpado demasiado con Gage Thornton.

–Eso cambiará –predijo Calley, ganando confianza–. Ramsey lo ha dicho. Dice que el señor Thornton ya está prendado de usted.

–El señor Thornton está prendado de mi comida –dijo Shemaine–. Nada más. Su esposo está equivocado.

Calley se sorprendió por la insistencia de la muchacha en negar que pudiera resultar algo de ese vínculo.

–¿No se casaría con él si se lo pidiera?

–Yo estaba comprometida antes de venir aquí...

Las palabras de Shemaine fueron perdiéndose hasta interrumpirse y no pudo terminar la frase. El recuerdo de su compromiso parecía muy ajeno a la realidad presente.

–Inglaterra está muy lejos, señorita, y el señor Thornton está aquí, dispuesto a casarse. ¿No cree que sería un marido muy guapo?

–Desde luego que sí, pero yo...

Una vez más, le faltaron las palabras.

–El hombre con el que estaba prometida en Inglaterra, ¿era tan guapo como el señor Thornton? –insistió Calley.

–No sé... –gimió Shemaine, a quien inquietaban esas preguntas.

Según los gustos de cualquier joven dama de Inglaterra, Maurice du Mercer había sido considerado el hombre más apuesto de Londres. Y, sin embargo, Gage Thornton habría causado tanto desasosiego en los corazones de las doncellas como el que ella experimentaba en ese momento. En cierto modo, le parecía desleal considerar menos atractivo a su novio. Por otra parte, le parecía una tontería preocuparse por el grado comparativo de gallardía de uno y otro. Estaba segura de que si, en efecto, consideraba más apuesto a Gage Thornton era sólo porque estaba cerca y Maurice, en cambio, muy lejos.

–¿Todavía ama a su novio?

–En otra época, creía que lo amaba –admitió Shemaine–. Pero me parece que eso fue hace mucho; desde entonces han pasado muchas cosas. Estoy contratada como esclava por el señor Thornton, y aunque Maurice me encontrase, no podría casarme con él a menos que mi amo estuviese dispuesto a liberarme. Y hasta podría suceder que, teniendo en cuenta mi condena y todo eso, Maurice ya no me quisiera.

–El señor Thornton sí que la quiere.

–Esta discusión me parece inútil –repuso Shemaine con la esperanza de disipar tan inquietantes conjeturas–. Nadie puede predecir con seguridad lo que está pensando el señor Thornton. Yo soy sólo su esclava y, salvo que él mismo lo diga, cualquier conversación sobre ese tema me parece puramente especulativa.

–Sí, tiene razón, no es correcto que nosotras digamos lo que hará el señor Thornton –concedió Calley–. Ya hay demasiada gente que trata de adivinar qué es lo que se propone sin que nos sumemos a ella.

Shemaine lanzó un suspiro de alivio por haber hecho prevalecer su argumento. Tomó los dedos de la mujer entre los suyos y le sonrió:

–¿Cómo se siente ahora?

–Un poco cansada –reconoció Calley sonriendo–. Pero mejor.

–Un descanso le haría mucho bien a usted y al pequeño.

–Sí, creo que ahora puedo descansar... y tener esperanzas.

–La dejaré para que esté tranquila. Estaré en la cocina, si me necesita.

Con un suspiro relajado, Calley cerró los ojos y Shemaine salió sigilosamente. Ramsey la esperaba frente al hogar y, viendo su expresión angustiada, la muchacha se apresuró a disipar sus temores.

–Su esposa está mucho mejor ahora y va a descansar un rato. –En el rostro del hombre estaba pintada la tensión de las últimas horas; Shemaine se compadeció–. Creo que a usted también le vendría bien dormir un poco –dijo, gentil–. Si sucede algo, yo lo llamaré.

Gage saltó del carro y se acercó a la vivienda del médico. Una mujer menuda estaba en el patio vecino arrancando la maleza que había crecido en el jardín, pero cuando él avanzó por el sendero, ella se irguió y lo miró entrecerrando los ojos para protegerse del sol. Cuando Gage llamó a la puerta delantera, la mujer le gritó:

–Si quiere ver al doctor, se ha ido río arriba a curar una pierna rota y no volverá hasta dentro de un rato. Si sabe escribir, puede dejarle una nota que ponga adónde quiere que vaya cuando regrese. El doctor Ferris me indicó que dijera eso a cualquiera que viniese. Además, dejó una pluma y cosas para escribir en el porche, para los que desearan hacerlo.

Gage Thornton observó a la mujer humildemente vestida pensando que su voz le sonaba familiar. Cuando atravesó el jardín en dirección a ella, notó que tenía el costado de la mandíbula hinchado y morado. Aun así, recordó a la menuda mujer que lo había animado a comprar a Shemaine a bordo del *London Pride.*

–¿Annie Carver? –Los morados de la cara parecían muy recientes; él no pudo menos que preguntar–: Buen Dios, mujer, ¿qué le ha sucedido?

Perpleja, Annie levantó una mano embarrada y protegió sus ojos del brillo del sol, tratando de verlo con claridad.

–¿Quién es usted?

–Gage Thornton. Yo compré a Shemaine O'Hearn, ¿recuerda?

La mujer lanzó una exclamación y se dio una palmada en la mejilla.

–¡Por Dios, patrón! ¿Que si lo recuerdo? ¿Cómo podría olvidarlo? Lo que pasa es que como me daba el sol en los ojos, me costó un poco reconocerlo. ¿Cómo está Shemaine? –Sus ojos expresaron un repentino recelo–. No estará herida, ¿verdad? ¿Será por eso que necesita al doctor?

–No, Annie, ella está perfectamente. En realidad, vine por un amigo mío. Su esposa debía dar a luz en primavera pero ahora se han presentado problemas... incluso podría perder al niño.

–Yo sé un par de cosas sobre partos –informó Annie, tímida–. Mi madre era comadrona hasta que enfermó y murió, y me enseñó un poco cómo ayudar a una parturienta. Pero mi amo no me dejaría ir con usted.

–¿Su amo ha hecho eso? –preguntó Gage con suavidad señalando la mejilla amoratada.

Annie se encogió de hombros, avergonzada.

–Tal vez el señor Myers pensara que merecía un par de golpes por haber dejado que se quemara la cena. Me dijo que fuese afuera a cortar un poco de leña porque en su sala hacía frío. Y me costó un poco más de tiempo del que pensaba. –Miró a Gage con curiosidad–. ¿Y qué me dice de usted, patrón? Ahora que Shemaine cocina, ¿tiene bastante para comer?

–Me alegra decir que es una cocinera excepcional, Annie. No podría haber hallado una mejor aunque la hubiese buscado en Londres.

Annie lo miró seria, de soslayo.

–Anoche, esa señora Pettycomb vino a hablar con mi amo... Samuel Myers... y dijo que usted se había comprado una sierva para satisfacer sus deseos masculinos y que casi había matado al contramaestre del *London Pride* porque había tratado de arrebatársela.

La permanente vitalidad con que la vieja chismosa difundía sus deformadas historias por el pueblo encolerizó un poco más a Gage Thornton.

–La señora Pettycomb suele agrandar todo lo que oye, Annie; yo en tu lugar no daría mucho crédito a lo que ella dice. Al parecer, disfruta desvirtuando los hechos para adornar sus relatos.

Annie esperaba que él añadiese más detalles, pero Gage no quería dar explicaciones sobre sus propósitos con respecto a la compra de Shemaine porque no veía motivos para justificarse ante el primero que prestase oídos a las mentiras extravagantes que se decían sobre su persona. Si empezaba a hacerlo no terminaría jamás, sobre todo teniendo en cuenta que la chismosa y su círculo de seguidoras tendían a parlotear constantemente acerca de él.

La puerta de enfrente se abrió y Samuel Myers salió por ella hasta el borde del porche, donde se detuvo con un brazo tras la espalda. Mirándolos, ceñudo, tenía el aspecto de un rubicundo dictador.

–¡Tú, perra perezosa! –rezongó a Annie–. No compré tus papeles para que pudieras conversar con cada inútil que pasa por mi puerta. Vuelve a trabajar antes de que mi puño caiga sobre la otra mejilla. Y te lo advierto, si sabes lo que te conviene, seguirás trabajando mientras yo no esté, si no te arrancaré el pellejo. No puedo dejar mi negocio a cada hora sólo para controlarte; si lo hiciera, mis clientes comenzarían a pensar que me he marchado del pueblo.

La frente de Gage se crispó mientras miraba al hombre. Por una vez, coincidía con Morrisa Hatcher. El hombrecillo era tan detestable como la rata más malvada. La idea de dejar a Annie a su cuidado sin intentar siquiera ayudarla no le parecía justa.

–Señor Myers, ¿estaría dispuesto a alquilar a su sierva por una paga?

De repente, Samuel Myers se quedó perplejo. Subió las gafas sobre la ancha nariz y, con una mueca de duda, estudió más atentamente a Gage.

–¿Qué le pasa, señor Thornton? ¿Una moza no es suficiente para usted? ¿Necesita *dos* en su cama?

Si el propósito del hombre era irritar a Gage, sin duda lo logró; sintió que su animosidad hacia el sujeto crecía dentro de él y miró con expresión pétrea el rostro burlón del otro. Era obvio que Myers había oído rumores con respecto a él, mientras que Gage sólo sabía que ese hombre vendía ropa masculina. Considerando el celo con que las chismosas agitaban sus lenguas, no le extrañaría que Samuel Myers lo considerase un hombre peligroso. Además, por el modo en que Myers tenía su brazo metido tras la espalda, Gage sospechó que tenía una pistola amartillada en la mano; de lo contrario no habría sido tan temerario, sobre todo si daba crédito a los rumores que circulaban y que señalaban que el ebanista era peligroso.

–La esposa de uno de mis empleados puede tener un aborto –respondió Gage, conteniéndose. No era la amenaza de la pistola lo que lo llevaba a tener cautela sino la comprensión que cualquier demostración de hostilidad podría estropear las posibilidades de ayudar a la amiga de Shemaine–. Annie dijo que tal vez podía ayudar a la señora Tate, si usted le daba su permiso para ir. Si le permite venir conmigo, estoy dispuesto a pagarle por el tiempo de ella. Es posible que el doctor se demore y, en este momento, no hay nadie en casa de los Tate que sepa qué hacer.

–Podría llevar a su sierva allí, *señor* Thornton –sugirió Myers retrayendo el labio en una mueca–. Salvo que no pueda separarse de ella tanto tiempo. Es muy atractiva para ser una perra irlandesa y me pregunto si será igual de agradable en la cama como lo es para los ojos.

–Usa con demasiada liberalidad la palabra *perra,* señor Myers, y hace suposiciones gratuitas con respecto a la disposición de una dama –replicó, sintiendo que su ira crecía rápidamente. Hizo una pausa para recuperar el control de sí mismo antes de volver a hablar–. La muchacha ya está allí, haciendo lo que puede, pero no sabe lo suficiente para ayudar a la señora Tate.

Samuel Myers siempre estaba ansioso por ganar una moneda de un modo u otro, y no se le ocurría una manera más fácil de conseguir una suma interesante que permitir que su esclava la ganara para él.

–¿Cómo sé que puedo confiar en que traerá a Annie de vuelta?

Gage se convenció de que tendría que hacer una oferta generosa si quería interesar al hombre.

–Si quiere, puedo dejar en sus manos una cantidad igual a la que pagó por ella. Bastará con que me diga la suma que pagó y firmar un recibo prometiendo reintegrarla cuando traiga de vuelta a Annie.

–Me ha costado quince libras –afirmó el hombre con un bufido–. Pero a usted le costará otras cinco llevarla consigo.

–¡Cinco libras! ¡Por Dios, hombre! ¡No pienso tenerla un año!

–Serán cinco libras o nada. –El señor Myers se alzó de hombros exagerando sus necesidades–. Aquí hay mucho trabajo para Annie y debo recibir una compensación por los problemas que pueda causarme su ausencia.

Gage también se puso más exigente.

–Por cinco libras, espero tenerla dos semanas completas, por lo menos.

Samuel Myers hizo un gesto despectivo.

–Supongo que podré arreglármelas durante ese tiempo, pero le advierto que si no la trae de vuelta, me quedaré con todo el dinero.

–Se quedará con todo el dinero –refunfuñó Gage, sintiéndose estafado–. Pero necesito ese recibo, por si se le ocurriese decir que se la he robado.

–Tendrá su recibo –replicó Myers con insolencia–, pero ella saldrá de aquí con la misma ropa que vino.

Gage miró el vestido de Annie y se preguntó cómo podría preocuparse el tendero por una prenda tan miserable.

–Salvo que usted esté dispuesto a pagar el vestido, claro –provocó Myers.

Gage lo rechazó con un resoplido desdeñoso.

–Puede quedarse con el vestido, señor Myers. He visto mejores en el cesto de los trapos de la señora Tate.

Pocos minutos después Gage se instaló en su asiento del carro y enfiló otra vez hacia la cabaña de los Tate acompañado por Annie, que se había puesto el vestido que llevaba en el barco. Seguía siendo un harapo pero, por fortuna, estaba limpio.

Gage sabía que Shemaine se sentiría aliviada al ver a su amiga, aunque él tenía mucho en qué pensar. Tendría que pensar en cómo hacer para recuperar sus gastos, porque no se imaginaba devolviendo su esclava a un amo que maltrataba a las mujeres como Samuel Myers. Tampoco se imaginaba conservando él mismo a Annie, porque estaba completamente satisfecho con Shemaine y no quería tener a otra mujer en su hogar en forma permanente. Aunque en ese momento los Tate necesitaban a Annie, no podían permitirse comprarla porque estaban ahorrando cada moneda para la educación de sus hijos. De momento no se le ocurrían otras opciones; esperaba tener alguna idea para cuando los Tate ya no necesitaran los servicios de Annie.

En el asiento, junto a él, Annie se afligía como una madre sobreprotectora.

–¿Ha dejado una nota al doctor para que sepa adónde debe ir cuando regrese?

–Me ocupé de eso mientras usted se cambiaba de ropa.

–¿Y la dejó en un sitio en el que él la vea en cuanto llegue?

–Sí.

–¿En lugar seguro, donde el señor Myers no pueda hallarla?

–Pasé la nota por debajo de la puerta, que estaba cerrada con llave –respondió Gage, cansado de sus interminables preguntas.

–¿Y si él no mira para abajo? El doctor está envejeciendo, ¿sabe? Dijo que el próximo viernes cumple cuarenta y cinco.

Para Annie, que apenas tenía veinte, era una edad muy avanzada.

–Annie, deja de preocuparte –replicó Gage, impaciente–. Me fastidias con tantas preguntas.

–Lo siento, señor Thornton –murmuró, contrita–. Es que quería asegurarme de que el doctor acudiese para que sus amigos no dependieran sólo de mí. Sé mucho acerca de partos, de cómo bajar una fiebre o curar heridas, pero estoy pensando que será mejor si hay alguien que haya recibido una enseñanza correcta.

–Annie, enseñanza correcta o no, te quedarás con los Tate por un tiempo para cuidar de Calley, de modo que tal vez no puedas apoyarte en el doctor cuando más lo necesites. Ramsey trabaja para mí y, además, es amigo mío, y quiero que hagas todo lo posible para que su esposa esté cómoda y, si puedes, salvar al niño. Su familia es muy importante para él. ¿Entiendes?

–Sí, patrón –respondió, dócil.

–Tienen un niño del que también tendrás que cuidar hasta que Calley pueda levantarse –dijo, mirándola de soslayo.

La súbita euforia de Annie demostró que estaba impaciente por quedarse con la familia. Suspiró arrobada:

–Oh, eso estará muy bien.

Al llegar a la casa de los Tate, Gage entró en la casa buscando a Shemaine y la encontró en la cocina preparando la comida. Se detuvo junto al hogar cuando ella se arrodillaba para meter una hogaza de pan en el horno de hierro.

–He traído conmigo a una mujer que podrá ayudar aquí un tiempo; así Andy y usted podrán volver conmigo a casa cuando me marche.

–El señor Tate insistió en que cocinara para todos –explicó ella, cerrando la tapa del horno y poniéndose de pie–. Insistió mucho en que usted se quedara a comer con él.

–Podemos quedarnos si es tan importante para él –la tranquilizó Gage.

Shemaine sonrió con dulzura.

–Estoy segura de que su presencia ayudará a distraerlo, señor Thornton. Ha estado fuera de sí desde que usted se fue. No quiso dormir aunque le dije que Calley se sentía mejor. Está cortando leña en el patio trasero para olvidar las preocupaciones. Puede ser que, si usted pasa un rato con él antes de que nos marchemos, lo ayude a superarlas.

–Haré lo que pueda, Shemaine –dijo Gage–. Entre tanto, ¿por qué no acompaña a la mujer al dormitorio y la presenta a Calley?

La indicación desorientó un poco a Shemaine porque supuso que la mujer tendría que presentarse por sí misma pero, cuando Gage se hizo a un lado y ella pudo ver a la recién llegada, Shemaine lanzó una exclamación de alegría y se arrojó a los brazos de su amiga.

–¡Oh, Annie! ¡Estaba tan preocupada por ti! –exclamó, con lágrimas en los ojos. Abrazó a la menuda mujer y luego se apartó para mirarla mejor, entonces su expresión de dicha desapareció al ver el estado de la cara de Annie. Extendió la mano y tocó con ternura la mejilla magullada–. ¿Te lo ha hecho tu amo o te has dado contra una pared?

Annie hizo un gesto restándole importancia.

–No importa mi cara, milady. ¡Deja que te mire! –Sus ojos recorrieron el cuerpo esbelto, y luego tomó las manos delgadas de Shemaine y rió de placer–. ¡Estás maravillosa! ¡Sencillamente maravillosa!

–Ven al dormitorio a conocer a Calley –invitó Shemaine, tomando a Annie del brazo–. Y después nos contarás cómo es que has llegado hasta aquí.

–Oh, te lo diré ya mismo. Si no fuera porque tu amo puso veinte libras por mí, jamás habría venido.

Shemaine se detuvo de repente y, tirando del brazo de Annie, la hizo girar de cara a ella.

–¿Qué quieres decir, Annie? ¿El señor Thornton te compró?

–No exactamente. –Annie se alzó de hombros–. Pagó cinco libras para alquilarme, por así decir, pero si no me lleva de vuelta perderá veinte libras. –Sacudió la cabeza, perpleja, sorprendida por la capacidad del hombre de disponer de semejante suma–. Tu señor Thornton debe ser rico o algo así.

–No es rico, Annie, pero desde luego es muy generoso –dijo Shemaine con una sonrisa embelesada.

El doctor Colby Ferris, hombre alto, de cabellos grises y facciones macilentas, con una perpetua sombra de barba cubriendo la mitad de su cara, llegó antes de que terminara la comida del mediodía. Annie tomó en serio sus deberes y llevó agua caliente y jabón al médico para lavarse las manos y toallas limpias para secárselas antes de permitirle pasar al dormitorio de la parturienta.

–Mi mamá decía que no está bien que una comadrona vaya de una casa a otra donde están por nacer niños sin tener por las madres el debido respeto de lavarse las manos.

El alto doctor clavó en la mujercilla una mirada severa.

–Jovencita, ¿sabe usted cuántos niños he traído a este mundo?

Annie puso sus brazos delgados en jarras y se mantuvo en sus trece.

–Tal vez más de los que yo pueda contar, pero ¿qué hay de malo en que se lave sus preciosas manos después de atender a los enfermos o quizá tocar a un muerto... o... –pensó en otra buena razón y por fin alzó una mano en gesto de frustración, indicando la ventana por donde se veía al caballo en que el médico había llegado– ... o montar un caballo maloliente?

El doctor Ferris quedó atónito por la impertinencia de la muchacha pero, después de un largo silencio, pasó una mano por su barbuda barbilla y rompió a reír, para alivio de los que habían presenciado la escena.

–Supongo que no habrá nada de malo en lavarme las manos. ¿Y qué me dices de los pies? ¿No quieres inspeccionarlos, también?

Sin pensarlo, Annie miró hacia abajo y al ver las botas polvorientas y comprender que le había gastado una broma, se tapó la boca con la mano. Echó la cabeza atrás para mirarlo a los ojos y le dedicó una amplia sonrisa, que puso cierto encanto en su rostro sencillo.

–Supongo que con sacudirlos será suficiente, por el momento, pero será mejor que cuide sus modales, porque lo esperaré en la puerta cuando vuelva... al menos durante un rato.

Una ceja hirsuta se elevó muy alta, como si el doctor se hubiese ofendido con la amenaza, pero su siguiente pregunta no tuvo nada que ver con las exigencias de Annie.

–¿Qué me dice de ese sapo, Myers? ¿Dejará que se quede aquí sin armar un escándalo?

Annie Carver quedó atónita ante la obvia conclusión del médico.

–Estoy aquí con su consentimiento, desde luego; de modo que no tiene por qué sospechar que me tomé las de Villadiego. El señor Thornton tiene un papel que lo demuestra.

El doctor Colby Ferris se burló.

–Le habrá costado una bonita suma sacarla a usted de las garras de ese sapo. Myers nunca ha sido demasiado generoso con sus posesiones.

–Oh, ya lo creo –admitió Annie, y señaló con el pulgar a su benefactor–. El señor Thornton tuvo que poner veinte libras, cinco por alquilarme y quince como garantía por si no me lleva de regreso.

–¿Dice que Myers firmó un recibo?

Annie hizo un cauteloso asentimiento, sin entender por qué el doctor estaba tan asombrado.

–Eso hizo, patrón.

Colby Ferris miró extrañado a Gage.

–En ese caso, le aconsejo que guarde bien ese recibo, porque Myers no es de fiar, señor. Si puede, lo estafará... o hallará algún modo de acusarlo de ladrón.

–No conozco bien al hombre, pero me ha causado enorme antipatía en poco tiempo –admitió Gage–. Puede estar seguro de que seré lo más cuidadoso posible.

El doctor indicó con una mano el rostro golpeado de Annie.

–Desde luego, ya sabrá usted que Myers le volverá a hacer esto a la chica si la lleva de vuelta con él.

–¿Se le ocurre qué se podría hacer? –Gage estaba ansioso por solucionar ese problema. Hizo una breve seña en dirección a Shemaine, que estaba lavando la cara a Andrew en el extremo más alejado de la mesa–. Yo ya tengo una sierva y no hay lugar en mi casa para otra.

Pensativo, el hombre mayor se acarició el mentón.

–He visto a la muchacha trabajando en la propiedad de Myers y sé de lo que es capaz –bufó y expresó una conjetura–. De hacer cosas que el mismo Myers debería haber hecho, en lugar de mandarlas hacer a una muchacha tan joven.

–¿Necesita una ayudante? –preguntó Gage, esperanzado–. Annie dice que tiene cierta experiencia en alumbramientos y esas cosas. Tal vez pueda usarla como criada para mantener su casa.

El doctor Ferris desechó la idea y echó una mirada hacia Annie Carver.

–¿Qué? ¿Y que me obligue a lavarme las manos cada vez que estornudo? Que el Señor me libre de semejante destino.

–¡No es necesario que se preocupe por mí! –declaró Annie con vehemencia, ofendida por el rechazo del doctor–. Volveré con el señor Myers cuando termine aquí. No será la primera vez que me golpean.

Acercándose a la fregadera, el doctor Ferris procedió a lavarse las manos y la cara. Mientras se secaba con una toalla, sonrió a Annie.

–¿Ahora me mostrará dónde está la señora Tate? ¿O piensa quedarse ahí como un erizo indignado, con todas las púas erizadas?

–La señora Tate está mejor desde que milady Shemaine ha conversado con ella. Podría usted comprar a Shemaine al señor Thornton y llevarla con usted cuando hace las visitas –sugirió Annie, con acritud.

Gage echó a la muchacha una mirada ominosa.

–Annie, no me he gastado en ti el dinero que tanto me cuesta ganar para que trates de vender a Shemaine a mis espaldas.

Annie le sonrió.

–Está muy quisquilloso con ese tema, ¿eh? Tal vez ella le guste un poco.

–En efecto, Shemaine me gusta –afirmó Gage, categórico–. Y no estoy dispuesto a venderla. ¿He sido claro?

Ferris miró a Annie, conteniendo una carcajada.

–Eso quizá signifique que será mejor buscar una ayudante en otro lado.

–Ésa es una verdad grande como una catedral –concedió Annie, riendo alegremente y echando una mirada a Gage que, al fin, cedió y devolvió la sonrisa.

–Venga, doctor –llamó Annie–. Le llevaré con la señora.

Condujo al doctor al dormitorio del fondo y, mientras Ramsey se paseaba con renovada inquietud, Gage ayudó a Shemaine a recoger la mesa pese a sus repetidas protestas de que no era necesario que lo hiciera. Había varios motivos para que Gage no se marchara hasta que el doctor terminara su examen. Sabía que Shemaine querría oír el diagnóstico, y Ramsey le necesitaba para amortiguar el efecto de las posibles malas noticias. Además, estaban sus propias preocupaciones; era consciente de que no estaba tan alejado de la cuestión como hubiese imaginado. Los Tate eran sus amigos, y quería estar presente para ofrecerles su apoyo del modo que fuese necesario.

Cuando volvió a la sala, el doctor Ferris anunció solemnemente que no era posible saber el estado del niño. Tampoco podía anticipar si Calley podría llevar a su hijo a término o si lo perdería en las semanas venideras. Era imperativo que se quedara en cama si quería conservar cualquier esperanza de dar a luz un niño saludable; dio instrucciones a Annie de que vigilara con cuidado a la mujer, porque no sería fácil hacer reposar a una madre tan trabajadora. Si alguien podía cumplir semejante cometido, sin duda era Annie. Después de todo, bromeó, le había obligado a lavarse las manos.

El doctor aconsejó a Ramsey Tate que reanudase su trabajo en la carpintería, tanto por el bien de su esposa como por el propio. No conseguiría más que poner ansiosa a Calley si ésta veía a su esposo atemorizado. Trabajar le serviría para mantenerse ocupado y, además, distraer su mente; sin duda eso reduciría su constante preocupación.

Antes de irse, el doctor Ferris prometió hacer visitas regulares para mantenerse informado del estado de Calley, y si en ese momento había una comida preparada para aliviar su condición de viudo, le parecería un pago más que suficiente. A continuación, bromeó, esperaba que Annie fuese tan buena cocinando como dando órdenes.

11

Es fácil tolerar la vida de esclava contratada cuando se tiene un amo tan generoso y noble para invertir una porción considerable de sus limitados recursos para ayudar a un empleado y a una sierva maltratada. Ésa fue la conclusión de Shemaine. Se consideró inmensamente afortunada de que un hombre así la hubiese comprado.

Apenas estuvieron de regreso en la cabaña junto al río, Gage llevó a su hijo dormido a su cama. Cuando volvió a la sala, encontró a su esclava esperándolo con una suave sonrisa iluminando su cara. Fascinado por el resplandor de esos ojos verdes, Gage ladeó la cabeza con aire inquisitivo.

–¿Quería algo, Shemaine?

–Sí, señor Thornton –murmuró, con un movimiento casi imperceptible de cabeza–. Tengo un gran deseo de darle las gracias por haber ayudado a Annie. Será un alivio trabajar para los Tate después de lo que soportó con Myers.

La suavidad de su voz provocó escalofríos en los sentidos de Gage; trató de sustraerse al encanto que ella ejercía sobre él, aturdiéndolo, porque sabía que no podía dejar que alimentara esperanzas en relación con lo que había hecho, ya que no tenía la intención de que Annie fuese a vivir con ellos.

–Shemaine, debo decirle que en cuanto la utilidad de Annie haya terminado para los Tate, tendré que venderla de nuevo para recuperar lo que invertí. Ella no puede venir a vivir aquí.

–Lo sé, señor Thornton –aseguró ella con voz suave–, pero confío en que encuentre un amo mejor para ella que el señor Myers. Sin duda, en el breve tiempo que llevo aquí he llegado a convencerme de que es usted un hombre de honor. Por cierto, señor, no puedo pensar en ningún otro al que admire más en este momento.

Gage tuvo que esforzarse para no imaginar más de lo que la joven estaba diciendo. La palabra *admirar* podía insinuar una plétora de connotaciones, todas gratas, pero sería una tontería por su parte presumirlas. Él seguía siendo el amo, y ella, su esclava.

Durante un momento, se quedó sin palabras; pasó alrededor de ella sabiendo que, si se quedaba en la cabaña un instante más, cedería a la tentación de ahondar en otro tema que requería una discusión más minuciosa de lo que permitía el tiempo disponible entonces.

–Será mejor que vaya al taller y vea los progresos que han hecho los hombres en mi ausencia.

La apresurada partida dejó atónita a Shemaine, pero la atribuyó a la impaciencia de Gage por reanudar el trabajo. Se dedicó a terminar las tareas que habían quedado sin hacer esa mañana. Cuando hubo ordenado la casa, calentó varias planchas en el fuego y comenzó a planchar la ropa. Le deparó una extraña satisfacción alisar las prendas más valiosas de su amo y dedicar un cuidado extremo a dejarlas en el mejor estado. No era poca cosa imaginar lo apuesto que estaría Gage Thornton con esas camisas blancas pulcramente planchadas, en lugar de las de tela casera, arrugadas, que llevaba siempre. Quedarían muy realzadas con una elegante levita y pantalones, aunque no tenía dudas de que sería el hombre el que realzara el atuendo. Su imaginación se tornaba frívola cuando se imaginaba a sí misma bailando el minué con su amo, ricamente ataviado, como había hecho con Maurice en numerosas ocasiones. En su fantasía, Gage bailaba con gracia y su modales eran atentos y corteses, rivalizando con Maurice, que había sido muy bien educado en los comportamientos sociales. Cada vez que Gage se acercaba, Shemaine veía en sus ojos una promesa que cortaba su aliento y la llenaba de excitación.

Shemaine recordó que sólo era una ilusión y que la realidad pocas veces era tan tentadora como las fantasías. En un intento por imprimir otra dirección a sus pensamientos, de centrarlos en algo menos inquietante, procuró evocar la velada en que había recibido a Maurice en la sala familiar. Guiando su imaginación hacia una imagen bastante cercana a la precisión, la figura de su prometido era tan alta, su pelo tan negro y su sonrisa tan cautivadora como la de su amo, sólo que en lugar de aquellos ojos de ébano que la miraban resplandecientes, éstos eran castaños, con reflejos ámbar. Los labios de Maurice tenían un natural matiz rojo, y se entreabrían ansiosos, adelantándose al beso que robaría a los de ella.

Pero, de repente, su ensueño se desvió del camino recto y ahora era un rostro bronceado el que se inclinaba sobre ella, y la boca entreabierta de su amo la que buscaba la suya con ardiente deseo. Repentinamente, un éxtasis embriagador la inundó, produciendo un extraño anhelo en su ser femenino que, en el mejor de los casos, le causaba desasosiego. El delicioso calor que subió por sus pechos no era menos devastador que las sensaciones motivadas por el roce casual del brazo de Gage en su cuerpo, durante las prácticas de tiro, hacía pocos días.

Shemaine alzó una mano trémula y enjugó, distraída, la transpiración que humedecía sus mejillas ardientes. El impacto de su reacción destruyó por completo la idea de que ella era una fortaleza de virtud serena. Si bien en una ocasión había podido conservar la calma y la compostura pese a los intentos de Maurice de persuadirla de que ya eran casi esposos, no estaba tan segura de poder permanecer igual de serena si Gage Thornton empleaba un grado parecido de persuasión para conquistar sus favores. Sus mejillas enrojecieron y su aliento escapaba en rápidas ráfagas al recordar los muslos del hombre que rozaban sus nalgas como al descuido mientras él le enseñaba la manera correcta de sostener el mosquete. Después de ese recuerdo, llegó la imagen audaz del cuerpo masculino desnudo, bañado por la luz de la luna; ésta provocó un calor creciente que fue ascendiendo, incendiando sus sentidos. La intensidad de su excitación la dejó perpleja. Si el recuerdo la afectaba con semejante potencia, era innegable que había toda una parte de su ser que no era tan sensata y recatada como ella había supuesto.

Shemaine acababa de descubrir dentro de ella una sensualidad de la que, hasta entonces, no había tenido noticias; le resultaba difícil mantener sus pensamientos en la dirección que se suponía debían seguir los de una doncella virtuosa. Su súbita inclinación a ideas descarriadas se hizo más evidente cuando Gage regresó a la cabaña aquella tarde. Su presencia en la cocina provocó un verdadero tumulto en el interior de la muchacha, haciéndole temer lo que él pudiese discernir si miraba su rostro encendido o notaba el modo en que le temblaban las manos.

Fue un alivio para ella cuando Gage se sentó sobre la alfombra de la sala para jugar con Andrew. Pero incluso entonces, mientras Shemaine rallaba zanahorias, su mirada escapaba en dirección al torso masculino. La estremeció advertir que estaba contemplando los pantalones de piel de ante que ceñían suavemente sus piernas. Esa aletargada plenitud trajo a su memoria la visión de ese gran cuerpo desnudo, brillando con gotas de plata. Dentro de Shemaine se encendió un calor del que brotaban llamas cada vez más altas, que afectaron su respiración hasta hacerla dudar de su reserva de aire. A decir verdad, si tuviera que volver a enfrentarse con la irrupción de Gage en medio de su baño y él la mirara con la misma avidez que aquella noche, ya no estaba segura de volver a ser tan terminante como en aquella ocasión, cuando le había exigido que se marchara.

Durante la cena, la conversación declinó. Gage y Shemaine tenían aguda conciencia de la presencia del otro, aunque no quisieran revelar hasta qué punto llegaba su preocupación ni hasta qué nivel crecía su mutua fascinación. Por encima de la mesa de caballete, los ojos bebían ávida, furtivamente hasta saciarse, acariciando con la mirada el rostro y el cuerpo del objeto de su atención. Un contacto fugaz de una mano o un brazo les dejaba la piel erizada, los sentidos exacerbados. Un susurro o una mirada directa captaban de inmediato la atención total del otro. Más tarde, cuando se rozaron al pasar, los fuegos que se encendieron eran una tortura deliciosa pero imposible de mitigar, pues ninguno de los dos podía encontrar el modo apropiado de hacerlo.

A pesar de las frases con que había tranquilizado a su esclava, Gage se sentía irremisiblemente atraído hacia el recuerdo de ese momento en que había acabado de secarse el pelo y se había puesto la toalla al cuello. En el suave resplandor que inundaba el interior, había notado de inmediato la presencia de Shemaine, aunque ella se apresuró a retroceder hacia el cuarto de Andrew. Había visto resplandecer sus ojos verdes reflejando la luz plateada que entraba por la ventana, revelando la dirección de su mirada. Gage no se atrevió a moverse por temor a asustarla más allá de toda razón y se sintió como un hombre sometido a una exquisita seducción, pero amarrado a una estaca. Ese interludio era demasiado provocativo, aun en el recuerdo, y hacía surgir en él los dolorosos anhelos contra los que había estado luchando, aunque simulara una lánguida calma. A decir verdad, ansiaba que sucedieran momentos similares en los que él pudiese revelar a Shemaine otros secretos íntimos del cuerpo masculino.

Después de la cena, Gage descubrió que no tenía humor para dibujar. Había pasado el resto de la tarde enmendando errores cometidos por sus aprendices en su ausencia y lo acuciaba el deseo de relajarse y hacer algo no relacionado con el trabajo antes de acostarse. Con creciente frustración, cerró el escritorio y anunció en tono áspero que, por esa noche, había terminado, por si Shemaine quería tomar su baño más temprano. Llevó a Andrew a la cama y, al regresar a la sala, la encontró llevando cubos de agua hirviendo al cuarto trasero. Se sentó en la mecedora, cerca del hogar, y eligió un libro para leer esperando apaciguar la inexplicable inquietud que bullía dentro de él. Pero por más que se esforzó en concentrarse en las páginas, las palabras no retenían su atención ni un instante, pues su mirada se escapaba por encima del libro y seguía a Shemaine que iba y venía entre el hogar y el corredor del fondo. Una vez que hubo volcado el último cubo de agua, Shemaine se detuvo junto a la silla de él con una toalla plegada sobre el brazo, atrayendo su atención.

–¿Qué hay, Shemaine?

–Como esta noche el aire está un poco fresco, se me ocurrió que tal vez prefiera bañarse adentro –explicó, en un solo impulso nervioso–. Me he tomado la libertad de preparárselo, por si quiere tomarlo.

Un baño caliente en la bañera era un lujo que Gage no había podido disfrutar a menudo desde la muerte de Victoria. Había estado demasiado atareado con el trabajo y con otras cosas y, para su higiene personal, se contentaba con sus zambullidas nocturnas en el estanque. Para cualquier hombre sensato, la idea de una relajante inmersión en la bañera habría sido muy tentadora, y él se consideraba esa clase de hombre.

–¿Y usted, Shemaine? –preguntó, dudando–. Llevará tiempo calentar más agua. ¿Esperará hasta más tarde para tomar su baño?

–Cuando usted termine, aún quedará agua caliente para mí –respondió, mostrando el gran caldero que había traído de afuera y puesto al fuego–. No me parecía justo que tenga que sufrir en el frío arroyo mientras su esclava disfruta de tantas comodidades aquí, bajo techo. –Ladeando la cabeza con aire dubitativo, preguntó–: ¿Le parece bien, señor?

–¡Ya lo creo! –Poniéndose de pie, Gage dejó el libro y empezó a aflojar los lazos que cerraban el cuello de su camisa de ante–. Para serle sincero, esta noche no estaba muy ansioso por tomar un baño frío afuera.

–Eso imaginaba –murmuró Shemaine con una sonrisa. Le entregó una toalla, hizo un ademán hacia el cuarto del fondo e imitando la pose de una camarera, ejecutó una graciosa reverencia–. Todo listo, milord.

Los ojos castaños radiaron un brillo cálido cuando la miró:

–Usted me mima demasiado, Shemaine.

Los labios de la joven se curvaron hacia arriba y trató de disimular un sonrojo de placer.

–Señor, ¿acaso no es grato sentirse mimado de vez en cuando?

–Su simple presencia hace que me sienta mimado hasta la distracción, Shemaine –replicó con aparente candor.

Shemaine no pudo evitar preguntarse si su presencia en la cabaña no resultaría un impedimento para el trabajo de él, porque parecía enfadado cuando dejó el escritorio. Sería un profundo cambio en su experiencia con los hombres estar cerca de uno del que ella deseara su proximidad y que en cambio no quisiera saber nada de ella. Dejó caer la vista al suelo, contrita, dominada por sus emociones.

–Lo siento, señor.

Contemplando su cabeza baja, Gage esbozó una sonrisa divertida.

–Shemaine, me distrae de tal modo –murmuró–, que dudo de que alguna vez contemple el sutil balanceo de la falda de una mujer tanto como he observado el suyo esta noche.

Shemaine alzó la cabeza, sorprendida, y se quedó mirándolo, boquiabierta. La mirada de Gage no titubeó en ningún momento y, por fin, ella murmuró, confundida:

–Por las verrugas de un sapo.

Gage arqueó las cejas.

–Shemaine, pienso que atribuye demasiada importancia a mi inteligencia y casi ninguna a la discreción de mi lengua.

Dicho esto, la dejó y cruzó el cuarto mientras se quitaba la camisa por la cabeza. Shemaine se volvió, todavía algo abrumada por el reconocimiento de él, pero pronto se dio cuenta del error de seguirlo con la vista. La visión de esos músculos prietos que se flexionaban y se extendían bajo la tersa piel bronceada de la espalda era demasiado inquietante para una joven cuyas pasiones habían comenzado a bullir en su interior.

Gage se detuvo junto a la puerta y, volviéndose a medias, le dedicó una sonrisa intencionada.

–No habrá pensado en frotarme la espalda, ¿eh?

Shemaine tuvo dificultades para contener la sonrisa imaginando la sorpresa que se llevaría él si ella aceptaba la insinuación. Sabiendo que Gage bromeaba, lo reprendió con un ademán.

–Vamos, señor. Ya está bien con sus picardías. Ya me ha confundido bastante.

Shemaine siguió oyendo sus risas amortiguadas en el silencio de la cabaña incluso después de que Gage cerrara la puerta tras él. Sonriendo para sus adentros, empezó a mezclar los ingredientes para preparar una hornada de bizcochos que tenía intenciones de hacer a la mañana siguiente pero, mientras lo hacía, comenzaron a asaltar a sus sentidos imágenes fugaces de su amo en diversos estados de desnudez. Se sintió acalorada, y de las profundidades de su ser brotó ese extraño, insaciable anhelo que crecía al ritmo de sus fantasías incontrolables mientras su cuerpo joven deseaba desesperadamente la satisfacción que podía darle ese ser que llenaba sus ensueños con su rostro y su cuerpo.

Cuando Gage volvió a la cocina, sólo llevaba los mismos pantalones de ante que antes de bañarse. Sus pies largos y huesudos estaban descalzos y su pelo negro brillaba de humedad bajo la luz de la lámpara colgada del techo. Sin decir una palabra, fue hacia el hogar, sumergió dos cubos en el caldero de agua que hervía sobre el fuego y los llevó al cuarto del fondo, donde los vació en la bañera. Regresó dos veces más a llenar los cubos, casi hasta el borde, y también los echó en la bañera. Por último, se detuvo junto a Shemaine y, con un ademán florido, flexionó una pierna imitando la reverencia que había hecho antes la muchacha.

–Milady, su baño está preparado.

Shemaine se puso las manos en la cintura y alzó una ceja.

–¡Cómo! ¡Su señoría en persona trabajando para su esclava! –bromeó, aunque sus ojos chispeaban de un modo tal que Gage quedó hechizado–. Como si yo no pudiera vaciar la bañera y volver a llenarla por mí misma. Vaya, eso es todo un cambio, señor Thornton.

Gage le dirigió una sonrisa pícara y la recorrió con la mirada de un modo que le agitó los sentidos, sin intentar ocultar el deseo que ardía en sus ojos.

–Cuidado, Shemaine. Quizás el agua esté demasiado caliente para una piel tan delicada como la suya, y si grita le aseguro que iré corriendo. Pero le advierto que esta vez no estaré de humor para marcharme cuando usted lo ordene.

Se alejó, cruzando con pasos lánguidos la sala en dirección a su dormitorio, sin advertir de qué modo esos ojos verdes devoraban cada uno de sus airosos movimientos animales. Shemaine se dio cuenta de que estaba permitiendo que su fascinación por ese hombre dominara sus pensamientos y, dejando escapar el aire suavemente, se volvió. Reflexiones tan lujuriosas podrían minar sus intentos de permanecer pura todo el tiempo que durase su servidumbre, más aún teniendo en cuenta el asedio que sufría apenas empezado ese tiempo.

Durante un rato, a medida que avanzaba la noche, los ocupantes adultos de la cabaña guardaron un silencio expectante. Acostados cada uno en su cama, la vista fija en el techo en medio de la penumbra aligerada por la luna, prestaban oído a los sonidos que bajaban flotando desde el altillo o subían desde el dormitorio. El crujido de una cama, una tos, un suspiro, una maldición en sordina, eran señales de la inquietud que cada uno tenía que combatir. Ya era una hora avanzada cuando Shemaine tomó conciencia de que estaba tensa en su cama, completamente alerta al desasosiego que hacía revolverse en la suya al hombre de la planta principal. Cada vez que cerraba los ojos lo imaginaba de pie junto a su cama, mirándola con los ojos relucientes de deseo, y luego sentía que sus brazos se alzaban para recibirlo con toda la avidez y la pasión que era capaz de demostrar.

«¡Esto nunca resultará!», se reconvino Shemaine y, con tenaz resolución, reprimió sus errantes pensamientos. Tapó sus oídos con la almohada para que ninguna intrusión impidiera su concentración, y comenzó a recitar interiormente una mezcla de poemas con los que se había encariñado a lo largo de los años. Muy lentamente, se adormeció hasta quedar relajada y, con un suspiro final, se volvió de costado para refugiarse en los brazos de Morfeo.

Abajo, en su cama solitaria, Gage no podía sofocar el fuego de la lujuria que lo invadía y le impedía dormir. Su mente estaba llena de torturantes imágenes de su esclava acostada en el estrecho catre del altillo, con sus pesadas trenzas rodeando, tentadoras, sus pechos desnudos, y los brazos extendidos que lo llamaban. Veía sus ojos verdes que se tornaban translúcidos de deseo y sus labios suaves que se entreabrían parar recibir su beso. Cada fibra de su ser estaba invadida por la excitación de su virilidad que buscaba su objetivo; sentía las piernas esbeltas de Shemaine que lo aferraban. Pero ninguna liberación era capaz de apaciguar su pasión, y se encontraba más agitado que nunca. Fue necesario que apelara a un esfuerzo concertado para guiar sus pensamientos por un rumbo diferente, un sendero mucho menos tentador, por cierto, pero capaz de darle tranquilidad y... por último, un sueño reparador.

En su deseo de amarrar su mente a algo menos perturbador que el rostro apuesto y el cuerpo de su amo, Shemaine empezó a pensar en los dos caballos que Gage tenía en el corral. Además de la yegua que había enganchado al carro cuando viajaron a Newportes Newes, en el corral había un caballo castrado de buen aspecto. A Shemaine no se le ocurría ninguna diversión más atractiva que enseñar a Andrew a cabalgar. Abordó la cuestión poco después de que

Gage finalizó las primeras tareas matinales y volvió a la cocina a desayunar.

–¿Se puede montar alguno de los caballos?

–Los dos están bien preparados; puede ensillarlos si quiere –respondió Gage mientras instalaba a Andrew en la silla alta. Los aguardaba el desayuno, pero notó que su esclava estaba muy interesada en el tema de los caballos–. El caballo es un poco impetuoso y necesita un jinete más experimentado, pero la yegua es dócil. ¿Por qué lo pregunta?

Shemaine se apresuró a explicárselo, antes de perder el valor.

–Me preguntaba si permitiría usted que diese a Andrew una clase de equitación cuando haya terminado mis tareas matinales.

–No creo que haya ningún inconveniente –respondió Gage, deslizándose en el banco cuando Shemaine, por fin, se sentó frente a él–. Bastará con que me diga cuándo ha terminado; yo vendré a ensillar a la yegua. Será más conveniente para Andrew.

–Oh, no es necesario –aseguró Shemaine, con sonrisa fugaz–. Mi padre me hizo aprender a ensillar un caballo a muy temprana edad.

–Bueno, al menos puedo cepillarla –insistió Gage, sirviendo comida en el plato de Andrew.

Shemaine unió las manos sobre el regazo y rechazó con cautela la ayuda.

–Agradezco mucho su ofrecimiento, señor Thornton, pero no quisiera apartarlo de su trabajo cuando soy perfectamente capaz de hacerlo yo. Además, Andrew debe aprenderlo. –Sería preferible que su amo se mantuviese alejado y le diese tiempo de enfriar su enamoramiento. Ésa era la razón principal de que quisiera enseñar a montar al niño: distraer sus pensamientos. Shemaine apartó la mirada mientras reunía coraje para hacer otra petición–. También quisiera saber si tiene inconveniente en que yo cabalgue con Andrew.

La claridad de sus ojos vistos de perfil impresionó a Gage: le parecieron dos diminutas cuencas de esmeralda enclavadas sobre un fondo blanco.

–En el cobertizo está la silla de Victoria, que es de mujer –murmuró, distraído–. Si quiere, úsela con toda libertad.

–Gracias, señor Thornton –dijo, volviendo recatadamente la vista hacia él mientras le ofrecía una cesta con bizcochos sobre la mesa–, pero me parece mejor que Andrew y yo montemos juntos, sin silla. Estoy segura de que la suya sería demasiado grande para él y yo no podría sentarme con comodidad detrás de él.

Andrew había seguido atentamente la conversación y, tras un breve silencio en el que los mayores se buscaron las miradas, se inclinó adelante reclamando la atención de Shemaine.

–¿Shimen y Andy van a andar a caballo?

La muchacha asintió:

–Después de que termine con mis tareas de la mañana.

–Andy ayuda –se ofreció el niño, ansioso.

Era media mañana cuando, al fin, Shemaine montó a Andrew sobre la yegua y, después de acomodarse detrás de él, arregló su falda para proteger su recato. El niño estaba encantado y ansioso de aprender todo lo que ella pudiese enseñarle. Resultó ser muy atento y pronto tomaba él las riendas de la yegua en un recorrido por el patio, bajo la cuidadosa supervisión de la muchacha.

En cuanto a Gage, como las ventanas del taller estaban cubiertas de polvo y serrín y no le dejaban ver, las limpió con un paño húmedo comprobando que quedaban veteadas con una gruesa película turbia. Cuando descubrió a su hijo y a Shemaine en el patio, su acostumbrado celo en el trabajo declinó rápidamente. Más aún, no parecía escuchar las numerosas preguntas que le hacían sus aprendices. En la cocina, había percibido que Shemaine prefería no tenerlo cerca durante las lecciones y, si bien trató de contenerse, viéndola cabalgar con elegancia con su hijo, se reavivó su interés, y pronto se sintió acuciado por un deseo creciente de observarla desde más cerca. Por fin, se declaró vencido en la lucha y, murmurando cualquier excusa, salió del taller sin hacer caso de Sly y de los otros, que se golpeaban con los codos e intercambiaban guiños significativos.

La excitación y el deleite que provocaba a Andrew la posibilidad de guiar la yegua en el patio era evidente para Gage, como también la destreza ecuestre de su esclava. Por cierto, montaba como si hubiese nacido para ello.

–Papi, cabalga con nosotros –invitó el niño, haciendo una seña a su padre para que montara detrás de Shemaine–. ¡Papi, lleva al camino, por favor!

La encantadora propuesta hizo reír a Gage entre dientes mientras se acercaba a ellos.

Shemaine se sintió dominada por el pánico ante la perspectiva de quedar apresada entre el hombre y el niño.

–Yo me apearé y dejaré que usted lleve a Andrew.

–No es preciso –aseguró Gage, deteniéndose junto a ellos–. La yegua puede soportar nuestro peso en un trecho corto.

–Oh, pero tengo cosas que hacer –arguyó Shemaine, que no quería experimentar una situación tan inquietante como la vivida durante la práctica de tiro.

Gage la escudriñó con curiosidad.

–¿No dijo que terminaría sus tareas antes de salir?

Shemaine lo miró a los ojos, clavándose los pequeños dientes blancos en el labio inferior. No quería demostrarle que había mentido y no se le ocurrió ninguna otra excusa posible. Para Gage, el asunto quedó resuelto por su demora en responder y, con un veloz movimiento, montó tras ella. Acomodándose contra la espalda rígida de la joven, pasó el brazo hacia delante y tomó las riendas de las manos de Andrew.

–Sujete al niño –ordenó, conteniendo una carcajada al notar la tensión de la esclava–. Y trate de relajarse, Shemaine. Está rígida como una tabla de ciprés.

Shemaine percibió la risa contenida en el tono de Gage y tuvo ganas de replicar que era incapaz de hacer lo que le pedía. Era algo imposible para cualquier mujer ignorar los robustos muslos que rodeaban sus nalgas. La presión del cuerpo del hombre, endurecido por el trabajo, era la perdición de Shemaine. Y, sin embargo, si pronunciaba las protestas que se agolpaban en su mente frenética y que su lengua casi no podía contener, habría revelado cuáles eran, en realidad, sus temores.

Gage hizo girar a la yegua y, espoleándola suavemente en el flanco, la obligó a trotar hacia el camino. Cabalgaba con facilidad y, en opinión de Shemaine, lo bastante bien para ganar una plaza en la compañía de jinetes que ella había conocido o con los que estaba emparentada. Aun así, habría podido evaluar con más precisión la destreza de Gage para montar si no hubiese estado prácticamente sentada sobre sus piernas.

El camino serpenteaba suavemente entre los árboles, bajo el entoldado de las ramas que colgaban sobre sus cabezas. Una gama y su cría cruzaron el camino a la carrera provocando una exclamación excitada de Andrew y, con la misma velocidad, la gama desapareció en el extremo más alejado del bosque. Durante unos minutos, Gage mantuvo a la yegua al paso mientras se satisfacía con la contemplación minuciosa de la joven a la que abrazaba como al descuido. Su mirada acarició, admirada, su pequeña y blanca oreja, su nuca, donde los rizos escapaban del rodete de trenzas, mientras su delicada fragancia le excitaba los sentidos. Pero lo que más deleite le ocasionaba era poder rodearla con sus brazos y su cuerpo.

Shemaine le lanzó una mirada nerviosa por encima del hombro; Gage advirtió que ella notaba su contemplación y se dio cuenta de que, si continuaba, ella los dejaría y volvería a la casa. Aunque no había dicho nada, cada vez que su cuerpo se acercaba demasiado, ella se removía, inquieta. La tentación de apretarse contra ella era casi imposible de soportar.

Al acercarse a un arroyo poco profundo (el que alimentaba el estanque cercano a la cabaña), Gage logró imprimir a sus pensamientos un rumbo diferente y espoleó al animal lanzándolo a galope rápido hacia la corriente y haciendo chillar de sorpresa a Andrew y a Shemaine cuando el agua los salpicó. Las carcajadas de Gage revelaban claramente su travieso deleite.

Cuando estuvieron en la orilla opuesta, Andrew quiso más.

–¡Hazlo de nuevo, papá!

–Si insistes –respondió Gage, riendo, haciendo girar al caballo hacia la hondonada y provocando más chillidos encantados de sus compañeros.

–¡Pare, voy a quedar empapada! –gritó Shemaine, entre risas.

–Hace calor –replicó Gage, divertido.

–¡Sí, pero el agua está fría! –protestó ella, conteniendo el aliento cuando el agua la salpicó de nuevo.

Se enjugó los arroyuelos que le corrían por la cara y, en consideración a su recato, ignoró los que resbalaban por la honda hendidura entre los pechos.

Cuando llegaron al corral cercano a la cabaña, Gage se dejó caer al suelo y bajó a Andrew. Después de alzar a Shemaine del lomo del animal, la depositó sobre sus pies, retrocedió sonriendo y en ese momento su mirada se vio atraída por el vestido mojado.

Siguiendo su mirada descendente, Shemaine se miró, un tanto confundida, y sintió que un sonrojo abrasador invadía sus mejillas al ver que su corpiño empapado le modelaba los pechos, revelando con claridad la erección que el frío había provocado en sus pezones. Exhalando un gemido de mortificación, corrió hacia la casa tropezando y, en la carrera, perdió las zapatillas. No se atrevió a detenerse para recogerlas y siguió descalza subiendo los escalones del porche, abrió la puerta del fondo y desapareció en el interior.

Gage siguió andando con Andrew a un ritmo mucho más digno y, al pasar, recogió el calzado mojado de Shemaine. Estaba junto al hogar, tratando de satisfacer la inagotable curiosidad de su hijo en relación con una amplia variedad de temas cuando, al fin, Shemaine bajó llevando un vestido seco. Se había peinado el pelo húmedo formando un pulcro moño en la nuca, y rodeaba su blanca garganta un cuello de encaje levantado. Su belleza lo maravilló y tuvo deseos de dar satisfacción a sus ojos ávidos. En los últimos tiempos, no podía saciarse de contemplarla.

Vacilante, Shemaine extendió una mano:

–Mis zapatos.

Gage miró hacia abajo y descubrió que aún los tenía en la mano.

–Están mojados.

–Los suyos también –dijo, señalando las botas y los bajos de sus pantalones de ante, que estaban empapados hasta las rodillas y en la cara externa de los muslos. La falda de Shemaine había protegido otras zonas, que permanecían secas–. Será mejor que se cambie. En seguida pondré la comida en la mesa.

–Primero me ocuparé de la yegua –respondió, dirigiéndose al corredor trasero.

Exhalando un suspiro de alivio, Shemaine llevó a Andrew al dormitorio para cambiarlo de ropa. Pocos momentos después, la puerta del fondo se abrió y se cerró y luego, tras una breve demora, unos pasos sigilosos que atravesaban la sala hicieron crujir las tablas del suelo. Para hacer notar su presencia en la habitación del niño, Shemaine empezó a cantar pero casi se equivocó en la letra cuando Gage entró, llevando sólo los pantalones puestos. El corazón de la muchacha volvió a encabritarse cuando su mirada recorrió los hombros anchos y la cintura de firme musculatura. Habría continuado contemplándolo todo el tiempo que él permaneciera allí, pero se negó a sí misma el permiso de quedarse boquiabierta ante él como una tonta sin seso. ¡Debía escapar!

–Ven, Andrew –dijo al niño, tomando la pequeña mano en la suya–. Vamos a la cocina; terminaré de vestirte mientras tu padre se cambia.

Antes de que pudiese huir, Gage se acercó con paso lánguido a su armario cruzándose en el camino de Shemaine y deteniéndola al abrir las puertas del mueble. La muchacha comprendió que se trataba de un impedimento deliberado, sobre todo porque ella había anunciado sus intenciones unos instantes atrás, pero no podía hacer otra cosa que esperar hasta que él terminase de buscar.

Gage se echó una camisa sobre el hombro y arrojó unos pantalones de piel sobre la cama; sólo entonces retrocedió y cerró el armario. Fingió alisar las arrugas de la camisa con la mano, se volvió de cara a Shemaine y le dijo:

–Shemaine, ¿baila usted tan bien como monta?

La pregunta la sorprendió; asintió con la cabeza, incómoda, pero luego negó con otro gesto, temerosa de que pensara que estaba presumiendo.

–Quiero decir, antes solía bailar... con frecuencia, diría yo.

–Tal vez quiera asistir a una velada que habrá en la aldea el sábado que viene. No he estado en ninguna desde que Victoria murió, pero por lo general se baila y se come mucho. Me imagino que asistirá toda la aldea. Suelen recaudar dinero para ayudar a los huérfanos de la región y a algunas mujeres que cuidan de ellos. Por lo tanto, si vamos, estaremos realizando una buena obra. Si quiere, me gustaría que me acompañara.

–¡Oh no, no podría! –declaró Shemaine precipitadamente–. Es imposible, considerando que todos saben que soy su esclava... y una convicta. No sería correcto imponer mi presencia de ese modo a la gente del pueblo. Seguramente se indignarían si voy.

–Sería grato tener a una bella mujer con quien bailar –dijo él, procurando engatusarla.

El cumplido encendió las mejillas de la joven.

–Es que no me parece prudente, teniendo en cuenta las circunstancias, señor Thornton. Andrew y yo estaríamos muy bien aquí, solos, si usted quisiera llevar a otra mujer.

La mirada de Gage se apropió de la de Shemaine.

–No quiero ir con ninguna otra, Shemaine; si insiste en quedarse en casa, yo también me quedaré.

Shemaine se sintió confundida e intentó pensar en una respuesta apropiada: no quería ser la culpable de que él no fuera. Tampoco se imaginaba a sí misma yendo a una fiesta como ésa.

Bajó la vista y, casi en un susurro, le pidió que la excusara. Gage se apartó del armario, cediéndole el paso; Shemaine sintió que la mirada de él la seguía hasta la puerta. Escapó hacia el hogar, terminó de vestir a Andrew y luego comenzó a servir la comida en la mesa pero, por más que lo intentaba, no conseguía apartar de su mente la idea de bailar con su apuesto amo.

12

A la noche siguiente, cuando Shemaine se retiró al altillo, le sorprendió encontrar un vestido de muselina de color rosa pálido, con rayas blancas, extendido sobre su cama. El escote cuadrado estaba adornado con un volante rosado, pero la prenda estaba muy arrugada y aplastada por haber estado guardada en el baúl de Victoria. Shemaine recordó haberla visto en el fondo del baúl; en aquel momento había pensado que era uno de los mejores vestidos que había poseído la difunta. También le habían dejado una camisa, sin duda la más bonita que tenía Victoria. Junto a ella, un par de medias blancas y unas suaves sandalias de cuero. Hasta había cintas para poder atarlas.

Una breve nota escrita con bella escritura y firmada por Gage estaba encima de las prendas. Le pedía que se ocupara de cualquier modificación y limpieza que necesitara la ropa, y que lo hiciera antes del sábado, porque lo complacería mucho llevarla a esa reunión social. En cuanto a las preocupaciones de ella, Gage no estaba dispuesto a permitir que algunas personas agrias influyesen en las decisiones que atañían a su hogar. La única excusa que admitiría sería que sufriese alguna enfermedad grave que requiriese un médico. En otras palabras, no le dejaba alternativa salvo que estuviese cerca de la muerte.

Shemaine gimió para sus adentros ante la perspectiva de enfrentarse a las matronas de la región, a algunas de las cuales había visto huir antes de que la atención de su amo cayese sobre ellas. Esperaba que observasen la misma cautela en lo que se refería a expresar sus objeciones cuando ella entrase del brazo de su amo.

Llegó el sábado y, poco después de su siesta vespertina, llevaron a Andrew a casa de los Fields, donde se quedaría a pasar la noche. Antes de que Shemaine terminara de vestirse, Gage la llamó desde la puerta trasera para anunciarle que iría a enganchar el caballo. Parecía una manera de decirle que se diese prisa; los dedos de Shemaine casi volaron atándose las cintas en los talones. Al cabo de un momento, ya corría por el sendero hacia el corral.

Mientras oía los pasos sobre los peldaños de piedra, Gage ajustó la última correa a la lanza del calesín y se enderezó. La intención original de echar una mirada casual sobre el lomo del caballo se convirtió en un largo y prolongado examen que recorrió desde las pequeñas sandalias blancas hasta la graciosa gorra de encaje que coronaba el alto peinado. Pasaron unos instantes hasta que Gage notó que estaba conteniendo el aliento.

–¿Tengo una apariencia aceptable? –preguntó Shemaine, preocupada por tan prolongado silencio.

–Sí –suspiró–, como un rayo de luz.

Una sonrisa fugaz respondió al hombre que daba la vuelta alrededor del vehículo. Cuando apareció ante ella, Shemaine quiso decir algo tan generoso como el elogio que había recibido. Le produjo una gran admiración la arrebatadora figura que presentaba Gage, porque llevando ropas elegantes era más apuesto aún de lo que ella se hubiese atrevido a imaginar. Las prendas no eran ni por asomo tan costosas como las que solía usar Maurice, pero este hombre, con su físico y su gallardía excepcionales, hacía que la ropa pareciera más lujosa de lo que era. La levita, de un intenso color borgoña, se complementaba con un chaleco gris oscuro, pantalones y calcetines, mientras que la camisa blanca y la corbata que Shemaine había planchado acentuaban el bronceado de su piel.

Gage le dedicó una pomposa reverencia, que ella respondió con otra similar.

–Su perfume es tan grato como su apariencia –comentó, acercándose para disfrutar la placentera fragancia.

Cada detalle femenino excitaba su curiosidad y, al observarla con más atención, notó que las costuras del corpiño habían sido modificadas. Su mirada pasó, apreciativa, sobre esos pechos plenos hasta que Shemaine, con las mejillas ardiendo, se volvió hacia el carruaje. Dándose prisa, apoyó un pie en el estribo y sintió las manos de

Gage en la cintura, alzándola sobre el calesín. Mientras se sentaba apoyándose en el respaldo, levantó el tricornio que estaba colocado sobre un almohadón y acarició con los dedos la sencilla guarnición que remataba el ala vuelta hacia arriba. Era característico de ese hombre evitar los adornos complicados y, teniendo en cuenta su rostro y su cuerpo, había que admitir que no los necesitaba.

–Su sombrero, milord –murmuró, ofreciéndolo con una sonrisa cuando se sentó junto a ella.

Los ojos verdes resplandecieron de admiración al verlo encasquetarse el sombrero, y siguió maravillándose en la contemplación del bello perfil mientras él desataba las riendas del salpicadero y chasqueaba la lengua para que el caballo se pusiera en marcha. En la estrechez del asiento no había apenas espacio para sus ocupantes. Los hombros de Gage tocaban los de ella y tampoco podían evitar que el brazo de él rozara el pecho de ella. Shemaine aceptó en silencio los roces, sintiendo un extraño placer con esos contactos casuales, y preguntándose si su amo lo notaría. Con un suspiro imperceptible, se arrellanó en el mullido asiento, dispuesta a disfrutar del paseo.

El caballo era un animal temerario, desenfrenado, que disfrutaba del trote veloz. Pronto galopaban en el camino de Newportes Newes y, a juzgar por la velocidad que llevaban, era fácil predecir que llegarían a la aldea mucho antes de que cayera el sol. Si Shemaine podía deducir algo por la sonrisa que pasaba con frecuencia por los labios de su amo, debía convencerse de que Gage Thornton también disfrutaba de la velocidad y sentía inclinación por ella. Se sorprendió a sí misma sonriendo por la euforia que le producía el viaje y, cuando adelantaron a Sly Tucker y a su esposa que iban en su calesa tirada por un caballo, se generó una carrera que les hizo reír. Pronto comprobaron que el caballo tenía una vena competitiva y que no se dejaría adelantar por ningún otro. Estirando sus largas zancadas, no tardó en dejar atrás a los Tucker.

Cuando llegaron a la aldea, Gage dejó al animal en el establo del pueblo, donde le harían dar una caminata para refrescarlo tras la larga carrera hasta el pueblo y, después, le darían agua para apagar su sed; era posible que pasaran varias horas hasta que regresaran al hogar. Desde el establo, Gage escoltó a Shemaine a lo largo de la acera a paso lento, atrayendo miradas curiosas y escandalizadas de casi todos los que los reconocían. Un pequeño grupo de soldados británicos que se aproximaban desde la dirección opuesta observaron a Shemaine con avidez, pero recordaron que su acompañante era el que había dado una patada en el trasero al grandote. A juicio de ellos, el estúpido marinero merecía un duro castigo por haber hecho daño a la muchacha y, por respeto al hombre, contuvieron la admiración que despertaba su compañera, limitándose a un par de miradas casuales.

Potts, que estaba apoyado contra un poste, delante de la taberna, al ver a Gage y a Shemaine murmuró algo sobre el hombre y Morrisa se apresuró a salir a la puerta del establecimiento. La mujer dedicó una desdeñosa inspección a Shemaine y contempló admirativamente al hombre alto que caminaba junto a la muchacha, dijo algo al marinero y le hizo una seña con la cabeza en dirección a los dos que pasaban. Respondiendo a esa orden, Potts atravesó la calle con su andar característico, en dirección a la pareja.

Lo último que quería Gage en ese momento era una pelea, pero era poco probable que Potts lo dejase pasar sin provocarla, por mucho que Gage odiara ver arruinada su primera velada fuera de casa con Shemaine. Se conformaba con salir bien parado del conflicto.

–Creo que tiene intenciones de darle un manotazo –murmuró Shemaine, temerosa, lanzando una mirada furtiva hacia su corpulento adversario.

Los cuatro soldados, que habían caminado en dirección a Gage, vieron a Morrisa y, tras una breve discusión, cambiaron de rumbo y cruzaron la calle hacia ella. Cuando se aproximaron a Potts, uno de ellos lo reconoció.

–¡Pero si es el Cerdo! ¡Que me condenen si no lo es!

También sus compañeros lo habían visto tratando de salir del fango después de la trifulca y estaban ansiosos por divertirse un poco a costa del insensible patán.

Uno de los soldados frunció la nariz con fingida repugnancia.

–Eh, ¡algo huele mal por aquí!

–¡Estiércol! –rugió uno de los soldados con una risotada–. ¡Ya sabes que al Cerdo no le gusta mucho bañarse!

–Le gusta la porquería –comentó otro–, ¡comió todo lo que pudo!

Sus burlas hicieron que el marinero se detuviera de golpe, en medio de la calle, con la cara roja de ira, y ahí se quedó Potts con los puños cerrados, los nudillos blancos, furioso. Sus ojos de cerdo echando chispas miraron a los cuatro soldados, dos de los cuales casi lo hacían parecer pequeño.

–¿Quién de estos cuatro payasos se atreve a decir eso en mi propia cara?

Los soldados sonrieron y se miraron entre sí. Después de meditar unos instantes la propuesta del patán, decidieron que el más pequeño de ellos respondiese:

–Sí, estaremos detrás de la taberna, donde nuestro capitán no nos vea.

La inminente pelea permitió que Gage y Shemaine pasaran casi inadvertidos... menos para Morrisa, que los observaba ceñuda. Sin preocuparse por la rabia que expresaba la ramera, siguieron caminando por la calle principal.

El salón de reuniones era el lugar donde se realizaban todas las funciones públicas, porque era el edificio más espacioso del pueblo. Gage le había dicho que casi todo el mundo estaría presente, y Shemaine comprobó que así era cuando reconoció varios semblantes amables y otros que no lo eran tanto. Los Tate no habían podido ir porque Calley aún estaba en cama, pero los dos aprendices de Gage y el carpintero Gillian estaban allí. Poco después llegaron Sly Tucker y su esposa, casi al mismo tiempo que Mary Margaret cruzaba deprisa el salón con su bastón. Otros amigos sonreían y saludaban con la mano o a gritos. Pero Alma Pettycomb y sus seguidoras se quedaron boquiabiertas y murmuraron entre sí, ocultándose tras sus abanicos, observando con grosería el vestido de Shemaine. Roxanne, sentada a una mesa cerca de la entrada, estaba encargada de registrar a los que llegaban y de cobrar el correspondiente billete. Cuando vio a Gage y a su acompañante, se enfurruñó y su semblante adoptó un sombrío aire de humillación.

Mary Margaret tomó a Shemaine de la mano y le dio en ella una palmada afectuosa, exclamando:

–Oh, seguro que te llevas el premio a la belleza. –La irlandesa dirigió a Gage una mirada chispeante y sonrió–. También estoy encantada de ver a su señoría, tan apuesto y atractivo con su atuendo de caballero.

Gillian, inmediatamente detrás de la anciana, pidió permiso a Gage para bailar con Shemaine.

–Si no le molesta, capitán.

La idea de no ser el primero en bailar con la muchacha irritó a Gage, aunque de todos modos la cedió al joven y observó con minuciosa atención cómo bailaban una contradanza, uno frente a otro.

–Bueno, Gage, jamás esperé verte aquí –comentó Roxanne desde la mesa–. Puedo asegurar que esto confirma tu habitual desvergüenza.

Gage colgó su tricornio cerca de la entrada, se acercó a Roxanne y contó el dinero:

–Dos billetes para la comida y el baile.

A Roxanne no le agradó la parquedad de la frase; recibió las monedas con brusquedad.

–¡Sé contar, Gage! ¡Y no soy ciega! He visto que has traído a tu esclava. Pero dime una cosa, por favor. Si la compraste para que cuidase de Andrew y le enseñara, ¿por qué ha venido aquí, contigo?

–Yo la invité –repuso Gage, lacónico.

–¿Por qué? ¿Tenías miedo de que otra mujer rechazara tu invitación?

Esa suposición estaba destinada a curar la herida que roía el corazón de Roxanne, convenciéndose de que el único motivo para no invitarla a ella era la suposición de que lo rechazaría de plano. Después de las amenazas que había proferido, ¿no era lógico imaginar que él se distanciara de ella?

Gage sintió la urgencia de hablar claro con la mujer: ya había imaginado demasiadas cosas.

–No quería traer a ninguna otra que no fuese Shemaine.

Los ojos grises de Roxanne lanzaron chispas de indignación ante tal franqueza. Por más que se repitiera con frecuencia que Gage *debía* sentir un mínimo de ternura hacia ella, su corazón suplicante era rechazado siempre. Tal vez habría llegado la hora de dejar de mentirse y de buscar explicaciones para la fría reserva del hombre.

–Estoy segura de que la señora Pettycomb estará encantada de divulgar de tu última desfachatez ante todo el pueblo: Gage Thornton trayendo a su esclava a una velada organizada para personas libres. Eso hará aguzar las orejas a todo el mundo.

–No me cabe duda de que será así.

Con tensa sonrisa, Gage se volvió y regresó junto a la señora McGee.

La viuda sonrió, plegando sus delgadas manos sobre el puño de su bastón.

–Elegante señor, veo que ha venido a reanimar mi monótona vida con su rostro atractivo y su actitud desafiante.

–Me alegra serle útil, señora –dijo Gage con gallardía, haciendo chocar sus tacones e inclinando la cabeza en una reverencia breve aunque ceremoniosa.

La mujer mayor echó una breve mirada a Roxanne, que atendía a varios recién llegados.

–También he visto el tormento de querer sin ser correspondida en los ojos de esa pobre chica a la que acaba de dejar.

Gage suspiró, pensativo.

–No puedo vivir tratando de evitar a Roxanne, Mary Margaret.

–No, y yo no espero que haga nada diferente de lo que está haciendo ahora. Tiene tanto derecho como Roxanne de estar aquí.

Gage no respondió, mientras buscaba con la vista a Shemaine. Seguía los pasos de la contradanza conducida por el joven; al parecer, estaba muy animada y había perdido sus recelos con respecto a su presencia allí. Vio a varios solteros que la contemplaban con atención, y se propuso estar a su lado mucho antes de que cualquiera de ellos pudiese interferir.

–Su mente está fija en su esclava –comentó Mary Margaret, sonriendo.

Los ojos castaños chisporrotearon divertidos cuando Gage echó a la viuda una mirada de soslayo.

–Sí, espero mi turno con impaciencia. ¿Es eso lo que quería oír, señora?

La mujer asintió con vivacidad, notando un cambio beneficioso en el hombre. Mientras Roxanne trabajaba para él, parecía tenso; ahora, en cambio, estaba relajado y feliz.

–Sí, eso bastará para empezar.

Cuando concluyó la danza, Shemaine vio a Gage abriéndose paso entre la gente hacia ella. Las miradas de ambos se encontraron en una cálida comunicación, y cuando la tomó de la mano guiándola en una danza escocesa, Shemaine no pudo reprimir una agitación nerviosa en su pecho por mucho que se recordara a sí misma que sólo se trataba de un hombre.

Shemaine retrocedió, poniéndose en fila con otras mujeres, de cara a los hombres, e hizo una profunda reverencia ante él y él, a su vez, se inclinó ante ella. Las otras parejas avanzaron cuando les tocó el turno y se deslizaron a lo largo de la fila mientras los demás batían palmas. Luego, les tocó a ellos. De repente, fue como si la fantasía de la muchacha se hubiese convertido en realidad: su apuesto compañero no tenía ojos más que para ella cuando la llevaba hasta el final de la fila.

–La gente nos observa –susurró Shemaine, mientras se movían al unísono.

En efecto, muchos se habían acercado a los costados para observarlos abiertamente, y entre ellos Roxanne, que para ello había dejado su tarea en la entrada.

–Tienen un buen motivo –susurró Gage, inclinándose hacia su esclava–. Usted es la doncella más bonita del baile.

–Nos observan a los dos –corrigió Shemaine al pasar–. ¿Cree que esperan que hagamos algo escandaloso?

–Quizá deberíamos hacerlo –sugirió Gage, conteniendo una sonrisa. Repasando mentalmente varias posibilidades asintió, como si hubiese tomado una decisión–. Con un beso bastaría.

–¡Oh, señor, no se atreverá! –siseó Shemaine, por lo bajo.

Una risa entre dientes se sumó al brillo pícaro de sus ojos:

–¿Que no?

Convencida de que Gage Thornton haría lo que le viniera en gana, Shemaine inició el movimiento para volverse pero él la atrapó por la cintura con el brazo, aprisionándola un instante contra su costado. Un murmullo de la concurrencia confirmó la constante vigilancia a que estaban sometidos.

–Si no se queda conmigo, la besaré aquí mismo –amenazó, apretándole la cintura.

Shemaine asintió, deseosa de evitar el escándalo que provocarían, sin duda, si él hacía semejante cosa.

–¡Mary Margaret tenía razón, señor!

–¿En qué, hermosa mía?

Los labios suaves se curvaron en una sonrisa:

–¡Usted es un demonio!

Gage echó la cabeza atrás y estalló en carcajadas, provocando el asombro de muchos, que no le oían reír desde hacía mucho tiempo.

Cuando la pieza terminó, Shemaine sintió deseos de demorar sus dedos enlazados a los de él mientras cruzaban el salón. La suave presión de su mano le aseguraba que a él también le agradaba retenerla. Estaban tan sumidos uno en el otro intercambiando sonrisas y murmurando comentarios referidos a la música que no vieron a Roxanne contemplándolos, ceñuda, mientras pasaban ante ella.

La velada continuó agradablemente para ambos. Compartieron la mayoría de las danzas, aunque los dos aprendices y Gillian se mostraban ansiosos por pedir permiso a su patrón para dar una vuelta por la pista con ella. Con la excepción de las chismosas y de los que estaban resentidos con Gage Thornton, el resto de los habitantes del pueblo parecía tolerar la presencia de Shemaine. No tenía otra alternativa, con su vigoroso protector siempre atento y cercano...

Pasó bastante rato hasta que Gage se inclinó al oído de su sierva y le preguntó:

–Shemaine, ¿tiene hambre? Si quiere, podemos comer ahora.

–¡Ah, estoy muerta de hambre!

La respuesta fue acompañada por una sonrisa.

–Entonces, venga, mi dulce esclava, y encontraré un lugar para que podamos satisfacer nuestro apetito.

Gage se enderezó e indicó por señas a sus amigos que se reunieran con ellos en el extremo más alejado de la mesa. Reaccionaron rápidamente y, después de solicitar la comida y de que Sly pronunciara la oración de gracias, se lanzaron a un animado intercambio de agudezas con respecto al ingenio de los irlandeses, que Gillian y Mary Margaret habían iniciado hacía unos momentos. Mientras comían, la mesa se llenó de risas, pero el silencio cayó como un mazazo cuando se oyó una cáustica voz masculina.

–¡Ja! Conque trayendo a una convicta para que se mezcle con la gente decente de la comunidad. A algunos hombres no les importa abusar de sus vecinos.

Gage se volvió bruscamente y encontró a Samuel Myers mirándolo con desdén, enmarcado por el perfil de nariz ganchuda de Alma Pettycomb y de las otras mujeres de su calaña, que se habían acercado para observar a la pareja. Era evidente que el tendero se consideraba a salvo de represalias estando rodeado de tan formidables testigos, pero Gage, con una exclamación irritada, hizo un gesto que ahuyentó a las mujeres. Quiso ponerse de pie para enfrentarse al hombre, pero Shemaine y Sly se apresuraron a intervenir para que se detuviera, la muchacha con el contacto suave de su mano en el brazo y el carpintero refunfuñando un consejo.

–Gage, olvida a ese mequetrefe –dijo Sly, en voz lo bastante alta para que el tendero lo oyese–. No vale la pena que te molestes por él.

–¡Pedazo de cretino! ¿A quién llama mequetrefe? –se indignó Myers, avanzando con pasos rígidos hacia la silla de Sly.

Gillian rió entre dientes, encantado:

–¡Muéstraselo, Sly!

Los aprendices no se molestaron en disimular sus risas cuando el robusto carpintero se puso de pie sin prisa. La mirada de Myers viajó hacia arriba hasta que le fue preciso echar atrás la cabeza para poder mirar al otro a los ojos. De repente, la mandíbula de Myers se aflojó y tragó con fuerza, mientras medía la anchura y la altura de su antagonista. Enfrentado con una fuerza tan superior, no se le ocurrió ningún comentario cáustico que hacer.

–Por si le interesa, mi nombre es Sly Tucker –informó sin rodeos el ebanista.

–Bueno, no tenía intención de molestarlo –repuso Myers precipitadamente–. Lamento haberlo incomodado.

Gage Thornton rió entre dientes mientras su amigo volvía a sentarse de nuevo.

–Sly, al parecer tienes una influencia tranquilizadora sobre ciertos hombres. Recuérdame que te lleve conmigo si alguna vez voy a la guerra. Cuando el enemigo te vea llegar, seguramente dará media vuelta y huirá; así me ahorraré un montón de molestias.

Se reanudó la alegre camaradería y también la danza. La señora Pettycomb no dejó de murmurar ni un momento, ni Roxanne de fruncir el entrecejo, pero para Shemaine y Gage el asunto terminó en un tono gozoso cuando acabó la última danza que bailaron juntos. Tras decir adiós a sus amigos, Gage enlazó el brazo de su sierva y se encaminó con ella hacia el establo sin hacer caso de aquellos que les seguían con la vista, con expresiones perplejas y desdeñosas.

Pasaron ante la taberna a tiempo para ver a Freddy ayudando a Potts que, al parecer, tenía cierta dificultad en caminar erguido e iba dando tumbos. El zoquete tenía un brazo apretado sobre el estómago y gemía fuerte, como quien sufre un intenso dolor. Una venda improvisada rodeaba su frente, y otra, los nudillos. Por su estado lamentable, era evidente que había llevado la peor parte en su disputa con los soldados británicos.

Momentos después, en el establo del pueblo, Gage estaba amarrando el caballo al calesín cuando unos pasos que se arrastraban atrajeron la atención de los dos hacia las sombras que rodeaban el cobertizo. Cuando Gage se asomó para escudriñar la oscuridad, apareció Caín con su paso torpe. El jorobado miró con aire cauteloso al hombre y extendió la mano mostrando una grácil garza de madera como si estuviese presentando una excusa para acercarse a Shemaine. Gage le dio su consentimiento con un quedo murmullo y vio cómo el tullido se acercaba a ella.

–Sheman, tome el pájado... regalo para amega –farfulló Caín, ofreciendo el pájaro.

Gage estaba en condiciones de interpretar mejor las confusas palabras y explicó a Shemaine, que no había entendido lo que quería decirle el jorobado:

–Creo que a Caín le gustaría que aceptara el pájaro como regalo, porque eres su amiga.

–Caen hizo pájado pada Sheman.

–Lo hizo para ti –tradujo Gage.

–Oh, Caín, es muy hermoso –murmuró Shemaine, maravillada. Pese a su horrible deformidad, el hombre, impresionado por la belleza del ave, se había tomado el trabajo de reproducirla tallándola en madera–. Tienes un raro talento, Caín; tu regalo me honra. Es un adorable recuerdo de nuestra amistad. Gracias.

Cuando Shemaine avanzó, Caín, con expresión embelesada en su rostro deforme, recibió otro tierno beso en la frente. La muchacha lo rodeó un instante en un afectuoso abrazo y luego dio un paso atrás, con suave sonrisa. Una vez más dejó a Caín atónito con su actitud y, como si no pudiera creerlo, se tocó el lugar donde los labios de la muchacha lo habían rozado y, abrazándose a sí mismo, ofreció una sonrisa torcida que mostraba sus escasos dientes, también torcidos. Luego, murmuró una despedida, se volvió y se marchó arrastrando los pies, nuevamente hacia las sombras de donde había venido.

Gage se acercó a Shemaine para contemplar el regalo y él también se quedó perplejo por la compasión que demostraba la muchacha.

–Preciosa mía, creo que ha ganado un amigo para toda la vida.

–Oh, Caín está tan solo y es tan digno de lástima, señor –repuso, con sincera simpatía–. Me entristece imaginar lo que debe de haber pasado ese pobre diablo, abandonado y sin familia. Lo que yo pueda haber sufrido en la prisión parece insignificante en comparación con lo que ha debido de soportar él toda su vida. Ciertamente, debo estar agradecida por todas las bendiciones que he recibido.

–Con su bondad le ha hecho la vida más grata, Shemaine –comentó Gage en voz baja–. Caín no querrá que usted se ponga triste. No fue para eso que ha trabajado con tal diligencia tallando su regalo. Fue para recompensarla un poco por el placer que le brindó con esa sencilla demostración de afecto.

Shemaine sonrió al oír sus sentidas palabras y permitió que le ayudara a montar al calesín. Pronto estaban otra vez en camino, yendo a buen paso hacia el hogar. Shemaine reflexionaba sobre la talla de Caín, observándola lo mejor que podía a la luz de la luna, pero tras el largo día, estaba fatigada, y el rítmico sonido de los cascos del caballo y el suave balanceo del vehículo la adormilaron. En varias ocasiones su cabeza se inclinó hacia delante y la levantó con brusquedad por un instante, hasta que una mano la acercó con suavidad a un hombro macizo. El resto del trayecto quedó en el olvido para Shemaine; siguió durmiendo cuando Gage detuvo el caballo cerca del corral poco después.

Gage ató las riendas en el salpicadero; luego se inclinó sobre el asiento, contemplando a su dormida compañera. La cabeza de ella todavía descansaba sobre su hombro y estaba acurrucada contra su costado como si buscara calor. Un pecho suave parecía quemarle a través de la manga; debió recurrir a toda su voluntad para que su mano no acariciara la tentadora plenitud. La proximidad de la muchacha había colmado sus sentidos con una delicada esencia de violetas desde el primer instante, cuando ella se sentó junto a él esa tarde. En conjunto, su compañía durante toda la velada había sido una experiencia deliciosa. También era placentero contemplarla dormida y observar cada detalle, a la débil luz de la luna.

Gage pasó un brazo por su espalda y la movió hacia delante para poder rodearle los hombros. Un suspiro escapó de los labios entreabiertos acariciando el rostro del hombre cuando se inclinó hacia ella. Le pareció natural rozar la suavidad de esa boca con la suya y despertarla con un beso.

Shemaine estaba soñando con un caballero andante y devolver el beso armonizaba a la perfección con sus propios deseos, pues la boca que se movía sobre la suya era tibia e inquietante y evocaba una excitación demasiado real para formar parte de un sueño. El rostro que se cernía sobre el suyo parecía oscuro, sin rasgos; ella le añadió los detalles que se habían hecho familiares en los sueños: la nariz fina y los rasgos cincelados tan maravillosos de contemplar.

El rostro retrocedió y, con un suspiro desilusionado, Shemaine se incorporó con esfuerzo en medio de la oscura neblina. Su mente estaba extrañamente serena; no podía explicarse por qué tenía en su boca un sabor embriagador, bastante similar al que había percibido en el aliento de su amo poco después de que él bebiera un vaso de cerveza con sus empleados. Se pasó la lengua por los labios degustando el sabor, anhelando que volviesen los besos del caballero. ¡El último había sido el mejor de todos!

Ya no podía seguir negando la realidad. Mientras retornaba a ella aleteando lentamente, Shemaine escudriñó en las sombras esa cara que la contemplaba, presa de una persistente confusión. ¿Era ése el hombre de su fantasía? ¿O aún estaba soñando? Entonces vio abrirse una sonrisa en esos bellos labios y un suave murmullo le confirmó que estaba despierta.

–Creía que tendría que llevarla en brazos hasta arriba.

–¿Estamos en casa? –preguntó, mirando a su alrededor.

–Sí, sanos y salvos.

Shemaine notó que el brazo de él la rodeaba pero no hizo ningún movimiento para apartarlo: le proporcionaba tibieza y comodidad pero, sobre todo, le gustaba que estuviese allí.

–¿Cuánto hace que me quedé dormida?

Cuando Gage alzó el hombro, ella vio la luz de luna que se derramaba más allá de la capota de cuero del calesín.

–Poco después de salir de Newportes Newes. Daba la impresión de que dormiría toda la noche.

–Estaba soñando –suspiró.

Gage apoyó un brazo en su rodilla y se inclinó para observar el rostro de la mujer en la sombra.

–¿Qué soñaba, hermosa mía?

Shemaine volvió la cara a un lado pues no quería responder. Si *en verdad* lo había soñado, no quería que él conociera sus fantasías. Si *no* había sido así, tal vez fuese preferible que ella siguiera ignorando lo que había sucedido entre ellos.

–Será mejor que vayamos a casa. –Se frotó los brazos sintiendo que la brisa traspasaba su ropa–. Tengo frío.

Gage saltó ágilmente a tierra y se quitó el abrigo mientras rodeaba el carruaje hasta el lado de Shemaine. Cuando ella se volvió hacia él, Gage la tomó por el talle, y, con una sonrisa la bajó a tierra, la cubrió con el abrigo que le quedaba inmenso y, tomando su mano libre, fue con ella hacia la cabaña. Se detuvo en el corredor del fondo para encender un par de velas y colocó un candelero en la escalera, mientras Shemaine, soñolienta, admiraba la escultura de madera que le había regalado Caín.

–Debo ocuparme del caballo –murmuró, acercándose para disfrutar de su dulce perfume.

–¿Cómo se llama? –preguntó Shemaine ahogando un bostezo y levantando la vista.

Gage sonrió, apartó el abrigo de los hombros de la muchacha y lo dejó sobre un alto taburete que había junto al escritorio.

–*Temprano*.

–¿*Temprano*? –repitió, un tanto confundida–. Es un nombre extraño para un caballo.

–Sí, pero él llega a destino antes que la yegua.

La réplica hizo sonreír a Shemaine.

–¿Y la yegua?

–*Tarde*.

–¿*Temprano* y *Tarde*?

Gage asintió.

–Gracias a Dios, no usó la misma lógica para poner nombre a su hijo.

El buen humor curvó las comisuras de la boca de Gage.

–Victoria no lo hubiese permitido.

–Bueno, yo tampoco, si hubiese sido su esposa –replicó Shemaine, conteniendo otro bostezo.

Los ojos de Gage bailotearon, atrayendo la atención total de la muchacha.

–Hablaremos de eso con más detalle cuando haya dado a luz a nuestro primer hijo.

Los últimos restos de sueño se desvanecieron de repente cuando Shemaine alzó la cabeza. Lo miró, atónita, sin saber si estaba bromeando de nuevo o anticipando un cambio drástico en la relación entre ambos. Decidió no perder tiempo con preguntas; le pareció más prudente realizar una rápida retirada.

Gage la observó mientras huía escalera arriba.

–¡Cobarde!

Shemaine se detuvo al instante, con un pie en el último escalón y lo miró, arqueando una ceja.

–¿Señor? ¿Ha dicho cobarde?

–Sí.

Gage cruzó los brazos sobre el pecho y la desafió con una mirada directa.

Shemaine se enfrentó a él, sintiéndose como en un callejón sin salida.

–Señor, me gustaría saber por qué se le ha ocurrido llamarme cobarde. Que yo sepa, no he hecho nada para merecer semejante insulto.

Los anchos hombros se alzaron un instante.

–Shemaine, es evidente que supone lo peor y, en lugar de hacer preguntas, corre escalera arriba como si tuviese fuego en la enagua.

Un súbito sonrojo encendió las mejillas de la joven.

–No me pareció aconsejable averiguar el sentido de su comentario, señor. Tenga en cuenta que estamos solos y yo soy su esclava.

–Y yo soy viudo –aguijoneó–. Y estoy en apuros.

El sonrojo de Shemaine se hizo más intenso recordando los comentarios de Gage con respecto a las señoras del pueblo y las expectativas que depositaban en un viudo. Bajando la vista hacia el pájaro de madera que tenía en la mano, replicó con gentileza:

–Usted ya ha admitido que me desea, señor. Ahora que estamos solos, ¿debo pensar que eso ha cambiado?

–También dije que no la forzaría, Shemaine –recordó con delicadeza.

Shemaine alzó la cabeza y se encontró con el rostro sonriente de él sin saber qué responder.

–Sólo deseo una cosa –dijo Gage, en un susurro ronco.

Shemaine contuvo el aliento preguntándose qué iría a decir.

–La velada fue tan encantadora que me gustaría terminarla con un beso...

–¿Un beso?

La repentina sacudida que atravesó a Shemaine y el caótico batir de su corazón la sorprendieron. No pudo evitar preguntarse si un beso de él sería tan placentero como le había parecido al imaginarlo.

Gage se adelantó con pasos cautelosos, como si temiera ahuyentar a una cierva recelosa.

–¿Es mucho pedir?

Temiendo que su voz traicionara la excitación que bullía en su interior, Shemaine negó con la cabeza.

–No estará asustada, ¿verdad?

–No –logró decir, esforzándose por calmar sus temblores mientras él se acercaba.

Alzando el rostro hacia él, aguardó expectante.

Gage sonrió. Al verla tan dispuesta, se le ocurrió que sería justo advertirle cuáles eran sus intenciones.

–No será un beso de buenas noches, hermosa mía; sino un beso entre un hombre y una mujer.

Shemaine sintió que la recorrían una serie de relámpagos, aturdiéndola con la intensidad de su excitación. Pese al tumultuoso latir de su corazón, logró responder.

–Entiendo, señor Thornton.

De repente, los brazos de Gage la rodearon apretándola contra él. Shemaine se quedó sin aliento y, por un momento, clavó sus ojos en él percibiendo por entero su cuerpo duro, musculoso. En el instante siguiente, la boca del hombre se apretó a la de ella como una bola de fuego, quemando sus labios y obligándolos a abrirse con frenética pasión. La sorprendió lo repentino de su ardor y, al mismo tiempo, la excitó en gran medida. Girando lentamente, Gage arqueó la espalda de Shemaine sobre su brazo mientras continuaba besándola con pasión devoradora que la dejó sin aliento y mareada. La boca del hombre era insistente, implacable, sesgándose sobre la de ella mientras una feroz antorcha arrasaba sus dulces profundidades con hambrienta avidez. Sus pechos palpitaban contra el pecho de Gage, sus pezones se erguían con anhelante excitación y Shemaine se dio cuenta de que si en ese momento él los hubiese tocado, la habría hecho gritar de puro placer. Su decidida persuasión consumió la fuerza de los miembros de Shemaine y provocó agudos deseos que se extendieron por su cuerpo como lava fundida, desde su vientre. De pronto, se sorprendió participando del beso, volviendo la cara para beber más plenamente de esas lujuriosas delicias mientras deslizaba los brazos hacia arriba y los estrechaba en vehemente abrazo en torno al cuello del hombre. Sintió que su lengua era atraída por una fuerza superior a la suya y pronto acariciaba la de él y era acariciada por ella. La tentación de entregarse a lo que él quisiera era grande. Los brazos de Gage la sostenían, y ahora que se había encontrado con su ansiosa respuesta, sin duda se dejaría llevar por su condición de hombre apoderándose de todo lo que ella pudiera darle. Y después, ¿qué sería de ella? ¿Un juguete para su entretenimiento y, quizá, con el tiempo, un desecho? ¿Como una prenda gastada que ya no presta utilidad y que ha sido arrojada al cesto de los trapos?

Para Shemaine la idea del rechazo era algo totalmente contrario a su naturaleza: Gage había dicho que no la forzaría. ¡Quedaba en sus manos, entonces, poner fin a esa locura!

Metió un brazo entre ambos y empujó en el pecho de él, al mismo tiempo que volvía la cara a un lado. Forcejeando entre sus brazos, se apartó y luego se enfrentó a él, con los ojos muy abiertos y una mano trémula apretada sobre los labios que aún palpitaban. Reconoció en los ojos de Gage un deseo ardiente que quizá no fuese diferente del que mostraban los suyos. Seguía acosándola un deseo abrumador de rendirse a esa apremiante tentación. Aun así, encontró un diminuto fragmento de lógica al cual aferrarse. Pudo comprender que, si se entregaba a él, estaría confirmando las maliciosas cojeturas que circulaban en casi todos los corrillos del pueblo. Se juró que no daría a las chismosas la satisfacción de ver crecer su vientre.

Shemaine se volvió, corrió hacia la escalera y tomó el candelero que estaba puesto allí para ella. Casi apagó la llama por la velocidad con que subió; sabía que si se quedaba un momento más con Gage Thornton sería ella la que lo llevaría a su propia cama.

Con ella ausente, Gage echó la cabeza hacia atrás mirando hacia el techo en sombras, sintiendo que su control había sido puesto a prueba. Sus genitales palpitaban apremiados por la lujuria y todas las fibras de su ser lo impulsaban a subir la escalera a saltos y poseerla allí mismo. Ése era el único modo en que podría aliviar el dolor que se intensificaba rápidamente en la raíz de su ser masculino. ¡Pero no podía! ¡No debía! Quería de Shemaine O'Hearn mucho más que el mero alivio de una noche de pasión.

Con un pesado suspiro, se volvió y salió al porche. En aquel momento necesitaba una zambullida en el agua fría del estanque para serenar su cerebro y su cuerpo.

Shemaine se quedó de pie cerca de su cama, atenta a los sonidos que indicaban la salida de Gage de la cabaña. Apretó un puño contra su pecho con la esperanza de aliviar el dolor punzante que crecía allí. Todavía jadeaba como si hubiese corrido, aunque sólo era la emoción provocada por el desgarro de apartarse de ese individuo al que ansiaba entregarse.

Tratando de calmar su temblor interior, Shemaine dejó escapar el aliento poco a poco y empezó a desvestirse sin preocuparse siquiera por correr la cortina de lona sobre la barandilla. Arrojó la ropa a un lado mientras se paseaba nerviosamente, sacó sin mirar un camisón del armario pero no tenía ganas de ponérselo ni de meterse en la cama. La suave aureola de la vela bañaba su cuerpo desnudo en su cálida luz y Shemaine se contempló como lo haría con un ser totalmente ajeno. ¿Gage aún la vería delgada? Miró sus pechos de delicados tonos recordando cómo había espiado él sus curvas en aquella ocasión, poco antes del viaje a la aldea. Curiosa, sostuvo sus pechos con las manos y luego las frotó sobre las blandas cimas, tratando de imaginar cómo sería que las manos de él las acariciaran de manera parecida. Hacía unos momentos había percibido el palpitar de sus pezones mientras él la tenía apretada contra su cuerpo, pero ahora esa embriagadora sensación estaba ausente. Sólo quedaba un anhelo imposible de sofocar, un deseo de que él la tocara, la acariciara hasta hacerla gemir de deleite sensual. Pero sus brazos ahora estaban vacíos... igual que la cabaña.

Exhalando un trémulo suspiro, Shemaine se pasó el camisón por la cabeza y lo estiró sobre un cuerpo que no quería calmarse. Estaba inquieta y no encontraba consuelo en el refugio que la había cobijado tan bien desde el día en que Gage la llevara a su casa. Había prestado atención esperando oírlo regresar y sabía que todavía no lo había hecho. Lo más probable era que estuviese ocupado con el caballo y que todavía permaneciera fuera un rato más. No podía calcular cuánto tiempo había transcurrido desde que se separaron, pero tenía la impresión de que era como un par de siglos. Si él supiera cuánto deseaba Shemaine que volviese junto a ella, se olvidaría del caballo y acudiría corriendo. Así, la noche pasaría mucho más rápido. Sintiendo una necesidad desesperada de calmarse con la frescura de la brisa nocturna, Shemaine descendió cautelosamente a la planta baja. Salvo la vela encendida en el corredor trasero, el resto de la casa estaba a oscuras, excepto las zonas cercanas a las ventanas por donde se derramaba la luz de la luna. Las sombras eran impenetrables entre los tenues rayos, aunque ella conocía cada pieza del mobiliario, cada obstáculo en su camino hacia la puerta de enfrente.

Un suave céfiro corría en la vasta extensión cubierta por el porche cuando Shemaine fue a apoyarse sobre la baranda, disponiéndose a contemplar la noche enjoyada. Los cantos de grillos y ranas llenaban la noche y, en un árbol más allá del estanque, ululaba quedamente un búho. Manchas de luz moteaban el suelo entre los árboles al ritmo de la luna, que pasaba entre las ramas con un suave balanceo.

El sonido amortiguado de una zambullida atrajo su atención hacia el estanque; escudriñó con atención la oscuridad que lo envolvía. Mientras observaba, un largo brazo surgió de las sombras y se alzó con gracia, moviéndose adelante, luego abajo, surcando el agua. Lo siguió otro brazo y Shemaine se dio cuenta de que era un hombre que nadaba en el estanque. En ese momento se impulsó hacia arriba. Luego, comenzó a enjabonarse y a lavarse. No necesitó que nadie le informase que se trataba de Gage. Pocos hombres podrían jactarse de poseer un cuerpo tan excepcional.

Shemaine ya había visto antes desnudo a su amo. En aquella ocasión estaban en un cuarto en penumbra; él había vuelto de su baño nocturno. Cuando lo descubrió, Shemaine había huido avergonzada. Esta vez, en cambio, no tenía intenciones de revelar su presencia. Sabía que debía entrar antes de que él regresara a la cabaña pero, hasta entonces, lo observaría como había hecho aquella noche. Sólo que esta vez sería diferente: el deseo por él había reemplazado a su curiosidad virginal.

La luz de la luna la favorecía, proyectando sobre ella la sombra del techo del porche, mientras que lo bañaba a él con su suave resplandor, dando a su largo cuerpo desnudo un luminoso atavío. Sintió que su propio cuerpo resplandecía de calidez sensual mientras sus ojos devoraban el desnudo masculino. Ahí estaba él, para que ella lo poseyera con los ojos; lo devoró en su femenino despertar, ansiando revelar su presencia, quitarse el camisón y reunirse con él en el estanque.

Gage salió del agua y recogió una toalla que había dejado sobre una roca, cerca del arroyo. Se secó rápidamente y luego se la puso alrededor del cuello. Avanzó y cogió la ropa del lugar donde la había dejado. Sin hacer ruido, Shemaine se escabulló en el interior de la cabaña abriendo y cerrando sigilosamente la puerta. Estaba en el altillo cuando oyó crujir la puerta del fondo. Su corazón empezó a palpitar ante la expectativa de que él pudiese subir. Luego, la luz que había iluminado parcialmente el altillo, ahora oscuro, empezó a desplazarse; ella supo que Gage había vuelto a la sala del fondo sólo para recoger la segunda vela que había encendido antes. Le temblaron las piernas cuando se dejó caer en su cama, desbordando desilusión.

13

Como Andrew hacía la siesta vespertina y su padre trabajaba en el taller con sus hombres, en la cabaña reinaba un desusado silencio. Habían pasado tres días desde el último viaje a la aldea. Cuando Shemaine terminó de remendar, entró de puntillas en la habitación del niño para ver si todo iba bien. Dormía profundamente, acurrucado, abrazando al conejo de trapo que ella le había confeccionado. Su respiración era pesada y tranquila; no daba la impresión de que fuese a despertar pronto.

Llevando consigo una pequeña cesta de colada hacia el arroyo que corría frente a la cabaña, Shemaine se arrodilló junto a una roca de la orilla y empezó a restregar las manchadas rodilleras de los pantalones de Andrew. El piar de los pájaros cantores era una dichosa y melodiosa celebración de la primavera y, exhalando un suspiro de placer, se sentó y extendió la vista hacia la copa de los árboles intentando descubrir los pájaros maravillosos que habitaban en aquel lugar y llenaban el día con su dulce sinfonía. Los cantos se mezclaban con el suave borboteo del agua, como si los dirigiese un maestro de música. Pequeños pájaros volaban de una rama a un arbusto o cruzaban el espacio de un árbol a otro mientras que, más alto, bandadas de patos y gansos volaban, resueltos, en su ruta hacia el norte, atravesando el cielo. Níveas garzas surcaban también las alturas o caminaban por la orilla del río buscando su alimento.

Shemaine inhaló una honda bocanada de aire fragante y bebió la serenidad del lozano verdor del claro. Mucho más allá de la ancha extensión de ramas de pino y de robles con sus hojas nuevas, blancas nubes algodonosas navegaban por el cielo azul como barcos en el mar. En la orilla opuesta, un joven venado se acercó a la maleza con cautela, y al descubrir a la muchacha se dio la vuelta y, agitando la cola, se alejó saltando por donde había llegado.

En ese paraíso irrumpió el lejano relincho de un caballo despertando la curiosidad de Shemaine porque llegaba desde las profundidades del bosque y no del corral que había detrás de la cabaña. Escudriñó entre la verde espesura hasta que sus ojos se adaptaron a las sombras; entonces llegó a sus oídos otro relincho que atrajo su mirada. A cierta distancia vio un potro zaino ensillado, de dudosa calidad, atado a la rama de un árbol. Empezó a correr por su espalda una sensación de desasosiego mientras buscaba con la vista al jinete; su tensión se convirtió repentinamente en alarma cuando vio a un hombre corpulento enfundado en una camisa de color claro y pantalones oscuros que salía de entre los árboles y avanzaba hacia ella. La joven, que había pasado varios meses temiendo la aparición de esa figura, reconoció al inconfundible Jacob Potts.

Con una exclamación sobresaltada, Shemaine se puso de pie haciendo detenerse a Potts con su movimiento. De repente, la actitud del hombre cambió, se hizo más amenazadora. Separando las piernas, extendió los brazos ante él y, rodeando con sus grandes manos la culata de una pistola de pedernal, apuntó con cuidado. Para Shemaine fueron evidentes sus intenciones: ¡si podía, la mataría!

Shemaine tenía aguda conciencia de su vulnerabilidad; no tenía nada con qué defenderse. Su única esperanza era correr a un lugar seguro antes de que él disparase. Inició la huida pero, antes de que pudiese levantar un pie para darse la vuelta, la explosión de la pólvora apagó el apacible arrullo y el gorjeo de los pájaros, que levantaron el vuelo en los arbustos. En el mismo instante, zumbó una bala y al pasar le arrancó un trozo de piel en la zona de las costillas. El dolor hizo gritar a Shemaine, que apretó su mano contra el costado izquierdo y sintió que algo tibio resbalaba entre sus dedos. Corrió, desesperada, en dirección a la cabaña, echando una mirada asustada por encima del hombro. Potts se apresuraba a recargar el arma, aunque Shemaine sabía que pronto el celo por alcanzarla antes de que lograse escapar lo impulsaría a seguirla.

Un grito atrajo la atención de Shemaine hacia el taller y sintió una oleada de alivio al ver a Gage y a sus cuatro hombres que salían corriendo del galpón con mosquetes en las manos. De la dirección opuesta llegaban corriendo los Morgan, desde el astillero, empuñando sus propias armas. Al parecer, habían oído el disparo, el grito de Shemaine o ambas cosas, y supieron que algo malo pasaba.

Potts miró alrededor y vio a un puñado de hombres que se precipitaban hacia él por entre los árboles y decidió sin vacilar que era hora de marcharse. Corrió entre los árboles y, cuando llegó al caballo, tiró de las riendas para soltarlas de la rama. Montó, hizo girar al animal hacia Shemaine y, sacudiendo un puño macizo, le gritó:

–¡Todavía no hemos terminado, sucia irlandesa! ¡No acabaremos hasta que estés muerta!

Potts fustigó a su caballo y, clavándole los talones en los flancos, lo hizo arrancar en una precipitada carrera entre los árboles. Comprendiendo que el patán pronto estaría fuera de su alcance, Gage se detuvo y alzó el mosquete al hombro. La densidad de los árboles le impedía disparar con certeza; sabía que sería inútil el intento si no ajustaba el movimiento horizontal del arma a la velocidad de Potts. Apuntó el arma hacia un punto delante de Potts, entre dos robles. El marinero aún no había llegado a ese punto cuando, al fin, Gage disparó. Un rugido ensordecedor reverberó en el claro, el plomo zumbó entre los árboles y alcanzó a Potts en el preciso momento en que pasaba entre los dos robles. Un fuerte grito de dolor demostró que había sido herido; lo vieron inclinarse hacia delante mientras una gran mancha roja florecía en el costado de su camisa. El caballo aminoró la marcha pero Potts, temeroso de la puntería del colono, espoleó a la bestia con los talones maldiciendo como un loco.

Ramsey se detuvo junto a su patrón al mismo tiempo que Gage recibía una Jaeger cargada de su aprendiz alemán y tomaba puntería nuevamente, pero las sombras que se espesaban y lo intrincado del bosque dificultaban cada vez más la visión del blanco.

–Se ha ido –musitó Gage frustrado, bajando el arma.

–¡Pero le ha herido, señor Thornton! –exclamó Erich Wernher con su acento alemán–. ¡Ninguno de nosotros podría haberlo hecho tan bien!

Gage soltó un suspiro pesaroso.

–Sí, pero para nuestra tranquilidad es mucho más necesario matar a Jacob Potts que herirle.

–Me parece que su criada está herida –anunció Ramsey, dirigiendo la atención de Gage hacia donde estaba Shemaine, apretando su herida.

Gage entregó el rifle al alemán y recorrió rápidamente el espacio que los separaba, deseando haber matado a Potts.

Shemaine se movió con dificultad tratando de no encogerse cuando él se acercó.

–Estoy bien –logró decir–. Es sólo una herida superficial.

Gage no estaba tan seguro. La sangre ya había empapado el costado de su corpiño y empezaba a correr por su falda, cerca de la cintura.

–La llevaré a la cabaña y veremos cómo es la herida.

Shemaine se encogía de dolor cuando Gage la llevaba en brazos por el sendero. Apretaba los dientes para no gritar y se aferraba con fuerza al cuello de él. Entonces recordó lo que estaba haciendo antes de oír el relincho del caballo y soltó un suave gemido, atrayendo la mirada preocupada de Gage.

–Lo siento, señor Thornton, creo que me he dejado la ropa sucia en el arroyo –explicó avergonzada.

–¡Olvídese de la ropa! –ordenó Gage, gruñón–. Por mí se puede ir flotando.

Gage corrió el cerrojo de la puerta delantera, la abrió con el hombro y, sin soltar a Shemaine, atravesó la cabaña rumbo al corredor de atrás, donde la depositó con delicadeza sobre sus pies. Haciéndola girar para que la herida quedara a la luz, se arrodilló junto a ella y apartó la tela empapada de sangre. El vestido aún estaba intacto salvo por las pequeñas roturas que había dejado el proyectil al atravesar por completo el corpiño; esto le impedía ver la herida o el lugar del que manaba la sangre. Sujetó la tela y estaba a punto de desgarrarla cuando Shemaine se apartó, indignada de que pudiese ocurrírsele semejante cosa.

–No pienso quedarme aquí quieta como una tonta indefensa y dejar que usted desgarre mi ropa, señor Thornton. Estoy segura de que el vestido se puede lavar y coser sin problemas, y no toleraré que arruine para siempre una prenda perfectamente útil.

Gage suspiró, irritado.

–Shemaine, en el baúl de Victoria hay otros vestidos y le doy permiso para que tome cuantos quiera.

Extendió la mano hacia ella otra vez, pero Shemaine se apartó y sacudió la cabeza, obstinada.

–No quiero forzar su generosidad, señor Thornton. Ya me ha dado demasiado.

–¡Quítese el vestido si es necesario! –la urgió, tenaz–. Pero no descansaré hasta haber visto su herida.

–Eso se lo permitiré, señor, pero sólo de manera que yo me sienta cómoda. –Lo miró y sugirió con suavidad–: Si pudiera ponerme una camisa vieja, que se abra por delante, estaría en condiciones de complacerlo más fácilmente.

Con una exclamación exasperada, Gage se alejó y, un momento después, volvió del dormitorio con una camisa de tela casera.

–Puede ponerse ésta mientras yo voy a la fuente a buscar agua.

Shemaine aceptó la prenda y esperó a que él tomase la jarra del lavatorio y saliera por la puerta trasera, cerrándola tras él. Desabrochó la parte superior del vestido y la camisa, bajó ambas prendas y apretó los dientes para aguantar el dolor mientras despegaba la tela de la herida. Lanzó una mirada ansiosa por encima del hombro para comprobar que Gage no estaba a la vista mientras ella se bajaba las prendas hasta la cintura. Con mucho cuidado se puso la camisa, la abotonó y enrolló las largas mangas para dejar al descubierto sus manos. Mientras esperaba el regreso de su amo encontró una sábana vieja en la despensa y se dispuso a preparar vendas.

Un tamborileo de nudillos contra la puerta del fondo precedió la entrada de Gage, y Shemaine aguardó, pudorosa, mientras él vertía agua en la palangana e iba a buscar un poco de la que se calentaba en el hogar. Cuando regresó junto a ella y levantó la camisa, ella volvió la cara a un lado ruborizándose, mientras se cubría el pecho con los brazos. Sin esa precaución, la camisa hubiese permitido una vista privilegiada de todo lo que había dentro; tan grande era que parecía una tienda de campaña.

Gage humedeció un paño y lo aplicó con cuidado, limpiando la herida ensangrentada hasta que pudo determinar la extensión del daño. Lo tranquilizó comprobar que no era tan grave como había creído, que sólo se trataba de una laceración sobre las costillas, lo bastante profunda para que sangrara en abundancia, pero sin poner en peligro la vida de Shemaine. El único riesgo era que se infectase, pero estaba decidido a prevenir esa posibilidad usando su pestilente bálsamo.

–No es grave –anunció con alivio–, pero habrá que ponerle un vendaje apretado para detener la hemorragia.

Shemaine se apresuró a mostrarle las tiras de tela que había enrollado con pulcritud, tratando de disimular cuánto dolor le habían causado sus prudentes cuidados.

–¿Bastará con éstas?

–Sí, será suficiente. Levante la camisa y sosténgala para que no me moleste –pidió–. Debo pasar la venda alrededor de su cintura para que quede apretada y, si tengo delante esa camisa, no podré ver lo que hago.

Gage dejó a Shemaine reflexionando sobre su indicación mientras iba a buscar el maloliente ungüento. Cuando regresó, vio que los faldones de la camisa estaban unidos en un pulcro nudo entre los pechos de la mujer, dejando la cintura al descubierto. No pudo evitar admirar los resultados, porque la suave tela de fabricación doméstica modelaba a la perfección sus pechos y dejaba entrever sus pezones y la juvenil firmeza de sus curvas plenas. Su cintura era increíblemente fina y, aunque todavía podía contar las costillas, su carne sedosa despertó la admiración de Gage de una manera similar a la que había sentido la noche de la aparición de la serpiente. Exceptuando la herida, su piel era tan digna de ser disfrutada como había sido aquella noche.

–Le quedará una pequeña cicatriz como recuerdo de Potts –anunció Gage, poniendo el taburete junto a ella y apoyando encima el recipiente con el ungüento–. Pero no se asuste. Cuando se cure, casi ni se notará.

–¿Tiene que ponerme ese ungüento? –Shemaine frunció la nariz, asqueada por el olor cuando él abrió el recipiente–. Huele muy mal.

–Sí, pero ayudará a que se cure la herida y evitará la infección –arguyó él, contemplando el perfil de la muchacha para ver la cómica mueca que hacía exagerando su aversión. Sus protestas parecían las de una niña caprichosa tratando de engatusar a su padre. Inclinado como estaba cerca de ese rostro, comprobó que Shemaine miraba hacia delante ignorando su presencia, como si le hiciera algún reproche–. Y no quiero correr ningún riesgo con una posesión tan valiosa. Usted me resulta muy útil, Shemaine O'Hearn; no quisiera perderla. Sería imposible encontrar una sierva tan bella y talentosa.

–Se muestra usted tan generoso sólo porque me han herido –se quejó.

Contuvo bruscamente el aliento con una inhalación cuando él comenzó a lavar otra vez su carne lacerada. De repente, se sintió mareada y con náuseas y se tambaleó.

Gage se apresuró a poner un brazo delante de ella cuando vio que se caía hacia delante, y reforzó el gesto con una mano en la cadera. La presión de los pechos escasamente cubiertos en la cara interior de su brazo agitó tanto sus sentidos que no se atrevió a mover un músculo por temor a que ella huyese otra vez de él como había hecho aquella noche, después de su beso. Le preguntó con voz ronca:

–¿Se encuentra bien?

Moviendo débilmente la cabeza, Shemaine le dio la única respuesta que podía, continuar aferrada a él. Se sentía floja como una muñeca de trapo; pasó un rato hasta que su debilidad comenzó a desaparecer. Recuperando poco a poco sus fuerzas, consiguió enderezarse aun cuando era un alivio sentir que el brazo de Gage la rodeaba y le brindaba apoyo.

–Lo siento. En verdad, no sé por qué me siento tan débil –susurró apesadumbrada, y lo miró con timidez.

La cara de Gage estaba tan cerca que hubiese podido robarle un beso sin dificultad. ¡Qué idea tan extraña para un momento como ése!

Logrando manifestar una indiferencia que en realidad no sentía, Gage sugirió:

–Será conveniente que se acueste y descanse cuando termine de vendarla.

–¿Y la colada? ¿Y la comida? ¿Y Andrew? Pronto se despertará.

–Mis hombres tendrán que arreglárselas sin mí el resto de la tarde –aseguró Gage conteniendo una sonrisa–. Tengo la intención de estar a su disposición hasta el alba.

Shemaine arqueó una ceja y sonrió, burlona, mirándolo a la cara.

–De modo que piensa desempeñar las tareas de cualquier criado común, ¿eh? ¿Acaso lo ignora, señor? Se supone que yo debería estar a su disposición.

Los ojos castaños chisporrotearon con burlona calidez.

–Shemaine O'Hearn, y si yo la llamara si la necesitase, ¿usted vendría, realmente?

–¡Por supuesto, señor! –respondió, con un breve movimiento de la cabeza–. Usted me compró, y debo obedecer.

–Pero ¿qué haría si estuviese libre, Shemaine? –insistió Gage–. ¿Aun así respondería a mi llamada?

Shemaine descubrió que el roce del aliento de él en su cara era muy placentero. Pero clavó la mirada en el escritorio tratando de mostrar un neto distanciamiento.

–Pero no soy libre, señor, y no lo seré hasta dentro de siete años.

–Siete años –suspiró Gage, acariciando con los ojos la cara de la mujer–. Es un tiempo muy largo para que un hombre y una mujer vivan bajo el mismo techo sin estar casados ni ser parientes cercanos.

Alzando una ceja, Shemaine lo miró con curiosidad desde muy cerca, preguntándose adónde quería llegar. Si lo que intentaba era pedirle sus favores, es que no tenía demasiado sentido de la oportunidad.

–Señor Thornton, si pierde más tiempo hablando, me desangraré hasta morir –recordó ella con sequedad. La intensa atención de él la perturbaba porque no había podido olvidar su apasionado beso y hasta qué punto la había afectado. Por cierto, últimamente su cama se había convertido en un lugar de tortura porque casi no hacía otra cosa que revolverse buscando alivio del ardiente deseo que la consumía. Fingiendo una indiferencia que no sentía en realidad, Shemaine inclinó la cabeza hacia la pomada que él había dejado sobre el banco–. Espero que se haya pensado mejor lo de aplicarme ese horrible preparado. Estaré completamente de acuerdo si usted no lo ha...

–No lo he hecho –interrumpió Gage. Dio un paso atrás y untó la olorosa pomada sobre las costillas de la muchacha, haciéndola contener el aliento súbitamente. Tomó una venda, se inclinó adelante y deslizó los brazos alrededor de ella mientras la enrollaba apretadamente en la cintura de Shemaine–. Llévelo así hasta mañana, y entonces le pondré otra limpia.

Shemaine puso los ojos en blanco, mirándolo de soslayo y diciendo:

–Y me pondrá más de ese odioso ungüento, supongo.

–Si lo odia tanto, mañana le aplicaré una cantidad menor.

Rompió la venda y la anudó para que no se deshilachara. La verdad es que no resultaba nada desagradable abrazar a su sierva para ponerle otra tira de venda alrededor de la cintura y atársela. Más aún: se decepcionó cuando vio que ya no quedaban más vendas.

–Ahora Potts estará más empeñado en matarnos –dijo Shemaine entre dientes, intentando acostumbrarse a las apretadas vendas–. Su herida le parecerá una afrenta a su orgullo y nos perseguirá hasta que nos coja desprevenidos. Después de su pelea con los soldados, puede estar seguro de que estará de humor para aniquilarnos.

–Sí, y tal vez la próxima vez yo sea más afortunado y pueda poner fin definitivamente a sus incursiones –repuso Gage, molesto–. Ahora entiendo por qué se preocupaba usted tanto por él. No cabe duda de que está decidido a causarle daño. Le prometo que reanudaremos esas lecciones de tiro en cuanto esté en condiciones.

–Si las continuáramos esta tarde, aún me parecería que hemos perdido mucho tiempo –replicó Shemaine, sombría.

Jamás se sentiría libre de vagar por el claro hasta que Potts se hubiese ido o estuviese muerto.

Gage ya sabía qué debía hacer cuando volviera a verle; el marinero no le había dejado otra alternativa.

–Si Potts aún está en Newportes Newes, lo buscaré y le diré cómo están las cosas. Si no hace caso de mi advertencia, tendré que matarlo.

–Morrisa quizá sepa dónde está –dijo Shemaine, apartándose con vivacidad–. A juzgar por el modo en que Potts andaba por los alrededores de la taberna, estoy segura de que la situación no ha cambiado mucho desde que él cumplió las órdenes de ella en el *London Pride.* Más todavía: sería raro que Morrisa no lo hubiese animado a venir aquí a matarme. Desde un principio ha estado amenazando con eso.

–¿Por qué le tiene tanta inquina?

Shemaine levantó las cejas con una expresión perpleja: no era algo que ella pudiese responder.

–No sé si puedo atribuírselo a algo específico, señor Thornton. Si bien es cierto que he desbaratado sus esfuerzos de dominar a las mujeres cuando animé a Annie y a las otras a que le hicieran frente, a menos que esté loca no creo que mi negativa a someterme a sus dictámenes sea motivo suficiente para que quiera verme muerta.

–Quizá le tenga celos.

–Bueno; es cierto que quería quedarse con usted –admitió, reprimiendo otra mueca de dolor–. Juró que me rajaría si yo abandonaba el barco con usted.

–Es obvio que Morrisa se considera una mujer atractiva y que tiene intenciones de conseguir a un hombre. Tal vez esté resentida porque otra mujer le ha quitado lo que ella quería.

–No puedo asegurarlo, pero creo que hay otro propósito detrás de sus intenciones. No es más que una sospecha, pero desde que llegó a bordo del *London Pride* he estado reflexionando sobre sus actitudes.

–¿Por qué?

–Morrisa jamás había puesto sus ojos en mí antes de ser conducida a nuestra celda en la bodega. Había estado en Newgate, pero en otro sector. Observó a todas las mujeres y preguntó quién era Shemaine O'Hearn, pero en ese momento yo no quería identificarme y las otras fingieron ignorarlo. Morrisa me apodó «sucia irlandesa» y no volvió a preguntar. Después, peleamos porque ella pretendía la comida que yo había recibido. Me amenazó con un cuchillo y yo le arrojé un cubo de agua a la cara. El contramaestre llegó a parar la riña y me llamó por mi nombre. Por la sonrisa jactanciosa de Morrisa deduje que ya había averiguado cómo me llamaba. Por cierto, hizo todo lo posible para dirigir hacia mí la ira de Gertrude Fitch y de Jacob Potts.

–¿Quién pudo haberle hablado de usted?

–No se me ocurre por qué alguien pudo hablarle de mí. No nos habíamos visto antes. Además del carcelero y el contramaestre que contaban a los prisioneros, sólo una persona me pidió que me identificara de inmediato; era un guardián de Newgate. La primera vez que estuvo en mi celda fue poco después de que yo firmara el documento para venir a las colonias.

–¿Intentó hacerle daño alguna vez?

–No estoy del todo segura. Sólo sé que me vigilaba mucho.

–Quizás admirase su belleza –aventuró Gage, que había visto el efecto que ella causaba sobre algunos hombres.

Shemaine ironizó:

–No creo que me admirase demasiado. Poco después de ir a buscarnos para llevarnos al *London Pride,* me vi envuelta en una pelea entre algunos prisioneros y casi me abrieron la cabeza cuando uno de los más duros empezó a golpearme contra un muro de piedra. El guardián presenció toda la reyerta y en ningún momento trató de detenerla. Sólo cuando el carcelero oyó el alboroto e intervino, yo pude ser liberada.

»Varias noches después, cuando todos dormían, me despertó un ruido y, al abrir los ojos, vi al guardián arrastrándose hacia el rincón donde yo estaba acostada. Llevaba en las manos un trozo de cuerda y, por el modo en que la sujetaba, supuse que pensaba estrangular a alguien, ya fuese a mí o a una prisionera cercana, no lo sé. La única manera en que podía llegar hasta nosotros era pasando por encima de otros convictos que dormían en el suelo de la celda. Pisó la mano de una mujer y sus gritos indignados hicieron que el carcelero llegara corriendo. El guardián le dio una excusa cualquiera diciendo que había visto una rata. A mí me pareció una historia poco creíble y el carcelero se rió. En tono burlón, dijo algo acerca de un tonto que trataba de ahorcar a un roedor y ordenó al guardián que se marchara. Al día siguiente, fui trasladada al barco y jamás volví a ver a aquel guardia.

–¿Existía la posibilidad de que ese guardián conociera al cazador de ladrones?

Shemaine se encogió de hombros tratando de desechar la idea, pero se arrepintió de inmediato de realizar aquel movimiento. Lentamente fue hasta el taburete y apoyó una mano en él para sostenerse.

–Quizá convendría que la llevara arriba para que pueda descansar –sugirió Gage–. También le diría que se pusiera un camisón y que no se lo quitara durante lo que queda del día. Así, estará más cómoda.

–No es correcto usar ropa de dormir a horas tan tempranas –negó Shemaine–. Son aún las tres de la tarde y sus hombres todavía están aquí.

–Pronto se irán –replicó Gage–, y si viniera alguna otra persona yo le explicaría que usted está herida y necesita reposar.

–Diría que esa versión es poco digna de crédito –se burló Shemaine, sacudiendo la cabeza–. Por lo que me dijo Annie, estoy segura de que la gente del pueblo espera verme en camisón, pero no por haber sido herida. Su imaginación es mucho más maliciosa. No me cabe duda de que la señora Pettycomb ha hecho todo lo posible para enturbiar nuestras reputaciones, más aún desde que usted me llevó a esa velada y tuvo la audacia de bailar conmigo a la vista de todos.

–He oído algunas murmuraciones –admitió Gage–. Mary Margaret opina que deberíamos hacer algo para acallarlas.

Shemaine arqueó sus cejas, manifestando su escepticismo.

–¿Acaso Mary Margaret le ha dicho qué deberíamos hacer para conseguirlo, señor?

Gage levantó brevemente la vista para encontrar la mirada de ella.

–Ella ha dicho que si nos casábamos acallaríamos las murmuraciones.

Shemaine no pudo entender cómo una mujer tan bien intencionada podía tener tan poca diplomacia.

–Bueno, tal vez sea correcto que Mary Margaret sugiera eso teniendo en cuenta con cuánto afán procura unir parejas, pero ¿habrá tenido en cuenta que tal vez usted no quiera tomar por esposa a una convicta? Me resulta desconcertante que ella le recomiende tal solución. ¡Qué impropio! Por cierto, señor, sería humillante para mí si usted sospechara que yo he insinuado semejante cosa. ¡Pero si la idea es tan retorcida que resulta absurda!

Gage se encogió de hombros con aire indiferente.

–En realidad, no fue Mary Margaret la primera en pensarlo.

Shemaine se quedó atónita, sin poder imaginar quién sería tan audaz.

–Bueno, no creo que Roxanne haya hecho una sugerencia así, después de haber manifestado tan claramente que lo quiere para ella.

–No, es poco probable que fuese Roxanne –afirmó, riendo entre dientes.

–Entonces, Calley –afirmó Shemaine, convencida.

–Tampoco Calley.

Shemaine lo miró, cada vez más confundida.

–Señor, ¿podría preguntarle quién se tomó esa libertad?

Se abrió la puerta del dormitorio y apareció Andrew arrastrando un caballo de juguete. Gage acudió de inmediato a ayudarlo antes de que pudiese destrozar los muebles. Levantó al niño acomodándolo sobre la silla acolchada de piel mientras Shemaine iba hacia la puerta de la cocina para mirar.

Meciéndose atrás y adelante, Andrew se entregó a su infantil deleite imitando los gritos de un carretero que había oído una vez.

–¡Arre, arre! ¡Eaah, eaah! ¡Más rápido, mulas!

Shemaine y Gage estallaron en carcajadas observando al niño, que aún tenía los rizos enredados después de la larga siesta. Por el momento, Andrew parecía no hacer caso de la presencia de ninguno de los dos.

–¿Otra muestra de sus numerosos talentos, señor Thornton? –preguntó Shemaine, señalando el caballo de madera.

Gage inclinó la cabeza en señal afirmativa y volvió junto a ella, pero el barullo que hacía su hijo lo incomodaba. Levantó una mano indicando a Shemaine que fuera otra vez con él al cuarto del fondo. Cuando ella lo hizo, él sacó el frasco de ungüento y sentó a la muchacha con suavidad sobre el taburete. Por un instante, miró atentamente su rostro, percibió la inquietud de la muchacha y procuró tranquilizarla.

–Shemaine, cuando usted vino aquí le dije que tendría que hacer un viaje a Williamsburg. Hasta ahora he estado demorándolo, pero ayer recibí noticias de que la casa de mi cliente está terminada y quiere tener sus muebles. Si dentro de dos semanas se siente usted lo bastante recuperada, me gustaría mucho que usted y Andrew vinieran conmigo cuando mis hombres y yo hagamos la entrega.

–Estoy segura de que para ese momento estaré en condiciones de ir con usted y cuidar de Andrew, señor Thornton.

–Cuando estemos allí, me gustaría ocuparme de otra cuestión de gran importancia para mí... si usted acepta.

–¿Si yo acepto? –Las cejas de Shemaine se unieron–. ¿Qué es eso que yo tendría que aceptar, señor Thornton?

–Necesito hablar con usted respecto de este tema esta noche; le ruego que me dé una respuesta inmediata porque no descansaré hasta conocerla, sea afirmativa o negativa.

En apariencia Shemaine parecía serena, aunque temblaba por dentro. Había visto que Gage había comenzado a pasearse por el estrecho corredor y comprendió que, cualquiera que fuera, el asunto que quería tratar debía de ser muy serio. Quizás hubiese cambiado de opinión con respecto a conservarla. Tal vez el intento de Potts de matarla le convenció del peligro que su presencia significaba para su reducida familia. Preguntó con cautela:

–¿De qué quiere hablar conmigo, señor Thornton?

Gage se puso delante de ella, deseoso de hacerle saber ciertas verdades.

–Cuando una vez le dije que había pensado en tomarla por esposa no estaba bromeando. Incluso antes de haber ido al *London Pride* había pensado cuidadosamente en la idea de volver a casarme. Necesitaba una niñera para Andrew, pero también quería una esposa para mí. Como ya le dije, hay una grave escasez de jóvenes casaderas en la región. Y las que hay y están ansiosas por casarse, como ha demostrado claramente Roxanne, no me atraen. Cuando fui al barco, estaba lejos de pensar que tendría la fortuna de encontrar a una mujer que fuese buena como niñera... y menos aún a una esposa. Pero estaba equivocado, Shemaine. Usted es mucho más de lo que yo había esperado encontrar.

Shemaine se quedó mirándolo, completamente atónita por su revelación.

–¿Quiere casarse conmigo?

Su mente se disparaba tratando de entender la lógica del hombre. Sin duda, habría pensado en las consecuencias de casarse con una mujer de escasa reputación. Podía entender que quisiera acostarse con ella porque la tenía cerca, pero el casamiento le parecía algo fuera de discusión, pese a los deseos de Gage de tentarla.

–¿Por qué querría usted eso, señor Thornton, teniendo en cuenta que con sólo verme las personas honestas se preguntan qué horrendo delito pude haber cometido en Inglaterra? Seguramente se habrán preguntado el motivo de mi encarcelamiento y habrán exagerado la importancia de mi servidumbre. Ya vio cómo se comportó Samuel Myers cuando me vio en el baile. Llegué encadenada a esta tierra, señor, y, si se casa conmigo, será un hombre señalado. Susurrarán a sus espaldas que es el esposo de una convicta. No me cabe duda de que la señora Pettycomb se habrá afanado por decir a todos en el pueblo que yo no soy digna de ser recibida por ninguna familia respetable, y dudo que sirva de algo explicarles, tanto a ella como a las otras chismosas, que no he hecho nada para merecer mi condena. ¿Cómo es posible que se le ocurra atraer esa clase de críticas sobre su persona?

Gage tampoco podía creerlo.

–¿Acaso cree, en verdad, que a mí me importa algo de lo que esa mujer pueda decir o pensar? Alma Pettycomb se considera tan pura que es incapaz de comprender lo malvada y maliciosa que es en realidad. Se alimenta con la carne de los inocentes y estoy convencido de que algún día recogerá las consecuencias de agitar tanto esa lengua de serpiente que tiene. Shemaine, créame que no vale la pena que se preocupe ni lo más mínimo. Tampoco debería desviar ni influir sobre ninguna decisión que deba adoptar; debe hacerlo por su propia y libre voluntad, sin dejarse intimidar. El tema del matrimonio es una cuestión que nos concierne sólo a usted y a mí; a nadie más.

Tomando su menuda mano entre las de él, Gage miró en sus ojos tratando de discernir algún atisbo de rechazo y no lo encontró.

–Shemaine O'Hearn, me sentiría muy honrado si aceptara mi propuesta de matrimonio y se convirtiese en mi esposa.

–¿No tiene recelos de tomar por esposa a una convicta? –preguntó ella, asombrada. Sentía como si estuviera despertando de un largo sueño. La total comprensión de lo que él quería comenzaba a acelerar los latidos de su corazón–. ¿No se arrepentirá del matrimonio una vez consumado?

–Quiero tenerla como esposa, Shemaine, y eso es lo único que me importa –declaró–. Aquí, en las colonias, descubrirá que los rumores se pudren muy rápidamente. Epítetos como «convicto», «truhán» y «ladrón» tienen corta vida, salvo que se repitan con frecuencia las ofensas que recuerden a la gente la tendencia a cometer vilezas. Después de casados, seremos como cualquier otro matrimonio de la comarca.

–¿Usted cree? –preguntó Shemaine con timidez. Pese a sus audaces fantasías, cuando llegaba el momento de presentarse como novia, lo único que le preocupaba era su delgadez y su falta de atractivos–. ¿Viviríamos como cualquier otra pareja?

Tocó el turno a Gage de sentirse preocupado y perplejo.

–¿Qué es lo que pregunta, Shemaine? ¿Si seré para usted algo menos que un esposo?

Un vivo sonrojo tiñó las mejillas de la joven.

–No esperaría eso de usted, señor Thornton, lo que sucede es que estoy demasiado delgada y... y no soy muy agradable a la vista sin...

–¿Sin ropa? –terminó la frase Gage, sintiendo que persistían sus recelos. Su mirada descendió hasta los pechos mal cubiertos y luego regresó al rostro, acariciándolo. No hacía más que preguntarse por qué pensaba ella que era poco atractiva, cuando en realidad era la mujer más bella que él había visto en su vida–. Shemaine, si insistiera usted en la abstinencia, sería preferible que no nos casáramos, porque no podría soportar verla cerca... desearla... y no poder gozar de la intimidad con usted. Soy un hombre, Shemaine, no un monje. La deseo tanto como un hombre puede desear a una mujer, y creo que a estas alturas ya debería saberlo. Si le preocupa estar delgada o débil, créame cuando le digo que eso no me importa mucho. ¡Me gusta tal como es! Y si aún se siente debilitada cuando nos casemos, le aseguro que mi fuerza bastará para los dos. Tendré cuidado de no hacerle daño y alimentaré toda la ternura que pueda usted sentir. Por eso le suplico, mi querida Shemaine, que me considere un pretendiente deseoso de convertirse en su esposo, en todos los sentidos de la palabra.

–Usted sí que es capaz de abrumar a una muchacha, señor Thornton –exclamó Shemaine, incapaz de apartar su mente del agudo contraste que haría el maravilloso cuerpo de él contra su delgadez.

Empezaron a invadirla imágenes de ellos dos acostados; esas imágenes eran mucho más sensuales de lo que estaba dispuesta a admitir. Ahora que ya había admirado por sí misma a un hombre desnudo, las tímidas explicaciones de su madre con respecto a lo que sucedía entre marido y mujer se agrandaron y aclararon en su mente.

Gage levantó una mano y rozó con ternura los nudillos contra la mejilla encendida.

–¿Quiere ser mi esposa, Shemaine?

Shemaine recordó la pompa que había rodeado la ocasión en que Maurice du Mercer le hiciera la misma pregunta pero, aunque le fuese la vida en ello, no lograba recordar que su corazón palpitara tan locamente dentro de su pecho como lo hacía ante la sencilla pero perturbadora propuesta de este hombre. Pensó en lo que significaría estar casada con un colono y comprometerse a permanecer a su lado mucho después de los siete años que marcaba su documento de servidumbre. Todavía ansiaba ver a su familia, pero por motivos claros y ambiguos a la vez, no podía imaginarse regresando a Inglaterra y casándose allí con un esposo adinerado. Le parecía más apropiado quedarse y formar un hogar con el hombre que había despertado la pasión dentro de ella. Si en ese momento no le amaba, ciertamente sí que le deseaba, y no podía continuar viviendo en la misma casa sin procurar plena satisfacción como mujer. Era mucho mejor casarse que tratar de contener sus deseos durante los siete años siguientes.

Lentamente, respondió con un gesto de asentimiento.

–Sí, señor Thornton, seré su esposa... en todos los sentidos de la palabra.

Gage se mostró ansioso y animado:

–Podremos casarnos en Williamsburg –dijo en voz suave–. Para entonces su costado estará sano y podremos regresar por la noche y pasar nuestra noche de bodas aquí, en la cabaña.

Pese a sus esfuerzos por parecer serena, la voz de Shemaine tembló:

–Lo que usted considere mejor, señor Thornton.

Gage levantó el mentón de Shemaine con un dedo y depositó un suave beso sobre sus labios, como temeroso de hacerle daño si le daba uno más apasionado. Después, estudió su rostro con ojos relucientes, y susurró:

–¿Ahora no querrías llamarme Gage? Después de todo, pronto seré tu esposo.

–Gage.

Su nombre fue lanzado en medio de un trémulo suspiro mientras los labios de él bajaban otra vez sobre los de ella pero, esta vez, cruzó su boca sobre la de Shemaine en una búsqueda devoradora, acelerando su pulso hasta que todo su cuerpo tembló por la pasión. La lengua de Gage se metió entre los dientes de Shemaine con provocativa audacia, apoderándose de esa cálida caverna con una posesiva voracidad que disparó los sentidos de la muchacha y reavivó el recuerdo de una noche no tan lejana. De repente, Shemaine se sintió impaciente porque pasaran las semanas.

–¡Papá, Andy quiere ir al retrete! –gritó Andrew de repente, separándolos con la eficacia de un cubo de agua fría.

Irrumpiendo en el corredor, el niño bailoteaba en ansiosa agitación. Gage lo levantó y salió rápidamente por la puerta del fondo, dejando a Shemaine aturdida por la sorpresa. Como ya la había excitado el ardiente beso anterior, y éste más reciente le había sabido más tierno pero no menos excitante, se convenció de que había en Gage Thornton mucha más sensualidad de la que ella había imaginado, incluso en sueños. Desde luego, se sintió cada vez más eufórica ante la perspectiva de gozar de la intimidad con ese hombre.

¿Estaría soñando otra vez? ¿De verdad estaba sucediéndole esto? ¿Pronto estaría compartiendo una cama con Gage Thornton? ¿O cuando volviera del retrete con Andrew le diría que sólo estaba bromeando? ¿Verrugas de sapo, más o menos?

14

Gage dejó la canoa junto al río y entró en la aldea de Newportes Newes con un definido propósito. Primero fue al *London Pride* pero, ante su interrogatorio, el compañero del contramaestre le informó de que Jacob Potts estaba de permiso y que no lo esperaban de regreso en el barco hasta la semana siguiente. Cuando, momentos después, Gage abrió la puerta de la taberna, oyó que su nueva ama, una mujer mayor y regordeta ataviada con un llamativo vestido rojo y una peluca blanca y crespa ligeramente ladeada, regañaba a Morrisa.

–El caballero ha pagado buen dinero por ti y tú lo complacerás –insistía la mujer, golpeando con el puño sobre la mesa–. Y no quiero oír más quejas tuyas de que es una pequeña comadreja o de que es malo y vil, como te dijeron las otras chicas. Yo misma he oído decir que Sam Myers no tiene mucho de qué jactarse dentro de sus pantalones, y le gusta demostrar su hombría de otras maneras. Pero mientras esté dispuesto a pagar lo que yo cobro por dejar que mis chicas vayan a su casa a satisfacer sus necesidades, tendrás que tolerar sus bofetadas y sus pequeñas perversidades y cuidar tus modales. ¿Me has oído?

–Sí, Freida, te he oído –farfulló Morrisa, aunque la idea no le gustaba en absoluto.

Había maneras de lidiar con ratas odiosas como Samuel Myers. ¡Pero si con un simple tajo de su navaja Jacob Potts podía sacar de penas a ese maldito sapo! Siempre y cuando su perro faldero se levantara y saliese de su escondite, claro.

Morrisa se burló de él para sus adentros: al parecer, últimamente Potts no era capaz de hacer nada bien en lo que se refería a la irlandesa. ¿Acaso no lo había enviado ella a provocar a Gage en la calle, la noche del baile? ¿Y qué hizo Potts? ¡Lo único que logró fue recibir una buena paliza! Después, cuando se aventuró en las tierras del colono, había vuelto con un gran agujero en un costado; ahora yacía inerte, como una morsa herida. Freddy se lo había llevado lejos, donde podría atenderlo un médico y estaría a salvo en caso de que el colono fuese a buscarlo. Pero, por el momento, el marino no tenía ninguna utilidad para ella.

Freida se inclinó adelante para atraer la atención de Morrisa con expresión hosca:

–He estado ganando bastante dinero desde que traje a mis chicas a esta región y no quiero que ningún pequeño soplón como Myers ande con calumnias, diciendo que ha sido engañado. Si lo hiciera, podría espantar a algunos de nuestros clientes. Te saqué de ese barco prisión para que me ayudaras en los negocios y no para que me pusieras en malos términos con los caballeros. Si en este primer año no ganas el doble de lo que invertí en ti, te aseguro que me lo cobraré con tu pellejo.

Morrisa se enfurruñó, rebelde y descontenta, mientras daba la espalda a la vieja rezongona, pero su expresión cambió, maravillada, cuando vio que Gage Thornton entraba por la puerta. Estaba impaciente por saber cómo estaba Shemaine después de recibir su herida y, sin duda, él era la mejor fuente de información para ello. Era de esperar que la pequeña pordiosera tuviera fiebre y muriese pronto, como debía haber sucedido bastante tiempo atrás.

Envalentonándose ante la perspectiva de haberse vengado de su adversaria, Morrisa dedicó a Gage una sonrisa y una mirada provocativa, mientras pasaba una mano sobre su cuerpo voluptuoso.

–Bueno, patrón, veo que ha cambiado de idea acerca de mi ofrecimiento, ¿eh? Ya sabía yo que era cuestión de tiempo que se cansara de Shemaine. –Bajó lentamente la mirada hacia su regazo mientras lanzaba una conjetura–. Shemaine lo habrá vuelto loco para que la deje tan de repente. No lo esperaba hasta dentro de un par de semanas; por eso me pregunto qué puede haberle hecho.

Desde su silla, Freida escrutó minuciosamente al alto y apuesto desconocido. No era usual ver a un caballero tan guapo buscando los favores de una ramera. Por lo general, los hombres así satisfacían sus necesidades sin gastar una sola moneda. Sus labios pintarrajeados se torcieron en una mueca mientras lo evaluaba con ojo certero.

–Usted es un tipo muy guapo, ¿eh? –comentó con voz ronca–. En mi opinión, demasiado guapo. Tendré que estar muy atenta para ver qué le ofrecen mis chicas, porque estarán ansiosas de atenderlo sólo por el placer de hacerlo. Sí, haré muy bien las cuentas después de que hayan estado con usted para cerciorarme de que le han cobrado la tarifa debida.

Gage no hizo caso de los comentarios de la madama ni de su desvergonzado examen y fijó la vista en Morrisa.

–Estoy buscando a Jacob Potts. ¿Lo has visto?

Morrisa se encogió de hombros con gesto indolente y se miró atentamente las uñas.

–¿Para qué necesita a Potts?

Gage apostó a que Morrisa sabía exactamente dónde estaba el marinero y para qué lo buscaba.

–Quisiera hacerle un par de preguntas.

La ramera le dedicó una larga mirada de soslayo y sonrió con aire calculador.

–No me diga que la irlandesa se ha quejado otra vez de Potts y ha despertado su compasión. De todos modos, ¿cómo está ella?

Gage no apartó la vista de ella en ningún momento.

–Está bien.

–¿Bien? –por un momento, Morrisa pareció confundida–. Quiere decir que... que ella... ¿no ha sido ella la que lo ha enviado a buscar a Potts?

–En realidad, yo he venido por mi propia voluntad para ver cómo está Potts después de la herida que le causé.

Como si la hubiese tomado por sorpresa, Morrisa se derrumbó en la silla y sus labios rojos se apretaron en una expresiva exclamación:

–¡Oh! –Estupenda actriz, fingió confusión y preguntó–: ¿Por qué diablos disparó al pobre y viejo Potts?

Gage arqueó una ceja con curiosidad, percibiendo la insólita tensión de la voz de la mujer.

–¿Quién dijo que le he disparado?

Morrisa frunció el entrecejo, un poco acalorada por la réplica de él. ¡Aquel colono no era ningún tonto! Debía ir con cuidado.

–¡Sí que lo ha hecho! –insistió–. ¡Yo misma he oído que lo decía!

–Yo dije que le había herido –corrigió Gage–. No hablé de ningún disparo.

Morrisa se volvió de costado levantando un hombro con aire indiferente.

–¿De qué otra manera podría resultar herido un tipo, si no es porque le disparan un tiro?

Gage sonrió sin ganas.

–Un cuchillo podría hacer daño también; he oído decir que Potts prefiere los cuchillos, como tú. Quizá ya sepas que Potts fue hasta mi propiedad para matar a Shemaine, y que yo le herí cuando intentaba huir. Quizás incluso seas tú quien le envió. Te gustaría ver muerta a Shemaine, ¿verdad, Morrisa?

La meretriz ocultó su nerviosismo tras una máscara de exasperación.

–¡No sé de qué está hablando, Gage Thornton! ¡Y tampoco sé dónde está Potts! ¡No soy la guardiana de ese marinero! La última vez que le vi estaba pensando en irse a Hampton o algún sitio como ése. ¡Así que tendrá que ir a buscarlo usted mismo, *señor* Thornton!

Gage sólo creyó que Potts se había marchado de la región.

–Si llegara a visitarte, harás bien en decirle que si alguna vez vuelvo a sorprenderle en mi propiedad, le mataré sin pararme a preguntarle qué hace allí. Se lo dirás, ¿verdad?

Morrisa le dirigió una helada mirada de soslayo.

–Se lo diré, pero conozco a Potts, y le recomiendo que tenga cuidado pues debe de estar muy quisquilloso. Su advertencia no le hará mucha mella. Cuando a Potts se le mete en la cabeza la idea de hacer una maldad, no suele cambiar de opinión por nada, ¿sabe?

–En ese caso, tal vez no quieras transmitirle el mensaje por tus propios motivos –dijo Gage–. Pues una advertencia como esa podría hacer desistir a Potts de cumplir tu orden. ¿Quién puede saber cómo reaccionará? Tal vez se le ocurra hacer caso de mi advertencia y no arriesgar su vida. Pero se lo digas o no, ten presente una cosa,

Morrisa. Si Shemaine resultara muerta o herida por su mano, vendré a buscarle, y no sólo a él sino también a ti. Y bien podría mataros a ambos.

Dicho eso, dio un paso atrás, dedicó a cada mujer un rígido gesto de despedida y se marchó de la taberna.

Freida se inclinó hacia delante y clavó la vista en su nueva pupila, entrecerrando los ojos.

–¿Cómo dijiste que se llamaba el sujeto?

Morrisa hizo una mueca en dirección a la figura que se alejaba.

–¡Gage Thornton! ¡Debe de ser el tipo más malo con el que me he cruzado en mi maldita vida!

–Bueno, queridita, si sabes lo que te conviene, será mejor que aceptes su consejo –advirtió la alcahueta–. He oído muchas cosas acerca de ese sujeto desde que he venido aquí, y no todas son buenas. Hay quienes dicen que un día se enfadó con su esposa y la arrojó desde el barco que está construyendo cerca de su cabaña, río arriba. Y por lo que he oído, hay una solterona que vive cerca del camino que tal vez le vio hacerlo, pero tiene miedo de abrir la boca por lo que podría pasarle si habla.

–No me digas –replicó Morrisa con sonrisa complaciente–. Me pregunto si Shemaine lo sabe.

–El tipo no es muy comunicativo con sus cosas, eso me han dicho. Lo más probable es que se guarde sus asuntos para él mismo pero, si los rumores son ciertos, puedes apostar a que esa Shemaine no estará tan acomodada como se podría suponer. El sujeto podría matarla como hizo con su esposa.

Morrisa hizo una mueca desdeñosa.

–Y yo podría ir a recoger mi recompensa sin mover un dedo.

Freida la miró con expresión especuladora.

–¿De qué recompensa estás hablando?

La ramera recibió la pregunta con un ademán.

–Nada. Es algo que me prometió un guardián cuando nos marchábamos de Newgate para ser embarcadas. Pero no hay modo de saber si es verdad lo que él dijo hasta que envíe una prueba de que la cosa está hecha. Y todavía no he podido hacerlo.

–¿Quieres decir que te han prometido pagarte si matabas a otra prisionera?

Morrisa adoptó un aire de asombro ante la insinuación de la otra.

–¿Me crees capaz de matar a alguien?

Freida cloqueó y apoyó los brazos carnosos sobre la mesa, inclinándose para mirar directamente a Morrisa a los ojos.

–¡Queridita, por lo que he oído, estuviste muy cerca de cortar algunos gaznates masculinos antes de tu detención, pero no quiero esa clase de problemas aquí! Tengo mi manera de lidiar con las fulanas rebeldes, y te juro que tienes frente a ti a la horma de tus zapatos, chiquilla. Cualquier cosa que hayas hecho yo la hice peor, así que te conviene hacer caso de mi advertencia. ¿Entiendes?

Morrisa abrió los brazos en actitud de inocencia.

–No tengo intenciones de hacer cualquier cosa que no me ordenes tú, Freida.

–¡Así me gusta! –La madama asintió lentamente y se rellanó en la silla–. Porque si no cuidas tus maneras conmigo, haré que lo lamentes como nunca has lamentado nada hasta ahora. No sabrás lo que es la desdicha hasta que yo no la traiga sobre tu persona. Y te aseguro que si me fastidias mucho y el tiempo suficiente, nadie te librará de la tumba.

Morrisa sintió que un escalofrío recorría su espalda cuando se enfrentó con la mirada helada de Freida. Por primera vez en su vida entendió exactamente lo que representaría estar en el lado perdedor si daban un giro los acontecimientos, y que otra mujer amenazara su vida.

Gage entró en la tienda del joyero y compró una sortija de bodas: había tomado la medida con un trozo de bramante en el dedo de Shemaine. Como consideraba un caballero al anciano joyero, no creyó necesario recomendarle que guardara el secreto, porque el hombre era tan discreto con respecto a los asuntos de sus clientes como con los suyos propios. De allí, Gage fue al taller del remendón y se encontró con Mary Margaret, que esperaba a Miles, quien había ido a la trastienda a buscar un par de zapatos de la anciana que él había arreglado.

–No creía que fuera a poner mis ojos sobre su apuesto rostro durante una quincena, por lo menos, después del alboroto que montó llevando a Shemaine al baile –gorjeó–. Causó un verdadero torbellino en el pueblo. Me dan pena las pobres charlatanas que casi no se detienen a tomar aliento. –Sus ojos azules chispearon de placer cuando arrancó una carcajada divertida a su interlocutor–. Ahh, es bueno ver que la vida vuelve a tratarle bien, Gage Thornton. Hace casi un año que no le veo reír con tanta alegría.

–Es su hermoso rostro lo que me ha puesto tan contento, Mary Margaret McGee –respondió Gage con galante desenvoltura.

Los hombros delgados de la mujer se alzaron en gesto de duda:

–Y a mí me gustan los ingleses como usted, señor –bromeó. Luego, sacudiendo intencionadamente su cabeza, lo acusó–: Está dotado con la suave lengua que los irlandeses utilizan tan bien para mentir. Pero, dígame, señor, ¿qué hace en nuestro mediocre pueblo?

–Vine a buscar un par de zapatos que había encargado para Shemaine pero, si tiene usted unos minutos, necesitaría de sus servicios, señora.

–¿Mis servicios? –Por un momento, Mary Margaret quedó confundida–. ¿Y qué ayuda podría necesitar un gran caballero como usted de una anciana mujer como yo?

–Por ahora, bastará con su consejo –respondió Gage con una sonrisa.

Mary Margaret lo miró con aire suspicaz mientras trataba de reprimir el temblor que sentía llegar a sus labios.

–Creí que no le interesaba mi consejo.

–Eso no es cierto, puesto que lo solicitaré muy pronto. De hecho, si estuviese libre dentro de dos semanas, podría ir con nosotros a Williamsburg, para ver consumado el hecho.

La mujer se quedó completamente confundida.

–Acepto la invitación, apuesto pillastre, pero le aseguro que no sé de qué está hablando.

–Entonces, señora, si no es capaz de usar la imaginación, será una sorpresa. Haré que Ramsey Tate vaya a buscarla a su casa el viernes, dentro de dos semanas, a eso de las seis de la mañana.

–¿Y qué consejo necesita de esta vieja, si puedo saberlo?

–Pienso comprar a Shemaine tela para un vestido nuevo y no tengo idea de lo que necesitará para terminarlo.

–¿Zapatos del remendón? ¿Tela para un vestido nuevo? –Los delgados labios de Mary Margaret se curvaron, pero sus ojos brillaron intensamente–. Señor Thornton, después, ¿qué otro regalo querrá hacer a la muchacha?

Gage miró a través de los pequeños vidrios de la ventana, como si reflexionara sobre ello.

–Quizás un cepillo y un peine para ella sola, un poco de agua de colonia y un jabón perfumado.

–¿Para una esclava, señor Thornton?

Gage giró sobre sus talones y miró a la anciana con un brillo malicioso en sus ojos veteados de ámbar.

–Para una esposa, señora McGee.

Mary Margaret dejó escapar una exclamación de alegría, que luego contuvo tapándose la boca con la mano para acallarla. Sin embargo, bailoteó una giga un poco torpe ayudándose con el bastón y, luego, recuperando cierta dignidad, lo miró:

–Supongo que cuenta con que yo me reserve esta noticia hasta que se pronuncien los votos.

–Sí, señora. Sólo mis amigos más íntimos podrán disfrutarlo hasta ese momento.

Mary Margaret sacudió la cabeza en demostración de su acuerdo con esa prudente decisión.

–Sí, es sensato no confundir demasiado a la señora Pettycomb pues podría sufrir un ataque por la sorpresa. No cabe duda de que está esperando que Shemaine revele su estado a más tardar dentro de tres meses... pero sin el beneficio de un anillo de boda –cloqueó, risueña, imaginando la perplejidad de la matrona–. Ah, quién pudiera ser un ratón y colarse en su casa cuando se entere de la novedad. Estoy segura de que perderá la razón.

–Es usted cruel, señora –dijo Gage, riendo–. Espero no contarme nunca entre las filas de sus enemigos pues estoy convencido de que sería muy desafortunado.

–Así es –admitió la anciana, alegre.

Apoyándose en el bastón, Mary Margaret se acercó a la puerta de la trastienda y llamó al remendón:

–Señor Becker, ya que está allí podría buscar los zapatos de Shemaine O'Hearn. Ha venido el señor Thornton a buscarlos. ¿Podría darse prisa, por favor? Hoy, el señor Thornton y yo tenemos cosas importantes que hacer.

Al principio, parecía que dos semanas eran mucho tiempo y Shemaine no pensaba tener dificultades para hacer todo lo que tenía planeado antes de que llegara el día. Había preguntado a Gage si podía arreglarse uno de los vestidos de Victoria que le parecía especialmente bonito. Pero él, con esa sonrisa infantil que tan bien imitaba Andrew, le había entregado un corte de fina tela para un vestido elegante, encaje para adornarlo y suficiente cantidad de delicada batista para hacerse una nueva camisa y un camisón. Shemaine estaba encantada con los regalos pero, al mismo tiempo, un tanto preocupada. Por lo general, sus tareas la mantenían ocupada todo el día y no sabía de dónde sacaría tiempo para terminar las prendas antes del día de la boda. Gage pronto resolvió su dilema transmitiéndole el ofrecimiento de ayuda que había hecho Mary Margaret; ella se apresuró a aceptar. Fue muy útil que Ramsey se ofreciera a pasar por casa de la mujer las dos semanas siguientes y la trajera con él cuando iba a trabajar.

Por fin, llegó el viernes señalado y una pesada barcaza dotada de un gran timón y una extraña colección de velas, piloteada por un curtido y viejo patrón que había dejado los viajes por mar para vivir una existencia más tranquila se arrimó al muelle que Gage y sus hombres habían construido la semana anterior. Primero, cargaron los muebles embalados para evitar que sufriesen daño alguno, aunque resultó difícil conducir a bordo los caballos nerviosos por la maniobra y por tener que remolcar el carro sobre los ruidosos tablones que servían de puente. Por fin, Gage tuvo que bajarse del asiento y conducirlos con la brida. Los últimos en subir a bordo fueron los asistentes a la boda, y lo hicieron llevando muchas maletas, ropa y otros objetos.

Sobre las marismas, junto al río, pendía la niebla matinal que parecía girar en torno de la barcaza a medida que ésta avanzaba hacia el oeste. Ante su avance, gaviotas, garzas y otras aves levantaban el vuelo mientras una bandada de palomas atravesaba el cielo sobre los pantanos herbosos. Aquí y allá, robles, cedros y pinos ocultaban las orillas donde morían las pequeñas olas que rizaban el río.

Cuando la isla de Jamestown apareció a la vista, el patrón llevó la embarcación al muelle y comenzaron a descargar. Después de haber bajado el carro a tierra firme, uno de los grandes embalajes fue acomodado en la caja. Gage, con tres de sus hombres, fue a entregar el bargueño a una rica viuda, mientras Erich Wernher se quedaba con las mujeres en la barcaza. Fueron precisos tres viajes más para transportar el resto de los muebles a la casa recién terminada, en Williamsburg. Allí desembalaron las piezas, las inspeccionaron y llevaron con sumo cuidado al interior de la residencia.

Antes de que se marcharan, el cliente sorprendió a Gage dándole una generosa bonificación por la excelente calidad de los diseños y de la fabricación de los muebles. Como su esfuerzo y sus habilidades representaban un sesenta por ciento del trabajo, a Gage le pareció justo quedarse con un cincuenta por ciento de la bonificación, distribuir el cuarenta por ciento en partes iguales entre Ramsey y Sly Tucker y el otro diez restante en partes iguales entre los dos aprendices.

Después de cargar las maderas del embalaje en el carro, Gage y sus hombres se marcharon y volvieron a la barcaza. Pero, al acercarse al límite del pueblo, Gage detuvo los caballos junto a la cerca de un jardín donde una anciana con un sombrero de tela labraba la tierra con una azada. Saltó del carro y, quitándose el sombrero, se aproximó a la valla, cerca del sitio donde la mujer trabajaba.

–Discúlpeme, señora, pero como es el día de mi boda, quisiera saber si me vendería un ramo de flores de su bello jardín para regalar a mi novia.

La mujer le observó con atención.

–¿Y por qué ha tardado tanto en ir al altar, señor? Juraría que no es usted un joven inexperto.

La perspicacia de la mujer hizo sonreír a Gage.

–No, señora, hace un año que soy viudo. Tengo un hijo de dos años.

Los brillantes ojos de la mujer chispearon con humor.

–¿Y su novia? ¿Ella también es viuda? ¿O ha arrebatado usted una niña a su madre?

–Una doncella de dieciocho, tan hermosa como usted, señora.

La mujer indicó la cerca con un ademán.

–Entre en mi jardín, señor; yo misma cortaré un ramo para usted... no por su lengua ágil sino por su joven novia. Mire, yo también me casé con un viudo siendo muy joven; di a luz cinco hijos y los vi crecer a todos antes de que mi John me fuera arrebatado, pero le aseguro que no fue ninguna debilidad ni enfermedad lo que se llevó a mi esposo sino un árbol que cayó sobre él cuando estaba cortándolo. Se tomó venganza y lo envió a la tumba.

–Lo siento, señora.

–No importa –replicó la viuda con una sonrisa–. Mi John y yo tuvimos una buena vida.

La mujer cortó las flores más frescas de su jardín y las ofreció a Gage, dándole su bendición.

–Que usted y su novia surquen las caprichosas aguas de la vida con gracia y dignidad, señor, y que tengan muchos hijos que les brinden alegría en los años por venir y, en la edad de la vejez, muchos nietos que llenen sus corazones de orgullo por lo que han cosechado. Y ahora, vaya; que Dios los proteja en su matrimonio y que el amor que se tienen crezca cada día que pase.

Extrañamente conmovido por la bendición, Gage le dio las gracias y abrió su monedero para pagar las flores pero la mujer lo rechazó con un ademán.

–No, señor; las flores son mi regalo de bodas. Déselas a su prometida y vea cómo sonríe. Después, pídale que las ponga a secar dentro de un libro; serán un recuerdo para los dos mientras vivan.

Gage saltó del carro y se acercó andando a la barcaza. Shemaine no vio que ocultaba un ramo, pero por el brillo de sus ojos estaba segura de que tramaba alguna picardía. Cuando se acercó hacia ella por la pasarela, se enfrentó a él con los brazos en jarras, disfrazando su diversión con una mirada suspicaz.

–Podrías apostar a que no se propone nada bueno –aventuró Mary Margaret lanzando una carcajada–. Parece un zorro que se ha comido un pollo.

–Sí –coincidió Shemaine–. Eso parece.

Shemaine devoró con la vista cada uno de sus movimientos hasta que él se detuvo delante de ella y, entonces, la excitación de su proximidad aceleró los latidos de su corazón.

–Para mi novia –anunció Gage, sacando las flores de la espalda y ofreciéndoselas con una elegante reverencia.

–¡Oh, Gage! –exclamó Shemaine, apretándolas contra el pecho–. ¡Son preciosas!

–Regalo de una anciana que encontré en el camino. Además, me dio bendiciones para nuestro matrimonio.

–Un alma buena, sí señor –dijo, admirando los coloridos capullos.

Gage estaba ansioso por proseguir con los pasos siguientes.

–Y ahora, cariño, si me indicas qué quieres llevar contigo, me gustaría que nos pusiéramos en marcha. He alquilado un cuarto por una hora en la posada Wetherburn, de modo que contemos con un lugar para nosotros antes de ir a la iglesia.

Shemaine indicó con un ademán la maleta y el vestido cubierto con una sábana, que estaba encima.

–Ahí está todo lo que necesito.

Gage levantó las maletas de ambos y su propia ropa, mientras Shemaine se colgaba el vestido de su brazo libre. Él llamó a su hijo, que estaba mirando los peces que nadaban cerca de la barcaza.

–Andrew, por favor, toma a la señora McGee de la mano y acompáñala al carro. –La amplia sonrisa de placer que iluminó el rostro de su hijo y su ansiedad por obedecer hizo sonreír, a su vez, al padre. Él sabía que, para el niño, la responsabilidad que le encomendaba era digna de un hombre–. Nosotros te seguiremos.

Erich se acercó a su jefe.

–¿Puedo ayudar en algo?

Gage le cedió de buena gana el equipaje, agradecido de poder atender a su novia.

–Permíteme, cariño –dijo, tomando el vestido y apoyándolo sobre su propia ropa. Tras acomodarlo todo, le ofreció el brazo–. Si me hace el honor, señora, la escoltaré hasta el carruaje.

Shemaine le dedicó una radiante sonrisa, enlazó su brazo al de él y lo apretó contra su pecho. Precedidos por los otros, se entretuvieron lo suficiente para que Gage pudiese robarle un suave beso. Cuando alzó la cabeza, ella suspiró de placer y le sonrió, estableciendo una cálida comunicación al sentir que los músculos del brazo de él se tensaban contra su pecho.

–Esta noche serás mía, mi amor –susurró él, en dulce promesa.

Williamsburg era una joya preciosa en comparación con la reducida aldea de Newportes Newes. Shemaine llegó a esa conclusión cuando Gage los llevó a todos a dar una vuelta por la ciudad en el carro. Desde la calle del duque de Gloucester vio un imponente palacio en el extremo más alejado de un jardín muy bien cuidado, generosamente salpicado con macizos de flores y arbustos recortados. Había al menos una docena de tiendas alineadas a lo largo de la calle. A corta distancia había un quiosco de ladrillos y una casilla de guardia. En conjunto, era una ciudad aún en formación pero agradable.

Mary Margaret ayudó a Shemaine a vestirse en el cuarto de la posada. Cuando la novia salió, Gage se dio la vuelta, ansioso por devorar su belleza. Estaba radiante, con una polonesa verde claro adornada con un cuello chal blanco que se drapeaba sobre los hombros. Varias vueltas de encaje adornaban los bordes del cuello y las mangas a media altura. Más volantes de encaje se unían en el escote acentuando el largo y gracioso cuello de Shemaine, y un encantador gorro de encaje blanco, con un acertado ribete de cinta verde cubría el vívido cabello recogido. Un pañuelo de encaje unía los tallos de las flores, y el ramo descansaba en el brazo de la novia.

Gage fue hacia ella, tomó su mano y la llevó a los labios para besarla.

–Estás muy hermosa, mi amor.

Ramsey hizo un guiño a sus compañeros de trabajo y echó un vistazo al reloj.

–Gage, será mejor que te des prisa o te perderás tu propia boda.

Gage le dirigió una sonrisa por encima del hombro.

–No tengas miedo, viejo clava clavos. No me dejaré clavar los pies.

Los hombres estallaron en un coro de risas. Ellos, más que nadie, habían visto las honduras de melancolía en las que se había sumido Gage tras la muerte de Victoria...; ahora, en agudo contraste, eran testigos de las cimas de dicha a las que se elevaba. Los cuatro ebanistas se dispusieron a seguir esperando, pero Gage fue fiel a su palabra. Después de bañarse para quitar los restos de sudor de su cuerpo, se enfundó en una camisa blanca con alzacuello y corbatín, una levita azul oscuro de excelente corte y chaleco y pantalones gris claro; el mismo atuendo que había usado en su primer casamiento, varios años atrás.

Al ver a su novio tan elegantemente vestido, Shemaine recordó las preocupaciones de su madre cuando Maurice le presentó su petición de mano. La preocupación de la señora era que su hija se sintiese impulsada a aceptarlo por lo espléndido de su apariencia. Después de una irónica reflexión, Shemaine llegó a la conclusión de que en este caso la cuestión era diferente porque, además, estaba fascinada por el físico excepcional de su amo.

La iglesia de la parroquia de Bruton estaba inmediatamente al oeste de los jardines del palacio. La reducida concurrencia se reunió allí para la ceremonia. Una hora después de mediodía, el pastor unió apaciblemente a Gage Harrison Thornton y Shemaine Patrice O'Hearn en sagrado matrimonio. Mary Margaret y los cuatro hombres se situaron a ambos lados de la pareja en tanto que Andrew se quedó muy cerca de su padre. Llevando con orgullo la sortija de bodas en el pulgar, el niño miraba al altar esperando el momento en que le necesitaran. Estaba contento de haber sido incluido en el servicio, y cuando le pidieron que entregara el anillo, extendió su pequeño dedo con una amplia sonrisa que exhibía todos sus dientes.

El anuncio de la unión de la pareja fue sellado con un beso; si bien éste fue breve y suave, los ojos de Gage sostuvieron cálidamente los de Shemaine, persuadiéndola de que no era sino una muestra de la pasión que reservaba para ella. Tomándola de la mano, enlazó el brazo de ella en el suyo y juntos se volvieron para recibir los buenos deseos de sus amigos.

–Forman una hermosa pareja –lloriqueó Mary Margaret, secándose las lágrimas.

–Eres un hombre afortunado –dijo Ramsey, con una ancha sonrisa–. Pero creo que eso lo sabes desde la primera vez que la viste.

–Así es –admitió Gage, evocando el momento en que había descubierto a Shemaine sentada sobre la escotilla del barco.

Le costaba creer que ella fuese real y no una visión que él hubiese conjurado en su mente, aunque recordaba con toda claridad haberse asombrado por la repentina lucidez que había sentido en el instante en que había puesto sus ojos en ella.

Todos esos buenos deseos desconcertaron un poco a Andrew, hasta que su padre lo levantó en brazos y lo presentó a su nueva madre, con la esperanza de ayudarlo a comprender.

–Andy, ahora seremos una familia y tú tendrás una madre, como Malcolm y Duncan.

–¿Shimen mi mamá? –preguntó el niño con curiosidad, escrutando atentamente a su padre.

–Sí –respondió Gage asintiendo–. Ahora es tu mamá, del mismo modo que yo soy tu papá.

Andrew sacudió la cabeza de un lado a otro y rompió a canturrear con infantil regocijo:

–¡Mamá y papá! ¡Mamá y papá! ¡Mamá y papá!

–Me parece que le gusta cómo suena –dedujo Mary Margaret, echándose a reír.

–Teno hambe –anunció Andrew, pasando a un tema más importante.

–Siempre tienes hambre –bromeó Gage, pellizcándole la nariz.

–Teno hambe –imitó Shemaine, cerca del hombro de su esposo.

El novio depositó un beso breve aunque provocativo sobre sus labios.

–¿Bastará con eso, cariño?

Rodeando con sus brazos a sus flamantes marido e hijo y poniéndose de puntillas, Shemaine posó un beso afectuoso sobre la rosada mejilla de Andrew y luego uno mucho más cálido sobre la boca sonriente de Gage. Pero, aun así, no aceptó que ése fuese un intercambio justo y, dedicándole una radiante sonrisa, dijo:

–Por dulces que sean tus besos, mi querido esposo, debo insistir en que Andrew y yo necesitamos algo más sustancioso si no quieres que nos desmayemos de hambre.

Gage rió y alzó los brazos para atraer la atención de Ramsey.

–Mi familia reclama alimentos. ¿Podrías traer el carruaje, mi buen amigo?

–A su servicio, milord –repuso el amigo riendo entre dientes y, con una reverencia destinada a todos los presentes, salió a buscar el carro.

En la taberna Wetherburn disfrutaron de un sustancioso refrigerio, donde abundaron los brindis y la bebida. Pero, a medida que transcurría el tiempo, Gage se sentía cada vez más ansioso de estar en su hogar y, con tono risueño, pidió a sus invitados que volviesen al vehículo para poder ser conducidos a la barcaza antes de que finalizara el día. El único verdaderamente sobrio entre los hombres era Gage que, por fin, reunió a sus invitados y a su familia y los llevó a la embarcación.

Hicieron una breve parada en el trayecto de Williamsburg al río para dejar a Andrew en la casa de los Fields. Allí el niño podría jugar con Malcolm y Duncan hasta cansarse, y permitir que su padre y su nueva madre gozaran de la posibilidad de estar juntos y solos en la intimidad de su hogar. Cuando supo de la intención de Gage de casarse con Shemaine, Hannah insistió en que Andrew se quedara unos días con ella y su familia, y él aceptó, gustoso. Cuando se disponían a partir, Hannah les ofreció, sonriente, una cesta con comida que podrían disfrutar más tarde; sabía que la preparación de la comida podía resultar una intromisión.

–Estoy pensando que así no tendrán que dejar la cama para comer –murmuró Ramsey junto al oído del novio después de que Gage agradeciera a Hannah el presente de bodas. Alzando la vista hacia las vigas del techo, se balanceó sobre los talones–. También he pensado en ir mañana por la mañana a trabajar un poco, para adelantar algunas cosas mientras no haya nadie en el taller.

Con un brillo malicioso en la mirada, Gage clavó la vista en su carpintero favorito y le advirtió por lo bajo:

–Si llego a ver un atisbo siquiera de tu feo rostro en cualquier lugar de mi propiedad durante los próximos días, practicaré un poco de tiro al blanco en tu curtido pellejo. Por si no lo has entendido, mi torpe amigo, pienso tener a Shemaine para mí solo todos estos días, y no me sabrá bien que a algún tonto como tú se le antoje ir a visitarnos. ¿Necesitas más explicaciones?

Ramsey se frotó la boca con aire reflexivo, logrando disimular una sonrisa mientras alisaba su poblado bigote.

–Creo que puedo reconocer una amenaza cuando la oigo.

–Entonces, tal vez aún queden esperanzas para ti, viejo –repuso Gage con una risotada.

Al despedirse, Gage dio a Andrew un amoroso abrazo y un beso.

–Pórtate bien, Andy, y obedece a la señora Fields –le recomendó–. Volveré a buscarte el lunes por la mañana.

Cuando Gage se volvió para hablar con Hannah, Shemaine se inclinó y envolvió al niño en un abrazo, exagerando un gemido de placer.

–Te echaré de menos, Andy.

Echando a reír, Andrew retribuyó las muestras de afecto y luego corrió a reunirse con sus amigos para fanfarronear, orgulloso:

–¡Ahora, Shimen es mi mamá! ¡Mi papá lo dijo!

Hannah miró a Gage, sonriendo:

–Creo que su hijo está tan contento de tener una madre como usted de tener una esposa.

–Casi desesperaba de encontrar una mujer que pudiese cumplir los requisitos de ambas funciones, pero Shemaine ha demostrado ser más que capaz de ello –respondió Gage, también orgulloso. Cuando su esposa se acercó, extendió un brazo y la estrechó contra su costado, sonriéndole mientras la miraba a los relucientes ojos verdes–. No sé cómo he podido ser tan afortunado, Hannah, pero Shemaine es todo lo que he estado anhelando.

Shemaine extendió una mano y acarició dulcemente la mejilla de su novio.

–Aunque se me presentara la posibilidad en este momento, no creo que pudiera dejar lo que he llegado a considerar un tesoro.

Maravillándose de sus palabras, Gage no supo cómo llamar a la extraña emoción que vio en la mirada luminosa de su mujer, sólo supo que era muy similar a la que había visto a menudo en los ojos azules de Victoria en la bienaventurada paz de los deseos saciados.

15

Cuando el grupo de asistentes a la boda llegó a la cabaña de los Thornton, Gage levantó a su novia en brazos y, dejando que los demás hombres ayudaran a Mary Margaret, corrió hacia la casa antes que cualquiera. Durante un momento, antes de que llegaran los invitados, estrechó con fuerza a su flamante esposa y la besó con toda la pasión que había estado reprimiendo desde la noche del baile. Su boca exigió, hasta que los suaves labios se abrieron con un ardor que igualaba al suyo. Luego se oyeron pasos y Gage reconoció los vociferantes comentarios de Ramsey con respecto a la belleza de la noche, sin duda para advertir que se acercaban; entonces la pareja se separó para recibir a los otros abriendo la puerta. Primero hubo abundancia de buenos deseos y los hombres ofrecieron pequeños regalos hechos por ellos; luego los invitados a la boda se dispersaron hacia sus diversos destinos y dejaron completamente sola a la pareja.

–Ven aquí, esposa mía –murmuró Gage con voz ronca, atrayéndola otra vez hacia él.

Cuidando de no rozarle la herida, que estaba curándose, le pasó un brazo por la cintura y la acercó a él, apretando el suave cuerpo femenino contra el suyo, musculoso. Al suave resplandor de la lámpara, sus ojos la bebieron despacio, saboreando la embriagadora belleza del rostro de ella. Con suma lentitud, su boca descendió hasta la de ella y acarició los labios entreabiertos y ávidos de Shemaine en un beso lánguido y prolongado. Audaz y total en su posesión; sin embargo, el beso fue provocativo y persuasivo con su suavidad. La reserva de Shemaine se evaporó pronto y respondió con creciente pasión, sin reservas. Su pequeña lengua entró en el juego con la de él y, mientras la mano de Gage vagaba con atrevida familiaridad por su cadera, ella se apoyó en él sintiendo que le cosquilleaban los pechos contra la dura pared del tórax de él.

Por fin, Gage levantó la cabeza y su mirada hambrienta se regodeó en los rasgos delicados.

–¿Tienes la menor idea de las veces que anhelé tomarte en mis brazos y besarte hasta que me rogaras que parara? Mi deseo por ti comenzó de verdad aquella primera noche que te vi junto a la mesa de la cocina, recién bañada y vestida. En ese instante comprendí que no sería capaz de mantener mis manos apartadas de ti durante los siete años que dudaría tu servicio. Sólo esperaba que tú aceptaras mi propuesta de matrimonio.

–Señor Thornton, ¿quiere saber un secreto? –susurró Shemaine con sonrisa traviesa–. Me parece que cuando pasaste por la puerta esa misma noche y te quitaste la camisa mojada, fue el momento en que Maurice du Mercer empezó a esfumarse en las sombras del olvido.

Gage ladeó la cabeza, asombrado:

–¿En ese momento?

–Por si no lo sabe, señor, usted es un hombre muy apuesto, y una mujer puede regalarse los ojos contemplándolo, aun con toda la ropa puesta –murmuró en tono cálido.

–En este momento me llevas un paso de ventaja.

Fue el turno de Shemaine de ladear la cabeza y de mirarlo, confundida.

–¿Por qué, señor?

–No te he visto completamente desnuda, y estoy ansioso de verte así.

–Bueno, cuando mataste la víbora, yo no llevaba nada debajo de la toalla –arguyó.

–Lo noté –dijo Gage, sonriendo–. Si bien la toalla no estaba tan mojada como yo hubiese querido, disfruté del modo en que me tentaba un atisbo de esto... –Le rozó un pezón con el dorso del dedo indicando el lugar y, de paso, provocándole oleadas de deleite que encendieron sus sentidos y le cortaron el aliento ante su caricia–. No te mentiría si te dijera que esa misma noche tuve ganas de hacerte el amor y, desde entonces, muchas veces.

Shemaine recordó el deseo que había visto en su mirada y también cómo, después de su primera lección con el mosquete, ella había temblado con su propio deseo cada vez que él la tocaba.

–Me alegra que no hayas podido leer mi mente.

–¿Por qué, amor mío?

–Te habría escandalizado lo que yo estaba pensando.

–En ese caso, me alegro de que no pudiese usted leer la mía, señora, porque me hubieses creído un bribón lascivo.

Shemaine rió y acomodó la cabeza bajo el mentón de él.

–¿Quieres comer ahora? Hannah se ha portado de maravilla cocinando para nosotros.

–Tengo hambre de ti, esposa mía. –Deslizando las manos por la espalda de ella hasta las nalgas, Gage la apretó contra él, haciéndole notar su pasión al rojo vivo–. Mis deseos me atosigan de manera feroz; quisiera consumar nuestro matrimonio enseguida. Si pasara más tiempo, me resultaría duro soportar la espera.

Su atrevimiento hizo arder el cuerpo de Shemaine de lujuriosa excitación.

–Me hice un camisón nuevo para nuestra noche de bodas. ¿Me darás tiempo para prepararme?

–Date prisa –urgió Gage con suavidad.

–Lo haré –prometió. Poniéndose de puntillas, levantó la boca hacia la de él y se sintió inflamada por el fervor de él, que le devolvió el beso con ardorosa pasión. Se apartó de él con un suspiro embelesado y fue deprisa hasta la puerta del dormitorio. Se detuvo allí y se volvió para sonreírle–. ¿Vendrás cuando te llame?

La sola sonrisa de Gage hubiese bastado para convencerla; sus palabras le hicieron desestimar cualquier posibilidad de entretenerse.

–Sí, señora. Sólo un terremoto podría impedirme llegar junto a ti.

Dejando la puerta entreabierta, Shemaine entró y se maravilló de lo arreglada que estaba la habitación. Había velas encendidas a ambos lados de la cama y las sábanas y mantas estaban apartadas, exhibiendo una blancura adornada con encaje de Irlanda, sin duda regalo de cierta viuda. El camisón nuevo de Shemaine estaba cuidadosamente extendido a un costado y, con una exclamación excitada, vio que el cuello y los puños estaban embellecidos con pequeñas franjas de un complicado bordado.

–Oh, Mary Margaret –exclamó suavemente, encantada–. Qué maravilla.

Oyendo un murmullo vago, Gage se acercó a la puerta.

–Shemaine, ¿estás bien?

–Sí, esposo –dijo Shemaine, risueña–. Sólo estaba admirando la labor de Mary Margaret en las nuevas sábanas pero, por favor, todavía no entres. Dentro de un momento podrás verlo todo.

Gage se paseaba inquieto por la sala tratando de hacer tiempo. Se preparó tanto como pudo para su flamante mujer, sin llegar al punto de asustarla; se quitó la levita, dejó a un lado el chaleco y luego se quitó el corbatín y abrió el cuello de la camisa. Caminó otra vez hacia el interior y, unos momentos después, se encontraba revisando un poco frecuentado gabinete en busca de una botella de vino de Madeira que había guardado allí. Encontró la botella metida entre otras bebidas, la sacó, rompió el lacre y escanció una pequeña cantidad en una copa. Lo probó y juzgó que era digno de ser compartido con su joven novia.

Por fin, Shemaine lo llamó desde el dormitorio:

–Ya puedes entrar, Gage.

–Sí, mi amor... ya voy –repuso.

Se apresuró a buscar un par de pesadas copas de cristal que, una vez, Victoria había previsto como una de las primeras adquisiciones de una colección que esperaba completar. Vertió el oscuro vino en las dos copas y, abriendo la puerta del dormitorio con el hombro, entró con ellas en el cuarto. Se detuvo apenas traspuesto el umbral y, al ver a su novia, sonrió. Shemaine estaba sentada sobre la cama con la espalda apoyada en un almohadón bordeado de encaje que acolchaba la cabecera. Ataviada con un tenue camisón adornado con diminutos frunces y delicado encaje, constituía un bello y excitante ejemplo de lo que espera ver todo novio en su noche de bodas.

Gage evocó el ardor con que había deseado hacerla suya, sobre todo después de que ella aceptara su propuesta. Y, sin embargo, a pesar de la tortura que había sufrido al tenerla cerca y desearla con cada fibra de su ser, había sido reacio a apoderarse de la virginidad de Shemaine cuando aún era su esclava. No quería que ella sintiera la obligación de rendirse a sus exigencias. Y en ese momento, acariciándola con la mirada, se alegró de no haberla presionado indebidamente. La espera había valido el esfuerzo de contener sus deseos. Ella era su novia, su adorada, y esa noche quedaría marcada para siempre en la memoria de ambos como aquella en la que se habían convertido en marido y mujer.

–Éste es el regalo de bodas que nos hizo Mary Margaret –dijo Shemaine, indicando con un gesto de la mano las sábanas y las fundas adornadas de encaje–. Hizo el encaje a mano.

Rodeando la cama hacia donde estaba sentada Shemaine, Gage le dio una copa acompañada de un beso. Luego, mientras ella saboreaba el vino, él pasó la mano con admiración por la delicada labor y recordó la prisa que tenía esa mañana Mary Margaret por hacerle salir de su dormitorio, antes de partir para Williamsburg y luego, hacía sólo un rato, su risueña reticencia y su veloz carrera al dormitorio mientras Ramsey y los otros hombres le entregaban sus regalos, que ellos mismos habían hecho en madera.

–Esa señora es una maravilla en muchos aspectos –comentó Gage, sonriendo.

Shemaine rozó con los dedos el encaje de su cuello atrayendo la mirada de su esposo.

–Mary Margaret también adornó mi camisón.

Los ojos de Gage resplandecían sobre su sonrisa, mientras su mirada la devoraba de pies a cabeza. Dejó a un lado su copa, se sentó junto a ella y levantó una vela encendida para inspeccionar más de cerca los detalles de los adornos.

–Es hermoso –susurró, aunque su mirada no resistió la atracción de la tentadora plenitud de los pechos de Shemaine.

A la luz de la vela, la tela transparente no era más que una niebla lechosa sobre la delicada perfección rosada y cremosa de su piel. La delgadez de Victoria incluía también a su busto y, excepto durante los meses en que amamantó a Andrew, se sentía bastante avergonzada de la pequeñez de sus pechos aunque, para Gage, siempre había sido muy femenina. Ahora, él admiraba las abundantes curvas que le hacían temblar por anticipado.

El calor de su mirada sofocaba a Shemaine que, sin embargo, esperaba en silencio mientras su esposo observaba lentamente su pecho escasamente cubierto y la pesada trenza que había entrelazado con una cinta. El espeso velo de las pestañas negras ocultaba para ella los bellos ojos del hombre, impidiéndole el acceso a sus transparentes profundidades y, aunque miraba atentamente ese noble rostro, no encontraba el modo de saber qué era lo que le esperaba. Sólo podía preguntarse si este desconocido con el que ahora estaba casada se convertiría repentinamente en un salvaje, buscando sólo satisfacer sus deseos.

Tomando los dedos de Shemaine y llevándolos a los labios, la mirada de Gage se encontró con los dilatados ojos de su mujer, mientras le mordisqueaba con suavidad los delgados nudillos. Le sonrió con increíble calidez y fue, para Shemaine, como si ante ella se abriese el paraíso. Dejó escapar el aliento en un trémulo suspiro de embeleso.

–Sí, amor mío, el camisón es hermoso –musitó–, pero no tan encantador como la que lo lleva.

Gage dejó la vela sobre la mesa, se inclinó sobre su joven esposa y, bajando la cabeza, acarició su boca con la de él. Fue un beso cálido y embriagador, tanto como el vino de Madeira, un encuentro sin prisa de labios entreabiertos y lenguas inquisidoras, la impaciencia de alguien que se rinde a la audaz intrusión del otro. Un suspiro débil salió flotando de entre los labios de Shemaine cuando los besos del hombre fueron bajando por su cuello, rozando el delicado encaje y siguieron hacia abajo, hasta que la boca de Gage se apoderó de la suave punta de un pecho. Shemaine contuvo el aliento al sentir que una ráfaga de placer la recorría. La voluptuosa humedad atravesó la tenue tela, encendiendo la sensible cima hasta que un suspiro entrecortado escapó de los labios de la mujer. Su cabeza cayó hacia atrás sobre la almohada y sus sentidos se regodearon en ese puro arrobamiento y, por un instante, dudó si podría soportar aquello sin disolverse en éxtasis.

–Oh, no te detengas –rogó en un suspiro plañidero cuando su esposo se apartó de ella.

Lo que Gage había iniciado hacía temblar todo el cuerpo de Shemaine que, alzando la cabeza, buscó el rostro cincelado de su esposo, rogándole sin palabras que continuara.

Los ojos castaños se sumieron en los suyos; él se inclinó sobre ella:

–Es sólo un momento mientras me desnudo –murmuró, con voz ronca. Tomó con su mano uno de los pechos de ella y rozó con el pulgar la tela humedecida que cubría el pezón–. Debo intentar no apresurarme para no arrebatarte tu placer conyugal.

–Oh, señor, me atrevo a decir que no me lo has arrebatado –aseguró Shemaine con una voz que temblaba de emoción–. Siente cómo palpita mi corazón bajo tu contacto. –Acarició el dorso de la mano de Gage con las yemas de sus dedos cuando él apretó con más firmeza ese pecho pleno y sintió el acelerado latir debajo–. ¿Ves? Has provocado mi ansiedad, esperando qué más puedes enseñarme.

–Jamás he tenido una discípula más dispuesta –musitó Gage, mientras volvía su palma y entrelazaba sus dedos con los de ella. Levantó la mano, se la llevó a los labios y depositó un beso en el dorso para luego ponerse de pie sin hacer intentos de volverse, viendo que la mirada de Shemaine se veía irresistiblemente atraída hacia abajo. Con la misma rapidez, las pupilas verdes ascendieron para encontrarse con la mirada sonriente del hombre–. Sí, señora, yo también estoy ansioso.

Gage dio la vuelta al extremo de la cama y se acercó a una silla que estaba contra la pared más alejada. Volviéndose un poco de costado para que Shemaine no se impresionara tanto con su erección, se quitó los pantalones. Al bajar la prenda, se atascó en una rodilla; tiró de la estrecha pernera con la otra mano, bajo la mirada furtiva de su novia. Los músculos se flexionaban y se tensaban en sus nalgas y muslos, mientras él hacía equilibrios sobre un pie. Cambiando el peso a su pierna derecha, levantó la rodilla izquierda para quitar la otra pernera y, al hacerlo, descubrió descaradamente otras partes de su cuerpo. Shemaine sintió un calor que quemaba sus mejillas cuando vio la plena erección que asomaba bajo el muslo de Gage. Incapaz de apartar la vista, permaneció sentada, como congelada por la impresión. Las otras dos veces que lo había visto, la luz de la luna le había dado una imagen un tanto engañosa, mostrándole ese cuerpo como increíblemente bello. Y ciertamente lo era, pero también muy amenazador. En ese instante, nada podría intimidarla tanto como esa vigorosa espada de pasión.

Gage se volvió hacia la cama en toda su gloriosa desnudez y Shemaine se apresuró a apartar la vista y a fijarla, nerviosa, en el armario, hasta que él se metió en la cama. Con sumo tacto, Gage cubrió sus caderas con las sábanas bordeadas de encaje y, al deslizarse junto a Shemaine, acomodó una almohada en la cabecera para apoyar la espalda. Notó que las manos de su mujer temblaban y, tomando una de ellas, entrelazó sus dedos con los de Shemaine. Con la mano libre le hizo volver la cara para poder contemplar esos grandes ojos verdes, cargados de temor.

–Shemaine, ¿tienes miedo?

–Un poco –confesó ella, en un susurro casi inaudible.

–Al parecer, es sólo una incomodidad pasajera –dijo Gage con gentileza–. Sí que representa un sacrificio para la novia, pero es pequeño comparado con el placer que se siente después de entregada la virginidad. Y yo te prometo, mi querida esposa, que te brindaré tanto placer como me sea posible.

Al ver que su esposo tenía tan en cuenta sus temores, Shemaine se convenció de que sin duda sería muy considerado con ella. Aunque la sonrisa que le ofreció mostraba ciertas dudas, era sincera:

–Sólo ha sido un pánico pasajero, señor Thornton.

–Sí, señora Thornton –repuso Gage, reconfortado por la tierna mirada que Shemaine le dirigió–. Y ahora, señora, te propongo un brindis por nuestro matrimonio. –Pasando el brazo por delante de ella, levantó su copa, esperó a que ella hiciera lo propio y luego le sonrió mirándola a los ojos–. Para que se cumplan nuestros deseos, y que podamos mirar atrás contentos y en paz, sabiendo que seremos bendecidos con una gran familia.

–¡Salud! –respondió Shemaine al brindis, ya recuperada la alegría. Enlazando su brazo con el de él, bebió un sorbo. El vino era un poco más fuerte del que ella estaba acostumbrada a beber; tuvo que aclararse la garganta antes de proponer su propio brindis–. Y que, al final de nuestras vidas, comprobemos que hemos disfrutado de un profundo amor, que nos ha ligado en un solo ser lleno de afecto y ternura.

–¡Amén!

Estallaron en carcajadas y, uniendo las cabezas, bebieron otra vez. Un breve encuentro de los labios pronto disolvió la hilaridad e impulsó a ambos hacia emociones bastante más sensuales. Gage tomó ambas copas y las dejó a un costado. Luego, pasó un brazo sobre los hombros de su esposa y la acercó a él para darle otro beso. Fue un provocativo roce de labios y lengua, suspiros entrecortados con olor a vino de Madeira y una demorada exploración de dos corazones y dos mentes en unívoco acuerdo. Cuando Gage levantó la cabeza, sus ojos de cálidos reflejos hundieron su mirada en los de ella, mientras abría los botones de su camisón que, aun siendo diminutos y difíciles, no pudieron con la tenacidad de él.

Abrió la prenda, la apartó descubriendo uno de esos promontorios pálidos y luego el otro, hasta que la abundante generosidad de sus pechos se proyectó, impúdica, hacia delante. Shemaine lo miraba con el aliento agitado, mientras él satisfacía sus sentidos, quemándole la piel con el calor de su mirada y haciendo que se estremeciera de éxtasis al rozar con el pulgar uno de los suaves y flexibles pezones.

Fascinado, Gage recreó su mirada en esas lozanas esferas, maravillado con su perfección. Parecían hechas de satén de color crema, adornadas con delicados capullos rosados, de increíble suavidad al tacto. Bajo su mano invasora, su tinte parecía más delicado aún.

–Estoy embrujado con la riqueza que tengo ante mí –susurró Gage–. Eres más bella de lo que había imaginado.

Se inclinó para acariciar levemente una de esas cimas rosadas con la antorcha de su lengua, arrebatándole un instante el aliento. Luego se irguió, y la decepción de Shemaine alcanzó el cenit. Lo miró, preocupada, hasta que entendió que se había movido para cambiar de posición. La hizo bajar más en la cama; de los labios de Shemaine escapó un suave gemido cuando la boca de Gage volvió a tomar posesión, arrasando colinas y valles con ávido deseo. Shemaine deslizó los dedos entre los cabellos de la nuca de Gage y arqueó la espalda, proyectando hacia él esos pálidos promontorios, contra esa candente humedad que le acariciaba los pezones con suaves toques ondulantes. Esa lengua provocativa encendía chispas que crecían en ella hasta dejarla desbordada con la excitación que la inundaba. La intensidad del placer que la recorría en ondas le impedía recuperar el aliento, excitándola hasta una altura que le hacía sentir en el pubis la imperiosa necesidad de alivio.

El hombre apartó la sábana, descubriendo los miembros sedosos de la mujer y, con una prolongada caricia en un muslo esbelto, alzó el camisón. Al mismo tiempo que su boca operaba su magia sobre los pechos de la mujer, su mano se deslizaba entre los muslos con firme propósito, acelerando la respiración de Shemaine y haciéndole lanzar suaves gemidos de placer con su encantamiento.

Cuando se apartó, Shemaine fue tras él, ansiosa, alzando la cara hacia él, reclamando otro beso apasionado. Gage no se guardó nada, apoderándose de esa boca como un hombre hambriento al que acabara de servírsele un festín. Cuando el beso acabó, de los labios de Shemaine escapó un suspiro; sus efectos perduraron como los de una droga, dejándola sumida en delicioso trance. Tuvo vaga conciencia de que él le estaba levantando el camisón, quitándoselo por los brazos y la cabeza. A continuación, la hizo tenderse sobre la cama y, cuando su esposo la acercó más a él, sintió cada una de las curvas y los músculos de su cuerpo desnudo. Fue una experiencia inmensamente excitante. La muchacha ya no temía esa caliente, desconocida dureza que había vislumbrado y que ahora sentía contra ella.

Gage percibió los estremecimientos cada vez más fuertes que sacudían su propio cuerpo, mientras se esforzaba por medirse, por contener los impulsos que rugían dentro de él. Su control, duramente conquistado, estaba pasando por una dura prueba, pero cuando sintió el roce tímido de la mano de su esposa sobre el muslo y los dedos delgados que buscaban su masculina dureza, aumentó la dulce, brutal intensidad de su deseo.

–Ah, mi amor, has encendido un fuego que ahora debe ser apagado –exclamó en un áspero susurro, cerrando sus dedos de acero en torno de los de ella. Era una tortura exquisita que no podría soportar mucho tiempo. Estaba demasiado cerca del éxtasis para confiar en sí mismo–. Mis deseos están enloquecidos, señora, y sin embargo procuraré darte placer antes de buscar mi liberación.

Colocándola debajo de él, Gage la besó con todo el fervor de un enamorado voluptuoso, al tiempo que su virilidad sondeaba la dulce humedad de ella. La penetró con una limpia y veloz embestida, haciéndola jadear. Pero se contuvo con rígida reserva en el umbral del éxtasis, aliviando el dolor y los temores de Shemaine, besándola en la boca y acariciando sus suaves pechos hasta que, poco a poco, pudo sentir que la tibieza de su mujer se rendía a su intrusión, se volvía más flexible y luego cada vez más ansiosa de lo que estaba por llegar.

Era un ritual de amantes, unos movimientos hechiceros que convertían la respiración de Shemaine en violentos jadeos y hacían que su corazón acelerase el ritmo, casi hasta igualar el tumultuoso rugir del de su marido. Sus piernas como de seda rodearon las estrechas caderas del hombre acercándolo a ella, mientras clavaba las yemas de sus dedos en las musculosas ondulaciones de la espalda. Siguiendo la guía de las manos de él en sus nalgas, se elevó saliendo al encuentro de los impulsos del cuerpo masculino. De pronto, se sintió empujada por una extraña, creciente urgencia que hasta entonces no conocía. Gage la conocía muy bien y la buscaba con fervor y con celo, y llegó para los dos en un asombroso despliegue de brillantes destellos, que latían en un crescendo continuo a través de las fibras de su ser, elevándolos en alas de una embelesada euforia y, por fin, en un pináculo que estaba más allá del reino de la realidad, en un sitio de pura dicha que los dejó hechizados, flotando como ligeras semillas de cardo de regreso a la tierra, a su cama.

Shemaine se apretó una mano trémula en la frente y miró a su sonriente esposo, maravillada. Los ojos de Gage resplandecían con un brillo que ella nunca había visto antes.

–Oh, señor Thornton, usted sí que sabe impresionar a una chica.

–Y tú, mi bella Shemaine, has maravillado a este antiguo viudo más allá de sus expectativas –aseguró–. Para ser sincero, no puedo atribuir el mérito a mi prolongada abstinencia. Si tuviese que buscar la causa de tan exquisito deleite, la hallaría en tu ansiedad por complacerme y a la vez ser complacida.

Shemaine se afligió un poco pensando que quizá su conducta no había sido la adecuada.

–¿Estás descontento con mi audacia?

–¡Por supuesto que no, señora! –Lo absurdo de la idea hizo reír a Gage–. ¡Ha sido una inmensa gratificación descubrir que eres una mujer muy apasionada, tan grande que me gustaría volver a probar! Pero quizás estés dolorida, y he prometido ser considerado contigo.

Shemaine enlazó sus sedosos brazos en el cuello de él, gozando del peso de su cuerpo masculino sobre el de ella.

–Por extraño que parezca, no me siento dolorida.

–Quizá tendríamos que investigar más esa cuestión –sugirió Gage, reflexionando. Sin embargo, había otras cosas que quería mostrarle–. Pero tendremos que esperar hasta más tarde, mi amor. En este mismo instante tengo una sorpresa para ti. Tu regalo de bodas te espera en el otro cuarto.

–¿Mi regalo de bodas? –Era evidente que Shemaine estaba atónita–. Pero yo no tengo nada para ti.

–Mi querida esposa, ¿cómo puedes decir eso cuando, hace un instante, me has dado lo que he estado deseando desde que te traje a esta casa? –La besó con renovado ardor, dándole muestras de su pasión–. ¿No ves cuánto te deseo? Pero también estoy impaciente por darte tu regalo.

Gage se apartó de ella y, rodando hasta el borde de la cama, se puso de pie. Así, desnudo y grandioso, fue hasta la puerta y se detuvo allí para mirar a su esposa. Shemaine cubrió su desnudez con la sábana mientras él sonreía, como invitándola:

–¿Vienes?

Shemaine asintió, ansiosa, y saliendo de la cama se envolvió en la sábana, metiendo la punta de ésta entre sus pechos. Cuando se adelantó, la mirada de Gage fue hasta la cama y, mirando por encima del hombro, Shemaine vio lo que había llamado la atención de él: unas manchas rojas destacaban en la blancura de la sábana. Sus mejillas se encendieron con un vivo sonrojo pero su esposo pasó un brazo sobre sus hombros blancos y la atrajo hacia él sin decir nada, limitándose a sonreír.

Mientras iban hacia la sala, Shemaine no pudo resistir la tentación de echar una mirada de soslayo al torso viril pues, si bien su esposo parecía muy cómodo en su desnudez, a ella todavía le daba pudor mostrar abiertamente su curiosidad. Como hacen muchos padres con sus hijas, los de ella habían preferido mantenerla protegida, ignorante de casi todo, en la oscuridad con respecto a los hombres. Y sin embargo, la reticencia de sus padres no había logrado impedir que Shemaine fuera curiosa. Estaba impaciente por tener todos los conocimientos posibles acerca de su esposo: no necesitaba que nadie le dijera que Gage Thornton era un espléndido espécimen del género masculino.

Gage sonrió al mirar hacia abajo y sorprenderla observándolo.

–¿Te interesaría tomar un baño conmigo, querida?

–Supongo que estarás bromeando. –Pensando en el limitado espacio de la bañera, Shemaine estaba segura de que se burlaba de ella–. Necesitaríamos una bañera más grande si quisiéramos compartirla.

–¿No crees que algo así sería un apropiado presente de bodas? –preguntó, inclinándose para rozar su frente con un beso.

Apoyándole una mano en el pecho, Shemaine echó la cabeza atrás para mirarlo a la cara cuando él se irguió.

–¿Qué es lo que sería un buen presente de bodas?

Gage hizo un ademán hacia la puerta cerrada de la despensa.

–Después de ti, señora.

Un leve mohín de confusión crispó la frente de la mujer mientras alzaba una lámpara de sebo y abría la marcha hacia la despensa. Shemaine abrió la puerta y lanzó una exclamación de sorpresa cuando vio, en medio del cuarto, una lujosa bañera, suficientemente grande para dos personas. Tras ella había un biombo y, mientras su mirada recorría el pequeño cuarto, notó que ya no parecía un lugar para guardar provisiones sino un cuarto de baño, provisto de un lavatorio, un tocador con su silla, el atril de afeitarse de Gage y una silla con bacín, apenas visible tras un biombo. Incluso había un taburete alto cerca del lavatorio, seguramente para que Andrew pudiese llegar.

Gage entró después que ella y, tomando la lámpara de sus manos, encendió varias velas para ahuyentar la oscuridad.

–Hoy hice trabajar aquí a los Morgan mientras nosotros estábamos ausentes. ¿Te gustan los cambios que hice?

–¡Oh, sí, Gage! –Girando sobre sí misma, Shemaine le echó los brazos al cuello, le dio un vehemente abrazo y luego se echó atrás y le dijo, en tono fervoroso–: ¡Gracias por ser tan atento!

Gage sonrió.

–He notado cuánto disfrutas de tus baños y pensé en el placer que me daría compartirlos contigo cuando tuviese tiempo. La bañera es demasiado pesada para que puedas moverla sola, aun estando vacía, y por eso decidí que tuviese un desagüe ahí mismo, donde está. Hice que Flannery Morgan perforase un agujero en un extremo, lo revistiese de cobre uniéndolo a un embudo que sale del agujero, y que luego extendiera más revestimiento bajo el suelo de modo que el agua corriese fuera de la casa. Señora, bastará con que saques el corcho del agujero de la bañera, y verás cómo desagua.

Lo ingenioso del plan maravilló a Shemaine.

–¡Qué listo eres, señor Thornton!

Gage arqueó las cejas, desechando el cumplido.

–En gran medida fue motivado por mis propios deseos. Eres una novia muy tentadora, Shemaine, y quería compartir contigo todos los placeres y comodidades que se me ocurrieran.

Una sonrisa tímida curvó los labios de la mujer.

–No necesito que nadie me diga lo vívida que es tu imaginación, señor. Hay abundantes pruebas de ello por todas partes.

La respuesta de Gage se vio acompañada de una lenta sonrisa.

–Siempre ayuda inspirarse en una belleza como la tuya, cariño.

–Ahora podrás gozar de la comodidad de bañarte dentro de casa –señaló, contenta.

Gage estiró la mano y tiró de la punta de la sábana que se hundía en aquel valle tentador entre los pechos de su mujer.

–Bañarse en el arroyo no es tan malo cuando lo comparten dos personas enamoradas. Mañana te enseñaré algunas de las delicias que se pueden disfrutar allí.

Deslizando las manos hacia abajo por los redondos pechos y la esbelta cintura de Shemaine, vio cómo sus ojos se oscurecían y se ponían translúcidos a medida que él apresuraba el descenso de la sábana. Quedó detenida en las caderas, donde se amontonó formando pliegues.

–¿Llenamos la bañera? –preguntó Shemaine en un susurro.

–Ve a buscar el jabón y las toallas –pidió Gage en voz ronca, inclinándose para mordisquearle la oreja–. Yo iré por el agua.

Pero no hizo ademán alguno de moverse y sus manos continuaron con las caricias descendentes, aflojando la sábana.

Shemaine sujetó la tela que caía y la mantuvo extendida como si fuera un par de alas gigantescas, sometiéndose de buen grado a la mágica seducción de las manos de su esposo. Éstas se movieron con sabia audacia sobre su cuerpo y la poseyeron por completo, explorando, mimando y descubriendo sitios ocultos. El éxtasis le hizo contener el aliento en breves instantes y luego soltarlo con suspiros de dicha. Como una polilla atraída por la llama, no pudo resistir la tentación de seguirlo cuando él retrocedió lentamente hacia el banco alto. Al alcanzarlo, se sentó en el borde. Los ojos de la mujer se velaron de pasión cuando él la alzó y la colocó a horcajadas sobre su plena calidez. La sábana cayó flotando al suelo, olvidada, cuando Shemaine arqueó la espalda sobre los brazos que la rodeaban, proyectando hacia delante sus pechos, que se encontraron con los ardientes, ávidos besos y la lengua al rojo de Gage. La mano de él bajó hasta detenerse en las nalgas, invitándola a responder a los sensuales ritos del amor y la pasión. Shemaine se frotó contra él con creciente intensidad hasta que la inundó un éxtasis cada vez más elevado, haciéndole exhalar jadeos entrecortados. La respiración de Gage también se hizo agitada e irregular cuando su pasión bramó dentro de él en su ferviente celo por ser saciada. Una vez más, se fundieron en una voluptuosa rapsodia y pasó mucho tiempo hasta que la realidad volviera a ellos.

En el tiempo que siguió al amor, Shemaine se acurrucó entre los brazos de su esposo, sin querer apartarse. Gage la estrechó contra su cuerpo, acariciándole la boca con la suya, besándole los párpados cerrados con tiernos besos, disfrutando de la sedosa suavidad de los pechos contra su tórax, y la grata sensación de la tibieza de ella abrigando su virilidad.

En cuanto se separaron, Gage envolvió a Shemaine con la sábana, formando una especie de nido. Sentada sobre el banco alto, Shemaine apoyó un pie en un travesaño, el otro lo recogió sobre el asiento y metió la rodilla bajo el mentón. Gage se detuvo unos instantes para lavarse brevemente y luego comenzó a llevar cubos de agua para el baño de los dos. Al parecer, el esposo de Shemaine no sufría la menor inhibición por su desnudez, y la tentación de contemplarlo era fuerte. Ella anhelaba apaciguar su curiosidad y, mientras lo observaba, sintió que su conocimiento del cuerpo masculino crecía a saltos gigantescos. Aun así, cada vez que él se acercaba a ella dirigía la vista a cualquier otro sitio, pues no quería que él supiera de su descarado interés en sus hábitos masculinos.

Por fin, el baño estuvo listo y Gage volvió junto al banco donde estaba encaramada su joven esposa.

–Milady, su baño está listo –dijo, tomándola de la mano para ayudarla a bajar del banco–. Y su marido está impaciente por compartirlo con usted.

Shemaine se detuvo para arreglar la sábana pero Gage la detuvo, reteniendo su mano.

–Eres demasiado bonita para ocultarte bajo una sábana. Además, yo quiero contemplarte. ¿Tú no me quieres mirar?

Pese al vivo sonrojo que descendió casi hasta sus pechos, Shemaine se apresuró a asentir.

–Sí, lo deseo mucho.

–Entonces, te dejaré que me contemples todo lo que quieras –dijo, en tono cálido. Tomándole la mano, la pasó por su torso firme–. Me complace que lo hagas.

–Y a mí me complace hacerlo –susurró Shemaine, sintiendo el tamborileo de su corazón mientras él la instruía en el arte de las caricias tanto para su deleite como para el de él mismo.

El susurro de Gage era jadeante y agitado.

–¿Lo ve, señora? No soy más que arcilla en sus manos.

–Ningún cántaro de arcilla, creo yo –musitó, admirada–, sino un poderoso roble.

–Entonces, venga, mi pajarillo y pósese sobre mi rama –dijo él, apretando sus labios en la sien de la mujer.

–¿Y nuestro baño?

–Lo disfrutaremos por completo, porque este poderoso roble será derribado por el pajarillo.

16

Cuando amaneció, el trinar jubiloso de los pájaros que anidaban en un alto pino junto a la ventana del dormitorio despertó a los recién casados y los devolvió a la deliciosa conciencia de la presencia del otro. Cuando sintió removerse a su marido a su espalda, Shemaine sonrió, soñolienta y feliz, gozando de la sensación del duro cuerpo masculino cerca del suyo. Tendida de costado, se acurrucó en el hueco del cuerpo desnudo de Gage y los muslos de él quedaron casi pegados a los suyos. Después de unos instantes de uso, su camisón había sido apartado y colgado sobre la misma silla donde habían quedado las ropas de él la noche anterior. Sólo les cubrían las mantas de la cama y, debajo, sus cuerpos estaban tan tibios como sus pensamientos.

–Aunque deseo mucho quedarme y disfrutar otra vez contigo, mi amor –musitó Gage en la oreja de ella–, debo abandonar este dulce refugio y ocuparme de las tareas matinales.

Shemaine se acurrucó contra él, sin ganas de que se marchara.

–No hemos dormido mucho.

–Es verdad, pasamos mucho tiempo holgazaneando en la bañera, pero ¿qué importa el sueño cuando hemos disfrutado tanto? Todavía me parece ver tu adorable cuerpo mojado a la luz de las velas, las brillantes colinas y los sombríos valles, incitándome a tocar y a saborear.

Hasta en ese momento el recuerdo del apasionado fervor de su esposo le hizo contener el aliento y luego suspirar. Ella también se había sentido fascinada por él. Las pequeñas llamas bañaban su cuerpo en una aureola dorada, destacando los tendones sobre sus costillas y los largos y flexibles músculos de los hombros, muslos y brazos, dejándola estupefacta con su físico masculino.

–Creo que jamás se habrá dado un uso tan amoroso y delicado a un regalo de bodas; yo jamás volveré a cometer el error de pensar que la cama matrimonial es el único lugar donde se pueden concebir niños.

–Señora, cuando estamos solos, juntos, cualquier momento es apropiado, cualquier lugar es conveniente para hacer el amor, ya estemos completamente vestidos o desnudos como el día que vinimos a este mundo. No importa. Cuando ambos quieren, siempre hay un modo.

–Me afanaré por buscar las oportunidades necesarias de demostrar esas afirmaciones, señor –provocó Shemaine, totalmente fascinada por la idea.

–No te sorprendas si llegan de manera inesperada –advirtió Gage con expresión cálida, apretándose contra las nalgas de ella para ilustrar lo que decía.

Shemaine alzó un pie y le acarició la dura pantorrilla.

–Mientras pueda oír tus pasos, me encontrarás esperándote impaciente.

La mano del hombre se deslizó por la curva tentadora de la cadera femenina y vagabundeó hacia abajo, por el costado del muslo, y se inclinó hacia delante para acariciarle la mejilla con el roce suave de sus labios.

–¿Me esperarás hasta que regrese?

Shemaine le lanzó una mirada de sorpresa por encima del hombro.

–¿No preferirías que preparase el desayuno? Casi no hemos tocado la comida que Hannah nos dio. Se desilusionaría si llega a saber lo poco que hemos comido.

Gage rió quedo.

–Estoy seguro de que Hannah lo entendería si yo se lo dijera, pero no me parece necesario, señora, ¿y a ti?

Un suspiro de deleite se escapó de la boca de Shemaine cuando la de Gage fue bajando por su cuello y recorrió un hombro.

–Hannah se preguntará qué estuvimos haciendo.

El aliento cálido de la risa de Gage entibió su piel.

–Teniendo en cuenta la cantidad de hijos que ha parido, estoy seguro de que podrá adivinarlo.

Shemaine se preguntó si todas las parejas de recién casados eran tan activas en su noche de bodas y, de inmediato, recordó que algunas de sus amigas en Inglaterra, después de convertirse en esposas, habían expresado su aversión a «todo lo pasado en el lecho conyugal». Ella, por su parte, se había sentido inmensamente embelesada y complacida con la pasión de Gage.

–Es mejor ser discretos –razonó–. No es conveniente que todos crean que hemos pasado la noche en una orgía privada.

–Eso fue exactamente lo que hicimos, señora –repuso Gage, en tono divertido.

Sonriente, Shemaine se acurrucó contra él, abrigada y contenta.

–Lo sé, Gage, pero no es necesario que nadie más lo sepa o pensarían que te casaste con una impúdica.

Su marido suspiró, como si reflexionara.

–Quizás, es inevitable: indefectiblemente, la verdad siempre termina saliendo a la luz.

Shemaine ahogó una fingida exclamación colérica.

–¡Oh, bribón! ¡Tunante inglés! ¡Me usas y abusas de mí! ¡Qué bellaco despreciable eres!

Riendo alegremente, quiso escapar de la cama pero Gage estiró un brazo y la empujó hacia atrás. Durante unos momentos, forcejearon con juguetón abandono hasta que él apoyó un muslo sobre las piernas de ella, que pataleaban. Extendiendo sus brazos en cruz, apretó sus muñecas sobre el colchón y la miró a los ojos.

–¿Te dije lo mucho que gozo teniendo a una bella impúdica en mi cama? –musitó, devorando su boca suave con voluptuosos besos.

–Señor, si yo soy impúdica –replicó ella, moviendo el cuerpo para hacer lugar al peso de él, que la cubría–, entonces tú eres el que me ha convertido en una insaciable, deseosa de las delicias que gozan marido y mujer.

En parte hablaba en broma, pero en el fondo en serio, porque él había despertado su ardor, elevándola a unas alturas inimaginables de éxtasis, haciéndole anhelar más atenciones por su parte.

Gage se apoyó en los codos, a los costados de ella, y sus ojos castaños, acariciando la cara de Shemaine, ardían en un fuego devorador.

–Imagina lo que podremos aprender juntos, amor mío.

–¿Quieres decir que hay cosas que tú todavía no sabes? –preguntó Shemaine, perpleja.

A Gage le divertía y también le sorprendía un poco la idea de que su novia lo creyese un experto conocedor de las mujeres.

–Tengo mucho que aprender, cariño, sobre todo acerca de ti. Si tenemos la fortuna de vivir juntos durante toda la vida, estoy seguro de que llegarás a leerme como un libro viejo que has aprendido de memoria a lo largo de los años. Espero que no te aburras de mí.

Shemaine ironizó, con animoso escepticismo:

–¡Eso es casi imposible, señor Thornton! En realidad, me temo que pueda pasar lo contrario.

–¡Jamás!

–Está saliendo el sol –dijo ella con suavidad.

–Sí, lo sé; supongo que debo dejarte pero sólo si me prometes que no te vestirás –negoció Gage–. Guardo el recuerdo de esa primera mañana, cuando andabas de aquí para allá por la cocina tratando de prepararnos el desayuno y parecías tan suave y suelta bajo tu ropa de dormir. Señora, te digo que mis sentidos quedaron hechizados viendo el modo en que tus prendas se te pegaban a la espalda y a los pechos. Tus pezones parecían ansiosos de recibir atención, y yo estaba más que deseoso de atenderlos.

Shemaine gimió, recordando con claridad la incomodidad de aquella mañana.

–Por eso me mirabas tan atentamente.

Gage deslizó sus manos desde las muñecas a lo largo de los brazos de la mujer y luego bajó hasta los pechos.

–Eras tan atrayente que tenía ganas de poseerte en ese mismo momento –sonrió, y añadió–: Y después de eso, muchas veces.

Shemaine levantó una mano y metió los dedos en el revuelto pelo negro de su esposo.

–Si yo hubiese sabido lo que me aguardaba, habría estado ansiosa de casarme en cuanto salimos del *London Pride.* Eres muy persuasivo, señor Thornton. De verdad, cuando pienso en lo que me he perdido, me pregunto si no tendría que sentir celos de todas las mujeres a las que has hecho el amor durante años.

Una de las cejas negras se alzó, en gesto de duda.

–¿Qué crees que soy? ¿Un libertino? ¿No te he asegurado, acaso, que he sido selectivo con las mujeres que elegí para acostarme? –Se apartó de ella para tenderse a su lado y sonrió–. Además, cuando empecé a buscar una compañera, tú no tenías edad suficiente para atraerme. Si ahora mismo no eres más que una niña.

–¿Te parezco una niña? –preguntó Shemaine, componiendo un mohín.

Estirándose sensualmente para exhibirse ante él, conquistó su completa atención.

–No, señora, ése es un hecho indiscutible. –Los ojos castaños de reflejos ambarinos ardieron con intensa calidez contemplando el cuerpo blanco que se retorcía, provocativo, sobre la cama–. ¿Alguien te ha dicho alguna vez lo perfecta que eres desnuda? Sobre todo esta parte deliciosa.

Acariciando sus pechos, se maravilló del contraste entre la blancura de ella y su mano bronceada. El sol matinal que se filtraba entre las ramas del pino al otro lado de la ventana daba a esos generosos promontorios una apariencia de alabastro. El atractivo de semejante perfección era irresistible y Gage se inclinó para saborear la deliciosa dulzura de una de esas cimas pálidas, quemándola con el calor de su boca y cortándole la respiración con la caricia de su lengua.

–Señor, si continúas así –susurró, trémula–, te aseguro que no querré dejarte ir hasta que termines lo empezado.

Gage también estaba cambiando de idea con respecto a dejarla, y hubiese seguido con sus viriles inclinaciones de no haber sido porque oyó gruñir el estómago de su esposa, recordándole que hacía mucho que no comía.

–Supongo que ahora tienes hambre de alimentos.

–Estoy famélica –admitió Shemaine y rió al ver que él refunfuñaba con fingido enojo y amenazaba con darle un mordisco en un pecho–. ¡No puedo evitarlo! Eres un esclavista.

–Conque esclavista, ¿eh? –El aliento que escapó con la risa rozó la oreja de Shemaine–. Y yo que pensaba que estaba siendo complaciente contigo... ¿Quieres ver lo que te exigiría si no estuvieras todavía dolorida?

–¡Oh, sí!

El entusiasmo de su mujer le hizo reír con sincera alegría. Hasta entonces no había encontrado rechazo a sus incesantes demandas y, al parecer, tampoco lo encontraría ahora.

–Lo haré, amada mía, pero necesitas alimentarte para recuperar energías. Por eso, pajarillo mío, lo haré después de que hayas comido. Y ahora, esposa, levántate y prepara una comida digna de tu esposo.

Shemaine lanzó una exclamación de sorpresa cuando él apartó las mantas de golpe dejándola sin nada. Riendo, atravesó el colchón a gatas y descubrió que él se apresuraba a seguirla. Cuando se puso de pie, vio que él ya se levantaba tras ella. Aferrándose a uno de los postes de la cama, trató de girar pero no pudo escapar al brazo de él; pronto fue empujada hacia atrás de esa manera maravillosamente excitante.

–No escaparás, zorra –susurró Gage en voz ronca cerca de su oído, mientras sus manos se movían sobre el cuerpo de su mujer en lentas caricias provocativas.

Le hizo volverse y su boca cayó sobre la de ella mientras la apretaba a su cuerpo. Shemaine le respondió con pasión presurosa, apoyando sus suaves curvas contra su acerada dureza, pero pronto les resultó evidente que si no desistían de inmediato, no podrían hacer nada. A desgana, Gage la apartó de sí.

–¡Ay de mí! Tengo que ordeñar esa pobre vaca o le estallará la ubre. –Sin embargo sus manos volvieron a acariciar lánguidamente los pechos de su mujer mientras sus ojos se demoraban, admirados, en su tentadora redondez–. Aunque preferiría quedarme y ordeñar el dulce néctar de estos claros pechos.

Sentándose sobre la cama, Gage la atrajo hacia él entre sus muslos y devoró, hambriento, su lozana plenitud hasta que la fuerza de Shemaine se desvaneció. Se derritió sobre él sin más resistencia que la que ejercería una muñeca de trapo. Su propio impulso empezó a acicatear a Gage, que desistió de tratar de resistir, volviéndose más decidido y atrayendo hacia él sus sedosos muslos.

–Cuando corrías con tu potro a campo traviesa, ¿siempre montabas de costado?

Un tanto confusa, Shemaine observó su semblante.

–No siempre.

Los labios de Gage se curvaron con seductora provocación.

–Sé que has montado a horcajadas. ¿Te da placer hacerlo?

De pronto, Shemaine comenzó a entender y una sonrisa provocativa curvó sus labios.

–Sí, si cuento con un buen potro.

–¿Qué opinas de mí, señora?

–Opino que eres el mejor –suspiró, pasándole las manos por el pecho con aire admirado, mientras él se tendía de espaldas sobre la cama.

Se movió sin esfuerzo cargando el peso de ambos hacia el centro de la cama y le sonrió con mirada resplandeciente cuando se unió a ella.

–Cabalga todo lo que quieras, mi bella dama.

Ningún otro semental la había llevado tan bien como este Hércules bronceado y musculoso que corría debajo de ella. La llevaba siempre adelante, y el aliento de Shemaine brotaba en jadeos irregulares al ritmo de su increíble audacia, de sus impulsos hacia arriba, al encuentro de ella, tocándola de tal manera que le hacía estremecerse de placer. Una intensa excitación la inundó, como si corriese entre las rompientes de la playa. Casi le parecía sentir el viento arremolinando su pelo, el rocío salado arrebatándole el aliento y velando su cuerpo desnudo con gotas diminutas mientras sus caderas se frotaban con creciente intensidad contra ese lomo esbelto y sólido que se elevaba debajo de ella. La cabalgata se hizo más fuerte hasta que los atravesaron unos espasmos ondulantes, bañándolos en dichoso embeleso y arrojándolos a un mar de éxtasis.

El tiempo dejó de existir mientras ellos flotaban muy lentamente hacia la orilla, donde yacieron entrelazados en dulce lasitud. Pasó el rato hasta que, por fin, Gage dejó a su desposada. Acurrucada en la cama, Shemaine observó con curiosidad y placer cómo su marido sacaba unos pantalones de ante del armario y se los ponía. Se los abrochó, se calzó unas botas de cuero y luego volvió junto a la cama. Sonriéndole, mirándose en esos resplandecientes ojos verdes, cubrió su cuerpo encantador con una sábana.

–Tenías razón, cariño.

Shemaine expresó su confusión arqueando una ceja.

–Es verdad que montas bien.

Las comisuras de la boca de Shemaine se elevaron, provocativas.

–He tenido un excelente potro: el mejor que he montado jamás.

Gage inclinó la cabeza aceptando el cumplido y preguntó:

–¿Te gustaría darte un chapuzón en el arroyo después de comer?

Su mujer se estremeció ante la idea.

–Demasiado frío.

–Yo te mantendré abrigada –dijo un persuasivo Gage.

Shemaine alzó una ceja con expresión interrogante al comprender que hablaba en serio.

–El sol ya ha salido. Cualquiera que pasara por aquí podría vernos.

–Advertí a mis hombres que no aparecieran por aquí: no se atreverán a molestarnos.

–¿Y Potts? ¿Qué me dices de él?

–Hasta que se curen sus heridas es poco probable que venga. –Gage inclinó la cabeza y le dirigió una sonrisa hechicera–. Podría enseñarte algunas cosas que aún no hemos hecho.

Shemaine frunció los labios en un mohín.

–Es vergonzoso el modo en que me sobornas.

–Sí, lo sé –repuso Gage riendo entre dientes.

–Ve a hacer tus cosas, mi apuesto marido –dijo ella, con súbito entusiasmo–. Y hazlo rápido. En cuanto a mí, veré qué puedo preparar deprisa.

Gage se marchó acompañado por sus propias carcajadas, y Shemaine quedó sonriendo, soñadora, con la vista fija en el techo mientras recordaba la noche de pasión que habían compartido. Estaba convencida de que Gage Thornton era mucho más diestro para hacer el amor que para construir muebles y, por cierto, en esa profesión era excelente.

El tiempo pasó rápido mientras ambos cumplían sus tareas por separado y una hora se convirtió en dos mientras desayunaban juntos. Sentados en el mismo banco, compartieron la comida con tanto gusto como se habían compartido uno al otro, alimentando y siendo alimentados, mimándose, acariciándose, tocándose como si no pudieran saciarse.

Shemaine no llevaba otra cosa que su bata cuando salió tras él y cruzó el porche delantero, aceptando su mano para bajar los peldaños. Al borde del agua, le dio pudor quitarse la bata y mostrarse, porque no se sentía segura en ese ambiente expuesto, pero al ver que Gage se quedaba en cueros y se zambullía en el agua, al fin cedió.

–¡Oh, está fría! –se quejó, andando por la parte poco profunda.

–¡Refrescante y vigorizante! –corrigió él con una carcajada, recreándose la vista en las suaves curvas mientras se pasaba los dedos por el pelo mojado.

–¡Helada y congelada! –insistió Shemaine temblando cuando el agua le llegaba a los muslos.

–Ven, amor, yo te haré entrar en calor. –Abriendo sus brazos y dedicándole una luminosa sonrisa, el esposo la invitó a acercarse a él–. Sólo un poco más y estarás en mis brazos.

Shemaine apretó los dientes y se obligó a avanzar por la zona más profunda hasta que Gage estiró los brazos y la acercó a él. Llevando los brazos de ella a su cuello, le sonrió y la rodeó con los suyos.

–Estás caliente –murmuró Shemaine, maravillada.

–Con sólo verte me pongo así –admitió Gage a la ligera, acariciándole los labios entreabiertos con los suyos.

Los pezones de la mujer estaban fríos y duros y parecían perforar agujeros gemelos en el pecho del hombre, que la tenía muy apretada contra su cuerpo.

–Me gusta el modo en que me miras –susurró Shemaine entre besos–. Y me gusta lo que veo cuando te miro. También gozo cuando te veo vestirte. Hasta hoy, nunca había visto vestirse a un hombre.

–Te cansarás de mirarme cuando esté viejo y enfermo.

–Lo dudo –suspiró, sonriendo.

–Por lo menos ya no tienes miedo de mirarme.

–Nunca lo tuve. –Shemaine esperó su respuesta y rompió a reír cuando él echó la cabeza atrás y arqueó una ceja con expresión escéptica–. Sólo tenía miedo de que tú me sorprendieras haciéndolo.

Al fin Gage comprendió, y eso provocó su sonrisa.

–Señora, puedes mirarme todo lo que se te antoje. Soy tuyo para que me tengas y me guardes.

–Para tenerte y guardarte –repitió Shemaine con suavidad, deslizando las manos por el duro pecho de su esposo y luego por detrás, hasta las firmes nalgas–. Qué perspectiva deliciosa saber que eres mío y que puedo tocarte libremente cada vez que quiera. Tienes sitios muy agradables para acariciar y tocar...

–No menos que tú, señora –musitó Gage contra la garganta de ella, imitándola.

Shemaine volvió la cara hacia la mejilla de él y rozó la piel bronceada con los labios.

–Haz lo que me prometiste antes de ir a recoger los huevos –susurró–. Enséñame algo nuevo.

Alzándola hacia él, Gage deslizó una mano entre los dos para convertirlos en uno solo, haciéndola exhalar un suspiro trémulo.

–¿Te gusta esto? –preguntó con voz ronca, acomodando otra vez las manos bajo las nalgas de su mujer, mientras ella lo rodeaba con sus piernas para reforzar la unión.

–¡Oh, sí! –jadeaba de embeleso–. Me gusta absolutamente todo lo que me haces.

–*¡Asquerosa!*

La exclamación hizo trizas de inmediato la pasión de los amantes, separándolos bruscamente. Casi al unísono, miraron alrededor y vieron a Roxanne, rígida de desdén, al borde del claro. Mortificados al comprobar que alguien había invadido su intimidad, Shemaine cruzó los brazos sobre el pecho y se dejó caer contra Gage, quien la atrajo hacia él.

–¿Qué diablos estás haciendo aquí, Roxanne? –ladró Gage.

De pronto advirtió que la mujer tenía un aspecto tan enloquecido y salvaje como una bruja. No se había molestado en peinarse; sus rubios mechones enredados, movidos por el viento, parecían volar alrededor de su cara y sus hombros como erizados con la furia de la mujer.

Roxanne los miraba, ceñuda, en clara manifestación del veneno que bullía en su interior. Con un balanceo desafiante de la cabeza, dijo a Gage en tono desdeñoso:

–¡Esta mañana oí decir que te has casado con esa perra de esclava tuya! Pero tuve que venir a verlo con mis propios ojos porque me costaba creer que fueras tan estúpido.

–¿Por qué? ¿Porque no me he casado contigo? –repuso Gage, con tono cáustico.

–¡No! –replicó la mujer–. ¡Porque has sido tan tonto para casarte con otra mujer después de que estuviste a punto de ser colgado por haber matado a tu primera esposa!

La exclamación alarmada de Shemaine provocó una risa despectiva en Roxanne, pero el rugido de Gage no tardó en negar la afirmación:

–¡Ésa es una maldita calumnia, Roxanne, y tú lo sabes!

La rubia dedicó una mirada compasiva a Shemaine.

–Te matará a ti, como mató a Victoria... Cuando tu marido se harte de ti, en ese momento te matará.

–¡No toleraré más tus vengativas acusaciones! –bramó Gage–. ¡Tú sabes mejor que nadie que yo no maté a Victoria, pero has venido para asustar a Shemaine con tus malévolas mentiras!

La mente de Shemaine giraba en un vértigo de confusión y se estremeció contra el marido, preguntándose si las acusaciones de esa mujer merecerían crédito. Y sin embargo, si Roxanne lo creía capaz de asesinar, ¿por qué estaba tan ansiosa por tenerlo para sí? Si en verdad creía lo que decía, ¿no temería estar cerca de él? Después de todo, si había matado una vez, bien podía volver a hacerlo. ¿Qué impediría que Gage sufriese un estallido de cólera y arrebatase otra vida como había hecho con la de Victoria? Y sin embargo, Roxanne estaba empeñada en ganarlo para ella.

Alzando el mentón, Shemaine devolvió a Roxanne la mirada colérica, negándose a dar a su adversaria la satisfacción de verla apartarse de Gage.

–No te creo, Roxanne. ¡Mi esposo no sería capaz de matar a nadie!

–¿Ah, no? –replicó con una sonrisa tonta, acercándose al borde del estanque.

El estanque alimentado por el arroyo era tan claro que podía ver esos dos cuerpos pálidos estrechamente abrazados en un vago borrón. Esa imagen se clavó en su corazón, ahondando el odio que sentía por ambos. Era lo que había temido la primera vez que posó la vista sobre Shemaine. ¿Qué hombre podría resistir semejante belleza? Gage no, por cierto, pensó con desprecio. ¡Siempre le había atraído la belleza! En otro tiempo, Victoria había sido la prueba de ello. Y ahora, esta desvergonzada que lo atrajo al matrimonio con sus ojos soñadores y sus maneras voluptuosas confirmaba que Gage Thornton jamás habría elegido como esposa a una mujer de cara vulgar. ¡Pero estaba resuelta a vengarse de esos dos! Gage no podía hacerla a un lado por segunda vez sin sentir el embate de su profundo rencor.

–Por aquí todos conocen el cruel temperamento de Gage, y Victoria fue víctima de él.

Tocó el turno a Gage de ironizar duramente:

–¿Acaso crees que alguien dará crédito a tus mentiras después de que has afirmado con tanta vehemencia que yo era inocente de cualquier fechoría? Por otra parte, si en realidad estuvieses convencida de que la gente del pueblo podría creer tu cambio de versión, ¿por qué no les dijiste otra cosa la última vez que viniste aquí? Por lo que yo sé, no dijiste nada. ¡No me parece posible que esperes sacar partido de esto! Lo único que pretendes es asustar a Shemaine...

–¿Francamente crees que pienso guardar silencio un par de temporadas más mientras tú te acuestas con tu sucia convicta? ¿Crees que esperaré hasta que te canses de ella como te cansaste de Victoria? –Roxanne contrajo el labio en una mueca amarga–. *¡Jamás!* Antes bien; en este momento deberías preocuparte por pensar qué harás para salvar a tu familia cuando se descubra que mataste a Victoria. Te advertí que no podrías seguir escudándote bajo mi falda y ahora les contaré a todos lo que sucedió en realidad.

–¡Sí, hazlo! –desafió Gage en voz sonora–. ¡Diles qué papel desempeñaste en la muerte de mi esposa; tú estabas presente cuando ella cayó! ¡Yo no estaba!

–¡Victoria ya estaba muerta cuando yo llegué! –protestó Roxanne.

Gage dijo con desdén:

–¡Lo dudo mucho!

–¿Acaso quieres decir que yo fui capaz de levantar a tu esposa por encima de la proa y tirarla? ¿Tan fuerte soy? –se burló–. ¿Y tan desesperado estás por culpar a otro que eres capaz de hacer a un lado la razón y afirmar que yo pude haber superado en fuerza a Victoria? ¿No crees que habría luchado contra mí con uñas y dientes para evitar que la arrojase por la borda?

–Quizá lograras sorprenderla –insinuó Gage–. Tal vez la empujaste desde atrás.

–Vamos, Gage –dijo Roxanne, irónica–. Sé lógico. Sabes bien que Victoria me habría visto acercarme al barco en construcción. Más aún: lo más probable habría sido que me saliera al encuentro. ¡Éramos amigas! ¿O acaso lo has olvidado?

–No sé cómo pudiste arreglártelas para hacerlo, Roxanne –admitió Gage–. Lo único que sé es que estabas enferma por los celos irracionales desde el primer día que empecé a cortejar a Victoria. Y ahora, otra vez te roe la envidia. Tus celos atestiguan que eres la única que tenía motivos para matar a Victoria.

Roxanne se burló, mordaz:

–¿Qué arrebato de cólera se apoderó aquel día de ti y te hizo asesinar a la madre de tu hijo, cuando Andrew apenas estaba destetado?

Shemaine se dio cuenta de que ya estaba harta de oír a esa arpía. Quizá sus propios conocimientos acerca del amor y los celos fuesen limitados, pero no podía creer que cualquier mujer en su sano juicio continuase persiguiendo a un hombre de quien sospechaba fundadamente que era un asesino. Y, sin embargo, Roxanne no disimulaba la desesperación con que había deseado a Gage, y desde que él había ido al *London Pride* ella estaba sumida en tal torbellino emocional que estaba a punto de perder el control. Era obvio que no le temía tanto para no provocar una cólera que, según aseguraba ella misma, era tan terrible.

Deslizando una mano por la nuca de Gage, Shemaine le hizo bajar la cabeza e, ignorando su sorpresa, le dio un amoroso beso en los labios.

–Tengo frío y estoy cansada de oír el parloteo demente de esa mujer –anunció en voz alta, para que le oyese Roxanne–. Voy a volver a la cabaña a darme un baño caliente. Si quieres venir conmigo, tal vez tengamos cierta intimidad y podamos terminar lo que habíamos empezado antes de ser tan groseramente interrumpidos.

Gage se quedó con la boca abierta. De todas las reacciones que hubiese esperado de su desposada jamás se le habría ocurrido esa feroz lealtad ante las maliciosas acusaciones de Roxanne. Atónito, vio cómo Shemaine se daba la vuelta y andaba lentamente saliendo del estanque, sin molestarse en cubrir su desnudez cuando surgió del agua. Trepó a la roca donde había dejado su bata, la recogió, se la colgó del brazo con especial cuidado y luego se volvió de frente a él, en toda la gloria de su bella desnudez. Fue como si hiciera una audaz y orgullosa reafirmación ante la otra mujer, cuando le sonrió, tentadora a su esposo:

–¿Vienes, mi amor?

Gage sintió que su corazón se aligeraba y, con la voz frágil de emoción, respondió:

–Sí, querida, en cuanto se marche nuestra visitante... a menos que prefieras que vaya ahora...

–No, esposo mío –replicó, enfática–. No quiero compartir con otra mujer un ápice de lo que es mío. Ven cuando puedas. Estaré esperándote.

Gage no pudo resistir la contemplación admirada del cuerpo desnudo que desandaba el camino hacia la cabaña, pero echó una mirada de soslayo a Roxanne y sintió que el júbilo crecía dentro de él al ver que se había quedado boquiabierta, atónita, observando a su esposa que se alejaba.

–¿Te molestaría marcharte, ahora? –le dijo con brusquedad, cubriendo su virilidad con las manos. No sabía bien qué podría ver a través del agua, pero no estaba dispuesto a permitirle un atisbo, siquiera, de lo que Shemaine había proclamado suyo–. Tengo frío, y mi esposa me espera.

Roxanne lo enfrentó, apretando los dientes.

–¡Aquí no termina esto, Gage Thornton! ¡Lamentarás haberme despreciado y haberte casado con esa perra!

–No lo creo –dijo Gage con la serena calma que le había producido, instantes atrás, el hecho de que su esposa declarase su confianza en él–. De hecho, cuanto más estoy con Shemaine, más me convenzo de que he hallado a una mujer excepcional. Por cierto, si pudiese discernir con precisión lo que siento ahora por ella, diría que me he enamorado profundamente.

–¡Aaaahhh!

El grito de rabia de Roxanne pareció resonar por todas partes con un sonido ensordecedor, haciendo lanzar chillidos y graznidos asustados a los pájaros que anidaban por los alrededores y alzar un caótico vuelo. En medio de la confusión de esos vuelos precipitados, Roxanne dio media vuelta y volvió a la orilla del río, por donde había venido.

Gage esperó hasta oír los remos de Roxanne en la canoa de su padre antes de salir a la orilla. Se puso los pantalones, recogió sus botas, caminó descalzo por el sendero hasta la cabaña y entró sin hacer ruido. Shemaine se había puesto la bata, que sujetaba con fuerza en la garganta con una mano, mientras se dirigía deprisa hacia el nuevo cuarto de baño llevando un cubo con agua caliente. Le dirigió una trémula sonrisa de saludo.

–S... si me ayudas a traer el a... agua –dijo, castañeteando los dientes–, podremos calentarnos más rápido.

–Yo traeré el agua –dijo Gage, dejando las botas–. Mejor, tú quédate junto al fuego hasta que yo llene la bañera.

Su esposa se detuvo y lo miró como si se hubiese vuelto loco.

–¿Tú no ti... tienes frío?

Una sonrisa curvó los labios del hombre.

–Estoy acostumbrado –se encogió de hombros–. Shemaine, tal vez no tengas tanto frío como inquietud.

–¡Desde luego que Roxanne me ha inquietado! –dijo Shemaine–. ¡Qué audacia la de esa mujer pensar que yo la creería! –Su enfado se desvaneció rápidamente reemplazado por un doloroso pesar; su rostro amenazó con crisparse en llanto y en sus ojos brillaron las lágrimas. Hizo un honesto esfuerzo para contener su congoja pero, cuando su marido se acercó a ella y la tomó en sus brazos, se echó a llorar, avergonzada, apoyada en el pecho de él–. ¡Me puse en ridículo! ¡Y te avergoncé a ti, Gage! ¡Dejé que esa mujer me provocara hasta hacer a un lado todo lo que me han enseñado en relación a la decencia y el sentido de propiedad! ¡Por el modo en que me exhibí desnuda ante vosotros dos, estoy segura de que Roxanne se convenció de que soy una cualquiera!

–¡Bah! –rió Gage, entre dientes. Apartándola de él, observó los ojos llorosos–. ¿Qué es lo que más te preocupa, Shemaine? ¿Las acusaciones de Roxanne contra mí? ¿O haber venido hasta aquí completamente desnuda?

La aparente candidez de la pregunta hizo saltar nuevas lágrimas y renovó la angustia de Shemaine, que musitó:

–¿Te avergoncé mucho?

–¡Por Dios, mujer! ¡Desecha ese pensamiento! –exclamó Gage con una carcajada–. ¡Tuve ganas de gritar de alegría! –Estrechó a su esposa contra su cuerpo y apoyó la mejilla en la coronilla de ella–. Shemaine, ¿no comprendes el placer que me produce que declararas tu confianza en mí? Fue como si se abriera el cielo y brillase sobre mí. De verdad, mi amor, me sentí como un emperador al que se le devuelve su imperio después de años de exilio y prisión. La dicha que experimenté no tiene medida. No podía imaginar que no te afectaran las malévolas acusaciones de Roxanne. La experiencia me ha dejado abrumado... y un poco asombrado por tu fe en mí.

Esta reacción a su vergonzosa actitud dejó perpleja también a Shemaine pero, después de haber sufrido el rudo trato de un cazador de ladrones y de descubrir que nadie tenía un poco de compasión y decencia humana ni siquiera para pensar que ella pudiera ser inocente, bien podía comprender el deseo fervoroso de otra persona de que le creyesen y confiasen en ella. Un poco sorprendida, advirtió que ya no temblaba. Acurrucándose contra su esposo, rió entre dientes.

–He estado muy mal, ¿no?

Gage se echó a reír y la estrechó contra su corazón.

–Absolutamente depravada, mi amor.

17

El regreso de Andrew instaló otra vez a los Thornton en la cómoda rutina de una verdadera familia y, si bien al niño le resultó extraño que ahora Shemaine estuviese metida en el dormitorio de su padre, la aceptó de buena gana en reemplazo de aquella madre que casi no recordaba. Recuerdos imprecisos de un rostro amoroso, largo pelo claro en el que él enredaba los dedos cuando su madre lo mecía y le cantaba se filtraban de vez en cuando en su mente. Un recuerdo más angustioso, el de su padre que lo dejaba en la cama, llorando, y después de un lapso aterrador, volvía a la cabaña llevando en sus brazos el cuerpo inerte de aquella hermosa mujer, lo perseguía en sueños. Después de tanto tiempo, una imagen recurrente de esa mujer, yaciendo sobre la cama más grande, con un hilo de sangre deslizándose de la boca pálida, aún era capaz de despertarlo llorando y anhelando que le tranquilizasen.

Su nueva madre le cantaba y, cuando le despertaba una pesadilla, lo abrazaba y lo consolaba. Incluso lo llevaba a la cama con ella. Sobre su hombro apoyaba la cabeza mientras ella le cantaba una nana y, debajo de los dos, se encontraba el brazo de su padre, sobre el que se apoyaban, hasta que Andrew volvía a sumirse de nuevo en el sueño. Algún tiempo después, permanecía despierto hasta notar que su padre lo llevaba de vuelta a su propia cama. Allí pasaba lo que quedaba de la noche, apacible y contento.

En los días que siguieron, el dormitorio de Andrew quedó oficialmente separado del de sus padres. Se construyó una pared con una puerta, cerrando la gran abertura entre los dos cuartos, y se agregó otra puerta a la pared adyacente, que permitía el acceso directo a la sala y a la zona principal del cuarto de estar. La división disminuía las posibilidades de que Andrew fuese molestado por los ruidos y murmullos que llegaban desde el dormitorio principal, y posibilitaba más intimidad a su padre y a su nueva madre.

La puerta no impedía toda posibilidad de interrupción. Eso se puso en evidencia una noche cuando Andrew se despertó con la urgencia de ir al retrete y, abriendo completamente la puerta intermedia, irrumpió en el dormitorio principal. El pequeño no comprendió el frenético arrastrarse de su padre hacia el otro lado de la cama, apartándose de Shemaine, ni la forma desesperada en que recuperaban las mantas. Oyó un gemido en sordina al mismo tiempo que su padre se tendía sobre la almohada y pensó que debía de dolerle el estómago. También lo confundió la risa repentina de los mayores. Sólo sabía que su necesidad era apremiante y que mientras se detenía cerca de la cama y contemplaba el rostro sonriente de Shemaine en la semipenumbra de la luna, casi no podía contenerse.

Desde entonces, todas las noches dejaban un orinal en el cuarto de Andrew, antes de que él se fuese a acostar. La primera vez, su padre lo animó a usarlo cada vez que tuviese necesidad durante la noche. Pronto colocaron un pasador en el otro lado de la puerta que comunicaba ambos cuartos, disminuyendo la posibilidad de que la pareja sufriese una interrupción sin advertencia previa o de que el niño se asustara de algo que no tenía por qué alarmarlo.

Llegaron rumores desde Newportes Newes de que Roxanne estaba cumpliendo con sus amenazas pero, hasta el momento, ninguno de los habitantes del lugar se había dignado prestar atención a la solterona, aunque ella se afanara en convencer a todos de la responsabilidad de Gage en la muerte de Victoria. La mayoría de los pobladores opinaban que, después de haber sido rechazada por segunda vez por un hombre al que había adorado durante casi diez años, Roxanne se dejaba llevar por el despecho más que por un nuevo descubrimiento o revelación. Por otra parte, las especulaciones sobre la verdadera causa de la muerte de Victoria Thornton se habían extendido mucho, en especial gracias al esfuerzo de la señora Pettycomb, que había pasado buena parte del año anterior expresando sus propias teorías y tratando de implicar a Gage Thornton y de ensuciar su apellido. Pero ni siquiera la matrona de nariz aguileña se atrevía a repetir las recientes afirmaciones de Roxanne con su habitual entusiasmo, por temor a sufrir los reproches de los que estaban convencidos de que nadie en su sano juicio podía creer a la solterona.

Pero pasaron varias semanas y ningún funcionario se acercó a la cabaña. Cauto, Gage exhaló un suspiro de alivio, al igual que su esposa, y sus vidas comenzaron a cambiar. Para su asombro, empezaron a llegar visitantes del pueblo que les traían pequeños regalos a modo de ofrendas de amistad hacia Shemaine, como declarando su aceptación y su deseo de trabar conocimiento con ella. Sobre todo gracias a la insistencia de Calley Tate (valiéndose de las personas que la visitaban en su lecho de convaleciente), de Hannah Fields y de Mary Margaret McGee, fue produciéndose ese cambio de actitud. Las tres mujeres ensalzaban con vehemencia a su nueva amiga, asegurando a cualquiera que quisiese oírlas que Shemaine era una mujer muy agradable, injustamente convertida en convicta.

Aun así, la vida no siempre era idílica, porque Shemaine empezó a sospechar que Jacob Potts se había recuperado de su herida y estaba de regreso en la región. Casi no podía salir al exterior sin tener la sensación de ser espiada desde algún escondite en lo más espeso del bosque. Gage exploró el bosque una y otra vez pero sólo pudo encontrar ramas recién quebradas y rastros recientes, como si alguien hubiese removido las hojas podridas que cubrían el suelo. Eso lo podía haber causado un ciervo u otro animal. Sin embargo, Shemaine no podía evitar una sensación de mal presagio y, por precaución, llevaba con ella el mosquete cada vez que salía. Ya saliese a jugar con Andrew, a lavar la ropa o a cumplir alguna otra tarea, iba preparada para lo peor. Si sus temores demostraban ser sólo el producto de una imaginación demasiado activa no habría perdido nada, pero si Potts realmente andaba merodeando por ahí, quería poder detenerlo antes de que infligiese daño a alguno de ellos. Gage había seguido instruyéndola en el uso del arma y su puntería había mejorado tanto que se empeñó en usarla si las circunstancias lo aconsejaban.

Gage mantenía constante vigilancia, aunque su joven esposa no estuviese enterada de la profundidad de su preocupación. Todas las mañanas y las tardes, él o alguno de sus hombres daba una vuelta a caballo en un amplio arco por el bosque o andando para ver qué podían encontrar. Ninguno de ellos era un rastreador experto; sólo veían lo evidente, que era bastante poco. Si Potts estaba oculto entre los árboles lo hacía con extrema precaución.

Después de haber recomendado a sus hombres que protegieran a su familia, Gage se aventuró a ir a Newportes Newes para interrogar otra vez a Morrisa. Pero la ramera había recibido la orden de ir al muelle con algunas de sus compañeras para recibir al gran barco que acababa de llegar a puerto. El *London Pride* se haría pronto a la vela, sus bodegas estaban llenas y se esperaba que las chicas consiguieran nuevos clientes entre los pasajeros varones y la tripulación. Si sus ganancias no eran suficientes, las había amenazado Freida, pronto verían disminuidos sus alimentos a lo imprescindible. Después de dar una breve respuesta negativa a la pregunta de Gage acerca del paradero de Potts, Morrisa rehusó perder tiempo con él a menos que Gage le prometiese una noche completa de retozo en la planta alta, con su tarifa pagada de antemano, pues no podía permitirse despertar las iras de la madama.

–Ese mequetrefe de Myers se quejó de mí a Freida y ahora debo atraer al doble de señores para satisfacer a esa arpía. Entenderás que no es que me guste estar a su disposición. Por mí, me quedaría aquí contigo y te daría servicio gratis sólo para demostrarte que puedo satisfacerte mucho mejor que esa sucia irlandesa con la que te casaste. Pero si sustraigo a Freida lo que ella cree que le corresponde, me ha amenazado con venderme a uno de los hombres de la montaña que viene por aquí. ¿Sabes lo malos y perversos que son esos brutos? ¡Pero si uno de ellos me mordió tan fuerte que me hizo sangre! ¡Me hizo gritar!

–Después de haber estado con Potts, deberías estar acostumbrada a ese tipo de conducta –comentó Gage sin mostrar ninguna simpatía.

Morrisa lanzó un chillido indignado y recogió una pesada jarra de peltre de una mesa cercana. Echó el brazo hacia atrás para arrojársela pero Gage, con una sonrisa imperturbable, la hizo detenerse de repente.

–Freida está observando –le advirtió, bastante satisfecho.

La ramera desistió pronto cuando él le hizo una seña dirigiendo su atención hacia la escalera, donde la madama se erguía como una fortaleza. Con sus brazos blancos y fláccidos cruzados sobre el pecho y su pie golpeteando con un tamborileo irritado sobre un escalón, Freida le hizo comprender rápidamente que la castigaría con algo mucho peor que la pérdida de provisiones si provocaba la ira de otro cliente más.

Morrisa apoyó con cuidado la jarra sobre la mesa mientras Freida terminaba de descender y se adelantaba. Gage no tenía ganas de oír la severa regañina que se aproximaba y se marchó de la taberna, chocando casi con la señora Pettycomb que pasaba deprisa por la acera.

–¡Bueno, pero si es Gage Thornton! –exclamó la mujer, sorprendida. Se acomodó las gafas con montura metálica sobre la fina nariz aguileña, tratando de observar hasta el último detalle que sus pequeños ojos oscuros escudriñaban en el hombre. Cualquiera que se hubiese casado con una convicta debía esperar una retribución en una u otra forma si no cedía a los caprichos de su esposa pero, para decepción de Alma, Gage no tenía un ojo amoratado ni el mentón arañado. Curiosa, espió por la puerta de la taberna hasta que su mirada se posó en Morrisa. Sus cejas delgadas se arquearon y, con sonrisa petulante, volvió su atención hacia el individuo alto–. ¿De visita, Gage?

Los ojos castaños adquirieron una expresión helada ante la errónea conjetura de la chismosa.

–Sólo negocios, señora Pettycomb.

–Oh, claro –se burló Alma–. Estoy segura de que lo mismo dicen todos los hombres cuando son sorprendidos en tratos con perdidas.

Gage resopló, irritado por la suposición.

–¡Ése no es el caso, ni remotamente señora Pettycomb, pero puede pensar lo que más le guste!

Alma apretó los labios delgados con complacida altivez, pero al instante siguiente tuvo que hacerse a un lado cuando Morrisa salió de la taberna como una exhalación. La ramera pareció no ver a la acalorada matrona que miraba colérica al hombre.

–Gage Thornton, si no estuvieses tan prendado de esa irlandesa con la que te has casado, verías lo que tú y yo podríamos hacer.

¡Pero no! Debes ser un marido fiel para milady Shemaine. Bueno, espero que estés satisfecho con la bandada de mocosos que obtendrás de ella, porque será lo único que te dará. ¡No sabe hacer nada más! Yo, por mi parte, voy a ver qué hombres llegan al puerto. Puede ser que esta vez atrape a alguien que valga la pena.

Alejándose a zancadas, Morrisa cruzó la calle principal, bajo la mirada atónita de Alma. La mujer cerró la boca de golpe al mismo tiempo que Gage se alejaba.

–¿Usted también va a recibir el barco, Gage? –preguntó, sin rendirse–. Como se trata de un barco inglés, podría haber algo interesante para usted, pero le aseguro que éste es demasiado elegante para transportar convictos.

Mirándola por encima del hombro, Gage le dedicó una sonrisa enigmática:

–No tengo motivos para ir al puerto, señora. Como ha afirmado correctamente Morrisa, tengo todo lo que deseo en mi hogar y no se me ocurre que pueda haber nadie a bordo de ese barco que me interese. Y ahora, buenos días.

Dicho eso, Gage se alejó hacia la orilla del río, donde había dejado su canoa. Su breve estocada había dejado a la señora Pettycomb con la sensación de ser una gallina vieja con las plumas chamuscadas. Erizada de indignación, clavó una mirada colérica en la espalda del hombre deseosa de volcar toda su ira en su cara. Pero era bastante más seguro andar a espaldas de él con sus infundios y buscar venganza por medios ignominiosos.

Después de recorrer el camino hacia el muelle, Alma Pettycomb se aproximó al barco recién llegado y se quedó cerca, escudriñando atentamente a los pasajeros a medida que desembarcaban. Se percató de la presencia de Morrisa, que se alejaba del brazo de un hombre bastante joven, pero no prestó más atención a la meretriz cuando vio que un hombre alto, de cabellos grises, de apariencia notable, bajaba la planchada acompañado del capitán. El atuendo del anciano caballero atestiguaba su riqueza, si bien era tan apuesto que no lo necesitaba para llamar la atención. Durante un breve lapso, el caballero y el capitán conversaron en el muelle, y Alma Pettycomb se sintió muy intrigada por la respetuosa estima que el capitán le demostraba. Ansiosa por oír la conversación, se aproximó.

–Milord, si necesitara usted cualquier clase de ayuda, será para mí un placer hacer lo que pueda para acortar su búsqueda –ofrecía el capitán–. Ojalá supiera más de lo que ya le he dicho pero me temo que no he vuelto a ver a aquel pasajero desde que bajó de mi barco hace mucho tiempo.

–Espero que la información que usted me ha dado sirva todavía después de tantos años desde la primera vez que usted echó el ancla en estas aguas. Si la providencia me ayuda, será sólo cuestión de tiempo encontrar al que busco.

El capitán llamó a un marinero que bajaba por la planchada con un gran baúl de cuero sobre el hombro.

–Judd, te quedarás con su señoría y lo ayudarás con el baúl hasta que no te necesite, y luego podrás volver al barco para tu permiso en tierra.

–Sí, capitán.

Los dos hombres se separaron y su señoría aguardó un momento hasta que el marino se reunió con él y luego se volvió para enfilar hacia el pueblo. Se topó de inmediato con el rostro crispado de la señora Pettycomb que se había acercado tanto que corría el peligro de ser atropellada.

–Le ruego que me perdone –se disculpó el hombre, dando un paso a un lado para pasar junto a la mujer.

–Soy yo quien debe pedir perdón, señor –respondió la chismosa, ansiosa de retenerlo para averiguar algo acerca del hombre y de su búsqueda–. Me llamo Alma Pettycomb y no pude evitar oír su conversación con el capitán. Estaba preguntándome si podría ayudarlo de algún modo. Conozco bien la región y tengo amplia noticia de todas las personas que viven por los alrededores. Entiendo que está buscando a alguien. Quizá yo lo conozca.

Su señoría la miró con suspicacia. Tal vez fuese su imaginación pero, cuando había notado la sombra de la mujer al lado de la suya, casi le pareció que ella se inclinaba demasiado en su afán por oír su conversación con el capitán. Pero una chismosa era, quizá, la persona más adecuada a quien preguntar ya que, por lo general, sabía más de los asuntos de todo el mundo que cualquier otra persona.

–¿Conoce usted a un hombre llamado Thornton, que vive por

aquí? Se marchó de Inglaterra hace casi diez años, y el barco en que viajaba atracó aquí, en Newportes Newes.

Alma Pettycomb se extrañó de que un lord del reino estuviese buscando a un hombre de tan baja procedencia; y más a alguien tan malhumorado como el fabricante de muebles.

–Hay un Gage Thornton que vive río arriba –informó al extraño, orgullosa de sus conocimientos–. ¿Puede ser el que usted busca?

Su señoría sonrió de pronto, con gran alivio:

–Sí, es ése.

La mujer no pudo resistir la tentación de pedir más información de la que tenía derecho a pedir.

–Otra vez le pido perdón, milord, pero tengo curiosidad por saber qué puede haber hecho Gage Thornton para que un caballero como usted venga a buscarlo desde Inglaterra. Y después de tantos años.

Los ojos del caballero tomaron, de súbito, un frío matiz ámbar.

–No ha hecho nada, que yo sepa, señora. ¿Por qué supone eso?

–Bueno, aquí ha hecho lo suficiente para que los buenos ciudadanos de esta aldea teman por sus vidas –repuso Alma de inmediato–. Dicen que asesinó a su primera esposa y, sin embargo, anda por ahí como si fuese el dueño del mundo. Ahora ha tomado como esposa a una convicta y nadie se atreve a decir qué crímenes ha cometido ella en Inglaterra. El día que él la compró, yo le advertí que no estaba haciendo ningún favor al pueblo.

–¿Dónde puedo encontrar a ese señor Thornton?

La concisión de la pregunta no logró desanimar a Alma, que se apresuró a darle indicaciones y los nombres de varios hombres que podrían estar dispuestos a llevarlo río arriba por algún dinero. Su señoría le expresó cortésmente su gratitud e hizo señas al marinero de que lo siguiera, pero Alma lo retuvo otra vez.

–¿Podría tener el placer de conocer el nombre de su señoría?

El caballero le dedicó una sonrisa parca, evocadora de la que había recibido hacía menos de una hora.

–Lord William Thornton, conde de Thornhedge.

El mentón de la señora Pettycomb se aflojó un instante y una mano temblorosa subió a cubrir su boca abierta. En medio de una neblina de estupefacción, preguntó:

–¿Tiene alguna relación con Gage Thornton?

–Es mi hijo, señora.

Su señoría dejó allí a la atónita mujer y se dirigió hacia el río, seguido por Judd. Al poco tiempo, navegaba río arriba y decía adiós con la mano al marinero.

El golpe suave de unos nudillos en la puerta principal despertó a Andrew y a Shemaine de su siesta y, aunque el niño se apresuró a bajar de la cama de su padre y correr hacia la entrada, Shemaine corrió tras él súbitamente atemorizada. No podía creer que Potts tuviera la audacia de llegar hasta la puerta misma de su cabaña después de haber sido herido, pero no podía correr riesgos.

–Andrew, no abras la puerta hasta que veas quién es –ordenó en tono ansioso.

El niño se detuvo, obediente, y esperó a que ella llegara hasta la ventana delantera y mirase afuera, aunque el hombre que estaba de pie en el porche era un completo desconocido para Shemaine, alguien a quien no recordaba haber visto siquiera en Newportes Newes. Su apariencia era la de una persona de rango y su dignidad era indiscutible.

Reuniéndose con Andrew junto a la puerta, Shemaine levantó el pestillo y permitió que el niño abriese. Lo primero que atrajo la atención del hombre fue el niño, y Shemaine notó la expresión de sorpresa y la dulcificación sutil de su semblante. Luego, tras un momento, sus ojos castaño ambarinos se posaron en ella con pétrea indiferencia. En los labios de Shemaine surgió una exclamación de sorpresa; tuvo que hacer un esfuerzo para enfrentarse a esa mirada adusta y no retroceder, pues no le cabía la menor duda de que delante de ella estaba el padre de Gage. El parecido era demasiado grande para equivocarse.

–¿Está el señor Thornton?– preguntó el hombre, adoptando un tono helado.

–Estoy segura de que no tardará –respondió, un tanto aturdida–. Uno de sus hombres dijo que había ido a Newportes Newes más temprano pero, si quiere usted pasar y esperar con el niño, milord, iré corriendo al taller y veré si ha regresado.

Asombrado ante la percepción de la joven, William entró, y pudo así observarla más atentamente. Notó la refinada delicadeza de los rasgos y la sortija de bodas en el tercer dedo de la mano derecha de la muchacha.

–¿Sabe usted quién soy?– preguntó, arqueando una ceja.

Shemaine apoyó las manos en los hombros del niño.

–Creo que es usted el abuelo de Andrew... y el padre de mi marido.

William apretó levemente los labios: ¡de modo que la chismosa tenía razón! Gage no sólo se había visto involucrado en algún problema relacionado con su primera esposa sino que también había dado su apellido a una convicta. Y, sin embargo, la muchacha era bastante más observadora y obviamente más inteligente de lo que él hubiese esperado en una delincuente común.

–¿Le molesta a usted que su hijo y yo estemos casados? –preguntó Shemaine, sin alterarse.

La pregunta del hombre fue mucho más cruda.

–¿Es usted la convicta a la que se refirió la señora Pettycomb?

Shemaine alzó el mentón, desafiante.

–¿Le interesa saber que fui injustamente condenada?

–Quizá, si pudiese probar su inocencia, pero las colonias están muy lejos de Inglaterra, y presumo que no hay nadie aquí que pueda confirmar lo que usted dice –respondió William con rigidez–. A ningún padre le gusta que su hijo tome a una delincuente por esposa y yo me incluyo entre ellos.

–Le guste o no, está hecho –murmuró la muchacha–. Y no hay modo de retirar los votos a menos que usted convenza a su hijo de que me abandone y pida la anulación. Sin embargo, le adelanto que las cosa ya han ido demasiado lejos.

–Mi hijo ya ha demostrado tener sus propias opiniones –afirmó William, y soltó un suspiro al recordar su último altercado con Gage. Habían pasado varios años antes de que la verdad saliera a luz, pero él había sentido la soledad de la pérdida desde el principio–. Sin tener en cuenta lo que yo aconseje, Gage hará lo que le parezca mejor, y estoy seguro de que no querrá abandonar a una joven tan agradable como usted pese a los crímenes que pueda haber cometido en el pasado.

Notando el antagonismo que había brotado entre ellos, Shemaine sintió que el temor helaba su corazón. Este hombre se había convencido de que ella era una delincuente y nada le haría creer lo contrario, salvo una demostración de su integridad. Era la misma clase de trampa en la que había quedado atrapada después de haber sido arrestada por Ned, el caza ladrones. Si bien ella era inocente de todo lo que aquel hombrecillo la había acusado, ningún magistrado estuvo dispuesto a creerla.

–¿Quiere quedarse con Andrew mientras yo salgo a ver si está Gage? –Cuando su señoría asintió, Shemaine le indicó el sofá con un ademán–. Puede sentarse, si quiere. No tardaré.

A Andrew no le gustó la idea de quedarse solo con un desconocido y lanzó un chillido de terror cuando Shemaine dio el primer paso hacia la puerta. Corrió tras ella y, aunque la muchacha procuró consolarlo, se aferró a ella con desesperación. William prestaba suma atención a las palabras consoladoras que le decía mientras le acariciaba la mejilla y tomaba la manita en la suya.

–Lo siento, milord –se disculpó Shemaine–. En este momento, Andrew no quiere quedarse con usted. Cuando lo conozca mejor, estará más dispuesto a trabar amistad.

–Entiendo.

Cuando salieron de la cabaña, William se arrellanó en el sofá y contempló el interior de la cabaña. Reconociendo la excelencia cuando la veía, se sintió impresionado por la alta calidad de las piezas de mobiliario que tenía a la vista. Después de haber quedado en tierra con su baúl y de haber contratado la ayuda de Gillian para cargar el baúl hasta el porche, se había detenido cerca del astillero a admirar el barco en construcción y para interrogar al viejo Flannery con respecto al diseño de su hijo. Los dos carpinteros manifestaron entusiasmo por mostrarle el barco y para elogiar a su patrón. El corazón de William Thornton se hinchó de orgullo al observarlo todo y por fin comenzó a comprender aquello de lo que Gage había intentando convencerlo, de construir barcos en Inglaterra. Después de casi diez años de estar separado de su hijo, ver lo que Gage había creado fue tan esclarecedor que, por fin, logró entender por qué su hijo había dejado el hogar familiar e incluso Inglaterra.

Tres años menos un día después de la partida de Gage, Christine había sucumbido a un ataque de neumonía (o a un corazón destrozado, como había dicho ella, casi sin voz). En su lecho de muerte, confesó a su padre, entre lágrimas, que estaba tan enamorada de Gage, que procuró atraparlo para casarse con él asegurando que la había dejado embarazada. Había muerto virgen, manchando su propio nombre, pero, según ella, su intento había valido la pena porque nunca quiso a ningún hombre como había querido a Gage Thornton.

Después de su funeral, su padre había suplicado el perdón de la familia Thornton por haber provocado el alejamiento de su hijo, pero durante su larga e infructuosa búsqueda William llegó a comprender que, con toda probabilidad, había sido su orgullosa obstinación la que había abierto aquel abismo. Tan decidido estaba a obligar a su hijo a obedecer que no había querido considerar la posibilidad de que Gage fuera un peón inocente en el juego de aquella mujer.

La puerta del fondo se abrió y William se puso de pie con ansiedad, al tiempo que Gage entraba a grandes zancadas por el corredor, hacia la sala. Más que el hijo, fue el padre el que cerró rápidamente la distancia entre ellos y, entre abundantes lágrimas, contempló al joven. Vio que ahora era mayor y más maduro, pero con su piel bronceada y sus facciones finamente cinceladas, aún más apuesto que antes. William vio en él un duplicado de sí mismo, con la única diferencia de la edad y del nostálgico pesar que se había cobrado un duro tributo, dejándole profundos surcos en la frente y una tristeza punzante en las líneas que rodeaban su boca.

–Casi había perdido la esperanza de encontrarte –logró decir William con voz ahogada, que salía de una garganta estrangulada. Su rostro severo empezó a crisparse, aferró los hombros del hijo y lo sacudió suavemente, como haciendo un esfuerzo desesperado por darle a entender lo mucho que lo había echado de menos–. He estado buscándote todos estos años sin encontrarte y he enviado hombres a los rincones más remotos del mundo en un afan inútil de hallarte. Sólo por casualidad me crucé con el hombre que mandaba el barco en el cual viajaste. Mi querido hijo, ¿podrás perdonarme alguna vez por haber hecho que te alejaras de nuestro hogar?

La evidente emoción que se reflejaba en el rostro de su padre dejó atónito a Gage. Jamás había imaginado verlo tan vulnerable y humilde: ése era un rasgo de William Thornton que jamás había visto antes. Su madre había muerto cuando él cumplió doce años, y el dolor de su pérdida pareció cambiar a su padre, convirtiéndolo en un hombre duro y autoritario. Y ahora estaba ahí ante él, sollozando de alegría por el reencuentro.

El cambio era tan grande que Gage se sentía incómodo y sin saber muy bien qué hacer. Quería abrazar a su padre y apretarlo con fuerza contra su pecho, pero se sentía raro y torpe ante la idea de hacerlo, a menos que su padre respondiese del mismo modo.

–¡Hijo mío! ¡Hijo mío! –exclamó William, sollozando sobre el hombro de Gage.

La puerta trasera se abrió con un crujido y entró Andrew corriendo. Al ver que el desconocido todavía estaba en la sala, se detuvo bruscamente. Los dos hombres se volvieron hacia el niño y Andrew notó una extraña humedad en los ojos de su padre.

–Papá, ¿tas llorando? –preguntó, perplejo.

Algo avergonzado, Gage se pasó una mano por la cara, luego alzó a su hijo en brazos y lo presentó a su abuelo:

–Andy, éste es mi padre, mi papá... y tu abuelo, tu yayo.

–¿Yayo?

Andrew miró con curiosidad al anciano. Malcolm y Duncan tenían un abuelo que los visitaba con frecuencia, pero su padre jamás le había dicho que él también tuviese uno.

William tendió los brazos para tomar al niño pero Andrew se apretó contra el hombro del padre y sacudió la cabeza.

–¿Dónde está mamá? –preguntó Gage al advertir que Shemaine no había entrado con Andrew.

El niño señaló con el brazo hacia el fondo.

–Mamá Shimen en el porche.

Gage dejó a su hijo en el suelo y, con firme gentileza, le ordenó que se quedara.

–Espera aquí con tu abuelo, Andy. Sólo voy hasta el porche. Enseguida vuelvo.

Gage salió por la puerta trasera y echó una mirada por el prado hacia el taller, hasta que advirtió que Shemaine estaba acurrucada, hecha un ovillo, en una silla del extremo más alejado del porche. Tenía las rodillas levantadas hasta el mentón y se rodeaba las piernas con los brazos, apretándolas contra el pecho. Cuando él se acercó, ella le lanzó una mirada tímida que hablaba a las claras de sus temores. Gage se agachó junto a ella y la contempló largo rato, advirtiendo la humedad que pendía de sus sedosas pestañas. Extendió una mano y tomó la de ella, delgada y temblorosa, llevando sus dedos a los labios para darle un beso.

–¿Por qué no has entrado con Andrew?

Shemaine se encogió de hombros y apartó la vista.

–Pensaba que tú y tu padre necesitaríais estar solos.

–Entonces, ¿por qué estás tan afligida?

Shemaine se apartó de él recelosa, y entrelazando los dedos apoyó las manos sobre las rodillas.

–La señora Pettycomb le ha dicho a tu padre que yo era una convicta.

Gage ahogó una maldición y se prometió para sus adentros retorcerle el flaco gaznate a esa entrometida. Pero lo más importante era saber si su padre había dicho o hecho algo para lastimar a su esposa.

–¿Y él te ha dicho algo?

–No –mintió, negando con la cabeza, pues no quería provocar otro enfrentamiento entre Gage y su padre, teniendo en cuenta lo poco que hacía que se habían reencontrado.

Gage no quedó convencido.

–Debe de haberte dicho algo.

–¡Nada! –insistió Shemaine, con voz insegura.

–No eres buena mentirosa, Shemaine –la reprendió con dulzura–. Y ahora dime, amor, ¿qué te ha dicho mi padre?

Shemaine guardó un obstinado silencio y Gage comprendió que era inútil insistir.

–Ven adentro –invitó, poniéndose de pie–. Quiero presentarle a mi esposa.

Shemaine comprendió la inutilidad de resistirse cuando él la tomó de la mano. Poniéndose de pie, enjugó sus lágrimas y se alisó el pelo en las sienes, sin cuidarse de la larga trenza que caía por su espalda. El esposo observó sus rápidos intentos de mejorar su apariencia y sonrió mientras la rodeaba con sus brazos y la estrechaba.

–Estás muy hermosa así, cariño –musitó, uniendo su boca a la de ella.

Su beso fue dulce y amoroso, haciendo comprender a Shemaine con qué profundidad había llegado a amarlo en el tiempo que llevaban juntos. ¿Cómo podría vivir si William Thornton se las ingeniaba para separarlos?

Sus brazos rodearon la esbelta cintura de su esposo en un vehemente abrazo y respondió al beso con todo su corazón, su alma y su mente. Por fin, Gage levantó la cabeza y la miró con ojos relucientes.

–Terminaremos esto más tarde, en la cama, pero ahora si nos entretenemos mucho, Andrew vendrá a buscarnos.

–Entonces, será mejor que entremos –murmuró Shemaine–. No le gusta quedarse con desconocidos.

En cuanto abrieron la puerta, Andrew fue a su encuentro, corriendo por el pasillo. Su padre lo alzó en sus brazos, logrando que se alisara el gesto preocupado de la frente del niño y entraron los tres juntos a enfrentarse a su señoría.

–Padre, ésta es mi nueva esposa, Shemaine –anunció Gage, con cierta rigidez. Rodeándole los hombros con un brazo como tomando posesión de ella con más firmeza, reanudó la explicación–. La madre de Andrew murió en un accidente y quedé viudo. Antes de que Shemaine viniese aquí, estaba prometida al marqués du Mercer, en Londres. Estando allí, fue sacada de casa de sus padres y, mediante métodos perversos, condenada por robo y embarcada hacia aquí en el *London Pride*.

William recordó haber visto el barco cuando llegaron a puerto. Lo había reconocido como uno de la flota perteneciente a su adversario, J. Horace Turnbull. También conocía a los Du Mercer y, poco antes de partir de Inglaterra, había oído hablar de cierto escándalo con respecto a la prometida de Maurice, ocurrido antes de que se realizara el matrimonio, y alguien había dicho que eso alegraba a la abuela de Maurice.

–¿Eso quiere decir que hace poco que tú y Shemaine estáis casados?

Gage percibió la rigidez de su propia sonrisa.

–El tiempo suficiente para haber llegado a valorar nuestra unión.

William se puso tenso al notar la firmeza en el tono de su hijo. Era obvio que la pequeña atrevida no había perdido tiempo en quejarse a Gage, informándole del disgusto que le había expresado por ese matrimonio. No era de extrañar que estuviese tan avergonzada.

–Entonces te ha contado ya que no me agrada el hecho de que hayas tomado a una convicta por esposa, ¿eh?

La mandíbula de Gage se puso tan tensa que los tendones se marcaron en las mejillas.

–Padre, Shemaine no ha pronunciado ni una palabra al respecto, pero como nunca te había visto tan alterado, he pensado que habías expresado tu opinión acerca de ella. –Con cada palabra que pronunciaba, su ira se hacía más intensa–. Quiero pedirte que en adelante me digas a mí y no a Shemaine cualquier cosa que debas decir acerca de nuestro matrimonio. No me agrada que alteres a mi esposa, ¡y no pienso tolerarlo! ¿Me has oído?

Andrew se echó a temblar, ocultó la cara en el ángulo de su brazo y la apoyó en el hombro de su padre. Percibiendo el malestar de su hijo, Gage apoyó una mano en la espalda del pequeño con intención consoladora, comprendiendo que debía reprimir la ira, por el bien de su hijo.

–Lo siento, padre –se disculpó con dificultad–. Parece que incluso ahora seguimos enfrentados. Y continúo sin saber contener mi lengua.

–Tal vez sea mejor que me marche –replicó William, con voz estrangulada.

Se volvió para ir hacia la puerta, pero Shemaine se acercó a él y apoyó una mano en su brazo.

–No se vaya, milord, por favor –rogó–. No quiero ser causa de otra separación entre ustedes. Quédese a cenar con nosotros y, si acepta compartir nuestro hogar por un tiempo, arriba hay un pequeño dormitorio donde podrá gozar de cierta intimidad. –Con valentía, pasó un dedo tembloroso sobre la delgada mano surcada de venas azules y lo persuadió suavemente–: Debe quedarse, por el bien de Andrew. Es el único abuelo que tiene.

William la miró a través de las lágrimas que habían brotado en sus ojos, pese a sus esfuerzos por contenerlas.

–Me ha llevado tanto tiempo encontrar a mi hijo que detestaría marcharme sin llegar a conocer mejor a su familia.

El corazón de Shemaine se compadeció de ese hombre solitario y, con una suave sonrisa, lo invitó:

–Entonces, quédese, milord y forme parte de nuestra familia.

William dio una suave palmada en el dorso de la mano de ella, que aún sujetaba la suya.

–Gracias, Shemaine. Eso me agradará.

Ella ofreció su brazo al suegro y lo condujo hasta Gage.

–Por el bien de Andrew, no habrá más enfrentamientos –rogó, mirando directamente a su marido y tomándolo del brazo–. Aunque tengas aún heridas de un pasado muy remoto, amor mío, sin el perdón, ¿cómo podrá cualquiera de nosotros olvidar las ofensas sufridas y aliviar nuestros corazones de ese peso?

Gage reconoció la sabiduría de su mujer, pero pasó un largo momento hasta que pudo mirar a su padre a los ojos y ver su expresión angustiada.

–¿Quieres ver el barco que estoy construyendo?

El alivio inundó aWilliam.

–Sí, y también tengo interés por ver tu taller de carpintería. –Con un ademán, señaló los muebles que había en el interior–. Muebles como éstos sólo se ven en las mejores casas de Inglaterra. Deberías estar muy orgulloso de tus logros, Gage.

Andrew levantó la cabeza y miró a su abuelo, y luego contempló con aire inquisitivo el rostro de su padre.

–Papá, ¿puedo ir yo también?

–Puedes ayudarme a llevar a tu abuelo a hacer un recorrido –respondió Gage con una amplia sonrisa.

Andrew frunció la nariz e imitó la sonrisa de su padre.

–¿El yayo te ayudará a construir el barco, papá?

–Podría hacerlo si aprendiera a recibir órdenes como los demás hombres que yo contrato –bromeó Gage, mientras su padre tomaba aliento. Le dio una palmada en la espalda para ayudarle a recuperar el aliento, pero no pudo resistir la tentación de repetir algunas de las exigencias que su padre le había impuesto alguna vez a él–: Pero tendrás que empezar como aprendiz, hasta que demuestres que eres bueno.

William no supo si toser, gemir o reír.

–¡Maldita sea, Gage, veo que aún piensas en vengarte de mí!

El más joven rió entre dientes y sintió que su tensión se aflojaba.

–Sí, bien podría ser.

Aquella noche, en el dormitorio principal, Shemaine se quitó el camisón por la cabeza y lo arrojó sobre la cama antes de deslizarse entre las sábanas y entre los brazos de su marido, que la esperaba. Gage sonrió con una mezcla de diversión y deleite, mientras ella se acurrucaba contra él.

–Amor mío, la mayoría de las mujeres se ponen el camisón antes de meterse en la cama, y tú haces todo lo contrario.

Shemaine le mordisqueó el pecho, juguetona.

–¡Ay! –exclamó él sobresaltado por el ataque.

Rió, contenta:

–La mayoría de las mujeres no tienen un hombre como tú esperándolas en la cama, mi amor. –Pasó una mano por el cuerpo desnudo de su esposo y susurró, admirada de lo que tocaba–: Si lo tuvieran, no perderían el tiempo en ponerse un camisón. Estarían esperando en la cama, con los brazos abiertos.

Gage giró la cabeza sobre la almohada y echó una mirada de soslayo al rostro sonriente de su esposa.

–Entonces, ¿por qué era yo el que esperaba, señora?

Cruzando un muslo sobre el de él, Shemaine se acercó más hasta que sus suaves curvas y sus tentadoras hendiduras se acomodaron al torso musculoso del hombre.

–Porque tenía cosas que hacer en la cocina, después de bañarme. No querrías que anduviese desnuda estando tu padre en casa, ¿no es cierto?

–No, señora. Tales placeres son sólo para mí –susurró Gage, aferrando la rodilla de su mujer y subiéndola. Deslizó una mano por la cara interna del muslo, hacia la nalga–. Me niego a compartirte con nadie.

Shemaine contuvó el aliento cuando la mano de su esposo fue en busca de la suavidad de su vulva.

–¿Crees que tu padre podría oírnos desde arriba?

–Espero que no, pero no pienso permitir que ese temor se introduzca en nuestro placer, mi amor. He estado esperando ansiosamente toda la tarde para recoger lo que me prometiste en el porche de atrás.

Elevándose sobre el pecho de él, Shemaine lo miró, perpleja.

–¿Qué fue lo que te prometí?

Gage pasó la mano por detrás de la cabeza de ella y la acercó a él hasta que sus labios quedaron muy cerca de los suyos.

–Tu beso lo prometió, mi amor, y yo siempre estoy ansioso por cosechar los frutos de tan provocativas invitaciones.

Los ojos risueños de Shemaine chispearon a la luz tenue de la vela.

–Tú ves una invitación hasta en el movimiento de mi falda, señor –bromeó–. Por cierto, empiezo a creer que sólo tienes una cosa en la mente, que es, básica e inequívocamente, hacer el amor.

Gage le sonrió.

–Ya me conoces a la perfección, señora.

18

William Thornton no estaba muy seguro de que le gustara ser despertado por el bullicioso canto de los pájaros antes de que el sol asomara sobre el horizonte. De todos modos, lo despabiló por completo una cacofonía de chillidos, gorjeos y extraños sonidos sibilantes que se oían entre los árboles, a cierta distancia de la cabaña. Le resultó evidente que no podría volver a dormir con semejante bullicio; decidió entonces aventurarse fuera y comenzar a explorar esa zona desconocida y semisalvaje.

Después de enfundarse en unos pantalones, metió el faldón de la camisa de noche dentro de ellos y luego se calzó unas botas. Bajó la escalera, abrió la puerta y salió al porche delantero. Un búho que pasó por su línea de visión batía las alas casi con pereza, en comparación con el pájaro más pequeño que lo perseguía de cerca, seguramente para retribuirle alguna ofensa desconocida. Un ataque matinal para robar huevos o pichones del nido podría ser la causa de tan ruidoso clamor.

Por un momento, William disfrutó del aire tibio y fragante y del paisaje iluminado por la luna que se extendía ante él; luego bajó los escalones y recorrió el sendero que llevaba al río. Aclararía en menos de una hora, y ya era posible imaginar el magnífico espectáculo del sol del amanecer asomando sobre aquel agreste claro; quizá fuera mejor contemplar ese espectáculo desde la cubierta de un barco que desde los límites de una cabaña. Con el deseo de disfrutar de una vista que prometía ser arrebatadora, siguió andando hacia el barco pero, cuando se aproximó, vio que había amarrada una embarcación más pequeña cercana a él y varios hombres se movían con actitud furtiva, yendo y viniendo entre ambas naves. Ocultándose tras un árbol, William prefirió quedar oculto hasta poder comprender cuál era la intención de los visitantes.

Los cabellos de la nuca de William se erizaron al ver a un hombre muy alto que se dirigía hacia el barco en construcción con un barril sobre el hombro. Era evidente que el barril era pesado por el modo en que el sujeto lo pasó a otro hombre que salió a su encuentro en el astillero. Bajo la atenta mirada de William, el hombre volvió a la lancha a buscar otro barril. Luego, un hombre más robusto salió de ella y caminó por la orilla del río hacia el barco con ayuda de un largo bastón o, mejor dicho, una pica de soldado que sujetaba cerca de la cabeza. William ya había visto esa manera de caminar apoyándose en una pica, y si bien la silueta del otro se había ensanchado con los años, estaba casi seguro de que era el mismo que él conocía. Sus sospechas se vieron pronto confirmadas al oír que el hombre decía al marinero que andaba junto a él:

–Seis barriles de pólvora bastarán para hacer astillas hasta la última tabla. Será una justa venganza por lo que los Thornton me arrebataron en otro tiempo.

William retrocedió sigilosamente y volvió deprisa a la cabaña. Cuidando de no alertar a los malhechores, abrió con cautela la puerta delantera y corrió hasta el dormitorio principal. Un rápido golpeteo de sus nudillos en la puerta anunció su presencia antes de entrar en el cuarto iluminado por la luna. No les había dado tiempo de responder; su hijo se incorporó sobresaltado y Shemaine, que estaba acurrucada contra él, ahogó una exclamación.

–¡Gage, debes darte prisa! –dijo William en un susurro apremiante–. Hay unos hombres allí, junto al río; me parece que tienen intenciones de destruir tu barco. Y si la memoria no me falla, el que los dirige es el propio Horace Turnbull.

Haciendo a un lado las mantas y murmurando una maldición, Gage saltó de la cama y dando dos largas zancadas llegó a la silla donde había dejado su ropa la noche pasada. Primero metió una pierna y luego la otra en unos pantalones de piel de ante y, mientras se cubría los miembros desnudos, preguntó:

–¿Cuántos hombres hay con él?

–Yo pude ver a seis, por lo menos, pero estoy seguro de que hay más.

Con el rabillo del ojo, William vio que Shemaine estiraba el brazo para tomar su camisón, que estaba sobre las mantas. Lo metió bajo las sábanas y se tapó hasta la cabeza. Por sus movimientos, dedujo que debía de estar poniéndose apresuradamente el camisón bajo esa improvisada tienda.

–Demasiados para que nosotros dos los liquidemos con un par de mosquetes –musitó Gage, recogiendo las botas de cuero.

–Yo puedo ayudar –ofreció Shemaine sacando la cabeza, pero sujetando las mantas bajo el mentón.

–¡Tú quédate ahí! –repuso Gage en tono hosco, volviéndose hacia ella–. Es demasiado peligroso. ¡Preferiría dejar que destruyeran el maldito barco antes que perderte!

–¡Pero, Gage, tú me enseñaste a disparar! –arguyó, mientras intentaba atarse el camisón en el cuello–. ¡Y ya sabes que ahora suelo dar en el blanco!

William intervino en la disputa:

–Gage, para ganar necesitaremos de todas las armas a nuestra disposición. Si Shemaine pudiera quedarse detrás de un árbol y disparar a los bandidos, eso los mantendría ocupados unos momentos mientras nosotros llegamos al barco.

Gage volvió hacia su esposa el rostro preocupado mientras ponía un par de pistolas en su cintura.

–Supongo que podrías ayudar, pero sólo si me prometes no acercarte demasiado; no quiero que te vean.

Shemaine no tuvo tiempo de responder pues William estaba impaciente.

–¡Deprisa, Gage! –dijo.

William salió corriendo del cuarto seguido por su hijo, y Shemaine saltó de la cama y tomó su bata. Gage recogió un par de mosquetes de un armario de la sala, dio uno a su padre y luego puso una pistola en su mano. Cargaron velozmente las armas y salieron.

Al llegar a la puerta delantera, Gage se adelantó y salió a la carrera. Un momento después, se abría de nuevo lentamente la puerta de la cabaña y salía Shemaine, con una pistola en la mano. Voló casi en la sombra hacia el árbol más cercano y se detuvo allí, viendo cómo Gage y su padre iban adelante.

El cielo comenzaba a clarear hacia el este, permitiendo a Gage observar la actividad en torno al barco. Mientras se acercaba a la grada de construcción, uno de los malhechores lo vio y dio el grito de alarma. Sacando una pistola del cinturón, el hombre disparó un tiro a Gage, llamando la atención de sus cómplices sobre padre e hijo. El proyectil de plomo pasó de largo sin tocarlo; Gage no tardó en contestarle disparando su mosquete y acertando al bandido, que cayó hacia atrás, con un gran agujero en el pecho.

Gage no tenía tiempo de recargar su mosquete y lo dejó. Sacó las pistolas del pantalón en el preciso momento en que su padre levantaba su arma y enviaba a otro bandido al infierno, derribándolo antes de que pudiese disparar a Gage con su pistola. William se adelantó corriendo, recogió el arma del sujeto y la usó de inmediato al ver a uno de los maleantes que le apuntaba con un mosquete. El rufián fue lanzado brutalmente hacia atrás cuando la bala de plomo le acertó en medio del pecho. Mientras ése caía, otros dos bribones más se precipitaron sobre William. Éste golpeó a uno en la cara con su pistola, obligándolo a alejarse dando tumbos, y se enfrentó al otro con un violento puñetazo en el mentón. Tambaleándose hacia atrás, el tunante esperó un instante a que su universo dejara de girar y luego se adelantó otra vez, sólo para recibir el mismo castigo.

Gage llegó de un salto a la grada de construcción. Disparó a los dos primeros que encontró; le dio a uno en la cara y a otro en la garganta. Al ver que un enorme gigantón avanzaba hacia él con intenciones aviesas, recogió un garrote de madera y lo descargó con fuerza brutal sobre la calva del sujeto. El gran corpachón se bamboleó hacia atrás dos pasos, con expresión atónita, pero después de sacudir la cabeza con fuerza recuperó el sentido y volvió hacia su adversario con ceño amenazador. Con un fuerte gruñido de rabia, se precipitó hacia delante con paso desmañado, y cuando el garrote se alzó de nuevo para golpearlo, lo apartó lejos de él dando un rugido y con un movimiento de su mano.

Gage se agachó cuando el gigante lanzó su ancho puño hacia su cara y el impulso hizo perder el equilibrio a su pesado oponente. El patán no tardó en recuperarse y Gage se abalanzó tratando de recuperar el garrote. Pero el bruto captó su intención y se adelantó a él. Gage se apresuró a retroceder pero pronto lo detuvo la pila de barriles de pólvora que habían puesto los atacantes. Su adversario le sacó ventaja y, saltando hacia delante, blandió el garrote, echando su brazo hacia atrás. Un brillante ramalazo de dolor estalló en la cabeza de Gage cuando el palo cayó con fuerza, empujándolo hacia atrás, aturdido.

El grandullón rompió a reír, viendo al hombre a su merced, y soltó el garrote. Haciendo crujir los nudillos, se adelantó con aire amenazador.

William llegó a la parte más alta de la plataforma justo a tiempo para ver cómo un enorme puño se estrellaba en la cara de su hijo. Gage cayó hacia atrás sobre los barriles con los brazos abiertos y, tras un instante, se incorporó sobre un codo, pero el gigante ya avanzaba otra vez hacia él con intención mortífera.

William alzó su pistola hacia el hombre y se aprestó a tirar del gatillo, pero antes de que llegara a hacerlo el estampido de otra arma llenó la escena. Con infinita lentitud, las grandes rodillas del bandido se aflojaron y se torcieron en extraños ángulos bajo su cuerpo, que comenzó a caer. A la luz rosada del amanecer brilló la sangre que manaba de un gran agujero en la cabeza del hombre, derramándose sobre la oreja. William se volvió, curioso por saber quién había matado al malhechor.

Shemaine estaba de pie en el extremo de la grada, con un mosquete todavía humeante en las manos. A William le bastó la escasa luz para ver que ella temblaba sin control después de haber matado por primera vez.

Un grito de furia atrajo la atención de todos hacia un hombre que subía con dificultad por la escotilla. Al llegar a la cubierta, Horace Turnbull se detuvo y llenó de aire sus pulmones mientras recorría con la vista la carnicería iluminada por la luz del alba. En la mano aún aferraba una pica, el arma que había aprendido a usar como soldado de infantería cuando era joven. Una herida en la pierna lo devolvió a la vida civil, pero para entonces ya había adquirido destreza con la pica y gusto por usarla. Se había convertido en una especie de recuerdo porque él había empezado a hacerse rico tanto por métodos poco claros como por otros un poco más honestos, una vez que hubo curado su pierna. Pero en situaciones como la presente todavía llevaba el arma porque jamás había adquirido destreza con las de fuego, y nunca se sabía si iba a encontrar a alguien deseoso de vengarse de él.

Los ojos de Horace Turnbull llamearon al fijar la mirada en el que le había quitado su carga en Portmouth, hacía tantos años. El hombre sentado sobre un barril, sujetándose la cabeza con la mano, era completamente vulnerable y estaba a su merced, e incosciente del peligro que corría.

Turnbull levantó la pica e hizo puntería.

–Mire, lord Thornton –bramó, reconociendo de inmediato al caballero–. Vea cómo voy a vengarme de ustedes dos... para su hijo, la muerte. Para usted, la tortura de su pérdida, ¡porque fue usted el que lo mandó a robarme la carga!

–¡Noooo, Turnbull! –gritó William, pero ya era demasiado tarde. La lanza ya volaba por el aire.

Shemaine gritó, a sabiendas de que no podía hacer otra cosa que verlo todo, paralizada de horror. William, en cambio, no estaba dispuesto a entregar a su hijo a la tumba tan poco tiempo después de haberlo encontrado. Con una fuerza nacida de la desesperación, se abalanzó hacia delante, arrojándose delante de Gage. La pica se hundió en su espalda, arrancándole un grito sobresaltado. Después, se volvió vacilante de cara a Turnbull, alzó su arma y apuntó con la pistola que aún no había disparado.

El rico armador miró boquiabierto el arma con ojos enloquecidos, de cara ante la muerte. Alzando la mirada hacia William, sacudió la cabeza con desesperación:

–¡No... por favor! ¡No lo haga! –barbotó, y empezó a gimotear, suplicante–. ¡Le daré todas mis riquezas...!

La pistola ladró en una explosión ensordecedora, lanzando por el aire el pequeño proyectil de plomo. Una fracción de segundo después, se hubiese creído que en la frente de Turnbull se había abierto un tercer ojo. Rígido como una estatua, cayó hacia atrás por la escotilla, donde quedó tendido con la cabeza colgando sobre la escalera, los ojos abiertos que ya no veían.

Shemaine corrió hacia William al ver que empezaban a aflojársele las piernas. Sosteniéndolo con su propio cuerpo lo ayudó a encaramarse también a un barril, cerca de donde estaba Gage. La sangre brotaba de la herida en la espalda de William, oscureciendo de forma ominosa la blanca camisa bajo la luz escasa. Shemaine apoyó una mano en su hombro y, aferrando la pica, trató de sacarla, pero sus esfuerzos resultaron inútiles.

Sobre la grada sonaron los pasos de alguien que corría, haciendo volverse sobresaltada a Shemaine que, al ver que se trataba de Gillian, exhaló un suspiro de alivio. Con creciente aprensión, el joven había visto los cuerpos desparramados mientras corría hacia allí. Al llegar vio también al de la cubierta, y al otro tendido en la escotilla. Miró a Shemaine, completamente estupefacto.

–¿Qué ha pasado?

–Ahora no importa, Gillian –replicó, impaciente–. Ayúdame a llevar a Gage y a su padre a la cabaña. Los dos han sido heridos, y su señoría está grave.

La situación exigía acción: Gillian podía comprobarlo por sí mismo. Corrió hacia la borda y miró hacia abajo, a la pequeña canoa que él y su padre acababan de varar en la costa. Viéndolo en la penumbra velada por los árboles, le gritó:

–¡Date prisa, papá! ¡Los Thornton están heridos!

Flannery Morgan era mucho más ágil y rápido de lo que podría suponerse. En un instante estuvo en cubierta, ayudando a su hijo con William Thornton. Flannery no estaba de acuerdo en intentar extraer la pica sin la presencia de un médico; en cambio, para aliviar el dolor de su peso sobre la herida, aserró el asta mientras Gillian la sujetaba con firmeza, dejando sólo una porción suficiente para que pudiese asirse. Entre los dos transportaron a William Thornton al altillo de la cabaña y luego fueron a buscar al capitán.

Gage había caído en un sueño profundo e inquieto en brazos de su esposa. Como no podía despertarlo, Shemaine estaba cada vez más asustada y corrió junto a los dos carpinteros que llevaban a su esposo al dormitorio principal. Con ayuda de ellos quitó a Gage las botas y la camisa manchada con la sangre de la herida de la cabeza. Sin demora, se puso a trabajar limpiando la herida y luego corrió arriba tratando de ayudar a William. Su ansiedad por los dos le provocó las lágrimas mientras cortaba la camisa del anciano que, aun en su dolor, intentaba asistirla.

–Descanse si puede, milord –rogó, limpiándose las lágrimas que la cegaban con la manga de la bata.

–¿Cómo está Gage? –preguntó William, con la voz ronca de dolor.

–No lo sé –respondió con voz estrangulada–. Está inconsciente.

–¡Tiene que vivir!

El rostro de Shemaine amenazó con desencajarse por las emociones contenidas, pero hizo una profunda inspiración, fortaleciéndose para no quebrarse.

–¡Los dos tienen que vivir!

En cuanto llegó Erich Wernher a trabajar, un poco temprano, fue enviado a buscar al doctor Ferris, montando a *Temprano*. Era el mejor jinete que tenían y de él dependía traer al médico lo más pronto posible. Una hora después, cuando el médico llegó a toda velocidad con su propio caballo, fue conducido directamente a la planta alta, donde examinó al mayor de los Thornton, que estaba tendido de costado, completamente consciente. De inmediato, Colby Ferris mandó a Gillian a la cocina, a buscar un fuerte brebaje para aliviar el dolor que estaba sufriendo su señoría, y también el que sobrevendría cuando comenzara la extracción de la lanza. Hasta ese momento, William había estado alerta a todo lo que pasaba a su alrededor, pero Colby era de la opinión que estaría mejor inconsciente. Transcurridos apenas unos minutos, Gillian volvió con una jarra de la infusión que su padre solía guardar para tomar su acostumbrado trago de todas las noches, que, como un ritual, bebía antes de regresar a su casa.

–Cuide a su señoría mientras yo voy a ver cómo está su hijo en la planta baja –indicó Colby al joven–. Anímelo a beber todo lo posible... aunque tenga que dar un sorbo usted también. Cerciórese de que quede suficiente para empapar la herida antes y después.

Gillian contempló la larga figura del inglés tendido de costado, de cara a la pared. Viendo el fragmento de pica aún clavado en la espalda de su señoría, podía imaginar la tortura que debía de estar sufriendo y que soportaría si intentaba incorporarse.

–¿Y cómo podrá beber su señoría...?

Para mirarlo, William se dio la vuelta con una mueca de dolor y le indicó que le diese la jarra. A continuación, con ayuda de Gillian y Colby, se apoyó en un codo mientras ellos ponían almohadas debajo de él. Contento con la buena disposición del paciente, el médico encargó al irlandés el insólito cometido de embriagar por completo a un lord inglés.

Colby salió y bajó la escalera para revisar la herida en la cabeza de Gage. La hemorragia había cesado, pero ahora se veía un enorme chichón. En ese momento, Colby no podía hacer una evaluación precisa del estado del paciente.

–Su marido quizá salga bien de esto... –dijo a Shemaine–. Pero podría no ser así. Mantenga una compresa fría y mojada sobre la herida y obsérvelo con atención. Tendré que coserle el cuero cabelludo en cuanto termine de atender a su padre. Es obvio que su marido ha sufrido una conmoción y, por un tiempo, tal vez padezca de estupor. Todo depende de la presión que haya dentro del cráneo.

Shemaine sintió que se le aflojaban las piernas y que un frío helado la recorría, dejándola débil, pero apretó los dientes con súbita determinación y se negó a ceder ante ese miedo invasor. ¡Él era su esposo y la necesitaba! ¡No podía permitirse un desmayo!

Tanto tumulto despertó a Andrew; Shemaine dedicó unos momentos a alimentar y a vestir al niño y después a lavarse y vestirse ella misma. Luego, entre los dos trasladaron la silla mecedora desde el pequeño dormitorio al más grande, desde donde podrían cuidar de Gage. Estrechando a Andrew contra su pecho, Shemaine lo meció y le cantó, y esperaron juntos rogando que todo fuese bien para el esposo y padre que ambos amaban. Poco después, Andrew dejó el regazo de Shemaine y trepó a la cama para acurrucarse junto a su padre. Shemaine lo imitó y, pasando un brazo en torno del pequeño, apoyó una mano sobre el pecho de su marido, consolándose con el latido fuerte y firme de su corazón.

Cuando Colby Ferris subió al altillo para ver cómo se las arreglaba Gillian con William, encontró a su señoría con la cabeza despejada, completamente consciente. Gillian, en cambio, comenzaba a tener dificultades para hablar, incapaz de resistir la fuerza de la poción. Considerando que el joven carpintero necesitaba aire fresco y que él mismo necesitaba a dos hombres fuertes para sujetar a su señoría, Colby mandó a buscar a Ramsey Tate y a Sly Tucker, que estaban ayudando a Flannery a cargar los muertos en un carro para que hicieran su último viaje a Newportes Newes.

Salvo para limpiar la herida, el whisky no fue tan beneficioso como Colby había esperado, porque el caballero siguió consciente durante todo el doloroso proceso de extraer la pica de su espalda. Ningún órgano importante había sufrido daño, pero la herida era profunda. La limpieza del tajo abierto con ese líquido ardiente habría sido la perdición de un hombre inferior, pero William, que debió permanecer boca abajo durante toda la operación, apretó los dientes y hundió la cara en las almohadas para ahogar cualquier grito. Los temblores que sacudían su cuerpo daban cuenta del esfuerzo que hacía para no gritar. Sólo al final, cuando la gran herida del hombro estaba siendo suturada, su señoría entregó su conciencia, dejando atónito al médico con la fortaleza y la empecinada voluntad del anciano.

Cuando Colby volvió a bajar, encontró a Andrew y a Shemaine en la cama acurrucados junto a Gage. Ambos dormían, y Gage se había despertado y estaba contemplando a su esposa y a su hijo como si fuesen raros tesoros.

–¿Cómo se siente? –preguntó Colby en voz baja después de coserle la herida.

–Como si me hubiesen golpeado la cabeza con la parte pesada de una maza.

–Puede alegrarse de estar vivo.

La frente de Gage se crispó pero, de repente, se despojó de toda expresión.

–¿Tan fuerte me golpearon?

–No, que yo sepa. –Colby hizo un gesto indicando a Shemaine–. Según su padre, su esposa disparó y mató al hombre que trataba de matarlo a usted. –Hizo una pausa para que él asimilara ese hecho y vio aparecer una expresión maravillada en el rostro del herido–. Y según Shemaine, su padre se arrojó sobre usted para recibir la lanza que le estaba destinada.

Gage miró alarmado al doctor. Temiendo lo peor, dejó pasar un largo rato antes de sentirse lo bastante seguro para hablar.

–¿Está muerto?

–No, lo más probable es que su señoría sane, salvo que la herida se infecte, pero la jarra de whisky de Flannery debe de haberla cauterizado por completo. Jamás en mi vida había probado algo tan fuerte, pero no parece tener demasiado efecto sobre su padre. Francamente, estoy asombrado por su resistencia y su tolerancia al dolor. No se desmayó ni gritó una sola vez, a pesar de la tortura que le hice sufrir. Su padre y su esposa deben de amarlo mucho, señor Thornton.

Desbordado por una sensación de maravilla mientras pensaba en las palabras del doctor, Gage tuvo vaga conciencia de su respuesta, que se había convertido casi en una segunda naturaleza para él cada vez que alguien lo llamaba por su apellido:

–Mi nombre es Gage.

–Descanse todo lo que pueda, Gage –indicó Colby–. Si lo hace se recuperará mejor y estará en pie mucho antes.

Gage recordó la última vez que había visto al médico.

–¿Cómo está Calley? Ramsey sigue diciéndome que está mucho mejor pero aún estoy preocupado por ella. Falta poco para el parto, ¿no es así?

–Calley está bastante bien y, en efecto, en cualquier momento dará a luz. Annie la vigila con atención y está tan ansiosa de que nazca el niño como la propia madre.

–Ramsey quiere conservar a Annie por el bien de su esposa –informó Gage–, pero Calley dice que ellos no pueden permitírselo. Quiere que, al menos, uno de sus cinco hijos vaya a Williamsburg, y Calley está ahorrando cada moneda para asegurarse de ello. Si fuera por ella, todos irían a estudiar allí.

El doctor Ferris frotó una bota contra el suelo de madera de ciprés.

–En realidad, he estado pensando en comprarle a usted a Annie...

Gage lo miró, sorprendido:

–Creí que había dicho...

–No importa lo que dije. Annie puede ser una magnífica asistente y últimamente he estado pensando que me gustaría volver a casarme. Todavía soy joven para tener hijos. Mi esposa no pudo tenerlos, murió antes. Lo que Annie quiere es un hijo propio, y pienso que estoy en condiciones de ayudarla. Tal vez ahora no me ame, pero quizás en el futuro...

–¿Se lo ha pedido ya?

–No, como le pertenece a usted, no podía. Myers ha estado quejándose de que usted le había dicho que se la devolvería, pero que no lo ha hecho. Opina que debería darle más dinero por haberle engañado.

Gage resopló.

–Ya le he pagado bastante.

–Eso me imaginé, pero me pareció que debía saberlo. No le importa provocar problemas siempre que puede. Él y Roxanne Corbin riñeron porque la señora Pettycomb repitió un comentario de él con respecto a que las expectativas de Roxanne eran exageradas si creía que algún hombre podría casarse con una solterona con cara de caballo. Roxanne fue a su casa y se enfrentó a él, lo llamó sapo rastrero porque no se atrevía a decirle lo que pensaba en su cara. Bueno, entonces él repitió el insulto y Roxanne casi le arrancó los ojos, hasta que él empezó a golpearla. Yo corrí a separarlos, pero aquello era como meterse en una riña de dos gatos. Roxanne estaba bastante lastimada, pero Myers tenía profundas marcas en su cara y en su garganta. No me ofrecí a atender a ninguno de los dos porque supuse que se lo merecían: Myers por abrir la boca, y Roxanne por ir a provocarlo.

–Myers debería tener más cuidado si pretende llegar a una edad madura –comentó Gage–. Provocar a la persona equivocada puede hacer que un hombre lamente amargamente su estupidez.

–El tacto nunca ha sido el punto fuerte de Myers, como ambos sabemos, pero no creo que pueda hacernos ningún daño grave, pues tenemos la verdad de nuestro lado. Gracias a usted Annie está a salvo de sus malos tratos y se ha hecho muy amiga de Calley. La vida de Annie ha cambiado para bien y, si ella está dispuesta, podremos formar nuestra propia familia. Quizás algún día pueda olvidar a ese hijo que le arrebataron. Si usted está de acuerdo, tengo intenciones de devolverle el dinero que gastó en ella.

–Estoy totalmente de acuerdo –respondió Gage, y arqueó una ceja en una torcida expresión interrogativa, pese al dolor de cabeza que sentía–. ¿Nos invitará a su boda?

Colby rió entre dientes.

–Si Annie me acepta.

–Lo aceptará.

El doctor dejó sobre la mesilla de noche un saquito de cuero con monedas y salió silenciosamente del cuarto. En la quietud que siguió, Gage sintió que la mano apoyada sobre su pecho comenzaba a moverse en una lenta caricia y, cuando miró, vio que su esposa le sonreía.

–Señor Thornton, ¿le he dicho alguna vez que usted es algo precioso para mí? –susurró Shemaine.

El corazón de Gage desbordó de dicha.

–¿Significa eso que me amas, Shemaine?

–Sí, señor Thornton. Eso significa que le amo mucho, mucho.

Gage tomó los delgados dedos en su mano y, llevándoselos a los labios, le dio un beso suave.

–Y yo te amo a ti, señora, mucho, mucho.

19

William y Gage Thornton se parecían en otros aspectos, además de su aspecto físico: tal fue la conclusión de Shemaine cuando intentó que se quedaran en la cama más de un día. Si bien Gage seguía con un palpitante dolor de cabeza a la mañana siguiente, hizo sus tareas matinales y volvió a trabajar en el taller de carpintería. Esa misma tarde, mientras Shemaine estaba fuera de la cabaña, lavando ropa en el arroyo, su suegro intentó llegar al retrete, afuera, aunque le habían dejado un orinal a mano. Casi había bajado toda la escalera cuando se sintió débil, perdió el equilibrio y cayó rodando por los peldaños restantes, rompiendo una buena cantidad de los puntos de sutura y provocando una nueva hemorragia. Andrew fue testigo del hecho desde el corredor del fondo y, con los ojos muy abiertos por el pánico que sintió ante esa escena, salió corriendo al porche delantero y llamó a gritos a Shemaine para que volviera rápido y ayudara a su abuelo.

Sus ropas quedaron en desorden, pero cuando Shemaine llegó, William se había cubierto los muslos desnudos con el faldón de la camisa de noche, restaurando en parte su decencia, y estaba sentado al pie de la escalera, apoyado en la pared. Por la mueca de su semblante se advertía el dolor que estaba sufriendo y, sin embargo, no exhaló más que un gemido ahogado cuando Shemaine trató de ayudarle a ponerse de pie. William estaba demasiado débil para colaborar y era demasiado pesado para que ella lo levantara sola, por mucho que Andrew tratase de ayudarla.

–Andy, ve al taller a buscar a tu padre –le ordenó–. ¡Deprisa!

Gage volvió rápidamente con Sly Tucker y, entre los dos, llevaron a William de nuevo a su cama. Su señoría, preocupado por proteger su recato habiendo una dama presente en el cuarto, se subió la sábana hasta la cintura antes de permitir que le quitaran el camisón ensangrentado. Fue Shemaine la encargada de limpiar delicadamente su espalda mientras Gage apretaba con firmeza una toalla sobre la herida, tratando de detener la hemorragia.

–¿Se pondrá bien el abuelo? –preguntó Andrew, afligido, sin animarse a acercarse más allá del último escalón, porque ver tanta sangre lo había asustado.

Shemaine le sonrió, animosa:

–Tu abuelo se pondrá bien, Andy. Es demasiado terco para que le incomode un pequeño contratiempo como éste.

Enrojeciendo de vergüenza, William lanzó una mirada a la muchacha y pronto se convirtió en destinatario de otra mirada muy elocuente. Shemaine no necesitaba regañarlo por lo que había hecho: él mismo sabía que se lo merecía. Y asustar al niño no era más que una parte de ese castigo.

Colby ya estaba haciendo su ronda y llegó poco después, cuando ellos ya habían logrado detener la hemorragia. Se puso furioso al saber que el herido se había levantado de la cama tan poco tiempo después de sufrir una herida de semejante gravedad.

–¡Si vuelve a dejar la cama y se le abren los puntos, no me quedará otro recurso que cauterizarle la herida con un hierro al rojo! ¿Entiende lo que estoy diciendo? No lo remendé para que vaya al retrete y se mate. –En un vehemente despliegue de furia, señaló con el pulgar por encima del hombro para indicarle el elemento indispensable–. ¡Ahí está el orinal para que lo use! ¡Por lo tanto, le pido que me ahorre más viajes para remendarlo!

Haciendo gala de gran coraje, Andrew se había acercado y acurrucado en la cabecera de la cama hasta apoyar la nariz sobre el edredón de plumas. No le gustaba que aquel hombre regañara a su abuelo. Si alguna vez él enfermaba o resultaba herido, no deseaba que llamaran a ese médico.

Colby Ferris no sólo se limitó a criticar a su señoría sino que dirigió una mirada ceñuda a Gage, que estaba ante la palangana, lavándose la sangre de su padre de los antebrazos.

–¿Y usted qué hace fuera de la cama? ¿No le dije que se quedara allí un tiempo?

–Lo hice... sólo un rato –repuso Gage con una sonrisa–. Tenía un trabajo pendiente.

–¡De tal palo tal astilla! –refunfuñó Colby y miró a Shemaine como buscando ayuda–. Tal vez usted logre convencer a estos dos de que obedezcan mis consejos.

Shemaine sonrió y comenzó a poner sábanas limpias en la cama y gasas limpias para que las usara el médico cuando volviera a coser la herida. Recordó uno de los dichos preferidos de James Harper y lo convirtió en una pregunta:

–Doctor Ferris, ¿ha visto alguna vez ponerse el sol por el este?

Echando una mirada al padre y al hijo, Colby apretó los labios en una mueca torcida: ninguno de ellos demostraba el menor remordimiento; era obvio que harían lo que les diera la gana.

–Ya veo a qué se refiere.

–Sin embargo, deberían dar un mejor ejemplo al niño siguiendo más respetuosamente sus consejos –agregó Shemaine, sonriendo a Gage mientras le entregaba una toalla–. Estoy segura de que esperan que Andrew obedezca sus indicaciones, doctor, del mismo modo que mi esposo espera que sus hombres se dejen guiar por su experiencia.

Colby sonrió al comprender que la dama estaba logrando lo que pretendía por medio de suaves razonamientos mucho mejor de lo que él había logrado con sus amonestaciones. Avergonzados por el lamentable ejemplo que habían dado al niño, Gage y William miraron a Andrew. William se volvió un poco para tomar la mano de su nieto y le hizo dar la vuelta a la cama.

–¿Entiendes que me he metido en problemas por no hacerle caso al doctor? –El niño clavaba la vista en el mayor con ojos como platos–. Debería haber sido más considerado con tu madre, porque ahora he manchado de sangre las sábanas y la escalera. Sé que lo que hice te asustó, y lo lamento. Debería haberme quedado en el altillo y no intentar bajar la escalera. Si hubiese hecho eso, ahora no necesitaría más puntos. ¿Entiendes?

El niño asintió con la cabeza y William revolvió su pelo oscuro, haciéndolo sonreír.

Secándose las manos con la toalla, Gage sonrió a su esposa y cedió a sus gentiles argumentos:

–Muy bien, amor mío, iré a decir a mis hombres que trabajen sin mí el resto del día. ¿Te parece bien?

–Saber que vas a descansar aliviará mis preocupaciones. –Shemaine fue hasta él y peinó suavemente con sus dedos el pelo de su marido, palpando la hinchazón que aún se notaba bajo la pulcra sutura–. Ahora que nos hemos encontrado, no quisiera que te sucediera nada.

Se rumoreaba que Gertrude Turnbull Fitch había provocado tal conmoción en Newportes Newes tras la muerte de su padre que los funcionarios de la aldea comenzaron a hacer investigaciones para averiguar su posible complicidad en el plan para destruir el barco de Gage Thornton. Para asegurarse el acceso a una parte de la fortuna de los Turnbull, el capitán Fitch embarcó a la fuerza a su esposa en el *London Pride* y zarpó hacia Inglaterra antes de que alguien decidiera detenerla. Siseando como una serpiente, la mujer lo sometió a un duro castigo verbal, pero Everette se limitó a sonreír, pues ahora que J. Horace Turnbull estaba muerto sus amenazas ya no tenían peso. Fitch se prometió que ése sería el último viaje de Gertrude en el *London Pride,* pues ella había costado más en términos de vidas perdidas de lo que él había logrado sacar de las arcas. James Harper y la tripulación adivinaron las intenciones de su capitán, aunque no se atrevieron a expresar su alivio. Cuando avistaran las costas de Inglaterra y viesen por última vez a la arpía, entonces disfrutarían de una celebración que, mientras tanto, sólo podían soñar.

Al principio, Shemaine y Gage abrigaban la esperanza de que Potts se embarcara también en el *Pride* cuando éste regresó, pero pronto supieron que había saltado del barco y aún estaba en el territorio. Algunos decían que estaba otra vez con Morrisa y, si era así, no resultaba difícil deducir que, con la atenta vigilancia que ejercía Freida sobre sus pupilas y sus clientes, Potts tendría que pagar todos los favores que pudiese estar recibiendo de Morrisa Hatcher. El dinero de un marinero no podía durar demasiado con semejantes lujos, y se suponía que pronto tendría que buscar trabajo o recurrir a medidas drásticas para ganar las monedas necesarias para vivir.

El bienestar de Potts no era muy importante para Shemaine y Gage. Les preocupaban más las amenazas que él había proferido, y veían con temor acercarse rápidamente el día en que ese sujeto volviera a buscar venganza. No pasaba una hora sin que se preguntaran si estaría otra vez en el bosque esperando una oportunidad para matarles.

Poco después de la partida del *London Pride*, Calley dio a luz a una niña y su alegría fue completa. Annie se quedó con ella una semana más, tiempo suficiente para que la mujer reanudase la rutina de su hogar. En los días que siguieron, se organizó una modesta boda para Annie y el doctor Colby Ferris en una iglesia de la aldea. Sólo asistirían unos pocos amigos a la ceremonia, pero todos los demás fueron invitados a un gran banquete en la taberna, que servía la mejor comida del pueblo. El propietario había prometido que aquella tarde no dejaría que Freida y sus chicas ejercieran su oficio en el local, una situación que de ninguna manera complacía a la madama.

Mary Margaret tuvo la gentileza de ofrecerse a cuidar de Andrew y de William mientras Gage y Shemaine asistían a la ceremonia y a la fiesta de bodas. Como lo más probable era que regresaran tarde, la pareja había invitado a la señora McGee a pasar la noche con ellos, para que no tuviera que regresar a su casa a hora muy avanzada. La mujer aceptó de inmediato, aunque a William no le agradó demasiado la idea. Se le erizó el pelo de la nuca ante la perspectiva de que una niñera irlandesa lo cuidase pero, como estaba obligado a no moverse de su estrecha cama por estrictas órdenes del médico, no tuvo escapatoria.

Gage no cedió a las quejas de William:

–He conocido jabalíes salvajes que tenían mejor disposición que tú –dijo, exasperado ya por las continuas quejas de su padre con respecto a que la señora McGee fuese a cuidarlos–. Te has quejado de la incomodidad de tu cama, de lo bajo que está el techo, de lo molesto que es tener que usar el orinal y de una larga lista de cosas más, la menor de las cuales no es que Andrew y tú quedéis al cuidado de la señora McGee, una mujer mayor perfectamente capaz, bondadosa...

–¡Mujer mayor, ja! –resopló William, acomodando a puñetazos la almohada que tenía bajo la cabeza–. ¡Vieja arpía, dirás! ¿Qué es lo que piensa hacer: correr con el orinal cuando lo necesite? ¡Por san Jorge, antes me pudriré en el infierno! –Le resultaba absurdo imaginarse ayudado por una arpía que lo consideraría un inválido y que, en su celo por ser útil, trataría de levantarle el faldón de la camisa de noche cuando él se arrastrara, con las rodillas flojas, hasta la silla del retrete. ¡Hacía demasiado tiempo que estaba preso en ese maldito altillo y por cierto que no necesitaba a ninguna anciana decrépita que le ayudase!–. ¡Maldición Gage, no necesito que me atienda ninguna entrometida!

Gage hizo grandes esfuerzos por no estallar en carcajadas. Podía entender que su padre se pusiera de mal humor por no poder moverse con sus acostumbradas agilidad y energía, pero la herida era grave y tardaría en curar, sin duda mucho más tiempo del que William estaba dispuesto a admitir o, más bien, del que duraría su paciencia.

–La señora McGee vendrá sobre todo por Andrew –afirmó Gage remarcando las palabras, como para que su padre entendiera la necesidad de la presencia de la mujer–. Y si, al mismo tiempo que cuida de él, consiente en servirte la comida o prestarte algún pequeño servicio, te invitaré a que no te resistas más allá de lo conveniente. La señora McGee no es tan vieja que no pueda reñirte si es necesario.

–De todos modos, ¿es muy vieja? –refunfuñó William–. ¡Senil y desaliñada, seguramente!

–En realidad, Mary Margaret es una mujer muy agradable. –Los labios de Gage empezaron a temblar con el cosquilleo de una sonrisa cuando comprendió que su padre estaba bastante más preocupado por la edad de la mujer que por cualquier otra cosa–. Supongo que podríamos haber encontrado a una mujer mucho más joven para cuidarte, pero tal vez no fuese ni la mitad de guapa.

William miró a su hijo con expresión suspicaz, los ojos entornados e insistió:

–¿Cuántos años dijiste que tenía?

Gage se encogió de hombros.

–En realidad no te lo he dicho. No tengo ni idea de su edad. Jamás tuve deseos de preguntársela, pero no creo que sea mucho mayor que tú, en el caso de que lo sea. ¿Cuántos tienes tú, sesenta y cinco? Es posible que tenga esa edad, más o menos.

Andrew subió haciendo retumbar la escalera con una pila de libros y, al llegar al altillo, se acercó de inmediato al catre, donde dejó caer su carga al lado del abuelo.

–Mamá Shimen dice que puedes leerme, si quieres, yayo, porque ella está vistiéndose y en este momento no tiene tiempo. –Apoyando los codos en el borde del camastro, el pequeño puso el mentón en las manos y echó a su abuelo una mirada persuasiva–. ¿Lo harás, eh, yayo?

William no pudo resistir el cálido afecto de su nieto. Aclarándose la voz, adoptó una expresión más benévola con el niño y sus mejillas enrojecieron al echar una mirada a Gage y hacer un ademán vago hacia su baúl de cuero:

–En el compartimiento superior encontrarás unas gafas. ¿Podrías alcanzármelas?

–¡Yo las traeré, abuelito! –exclamó Andrew, ansioso, y corrió hacia el baúl mientras su padre levantaba la tapa y retiraba la cubierta del primer compartimiento.

El niño recibió las gafas junto con la advertencia de ser cuidadoso y volvió con su abuelo, observándolo con curiosidad cuando se las ponía. William miró de soslayo al niño que, intrigado al ver su reflejo en los cristales, se inclinó acercándose al rostro del abuelo.

–¿Ves ahí una pequeña ardilla? –preguntó William con tono cariñoso.

–¡Veo a Andy!

–Me parece que ves una pequeña ardilla –bromeó William, y se le escapó una sonrisa.

–¡No, yayo! –Se señaló con un dedo–. ¡Soy yo! ¡Mamá Shimen me lo muestra en el agua, cuando vamos al estanque! ¡Es Andy!

–De este lado de las gafas yo veo una ardilla.

–¿Puedo mirar?

Andrew casi no podía contenerse cuando apretó su cara junto a la de su abuelo tratando de mirar a través de los cristales desde el punto de vista del otro.

La sonrisa de William se ensanchó cuando miró de costado.

–¿Ves algo?

Cerrando un ojo, Andrew guiñó con más fuerza.

–Sí.
–Entonces deberías usarlas tú, para ver mejor.
Andrew permitió gustoso que su abuelo acomodara las gafas sobre su nariz pero, cuando trató de mirar por los cristales, lo vio todo borroso. Girando la cabeza en una y otra dirección, trató de corregir su visión:
–¡Yayo, no veo nada!
Gage se apretó los nudillos contra la boca para contener la carcajada. Desde donde estaba, las gafas convertían a su hijo en un niño de ojos saltones. De puntillas, atravesó el cuarto en dirección a la escalera y se detuvo para echar una mirada atrás y vio que su padre tomaba el dibujo de una ardilla que había hecho ese mismo día.
Lo sostuvo ante el niño y dijo:
–Ahora, quítate las gafas.
Andrew obedeció y su expresión se tornó eufórica al ver el nítido dibujo:
–¡Oh, yayo! ¡Dibujaste ardilla tan bien como papi dibuja barco!
Gage bajó la escalera con el mismo sigilo con que había cruzado la habitación pues no quería molestarlos, completamente concentrados el uno en el otro. Su corazón se había entibiado al ver a su padre jugando con Andrew, pues estaba convencido de que su padre jamás querría a su nieto. Y ahora lo veía bajo una luz diferente, la que provenía de la curiosidad natural de un niño.
Shemaine alzó la vista cuando Gage entró en el dormitorio compartido y se giró para mostrarle cómo se habían enredado los cordones en la espalda de su corpiño.
–¡Debo de estar engordando! ¡O Victoria estaba como un junco cuando usaba este vestido! ¡Tuve que soltar los cordones para poder respirar, y mira lo que he hecho tratando de ajustarlos!
Acercándose a su esposa por atrás, Gage la rodeó con los brazos y adoptó una expresión pensativa mientras le ponía sus manos sobre los pechos.
–Sí, ahora están más grandes. –Inclinándose sobre el hombro de ella y apartando el escote del busto, espió dentro para admirar la voluptuosa redondez que se alzaba, tentadora, sobre el borde de encaje de la camisa–. Dos melones maduros, listos para ser devorados. Casi no puedo esperar a que volvamos esta noche.

Shemaine proyectó el codo hacia atrás dándole un golpe juguetón en las costillas y le dirigió una sonrisa sobre el hombro, mientras lo regañaba con timidez.

–¡Pórtese bien, señor!

–Con cualquier mujer menos contigo, mi amor –aseguró en voz ronca, dejando un beso tras otro en el cuello–. Eres mi única fuente de placer carnal.

–Me alegro. –Shemaine suspiró, inclinando su cabeza hacia atrás sobre el hombro de él mientras acariciaba las manos esbeltas de su esposo, que volvían a acariciarle los pechos–. No podría soportar compartirte con otra mujer. En ese sentido, soy como Roxanne.

–Sí, señora, pero soy propiedad tuya, no de ella. Tú tienes derecho a sentirlo.

Un leve golpe en la puerta delantera los interrumpió, anunciando la llegada de su invitada. La llamada recordó a Gage que esa noche Andrew tendría compañía en su cuarto y que la pared no era tan gruesa que no dejara pasar el crujido de una cama.

–Esta noche tendremos que probar la alfombra de oso –reflexionó Gage en voz alta, metiendo la mano dentro de la camisa de su esposa para acariciar su redondo pecho–. Si no, Mary Margaret pensará que no podemos parar nunca.

–Ayer ventilé la alfombra –informó Shemaine, alzando hacia él sus ojos risueños y encontrándose con la mirada resplandeciente de él–. Conociendo tu insaciable apetito, consideré las posibles opciones, ya que tendremos a la señora McGee en el cuarto vecino.

–Pensarlo de antemano fue muy listo de tu parte, querida –murmuró Gage, dejando un amoroso beso sobre su frente.

Pasando suave y lentamente los dedos sobre uno de los suaves pezones, retiró la mano y soltó el aliento contenido mientras retrocedía un poco, pero su intento por contener su excitación resultó inútil cuando su esposa estiró la mano hacia atrás para una rápida pasada exploratoria, provocándole una especie de estallido en los genitales. Entonces, con una radiante sonrisa, le echó una mirada triunfal, haciéndole sonreír.

–En efecto, no puedo estar cerca de ti sin que eso me afecte. Si no fuera porque Mary Margaret está esperando en la puerta, haría tiempo para nosotros dos en este mismo momento.

–La invitación queda abierta para cualquier momento, mi amor –susurró Shemaine con sonrisa sensual.

–Más tarde reclamaré el cumplimiento de tu promesa –aseguró Gage con un guiño significativo, mientras enfilaba hacia la puerta.

Gage fue hacia la sala mientras dirigía sus pensamientos hacia algo bastante menos placentero que su bella esposa; cuando llegó a la puerta ya había recuperado el control de sí mismo. Al abrir la puerta principal, Mary Margaret lo saludó con una sonrisa y luego se volvió para saludar a Gillian, que la había traído por el río en la canoa de su padre.

–Te veré mañana –gritó al joven.

Volviéndose hacia su anfitrión, Mary Margaret lo observó de la cabeza a los pies e hizo un gesto de muda aprobación de su atuendo de caballero. Su levita, pantalones, chaleco y medias eran de seda azul oscuro, agradablemente acentuado por una almidonada camisa blanca con jabot y alzacuello.

La invitó a pasar con un ademán, flexionó una pierna en caballeresca reverencia y le sonrió:

–Bienvenida a nuestro hogar, milady.

Mary Margaret devolvió la sonrisa:

–Vaya, apuesto bribón, veo que no has perdido nada de tu buena apariencia desde la última vez que te vi. Por cierto, estás mucho más elegante.

–Me la ha regalado mi padre –admitió Gage, alisando la costosa chaqueta. Ya casi había olvidado el suntuoso tacto de la seda–. Me dijo que su cintura ya no es la de antes y que estas prendas no le van, pero yo no le creo, porque he visto que tiene el mismo tipo que siempre le he conocido.

–Entonces, toma las prendas como un regalo de un padre afectuoso –recomendó la mujer.

Una sonrisa pensativa apareció en los labios de Gage.

–Hasta ahora nunca había pensado en él como un padre afectuoso pero supongo que tendré que cambiar de opinión, teniendo en cuenta que recibió el lanzazo que me iba destinado.

Mary Margaret ladeó la cabeza y sus azules ojos irlandeses chispearon, provocativos.

–¿Me has echado de menos?

–¡Muchísimo! –respondió Gage riendo, mientras entraba la pequeña maleta que la mujer había dejado en el porche y ella se apoyaba en el bastón y miraba alrededor.

–¿Dónde está tu bonita esposa? ¿Y Andrew, dónde está?

Gage hizo un vago ademán hacia el altillo.

–Andrew está arriba, con su abuelo. Puede ir y presentarse usted misma, si lo desea. Shemaine aún no está lista y necesita mis servicios antes de presentarse. –Levantando la maleta para llamar la atención de la visitante, avanzó hacia la puerta del dormitorio–. Pondré esto en la habitación de Andrew por si usted llegara a necesitarla. Ya he colocado la cama plegable; dejaré la maleta junto a la cama en la que usted dormirá esta noche. La cama más alta será más conveniente para usted.

Mary Margaret elevó la mirada al oír el murmullo de una voz de bajo que llegaba desde el altillo. Se le ocurrió que tenía un sonido agradable pero no tardó en presentar a Gage una de sus preocupaciones:

–¿Estás seguro de que no molestaré a Andrew si esta noche duermo en su cuarto?

–Disfrutará de su compañía –tranquilizó él–. Se ha sentido un poco solo desde que pusimos una pared entre nuestros cuartos.

–No tengo dudas de que el pequeño tendrá pronto un hermano –reflexionó en voz alta Mary Margaret, volviendo la vista hacia Gage–. Seguramente eso ayudará a aliviar su soledad.

Sonriendo, Gage arqueó una ceja con expresión interrogante.

–¿Quién esperaba ver crecer el vientre de Shemaine? –bromeó, alzando las cejas –. Tendrá que darnos un tiempo, Mary Margaret.

–¡Como si no hubieras tenido bastante, bribón! –respondió con un cloqueo–. ¿Cuánto tiempo necesitas?

–Digamos un mes o dos... o quizá más.

Mary Margaret agitó una mano como desechando el argumento.

–Si no hubieses estado perdiendo el tiempo ya sabrías si tu esposa está embarazada o no. –Lo miró con más atención, suspicaz–. Aunque en realidad siempre has sido un poco reservado, Gage Thornton; creo que no lo dirás hasta que podamos verlo con nuestros ojos.

–¿Acaso le negaría a usted un secreto tan importante? –preguntó en tono afectuoso.

Mary Margaret respondió con un exagerado resoplido:

–¡Puedes apostar tu pellejo a que lo harías!

Reprimiendo una sonrisa y oyendo reír entre dientes a su anfitrión, la mujer dio unos pasos hacia el corredor del fondo y luego, recordando un asunto de mayor importancia, se volvió para reclamar otra vez la atención de Gage, que había llegado junto a la puerta del dormitorio. Y si bien se resistía a transmitir malas noticias al hogar de los Thornton tan poco tiempo después del altercado con Horace Turnbull, estaba convencida de que sus amigos debían saberlo:

–Supongo que no sabrás que Samuel Myers desapareció hace un par de días...

Gage la miró, perplejo.

–¿Quiere decir que se ha ido de Newportes Newes?

–Sólo en espíritu.

Gage enarcó las cejas.

–¿A qué se refiere?

–Esta mañana encontraron al señor Myers en su pozo. Tenía el cuello roto –suspiró, pensativa–. Jamás hubiese sido descubierto si no fuese porque uno de sus pies quedó enganchado en la cuerda del cubo.

La mandíbula de Gage adquirió un sesgo reflexivo.

–Supongo que no se habrá roto el cuello al caer.

–Lo más probable es que lo hayan arrojado allí. Alma Pettycomb dijo que el otro día fue a ver al señor Myers y lo encontró riñendo con su vecino, el doctor Ferris. Al parecer, estaban discutiendo acerca de Annie. Myers sostenía que usted lo había engañado y Colby decía que él era un tunante y un mentiroso desvergonzado.

Gage hizo una mueca sombría.

–Así que ahora la señora Pettycomb señala a Colby como el asesino.

Mary Margaret hizo un gesto afirmativo con la cabeza.

–Está muy impresionada con el hecho de que tu padre sea lord y, por ahora, te ha dado una tregua. De lo contrario, también te culparía de eso.

–Muy bondadoso de su parte –dijo Gage, irónico.

–No tanto.

Gage, sintiendo que faltaba algo más, la miró.

–Alma dice que Shemaine no es una esposa adecuada para ti, por ser convicta y todo eso.

–¡Qué lástima que a alguien no se le ocurrió echar a la señora Pettycomb a un pozo! –gruñó Gage, exasperado.

–Sí, quizás alguien sienta la tentación de hacerlo un día de éstos, aunque yo preferiría que no fuese ninguno de mis amigos.

Mary Margaret miró significativamente al hombre hasta que él captó todo el peso de sus palabras y rió, tranquilizándola con un gesto negativo de la cabeza.

–No se preocupe, Mary Margaret, no arruinaría mi vida matando a esa vieja corneja. No me molesta tanto.

–Qué bien. –Mary Margaret sonrió aliviada y, levantando el bastón, señaló hacia el corredor–. Tu padre está visible, ¿verdad?

–En realidad, no –bromeó Gage, dándole un significado completamente diferente a la pregunta–. Es muy probable que en este preciso momento sea capaz de arriesgarse con Potts y vencerlo. Se lo advierto.

La sonrisa de Mary Margaret no vaciló cuando echó un vistazo en dirección a la escalera.

–Creo que puedo cuidarme sola.

–Nunca tuve la menor duda, señora.

Con un cloqueo, la irlandesa hizo un florido ademán indicándole que fuera al dormitorio; ella siguió su camino hacia el altillo. Al llegar al último escalón, golpeó con la punta del bastón en el suelo para anunciar su presencia.

–Soy Mary Margaret McGee, que viene a ver al caballero en este cuarto de la planta alta.

–¡Señorita McGee! –exclamó Andrew, saltando de la cama de su abuelo.

Corrió al encuentro de la mujer y, tomando su mano, la llevó hacia el camastro.

William se apresuró a quitarse las gafas, las puso en el bolsillo del camisón y se subió la sábana hasta el mentón; sólo entonces miró alrededor, ceñudo. La perspectiva de tener a su disposición a una vieja regañona lo había puesto de mal humor pero, al poner sus ojos sobre la esbelta y agraciada mujer, cambió inmediatamente de opinión. Trató de erguirse más en la almohada, pero un dolor terrible lo recorrió desde la espalda hasta el pecho, y cayó sobre la cama con el rostro crispado.

–Perdóneme, señora –se disculpó William algo incómodo, cuando ella se acercó–. No tengo fuerzas para levantarme y recibirla con cortesía. Estar en esta cama sin tregua desde hace tanto tiempo se ha cobrado su tributo.

–No es necesario que se moleste, milord –aseguró Mary Margaret con dulce sonrisa–. Estoy bien al corriente de su enfermedad y no lo culpo.

Recorrió con la vista la larga figura yacente y, por una vez en la vida, estuvo de acuerdo con la señora Pettycomb: era un espécimen admirable para ser un lord inglés. Claro que ella siempre había considerado a Gage Thornton un hombre excepcionalmente apuesto; sin duda, había un parecido impresionante entre padre e hijo.

–Estaba leyendo a mi nieto –explicó William, recogiendo algunos de los libros que Andrew había llevado a su cama.

–Por favor, continúe –propuso ella, apoyando una mano sobre el hombro del pequeño–. Estoy segura de que a Andrew le encanta. Mientras tanto, yo iré abajo y prepararé un poco de té. Si conozco a Shemaine, debe de haber dejado algunas tortas o bollos para servir con el té.

Con una palmada afectuosa en el hombro de Andrew, fue hacia la escalera.

–¿Señora McGee...?

El propio William se asombró por la urgencia que sonaba en su voz y se reprendió por haberse vuelto tan torpe con las mujeres. Tal vez había pasado demasiado tiempo viudo y prestado demasiada atención a sus empresas de construcción naval, porque había perdido la mayor parte de esas gracias sociales que son tan atractivas a las mujeres. En los años que siguieron a la muerte de su esposa, se había vuelto duro, tosco e irascible. No era de extrañar que le costara hablar con el bello sexo.

Mary Margaret se acercó al catre y lo miró, interrogante:

–¿Necesita algo, milord?

Él le dirigió una mirada fugaz, vacilante pero, al toparse con esos ojos de un azul más intenso que el del cielo, se atrevió a sostenerle la mirada.

–Me preguntaba si sabría usted jugar a los naipes...

Los ojos azules chispearon y la mujer, alzando su pequeño mentón afilado, lo desafió:

–Suficiente para dar una paliza a su señoría, ciertamente.

William sonrió con el mismo encanto que su nieto:

–Es aburrido estar aquí solo. Quizá, después de que Andrew esté acostado, usted podría considerar la idea de jugar un par de partidas...

Mary Margaret inclinó su elegante cabeza blanca muy levemente pero el brillo de sus ojos fue intenso:

–Un par de partidas... o incluso tres...

Shemaine y Gage estaban saliendo de su dormitorio cuando Mary Margaret apareció en el corredor y se dirigió a la cocina. La mujer se detuvo a admirar a la joven beldad que iba vestida de seda de color turquesa intenso, con el que había sido el vestido más bonito de Victoria. Recordó con claridad la belleza de la dueña anterior el día que lo había llevado; aun así, era mucho menos que la de la actual. Una fina cinta de color turquesa adornaba el esbelto cuello de Shemaine y de sus orejas pendían unas perlas en forma de gota, un regalo que Gage había hecho recientemente a su desposada. Su rojo pelo estaba recogido en la coronilla, bajo una gorra de encaje blanco. Unos finos bucles que escapaban de la gorra rodeaban su rostro dando una adorable suavidad al conjunto. Un chal de encaje envolvía sus hombros.

–Hacéis una pareja muy hermosa –declaró Mary Margaret con entusiasmo–. ¡La más hermosa que he visto!

Shemaine hizo una breve reverencia.

–Es usted tan amable como siempre, señora McGee.

La irlandesa lanzó una suave exclamación.

–No creas que os estoy llenando la cabeza con mentiras porque no tengo nada que hacer, queridita. He sido sincera y te pido que no lo olvides.

Con una carcajada, Shemaine ejecutó una reverencia más profunda.

–No lo olvidaré, señora McGee, y se lo agradezco.

Shemaine la dejó y subió corriendo para ver si William necesitaba algo antes de que ella y Gage se marcharan. Cuando apareció a la vista de su suegro, él se quitó las gafas y la contempló con expresión admirativa.

–Me pregunto si Maurice du Mercer ha comprendido lo que falta en su vida –reflexionó su señoría en voz alta cuando ella empezaba a mullir las almohadas.

–Estoy segura de que, a estas alturas, Maurice está agobiado con invitaciones de padres ansiosos de conseguir un buen candidato para sus hijas. Más aún, es probable que ya haya elegido a alguna joven dama como prometida.

–Me resulta difícil creer que Maurice la haya olvidado con tanta facilidad, querida mía, pero su mala fortuna se ha convertido en ventaja para mi hijo.

Shemaine no sentía deseos de hablar de su antiguo pretendiente mientras su marido la esperaba.

–¿Le molesta mucho que lo dejemos con la señora McGee? Es una dama encantadora.

En ese momento, William no sentía inclinación de comentar su cambio de actitud hacia la viuda, como Shemaine se la había presentado al marqués.

–No te preocupes por mí. Andrew y yo nos las arreglaremos.

Shemaine no quedó satisfecha con la respuesta, pero sintió el impulso de inclinarse y depositar un beso indulgente en la frente de su suegro, haciéndolo arquear las cejas, sorprendido.

–Volveremos tan pronto como podamos –murmuró, dándole una palmada en la mano para luego volverse y dar un beso y un abrazo a Andrew. En el rellano, giró la cabeza y sonrió a ambos–: Portaos bien, de lo contrario la señora McGee me lo dirá.

A Andrew le hizo gracia la idea de que advirtiesen a su abuelo que se portara bien. William le guiñó un ojo y, poniéndose las gafas, tomó otro libro y acomodó al pequeño junto a él para volver a la lectura.

20

La ceremonia nupcial que unió a Annie Carver y al doctor Colby Ferris fue una celebración dichosa. Shemaine nunca había visto tan arrebatadora a su amiga. El vestido azul claro que Colby había encargado a una modista para su novia destacaba los colores de Annie, confiriendo un resplandor vibrante a su piel mate y sus ojos grises. Su pelo castaño y liso estaba trenzado con cintas azules y recogido diestramente en la coronilla. Miles Becker, amigo íntimo del doctor, había hecho un par de elegantes sandalias para ella y se las obsequió como regalo de bodas.

Colby Ferris también había sufrido una transformación: la sempiterna barba de tres días, que solía acentuar sus rasgos macilentos, había sido afeitada y su pelo gris estaba pulcramente recortado y atado en una cola con una cinta negra. Un traje cortado por un sastre, de color gris oscuro, daba una apariencia más digna a su alto cuerpo desgarbado.

Los votos fueron pronunciados en voz baja y luego, tras sellar la promesa con una sortija y un beso inseguro, Annie y Colby se arrodillaron para recibir la bendición del sacerdote. Unidos en sagrado matrimonio, se levantaron y se dieron la vuelta para presentarse ante sus amigos.

–Señoras y señores, les presento al doctor Ferris y a su señora.

Los invitados respondieron con animados aplausos, y exclamaciones de *¡Bravo, bravo!* retumbaron en la iglesia. Gage y Shemaine se unieron a Calley y Ramsey para presentar sus felicitaciones a los recién casados. Con lágrimas de alegría en los ojos, Annie abrazó a Shemaine y la estrechó contra ella.

–Milady, ¿alguna vez imaginaste que seríamos tan felices en esta tierra?

–No, Annie –murmuró Shemaine riendo y devolviéndole el abrazo–. Jamás me he atrevido a creer que de mi apresamiento podría derivar semejante felicidad hasta que Gage me compró y me llevó a su casa. Entonces, mi vida volvió a comenzar. –Dio un paso atrás y sonrió a su menuda amiga–. Ojalá que Colby y tú tengáis toda la felicidad del mundo, Annie... y muchos niños hermosos.

Lanzando una mirada tímida a Colby, Annie se ruborizó.

–Tú me has conocido con un niño; tal vez te parezca extraño que lo diga, pero yo he estado con un hombre una sola vez en mi vida. Te aseguro que estoy tan nerviosa como una virgen.

Shemaine sonrió.

–Estoy segura de que Colby será muy tierno contigo, Annie... tal como lo fue con Calley cuando trajo a su hija al mundo. ¿Viste lo cuidadoso que fue? ¿Puedes imaginarlo siendo brutal contigo?

Annie negó con la cabeza.

–No, milady.

–No te preocupes, entonces.

Retrocediendo para permitir que los demás conversaran con Annie, Shemaine enlazó su brazo al de su marido y le sonrió con ojos resplandecientes.

–Annie me ayuda a comprender lo afortunada que soy.

–¿No te pesa haber dejado Inglaterra, amor mío? –preguntó Gage con ternura, apoyando una mano sobre la que ella tenía en su brazo.

La cabeza de vivo color se inclinó hacia delante y la mujer tragó para deshacer el nudo que tenía en la garganta.

–Mi único pesar es que echo mucho, mucho de menos a mis padres.

–Tal vez podamos visitarlos una vez venda el barco –dijo él–. ¿Te gustaría?

Shemaine asintió con la cabeza en un gesto vehemente y luego se abanicó con el pañuelo sintiéndose un poco débil.

–Hace mucho calor aquí, ¿no te parece, Gage?

Gage rozó con un dedo el costado de la cara de ella.

–Tienes las mejillas calientes.

–Tú tienes la culpa –murmuró con una sonrisa, y sumiendo su mirada en la calidez de la de él.

–¿Quieres salir a tomar un poco de aire fresco?

–Sí, vamos.

Mucho más tarde, cuando todos hubieron derramado sus bendiciones y buenos deseos sobre la pareja, Annie volvió a buscar a Shemaine al patio de la iglesia. Hasta ese momento, Annie había evitado hablar en detalle de los sucesos que habían llevado a su detención porque esos recuerdos le resultaban demasiado dolorosos para evocarlos, pero ya se sentía un poco más relajada en relación con su pasado.

–Milady, esta tierra y algunos de sus habitantes me han brindado un nuevo comienzo. Heme aquí, casada al fin, y con cierta esperanza en el futuro. –Admirando su vestido, la mujercilla alisó las mangas con sus manos ásperas por el trabajo–. En Inglaterra, jamás pude tener algo como esto. Cuando mi madre enfermó nos quedamos sin un céntimo. Pedí al hombre que trabajaba en la herboristería que me diese las hierbas que mi madre necesitaba, porque estaba muy enferma. Me dijo que me las daría si me acostaba con él. Fue tan rudo que me eché a llorar antes de que todo acabase. Entonces se enfadó mucho y me abofeteó para que me callara. Después, me calificó de pequeña ramera por haber vendido mi virginidad a cambio de un puñado de hierbas. A continuación, me echó sin darme una hoja siquiera, diciendo que no merecía nada porque lo había fastidiado mientras él estaba gozando. Yo me puse a aporrear la puerta rogándole que me diera las hierbas, pero no contestó. Después, descubrí que estaba embarazada. Cuando faltaba poco para el parto volví a pedirle ayuda, porque mi madre había empeorado mucho. Él rió y me dijo que el bebé era asunto mío y no suyo. Me puso tan furiosa que lo golpeé en la cabeza con una pesada redoma y le robé las hierbas. Cuando volví junto a mi madre, ella ya había muerto. Di a luz a mi hijo esa misma noche. Me oculté por un tiempo sin saber adónde ir, pero el padre de mi hijo me vio mendigando en la calle y, poco tiempo después, me hizo detener.

Shemaine parpadeó para ahuyentar las lágrimas que se habían agolpado en sus ojos y, acercándose a su amiga, la estrechó en un largo abrazo.

–¿Le has contado a Colby lo que te sucedió?

Annie asintió con la cabeza, sollozando.
–Tenía que hacerlo, milady. No podía casarme sin desnudarme por completo ante él. Me dijo que me amaba igual, y que empezaríamos de nuevo los dos juntos. Crearemos una familia y envejeceremos juntos.
Shemaine sonrió con dulzura:
–Al parecer, has tenido la fortuna de encontrar un esposo amante y cariñoso, Annie.
Reuniéndose con ellas, Colby pasó un brazo sobre los hombros de su desposada.
–Nuestros invitados están yendo hacia la taberna, Annie. Será conveniente que nos adelantemos, que estemos allí para recibirlos.
Cuando se marcharon, Shemaine miró alrededor en busca de Gage y sonrió al sentir una presencia que se acercaba desde atrás y ver unos brazos enfundados en azul que la rodeaban.
–¿Me buscas, señora? –susurró él en su oído.
La respuesta fue precedida por un suspiro de dicha:
–Sólo si eres el hombre de mis sueños.
–Dime, señora, ¿qué aspecto tiene el hombre de tus sueños?
–Alto, pelo oscuro, ojos castaño claro... demasiado apuesto para que yo pueda resistirme a él.
–¿Acaso querrías?
–No, nunca. Ansío sus caricias hasta cuando estoy con otras personas.
Gage acarició suavemente sus brazos.
–¿Se conformará con mis caricias, señora?
–Sólo hasta que podamos volver a nuestra cama y yo consiga abrazar otra vez al hombre de mis sueños.
–Podemos irnos ahora, amor mío –sugirió Gage, encontrando atractiva la idea–. No creo que aquí pueda suceder nada tan tentador como eso que dices.
–Si nos fuésemos ahora, tu padre y la señora McGee aún estarían levantados –señaló Shemaine–. Se preguntarían por qué hemos vuelto a casa tan temprano y, sin duda, querrían conversar. Ya sea aquí o allá, tendremos que esperar. Además, Annie espera que estemos con ella para compartir su felicidad.
Gage cedió a los argumentos de su esposa.

–Como tú desees, señora mía. ¿Vamos andando hasta la taberna o traigo el calesín?

–Creo que podríamos andar –contestó Shemaine y le dirigió una sonrisa coqueta por encima del hombro–. Normalmente no puedo pasearme por la acera a paso tranquilo y ver cómo todas las mujeres te comen con los ojos.

–Es porque yo me afano en mantenerte alejada de todos los hombres de la aldea –replicó Gage–. Te miran demasiado, y yo podría perder la paciencia.

–No es necesario, mi amor, porque mis ojos sólo te ven a ti.

Galante, Gage le ofreció el brazo y la condujo hacia la taberna. Estaban tan sumidos el uno en el otro que no vieron acercarse a Alma Pettycomb hasta que casi tropezaron con ella y con el hombre que la acompañaba. Por una vez, la mujer parecía demasiado ocupada con sus propios asuntos para meterse en los ajenos. Refunfuñaba y se retorcía caminando junto a su marido, que mantenía un semblante pétreo, sin hacer demasiado caso de sus murmuraciones.

–¡Te lo dije, Sidney! ¡Quiero ir al muelle a ver ese nuevo barco que ha llegado a puerto! –Al no recibir respuesta, le tiró de la manga de la chaqueta–. ¿Me has oído, Sidney?

–¿Quién podría no oírte?

–¿Eso es todo?

–¡Quiero cenar, mujer! ¡Y no se discute más! Estoy harto de tu eterno callejear, de que metas la nariz en los asuntos de todo el mundo. He decidido que, de ahora en adelante, cambiarás de proceder o de lo contrario tendrás que responder ante mí. Colby Ferris es amigo mío, y me siento muy avergonzado de que exageraras una insignificante discusión que él tuvo con ese repelente de Samuel Myers. Por tu culpa, no pude decidirme a asistir a la boda de mi amigo hasta no haber hecho algún esfuerzo para poner orden en mi propia casa. Soy un hombre temeroso de Dios, señora, pero te aseguro que habrá un escándalo si, de ahora en adelante, no mantienes la boca cerrada. Y si piensas que estoy hablando por hablar, tal vez me decida a darte con un palo en el trasero, para demostrarte que lo digo en serio.

Alma lanzó una exclamación indignada.

–¡No te atreverás!

Volviendo apenas la cabeza, Sidney Pettycomb alzó una ceja y la miró fijamente.

–Soy hombre de palabra, señora. Si oigo un solo rumor más de que has difamado a otra persona, pagarás las consecuencias.

Cuando se acercaron a la pareja más joven, Sidney se quitó cortésmente el sombrero y saludó primero a Gage, luego a Shemaine. Los dos quedaron estupefactos por lo que acababan de oír, y su esperanza creció más aún cuando Sidney les habló:

–Dé mis saludos a Colby, por favor, Gage. Le he enviado un regalo pero mi mejor presente de bodas está en elaboración.

Conteniendo las ganas de sonreír, Gage hizo una breve inclinación comprometiéndose a llevar el recado e interpretando a su modo el otro regalo de Sidney que, según sospechaba, beneficiaría a todos.

Se había contratado a unos músicos para que tocaran durante el festejo, y una gran cantidad de pacientes fieles, amigos y conocidos habían acudido al banquete. Gage estaba asombrado de que viviese tanta gente en la región pero, a juzgar por la gran cantidad de personas que habían acudido a presentar sus buenos deseos, era evidente que a Colby Ferris no le faltaban seguidores ni amigos. Ramsey y Calley Tate, llevando a la recién nacida en una cesta acolchada, habían llegado desde la iglesia para unirse a la fiesta. Al ver a los Tate y los Thornton, Colby los llamó y los invitó a sentarse con él, de modo que Annie tuviese la consoladora compañía de sus amigos íntimos.

Aunque la comida era abundante y deliciosa, Shemaine sintió que el aire pesado de la taberna, espeso y lleno de olores mezclados, disminuía su apetito: el desagradable olor del sudor masculino, estiércol de caballo arrastrado por las pisadas, los diversos aromas de los platos servidos sobre las largas mesas y la dominante fragancia del agua de colonia con que una matrona se había perfumado generosamente. El humo del fogón donde se asaba otro cochinillo dificultaba su respiración. Sintió náuseas y se apretó un pañuelo perfumado en las mejillas húmedas y frías, y luego en la nariz. La tenue barrera sirvió unos momentos hasta que un montañés empujó sin querer su silla y su brazo haciendo caer su pañuelo sobre el regazo. Una vaharada de olor del hombre, que se inclinó para pedirle disculpas, estuvo a punto de perderla, porque apestaba a todo lo que ella estaba tratando de evitar. El individuo se alejó y, sumida en cierto pánico, Shemaine se inclinó hacia delante para excusarse ante sus compañeros de mesa.

–Si me disculpan, necesito un poco de aire –dijo. Cuidando de no mirar los platos, se puso de pie y, cuando se volvió sin ruido hacia Gage, él ya estaba junto a ella. Apoyó una mano trémula sobre el pecho de su esposo y le rogó en voz baja–: Quédate y termina de comer. No tardaré.

Gage tomó su mano.

–Señora mía, no me gustaría que los marinos y los pasajeros recién llegados te tomaran por una de las prostitutas que frecuentan el lugar.

Comprendiendo lo prudente de su preocupación, Shemaine accedió y permitió que él la llevara fuera. Tras aspirar varias bocanadas del aire del atardecer, Shemaine obtuvo rápido alivio, y comenzó a sentirse mejor caminando junto a su marido. Yendo al azar hacia el linde del pueblo, Shemaine contempló los escaparates ante los cuales pasaban, y de vez en cuando señalaba a Gage algo que le había llamado la atención. Gozaba de ese tranquilo paseo compartido y sentía un gran orgullo de ir del brazo de su esposo.

Los pasajeros del barco recién arribado ya comenzaban a llegar desde el puerto. Algunos parecían tener mucha prisa por llegar al centro de la aldea. Un caballero alto, de pelo oscuro, elegantemente vestido, iba delante de todos. Sus largas piernas se lo habían posibilitado; era claro que su bastón con puntera de plata era más un lujo que una ayuda para caminar. Sus pasos eran largos y seguros y, con la cabeza en un ángulo airoso, miró alrededor como buscando algo o a alguien. Cuando vio a los Thornton desde lejos, se detuvo de repente y ladeó la cabeza como para observar mejor, clavando la vista en Shemaine. Visiblemente confundido, reanudó la marcha pero a paso más lento, más inseguro.

Al llegar al final de la acera, Gage se volvió y poniendo la mano de Shemaine en el ángulo de su brazo, le preguntó:

–¿Te sientes mejor, cariño?

–Sí.

–¿Necesitas más aire?

–Si no te molesta...

–Cualquier cosa, mi amor –respondió, con una sonrisa.

Gage oyó el sonido de pisadas que corrían tras él y, al mirar por encima del hombro, vio a un caballero ricamente ataviado que se acercaba a ellos a toda velocidad. No había manera de confundirse: la mirada del hombre se dirigía recto hacia Shemaine.

La audacia del sujeto hizo gruñir por lo bajo a Gage.

–¿Qué es esto? ¿Un recién llegado que ya está prendado de ti? –dijo en voz baja.

La pregunta de su esposo atrajo la mirada de Shemaine hacia atrás, permitiendo así que el hombre la viese de perfil.

–¡Shemaine! ¡Shemaine! ¡Por Dios, eres tú!

–¿Maurice?

Reconociendo la voz se volvió, confundida y de repente ahí estaba su antiguo prometido arrojando su bastón y alzándola en sus brazos. Haciéndola girar en círculos, la levantó por completo del suelo.

–¡Shemaine, creímos que jamás te encontraríamos! –gritó, mientras seguía girando–. ¡Por pura casualidad, tu madre vio a una mujer que llevaba tus botas y la sobornó para que le dijese cómo las había conseguido!

–¿Qué hace? –ladró Gage.

Había reconocido el nombre y, al ver las hermosas y aristocráticas facciones del hombre, se sintió en serio riesgo de perder el corazón de su esposa a manos de su anterior prometido.

–¡Maurice, déjame! ¡Por el amor de Dios, déjame ahora mismo! –exclamó Shemaine, apretando su pañuelo contra la boca y sintiendo que su mundo giraba locamente.

El marqués obedeció y quedó completamente aturdido, viendo cómo Shemaine se alejaba tambaleante hacia el borde de la acera. Inhalando grandes bocanadas de aire, luchó con valor para reprimir lo que le subía a la garganta, aunque tenía la sensación de que el pueblo se inclinaba en un ángulo agudo ante ella. Su estómago se rebeló y extendió una mano hacia atrás, llamando a Gage a su lado.

Maurice la contemplaba impotente, confundido, resentido, viendo cómo ese desconocido pasaba un brazo por esa cintura que él había rodeado en otro tiempo, y cómo posaba una mano sobre la frente tersa que él había besado. Esa familiaridad con su prometida encendió su ira y estuvo a punto de dar un paso adelante para protestar, pero al fin captó el ruego de su prometida, que trataba de contener una arcada tras un pañuelo de encaje.

Maurice se puso en acción: corrió hasta un abrevadero de caballos, humedeció su pañuelo y regresó para ofrecerlo a la mujer. Shemaine hizo un débil gesto de agradecimiento y se enjugó la cara, apoyada en Gage. Éste apartó un mechón de su cara abochornada, pasó un brazo alrededor de su cintura y ella apoyó la cabeza contra el muro sólido de su pecho.

La intimidad del abrazo de Gage hizo que el anterior novio de Shemaine frunciera el ceño sombríamente, pero eso no fue todo, de ninguna manera.

–¿Qué diablos está pasando aquí? –preguntó otra voz desde la calle principal, quitando a Maurice esas palabras de la boca.

–¿Papá? –Shemaine alzó la cabeza y miró a su alrededor buscando el rostro amado. No habría confundido nunca esa voz, y cuando sus ojos se posaron sobre el hombre bajo, nervudo, vestido con esmero, que estaba en medio de la calle, los brazos en jarras, las piernas separadas, lo confirmó: era su padre–. ¡Papá! ¡Oh, papá!

Casi bailando en el borde de la acera, le hizo señas de que se acercara y, en cuatro largas zancadas, Shemus O'Hearn estuvo allí, estrechando a su hija en un abrazo. Las cejas de Gage se elevaron y retrocedió a respetuosa distancia, pasando a segundo plano durante un momento.

–¿Quién demonios es usted, de todos modos? –quiso saber Maurice du Mercer, avanzando hacia Gage y, sin darle tiempo a responder, explicó con aspereza–: Cuando comenzamos a hacer averiguaciones en Newgate después de encontrar las botas de Shemaine, nos dijeron que había sido embarcada en el *London Pride*. Tuvimos la fortuna de cruzarnos con el *Pride* mientras navegábamos hacia aquí; hicimos que nuestro capitán interceptara a ese barco. Cuando pudimos hablar con él, el capitán Fitch nos dijo que Shemaine había sido vendida como sierva contratada a un colono llamado Gage Thornton, aquí, en Newportes Newes. ¿Es usted ese individuo?

–Sí, el mismo.

El rostro de Maurice se puso tenso de irritación.

–Además, el contramaestre del *Pride* nos informó que había oído rumores en el pueblo de que el colono que compró a Shemaine había asesinado a su primera esposa.

–Se rumoreaba –accedió Gage, sin vacilar–. ¡Pero nunca pudo demostrarse nada porque yo no la maté!

Maurice hizo un movimiento desdeñoso con la cabeza.

–¿Por qué será que no le creo?

–Quizá porque no quiere –repuso Gage.

–Cierto, no quiero. ¡Lo que en verdad quiero es derribarlo de un puñetazo!

Fue notable cómo se enfrió la mirada de Gage al devolver la mirada al marqués:

–Cuando quiera.

–¡Shemaine!

El grito de una voz femenina atrajo la atención de todos ellos hacia una mujer menuda, delgada, de claro pelo rubio, que caminaba deprisa por la calle principal hacia Shemaine y su padre. A su lado iban dos mujeres vestidas como criadas que se esforzaban por seguirle el paso, una más vieja y regordeta, de pelo gris, y la otra, de unos treinta años.

–¡Mamá! –exclamó Shemaine, y fue arrastrada de inmediato por su padre hacia la calle principal.

Se hizo a un lado para dar paso a un carro con su caballería, agitó la mano saludando a su madre y luego, cuando el vehículo hubo pasado, se unieron dando un grito de alegría. Confundidas en un apretado abrazo, en medio del camino, no les importaron los jinetes y carruajes que pasaban por delante y por detrás de ellas. El vehemente abrazo aflojó un poco para poder tocarse y contemplarse como si trataran de dar cabida en sus mentes que estaban juntas otra vez.

La vieja criada lloraba, esperando ansiosa su turno y, cuando se sonó ruidosamente con un pañuelo, por fin Shemaine advirtió que también estaba allí la vieja cocinera. Volviéndose hacia ella, Shemaine la abrazó, jubilosa.

–¡Oh, Bess! ¡Qué maravilloso verte! ¡A todos! –Con una alegre carcajada, se apartó y abrazó a la criada más joven, que se había acercado a reclamar su atención–. ¡Nola! Por Dios, ¿qué estáis haciendo aquí?

Su madre se apresuró a explicar:

–En tu ausencia, he usado de los servicios de Nola, Shemaine, porque mi vieja Sophy cayó enferma. Pero volverá a ser tuya en cuanto regresemos a Inglaterra.

Shemaine miró a su alrededor y, extendiendo la mano hacia Gage, lo invitó a acercarse a ella. Su padre y Maurice, en quienes se había despertado una aversión inmediata al colono, lo siguieron, pegados a sus talones. Lo que no podían tolerar era el modo familiar en que trataba a la mujer que tanto querían como hija y como novia.

–Mamá... papá... Maurice... –Shemaine paseó fugazmente su mirada por cada uno de ellos y luego enlazó con gesto decidido su brazo en el de Gage, atrayéndolo hacia ella–. Éste es mi marido, Gage Thornton.

–¡Tu marido! –exclamó Maurice–. ¡Pero estabas prometida!

Aferrando a Gage del hombro, Shemus lo hizo girar hasta que quedaron de frente, y no le importó que el colono fuese una cabeza más alto. El hombre mayor lo tomó de las solapas y lo miró, ceñudo, con toda la furia de un padre indignado. Hasta su rizado pelo rojo, que se había aclarado con los años, parecía erizado por la ira.

–¿Qué pretendía, casándose con mi hija sin mi consentimiento?

Shemaine se aferró la garganta con una mano temblorosa.

–¡No, papá!

–No necesitaba su consentimiento –respondió Gage con aplomo. Aferrando la muñeca del otro, apartó la mano crispada de su levita–. Shemaine ya era mía.

Maurice se acercó a los dos, que sostenían un duelo de miradas como sables, e informó brutalmente a Shemus:

–Él fue quien compró sus documentos... aquel que mencionó el capitán Fitch. El uxoricida, según lo que dijo el contramaestre. ¡Es evidente que este colono obligó a Shemaine a casarse con él!

–¡No! –Acongojada, Shemaine se cubrió la cara con las manos pues el mundo que, hasta unos momentos atrás parecía un paraíso, ahora era un infierno. Dirigiéndose a su madre, le suplicó ayuda–: ¡No ha matado a nadie, mamá! ¡Él me pidió que me casara con él y yo acepté porque quise!

Camille estaba tan perpleja como su marido, pero se adelantó y apoyó una mano con gesto dulce en el brazo de Shemus:

–El camino no es lugar para ponernos a resolver esta cuestión, querido mío. Debemos buscar un sitio cerrado; tal vez sea suficiente con un cuarto en una posada.

–Perdón, señora –propuso Gage, rígido–. Han llegado varios barcos aquí, últimamente, y habiendo una sola posada en el pueblo, dudo de que encuentren lugar; ni siquiera para uno de ustedes.

–Pero ¿adónde iremos? –Esta vez fue la madre la que acudió a la hija–. Somos muchos y hemos venido desde muy lejos. ¿Qué podemos hacer?

Shemaine recurrió a su marido, diciéndole en tono quedo:

–¿Crees que la señora McGee consentiría en recibirlos?

Si no hubiera sido por su esposa, con mucho gusto Gage los hubiese dejado dormir en la calle.

–Tal vez mañana, pero ¿qué harán esta noche, Shemaine? Será tarde antes de que regresemos a casa. No podemos sacar a nuestra invitada de la cama e imponerle la responsabilidad de regresar a la aldea y abrir su casa a personas que son desconocidas para ella. Sería pedir demasiado a la anciana.

–¿Habría algún modo en que pudieran quedarse con nosotros esta noche? –preguntó Shemaine con convincente dulzura–. Tú y yo podríamos dormir en el suelo.

–No permitiríamos que nos cedieras tu propia cama –intervino Camille, aunque no aprobaba que su pequeña se hubiese casado con ese desconocido.

Ella era tan joven, y él tan... tan... no encontraba la palabra apropiada para describir sus sentimientos hacia ese hombre, y sólo estaba segura de que no era más que un bribón que se había aprovechado de su hija.

–¡Me gustaría ver a ese tunante fuera de la cama de mi hija! –gruñó Shemus.

–Yo quisiera proponer la anulación –dijo Maurice, temerario–. No cabe duda de que ese animal se impuso a ella. Da lo mismo que Shemaine lo admita o no; estoy seguro de que ella aceptó bajo una intensa presión.

Shemus no fue tan civilizado en sus recomendaciones:

–¡Me gustaría verlo castrado!

Shemaine se llevó la mano temblorosa a la boca y gimió:

–¡Creo que voy a vomitar!

–¡Por Dios, criatura! –exclamó Camille, abrumada–. ¡No me digas que estás... estás...!

–¿Está qué? –imploró Shemus, estupefacto.

Si su esposa estaba angustiada, era seguro que él se pondría furioso por lo que ella estaba sospechando, fuera lo que fuese.

Camille hizo un gesto débil con la mano, esperando contra toda esperanza que no fuese verdad.

–Embarazada...

Shemaine cerró los ojos y se estremeció, mientras su padre lanzaba un horrendo aullido de rabia.

–¿Dónde hay un cuchillo? ¡Le cortaré los huevos a este maldito pordiosero en este mismo instante!

Shemaine giró en redondo, presa de pánico, y se inclinó para vomitar lo que había comido un momento antes. Gage rodeó sus hombros con los brazos prestándole apoyo, mientras Nola corría a mojar un paño en el abrevadero y Bess se adelantaba y sacudía un pote de sales aromáticas bajo la nariz de Shemaine.

–Vamos, querida, haz una inspiración profunda –pidió la vieja cocinera.

Gage oyó una voz familiar que saludaba a los desconocidos con cierto recelo y al mirar en torno vio con alivio que era Ramsey, que se aproximaba a él, aprensivo:

–Calley me pidió que saliera a buscaros, a ti y a Shemaine, antes de marcharnos a casa –informó a Gage–. En cuanto salí de la taberna supuse que tenías algún tipo de altercado con esta gente. ¿Necesitas ayuda?

–No, salvo que puedas facilitar para esta buena gente camas para esta noche –musitó Gage, no muy contento.

La insinuación abatió a Ramsey.

–¿Dices que debo ser amable con esta gente? ¡Pero si estaban a punto de golpearte en la cabeza!

–¡Sí, y todavía podría hacerlo! –amenazó Shemus, sacudiendo el puño hacia Gage–. ¡No se moleste haciendo favores a mi familia!

Ignorando la amenaza, Gage pasó un brazo bajo las rodillas de

Shemaine y la alzó en sus brazos. Ella no tuvo fuerzas para levantar la cabeza del hombro del marido para enfrentarse a su padre:

–Señor, si viene a nuestra casa, dormirá en el suelo o en el sofá de la sala, porque su hija no está en condiciones de ceder su cama a nadie.

–¿Hija?

Ramsey pasó la mirada de su patrón al caballero de más edad y comenzó a entender.

Sin hacer caso de la interrupción, Gage ofreció con pocas ganas alojamiento a la familia O'Hearn, improvisando a medida que hablaba.

–La madre de Shemaine puede usar la cama plegable, siempre que a la señora McGee no le moleste compartir con ella la habitación de mi hijo. El niño tendrá que dormir en la cama con nosotros o en el suelo. –Sus ojos ambarinos se fijaron en el marqués con expresión helada–. Si el señor Tate, aquí presente, le ofrece un cuarto en su casa, entonces podrá pasar la noche con razonable comodidad. De otro modo, hay un camastro tosco y un edredón de plumas gastado en el barco que estoy construyendo. El viejo carpintero que trabaja para mí los utiliza para hacer breves siestas al mediodía, después de comer. Es suyo, siempre que no interfiera con sus horarios.

–¿Y dónde está el barco? –preguntó Maurice.

–Cerca del río, a unos cien pasos de mi cabaña, donde iremos nosotros.

–Y, además del río, ¿hay alguna otra fuente de agua y sitio para bañarse?

–En el arroyo, frente a la cabaña.

Gage esperó, seguro de que el marqués rechazaría la idea, pretendiendo algo mejor. Daba la impresión de que estaba bastante habituado al lujo, pero no lo hallaría en esa zona poco civilizada.

–En este arroyo, ¿hay serpientes y otras alimañas o usted se ha bañado allí?

Gage hizo un lento gesto afirmativo y clavó aún más el cuchillo en el corazón del hombre:

–Shemaine y yo nos hemos bañado allí.

Los ojos oscuros de Maurice sostuvieron su mirada, fría e inmutable.

–Entonces, tal vez Shemaine y yo lo disfrutemos juntos un día... después de que lo ahorquen por el asesinato de su esposa.

Ramsey ahogó una exclamación y buscó el consejo de Gage:

–Como te veo ocupado con tu esposa, ¿quieres que lo abofetee o algo así?

Sin apartarse jamás de los de Gage, los ojos de Maurice brillaron de impaciencia, como si anticipara semejante riña.

–¿Su amigo sugiere que usted tal vez desee lavar el insulto por medio de un duelo?

–¡Nada de duelo! –exclamó Shemaine, sin fuerzas, levantando la cabeza del hombro de Gage.

Ella sabía bien que Maurice tenía una magnífica puntería con pistolas de duelo. Más aún, Maurice tenía talento para muchas cosas, no siendo la menor su habilidad para provocar verbalmente a hombres que lo contrariaban. Estaba en su elemento cuando discutía las ridículas propuestas de pomposos lores en la corte. Podía desollar a un adversario con insinuaciones y éste nunca sabía cuándo había recibido el golpe mortal hasta que oía el fuerte estruendo de las carcajadas que llenaban el salón.

–Por mucho que me gustara complacerlo –dijo Gage, desdeñoso–, no veo necesidad de enfrentarme con usted por Shemaine. Es mi esposa, y no tengo intenciones de permitirle que me mate para poder hacerla suya.

Maurice dijo en tono sibilante de despecho:

–Es usted un cobarde y un truhán.

Viendo que el hombre trataba de provocarlo para que cometiese una tontería, Gage respondió lentamente, con expresión indiferente:

–Piense lo que quiera, pero yo tengo una esposa, un hijo en mi casa y otro en camino...

Con un gruñido, Maurice se adelantó para desafiar al colono por la posesión de su prometida, pero sintió que sus velas se desinflaban cuando Shemaine, sin hacer caso de su proximidad, levantó la cabeza del hombro de su marido e hizo girar con un dedo la cabeza de éste hacia ella. Se sintió olvidado y traicionado por esta joven, cuya desaparición lo había dejado angustiado, como un alma en pena y en profundo desasosiego.

Shemaine miró el rostro delgado y apuesto de Gage y la sonrisa con que le respondió le confirmó que lo que había intentado mantener en secreto algún tiempo, mas era algo que él ya había comenzado a sospechar. No tenía necesidad de que su madre lo dijese para conocer su estado.

Los labios de Shemaine esbozaron una muda pregunta: ¿Cómo lo has sabido?

Gage acercó los labios a la oreja de ella y habló en un susurro:

–No ha habido interrupciones en nuestros placeres nocturnos desde que nos casamos, mi amor. Un viudo conoce por experiencia cosas como los ciclos menstruales y todo eso. O bien tú no los tenías o habías quedado embarazada poco después de la boda. Se confirmó cuando comencé a notar un cambio en tus pechos, pero guardé silencio hasta que tú estuvieses dispuesta a decírmelo.

Con un suave suspiro de alegría, Shemaine acurrucó la cabeza en su hombro y Gage prosiguió con el asunto que estaban tratando.

–Sus criadas serán bien recibidas y podrán dormir en algún rincón de mi casa –dijo a Camille–. Shemaine ha hecho unos colchones de plumas nuevos para nosotros. Aunque no estén terminados, sirven igual.

–Estarán más amontonados que los árboles en el bosque –comentó Ramsey con sequedad–. ¿Y sabes qué? No podrás estornudar sin que alguien te sostenga el pañuelo.

Gage no necesitaba que su amigo le proporcionara más detalles porque Ramsey tenía la virtud de ir directamente al grano de lo que podía preocupar a un hombre. Dicho en otras palabras, hacer el amor con Shemaine sería prácticamente imposible sin que lo oyesen sus visitantes.

Shemus se abrió la levita, se puso las manos a la cintura y se adelantó hacia Gage.

–Si en su casa escasean tanto los cuartos, ¿dónde diablos dormía mi hija cuando aún no se había liado con usted?

–Por favor, papá –rogó Shemaine levantando la cabeza y mirando a su padre con expresión suplicante–. ¿No podemos esperar a llegar a casa para discutir todo esto en lugar de hacerlo aquí mismo, en medio del pueblo? –Miró a las personas que se habían detenido en la acera para observarlos con la boca abierta–. Nos hemos convertido en una atracción mayor que el novio y la novia en el banquete de bodas.

–¡Respóndame! –insistió Shemus, airado, sin dejar de clavar la vista en Gage.

–Su hija durmió en el altillo hasta que estuvimos casados, señor O'Hearn –replicó Gage–. Pero en este momento mi padre está instalado allí, recuperándose de una grave herida. Además, tenemos otra invitada, con la que su esposa compartirá el dormitorio de mi hijo.

–¿Por qué no puede dormir con mi hija? –quiso saber Shemus.

Gage lo miró directamente a los ojos y le explicó, como si hablara con un tonto:

–¡Porque *yo* dormiré con su hija y no tengo ningún interés en dormir con su esposa!

Después de lanzar un grito de aprobación, Ramsey dio una palmada en la espalda de su amigo, en señal de apoyo. Pero al ver que los ojos verdes de Shemus lo miraban furiosos, apartó la mano y se tocó el espeso bigote, en un flojo intento por borrar la sonrisa de su rostro. Carraspeó y logró reprimir un cosquilleo en las comisuras de los labios y ponerse razonablemente serio cuando se dirigió a Gage:

–¿Necesitas aún enviar a la familia de tu esposa a mi casa, ahora que te has comprometido a meterlos a todos en tu cabaña?

Gage miró a Shemus con aire interrogante.

–Mi amigo tiene algunos cuartos disponibles, dado que sus hijos están trabajando en Williamsburg. Si quisiera pasar la noche con más comodidad e intimidad de las que yo puedo proporcionarle, le sugiero que tome en cuenta su buena voluntad. Estoy seguro de que tiene usted fondos adecuados para compensar la inconveniencia de tenerles a todos ustedes en su casa. El señor Tate llega a mi casa poco después del amanecer, en caso de que usted quiera venir por la mañana a hablar de mi matrimonio con su hija.

–Quizá sería lo mejor, Shemus –dijo Camille, tomando a su marido del brazo–. Estamos todos alterados y, si nos apretamos demasiado y no podemos dormir, terminaremos por arrojarnos unos sobre otros como una manada de perros salvajes.

Shemus admitió a desgana la prudencia de su esposa.

–Como tú quieras, querida mía, pero yo debo resolver esto antes de que pase mucho tiempo.

–Lo sé, querido –dijo la mujer con dulzura y dándole una palmada en el brazo–. Mañana hablaremos de ello.

Dirigiéndose a Ramsey, Camille le dedicó una graciosa sonrisa.

–Si nos permite ser huéspedes en su casa, estaremos muy agradecidos por su bondad y hospitalidad, señor.

Ramsey le brindó un generoso despliegue de sus mejores modales, barriendo el aire con el brazo en florido ademán, asombrando a Gage, que alzó una ceja ante las maneras de su amigo.

–Su señoría, será un placer para mí y para mi esposa hospedarla en mi casa.

Shemus arqueó una ceja presa de aguda sospecha, notando que el hombre no lo había incluido en su invitación.

–¿Nos recibe a los demás con el mismo entusiasmo?

Ramsey nunca ahorraba palabras cuando estaba decidido con respecto a una cuestión:

–Mientras usted no ponga en duda el buen nombre del señor Thornton en mi hogar o en mi presencia, les daré la bienvenida a todos. De lo contrario, ustedes mismos pueden buscar dónde pasar la noche.

Camille aguardó la respuesta de su esposo. El ruego que veía en sus dulces ojos azules le dijo a Shemus que ella también quería una tregua por esa noche. En consideración a sus deseos, asintió con desgana, admitiendo las condiciones presentadas por Ramsey.

–¡Maldita sea, malvada mujer!

La exclamación recibió a Gage y Shemaine en cuanto traspusieron la puerta de su cabaña y se miraron, consternados, preguntándose qué desastre habría infligido William a Mary Margaret McGee.

Gage corrió hacia el pasillo del fondo, esperando poder apaciguar a su padre antes de que dijese algo peor. Shemaine corrió tras él porque preveía que la irlandesa necesitaría que la tranquilizara después de sufrir tan infame insulto.

–Ha sacrificado su jota adrede para que yo pierda mi rey –rezongó William con un cloqueo–. Y ahora no puedo matar su reina. Usted ganó la última mano y el pozo.

La jovial carcajada de Mary Margaret hizo detenerse súbitamente a Gage y Shemaine cerca de la escalera. Aliviados, se abrazaron agradecidos, oyendo cómo proseguía la conversación que se filtraba desde el entresuelo.

–¿Le gustaría jugar otra partida, milord? –preguntó con dulzura Mary Margaret.

–¿Qué, y dejar que me gane otra vez? –Su risa burlona y ligera negaba tal posibilidad–. ¡Por cierto, no me quedaría ni una pizca de orgullo viril después de semejante paliza!

–No sé por qué piensa eso, milord –gorjeó la viuda en tonos acariciadores–. Tiene mucho de qué enorgullecerse. Le aseguro que jamás he visto a un inglés más apuesto que usted, señor... con excepción de su hijo; sin embargo, él es su vivo retrato. Y, desde luego, está el pequeño Andrew que, al parecer, será el más guapo de todos.

–Sí, es un niño hermoso, ¿verdad? –coincidió William con entusiasmo–. Me recuerda a Gage cuando tenía la misma edad.

Hubo una breve pausa y la taimada casamentera preguntó con amabilidad:

–¿Y dónde está ahora su esposa, su señoría?

–Oh, Elizabeth murió cuando Gage tenía doce años. Tuvo un enfriamiento y enfermó. Yo no estaba preparado para esa muerte repentina. Me puso muy furioso. Me encontré con que estaba muy poco dispuesto a dar a mi hijo la ternura que ella le había dado siempre. Lamento decirle que me mostré muy malhumorado y exigente.

–¿Y jamás volvió a casarse?

En el tono de Mary Margaret se infiltró una nota de sorpresa.

–Nunca quise. La mayor parte del tiempo estaba demasiado ocupado con el desafío de construir barcos cada vez más grandes y mejores. Por otra parte, me sentía incómodo ante las mujeres... creo que de forma similar a lo que me sucedía con mi hijo. Sin duda, las que estuvieron en contacto conmigo pensaban que yo era un viejo áspero.

–Me cuesta creer eso, su señoría –murmuró Mary Margaret con

calidez–. A mí me parece que usted es una compañía agradable. Tiene usted un modo de ser que me recuerda a mi querido esposo fallecido.

–¿Cómo es eso, señora McGee? –preguntó William, curioso.

–Mi nombre es Mary Margaret, milord y sería un honor para mí si no me tratara de un modo tan formal.

–Gracias, Mary Margaret. Si le parece bien, puede llamarme William.

–Sí, firme protector. –Mary Margaret suspiró, pensativa.

–¿Cómo dice?

El tono de su señoría reflejaba su confusión.

–William significa «firme protector» –respondió Mary Margaret–. El nombre le hace justicia. Ha sido usted un firme protector de su hijo, ¿no es así?

–Supongo que sí. A decir verdad, no soportaba la idea de perderlo después de haberlo buscado tanto tiempo.

–Debe de amarlo mucho.

–Sí, así es, pero siempre me ha resultado difícil decírselo.

–Bueno, William, ya no debe preocuparse más. Usted demostró su cariño con sus acciones, y eso es mucho mejor.

Abajo, en el corredor, Gage apoyó un dedo en sus sonrientes labios, mirando a Shemaine. Tomándola de la mano, la llevó por el corredor y la sala. Al entrar en su dormitorio, cerró la puerta con sigilo. Con el mismo sigilo, Gage entró en el dormitorio contiguo para echar un vistazo a su hijo. El rostro angelical era tan irresistible que tuvo que besarlo y, cuando se enderezó, encontró a Shemaine arrodillándose junto a la camita. Acariciando con amor la frente del niño, le cantó una nana con una voz tan suave como el roce de su aliento. Una sonrisa vagó por los pequeños labios sonrosados, Andrew soltó un suspiro y rodó para acurrucarse junto a su conejo de trapo. Gage ofreció su mano a Shemaine para ayudarla a incorporarse, y volvieron juntos al dormitorio principal. Con mucho cuidado, cerraron el pestillo.

–Creo que deberíamos tener un niño para que Andrew tenga un compañero de juegos –sugirió Shemaine, sonriendo.

Gage se acercó a ella y la rodeó con los brazos, estrechándola contra sí. Cuando ella le apoyó la cabeza en el pecho, él puso el mentón sobre la cofia que la cubría y le acarició el vientre con dulzura. Parecía tan plano como siempre.

–Sea niño o niña, no importa lo que hay en el cofre, amor mío. Sólo ruego que todo vaya bien para ti. Mi corazón no soportaría tu pérdida.

Shemaine rió y se acurrucó contra él.

–No temas, mi amor. La madre de mi padre dio a luz seis hijos sin dificultad y era más pequeña que yo. Era una mujer de muy mal carácter.

–Tu padre lo habrá heredado de ella –comentó el esposo con una sonrisa fugaz–. Pero ya verás la que se armará cuando se encuentren cara a cara William Thornton y Shemus O'Hearn. Estoy seguro de que cualquiera de los dos podría superar a la arpía más malvada de esta región.

–Sí, aunque también temíamos que tu padre y la señora McGee riñesen y mira lo que ha sucedido –recordó su esposa.

Los pensamientos de Gage flotaron hacia lo que había sucedido en la planta alta, y no pudo menos que reír ante el cambio de actitud de su padre hacia la irlandesa.

–Por el suave interrogatorio de Mary Margaret, deduzco que tiene otra boda en mente.

Shemaine rió y pasó una mano por el chaleco de Gage.

–Mi amor, no te sorprendas demasiado si resulta ser una unión para la señora McGee, también.

Con una sonrisa, Gage le quitó el gorro de encaje y comenzó a soltar las sedosas hebras.

–Parece evidente de que se llevan muy bien. ¿Quién sabe? Quizá sea bueno para ambos.

Un hondo suspiro escapó de los labios de Shemaine al recordar la ira de su padre.

–Ojalá mis padres fuesen tan comprensivos con respecto a nosotros.

–Quizá, con el tiempo, empiecen a considerarme algo menos que un ogro –reflexionó Gage en voz alta.

–Mi padre tiene un temperamento terrible, Gage; por eso, por favor, no trates de alterarlo demasiado mañana, cuando venga –rogó Shemaine.

Su marido le depositó un beso tranquilizador en la frente.

–Trataré de imaginar cómo me sentiría si algún bribón se aprovechara de una hija nuestra. Lo más probable es que estuviera tan furioso como tu padre, sobre todo si hubiese oído historias en las que se dice que el hombre asesinó a su esposa.

–También debes tener mucho cuidado con Maurice –advirtió ella–. No dejes que te provoque y te haga hacer alguna tontería.

–Tengo la sensación de que el marqués quiere quedarse contigo a cualquier precio. –Gage no culpaba demasiado al hombre por desear eso, pues sabía que él sería igualmente inflexible en su lucha por recuperarla si los papeles estuviesen invertidos–. Tendré cuidado, cariño.

–Tal vez Maurice parezca un consentido, pero no te dejes engañar. Es tan hábil con la espada como con la pistola. Hasta ahora sólo ha herido a sus adversarios cuando lo han retado a duelo, pero tal vez contigo tenga otro propósito.

–Sin duda, sin duda –repuso Gage mientras se quitaba la levita–. Si pudiera matarme, tendría libre acceso a ti, y...

–Tal vez lo piense –interrumpió Shemaine–. Pero si te matara, se ganaría mi odio eterno.

Gage se quitó el chaleco, lo dejó en una silla junto con la chaqueta, y luego se libró del cuello y la camisa antes de volver junto a su esposa y aflojarle los cordones.

–Mary Margaret se quedará arriba un rato, hablando con mi padre. Gracias a su demora en irse a la cama, quizá podamos jugar en la nuestra un rato, a ver qué pasa.

–¿Acaso dudaba de semejante cosa, señor Thornton? –preguntó Shemaine a través de la tela del vestido que su marido le quitaba por la cabeza, con los brazos levantados.

–No, cuando la mujer con la que retozo eres tú, mi amor –aseguró riendo, mientras dejaba la prenda sobre el baúl.

Cuando se volvió para contemplarla, llevando sólo su camisa de encaje, Shemaine enredó sus dedos en el pelo y levantó sus tirabuzones por encima de la cabeza. Como si no quisiera acercarse demasiado, dio media vuelta en torno de su marido, atrayendo su atención total con una dulce y sensual sonrisa y con el resplandor de sus ojos verdes.

–Señor Thornton, si yo fuese una hechicera, lo mantendría prisionero en mi guarida, donde tendría que satisfacer mis placeres noche y día. Usted languidecería por mis permanentes exigencias hasta que ya no tendría fuerza suficiente para levantarse de su jergón, y entonces yo recurriría a una magia extraña para hacer que volviera a jadear otra vez de lascivia por mí.

Una sonrisa se dibujó en los labios de su marido, que la devoraba con la mirada.

–Eso haré ahora mismo, señora.

Tomándola por la cintura con un brazo, la acercó hacia él, entre sus piernas abiertas, mientras se sentaba sobre la cama. Sus dedos tiraron de las cintas que cerraban el corpiño de la camisa y luego apartaron la tela hasta que la voluptuosa redondez estuvo al descubierto. Los lozanos montes se proyectaron hacia fuera, ansiosos, tentándolo a probarlos y devorarlos, resplandeciendo cálidamente a la luz de la vela. Él respondió sin dilaciones, evocando un maravilloso encantamiento mientras su boca gozaba, ávida, de su voluptuosa suavidad.

La voz de Shemaine era sólo un susurro cuando bajó su boca hacia la cabeza oscura.

–Sólo cuando el apuesto príncipe de mis sueños se hace realidad en mis brazos, la hechicera deja de lado todos sus trucos y encantamientos y lo sigue, sumisa, adonde él quiera llevarla. Y entonces, nada puede apartarme de él.

Gage alzó la cabeza y buscó sus ojos sonrientes:

–¿Nada, cariño?

–Absolutamente nada, querido mío.

Sus labios se abrieron al acercarse a los de él y, si quedaba alguna duda, lo bebió con un largo, prolongado beso.

21

Gage cruzó deprisa el porche poco después de que el carruaje alquilado por los O'Hearn se detuviese cerca de la cabaña, a la mañana siguiente. Sus invitados llegaban mucho antes de lo que esperaba porque Ramsey le había dicho que el marqués y los O'Hearn sólo se empezaban a despertar cuando él salió para su jornada de trabajo. Gage les suplicó que los disculparan unos momentos, mientras él y Shemaine terminaban ciertas tareas que tenían entre manos. En ese instante estaba ayudando a bañarse a su padre y, mientras él estaba en la planta baja, Shemaine limpiaba el cuarto y cambiaba las sábanas para no tener que molestarlo luego. Si bien los visitantes demostraron recelos con respecto a la recepción que les harían, Gage les aseguró que al cabo de unos pocos minutos él y su esposa podrían reunirse con ellos. Hasta entonces, si no se oponían, Ramsey se ocuparía de sus necesidades.

En ausencia de su patrón, Ramsey se ocupó de conducirlos al taller, mientras Sly Tucker y los dos aprendices trabajaban en dos cosas diferentes. Con gran orgullo y satisfacción, Ramsey les describió el trabajoso proceso de fabricar muebles de calidad, y comenzó exhibiendo los dibujos y diseños de su jefe, que testimoniaban el increíble talento de Gage con la pluma y la tinta. Prosiguió explicándoles la diferencia entre los diversos tipos de madera que usaban. Ya fuese ciprés, cerezo, arce, roble o cualquier otra, las características de cada una hacían que cada pieza fuese única. Al concluir la disertación, los llevó donde estaba Sly Tucker, lustrando un armario terminado hacía poco, y animó a los O'Hearn y a sus criadas pasar las manos sobre la pieza para sentir la tersura del acabado logrado a mano.

Camille estaba entusiasmada por la calidad del aparador, porque durante su matrimonio, era ella la que había elegido sus muebles, tarea que Shemus había confiado con gusto a su discreción. Tiempo antes había comprobado que su esposa tenía una habilidad natural para convertir la casa más sencilla en un refugio confortable y de buen gusto, y jamás había tenido la inclinación de meterse y correr el riesgo de malograr la perfección de sus elecciones. A lo largo de los años, Camille había adquirido un ojo certero para reconocer una pieza valiosa cuando la veía, y si bien las líneas del aparador eran simples, la veta de ojo de tigre y las maderas nudosas con las que había sido fabricado le daban un cariz particular y bello. Subrayando el hecho de que estaba entre los más espléndidos que había visto, Camille imploró a su marido que lo examinara más de cerca, deseosa de que comprendiera la habilidad y la dedicación que eran precisas para producir una pieza tan sobresaliente.

En apariencia, Ramsey no prestaba atención a la discreta discusión de la pareja, pero sus oídos estaban finamente sintonizados con ella. Mientras ayudaba un momento a Sly tuvo ocasión de examinar a Maurice, aunque con discreción. Su señoría se mantenía frío e indiferente al entusiasmo de Camille, mientras paseaba una mirada casual por el taller. Su reserva parecía imperturbable y, cuando continuó el recorrido, Ramsey puso a prueba la indiferencia de ese semblante, echando adrede un poco de sal en las heridas del marqués.

–No tengo dudas al respecto. El señor Thornton es el ebanista de más talento de la región. No sólo dibuja las piezas usando su imaginación. –Ramsey enfatizó sus palabras tocándose la sien con el dedo–. Además, es lo bastante próspero para sostener a varias familias. Es generoso con los salarios y ninguno de nosotros estaría hoy mejor de lo que está trabajando en otro taller.

Les señaló la ventana y se apresuró a limpiar unos restos de serrín para que pudiesen ver el bergantín en construcción, en la grada cerca de la orilla del río.

–¿Ven eso? –Echó una mirada alrededor para asegurarse de que contaba con su absoluta atención, y captó por un instante el indiferente desapego que aún mantenía su señoría–. El señor Thornton también imaginó ese barco en su cabeza. Si no fuese por su afición a diseñar y construir barcos, lo más probable es que fuese el más rico de esta zona, sólo con lo que gana fabricando muebles. ¡Pero esperen; en uno o dos años, tal vez tres, demostrará su talento como maestro constructor naval y todos tendrán que reconocerlo!

Maurice soltó un suspiro pensativo mientras se volvía hacia la ventana. No le quedaba mucha tolerancia para los elogios que se derramaban generosamente sobre ese bribón sin principios. Si fuese por él, haría salir a Gage Thornton en ese mismo momento y libraría al mundo de aquel tunante.

Ramsey echó un vistazo al alto y elegante sujeto. La sombría hostilidad que emanaba de él, disimulada tras sus nobles facciones, demostraba lo eficaz de su provocación. Entonces consideró oportuno hacer una excursión hasta el bergantín, para poder hundir la daga más a fondo y hacer comprender al marqués que el hombre al que había difamado la noche anterior no era un cualquiera.

Animándolos a acompañarlo, Ramsey los condujo en un pequeño paseo por el sendero que llevaba a la grada junto al río y les presentó a Flannery Morgan. Allí, cedió al canoso carpintero de la ribera el honor de explicar los méritos del diseño de Gage, pues nadie era capaz de hacerlo con más entusiasmo.

–Cuando esté terminado, será lo que podríamos llamar un bergantín de dos palos –informó el viejo–. Es de casco de poco calado y líneas esbeltas. Si están ustedes familiarizados con los barcos, milords y miladies, verán que en éste la manga, o sea el ancho máximo, está muy cerca de la proa. Eso le da gran estabilidad en el mar, pero les aseguro que su mejor característica es la velocidad. Es capaz de surcar el mar como una sirena buscando a un compañero para retozar.

La comparación hizo ruborizar un poco a Camille, pero el viejo marinero no lo notó y los invitó a seguirlo por la escotilla. Señalando aquí y allá para atraer su atención a diversos puntos de interés en la construcción, los condujo a los niveles inferiores sin dejar de resaltar la extraordinaria visión y el talento de su patrón. Por último, los llevó de vuelta a la cubierta principal.

Dejando atrás a los otros, Shemus O'Hearn fue hasta la popa del barco y lo contempló, pensando en todo lo que le habían mostrado. Había escuchado los comentarios con oído atento, tratando de extraer cierto conocimiento de ese individuo, Gage Thornton. Lo que más le había sorprendido eran sus empleados. Shemus había contratado a muchos trabajadores en su vida y no estaba muy seguro de que alguno de ellos se hubiese dedicado así o hubiese sentido tanto placer por su trabajo y por sus logros como Ramsey, Sly Tucker, Flannery y los demás. Viendo la lealtad y el entusiasmo que manifestaban se preguntó cómo habría hecho ese bribón para inspirarles semejantes cualidades.

Shemus Patrick O'Hearn se había abierto camino en la vida confiando sólo en sí mismo, empezando con poco y llegando a mucho. No era demasiado asombroso que empezara a sentir un remiso respeto por el colono al conocer los muchos logros y ambiciones del hombre que se había casado con su hija. Cuando recordaba sus propios comienzos y las dudas que habían expresado en otro tiempo los padres de Camille con respecto al advenedizo irlandés que se consideraba lo bastante bueno para pretender a su hija, se preguntaba si no estaría mostrándose demasiado subjetivo y duro en lo que se refería al ebanista. A lo largo de los años, se había ganado un lugar en los corazones de la familia de Camille; ahora ellos estaban entre los primeros en afirmar que Shemus formaba parte de esa familia. ¿Llegaría el día en que él también pudiera estimar a su yerno?

Su principal preocupación seguía siendo la duda sobre la participación que podía haber tenido Gage en la muerte de su primera mujer. Era una cuestión que deberían afrontar, pues de lo contrario quedaría enquistada entre ellos, produciendo un abismo insalvable. En el fondo, Shemus sabía que necesitaba estar completamente convencido de la inocencia de Gage para sentirse a gusto con respecto al matrimonio de su hija, por industrioso que le pareciera el colono. Y si, después de un año, en la aldea aún persistían las dudas, Shemus no confiaba mucho en que eso se pudiera probar. Aunque tuviera que arrastrar a Shemaine a bordo de un barco con rumbo a Inglaterra, estaba convencido de que jamás la dejaría al cuidado de un sospechoso de asesinato.

Durante el recorrido por el barco, Maurice du Mercer había mantenido un flemático silencio. Seguía sintiendo una intensa enemistad por el hombre que le había robado a su prometida y habría preferido morir antes que manifestar el menor interés o admiración por los logros de su rival. Sin embargo, no podía decirse que no estuviese impresionado, pese a la inquina que sentía contra él. No dudaba de que Gage Thornton tuviese buen ojo para la calidad y la belleza: Shemaine era una prueba cierta de ello. Aun así, de haber podido inclinar las circunstancias en su favor, Maurice era capaz de desear que el colono se quedara ciego antes de poner sus ojos sobre la hechicera belleza a quien él mismo había ofrecido su corazón.

Las nubes que parecían pender en eterna lobreguez sobre la vida de Maurice desde aquella mañana se desvanecieron en cuanto Shemaine se reunió con ellos en el barco. Llevaba un vestido azul claro que le sentaba muy bien, una gorra bordeada de encaje blanco y un delantal blanco atado a la esbelta cintura. En conjunto, tenía toda la apariencia de la esposa de un colono. Deliciosa, pensó Maurice, bebiendo su belleza mientras ella abrazaba a sus padres. Estaba tan conmovido por su presencia que se convenció de que daría toda su fortuna por ser el hombre que ahora la poseía.

–Lamento que Gage y yo no pudiéramos salir a recibiros como era debido en cuanto habéis llegado –se disculpó Shemaine con gracia–. Su señoría todavía no ha recuperado por completo sus energías, pero estaba ansioso por abandonar los baños en la palangana y darse un buen baño en la bañera. Para eso necesitaba la ayuda de Gage. Me pareció una buena ocasión para asear su cuarto. Espero que no os moleste.

–¿Su señoría?

Maurice había captado el significado del apelativo; eso despertó su curiosidad.

Cualquier duda acerca de la igualdad de nivel entre el marqués y su marido fue disipada definitivamente por Shemaine, que echó la cabeza atrás y lo miró a los ojos. Mostraban un deseo igual a los ojos castaños ambarinos:

–El padre de Gage es lord William Thornton, conde de Thornhedge.

En el rostro de Maurice asomó una expresión de asombro. Lord Thornton había sido el impulsor de muchos proyectos del Parlamento tendentes a definir los derechos individuales bajo la ley inglesa, entre ellos uno que prohibía el transporte de prisioneros a puertos de ultramar, sobre todo con el propósito de evitar que los desechos de las cárceles inglesas fueran a parar a las colonias.

–¿Lo conoce, su señoría? –preguntó Shemaine.

Maurice inclinó la cabeza con expresión curiosa, provocando un rubor en sus mejillas. Sus ojos oscuros resplandecieron con luminosa calidez y una sonrisa curvó sus labios bien delineados.

–¿A qué viene ese tratamiento, Shemaine? Creía que habíamos superado esa etapa de títulos y formalidades.

Shemaine estaba segura de que la facilidad con que Maurice lograba desconcertarla se debía, sobre todo, a su cargo de conciencia. En su ansiedad por aceptar la proposición de su marido, no había prestado demasiada atención a lo que podría sentir Maurice ante su decisión. En esencia, había dado por cierto que, teniendo tantas bellas admiradoras entre la nobleza, su anterior prometido habría puesto su atención en cualquiera de ellas después de su desaparición.

–Ya no estamos prometidos, milord –recordó ella con voz suave, incómoda bajo la ferviente intensidad de esas pupilas oscuras–. Y tampoco me parece correcto dirigirme a usted por su nombre de pila.

–Te doy permiso para ello, Shemaine –murmuró Maurice, acercándose–. Siempre tendrás un lugar en mi corazón, aunque no pueda recuperarte.

Si bien era cierto que en otra época Shemaine se había sentido cómoda con Maurice, ahora estaba sobre ascuas. Estaba segura de que su presencia provocaría otra confrontación cuando su marido se reuniese con ellos, y eso la inquietaba. ¿Sería una estrategia deliberada de Maurice acaso exasperar a Gage o tenía la esperanza de que su cercanía influyera sobre los sentimientos de ella, haciéndole desistir de su matrimonio en favor de otro? Cualesquiera que fuesen sus motivos, Shemaine habría preferido tenerlo lejos de allí. Gage aparecería en cualquier momento en la grada de construcción, y si había algo que ella había notado desde la última noche en Newportes Newes era que su marido era muy posesivo con ella, como si temiera que su anterior prometido se la arrebatase.

En el incómodo silencio que se produjo, Camille se adelantó y dio un beso a su hija en la frente.

–Querida, estás encantadora. –Había oído lo dicho antes por Shemaine y tenía grandes deseos de saber más–. Dime, querida, ¿no tienes criadas que limpien?

Shemaine rió con aparente despreocupación, agradecida por la interrupción:

–No, mamá, yo misma cocino y limpio.

–¿Cocinas? –repitió Bess, contemplando boquiabierta a su antigua discípula–. ¿Todo?

El evidente asombro de la cocinera provocó la carcajada divertida de Shemaine:

–Te sorprendería saber lo bien que he recordado tus instrucciones, Bess. De hecho, Gage ha dicho que soy la mejor cocinera de la comarca.

Bess estaba estupefacta.

–Por Dios, querida; yo pensaba que no había logrado enseñarte lo más elemental.

Camille era la que había insistido en que Shemaine aprendiera esas tareas domésticas, aunque no se diferenciaba de otras devotas madres que preferían consentir a su único descendiente, al menos todo el tiempo que lo tuviesen cerca. Camille había querido que les acompañaran las criadas para hacer más fácil sus días en esa tierra salvaje; ahora descubría más ventajas en su presencia:

–Shemaine, mientras estemos aquí, Bess y Nola podrían hacerse cargo de esas tareas; así nosotros estaríamos más tiempo juntos. ¿Te molestaría mucho?

Shemaine abrazó a su madre y la estrechó.

–No, claro que no, mamá. He echado mucho de menos la comida de Bess últimamente y se me hace la boca agua pensando en eso.

–¿Y Gage? ¿Nos creerá unos presumidos si invadimos su hogar? –preguntó la madre, titubeando.

Al ver que su marido se acercaba a la grada, Shemaine se apresuró a salir a su encuentro. Cuando vio el sombrío ceño que dedicaba al marqués, enlazó su brazo al de su esposo y, dándole un apretón, susurró:

–Te amo.

Una mano delgada acarició la de ella y la voz del marido susurró:

–Haces cantar mi corazón incluso en medio de la ira, cariño. Eres mi amor... el tesoro de mi corazón.

Bajo esa cálida sonrisa, Shemaine sintió que su corazón se henchía de dicha por tanta devoción. Llevándolo junto a su madre, le comentó lo que habían estado hablando:

–Gage, mamá quiere saber si te molestaría que Bess y Nola se ocuparan de la cocina y la limpieza mientras ellos estén aquí.

Contemplando a Camille, Gage descubrió que su esposa había heredado la belleza majestuosa de su madre pues, si bien Shemaine tenía el tono de la piel y el cabello de su padre, no cabía duda de que los delicados rasgos eran los de su madre.

–Señora O'Hearn, si Bess es la que le enseñó a mi esposa, no me cabe duda de que es una cocinera excepcional. Y estoy seguro de que Shemaine disfrutará mucho si puede pasar más tiempo con usted.

Shemaine apretó la mano de su madre.

–Ya ves, mamá: no es un ogro.

Camille enrojeció y no quiso enfrentarse a los risueños ojos ambarinos que se posaban en ella.

–Me temo que mi hija exagera, señor. Jamás le consideré un ogro.

–Es bueno saberlo, señora –repuso Gage con buen humor, aunque estaba convencido de que todavía le creía un asesino.

Gage se apartó un poco enfrentándose a su rival y le presentó un silencioso desafío con su mirada helada. La apostura del marqués hacía comprensible que Gage sintiera el aguijón de los celos cada vez que veía al hombre que se acercaba a su esposa. Aunque se había quitado el sombrero al apearse del carruaje, iba meticulosamente ataviado, con una levita azul marino, estrechos pantalones, chaleco, calcetines y suntuosos zapatos, todo ello de color crema. A la luz brillante del sol, el tono más claro de la camisa y el cuello eran casi enceguecedores. Su pelo negro estaba pulcramente recogido en la nuca formando una cola, y su piel tenía el bronceado de su reciente viaje por mar. Gage comprendía por qué Shemaine estaba tan segura de que Maurice encontraría otra prometida. Era lo bastante guapo para atraer a cientos de mujeres.

–Parece usted bastante descansado, milord –comentó Gage sin la menor calidez–. ¿Debo suponer que se ha acomodado bien?

En los ojos de Maurice aparecieron puñales de hielo por encima de la fría sonrisa.

–La hospitalidad de los Tate no pudo ser más cálida, pero sin duda podrá imaginar que yo tenía mucho en qué pensar.

–Se refiere a Shemaine –aventuró Gage.

–Sí, a Shemaine –murmuró Maurice, como si el mismo nombre serenara su espíritu–. Es como una suave primavera después de un duro invierno.

–¡Sí! –coincidió Gage–. ¡Pero es mía!

Maurice le dedicó un vago encogimiento de hombros.

–Al menos por ahora.

Flannery atrajo la atención de Gage mientras aquél se acercaba desde la escotilla.

–Capitán, ¿puedo tener unas palabras contigo?

–Claro, Flannery.

Gage se sintió un poco frustrado por la interrupción, pero se excusó ante sus invitados y siguió al carpintero hasta la borda.

Flannery lo miró con los ojos entornados y una sonrisa franca.

–Sé que tienes compañía, capitán, pero tal vez te agrade saber lo que debo decirte... teniendo en cuenta que se refiere a ciertas personas que quieren echar un vistazo a este barco y que tal vez tengan la idea de comprarlo.

Hablaron unos momentos en voz baja y luego, reprimiendo la sonrisa que le había contagiado el viejo carpintero, Gage volvió junto a Shemaine y, pidiendo nuevas disculpas a sus invitados, la llamó aparte.

–Flannery acaba de darme una excelente noticia, cariño; y quería compartirla contigo y que me des tu consejo. Parece que hay un capitán en la zona que pertenece a una familia que se ocupa del negocio de los barcos. Ayer vino por el río desde Richmond y anoche buscó a Flannery en Newportes Newes. Hoy mismo, más tarde, saldrá rumbo a Nueva York con sus familiares, pero antes de marcharse le gustaría ver el barco. Flannery ha navegado con él y me aseguró que tiene dinero para comprarlo si el barco satisface sus exigencias.

–¡Oh, Gage, eso sería maravilloso! –exclamó Shemaine, llegando a la inmediata conclusión de que sus padres estarían menos dispuestos a lanzarse a una discusión con su esposo mientras hubiese extraños presentes.

Deseaba desesperadamente evitar ese enfrentamiento, y su corazón se llenó de esperanzas pensando que podrían eludirlo.

–¿No se ofenderán tus padres si dedico la mayor parte de mi atención a estas otras personas mientras ellos están hoy aquí? –preguntó Gage con cierta vacilación–. No puedo esperar que me acepten mientras sigan creyendo que soy un asesino, pero si se convencieran de que estoy evitando deliberadamente la cuestión, podrían intentar apartarte de mí sin avisarme.

–Si lo hicieran, yo me pondría furiosa con ellos –dijo Shemaine con convicción, pero al instante sonrió–. Oh, Gage, estoy segura de que mi padre entiende lo importante que es llevar a cabo los negocios cuando es el momento; por nada del mundo querrá que pierdas esta oportunidad. Has soñado con vender el barco desde el comienzo. Por otra parte, esto dará más tiempo a mis padres para hacerse a la idea de que estamos casados. Para ellos ha sido toda una conmoción llegar aquí esperando rescatar a su virginal hija de la servidumbre y encontrarse con que me he casado fuera de Inglaterra, y no sólo eso, sino que además estoy embarazada.

–Sí, seguramente aún te consideran su pequeña.

Shemaine rió con suavidad y habló muy bajo para que sólo él la oyese.

–Si supieran lo viciosa que me he vuelto, mi amor... Creo que se convencerían de que me han embrujado.

Una sonrisa jugueteó en los labios de Gage.

–¿Qué soborno puedo esperar por guardar tus secretos, cariño mío?

Shemaine reflexionó la respuesta con expresión risueña y sensual, y decidió actuar como si fuese una pobre doncella, empujada por las circunstancias.

–Lo que usted desee, mi elegante señor. Al parecer, me tiene usted a su merced pues, si no cumplo con sus deseos, seguramente hará arrastrar mi nombre por el fango.

–¿Cualquier cosa?

Los ojos de Gage resplandecieron.

–Estoy a su merced, señor. Cualquiera que sea su voluntad –respondió, bajando la vista con aire sumiso y conteniendo una sonrisa–. Lo único que le pido es que no me trate con demasiada dureza.

–Ah, no, jamás con dureza, vida mía –prometió Gage–. Si así lo hiciera, arruinaría los tesoros que busco con tanto afán.

Shemaine quiso saber más:

–¿Qué tesoros, mi señor?

–Tu amor... y tu anhelante respuesta a mi más ligero contacto.

–¿Tan notable es?

Gage sondeó las verdes profundidades transparentes de esos ojos que le sonreían.

–Sí, y no quisiera que fuese de otra manera.

–Tampoco yo –susurró, sintiendo que todo su ser desbordaba de amor–. Como has deducido correctamente, tiemblo al más leve toque de tu mano. En verdad, me has convertido en tu esclava, señor.

–Eh, esclava no –dijo él–, sino una esposa cálida y dispuesta. Yo atesoro nuestros momentos de intimidad, cuando somos uno solo en cuerpo y mente.

Shemaine quiso refugiarse en sus brazos pero sabía que Maurice los observaba y sintió la necesidad de pasar a un tema bastante menos excitante.

–Dime, Gage, ¿a qué hora se supone que vendrá este capitán?

Gage echó una mirada alrededor, preguntándose qué habría provocado ese abrupto cambio de tema y, al encontrarse con la expresión fría y penetrante del marqués, lo comprendió. Por un momento, las miradas de los dos se encontraron en un combate escalofriante. Luego, dando su espalda al otro, Gage miró a su joven esposa.

–Flannery cree que llegarán antes del mediodía, cielo.

–En ese caso, indicaré a Bess que prepare una comida especial para nuestros invitados –declaró Shemaine, sintiendo que su entusiasmo crecía.

–¿En tan poco tiempo? –preguntó Gage, asombrado.

–Por supuesto, querido. Bess puede hacer milagros en una hora o poco más.

Gage no estaba convencido de que fuese justo pedir tal esfuerzo a la cocinera cuando se encontraba en una cocina desconocida y había tan poco tiempo por delante.

–Quizá tendrías que hablarlo primero con Bess, Shemaine, y permitir que ella decida si puede o no preparar ese festín.

–A Bess le gusta demostrar sus habilidades –aseguró Shemaine–. No te preocupes de que mis exigencias la desborden. Pero si quieres, se lo diré, y dejaré que ella decida.

–Preferiría que fuera así, cariño.

Shemaine sonrió con ternura:

–El que dijo que eras un bruto malhumorado no te conocía bien, Gage Thornton. Si te preocupa causar dificultades a una criada, es obvio que eres una persona muy considerada. Ésta es sólo una de las razones por las que te quiero tanto.

Los ojos ambarinos brillaron, mirándose en los de ella.

–Siempre haces que mi corazón se sienta gozoso con esos comentarios, cariño.

–¿Acaso los necesitas? –preguntó Shemaine, con una suave sonrisa. Sin importar quién los observara, le resultó increíblemente fácil responder a su esposo con toda la ternura y la gratificación de una esposa que se sabía amada y que amaba. Era extraño, pero nunca se había sentido tan mujer como en esos momentos cuando estaba con Gage–. ¿Acaso no te doy lo mejor que tengo? Mi corazón, mi cuerpo, la esencia misma de mi sexo, sólo son para ti. ¿O es que la presencia de mi antiguo prometido ha disminuido tu confianza?

–El marqués es un hombre apuesto, señora –admitió Gage, sin responder directamente la pregunta de su esposa.

–Sí, pero tú también, querido mío... y es a ti a quien amo.

Gage inclinó un instante la cabeza aceptando tal afirmación y sus ojos siguieron brillando, ahora acompañados por una sonrisa pícara.

–Necesito todas las confirmaciones que estés dispuesta a darme, señora mía. Esta noche, cuando estemos en la intimidad de nuestro dormitorio, necesitaré mucho más para la tranquilidad de mi corazon. Y, por supuesto, me gustaría tratar más a fondo el asunto que estábamos comentando antes. Todo presenta un sinfín de posibilidades, señora.

Los dientes blancos de Shemaine mordieron el labio inferior, tratando de reprimir una sonrisa.

–Acepto esa invitación, señor.

Los ojos de Gage brillaban de tal modo que parecían diamantes amarillos.

–Entonces, señora mía, estás avisada.

Shemaine recibió la advertencia con ansias.

–Esperaré la ocasión con impaciencia.

–No menor que la mía.

Shemaine miró más allá de Gage y vio que Maurice tenía el ceño fruncido, como si le doliera el hecho de que ella estuviese coqueteando con su propio marido. Procurando suavizar su ira, adoptó un aire más serio con el afán de proteger a quien era más querido para ella. Conocía las habilidades de Maurice y no se atrevía a provocar su cólera.

–Si a este capitán le gusta tu barco, ¿estará dispuesto a comprarlo antes de que esté terminado, Gage?

–Si lo que ve y oye obtiene su aprobación, es muy posible. Claro, tengo que garantizarle que estará terminado tal como está proyectado; así estará seguro de que ningún otro lo comprará en su ausencia.

–Pero ¿y si quiere hacer cambios? ¿Se puede permitir eso después de que hayan acordado una suma?

–En tanto que esos cambios no desvirtúen el diseño del barco, serán por completo aceptables. Bastará con que calcule el coste de cualquier trabajo adicional antes de que acordemos el precio y luego podremos negociar. Una parte del coste quedará como garantía, pero una vez que el barco esté terminado y satisfaga todas las exigencias que yo le garantice, el hombre puede regresar, saldar la deuda y tomar posesión inmediata del barco.

Shemaine se afligió:

–No hay manera de que te engañe como intentó hacer Horace Turnbull, ¿cierto?

Gage rió, aliviando su preocupación.

–Flannery dice que la palabra del capitán es como oro fino. Si le entrego lo que él espera, él hará lo propio. Está buscando una embarcación que sea tan veloz como alguna que utilizan ahora los franceses. No pretendo jactarme, pero este bergantín hará que se avergüencen los navíos franceses.

Shemaine suspiró, contenta.

–Sería agradable navegar con el barco unos días antes de que lo perdamos por completo de vista.

–Estoy seguro de que podremos arreglarlo, amor. El hombre querrá probarlo antes de la entrega; en su momento le preguntaré si permitiría que otros pasajeros nos acompañaran a hacer un breve crucero.

–¡Me encantaría!

Camille se unió a ellos y apoyó una mano en el brazo de Shemaine para atraer su atención hacia el sendero que había frente a la cabaña, por donde iban Erich Wernher y Tom Whittaker cargando dos grandes baúles hacia la casa.

–Querida, hemos traído parte de tu ropa desde Inglaterra. ¿Dónde quieres que la dejen?

–¡Mi ropa! –exclamó Shemaine, embelesada. Con las mejillas sonrosadas y los ojos verdes chispeando de excitación, miró a su marido con sonrisa hechicera–. ¡Oh, Gage, quiero ir a ver!

–Corre, mi amor –dijo Gage con una sonrisa–. Y no olvides hablar con Bess sobre nuestros nuevos invitados. Son cinco; tres mujeres y dos hombres. Si acepta cocinar para tantos, Erich y Tom podrían instalar unas tablas sobre caballetes para usar como mesa en el porche delantero. Podríamos comer allí.

Shemaine asintió y, volviéndose a medias, hizo una seña a su padre para que acompañase a su madre a la cabaña. Deteniéndose un instante, hizo otra pregunta a su esposo:

–¿Tu padre se reunirá con nosotros?

Gage respondió con una lenta sonrisa:

–Estando Mary Margaret aquí, creo que hará el esfuerzo.

–En ese caso, haré poner un plato para él –dijo Shemaine, dando varios pasos hacia atrás–. Cerciórate e infórmame en cuanto lleguen nuestros invitados. Entretanto, yo me probaré mis vestidos para ver si aún me van.

Su marido la miró con aire dudoso:

–No has notado que estás algo más gruesa, ¿eh, señora mía?

Shemaine se pasó discretamente la mano a la altura del corpiño, que era la zona que más le preocupaba.

–Puede ser, en algunas partes.

La carcajada de Gage acompañó el descenso de Shemaine, pero cuando él se volvió y encontró a Maurice mirándolo ceñudo, su alegría se cortó de repente.

–¿Todavía está ahí, su señoría? –desafió Gage, exasperado con ese hombre que había estado observándolos como un águila–. Pensaba que a estas alturas ya habría percibido que Shemaine está conforme con ser mi esposa y se habría retirado usted. ¿O cree, acaso, que obtendrá alguna ventaja babeando detrás de ella como un perro faldero?

Maurice no estaba de humor para disculparse. Había estado observando durante mucho tiempo a la pareja mientras conversaba, y el evidente afecto que existía entre ellos no había hecho más que hacer crecer sus celos. Si no hubiese sido por el cruel destino, habría sido él quien hiciera brillar los ojos de Shemaine.

Uniendo las manos atrás, Maurice se acercó a Gage con paso mesurado, contento de tener esa oportunidad de quedarse solo con él. Estaba impaciente por hacer saber ciertas verdades a ese truhán; para eso necesitaba hablar con él a solas. Sus palabras fueron tan claras y concisas como le fue posible.

–Señor Thornton, no me marcharé de las colonias hasta que pueda hacerlo con la mujer que amo.

La mirada de Gage se heló.

–Para eso tendrá que matarme, milord.

Un indolente encogimiento de hombros acompañó la réplica del marqués:

–Si es necesario.

–Debería considerar que tal vez Shemaine me prefiera a mí y no a usted.

Los ojos negros de Maurice se posaron en la cara bronceada de su adversario y los hombros anchos, cubiertos por una camisa blanca de mangas amplias, y las estrechas caderas enfundadas en un pantalón de color tostado. Observó los zapatos negros de puntas cuadradas que calzaba, y luego fijó otra vez la vista en la mirada divertida de Gage.

–Admito que Shemaine puede tener motivos para estar enamorada de un hombre de su estatura y buena apariencia, señor, pero estoy seguro de que, con el tiempo, lo olvidará.

La respuesta de Gage casi hizo saltar sangre:

–¿Como hizo con usted, señor?

Los ojos negros ardieron de ira contenida.

–Estoy seguro de que han sido las circunstancias las que empujaron a Shemaine a aceptar su propuesta matrimonial, señor Thornton. Si hubiese sabido que estábamos viajando hacia aquí para rescatarla, no dudo de que habría rechazado su oferta.

–Puede ser –admitió Gage–, pero sólo porque se hubiese sentido obligada a mantener su compromiso. –Miró al marqués con expresión contemplativa–. Sólo le pido que me diga una cosa, por favor. Si llegara a matarme, ¿cómo haría para ignorar al niño que está creciendo en su vientre?

A Maurice no le agradó que lo aguijoneara con el recuerdo de esa cuestión.

–Porque el niño será parte de Shemaine, y yo me empeñaré en proporcionarle todos los beneficios que daría a mi propio hijo.

Gage se burló:

–¿Todos los beneficios?

–Mi título no, por supuesto, pero me encargaría de que a él... o a ella... no le faltase nada.

–Excepto su padre.

–Por desgracia, eso no se puede remediar –repuso Maurice–. No puedo dejar a Shemaine aquí sola, con usted, sabiendo que podría llegar un momento en que la mataría, como hizo con su primera esposa, ¿entiende? Jamás me lo perdonaría si a ella le sucediera algo que yo hubiese podido evitar.

–De modo que me ha juzgado culpable para aplacar cualquier escrúpulo que pudiera sentir cuando intente matarme...

–¿Intente? –Las palabras elegidas por Gage hicieron reír irónicamente al marqués–. Buen hombre, si me decido a matarlo, tenga la seguridad de que lo haré. ¡No me limitaré a intentarlo!

Gage preguntó con cierta incredulidad:

–¿Está tan seguro de que puede matarme?

–Sin duda.

Gage hizo una pausa reflexiva, evaluando la confianza del marqués. En sus palabras no había arrogancia, sino inflexible convicción.

–Shemaine me informó de su habilidad en el manejo de las pistolas de duelo y la espada, pero también me dijo que, hasta ahora, sólo había herido a sus oponentes.

–Me ocuparé especialmente de cumplir su sentencia de muerte, señor.

Gage ladeó la cabeza, con aire contemplativo.

–Milord, si es tan diestro en el duelo, ¿no sería como cometer un asesinato luchar con otro que jamás en su vida ha participado en un duelo?

La boca de Maurice adquirió un sesgo sardónico:

–Espero estar rindiendo tributo a la justicia y salvar a Shemaine de una muerte prematura.

–¿Nada le haría desistir del camino que ha elegido?

Maurice reflexionó un momento en la pregunta de Gage y, por fin, respondió con un breve asentimiento:

–Si fuese usted completamente exculpado del asesinato de su primera esposa, admitiré que podría ser un marido apropiado para Shemaine. Al menos, teniendo esa seguridad, confiaría en dejarla a su cuidado.

Gage devolvió la mirada directa del marqués; y lo comprendió: en su situación, él no haría otra cosa.

–Entonces, por el bien de mi familia, ojalá su mano resulte detenida por un milagro semejante, milord.

Maurice observó al otro con aire reflexivo.

–Percibo que no es usted ningún cobarde, señor Thornton.

Gage hizo una imperceptible inclinación y retribuyó el elogio.

–No; tampoco lo es usted, señoría.

William Thornton hizo un valiente intento de ponerse de pie cuando entraron en la sala Camille y Shemus O'Hearn, pero Shemaine lo detuvo con una suave presión de la mano en su hombro, obligándolo a sentarse de nuevo.

–No se esfuerce, milord –dijo con suavidad–. Mi madre entiende que usted está recuperándose de una herida grave y no puede obsequiarnos con sus excelentes modales.

–Yo misma se lo dije a su señoría, pero no me hizo caso –comentó Mary Margaret desde el sofá, dejando a un lado la baraja que tenía en la mano.

Andrew dejó el sofá y corrió hacia Shemaine. Cuando había visto entrar a Bess y Nola en la cocina, había buscado refugio en la familiaridad de la señora McGee, amiga cercana, pero ahora que volvía Shemaine, se sentía otra vez a sus anchas. Shemaine presentó a los adultos y luego el niño a sus padres.

–Y éste es mi hijo Andrew –declaró, orgullosa, abrazándolo cariñosamente–. Tiene dos años, sabe contar hasta diez, e incluso deletrear su nombre de pila.

–Oh, qué niño tan hermoso –elogió Camille, admirativa–. ¡Y tan inteligente!

–Mamá Shemaine me enseñó –dijo el niño con una sonrisa tímida pero cautivadora.

–Andrew, éstos son mi madre y mi padre...

Andrew la miró, interrogante:

–¿Tu mamá y tu papá?

Ella respondió con sonrisa radiante:

–Sí, han venido de Inglaterra para vernos.

–¿A mi papá también?

La muchacha respondió con un gesto de asentimiento.

–Ayer conocieron a tu papá, y hoy han venido a verle.

–¡Éste es mi yayo! –anunció Andrew, orgulloso, señalando a William con un dedo.

El conde de Thornhedge sonrió a los O'Hearn.

–Yo decía que debíamos ser cuatro para jugar a la escoba. ¿Estarían interesados?

–Mi padre es un jugador estupendo –advirtió Shemaine con sonrisa traviesa.

Shemus resopló, divertido.

–Hija mía, puede que tu madre parezca un ángel, pero me ha derrotado más veces de las que quiero recordar.

Camille dio una palmada cariñosa en el brazo de su esposo.

–Porque tú me dejas ganar, querido.

–¡Ja! –se burló Shemus ante lo absurdo de la idea. Dirigiéndose a William, indicó a su esposa con un gesto–. Señor, la verdad es que ella me deja ganar a mí.

William cloqueó de risa y, recordando su herida, hizo una leve mueca. Un poco más serio, preguntó:

–¿Eso significa que formaremos el cuarteto?

–Primero, conversaré con mi hija en el dormitorio y luego será un placer para mí jugar una partida con usted y su encantadora compañera –respondió con gracia Camille.

Entró Bess desde la cocina llevando una pequeña bandeja con bollos. Había cortado el pan en pequeños trozos, del tamaño de bocados, y ahora los ofrecía a su señora:

–Señora, quiero que pruebe un trozo.

Examinando con la vista el contenido de la bandeja, Camille adoptó un aire perplejo:

–¿Para qué, Bess? Ya he probado tus buñuelos. ¿Éstos son diferentes?

–Sí, señora. Los ha hecho su preciosa hija.

–Ah.

Camille no estaba muy convencida de querer someterse a semejante prueba tan pronto. Durante años de desastres en la cocina, se había familiarizado con los defectos de la comida preparada por su hija. No estaba muy ansiosa por probarla en ese momento, segura de que notaría el sabor durante todo el día y lo lamentaría aquella noche, al irse a acostar.

–Vamos, señora. Pruébelos –la animó Bess.

Camille eligió el más pequeño y lo probó; poco a poco su rostro pasó de una cauta reserva a la admiración radiante. Demostró su aprobación con una amplia sonrisa.

–¡Son deliciosos!

Bess lo confirmó moviendo su cabeza vehementemente.

–Lo logramos, señora: ¡nuestra querida pequeña ha aprendido a cocinar!

William procuró sofocar su risa antes de que lo torturaran las consecuencias pero, cuanto más lo intentaba, más ganas tenía de reír. Apretando una almohada contra su pecho para aliviar el dolor, dijo a Shemaine:

–Querida mía, al parecer durante un tiempo había dudas sobre tus habilidades culinarias.

–Milord, créame que había razones para ello –replicó Shemaine, divertida.

–Estoy segura de que ya no –intervino Mary Margaret–. Su señoría y yo nos preguntábamos si ahora Bess sabrá cocinar tan bien como Shemaine Thornton.

–Puede que no –pensó Bess, en voz alta, y alzó sus hombros rollizos en un gesto cargado de buen talante–. Y si es así, pensaré que exageré enseñándole a cocinar.

–El mérito le corresponde enteramente, Bess –dijo William con aire jovial–. Usted, con sus esfuerzos, ha hecho que nuestra vida sea mucho más placentera.

–Gracias, su señoría.

Bess hizo una reverencia y regresó a la cocina luciendo una sonrisa complacida.

Shemaine la siguió a la cocina, habló con ella a solas unos minutos y le informó de la llegada de más invitados. Bess no vaciló en asegurarle que no tendría dificultades en preparar un banquete. Le advirtió que no sería una comida demasiado elaborada, pero que habría bastante para todos. Era lo que Shemaine esperaba y dio un cariñoso abrazo a la mujer.

–Sabía que podrías hacerlo, Bess, pero mi marido no quería que te diéramos más trabajo del razonable.

Bess sonrió.

–Dile a tu señor que aprecio su bondadosa preocupación, querida. –A continuación, se inclinó y susurró en su oído–: Si me lo preguntas, te diré que es un guapo caballero.

–Ya lo creo –admitió Shemaine en el mismo tono bajo.

Shemaine dio rápidas indicaciones a Erich y a Tom para que instalasen la mesa y, cuando regresó a la sala, Camille señaló con un gesto hacia el dormitorio principal, indicándole los dos baúles de los O'Hearn que estaban cerca de los pies de la cama.

–¿Vamos ahí adentro y damos un vistazo a lo que puso Nola en esos baúles?

–¡No puedo esperar!

Shemaine tomó de la mano a su madre y la arrastró tras ella, corriendo hacia el cuarto.

En cuanto estuvo encerrada con su madre en el dormitorio principal, Shemaine sacó un vestido de pálido color verde agua de brocado de seda con flores, con escote cuadrado y mangas tres cuartos.

Nola lo planchó cuidadosamente y Shemaine se lo puso. Daba la sensación de que la prenda se acomodaba a ella con la ansiedad de una vieja amiga, deseosa de reanudar una antigua relación. Camille se puso detrás de su hija para ajustar los lazos del corpiño, ató una fina cinta con una gema al cuello de Shemaine y luego recurrió al talento de Nola para que le hiciera un peinado apropiado. La oportunidad de cepillar y peinar otra vez el pelo de Shemaine llenó los ojos de la doncella de lágrimas de alegría. Hasta hacía poco había penado por su joven señorita creyéndola muerta, y ahora se sentía hondamente agradecida de que la búsqueda de los O'Hearn no hubiese acabado en un triste descubrimiento. Le parecía una fiesta poder arreglar esos mechones en un encantador peinado sobre la coronilla de su pupila y acomodar sus tirabuzones detrás de sus delicadas orejas.

En uno de los baúles encontraron un espejo de mano; Nola lo sostuvo para que su joven señorita admirase los resultados. Camille dio su aprobación y sonrió, agradeciendo la buena fortuna de volver a hallar a su hija.

–¡Oh, Nola, me siento otra vez como antes! –exclamó Shemaine–. ¡Gracias!

–Está más bonita que nunca, señorita –repuso Nola, estrechándola en un afectuoso abrazo.

Luego, se marchó con una sonrisa.

–Estás tan bella como siempre, querida mía –dijo Camille, parpadeando para contener la humedad que amenazaba nublar su visión mientras contemplaba a su hija–. Espera a que te vea Maurice.

Shemaine se puso un tanto rígida y, cuando se volvió hacia su madre, miró los lagrimosos ojos azules que parecían suplicarle.

–Madre, no estoy casada con Maurice. Gage es mi marido. Te pido que lo recuerdes.

Camille unió las cejas en un ceño preocupado.

–¿Podrá darte él alguna vez lo que Maurice es capaz de darte?

Shemaine detectó el leve temblor en la voz de su madre, el dolor y la angustia en su semblante delicado. Por mucho que la amara, no permitiría que intentara convencerla de que se apartase de Gage por medio de bellos vestidos o promesas de riqueza sin fin.

–Mamá, yo amo a mi marido, y no aceptaré a otro...

–Pero hay muchos que aseguran que él mató a su primera esposa...

–Sí, yo he conocido a varias personas que se han atrevido a decir tales cosas. Mamá, si tú las conocieras, comprenderías sus estratagemas y su ansiedad por difundir habladurías que han pergeñado para sus propios fines. Roxanne Corbin es una solterona que ha querido a Gage para ella desde que llegó aquí, a Virginia, hace más de nueve años, pero él, en cambio, se casó con Victoria. Roxanne no pudo tolerarlo. ¿Quién sabe? Hasta puede que fuera ella la que mató a Victoria. Por cierto, ella descubrió el cuerpo. Después de celebrar mi boda con Gage, vino aquí, nos interrumpió cuando celebrábamos nuestro amor y juró decirles a todos que él había matado a Victoria. Es una mujer despechada, mamá, y está decidida a salirse con la suya o, si no, al menos ver destruido a Gage. ¿Tú darías crédito a una persona así? ¿Tendrías dudas acerca de papá si un tipo envidioso se acercara a ti y te dijera que es un ladrón?

–No, claro que no, Shemaine, pero...

–¡No hay pero que valga! –Levantó una mano para interrumpir las argumentaciones de su madre–. ¡No quiero escuchar más calumnias contra mi esposo! Y si has traído esta ropa con la esperanza de persuadirme de que abandone a Gage, puedes volver a llevártela. ¡Pero ten presente una cosa, mamá: no aceptaré a otro esposo que no sea Gage hasta que alguno de nosotros esté en la tumba!

Camille se llevó una mano trémula a la frente, esforzándose por contener la angustia que la desgarraba por dentro.

–¿Cómo puedo dejarte aquí con él, sabiendo que existe una posibilidad de que no estés segura... de que pueda matarte a ti también?

–Por favor, mamá –murmuró Shemaine, conciliadora–. No te preocupes por Gage...

–No puedo evitarlo, Shemaine –gimió Camille, desdichada–. Eres nuestra única hija... nuestra querida pequeña. ¡No podríamos soportar que alguien te matara! ¡Y eres tan joven...! ¡No has tenido mucha experiencia con hombres! Gage es mucho mayor...

–Sólo tiene dos años más que Maurice –arguyó Shemaine, desesperada–. ¿Acaso para ti dos años constituyen una diferencia tan importante?

Las cejas de Camille se arquearon un instante mientras intentaba encontrar una justificación adecuada para su prejuicio:

–Gage parece mucho mayor.

–Quizá porque no ha recibido las cosas en bandeja de plata, mamá. Ha tenido que trabajar duro para obtener lo que tiene. Tal como tuvo que hacer papá en otro tiempo.

–Cuando nos casamos, tu padre era mucho más joven.

–Terminemos con esta discusión –pidió Shemaine. Su madre intentó hablar otra vez, pero la hija movió la cabeza con vehemencia–. Voy a salir para que Gage vea mi vestido. Cuando vuelva, espero que te hayas hecho a la idea de que estoy casada con él y que no permitiré que eso sea de otra manera. Tienes un nieto en camino, mamá, y me gustaría creer que estás tan ansiosa esperando ese acontecimiento como lo estoy yo. Por favor, no pierdas el tiempo diciéndome cuánto aborreces a mi marido y desconfías de él, porque lo único que lograrás es apartarme de ti.

Camille movió la cabeza con tristeza, y se sonó la nariz en un exquisito pañuelo.

–No aborrezco a Gage, Shemaine. En verdad, si pudiera estar segura de que las acusaciones en su contra son sólo mentiras, estaría contenta y complacida de que le ames así.

–Entonces, rogaré que aparezca algo que alivie tus temores –dijo Shemaine con suavidad–. Porque no soporto verte llorar.

Besó dulcemente a su madre y salió, cerrando la puerta del dormitorio. William fue el primero en notar su cambio de indumentaria y su artístico peinado; le dedicó elogios dignos de un joven pretendiente.

–Por el resplandor que llenó la sala habría jurado que hoy el sol salía por segunda vez, pero ahora veo que sólo es tu radiante belleza.

–Es usted muy galante, milord –respondió Shemaine con una graciosa sonrisa, haciéndole una reverencia.

Enfiló hacia la puerta y se detuvo allí, giró hacia Andrew, que se había instalado sobre las piernas de su abuelo, y le dijo:

–Andy, voy afuera a ver a tu padre. ¿Quieres venir conmigo?

–¡Quiero ver a papá! –informó a William, dichoso, y bajó rápidamente.

Tomando en la suya la pequeña mano, Shemaine cruzó con la suya la mirada preocupada de su padre y logró esbozar una sonrisa antes de salir.

Su regreso al barco hizo que tanto Gage como Maurice se interrumpiesen y clavaran la vista en ella, en profunda admiración de su belleza, pero cuando su esposo la rodeó con los brazos para besarla, Maurice sintió una dolorosa punzada de envidia royendo sus entrañas. La necesidad de escapar a la presencia de la pareja se volvió apremiante y esencial. Por un día, ya había soportado una buena dosis de aquel cortejo matrimonial. Con los puños crispados y la espalda rígida, atravesó la cubierta sin mirar atrás, mientras descendía del barco en construcción.

Ausente su hija, Shemus corrió al dormitorio y encontró a su esposa llorando silenciosamente sobre su pañuelo.

–¿Tuviste ocasión de hablar con ella? –preguntó, ansioso.

–Sí, pero no ha servido de nada, Shemus. Shemaine está decidida a quedarse con Gage. Dice que le ama y que no aceptará a otro.

–¡Maldita sea su terquedad irlandesa!

–¡Shemus! ¡Qué vergüenza! Es nuestra hija.

–Sí, y lo que veo en ella es mi propia terquedad.

–Quizá tenga razón, Shemus –insinuó Camille–. ¿Qué derecho tenemos nosotros de condenar al hombre si no sabemos casi nada de la verdad? Shemaine jura que lo que hay detrás de una parte de las murmuraciones es envidia. Una solterona que quería casarse con Gage...

–Veremos qué puede hacer Maurice –musitó Shemus, sin escuchar a su esposa–. Tal vez él pueda convencerla de que regrese con nosotros. Shemaine dijo que en otro tiempo le amaba, y sé que él la ama.

–Shemus, no creo que Shemaine regrese a casa con nosotros sin su marido. Y si la obligáramos, nos odiaría para siempre.

–¿La hemos perdido?

–Sí, Shemus, eso me temo. Hemos perdido a nuestra querida pequeña. Ha crecido, se ha convertido en una mujer y tiene sus propias opiniones.

22

–Ya vienen –anunció Flannery, poco después de que Gillian se hubiese llevado a Andrew a explorar el bosque en busca de animales pequeños.

Gage y Shemaine se reunieron junto a la baranda con el carpintero, que señalaba con un dedo torcido hacia una gran lancha que se acercaba al muelle. Un hombre alto, tocado con un tricornio, saltó y amarró la embarcación al poste, mientras su compañero quitaba los remos.

El primer caballero escoltó a dos jóvenes hacia el barco en construcción mientras el hombre que había llevado los remos asistió a una tercera. Al ver a Shemaine, los hombres se quitaron los tricornios en ademán cortés. Eran tan altos como Gage, y el mayor tenía una espesa melena de pelo color caoba oscuro atado en una cola tras el alto cuello duro de su levita. Su rostro era más bien cuadrado y anguloso, sus ojos castaños. Un humor indoblegable se adivinaba en las finas líneas que rodeaban su boca, en la cual relucían dos hileras de blancos dientes.

Flannery lo presentó como su antiguo capitán:

–Capitán Thornton –dijo, dirigiéndose a Gage–. Éste es el capitán Beauchamp.

–Nathanial Beauchamp –anunció el desconocido ofreciendo su mano a Gage, a modo de saludo–. O Nathan, si prefiere...

La respuesta habitual llegó con la prontitud que esperaban quienes le conocían.

–Todos me llaman Gage.

Después de que le presentaran a Shemaine, Nathanial identificó a las mujeres que le acompañaban:

–Éstas son mis hermanas gemelas, Gabrielle y Garland –dijo, indicando a las más jóvenes. Luego, rodeó con el brazo a la mujer de pelo castaño que estaba junto a él–. Y ésta es mi esposa, Charlotte.

Las gemelas tenían el pelo tan negro como el del hombre más joven y era a él, más que a su gemela, a quien Garland se parecía de una manera asombrosa. Los dos tenían ojos de un ámbar brillante, con reflejos de oro.

–Mi hermano menor, Ruark –presentó Nathanial, apoyando una mano grande sobre el hombro del joven.

–Su servidor, señora Thornton. –Ruark mostró sus blancos dientes en una sonrisa deslumbrante, mientras hacía una galante reverencia ante Shemaine–. Su belleza tiene los intensos matices que he visto en las verdes colinas de Irlanda, señora.

Los ojos verdes le dedicaron una mirada chispeante.

–Y usted, señor, debe de haber sido favorecido con el estilo irlandés para que su lengua sea tan locuaz.

Encantado, Ruark estalló en carcajadas echando la cabeza atrás.

–Ciertamente, tengo predilección por lo irlandés.

–Entonces estoy segura de que tiene un gusto excelente –repuso Shemaine, provocando divertidas risas a los hombres.

Gabrielle se adelantó. En sus ojos había un travieso brillo.

–Me parece conveniente advertirle algo sobre mi hermano, señora Thornton: parece resuelto a ir por la vida sin que nada lo ate, pese a su avanzada edad. Y sin embargo, trata a cualquier joven hermosa que se le acerca como si fuera la única capaz de robarle el corazón. En verdad robaría su corazón, si pudiera.

–Qué vergüenza, pequeña cabeza hueca –regañó Ruark a su hermana, lanzando una carcajada–. Me juzgas con bastante libertad, y yo podría señalar que tú has llegado a la veintena sin haber encontrado aún un compañero que te parezca aceptable.

–No es necesaria la advertencia, señorita Beauchamp –respondió Shemaine, pasando su brazo en torno de la estrecha cintura de su esposo–. Mi corazón ya tiene dueño.

–Entonces está a salvo. ¡Qué bien! –Gabrielle dedicó una mueca triunfal a su apuesto hermano que, con buen humor, levantó un dedo a modo de advertencia como amenazándola con graves consecuencias. La muchacha sacudió la cabeza con coquetería, sin hacer caso de la silenciosa admonición, y soltando un grito repentino se apartó mientras su hermano avanzaba hacia ella con aire amenazador–. ¡Si me haces daño otra vez, se lo diré a mamá!

Sacudiendo la cabeza ante sus traviesos hermanos, Garland se acercó a Shemaine.

–Como habrá notado, señora, soy la única cuerda de la familia –dijo, provocando exclamaciones de protesta de sus risueños hermanos. Los hizo callar y, alzando su fina nariz recta en un ángulo que proclamaba altivez, desmentida por sus ojos de reflejos dorados, encendidos de alegría, se dirigió otra vez a Shemaine–. Por favor, llámeme Garland, señora Thornton, y del mismo modo puede llamar por su nombre de pila a mi hermana –echó una mirada provocativa a Gabrielle, como para avergonzarla–, pues ella no tiene los modales suficientes para decírselo.

–Yo me sentiré honrada si me llaman Shemaine.

Adelantándose, Gabrielle alzó sus delgados hombros sin mostrar el menor pesar.

–Garland se cree más digna y perspicaz que el resto de la familia. Es cierto que estuvo más atenta a las enseñanzas de nuestros tutores de lo que yo estuve jamás. Pero yo sé otros nombres que le irían mejor: Aburrida, Presumida, Mojigata...

La calumniada ahogó un gemido y, como su hermano, Garland avanzó hacia su gemela como para vengarse, a la vista de lo cual Gabrielle le rió suavemente. Sacudiendo la cabeza como una niña que se deleita en provocar a sus compañeros de juego, la traviesa hermana se alejó bailoteando.

–Niñas, portaos bien –imploró Charlotte, alzando las manos como si no pudiese creerlo–. ¿Qué pensará esta buena gente de nosotros? Nada bueno, creo.

Gage rió, embelesado con la familia.

–Al contrario, señora. Me hacen ver lo que me he perdido siendo hijo único.

–Somos una progenie más bien indisciplinada –admitió Nathanial–. Tenemos otro hermano que aún no tiene veinte años. Había recibido la visita de un amigo y prefirió quedarse en casa y hacer todas las cosas que a los muchachos de esa edad les gusta hacer. La última vez que los vi estaban flirteando con las hijas del vecino.

–Los ojos de Nathanial brillaron de entusiasmo cuando su mirada recorrió el muelle–. Estoy impaciente por ver ese hermoso barco que ha construido, señor.

Tomando lo dicho como una señal, Shemaine se dirigió a las tres mujeres.

–¿Vamos a la cabaña, señoras? Mi esposo y yo tenemos otros invitados que me gustaría presentarles.

Todas accedieron de buena gana.

Maurice du Mercer se había retirado antes a ese refugio, pero cuando Shemaine entró en la sala precediendo a las tres damas se puso de pie, mirando a los cuatro que jugaban al *whist.* Sin duda, estaba encantado de tener una diversión mucho más interesante que una partida de naipes, aunque no la esperaba en semejante número. Primero fue presentado a Charlotte, luego a Gabrielle, que lo asaeteó con tal lluvia de preguntas que se vio en dificultades para responderle y, al mismo tiempo, mirar a la hermana. Garland se había detenido a mirar los muebles, pero cuando Shemaine le pidió que se adelantara para presentarla, Maurice se sorprendió clavando la vista en esos ojos ambarinos, de oscuras pestañas.

–Garland, éste es un amigo de la familia, el marqués du Mercer –dijo Shemaine–. Su señoría, ésta es la señorita Garland Beauchamp...

–Con Maurice es suficiente –dijo el aludido, haciendo una cortés reverencia.

La joven hizo una breve reverencia.

–Si usted lo prefiere, milord, mi nombre es Garland. –Una sonrisa jugueteó en sus labios–. Señorita me suena tan... tan de solterona...

–Una solterona muy joven y bella, por cierto –murmuró Maurice con calidez.

Gabrielle suspiró para sus adentros, comprendiendo que no conseguiría gran cosa tratando de monopolizar al marqués con su conversación. Hasta una ciega habría visto que estaba prendado de su hermana. Hacía mucho se había hecho evidente para ella que cuando se conocen dos personas que están hechas la una para la otra, hace falta algo así como un hacha para separarlas. Sin duda, era el caso presente, aunque Garland tuvo la gentileza de mantener una agradable reserva que bordeaba el desapego. Gabrielle llegó a la rápida conclusión de que necesitaba tomar nota de las lecciones que su hermana le ofrecía, porque ella no había logrado, hasta el momento, atraer a ningún pretendiente con el único don de la charla incesante.

Buena perdedora, Gabrielle hizo otra pregunta en beneficio de su hermana:

–¿Existe una marquesa, su señoría?

–Además de mi abuela, no tengo esposa, deudos ni parientes –respondió Maurice, echando hacia Shemaine una mirada significativa, que provocó el sonrojo de ella, y a él le brindó una modesta satisfacción.

Gabrielle apoyó un dedo junto a la boca y reflexionó la respuesta.

–Se me ocurre pensar cómo me habría ido si fuese hija única. En la familia Beauchamp somos cinco hermanos y, con Garland como hermana gemela, tenemos que compartirlo todo o, de lo contrario...

Maurice tuvo cuidado de guardar silencio porque no estaba seguro si lo que Gabrielle estaba insinuando era que él también sería algo a compartir.

–Querida, necesitamos más sillas –informó Camille a su hija–. ¿Tienes otras?

–Por supuesto, mamá –respondió Shemaine.

Ya se disponía a indicar a Nola que fuese a buscar un par de sillas arriba cuando vio a Bess tratando de atraer su mirada desde la cocina, y acudió de inmediato a resolver el dilema de la cocinera con respecto a la salsa que debería hacer para el venado.

–Yo traeré las sillas –se ofreció el marqués, caballeroso, pensando en unas que había visto en el porche delantero.

Ya habían guardado los naipes y, mientras iban a buscar sillas, las señoras se quitaron los sombreros. Al colocar la silla detrás de Garland, Maurice no notó que estaba un poco tambaleante porque no podía apartar la vista de la nuca de la joven, donde el pelo formaba un intrincado nudo. Bajo la masa oscura, su piel era blanca y tersa.

En el preciso instante en que Garland se sentaba, el asiento y el respaldo se separaron y la silla se derrumbó, haciéndole caer hacia atrás. Las exclamaciones de sorpresa igualaron a las miradas asombradas, pero los reflejos de Maurice estaban bien dispuestos para reaccionar espontáneamente a cualquier crisis que se presentara ante él. Inclinándose hacia delante con los brazos extendidos, sujetó a la joven y fue recompensado de inmediato con una delicada y tentadora fragancia, una dulce mezcla de lilas y jabón que ascendió hacia él y se le subió a la cabeza como un vino de primavera. Cuando la cabeza de Garland tocó su pecho, tuvo un atisbo de unos pechos suaves y redondeados velados por una tela de color malva y los volantes de un jabot de encaje crudo que se derramaban desde el cuello de su ajustado corpiño, antes de que sus brazos rodearan la fina cintura.

–¡Válgame Dios! –exclamó Garland, asombrada por la seguridad que sentía entre esos brazos.

Maurice la ayudó a enderezarse y se inclinó sobre el hombro de ella con solícita inquietud:

–¿Está usted bien?

Garland levantó la vista, se encontró con unos relucientes ojos negros y sintió que le recorría una súbita oleada de excitación. Siempre había creído que su hermano era demasiado apuesto para tener un serio competidor en lo que se refería a belleza masculina, pero supo que tendría que revisar ese concepto.

–Oh, sí, su señoría –se apresuró a asegurar, nerviosa–. Sólo me asusté un poco.

–Maurice –recordó él en un susurro.

Por fin, los dos tuvieron conciencia de que los demás ocupantes de la sala se habían quedado silenciosos y los observaban. Un vívido sonrojo encendió las mejillas de Garland, pero como Maurice estaba acostumbrado a ser observado con atención, no se inmutó y se inclinó para recoger la silla.

–Shemaine, me parece que como ebanista tu marido deja mucho que desear.

Fue un aguijonazo afilado, pues la intención de Maurice era hacer notar a su antigua prometida que el hombre al que se había entregado no le faltaban los defectos.

Shemaine se erizó en defensa de su marido:

–La culpa es mía, su señoría –respondió, formal–. Tendría que haber prestado más atención y avisarle que la silla que usted trajo del porche era una que han dejado para reparar. De todos modos, no la hizo Gage. –Con un ademán, indicó con orgullo los muebles que llenaban los cuartos–: Ésta es la clase de muebles que él hace.

De repente, un grito asustado llegó desde fuera, alarmando a Shemaine, que reconoció en el acto la voz de Andrew. Preocupada, pasó junto a Garland y Maurice y corrió hacia el porche. Andrew corría a toda velocidad hacia la cabaña y había dejado atrás a Gillian. Shemaine se apresuró a bajar los peldaños y cruzó el patio hacia el niño, que se arrojó en sus brazos abiertos como si una manada de crueles sabuesos le mordiera los talones. Llorando cuando ella lo levantó, ocultó la cara en el hombro de la mujer negándose a ver nada. Al fin llegó Gillian sin aliento.

–¿Qué ha pasado? –quiso saber Shemaine–. ¿Por qué está tan asustado?

–Caín –balbuceó Gillian, jadeando–. El jorobado estaba agachado tras el tronco podrido de un árbol y estaba tan bien escondido que yo no lo vi en ningún momento, pero Andy sí.

Shemaine recordó a la penosa criatura a la que había brindado su amistad. Había creído inofensivo a Caín y lo sucedido le hizo pensar que tal vez estuviese equivocada.

–¿Caín le ha hecho daño?

–No, Andy ha huido porque se ha asustado.

Aliviada, Shemaine abrazó al tembloroso niño. Cuando vio que Gage corría hacia ellos, le gritó, risueña:

–No es nada: sólo que Andy se ha asustado.

Cuando Gage llegó, Gillian tuvo que volver a contar todo lo que le había dicho a Shemaine, aunque su patrón hizo más preguntas.

–¿Le has preguntado a Caín qué estaba haciendo en el bosque? Gillian asintió con la cabeza.

–Eso es lo que me ha entretenido. Es difícil entenderle, capitán, pero, hasta donde he podido saber, estaba velando por su señora.

–¿Cuidando a Shemaine? –Confundido, Gage frunció el entrecejo e intercambió una mirada perpleja con su esposa para luego volver su atención al joven–. ¿Ha dicho por qué?

–Sí, algo acerca de que Potts y otros... quieren hacerle daño.

–¿Otros? ¿Le has preguntado quiénes podrían ser?

–Lo he intentado, capitán, pero se ha negado a responder. Ha salido de su escondite, sacando la mula del sitio donde la había dejado, y se ha ido. –Gillian hizo una pausa y sacudió la cabeza, perplejo–. Capitán, tendría que ver aquello. No sé cuándo puede haberlo hecho, pero ha construido un corral para su mula con unos palos gruesos y luego ha amontonado maleza alrededor de la valla para que el animal no fuese visto. Tenía un aspecto tan natural que jamás le hubiese prestado atención aunque estaba a unos pasos del corral. Para mí, parece un lugar en el que pensaba quedarse cierto tiempo y esconderse de cualquiera que fuese al bosque... incluso de nosotros.

–Me pregunto si no será él la persona que hemos estado buscando todo este tiempo –musitó Gage, como para sí mismo.

–No lo sé, capitán –respondió Gillian–. Lo que sé con certeza es que ha debido de estar un tiempo ahí para hacer todo lo que hizo.

Gage adoptó una expresión perpleja.

–Pero ¿cómo habría hecho Caín para detener a Potts en caso de que éste apareciera?

Gillian respondió de inmediato:

–Yo estaba a unos cincuenta pasos cuando Andy empezó a gritar, y corrí hacia él para ver qué era lo que le había asustado tanto. Entonces advertí a Caín agachado en el tronco hueco de un viejo árbol. Había acercado una rama verde al hueco y estaba oculto allí, silencioso como un ratón, hasta que se dio cuenta de que yo lo había visto. Cuando apartó la rama, vi que tenía un mosquete oxidado sobre las piernas. Me asusté porque no sabía si tenía intenciones de usarlo con nosotros. Capitán, le aseguro que esa arma parecía tan vieja que le habría explotado en la cara de haberla disparado. Creo que tenía el propósito de usarla con Potts.

Gage recibió a su lloroso hijo de manos de su esposa. Shemaine había secado los ojos y limpiado la nariz de Andrew, pero Gage notaba que seguía temblando. Los pequeños brazos rodearon su cuello, al que se aferraron con firmeza, hasta que Shemaine le frotó la espalda para tranquilizarlo. Entonces, Andrew levantó la cabeza y la miró con una sonrisa temblorosa.

–Pequeño bribón –bromeó ella, revolviéndole el pelo en un intento por aliviar su temor–. Qué susto me has dado.

–Lo llevaré conmigo al barco –murmuró Gage.

–Gillian –llamó Andy, mirando alrededor en busca del joven.

Gillian se adelantó para que el niño pudiese verlo.

–Aquí estoy, Andy.

–Ahora vamos al barco de papá. ¿Vienes?

Gillian rió entre dientes.

–Creo que será mejor que vaya. De lo contrario, papá se preguntará si me he marchado.

Shemaine los siguió con lo ojos hasta que llegaron a la grada de construcción y luego se volvió y, al ver que todos los que habían estado en la cabaña se encontraban ahora en el porche, fue a reunirse con ellos.

William era el más preocupado y, en cuanto ella se acercó, le preguntó:

–¿Qué ha sucedido, Shemaine?

–Nada serio, milord. Sólo que Andy se ha asustado. Hay un hombre deforme que vive en algún sitio entre este lugar y Newportes Newes. Andy lo vio en el bosque y ya sabe el temor que siente ante los desconocidos. Bueno, Caín le aterra...

–¿Caín? –repitió su madre–. Qué nombre extraño.

–Estoy de acuerdo, mamá, pero si vieras a ese pobre hombre comprenderías que es el más apropiado.

–¿Ha hecho algo malo? –preguntó Maurice.

–No, en absoluto –contestó Shemaine, advirtiendo que su antiguo prometido estaba junto a Garland, en el porche. Esos dos formaban una hermosa pareja y esperaba que algo se concretara entre ellos tras ese primer encuentro, y que la muchacha pareciera a Edith du Mercer una pareja adecuada para su nieto–. De hecho, si Gillian lo entendió bien, estaba allí para cuidarme.

Camille sintió aprensión y se llevó una mano a la garganta.

–¿Por qué haría tal cosa? ¿Sospecha, acaso, que alguien pretende hacerte daño?

Shemaine sabía en quién pensaba su madre y se encogió de hombros, tratando de parecer despreocupada.

–A bordo del *London Pride* había un marinero que me amenazó de muerte...

–¿Está aún aquí? –interrumpió Shemus, compartiendo la inquietud de su esposa.

–Sí, papá. Al parecer, Jacob Potts está bastante empeñado en cumplir su juramento.

–Pero ¿por qué Caín quiere ser tu guardián?

Camille se preguntaba qué habría sucedido para impulsar al pobre hombre a ser el paladín de su hija. ¿Qué era lo que su hija no les decía?

Shemaine se resistía a explicarlo porque sabía que su madre se sentiría muy inquieta cuando supiera todo lo sucedido.

–Lo que sucedió fue que un día ayudé a Caín...

–¿De qué manera? –quiso saber su padre.

La muchacha se alzó de hombros en gesto no muy convincente.

–Potts estaba golpeando a Caín y yo intervine...

–¿Qué dices? –Shemus cada vez estaba más alerta. Conocía a su hija lo bastante bien para percibir que estaba tratando de ocultarles algo–. ¿Qué hiciste, exactamente?

–Golpeé a Potts con un palo –respondió Shemaine de carrerilla.

–¿Cómo? –bramó Shemus.

Camille estaba a punto de desmayarse de la impresión.

–¡No me atrevo a oír más!

Su marido insistió:

–¡Cuéntanoslo todo!

Shemaine exhaló un suspiro, segura de que sus padres estaban a punto de explotar. Era obvio que su padre no aceptaría que no se lo contase todo.

–En realidad, es simple: Potts estaba dando una paliza a Caín; yo encontré un palo y le di un par de golpes en la cabeza. Eso es todo.

Camille gimió, atribulada.

–¡Oh, no! ¡Shemus, dime que no lo hizo!

–¡Oh, ya lo creo que lo hizo! –informó alegremente Mary Margaret, muy divertida con el interrogatorio–. ¡Yo lo vi con mis propios ojos!

Maurice casi se ahogó tratando de contener la risa pero fracasó en su intento porque estalló en carcajadas, para deleite de las gemelas y zozobra de Camille. Por fin, logró calmarse un tanto, aunque antes guiñó un ojo a Shemaine y la felicitó:

–¡Ésa es mi chica!

–¡Qué audaz eres! –exclamó Gabrielle con obvio entusiasmo–. Me gustaría ser tan valiente como tú.

–Tú chillas en cuanto ves un ratón –la acusó alegremente su hermana, ahogando el suspiro soñador de la otra.

Gabrielle sacudió su hermosa cabeza, desechando el reproche de su hermana.

–Bueno, eso es mejor que tratar de alimentar a cada pequeño animal que ves.

Shemus lanzó una cauta conjetura:

–Supongo que este Potts es un hombre más pequeño de lo normal.

Su hija esbozó una sonrisa frágil y poco convincente.

–¡Dios del cielo! –estalló Shemus, temiendo lo peor–. ¡Esta chica ha perdido la cabeza!

–¿Cómo es Potts? –preguntó Camille, temblando.

Shemaine se mordió el labio inferior y miró de soslayo. Le resultaba muy difícil sostener la mirada ansiosa de su madre mientras trataba de eludir la respuesta.

–Corpulento, creo.

A Shemus no le agradó la respuesta.

–Hija, ¿cómo de corpulento?

–¿Os acordáis de Sly Tucker? –preguntó Shemaine, tensa, deseando que no lo conocieran.

–¡Oh, noooo! –gimió Camille, tapándose la boca con una mano.

De Shemus brotó un rugido de rabia.

–Hija, ¿has pensado acaso que un sujeto así podía haberte matado?

Divirtiéndose como nunca, Mary Margaret respondió por Shemaine.

–Oh, el muy torpe lo intentó, pero el apuesto señor Thornton se precipitó a rescatarla. ¡De una patada arrojó a ese cerdo a un charco de barro!

–Me voy adentro –declaró Camille, sin fuerzas–. He tenido más de lo que puedo soportar en un día. Ojalá que nunca vuelva a tener uno así.

Shemaine soltó un suspiro, agradecida de que hubiese pasado lo peor de la regañina de sus padres.

–¡La culpa la tiene este maldito lugar salvaje! –musitó Shemus, siguiendo a su atribulada esposa–. ¡Tendría que volver a casa, con nosotros, en el primer barco que salga para Inglaterra!

Al parecer, la entrada del matrimonio en la cabaña provocó una reacción similar en las criadas y los visitantes adultos, dejando en el porche sólo a las gemelas y al marqués. Shemaine estaba frente a los escalones del porche.

Maurice, que se había deleitado con la hazaña de Shemaine, la contempló:

–Shemaine, siempre he pensado que eras capaz de poner a un hombre en su lugar. Me da una gran satisfacción saber que tenía razón desde el principio.

–¡A mí me parece maravilloso! –comentó Gabrielle, despierta su curiosidad sobre la relación que había entre el marqués y la esposa del colono, porque sospechaba que en el pasado habían sido algo más que simples conocidos; se decidió a satisfacer su curiosidad–. ¿Hace mucho que son ustedes amigos?

Los ojos negros de Maurice du Mercer brillaron de admiración contemplando a su antigua novia. No sentía la menor incomodidad en proclamar que ella era la mujer que él había elegido para casarse.

–Shemaine era mi prometida antes de que el señor Thornton me la arrebatase.

–Ah. –La respuesta de Gabrielle fue casi inaudible, pero la curiosidad la dominó y, en tono más fuerte, preguntó–: Yo pensaba que si una pareja estaba comprometida, era casi como si estuviesen casados.

Shemaine se sonrojó intensamente: no quería dar explicaciones detalladas.

–Maurice y yo nos separamos y yo no tenía motivos para suponer que volviésemos a encontrarnos.

–Qué triste –se compadeció Garland.

–En realidad, no –dijo Shemaine, cauta–. Estoy muy enamorada de mi esposo, ¿sabéis?

–Pero seguramente amaría mucho a su señoría –intervino Gabrielle.

–Sí, pero quizá no tan profundamente como pude haber pensado en otro tiempo –confesó Shemaine, encontrando la mirada de esos bellos ojos que la observaban con intensidad–. Maurice y yo nos dejamos llevar por la ilusión de estar juntos. Él es tan apuesto... –Hizo una breve pausa, con el propósito de ser sincera sin herir los sentimientos de Maurice–. Lo más probable es que me sintiera impresionada y... halagada por sus atenciones.

Gabrielle miró a uno y a otro y comprendió bien lo que decía Shemaine: ambos habrían formado una hermosa pareja. Y sin embargo, estaba convencida de que el señor Thornton tampoco era mal compañero para su anfitriona. A decir verdad, para ella sería imposible decidir cuál de los dos era más apuesto. Como su hermana jamás se atrevería a interrogar a Maurice acerca de sus circunstancias actuales, le tocaba hacerlo a ella.

–¿Está cortejando a alguna otra doncella en Inglaterra?

Garland se quedó boquiabierta. Muy avergonzada por el atrevimiento de su hermana, se apresuró a aconsejar al aludido:

–Su señoría, no es preciso que responda a eso. No hay duda de que mi hermana ha olvidado la discreción que nuestra madre ha intentado inculcarle.

Maurice no estaba ofendido. Había reprimido durante mucho tiempo su deseo por Shemaine y, habiéndola perdido, sabía que encontrar a otra tan admirable como ella sería el único modo de aliviar el dolor que todavía pesaba en su corazón. A decir verdad, aceptaría de nuevo a Shemaine sin dudarlo y jamás le reprocharía nada de lo sucedido durante la separación. Garland era una muchacha bonita, y su manera de ser, digna y tranquila, le agradaba. Aun así, no podía predecir qué surgiría de esa relación, aunque no tenía inconvenientes en dedicarle ciertas atenciones mientras se tomaba su tiempo, esperando a ver qué sucedía entre Gage y Shemaine.

–Gabrielle, debo suponer que, estando Shemaine casada con Thornton, tendré que buscar a otra en un futuro próximo.

La sonrisa con que respondió la joven podría considerarse la más calculadora que él había visto en su vida; esto ayudó a aumentar su recelo.

–Tal vez le agrade visitar nuestra casa río arriba, cuando volvamos de Nueva York –sugirió la joven–. He estado tratando de encontrar un compañero apropiado para mi hermana; quisiera quedarme con el dormitorio para mí sola...

–¡Gabrielle! –exclamó Garland, indignada–. ¡Cómo te atreves a insinuar que el marqués tal vez pueda tener interés por mí! Acabamos de conocernos.

Su gemela prosiguió, como si ella no hubiese hablado:

–Ahora tenemos que compartir la habitación, ¡y ella es tan quisquillosa...! Me fastidia continuamente diciendo que soy muy desordenada. La verdad es que a mí me gusta la comodidad mucho más que a ella.

Maurice aceptó el hecho de que si llegaba a tener serias intenciones de cortejar formalmente a Garland, Gabrielle constituiría una aliada para él.

–Si me dicen cuándo esperan regresar, estaré encantado de hacer una visita a su simpática familia.

–¡Cielos! –susurró Garland sin aliento, abrumada.

Presa de un temblor nervioso, se alisó el jabot de encaje, deseando tener un abanico para refrescar su rostro acalorado. El marqués era la imagen misma del hombre que ella había soñado para marido, pero jamás habría esperado ser cortejada por él. Le avergonzaba la horrorosa audacia de su hermana... pero, al mismo tiempo, estaba bastante agradecida.

Bess salió al porche y empezó a poner manteles en la improvisada mesa que los aprendices habían montado.

–Querida, ¿tienes platos para todos?

–Sí, Bess, enseguida te acompañaré para mostrarte dónde están –respondió Shemaine. Subió los escalones, se detuvo junto a su antiguo novio y le apoyó la mano en el brazo–. Me alegra ver que tal vez saques algo bueno de un viaje tan largo, Maurice. Espero que algún día puedas perdonarme por romper mi promesa y casarme con Gage.

–Aún no he superado el dolor, Shemaine –dijo él sin rodeos, en un susurro–. Me hayas amado o no, yo te amaba y quería que fueras mi esposa. Pero queda pendiente una cuestión que debo considerar; si dejarte o no en manos de tu marido. Lo que me preocupa es tu vida y tu bienestar... y, por supuesto, tu felicidad.

–Soy feliz, Maurice, por favor créeme –suplicó.

–Por el momento lo eres, pero me preocupa el futuro, Shemaine, y no descansaré hasta estar seguro de que seguirá siendo así. Si Gage no es el compañero adecuado para ti, entonces quiero serlo yo, sin lugar a dudas.

23

Edith du Mercer había partido apresuradamente de Inglaterra pocos días después de saber que su nieto había viajado a las colonias con los O'Hearn, con el propósito de encontrar a Shemaine O'Hearn. Aunque Edith había pagado una suma considerable para tener un camarote privado en el *Moonraker* y viajaba sin criada ni asistente, cuando estuvo a bordo descubrió que debía compartir sus comodidades con otra mujer de fortuna comparable a la de ella. El viaje había sido una tortura. Su sueño se había visto perturbado por fuertes ronquidos que casi habían destrozado sus nervios, sometiéndola a una prueba que no había esperado tener que pasar durante su viaje a las colonias. Hasta una dama de carácter apacible se habría sentido irritada, pero Edith du Mercer no conocía otra cosa que la riqueza y el poder. Su talante imperioso había sido alimentado por un abuelo exigente, que la imbuyó de la importancia de su pasado aristocrático y del elevado rango de su familia, muy por encima del de otros nobles.

Si hubiese podido modificar las circunstancias en su favor sin despertar sospechas, habría sobornado a alguien para que arrojase a la otra dama por la borda. Pero en esta situación trató de no pensar en su propia comodidad sino en su objetivo principal, es decir, ver a su nieto casado con una mujer de familia prominente y noble que, por sus propias credenciales, lo elevara hasta una situación cercana al trono. Nadie discutía que Maurice tenía buen carácter, encanto, dignidad e integridad, pero si había algo que faltaba a su nieto era esa ambición arrolladora necesaria para convertirse en confidente de su alteza real, el rey Jorge II, y quizás en el progenitor de aquellos que un día gobernarían Inglaterra.

En la intensidad de su deseo de casarse con esa muchachita irlandesa, Maurice no había pensado que abandonaba así todas sus esperanzas de alcanzar el objetivo que se había propuesto. Si se hubiese conformado con tomar a Shemaine como querida, podría haber tenido una esposa con títulos y no desechar todas sus posibilidades de lograr una posición eminente. Pero estaba demasiado fascinado con Shemaine y sólo podía pensar en su propia felicidad más que en la alta posición que podría conseguir como marqués. Sin duda se habría sentido gratificado concibiendo una camada de niños con mezcla de sangre irlandesa que no harían otra cosa que manchar el apellido Du Mercer y, en el mejor de los casos, le permitirían llegar a una distinción y una posición apenas nominales. Durante las numerosas discusiones en que Maurice trataba de convencerla de los méritos de Shemaine, a Edith se le había hecho evidente una cosa: que su nieto no se dejaría convencer de desistir de su elección. Edith llegó a la conclusión de que si pretendía impedir esa boda, debía arreglar alguna alternativa, aunque fuese por medios tortuosos. Había tenido éxito en esa empresa sin que Maurice se enterase. Era demasiado honrado para imaginar los límites a los que sería capaz de llegar su abuela para asegurar que el heredero de los Du Mercer alcanzara fama y grandeza.

Y ahí estaba ella, en aquella escuálida aldehuela llamada Newportes Newes, tratando de encontrar una habitación. Se irritó un poco con el posadero cuando éste le dijo que no había ningún lugar libre en su establecimiento. Cuando intentó persuadirlo ofreciéndole el doble de la tarifa habitual, el hombre se había quejado de que ya tenía tres personas en cada cama y que todos ellos lo habían sobornado sólo para tener un lugar donde dormir. Hasta había extendido jergones en cualquier espacio disponible en cuartos y salas para complacerlos a todos, pues si no accedía, sus huéspedes se volverían contra él y lo harían pedazos.

–Podría intentarlo en la taberna –sugirió el posadero–. Tienen habitaciones en alquiler, si les queda alguna que no sea usada por las chicas de Freida y sus clientes. En la actualidad, los cocineros de la taberna preparan mejor comida que la que tenemos aquí. Por otra parte, no hay muchas más alternativas, excepto una casa de familia que alquile algún cuarto, pero, en mi opinión, la taberna es su mejor posibilidad; vale la pena que lo averigüe.

–Gracias, lo haré –respondió Edith con rigidez.

Con aire arrogante, se dio la vuelta, apoyó una mano larga y huesuda en el pomo de plata de su bastón y salió del sucio establecimiento. Se alegró de que existiese una alternativa, porque aborrecía el polvo y la suciedad y era evidente que la posada necesitaba una buena limpieza.

Edith se detuvo a enjugarse la transpiración del rostro con un pañuelo de encaje. Su vestido de seda negra recogía el calor del sol y, aunque su costoso sombrero le daba sombra a su cara, como también era negro, hacía que el calor fuese casi insoportable. Por cierto, si hubiese tenido a su nieto al alcance de su voz, le habría dado una severa reprimenda por ponerla en situación tan fastidiosa, y todo por esa bonita muchacha de la que ella había tratado de librarse.

Era obvio que la promesa de una gran recompensa al que pudiese llevarle una prueba de la muerte de la chica sólo le había proporcionado frustración. Incontables citas con su abogado, viajes clandestinos en carruaje a Newgate, en mitad de la noche, y velados encuentros en la calle frente a la prisión con ese maloliente carcelero, todo había resultado inútil. Incluso después de saber de la partida del barco de convictos, había mantenido la esperanza de que el hombre estuviese en lo cierto con respecto al prisionero cuya ayuda había solicitado, después de haber fracasado en su intento de estrangular a la moza irlandesa. Pero luego había sabido que Maurice estaba viajando hacia Virginia, y Edith comprendió que era imperativo que ella hiciera lo mismo. No podía correr el riesgo de que su nieto encontrase viva a su bienamada y la llevara de regreso a Inglaterra. ¡Así, todos los esfuerzos de Edith habrían resultado baldíos!

Fue provechoso para ella que los vientos favorables hincharan las velas del *Moonraker* haciendo que llegara a puerto sólo un día después de que amarrara el barco de Maurice. Su oportuna llegada reavivó sus expectativas de que lograría arreglarlo todo con eficiencia y a escondidas, incluso antes de que su nieto se percatase de su presencia.

Tras interrogar a una lugareña cerca del muelle, Edith supo que Shemaine O'Hearn no sólo estaba viva, sino que además gozaba de buena salud y vivía con cierto colono montañés que había reunido monedas suficientes para comprarla. La mujer que le facilitó la información fluctuaba dramáticamente entre ansiosas ráfagas de noticias y una nerviosa reticencia, sin aviso previo, como si temiera ser observada diciendo algo. No cabía duda de que la señora Pettycomb era la criatura más extraña con la que había tenido contacto. La mayor parte de su parloteo no era más que eso, parloteo inútil. Aun así, Edith tuvo que recordar que este territorio estaba habitado por convictos y por la escoria de cualquier país capaz de fletar un barco que los transportara a estos climas y, por lo tanto, no debía esperar mucho de estas personas. Jamás había estado de acuerdo con los esfuerzos de Maurice por detener la exportación de delincuentes pues, para ella, ese territorio salvaje era el mejor lugar para enviar a los desechos de la sociedad.

Edith gimió para sus adentros; ¿por qué no habría muerto la pequeña ramera, aliviándola así de su preocupación por los objetivos de Maurice y su futuro como noble? Una dama de verdad habría sucumbido a las durezas de la prisión y al viaje por mar en un barco prisión. Posiblemente fuera su impura sangre irlandesa la que la hacía tan tenaz y resistente a la muerte.

Edith se burló para sus adentros: Maurice no debía de tener la menor idea de lo mucho que había hecho sufrir a su única pariente al llevar a esa criatura al hogar ancestral y anunciar en claros términos que se casaría con ella. Su mata de pelo rojizo debería de haberle advertido antes de que ella no era ninguna aristócrata. ¡Pero, no! Tenía que demostrarse a sí mismo que era magnánimo en su liberal imparcialidad. Por cierto, nada bueno había resultado de tanta tolerancia, porque había forzado la mano de su abuela casi hasta mancharla de sangre.

–Todavía está por ver –se prometió Edith–. Bastará con que encuentre a esa furcia y ordene a los perros que devoren su repugnante cadáver.

Deteniéndose en la acera, Edith examinó la fachada de la taberna con una mueca de desagrado y se estremeció de disgusto al oír las groseras carcajadas que llegaban desde dentro. Un comentario salaz en la voz caballuna de una mujer la heló hasta los huesos. ¿A qué la había reducido su nieto?, pensó, llena de pánico. Primero, el soborno de un abogado poco escrupuloso para arreglar la detención y sentencia de Shemaine, luego, una multitud de delitos con los que ninguna dama aristocrática se atrevería a manchar sus manos. ¡Y ahora, la última afrenta a su orgullo! ¡Vivir en una guarida de borrachos y rameras como una plebeya! Se le ocurrió que quizás había intentado matar a la persona equivocada. Sin duda, sus tribulaciones acabarían pronto tras la muerte de Shemaine.

Edith soltó un suspiro cargado de repugnancia, empujó la puerta de la taberna y entró, con su acostumbrado aire altanero. El ruido ensordecedor casi le hizo retroceder y temblar por dentro pero, poco a poco, fue disminuyendo mientras las cabezas se volvían al captar su presencia.

Morrisa Hatcher, con el codo apoyado sobre una mesa cercana y el mentón en la mano, contemplaba asombrada a la recién llegada. Nunca había visto un brillo tan suntuoso en una tela y, aunque era tan negro como su propio pelo, era el vestido más lujoso y elegante que ella habría admirado en toda su vida.

–Qué pena que lo use esta gallina vieja –musitó, envidiosa. Poniéndose de pie, hizo un guiño a la ramera sentada cerca de ella–. Tal vez la dama venga a servir a alguno de los muchachos, ¿eh?

La otra prostituta rió y la animó:

–¿Por qué no le preguntas en qué cama quiere trabajar?

Morrisa llamó la atención de la propietaria y, señalando con el pulgar a la que esperaba junto a la puerta, preguntó:

–Freida, ¿dónde has encontrado a la chica nueva?

Los labios rojos de Freida se curvaron en una mueca divertida.

–Del palacio de Buckingham. Estoy esperando un barco entero de muchachas así.

Morrisa se acercó a la puerta contoneando las caderas, hizo un amplio círculo alrededor de la dama de negro, mirándola de arriba abajo. No había en ella una puntada que no fuera costosa.

–¿Está usted perdida, milady?

–Lo que más me temo es que no –replicó Edith, altiva. Olfateó mientras se llevaba un pañuelo de encaje a la nariz. Parecía que la ramera se había bañado en agua de colonia rancia porque apestaba a esa nauseabunda fragancia–. Deduzco que ésta es la taberna que me han indicado; ¿es aquí donde puedo preguntar por una habitación para mí?

–¡Oh, oh! –graznó Morrisa al oír la elegante dicción de la dama–. Aquí tenemos a una engreída.

Edith echó una mirada despectiva a la ramera de negra cabellera.

–¿Acaso nunca ha oído hablar a una dama?

–Por supuesto –respondió sin demoras Morrisa–. Las he oído antes. Incluso las he visto de vez en cuando. Pero aquí no vienen si no es con un hombre. De lo contrario, las pondrían a trabajar.

–En la cama, quiere decir –replicó Edith con sequedad. Si esa prostituta la creía un poco estúpida, estaba muy equivocada. No había llegado a los setenta y cuatro años sin aprender algunas cosas–. Sin duda, soy demasiado vieja para interesar a alguno de sus amigos, y por eso me sentiré razonablemente segura aquí. Lo único que necesito es un cuarto donde pueda pasar la noche, un baño caliente y una comida pasable. ¿Es mucho pedir?

Morrisa quedó impresionada por el coraje de la anciana.

–Supongo que no, si puede pagarlo.

–No se preocupe por eso –repuso Edith con calma–. Más aún, si hace los arreglos necesarios y envía a alguien a buscar mi equipaje al *Moonraker,* le pagaré a usted por su tiempo. ¿O prefiere recibir hombres?

La pregunta provocó una leve burla de parte de Morrisa.

–Desde luego que puedo hacer lo que usted quiera, pero tengo que obtener lo suficiente para satisfacer a la madama.

–Obtendrá lo suficiente –prometió Edith–. Pero no toleraré demoras. No he dormido bien una noche completa desde que salí de Inglaterra, y cuando pido algo lo quiero de inmediato. ¿Entiende?

Morrisa supuso que no estaba por debajo de su dignidad servir de doncella por una vez en la vida. Además, sentía curiosidad. Por cierto, era raro encontrar a una dama rica viajando sola y le hubiese gustado saber qué se proponía la anciana. ¿Qué circunstancias apremiantes la habrían impulsado a soportar un largo viaje sin llevar consigo una criada o un acompañante masculino?

Con un gesto de asentimiento, la ramera aceptó las condiciones de la señora pero, en retribución, le pidió el doble de su tarifa habitual, con la intención de mantener a Freida en la ignorancia de esa ganancia extra. Tras recibir un elegante saquito de cuero, se alejó para hablar con el tabernero y volvió inmediatamente.

–Puede ocupar el último cuarto a la derecha en la planta alta. Las doncellas de la taberna le prepararán el baño mientras yo envío a un tipo al barco a recoger su equipaje. Es probable que el capitán sepa quién es usted, de todas maneras sería mejor que me diera su apellido, para que él esté seguro de que es usted quien envía a buscar sus cosas.

–Lady Edith du Mercer.

Morrisa inclinó la cabeza con aire pensativo.

–Me imaginé que debía de tener título.

–Es un honor que lo notara –repuso Edith, altiva.

Morrisa abrió la boca para responder con una réplica cortante, pero cambió rápidamente de idea. Intuyó que a esa vieja pájara no le agradaría y si se molestaba, eso reduciría o incluso cortaría de raíz lo que podría ganar si cerraba la boca.

–¿Y su nombre? –preguntó la señora.

–Morrisa. Morrisa Hatcher.

–¿Hatcher es su verdadero apellido o lo adoptó con el correr de los años?

Morrisa se removió, incómoda. Quienquiera que fuese esa vieja, no tenía un pelo de tonta.

–Mi madre me tuvo sin estar casada, si eso es lo que quiere saber. Ella decía que el culpable era un mayordomo que no lo quería admitir. La echaron de la casa donde había estado trabajando, pero él se quedó como si nunca hubiese roto un plato. Después que me tuvo a mí, me dijo que él era un verdadero enredador, que la había hecho despedir después de incubar[1] un pollo. Y el nombre quedó.

–Bueno, Morrisa Hatcher, ¿podrá conseguirme algo para comer?

–Yo misma le llevaré algo después de que haya tomado su baño –dijo Morrisa–. ¿Necesitará ayuda para deshacer su equipaje o para desvestirse?

Edith du Mercer era astuta como le hubiese gustado ser a Morrisa y podía percibir el juicioso razonamiento que se producía detrás de esos ojos oscuros que la observaban con tanta perspicacia.

1. *Hatcher* significa literalmente incubadora. (*N. de la T.*)

–Morrisa, cualquier ayuda que esté dispuesta a prestarme le será pagada, pero sólo en caso de que yo no salga de aquí con menos posesiones de las que tenía cuando entré.

La mirada de Morrisa se encontró con la de Edith, que no vacilaba; reconoció el desafío al que se enfrentaría si se disponía a ayudarla.

–No le robaré nada, si eso es lo que ha querido decir.

–Es usted muy lista, querida. Nos entendemos muy bien.

–No soy una ladrona –declaró Morrisa, crispada.

–¿No? –Edith se permitió un atisbo de sonrisa; su tono manifestó cierta incredulidad cuando preguntó–: ¿Es verdad que recibe la suma que hace un momento declaró? ¿O acaso mentía?

Morrisa se encogió ante la presión de la mujer mayor.

–Una chica debe ganar su dinero de un modo u otro.

–Por supuesto, Morrisa –admitió Edith–. Y en tanto seas honesta mientras trabajes para mí, podrás ganar mucho más de lo que sacas con un hombre. Pero debes recordar que no cederé más de lo que desee, y eso, según mi propia decisión. ¿Entiendes?

–Entiendo –aceptó Morrisa.

–Entonces, podrás prestarme toda la ayuda que sea necesaria.

Empujada por la curiosidad, Morrisa acompañó a la dama a su cuarto, dirigió en persona la preparación del baño y preparó un camisón y una bata, ambas prendas tan suntuosas y bellas que no pudo calcular su coste. Maravillada, pasó las manos por las prendas preguntándose cómo le quedarían, pero apartó rápidamente la idea de saquear las posesiones a espaldas de la anciana. Casi podía apostar que esa vieja víbora era capaz de herir con sus palabras si le molestaban.

–Jamás he visto ropas tan finas como las suyas –reconoció, mirando alrededor.

Edith la había observado y le complació que fuera capaz de ser sensata y no intentara robarle alguna prenda.

–Quizá, si me sirves bien, te dejaré alguna prenda cuando regrese a Inglaterra, Morrisa. En mi casa tengo bastantes.

–Eso sería muy bondadoso de su parte, milady –dijo Morrisa, ansiosa, con sonrisa radiante.

–Entonces, ven a ayudarme a desvestirme –ordenó Edith–; podremos seguir hablando mientras me baño.

La orden de Edith fue cumplida sin demoras; dos sábanas fueron colgadas de las vigas bajas para ocultar la bañera, brindando cierta intimidad a la dama. Mientras Morrisa aguardaba del otro lado, Edith comenzó a hacer averiguaciones.

–¿Conoces a una joven llamada Shemaine O' Hearn, que vive en la región?

Morrisa resopló, disgustada. Al parecer, últimamente todos los que llegaban en los barcos que atracaban preguntaban por el paradero de la pequeña irlandesa.

–Por supuesto que la conozco. Llegamos juntas aquí, en el *London Pride*.

–¿Te hiciste amiga suya?

La ramera lanzó una risa despectiva.

–Más bien enemiga.

–¿Por qué la odias?

Morrisa fue cauta pero sincera. Nadie la colgaría por detestar a una persona.

–Shemaine siempre estaba metiendo la nariz en lo que no le incumbía. Yo había encontrado un buen modo de manipular a las otras mujeres hasta que ella empezó a hablarles. Si no hubiese sido por ella, las habría tenido a todas haciéndome reverencias.

–¿O sea que estás resentida con ella?

–Sí, eso podría decirse.

–Estoy segura de que, a veces, estarías tan furiosa con ella como para desearle la muerte.

Edith expresó con cautela la conjetura y anticipó la respuesta.

–No sólo lo deseé, tuve razones para ocuparme de que algo le sucediera... Bueno, no lo había hecho yo misma –añadió, por si acaso–. Había otras personas que también querían verla muerta y estaban dispuestas a pagar por ello, ¿entiende? El carcelero de Newgate dijo que alguien, en Londres, estaba dispuesto a pagar para que la mataran. Incluso me dijo que podría obtener ventajas muy buenas si la estrangulaba y luego le entregaba una prueba de su muerte. Pero como esa persona estaba en Inglaterra y yo aquí, tan lejos, me parecía poco probable que alguna vez me pagara lo prometido si mandaba a la tumba a la pequeña irlandesa de los pantanos. Hasta he llegado a pensar, últimamente, que él esperaba que yo lo hiciera y le diese la prueba para después quedarse con toda la recompensa. Y a mí, que me condenaran.

Edith ya sabía que había cometido errores en sus esfuerzos por hacer matar a Shemaine pero, por desgracia, esos errores habían sido inevitables. Su abogado comprendía la importancia de que la nobleza protegiese su apellido y su herencia y, aunque había tentado al cazador de ladrones para que detuviese a la muchacha y al magistrado para que urdiese sus estratagemas para que la condenaran, se había negado a verse involucrado personalmente en el asesinato de una mujer joven, integrante de una familia adinerada. Su argumento había sido que las consecuencias resultarían excesivas y, en ese sentido, no hubo suma de dinero que pudiese convencerlo de lo contrario. Le había explicado que tenía una seria aversión a la horca, pero que de todos modos averiguaría el nombre de alguien que estuviera dispuesto a cometer el hecho y lo arreglaría para que Edith se encontrara furtivamente con el individuo. Varias noches después, le informó de que existía tal persona, un carcelero de la prisión que ya había matado antes por dinero. Sin embargo, como Edith había sabido después, ése había fracasado, y ahora ella buscaba nuevas posibilidades.

Edith du Mercer terminó su baño, se puso la camisa y envolvió su cuerpo enjuto con una bata. Reuniéndose con la ramera, se sentó en un banco y reanudó la conversación mientras Morrisa Hatcher le cepillaba el largo pelo negro lleno de canas.

–Morrisa, me preguntaba si alguien habría intentado deshacerse de Shemaine.

–Sí, pero hasta ahora el tipo no ha hecho nada que valga la pena.

–¿Se trata de algún conocido tuyo?

–Un marinero del *London Pride*. Está algo resentido contra Shemaine, quiere vengarse porque dice que es una petulante. Pero el señor Thornton vino al pueblo un par de veces a advertirme que si Shemaine resultaba herida otra vez, o incluso muerta, él vendría a por nosotros; a por mí y por Potts. Bueno, aunque no me parecía justo que me culpara por lo ocurrido, me fastidió tanto que avisé a Potts de que se ocultara durante una temporada pues, de lo contrario, nos metería a los dos en un feo asunto.

–Si pudieras irte a cualquier lugar que quisieras, donde ese señor Thornton no pudiese encontrarte, ¿aceptarías permitir que Potts se vengara de ella?

–No me molestaría en absoluto ver enterrada a esa irlandesa, pero jamás la mataría con mis propias manos, de modo que si está pensando en mí, pierde el tiempo.

–No tienes por qué preocuparte, Morrisa –la animó Edith–. He deseado la muerte de Shemaine tanto como tú, pero hasta ahora no ha sucedido.

Morrisa no podía imaginar que una dama quisiera causar daño a otra persona. Por otra parte, nunca había conocido a ningún aristócrata el tiempo suficiente para entender cómo pensaban. De todos modos, preguntó:

–¿Por qué una señora elegante como usted querría ver muerta a Shemaine? ¿Qué le ha hecho?

–Ha robado el corazón de mi nieto, y la detesto por eso.

Un fuerte resoplido desdeñoso acompañó la respuesta de Morrisa:

–El corazón de su nieto no es el único que ha robado. El señor Thornton fue y se apropió de ella.

–Sí, oí decir que un colono la había comprado...

–¡No sólo la compró sino que se acostó con ella!

–¿Quieres decir que ha sido deshonrada?

Primero, fue una noticia dichosa para Edith, pero cuando pensó en la decisión de su nieto en encontrar a Shemaine, le pareció dudoso que Maurice culpara a la muchacha de haber sido forzada por su amo. Un arduo suspiro se escapó de sus labios al imaginar a Maurice haciendo una magnánima oferta de matrimonio a la muchacha, a pesar de la gran probabilidad de que estuviese gestando un niño de otro hombre.

–Me temo que su perdida virginidad no cambie nada. Mi nieto ha quedado completamente embrujado. La pequeña buscona ha clavado sus garras en su corazón y no lo soltará.

–Bueno, creo que Shemaine tendrá que hacer una elección entre los dos, porque el señor Thornton no dejará que su esposa se vaya por las buenas con otro hombre. He oído decir que mató a su primera esposa. Si pescara a Shemaine retozando con su nieto, podría matarla también.

–Entonces, ¿Shemaine está casada? –preguntó Edith, recibiendo como respuesta un vivaz gesto de asentimiento, cuando alzó la vista–. Quizás eso disuada a Maurice de involucrarse.

–Mmm. Si su nieto es el que yo vi frente a Shemaine y el señor Thornton aquí mismo, anoche, frente a la taberna, no me parece que tenga mucha disposición a cederla, aun sabiendo que está casada con un colono.

–Cómo he deseado verla muerta –suspiró Edith–. Si pudiese encontrar a la persona apropiada para quitarla de en medio, le daría una fortuna.

Morrisa se mordió un instante el dedo con aire pensativo, dudando si confiar en esa mujer. Si la anciana estaba procurando tenderle una trampa, sería una tontería insinuar que ella podría ocuparse de que algo terrible le pasara a Shemaine. Sin embargo, ¿por qué habría de viajar Edith du Mercer desde Inglaterra sólo para tenderle una trampa? Era una idea tan retorcida que parecía absurda.

Desde el primer momento en que se vieron, abajo, para Morrisa resultó evidente que esta gran dama era dura y que tenía un propósito en mente. Y cuanto más hablaban, más se convencía de que esa mujer a la que acompañaba no era ningún ángel.

–En este mismo momento puedo asegurarle que Potts está impaciente por cortar la garganta de Shemaine.

–Si puedes lograr que se deshaga de Shemaine, habrá una importante recompensa para ti. Si llegaste aquí en el *London Pride*, supongo que tus documentos de servidumbre los posee...

–Freida... la dueña de este burdel.

–Morrisa, con los fondos que estoy dispuesta a darte, podrías comprar tu libertad e instalar tu propio establecimiento en el lugar que elijas. Por supuesto que si te atraparan no deberás revelar que yo te instigué a cometer el acto. Dudo de que alguien te creyese pero, si me incriminaras, te aseguro que te pagaría con la misma moneda y enviaría a alguien a liquidarte. Habrá una recompensa mayor por guardar silencio, y como no estarías directamente involucrada, es probable que yo pudiera conseguir tu libertad.

–Sé cuándo cerrar la boca, milady. No tiene de qué preocuparse conmigo.

–En cuanto te vi pensé que podríamos entendernos.

–No es difícil lograr que Potts mate a Shemaine si me deja hablar a mí sola. Él haría cualquier cosa que yo le pidiese. Sin embargo, para proteger el pellejo de él y el mío, tendría que matar también al señor Thornton después de Shemaine. Luego, Potts necesitará algún dinero para mantenerse mientras tenga que estar oculto. Ahora no le queda nada.

–Estoy dispuesta a pagarle un pequeño anticipo para entusiasmarlo y una recompensa mayor después, si todo sale bien.

–Ante la duda de que él no lo hiciera, creo que hay una mujer que podría hacerlo por su propio gusto. Ella no tiene idea de lo que yo vi o deduje de ella y de cierto mequetrefe que fue asesinado por su culpa. Se cree muy superior y poderosa para hablar conmigo, pero si usted quiere, milady, tal vez aceptaría hablar con usted. Además, me parece que tiene muchas ganas de irse de aquí y, para quedar libre, necesitaría tener lleno su monedero.

–¿Te parece que es necesario tener a Potts y a esta otra mujer tratando de matar a Shemaine al mismo tiempo?

Edith recordó lo delgada y menuda que le había parecido la muchacha después de rechazar una fortuna que recibiría fuera de los límites de Inglaterra. No creía que fuesen necesarios dos asesinos.

Morrisa tenía otra opinión.

–Para mi gusto, los intentos de Potts fueron demasiado chapuceros y no consiguió nada, excepto un agujero en un costado. Lo más probable es que el señor Thornton le dispare en cuanto lo vea, si él no lo mata primero. A ése es a quien temo más, porque me perseguiría hasta el fin del mundo para vengarse si matáramos a su amada. Roxanne Corbin, en cambio, aunque la viesen, podría acercarse lo suficiente para hacer daño a Shemaine, y me parece que se sentirá dichosa de tener la oportunidad de obtener una buena bolsa.

–¿Es con esta Roxanne Corbin con quien quieres que hable?

–Sí, ella querrá hacerlo, sin duda, porque Shemaine le robó el hombre con el que ella pensaba casarse. Por lo que le oí decir al mequetrefe después de que ellos dos riñeron, Roxanne estaba realmente prendada del señor Thornton desde hace unos diez años. Hay quienes dicen que ella satisfacía sus necesidades, pero Sam dice que no porque es muy fea y al señor Thornton le gustan las mujeres bonitas. Poco después de que el señor Thornton se casara con su primera esposa, Roxanne enloqueció. Después la señora fue asesinada, y lo primero que se supo fue que ella estaba cuidando de la casa y que hacía planes para casarse con él.

»Después apareció Shemaine y este Thornton va y se casa con la irlandesa. Roxanne se puso tan furiosa y angustiada que estuvo a punto de estallar de envidia. En ese momento, intenta convencer a todos de que Thornton mató a su primera esposa, pero yo sé que lo quiere para ella. Puedo verlo en sus ojos cuando él pasea su bella estampa por la calle, con ese paso audaz que tiene. Desde luego, ella ignora que yo la observo. Roxanne está tan ansiosa por meterse en la cama con él que le bastaría chasquear los dedos y ella correría hacia él. Y a decir verdad, Thornton está tan prendado de Shemaine que no quiere saber nada con esa cara de caballo ni con ninguna otra. Yo misma traté de convencerlo de que subiera aquí, conmigo, pero no quiso nada de lo que yo podría haberle dado. Roxanne debe saber que no tiene la menor oportunidad mientras Shemaine viva... por eso me parece que le haría muy feliz ver muerta a la irlandesa. Si estuviera dispuesta a matarla, una bolsa con monedas la decidiría porque así podría librarse de su padre.

–Morrisa, al parecer sabes mucho sobre la gente de este pueblo.

La otra se alzó de hombros.

–Algunos de mis clientes son muy comunicativos, a veces. Por otra parte, mientras intento arreglar algún negocio, veo muchas cosas.

–¿Dices que viste a esa Roxanne hacerle algo a ese... mequetrefe, como tú lo llamas?

–Sí, yo estaba en su casa la noche que lo mataron. Ella lo provocó. No es que le pusiera la mano encima, entiéndame, pero de todos modos ella es culpable.

–Si no estuviese dispuesta a matar a Shemaine por una suma de dinero, quizá yo pueda convencerla de que le convendrá hacerlo a menos que quiera ser condenada por el asesinato de un hombre.

–Milady, ya le dije que Roxanne no lo hizo, exactamente –insistió Morrisa.

–Bueno, si ella le puso cerca una víbora, igual es culpable, ¿no?

Morrisa torció un poco el mentón mientras consideraba el riesgo de amenazar a la hija del herrero.

–Me echaría los perros encima si usted mencionara mi nombre, milady. Si me atrapasen, sería como si estuviese muerta.

–¿Por eso quieres que yo hable con ella? ¿Porque le tienes miedo?

–Yo no le tengo miedo casi a nadie, milady, pero lo que vi aquella noche me asustó mucho.

–Está bien, Morrisa, trataré de convencer a Roxanne de que haga lo que yo quiero sin recurrir a amenazas. Te daré un mensaje para que se lo envíes esta misma tarde. Si fuera posible, me gustaría ver cumplido este recado antes de mañana al amanecer. Preferiría que mi nieto ignorase tanto mi llegada como mi partida. Por eso, cuanto antes muera Shemaine, más posibilidades tendré de escapar inadvertida.

–¿No cree que correrá la voz, milady? Éste es un pueblo de chismosos.

–Estoy dispuesta a correr ese riesgo. Además, si en el momento en que la gente empiece a hablar yo ya me he marchado, siempre podré decir que estaba buscando a Maurice y que me habían dicho que él se había ido al norte o algo así.

Morrisa hizo una mueca.

–Parece que no soy la única mentirosa en esta habitación.

Edith alzó una ceja.

24

Gage Thornton y Nathanial Beauchamp firmaron un contrato por la venta del bergantín, designando al segundo como futuro dueño del barco cuando estuviese completada la construcción. Había sido un acuerdo justo y equitativo para ambos, pero ahora que Gage se enfrentaba a la difícil decisión de cerrar el taller de ebanistería y dedicarse de lleno a la construcción naval, comprendía que estaría dejando de lado una empresa muy lucrativa. Por otra parte, estaba el hecho de que Ramsey Tate, Sly Tucker y los dos jóvenes aprendices dependían de la fabricación de muebles para ganarse la vida. A menos que continuara aportando sus diseños y su experiencia, esos hombres tendrían un grave problema. Eran muy trabajadores y diestros en lo que hacían, pero no lo suficientemente creativos para compensar la falta de su dirección constante y de su talento.

Gage jamás había ocultado a sus hombres cuál era su aspiración y, tras la partida de los Beauchamp, fue al taller lleno de comprensible júbilo, a anunciar que había vendido el barco. Por las forzadas sonrisas de los ebanistas, era evidente que habían estado temiendo ese momento. Sus poco entusiastas felicitaciones le hicieron preguntarse si serían incapaces de reconocer sus propias limitaciones y se resistirían a argumentar en su propio favor. Quizá pensaban que sería inútil intentar persuadirlo de desistir de su sueño largamente acariciado de convertirse en un importante constructor de barcos. Le resultó muy esclarecedor observar las expresiones de súbita euforia cuando les informó que, tras pensarlo bien, había decidido que sería una tontería interrumpir la producción de muebles. Por lo tanto, limitaría sus ambiciones a lo que había hecho durante casi diez años: construir una nave cada vez, a ritmo lento y seguro.

Shemaine también estaba encantada con las noticias, porque no concebía a su marido abandonando un oficio para el que era tan habilidoso y estaba tan dotado. Habían pasado un momento a solas en su dormitorio, mientras los mayores seguían jugando a los naipes en la sala y Andrew hacía la siesta en su dormitorio. Maurice había ido con los Beauchamp a Newportes Newes, aunque había prometido a Gage que regresaría por la mañana, porque no dejaría a Shemaine hasta que la cuestión entre ellos hubiese quedado resuelta de un modo u otro. Bess y Nola estaban en la cocina preparando la cena y, por primera vez desde la llegada de los padres de Shemaine esa mañana, Gage y ella podían disfrutar del placer de estar juntos.

–Además, no puedes dejar de hacer muebles ahora –dijo la esposa–. Será necesario que construyas más camas y otras cosas para nuestra familia, que está creciendo. Después de recibir la visita de los Beauchamp, estoy convencida de que los dos hemos comprendido lo bueno que es tener hermanos y pensaremos seriamente en tener una gran familia. Oh, Gage, piensa cuánto disfrutaremos creando una familia y, cuando seamos unos viejecitos de pelo blanco, que nos visiten nuestros nietos y nos trepen a las piernas para recibir un beso o que les contemos un cuento. Sería una verdadera fuente de deleite y un elixir de juventud. ¡Mira a tu padre! Parece haber recibido una nueva vida sólo por estar con Andrew.

Sus persuasivos argumentos hicieron sonreír a Gage.

–Tendremos muchísimo trabajo alimentándolos y enseñándoles buenos modales, pero imagina el placer que nos dará hacerlo. –Alisó los pliegues del vestido sobre la barriga de Shemaine y se echó atrás para contemplarla. Para que él pudiera ver mejor, ella giró a un lado y a otro pero él sacudió la cabeza, indicando que no encontraba cambios desde la última vez que la había observado–. Está creciendo tan lento que no saldrá del cofre hasta comienzos del año que viene.

–Estás tomándome el pelo –acusó Shemaine con una suave risa, acurrucándose contenta contra él–. Sabes bien que por ese tiempo nacerá el niño.

–Claro, pero estaba pensando si no habrías olvidado los nueve meses que tarda en gestarse un niño. Con la cantidad de hijos que dices desear, me parece que siempre tendrás uno en el vientre y otro tomando el pecho.

Shemaine imaginaba el ajetreo de tener que atender a tantos niños de edades cercanas.

–Bueno, quizá no esté bien darse demasiada prisa. Después de todo, debemos dar a cada uno el tiempo necesario para recoger los beneficios de la infancia antes de sacarlo de la cuna.

Gage rió, asintiendo.

–Y así tendremos más tiempo para gozar de preciosos momentos con nuestros hijos. Es mucho más importante brindarle a cada uno todo el cariño y educarlo de un modo suave y amoroso, para que se sienta amado y seguro, que sepa cuáles son sus límites en el seno de la familia. Por cierto, señora, no sería considerado por nuestra parte criar una gran pandilla de bribones a los que todos odien.

Shemaine sonrió, recorriendo con los dedos el rostro de Gage, desde la sien hasta la línea firme de su mentón.

–Mi amor, tu sabiduría ya quedó demostrada con Andrew y yo procuraré seguir tu consejo cuando nazca nuestro hijo, por más que ya sé que sufriré la tentación de consentir al pequeño.

–Y eso será bueno para los dos, pero no convirtamos al recién nacido en el miembro más importante de la familia. Después de todo, mi amor, tu marido también disfruta con tus pechos.

–Oh, jamás dejaría de lado ese éxtasis, queridísimo –aseguró Shemaine–. Con sólo recordarlo, mis pechos vibran de emoción. –Sus ojos chispeaban de tal modo que casi hechizaron a su marido, cuando ella apoyó las manos abiertas de él sobre esas hinchadas protuberancias–. Mira lo que haces conmigo.

Los pulgares de Gage rozaron los endurecidos pezones, provocándole suspiros de placer.

–¿Te dije que estás adorable con tu ropa? –preguntó Gage, rozándole la frente con sus labios–. Siempre has estado encantadora con los vestidos de Victoria; te aseguro que no me molestaba ver cómo te ceñían los pechos, pero los tuyos te quedan mejor.

–Ahora al menos puedo respirar –replicó, haciendo una profunda inspiración, provocando así que su pecho se expandiera en las manos de su esposo.

–Con todo, vestida con tu propia ropa no estás tan deliciosa como cuando no llevas ninguna –susurró Gage.

Shemaine alzó hacia él una cálida y sugestiva sonrisa mirándose en sus ojos resplandecientes.

–Lo mismo puede decirse de ti, señor Thornton. –Deslizó las manos alrededor de las caderas del hombre para acariciar, admirada, los prietos músculos–. Tienes el trasero más atractivo que he tenido el placer de contemplar...

–Lo más probable es que sea el único que has tenido oportunidad de ver –replicó, divertido.

–Es verdad –admitió Shemaine–, pero soy capaz de apreciar las buenas líneas cuando las veo.

–Maurice es bastante bien parecido. ¿Cómo nos ves, en comparación?

Echándose atrás dentro de sus brazos, Shemaine compuso una expresión de duda.

–No sé, señor Thornton. Maurice es un ejemplar bastante apuesto...

–¡Ya!

El resoplido despectivo de Gage provocó deliciosas risas a su esposa.

–¡Caramba, señor! ¡Creo que está celoso!

–Estaba mejor cuando no conocía la apostura de tu novio –comentó con sequedad, cruzando los brazos sobre el pecho y alzando la vista hacia el techo. Mantuvo la estoica postura un momento, hasta que la carcajada de su esposa lo hizo bajar la vista hacia ella. Entonces, un poco incrédulo, preguntó–: ¿Eso es lo que usted aprecia de mí, señora? ¿Mi trasero?

Acurrucándose contra él, Shemaine ronroneó:

–Por cierto que no, señor. Hay otras zonas tuyas que me parecen mucho más interesantes, pero me creerías libidinosa si admitiera que sufro de una particular fijación.

Bastante aplacado, Gage la rodeó con sus brazos y no le sorprendió en absoluto descubrir que había reaccionado a su insinuante comentario. Sus labios se curvaron divertidos al pensar en su propia ansiedad.

–¿No te he animado siempre a ser audaz? Quizá más tarde podríamos explorar tu fetiche.

Shemaine inspiró entre dientes, como anticipando un delicioso festín.

–Ahora no me tiente, señor. Esta noche será mejor. Con tantos visitantes en la cabaña, estos muros no son lo bastante gruesos para apagar mis gritos de deleite.

–¿Qué? ¿Acaso tienes miedo de dar a tu madre una impresión equivocada de su pequeña inocente? –bromeó Gage, recordando el comentario previo de ella.

–¡Sí! –Shemaine rió, y deslizó la mano hacia abajo entre ellos, haciéndole contener el aliento–. No quiero que ella sepa que me he convertido en una mujer insaciable, siempre ávida de placeres. Mi madre se desmayaría si conociera mi obsesión.

Su esposo sonrió.

–¿Supones que ella jamás ha tocado a tu padre del modo que tú me estás tocando ahora?

Shemaine ladeó la cabeza con aire pensativo.

–Para mí es difícil imaginar a mi madre en una actitud tan... tan audaz.

–Shemaine, tus padres se aman. ¿Te parece desatinado suponer que tu madre desee satisfacer a tu padre del mismo modo que tú lo haces conmigo? ¿Y realmente imaginas que somos el único matrimonio del mundo que hace el amor desnudos y sin una sábana entre los dos? Si crees eso, eres mucho más ingenua de lo que imaginas.

–Me cuesta mucho imaginar a mi madre y a mi padre haciendo todo lo que hacemos nosotros –confesó Shemaine.

Gage sonrió y volvió a acariciarle los pechos.

–Tal vez no sean tan creativos, amor mío, pero admite que es probable que tengan cierta imaginación.

Shemaine exhaló un suspiro de desconcierto y, de repente, se sintió tímida ante la idea de acariciarlo.

–Ahora no podré mirarlos sin imaginarlos juntos en la cama.

Gage rió ante la ingenuidad de su joven esposa.

–Lamento haberte fastidiado con tales preocupaciones, mi amor.

Shemaine hizo un mohín.

–Haces bien en lamentarlo, aunque entiendo que puedas haberte puesto celoso de Maurice y tuvieras la tentación de vengarte un poco.

–¿Otra vez él? –refunfuñó Gage, esforzándose por reír de la insinuación–. ¡Cómo quisiera no haber visto jamás su bello rostro!

–No tienes motivo para preocuparte, mi amor. –Shemaine suspiró y se acurrucó contra él–. Siempre serás mucho más apuesto a mis ojos que cualquier otro hombre. Por otra parte, mi visión está un tanto distorsionada por el amor.

–Señora, siempre que yo cuente con eso, seré inmensamente feliz. Sin embargo, por mucho que desee quedarme aquí y juguetear contigo, debo volver al barco antes de que se vayan los Morgan; necesito hablar con Flannery de algunas cosas.

–Y yo tendré que despertar a Andrew; de lo contrario, no dormirá esta noche –dijo Shemaine.

–Entonces, dame un beso para hacer más llevadero el tiempo hasta que volvamos a estar juntos –pidió Gage, acercándola a él.

Alzándose ansiosa hacia él, le rodeó el cuello con los brazos y le dio lo que pedía, hasta que todas las dudas de Gage con respecto a Maurice se disiparon.

Había algo en el hecho de haber vendido el bergantín que hacía que Gage viera el barco bajo una luz completamente nueva. En tanto que antes había estado obsesionado con lo que aún faltaba por hacer y cegado por el problema de la compra de materiales, cuestiones ambas que siempre deformaban su visión, ahora ésta era mucho más clara y completa. Sus empleados se habían vuelto a sus respectivas casas, y los O'Hearn, Nola y Mary Margaret habían partido con ellos, la última a su casa, y los otros para permanecer en casa de Ramsey. Sólo Bess y la familia inmediata de Gage ocupaban ahora la cabaña. Su padre se había retirado al altillo, Bess estaba en la cocina preparando pan y otras vituallas para la mañana siguiente, y Shemaine bañando a Andrew. Por última vez antes de que terminara el día, Gage quería pasear por la cubierta y contemplarlo todo bañado en la rosada luminosidad del crepúsculo. Al acercarse esa hora sentía una extraña euforia y, al mismo tiempo, cierto desgarramiento y tristeza en su interior.

En los meses que siguieran su barco se marcharía, y se sentía como si fuese a perder al viejo amigo que había cuidado y alimentado durante los últimos ocho o nueve años. Sería un desafío comenzar todo de nuevo, pero saber que un barco construido por él navegaba en alta mar sería como tener el viento en la espalda. Los refrescantes céfiros del éxito lo empujarían siempre hacia delante, hacia mayores desafíos. Las dificultades no parecían imposibles de superar; tampoco parecía tan difícil ganar dinero. La gente no se burlaría de sus ideas ni se apresuraría tanto a calificarle de tonto. Hasta podría ser que su padre aceptara sus consejos o, incluso, se uniese a sus esfuerzos.

Hacía poco, su padre había comentado que estaba pensando en ir a Inglaterra a vender todas sus propiedades y regresar a las colonias para vivir cerca de ellos. Después de todo, le había informado el padre riendo, Andrew necesitaba un abuelo que viviera cerca para poder visitarlo, y ahora, con otro nieto en camino, sus posesiones en Inglaterra no atraían a su corazón con tanta fuerza como su familia. Por otra parte, desde luego, estaba su nueva amiga, Mary Margaret McGee, y ahora sabía que era una jugadora de naipes tan entusiasta como él.

William también predecía que, llegado el momento, los O'Hearn volverían a visitarlos cuando sus recelos con respecto al carácter de Gage se disiparan, aunque éste no tenía muchas esperanzas de que eso sucediera. Era preciso tener en cuenta que, transcurrido más de un año, nada nuevo había salido a la luz como para exculparlo de la muerte de Victoria en la mente de la gente. Quizá la muerte de ella hubiera sido un accidente, después de todo, y no existiera tal asesino. Con el paso de los años, ¿dejaría de verse perseguido por las sospechas de los vecinos?

Gage suspiró para sus adentros, dudándolo. En los años que siguieran, visitantes como Maurice du Mercer oirían vívidos relatos de su «horrible» temperamento, condenándolo sin escucharlo. Era posible, incluso, que Maurice volviera a la mañana siguiente exigiendo satisfacción por medio de un duelo, impulsado a la acción por cierta «prueba» fabricada por la señora Pettycomb o alguna de sus viejas compinches. El marqués había dicho que no descansaría hasta hallar una respuesta definitiva con respecto a la culpabilidad o a la inocencia de Gage. Ante semejante advertencia, Gage pensaba en sus propias limitaciones con la pistola. Era un excelente tirador con mosquete o con un arma de fuego más pequeña, pero tenía mucha menos experiencia con las pistolas. Era bastante probable que resultara muerto, en cuyo caso todas las aspiraciones que se había atrevido a avizorar jamás se concretarían.

Gage enlazó las manos a la espalda y anduvo sin prisa hacia la proa. Nadie había aceptado jamás el hecho de que él amaba a Victoria. Había trabajado con afán para darle todo lo que podría desear una esposa en su hogar, y ella siempre se había mostrado entusiasmada, tan agradecida y complacida por sus regalos que él trabajaba con más ahínco aún para satisfacer hasta sus menores deseos. La señora Pettycomb y otros habitantes del pueblo interpretaban sus hábitos de trabajo como un afán egoísta de completar sus propias ambiciones. Pero se equivocaban.

La muerte de Victoria lo obsesionó sin piedad durante los meses que siguieron al hecho. A menudo se despertaba en mitad de la noche soñando que intentaba llegar a ella antes de que cayese desde la proa. Pero siempre fracasaba. En las interminables, agotadoras horas del día, durante la época de su luto, no dejaba de reprocharse haber dejado sola a Victoria. Por algún motivo inexplicable, se sentía como si la hubiese dejado caer él mismo. Y sin embargo aquel día no había sido diferente de otros, pues a menudo paseaban juntos por la cubierta en construcción y compartían sueños imaginando cómo sería cuando el barco se hubiese vendido. Ninguno de los dos sospechaba que ella no estaría con él cuando llegara ese día, pues estaban demasiado concentrados en disfrutar de la vida y su mutuo amor.

En lo que se refería a intensidades de amor, Gage debía admitir que sus sentimientos por Shemaine habían superado los que en otro tiempo había tenido por Victoria. Si bien parecía imposible, estaba convencido de que era así. Como marido de Victoria, llegó a pensar que ninguna otra mujer sería capaz de ocupar el lugar de ella en su corazón. La había amado sincera y profundamente. Y sin embargo ahí estaba, totalmente enamorado de su joven esposa. En ocasiones, la dicha de su amor por Shemaine burbujeaba dentro de él hasta dejarlo aturdido. Cada vez que se unían en los ritos del amor, se sentía ansioso y excitado como un joven sin experiencia con su primera conquista. Cada noche, tendido con ella en sus brazos, se maravillaba de la abrumadora ternura que palpitaba por ella en su corazón. ¿Qué le había sucedido desde aquel día fatal de la muerte de Victoria? ¿El recuerdo de su amor por ella se habría oscurecido o disminuido con el paso del tiempo? ¿O acaso ahora era capaz de verse a sí mismo bajo una luz por completo diferente, como sucedía con el barco que había diseñado?

¿Sabría Shemaine, en realidad, lo mucho que la amaba y el modo en que su corazón palpitaba por ella? Si Maurice lograba matarlo, en las semanas, meses o años venideros, ¿llegarían a convencerla de que él habría podido matarla en un arranque de cólera, como había predicho Roxanne?

«¡Eso no, que el Cielo no lo permita! –gimió para sus adentros–. ¡Que ella siga creyendo en mí! ¡Si tengo que morir, que su amor no muera conmigo!»

Un crujido casi imperceptible en la grada le hizo mirar a su alrededor, expectante. Shemaine le había dicho que en cuanto acabara de bañar a Andrew y lo llevara a la planta alta para que William le leyera un cuento, iría a reunirse con él en la cubierta del barco. Pero la silueta voluminosa que veía allí no era la de su adorable Shemaine.

Jacob Potts, con expresión socarrona, apuntaba una pistola directamente al pecho de Gage.

–Ahora te tengo –fanfarroneó el marinero–. Morrisa dijo que tendría que matarte primero a ti, así no nos perseguirás cuando hayamos dado cuenta de Shemaine. Lamento no haber pensado yo mismo en esto antes de que me hicieras un agujero.

Gage se dio cuenta de que estaba indefenso por completo. No llevaba ningún arma. Ni siquiera estaba lo bastante cerca de Potts para abalanzarse hacia él y derribarlo. Su única esperanza era ganar tiempo hasta que las circunstancias se volviesen en su favor.

–Debes saber que mis hombres y yo hemos estado registrando el bosque, buscándote, de modo que si nos matas a mí y a Shemaine... mis empleados tendrán la certeza de quién ha sido.

–No estoy enterado de semejante cosa –replicó Potts, gruñón–. No he salido desde el día en que me disparaste –largó un resoplido despectivo–. Morrisa me obligó a quedarme escondido después de que fuiste a verla y la amenazaste con perseguirnos si volvíamos a hacer daño a Shemaine. Yo no te tenía miedo, pero ella sí. Claro, en eso habrá tenido que ver lo que Freida le contó: que habías matado a tu primera esposa.

Gage paseó su mirada desdeñosa sobre el corpulento sujeto.

–Ya veo que te has recuperado lo suficiente.

–¡Sí, pero tardé un buen tiempo, maldito seas! Lamento que la pequeña irlandesa sea tan dura, pues, de lo contrario, la habría matado ese mismo día. Su muerte habría sido un bálsamo contra el dolor de mi herida.

–Shemaine no te ha hecho el menor daño –razonó Gage–. ¿Por qué estás tan empecinado en matarla?

–Hay una sola cosa que le debo a esa pequeña insolente. Se lo prometí, ¿sabes? Aquel día que se fue del *London Pride,* juré que me vengaría de ella, y yo siempre cumplo mi palabra cuando se la doy a mis enemigos. –Potts alzó sus macizos hombros–. Ahora al menos hay una buena recompensa por deshacerse de ella. Me pagan por esperar, por así decir.

–¿Quién ha ofrecido esa recompensa?

Gage no creía que Roxanne tuviera suficiente dinero para interesar a Potts o a Morrisa. Más aún, deduciendo lo que debía entregar a Freida, era muy probable que la ramera ganase en una semana más de lo que Roxanne podía ahorrar en un año limpiando y cocinando para su padre.

–No sé, Morrisa lo sabe pero no me lo dijo.

–Puede ser que Morrisa esté mintiendo y espere que tú recibas un disparo y mueras. Yo dije que te mataría la próxima vez que te viera por aquí. Es evidente que a ella no le importa. Entonces, ¿por qué habrías de creerla?

Metiendo la mano en su bolsa, Potts sacó un terso saquito de cuero demasiado fino para que el marinero lo hubiese comprado o hecho. Sosteniéndolo en alto, lo sacudió, haciendo tintinear su contenido.

–Porque, para empezar, Morrisa me dio este monedero lleno. Si ella creyera que yo no volvería, jamás me lo habría dado. Lo único que me dijo es que estaría esperándome otro monedero.

Durante un momento, Gage hizo como que pensaba en los razonamientos del otro, aunque sólo estaba buscando el modo de escapar de la situación. Tenía que encontrar alguna estratagema para engañar a ese estúpido.

Mirando más allá del otro, Gage frunció el entrecejo y movió apenas la cabeza hacia un lado, como advirtiendo a un amigo que se pusiera a cubierto. Pero Morrisa ya había aconsejado a Potts que no se dejara engañar por el astuto colono, por eso estaba alerta a cualquier treta. Sin dejar de apuntar a Gage con su pistola, Potts se giró cautelosamente y echó una rápida mirada hacia esa parte, con relativa seguridad. Tal como esperaba, allí no había nadie.

–Estás tratando de engañarme –dijo Potts, entrecerrando sus ojillos de cerdo en una penetrante mirada.

–Lo siento, tenía que hacer algo para salvarme –se disculpó Gage sin mucho énfasis.

Con un indiferente encogimiento de hombros, restó importancia a su intento como algo que cabía esperar y se adelantó con paso cauto, haciendo que el marinero retrocediera dando un gruñido.

–¡Quédate donde estás, maldito, o te mataré ahí mismo!

Gage abrió las manos en expresión de inocencia:

–Estoy desarmado, Potts. ¿Por qué te preocupas tanto?

–¡Porque estás lleno de tretas, por eso! Como ese día que te hiciste a un lado y me diste una patada en el trasero cuando yo me precipité sobre ti.

Gage sonrió, complacido por haber causado cierta molestia al sujeto.

–Potts, tendrás que admitir que si la situación hubiese sido la contraria, tú habrías hecho algo similar... si se te hubiese ocurrido, por supuesto. –Gage concedía que la insinuación de que el marinero era un poco lerdo de entendederas resultaba algo sutil, pero hasta un simple patán habría reconocido el insulto. Por eso le decepcionó que Potts permaneciera ignorante de la ofensa, así que lo dijo más claro–: Qué pena que no se te hubiese ocurrido pensarlo de antemano.

–Bueno, esta vez no voy a dejarme engatusar por ninguna de tus trampas –declaró Potts, en tono áspero.

Gage decidió poner más a prueba la inteligencia del hombre. Mirando en diversas direcciones, hizo como si se le hubiera perdido algo. En realidad, estaba pensando en recoger una maza de hierro que estaba apoyada contra un cubo con arena, muy cerca de sus pies. Si arrojaba el arma improvisada con todas sus fuerzas a la mollera del marinero, aunque no lo matara seguramente lo aturdiría, si bien esperaba que fuese lo primero. Estaba harto de vivir siempre atemorizado, preguntándose si Potts estaría cerca o lejos o si haría daño a algún miembro de su familia. Por lo menos ahora su adversario había salido de su escondite.

–¿Y ahora qué haces? –ladró Potts, exasperado–. ¿Quieres que te mate antes de que te diga lo que tenía que decir?

–Estoy cansado de tus huecas amenazas, Potts, así que ahórrame tus comentarios. No eres más que un torpe cerdo...

Con un rugido de rabia, Potts extendió su brazo derecho y apuntó la pistola a la cabeza de quien lo atormentaba, pero Gage se agachó y se estiró hacia el mazo. ¡Sólo tenía esa posibilidad de impedir que este sujeto matara a Shemaine! Estaba seguro de que el precio sería su propia vida, porque no esperaba poder arrojar el pesado martillo y no recibir una descarga del arma.

A pesar de haber oído el débil roce de un gatillo al ser apretado, Gage hizo girar la maza hacia arriba en un arco, sobre su cabeza. En el instante siguiente una explosión quebró el silencio, al mismo tiempo que arrojaba la maza al marinero. En agónico suspenso, Gage esperó a que el tiro lo alcanzara en pleno pecho y se asombró al ver que el cuerpo voluminoso de Potts saltaba hacia delante en medio de una convulsión. La maza erró por muy poco a la cabeza de Potts, que oscilaba, rígido, girando sobre sus pies. Un extraño jadeo borbotante surgió de su garganta, y luego un grueso chorro de sangre salió de su boca. Con supremo asombro, pareció mirar a Gage con la boca abierta.

Gage también contemplaba la escena, estupefacto. Potts alzó dificultosamente un brazo y miró debajo, la gran mancha de sangre que se extendía cada vez más rápido bajo la manga blanca de la camisa. A través de un gran agujero en la prenda, vio un desgarro pegajoso, de un rojo oscuro, abierto en la pared de su pecho y sintió la trayectoria candente del proyectil de plomo en el pulmón. Con la mandíbula colgando de asombro, Potts alzó la vista hacia la esbelta silueta que estaba en el mismo sitio donde Gage había mirado un minuto antes.

Shemaine bajó la pistola aún humeante hacia un costado y la dejó caer de sus dedos entumecidos, mirando a Potts a través de un manantial de lágrimas.

–¡No de... debería haber intentado ma... matar a mi marido!

Apretando los dientes para que no le castañeteasen, Shemaine hizo un valiente intento de controlar sus violentos temblores, pero su compostura se derrumbaba sin remedio. Muy pronto echaría a llorar angustiada por lo que se había visto obligada a hacer. Era la segunda ocasión en que mataba a un hombre para salvar la vida de su esposo, y no le había gustado más esta vez que la primera.

Con movimientos torpes, Potts volvió la pistola hacia ella, pero Gage se precipitó hacia él y, alzando la mano, empujó el brazo del otro hacia arriba. El rugido ensordecedor de la explosión pareció repercutir al otro lado del río, haciendo levantar el vuelo a las aves acuáticas en mil direcciones. Gage estrelló su puño en la cara ancha del marinero, impulsándolo hacia atrás y haciéndolo resbalar sobre las tablas, mientras un brillante rastro rojo seguía sus movimientos. Potts intentó ponerse de pie, pero sus esfuerzos no hicieron más que aumentar el flujo de sangre que manaba de su pecho. Apoyó con cuidado la cabeza sobre la cubierta, como si estuviese exhausto, y alzó la vista hacia el cielo sonrosado, contemplando una bandada de aves que cruzaba su campo de visión. Cerró los ojos con suma lentitud y, exhalando un suspiro melancólico, entregó la vida.

Desde la cabaña llegó un grito que atrajo la atención de Gage. Corrió hacia el costado opuesto del barco y vio a William, Bess y Andrew que estaban en el porche. Agitó un brazo en un amplio arco sobre la cabeza para dar a entender a su padre que ellos estaban bien, y entonces los tres volvieron a entrar en la vivienda.

Gage se apresuró a acercarse a su atribulada esposa y, tomándola en sus brazos, le besó la coronilla mientras intentaba calmar sus temblores.

–Mi amor, ¿qué fue lo que te impulsó a venir hasta aquí con la pistola?

–Vi a Potts desde la puerta delantera –musitó Shemaine, en tono de profunda congoja. Estaba a punto de salir cuando había visto la enorme y conocida figura cruzando sigilosamente el claro, en dirección al barco–. Pero ¿cómo me viste? Pensaba que me había ocultado muy bien mientras venía hacia aquí.

Gage no la entendió:

–No te vi.

–Pero frunciste el entrecejo y miraste directamente hacia donde yo estaba agachada en la grada. En ese momento, estaba segura de que Potts se daría la vuelta y me vería.

Gage recordó su treta para desviar de él la atención de Potts y poder atacarlo, y sintió un inmenso agradecimiento de que el marinero, por suspicacia, no se hubiese dado la vuelta en el acto. De lo contrario, habría matado a Shemaine.

–No te vi en ningún momento... ni te oí. Lo único que pretendía era distraer la atención de Potts para poder atacarlo. En ningún momento imaginé que estarías ahí escondida. Me asusta pensar en lo que podría haber causado tratando de distraer a Potts.

Shemaine se enjugó los ojos.

–Estaba preparada: le habría disparado.

–Ni siquiera puedo pensar en otra posibilidad –gimió Gage.

Se le había enfriado el corazón ante la horrible perspectiva de que Shemaine fuese asesinada.

Shemaine se echó a temblar de manera incontrolable, con la vista fija en el muerto.

–No creo que Potts pe... pensara nunca que su odio contra nosotros lo llevaría a la muerte.

Gage frotó vigorosamente los brazos de su esposa para ahuyentar el frío que sentía. Había recibido una impresión terrible; se dio cuenta de que debía sacar el cadáver de la vista de Shemaine lo más pronto posible.

–Llevaré el cuerpo de Potts al taller y haré un cajón para él.

–Mi... mientras tanto, será mejor que yo li... limpie la s... sangre de la cubierta –tartamudeó, sin poder dejar de temblar–. Pronto os... curecerá y no quiero que la sa... sangre manche la ma... madera durante la noche.

Gage tomó el brazo del marinero, lo alzó sobre el hombro y lo llevó hacia el taller.

–En cuanto termine de clavar el ataúd de Potts, volveré a ayudarte.

Shemaine enderezó la espalda con voluntariosa decisión y, poco a poco, se tranquilizó. Cuando estuvo más tranquila, fue a la cabaña, habló en privado con William y le explicó lo sucedido. Su suegro le aseguró que él se encargaría de meter en la cama a Andrew y que el niño no se enteraría de lo ocurrido en el barco. Shemaine apretó la mano del anciano transmitiéndole su creciente cariño, y él la sorprendió apretándole los dedos y llevándolos a los labios. No dijeron nada. No era necesario. El afecto del hombre por ella era más evidente cada día que pasaba: no olvidaba que era la segunda vez que la muchacha había matado a un hombre para salvar a su hijo.

Shemaine regresó a la cubierta del barco con un cubo de agua jabonosa, unos trapos y un cepillo de fregar. Se había puesto un vestido viejo y un delantal y, cuando se puso a gatas para emprender la lúgubre tarea que la esperaba, se estremeció. Había deseado compartir un rato a solas con su esposo y gozar de la alegría de haber vendido el barco, pero en aquel momento, la habría aliviado el solo hecho de tenerlo cerca, de que su sólida presencia la reconfortase. Comenzaba a oscurecer, y ella necesitaba gozar del néctar nutricio que le brindaba la cercanía de su familia; estaba ansiosa por regresar a la cabaña. Le inquietaba estar sola. Tenía la sensación de que alguien la observaba; suponía que eso se debía al trauma de haber matado a Potts, que alteraba la paz de su alma.

Por último, la sensación de estar siendo observada se hizo tan fuerte que ya no pudo ignorarla. Se puso en cuclillas y miró hacia la escotilla; desde allí llegaba esa sensación. En el acto, el corazón le dio un vuelco pues allí estaba Roxanne Corbin, con una pistola amartillada en la mano y una máscara de supremo desprecio en el rostro.

–Cuánto tiempo te ha costado advertir que yo estaba aquí –se mofó.

Shemaine dedujo que la mujer había subido al barco mientras ella estaba en la cabaña y que, durante los últimos minutos, había disfrutado viendo a su rival empeñada en su trabajo.

–Veo que ya has tenido una visita esta noche –comentó la intrusa–. Su apellido era Potts, ¿verdad? ¡Pobre tipo, realmente no ha sido muy hábil!, ¿verdad, Shemaine? Me han dicho que ya intentó matarte antes... y fue tan torpe que sólo consiguió un agujero en el costado. Pude haberle informado de que Gage tiene buena puntería, aunque Potts no tenía motivos para pedirme consejo. Pero te aseguro que yo no seré tan descuidada.

Shemaine se puso de pie.

–¿Qué intenciones tienes?

Roxanne esbozó una sonrisa petulante y dio unos pasos adelante.

–Muchacha, ¿tan ingenua eres? Si alguien te apunta con un arma cargada, ¿qué esperas que haga? ¿Que tenga contigo una charla? –se burló, con sombrío humor–. Nunca he tenido mucha inclinación por conversar con otras mujeres. Visitaba a Victoria y le hacía creer que necesitaba su amistad porque quería estar cerca de Gage, pero, en realidad, la odiaba. Desde el principio quise verla muerta. Aborrecía su dulzura y los pequeños favores que me hacía. Ni una sola vez me sentí amiga de ella: me había robado a Gage, y jamás se lo perdonaría. La noche que dio a luz a Andrew, yo esperaba que muriese antes del parto, así no la recordaría cada vez que miraba a la pequeña criatura. Quería a Gage todo para mí y odiaba la idea de compartirlo con alguien, hasta con Andrew. Pero él me dio la excusa para venir aquí y aproveché cada minuto que tenía con Gage, con la esperanza de que él accediese y se casara conmigo.

Los labios de Roxanne se torcieron en una mueca de desagrado.

–Entonces apareciste tú, y vi que había terminado todo. Que él se casaría contigo, como lo había hecho con Victoria.

La rubia sacudió la cabeza, como ahuyentando la idea.

–Pero no tengo deseos de demorar tu muerte hasta que vuelva Gage, pues él podría intentar detenerme, ¿sabes? Ese tonto también protegía a Victoria. Mi intención es matarte de modo que él sea acusado de asesinarte. Sólo que esta vez no me precipitaré a salvarlo. Dejaré que lo cuelguen de la horca más alta. Ya me ha rechazado en demasiadas ocasiones. Después de tu muerte, estoy segura de que la gente del pueblo estará más convencida que antes de que él mató a Victoria. Más aún, es probable que sometan a Gage a un juicio sumario por el asesinato de ambas.

Shemaine trató de discutir la astucia del plan:

–Hay otras personas en la cabaña, Roxanne. Esta vez, tu plan no resultará.

Roxanne se burló:

–Gage también estaba cerca de la cabaña cuando Victoria fue arrojada por la proa hacia las rocas. Yo sabía que ellos solían venir al barco los días que no estaban los empleados. Oculté la canoa de mi padre entre la maleza y vigilé hasta que vi que Gage volvía a la cabaña con Andrew. Era tan considerado con ella que acostumbraba atender a Andrew cada vez que podía, permitiendo así que Victoria tuviese un día libre, por así decir. Cuando oyó su grito vino corriendo, pero ya era demasiado tarde. Victoria ya estaba muerta cuando él salió de la cabaña, pero lo más extraño es que murió antes de golpearse contra las rocas. Tenía el cuello roto, igual que Samuel Myers antes de ser arrojado al pozo, ¿entiendes?

Shemaine observó con curiosidad a Roxanne, preguntándose cómo había tenido la fuerza suficiente para realizar tan tenebrosas acciones, pues no parecía una mujer muy fuerte.

–¿Cómo lograste romperles el cuello?

Roxanne sonrió, divertida:

–En realidad, no fui yo quien los mató. Lo único que hice fue convencer a mi amigo de que Victoria estaba tratando de matarme, ese dulce ángel. Atraje a mi amigo aquí diciéndole que necesitaba que me cuidara mientras yo hablaba con ella, para saber por qué quería matarme. Como es natural, mi amigo no podía soportar que alguien me hiciera daño. Salió de su escondite y la agarró por detrás. Victoria era tan frágil que bastó con que le rodease el cuello con un brazo para rompérselo; luego hice que la arrojara desde la proa para que pareciera un accidente o un suicidio. También mató a Samuel Myers por mí, cuando esa rata me golpeó, aunque mi amigo se ensañó mucho más para romperle el cuello a Myers. Después de todo yo tenía mis magulladuras para demostrar el daño que me había hecho. –Exhaló un suspiro, como si algo la entristeciera–. Por lo general, es muy fácil lograr que mi amigo haga lo que yo quiero. Basta con que yo finja que estoy sufriendo alguna clase de daño y él viene corriendo a salvarme. Pero se ha aficionado mucho a ti, Shemaine, y se niega a atacarte. Hasta está convencido de que eres su amiga.

–¿Es amigo mío? –exclamó Shemaine, enarcando las cejas.

–Shemaine, realmente no tengo tiempo de explicarte todo con

detalle. Me llevaría horas explicarte con cuánto cuidado lo he planeado todo, y tú eres muy tonta. No te imaginas quién podría ser, ¿verdad? Sufrí una gran frustración tratando de hacer que nuestro amigo te mate. Pero luego, esta misma tarde me hicieron una propuesta y, teniendo en cuenta la precipitación con que me la hicieron, me decidí a hacerlo yo misma. –Roxanne hizo un gesto con la pistola, indicando a Shemaine que fuese hacia la proa–. Quiero terminar con esto antes de que Gage regrese. Luego, tendré que ir a buscar mi recompensa y marcharme de Newportes Newes para siempre.

–¿Qué recompensa?

–Me han pagado por matarte, pedazo de imbécil. Teniendo en cuenta que a mi amigo le repugna la idea de matarte, en última instancia lo habría hecho yo misma. Y ahora, el dinero me dará muchas de las cosas que siempre he querido. Quizás hasta viaje a Inglaterra o a algún otro sitio. Con la suma tan sustanciosa que me espera, si tengo éxito, podré ir a donde me plazca. –Volvió a hacer un gesto con la pistola–. Y ahora, date prisa y haz lo que te digo.

Shemaine negó con la cabeza, obstinada.

–¡Si crees que me harás trepar hasta la proa y dejar que me empujes para poder culpar a mi marido, eres tú la imbécil, Roxanne!

–¡Sube ahí, diablos! –ordenó Roxanne, apretando más la culata de la pistola–. Sé cómo usar esto, no creas que no lo sé.

–Oh, estoy segura de que lo sabes, Roxanne –replicó Shemaine–. Al parecer, eres capaz de conservar la sangre fría para lograr lo que tú quieres de la vida.

–Sí, viviendo con mi padre, no tengo más remedio –dijo con desdén–. Lo único que le he oído decir desde que mi madre lo abandonó es que fue un acto horrible el que cometió esa perra al dejarnos. Bueno, él se merece que lo deje, y eso es lo que voy a hacer después de matarte...

–Estás orgullosa de lo que has hecho, ¿no es cierto? –interrumpió Shemaine–. Hasta fanfarroneas hablando del modo en que mataste a Victoria y de cómo lo planeaste. Pero no eres tan inteligente como supones, Roxanne. La verdad siempre termina por salir a la luz.

La rubia hizo una mueca.

–Nadie sospechó nunca de mí, excepto Gage. Pensé que tal vez sospecharían, pero no fue así. Incluso tuve miedo aquel día, cuando parecía que mi amigo te había herido: estaba segura de que la gente comenzaría a sospechar de mí. Después de todo, se sabía que yo me había hecho amiga de él. Bastaría con que alguien fuese un poco más perspicaz y sacara conclusiones. Pero no tenía motivos para temer. Sólo a ese estúpido cerdo que intentó matarte delante de todos.

Habiendo agotado su escasa provisión de paciencia, Roxanne alzó la pistola con gesto amenazador.

–Y ahora, sube ahí, Shemaine, o tu vida acabará en este mismo momento.

Un gemido plañidero que no parecía humano llegó desde la grada sobresaltando a Roxanne y haciéndola girar sobre sí misma.

Shemaine ahogó un grito desesperado al ver quién era el amigo de Roxanne: Caín, el jorobado. Escurriéndose hacia donde estaba Roxanne con su extraño andar torcido, se detuvo ante la rubia, agitando los brazos como enloquecido.

–¡Sheimon, no! ¡Sheimon, no! ¡Sheimon, no! –suplicó, aterrado, extendiendo la mano para arrebatar la pistola a Roxanne.

–¡Shemaine sí! –insistió Roxanne, apartando su brazo de la mano del baldado. Enfureciéndose, le dijo entre dientes–: Trató de matarme, Caín. ¿No te das cuenta? Pero a ti no te importa eso, ¿verdad? Lo único que te importa es tu preciosa Shemaine.

–¡Sheimon no! ¡Sheimon no! –imploró, sollozando.

–¡Calla, mal bicho! –dijo Roxanne, entre dientes–. Conseguiremos atraer al señor Thornton.

Dirigiéndose otra vez a Shemaine, la mujer señaló hacia la proa.

–¡Sube ya, perra, si no quieres que te haga un agujero aquí mismo!

–Tendrás que dispararme, Roxanne. Y si me matas así –dijo Shemaine, también rechinando los dientes–, te será difícil echarle la culpa a Gage. Habrá testigos en la cabaña que vendrán corriendo y seguramente lo verán salir del taller para venir aquí. Más todavía, su padre vendrá a ver qué ha pasado. Y como no es tan ágil como Gage, tardará un poco más, pero vendrá. Sí, pienso que es mucho mejor que me mates con la pistola, Roxanne, porque yo sé que después no podrás engañar a la gente, no podrás convencer a nadie de que Gage me mató.

–Levántala y llévala a la proa, Caín –ordenó Roxanne, echando una mirada al jorobado–. ¡Si no, voy a disparar a tu amor un tiro en la cabeza, ya mismo!

–¡Sheimon no! –graznó Caín, el rostro contorsionado a causa de la agonía que estaba sufriendo–. ¡Po' favó, Sheimon no!

–¡Por favor! ¡Por favor! ¡Por favor! –imitó Roxanne, despreciativa–. ¿No te he rogado, acaso, que me ayudaras? ¿Y qué has hecho? ¡Oídos sordos a mis ruegos, eso has hecho! Pues voy a matar a Shemaine, Caín, y tú no podrás decir ni hacer nada para impedirlo. Sea con un tiro en la cabeza o cayendo desde la proa, morirá.

Roxanne extendió el brazo apuntando el cañón de su pistola entre los ojos de Shemaine. Ésta sintió que se le encogía el estómago por el pánico pero se negó a dar un paso hacia la proa. Dejar que la matase de un tiro era la única manera en que podía evitar que colgaran a su esposo.

Caín lanzó un rugido de rabia mientras se lanzaba hacia delante y apartaba la pistola de un golpe. El arma se disparó con un horrendo estrépito que retumbó en el claro.

En el taller, Gage acababa de terminar de clavar el ataúd de Potts cuando el ruido llegó hasta él y lo sobresaltó. En el acto, echó a correr hacia la puerta.

En la cabaña, William salía del cuarto de su nieto dormido cuando el estruendo del disparo lo detuvo en el sitio. Intercambió una mirada de alarma con Bess y, corriendo hacia el alto armario que había cerca de la puerta, tomó un par de pistolas y comprobó su carga. Sin hacer caso del dolor que le entorpecía los movimientos, salió al porche maldiciendo su falta de agilidad.

Ambos corrieron hacia el barco, uno de ellos a mayor velocidad. Mientras William aún recorría el sendero que partía de la cabaña, Gage ya estaba corriendo sobre la grada de construcción, llamando a Shemaine con desesperación. Entonces vió a Caín que pasaba un brazo por la cintura de Roxanne y la levantaba sobre la proa del barco.

–¡Imbécil! ¿Qué haces? –gritaba Roxanne, furiosa–. ¡Bájame! ¡Bájame, maldito!

El jorobado echó una mirada por encima del hombro y vio a

Gage que corría hacia él, pero tenía más fuerza en sus brazos y piernas de lo que cualquiera hubiese imaginado. Con su carga a cuestas, trepó a la proa a pesar de los chillidos de la mujer y sus salvajes forcejeos para liberarse. Sujetándola en el hueco de su brazo, miró hacia atrás, en dirección a Gage y se acercó más al borde; viendo esto el otro se detuvo de repente. Gage se dio cuenta de inmediato de que si daba un paso más el jorobado saltaría hacia la muerte, llevando a Roxanne con él.

–¡Caín, deja a Roxanne! –ordenó en voz baja.

–¡No, no!

Caín negó con su cabeza deformada y agitó su brazo libre barriendo el aire, indicando a Gage que se apartara; éste no tuvo más remedio que retroceder.

Caín inclinó la cabeza en un extraño ángulo, echando una mirada a Shemaine. Por su rostro deformado, que la luz del anochecer casi no permitía ver, corrían las lágrimas.

–Sheimon mi amiga –se tocó el corazón–. Caín ama a Sheimon.

–Yo también te amo, Caín –respondió Shemaine en tono apremiante–. Me has cuidado como un buen amigo. –Secándose las lágrimas que corrían por sus mejillas, rogó–: Por favor, Caín, no hagas daño a Roxanne. Ven aquí; así ambos estaréis a salvo.

–¡Caín debe morir! ¡Caín mató Vectorea! ¡Caín debe morir!

Gage había estado mirando a Shemaine, pero su cabeza giró como llevada por un resorte cuando se dio cuenta de lo que había dicho el jorobado.

–No, Caín, no debes morir –argumentó Shemaine, desesperada–. Roxanne te hizo creer que Victoria la mataría, y tú no querías romperle el cuello cuando la agarraste. Fue un accidente. Después, Roxanne te dijo que la arrojaras del barco para que pareciera que Victoria había caído, pero ése era su plan desde el comienzo. –Shemaine echó una mirada a Gage, que no perdía una sola de sus palabras. Ella sabía que su esposo necesitaba y quería saber todo lo relacionado con la muerte de Victoria pero no podía perder tiempo en explicárselo en ese momento, debía evitar que Caín se lanzara desde el barco hacia las rocas de abajo–. Creías estar protegiendo a Roxanne de Victoria, pero ella te mentía, Caín. Victoria era incapaz de hacerle daño: pensaba que Roxanne era su amiga.

–¡Caín debe morir! ¡Roxanne debe morir!

Oyendo su declaración, Roxanne renovó sus esfuerzos por liberarse y empezó a arañar el horrendo rostro del jorobado, al mismo tiempo que gritaba, presa del temor y de la histeria.

–¡Suéltame, bufón! ¡Suéltame! ¿Me oyes? ¡No quiero morir! ¡Quiero vivir!

–¡Adiós, Sheimon!

Después de musitar esa despedida, Caín cambió de posición a su prisionera y saltó desde la proa del barco. El grito de Roxanne sólo duró un segundo; luego calló para siempre. Shemaine y Gage corrieron hacia la proa, y para entonces William estaba en el extremo de la grada. Entonces llegó hasta donde yacían los dos cuerpos rotos sobre las piedras. Pese al dolor que sentía, se inclinó para examinarlos con atención. La caída había roto el cuello de Roxanne; Caín todavía estaba vivo pero agonizaba. Una piedra, más alta y aguzada que el resto, le había roto la espalda. Con respiración sibilante, el jorobado trató de sonreír al sentir que William le acariciaba dulcemente el brazo pero se puso a toser, escupiendo la sangre que inundaba rápidamente sus pulmones. Sintió un horroroso dolor en el pecho, como si un gran cuchillo lo hubiese atravesado. Vio a Shemaine que se asomaba desde la proa, con un río de lágrimas corriendo por sus mejillas.

–Amo Sheimon... mi amiga –susurró.

Luego, cerró los ojos, exhaló un suspiro acompañado de borbotones y se quedó muy quieto... sin vida.

–Pobre hombre –murmuró William, apesadumbrado.

Gage apartó a Shemaine de allí y corrieron juntos a reunirse con William.

–Ya es muy tarde para llevar los cuerpos a Newportes Newes –dijo Gage–. Tendré que dejarlos en el taller hasta mañana. Ramsey y los demás me ayudarán a cargar los ataúdes en el carro para llevarlos al pueblo.

–Yo te ayudaré a hacer las cajas –ofreció William.

–Preferiría que te ocuparas de Andy, padre –dijo Gage–. Puede que haya oído los disparos o los gritos y se pregunte qué ha sucedido. Se asustará si despierta y no encuentra más que a Bess.

William comprendió la preocupación de su hijo.

–Iré a la cabaña y me ocuparé del niño.

–Gracias, padre. –Gage, consciente del esfuerzo que había hecho su padre para recorrer la distancia desde la cabaña, se acercó a él–. Ven, te ayudaré a volver a la cabaña.

William se apoyó en el brazo de su hijo.

–Hijo, preferiría que te quedaras con Shemaine y la cuidaras. Lleva a mi nieto en su vientre y, después de todo lo que ha tenido que pasar, me gustaría ver que descansa en cama y que no corre riesgos de perderlo. Si acepta volver conmigo a la cabaña, podré cuidarla mientras tú terminas los ataúdes.

Shemaine dedicó al suegro una trémula sonrisa.

–Estoy bien, su señoría.

–Shemaine, ¿por qué no me llamas William o padre? –sugirió–. Papá suena mucho más grato, pero me temo que, estando tu padre cerca, genere cierta confusión.

Acercándose a él, la joven se puso de puntillas y rozó su reseca mejilla con un beso.

–Gracias, papá William.

Cuando su esposa volvió junto a él, Gage le rodeó los hombros con un brazo en gesto de consuelo.

–Papá tiene razón, Shemaine –murmuró, cambiando su propia manera de dirigirse a su padre, mientras de los ojos de éste saltaban lágrimas de felicidad–. ¿Por qué no entras y descansas? No necesito ayuda. Estoy seguro de que, a estas alturas, ya no debes saber qué hacer después de que tantos personajes salieran del bosque tratando de matarnos.

–Ya he limpiado casi toda la sangre de la cubierta –dijo Shemaine con voz insegura–. Y preferiría no tener que volver allí arriba sola... al menos, por ahora no.

–Yo tampoco te dejaría hacerlo. –Gage señaló a William, que aún esperaba–. ¿Por qué no permites que papá te acompañe a la cabaña? Yo volveré en cuanto termine.

–Estoy agotada –admitió Shemaine–. Pero quisiera ayudar. Así ocuparía mi mente y no estaría reviviéndolo todo una y otra vez. Será preciso lavar a Caín antes de ponerlo en el ataúd. Podría hacer eso mientras tú armas las cajas; después volveríamos juntos al barco y terminaríamos de limpiar la cubierta.

–Si lo prefieres así, está bien, amor mío.

–Entonces, os dejo –dijo William, de mala gana–. Pero no tardéis. Estaré preocupado mientras no os vea de nuevo en la cabaña, a salvo.

Estando Shemaine presente, Gage no se atrevió a decir a su padre que tal vez tuviese buenos motivos para preocuparse, sabiendo que había otras personas en la región dispuestas a pagar por la muerte de su esposa. Ésta había pasado por demasiadas pruebas y era mejor que no hubiese oído lo que Potts le había dicho, al menos por el momento.

Sin embargo, Shemaine lo mencionó, tratando de entender:

–Gage, Roxanne dijo que alguien le había pagado para que me matara...

William los miró. Él se había preocupado por su joven nuera, ese comentario confirmaba que tenía buenos motivos para estarlo.

–Potts dijo lo mismo –admitió Gage, con un suspiro de pesar–. Amor mío, parece que hay alguien muy empeñado en verte muerta.

–Pero, además de Morrisa, ¿quién querría mi muerte? –preguntó Shemaine, perpleja–. Morrisa no sería capaz de desperdiciar su dinero tratando de que Potts me matase. Él estaba dispuesto a hacerlo por su cuenta.

–No sé quién podría ser, amor mío –dijo Gage–. Pero pienso descubrirlo. Potts dijo que Morrisa sabe de quién se trata. Mañana le haré una visita cuando lleve los cuerpos a Newportes Newes.

Un suspiro atribulado escapó de los labios de Shemaine mientras rebuscaba en su mente, pero no encontró ningún rostro que pudiera atribuir a su enemigo desconocido, al menos en las colonias.

–No podré dormir preguntándome quién podría tener dinero suficiente para pagarles.

–Entonces, señora, pongamos manos a la obra para poder terminar e irnos a la cama –propuso Gage.

Se acercó a las rocas y levantó a Roxanne. Le llamó la atención que la notara mucho más pesada que su esposa, sin embargo era verdad. A pesar del trauma vivido al ver cómo se habían perdido tres vidas más en su barco, no dejaba de lado la lógica. Después de esa noche, abrigaba la esperanza de no volver a verlo antes de que otros desastres confirmaran sus aprensiones.

William caminó con ellos hasta la cabaña y entró, mientras los otros seguían hacia el taller. Gage volvió a buscar el cuerpo de Caín y lo depositó sobre una mesa, cerca de Roxanne. Por insistencia de Shemaine, fue a buscar una jarra con agua y una palangana y, con creciente preocupación, observó cómo ella limpiaba de sangre el rostro de Caín. A la mujer le temblaban las manos y, poco después, su temblor se extendió al resto del cuerpo. Trató de distraerla con preguntas, mientras le quitaba el trapo de las manos y se ocupaba él mismo de la tarea.

–¿Qué era eso de que Caín mató a Victoria? Le dijiste que Roxanne le había mentido...

Incapaz de apartar la vista, Shemaine la clavó en el rostro torcido del jorobado mientras contaba a su esposo todo lo que le había dicho Roxanne.

–Al parecer, Caín era la víctima particular del engaño de Roxanne, pobre desgraciado –comentó Gage cuando terminó su relato.

–En realidad, no creo que quisiera hacer daño a Victoria –murmuró Shemaine–. Seguramente, no tenía noción de su propia fuerza, una fuerza que resultaba útil a los propósitos de Roxanne. Creo que, al final, Caín se dio cuenta de la maldad de Roxanne. Quizá por eso dijo que ella debía morir.

–Sin duda pensaba que él también debía morir por haber matado a Victoria –reflexionó Gage–. Se juzgó a sí mismo y decretó que la muerte era un castigo justo por lo que había hecho.

–Roxanne dijo que Caín estaba más decidido cuando rompió el cuello a Samuel Myers antes de arrojarlo al pozo.

–Bueno, al menos puedo entender mejor la muerte de Myers que la de Victoria –dijo Gage, lanzando un suspiro–. Ella era tan bondadosa con todo el mundo que me costaba entender los motivos que alguien podía tener para querer asesinarla, y tampoco quería pesar que se hubiese lanzado ella misma desde la proa. Siempre sospeché de Roxanne, aunque no imaginaba cómo podía ella alzar a Victoria sobre la proa y tirarla. Si bien Victoria era delgada, era muy fuerte para su tamaño. Estoy seguro de que Roxanne supo de antemano que necesitaría un cómplice para matar a Victoria y por eso enredó a Caín con sus mentiras.

Cuando por fin Gage y Shemaine regresaron a la cabaña, ya habían repasado varias veces los porqués y los motivos de Roxanne y el afán de venganza de Potts. Por primera vez desde su boda, no concluyeron el día haciendo el amor. Shemaine estaba muy alterada y le costó un tiempo calmarse lo suficiente para quedarse dormida entre los brazos de su esposo. Gage estaba tan temeroso por ella que no podía pensar siquiera en relajarse, pues sus turbulentas ideas no le daban descanso.

Cuando la casa quedó silenciosa y oscura, Gage recorrió el interior, escudriñó por las ventanas hacia la densa oscuridad que había tras los cristales, revisó los cerrojos de las puertas y dejó las armas a mano, cerca de la puerta delantera. Pero cuando se dio cuenta de que estaba molestando a Bess, que había extendido un colchón de plumas en la cocina, volvió al dormitorio y cerró la puerta. Comprobó una vez más la carga de las pistolas y, después de dejar una sobre su mesilla de noche, se metió en la cama junto a su esposa. Tomándola otra vez en sus brazos, clavó la vista en el techo y repasó otra vez en su mente a los posibles culpables. Eran pocos los que podía nombrar y, aunque Morrisa encabezaba la lista, sólo se le ocurría una persona con riqueza suficiente para contratar a un asesino que matara a Shemaine. Estando Maurice du Mercer en las colonias, quizá podía pensarse en cierta conexión, aunque pareciera muy pequeña. Aun así, Gage se hizo el propósito de ir al muelle al día siguiente para hacer averiguaciones entre los capitanes, preguntando si alguna dama de edad avanzada, perteneciente a la nobleza, había viajado desde Inglaterra a bordo de alguno de sus barcos y llegado últimamente a Newportes Newes.

Por fin amaneció y, tras un sustancioso desayuno que le sirvió Bess, Gage fue al taller de ebanistería. A esa hora, Ramsey y los demás empleados ya habían llegado y contemplaban con cierto temor los ataúdes recién hechos, preguntándose si su patrón habría decidido dedicarse a ese negocio.

–Oye, dinos si has decidido dejar de fabricar muebles –dijo Ramsey, en broma–. En ese caso, nos iríamos y jamás te lo echaríamos en cara. Es preferible salir de aquí andando que dentro de una caja como ésas.

Gage tuvo que reír ante el indoblegable humor de su maestro ebanista.

–Creo que esos ataúdes son un poco pequeños para tipos como tú o Sly.

El comentario ofendió un poco a Ramsey y se pasó las manos por el torso, que estaba algo más abultado en la zona de la cintura en los últimos tiempos.

–¿Insinúas, acaso, que estoy un poco grueso y pesado?

–¿Un poco? –se burló Gage, en inmediata réplica. El ingenio de su amigo era como un bálsamo para sus aflicciones–. Viendo cómo has engordado últimamente, he pensado que quizá tendremos que ensanchar las puertas del taller.

Sly rió con buen humor, uniéndose a ellos:

–Sí, yo me preguntaba si dejarle mis pantalones para que se cubra el trasero. Ahora, cada vez que se inclina, deja al descubierto más de lo que yo puedo tolerar.

Gage estalló en francas carcajadas y Ramsey echaba a su compañero una mirada ominosa. El patrón ya sentía el corazón más liviano.

En ese momento, irrumpió Gillian buscando a Gage. Al ver los tres ataúdes se detuvo de repente dejando un pie en el aire.

–¡Santa Madre de...! –exhaló, bajando lentamente el pie. El joven irlandés, boquiabierto, contempló las cajas de pino y, un momento después, miró a Gage tragando visiblemente–. ¿Quién está ahí, capitán?

–Roxanne, Caín y Potts –respondió el patrón, con sencillez.

Los tres hombres lo miraron con la boca abierta; Sly movió la cabeza apesadumbrado.

–Tenía la esperanza de que estuviesen vacíos.

Los dos aprendices llegaron deprisa desde el fondo, curiosos por oír la historia de primera mano, y todos se congregaron en torno a Gage.

–Deduzco que te exasperaron un poco –conjeturó Ramsey, que estaba ansioso por saber más–. ¿Tú los mataste a los tres?

–A ninguno de ellos –respondió Gage, con una triste sonrisa–. Mi esposa disparó a Potts, que intentaba matarme a mí. Caín se suicidó y mató a Roxanne, saltando desde la proa del barco.

–¿Alguna vez has pensado que ese barco podría estar hechizado? –preguntó Ramsey.

Gillian no permitió que la idea enraizara en la mente de nadie.

–Capitán, ¿por qué mató Caín a Roxanne?

–Era una de las personas que querían matar a Shemaine y él no estaba dispuesto a permitirlo. La historia es un poco complicada; mientras me ayudáis a cargar los ataúdes en el carro, os contaré lo que sé. –Miró interrogante a Gillian que, al parecer, había olvidado para qué había ido al taller–. ¿Me buscabas?

–Sí. –De repente, Gillian recordó a qué iba–. Su señoría quería saber dónde estaba usted, capitán.

–Te refieres a mi padre.

–No, al otro, al joven de pelo negro.

Gage debería haber supuesto que el marqués cumpliría su palabra.

–Puedes decirle dónde estoy.

–Sí, capitán.

Unos minutos después, Maurice du Mercer entró en el taller de ebanistería; su reacción al ver los ataúdes fue similar a la de Gillian. Sólo que su pie bajó un poco antes y su juramento fue diferente, pero la expresión de asombro que asomó en su cara era bastante parecida.

–¡Por Dios! ¿Qué ha pasado aquí? ¿Para quién son esos ataúdes? ¿Shemaine está bien?

Gage sonrió con amargura ante la andanada de preguntas.

–No tiene nada que temer, su señoría. Ninguna de las cajas es para mi esposa. Ella está en la cabaña. No se siente muy animada después de matar a un hombre anoche.

–¿Shemaine? ¿Mi Shemaine?

Gage sintió que se le erizaba el pelo de la nuca; no quiso dejar pasar la expresión.

–No, su señoría, mi Shemaine... ¿acaso hay otra?

–¿Qué pasó? –preguntó Maurice–. ¿Quién era el hombre y por qué lo mató?

–Para salvarme la vida. Alguien pagó a Potts para que matara a Shemaine, pero el marino decidió empezar conmigo antes de proceder con ella. Shemaine se ha vuelto muy diestra con el mosquete. Con algunas lecciones más, hasta podría competir con usted.

Maurice hizo un gesto desmayado indicando los otros ataúdes.

–¿Y quién más...?

–No creo que los conozca –aseguró Gage–. Un jorobado del pueblo que fue quien mató a mi primera esposa por accidente, y la mujer que lo engañó y lo convenció de que lo hiciera. Alguien ofreció también una recompensa a esa persona para que matara a Shemaine.

–Dice que mató a su primera esposa –repitió Maurice, en tono de duda–. Conveniente para usted, ¿verdad?

Gage le devolvió una mirada inmutable.

–Más conveniente para mí que para usted, diría yo. Ahora se ha quedado sin excusa para retarme a duelo y matarme con el pretexto de salvar a mi esposa de mis inclinaciones criminales y así poder quedarse con ella. Si duda de mi palabra en este aspecto, tiene mi permiso para interrogar a Shemaine. Eso fue lo que dijeron Roxanne y Caín, hasta donde ese pobre hombre era capaz de explicarse.

Maurice metió la mano en el bolsillo de su lujosa levita gris oscuro y sacó el saquito de cuero que Potts había balanceado ante Gage.

–¿Puedo preguntarle de dónde sacó esto? Lo encontré sobre la cubierta de su barco cuando subí a preguntar a los Morgan dónde podría encontrarlo.

Gage examinó un instante el saquito con monedas y luego se lo devolvió.

–Potts me lo mostró al jactarse de que había sido contratado para matar a Shemaine. Puede ser que le perteneciera, pero me parece demasiado fino para un sujeto como él. Tal vez sea de la persona que lo contrató. –Gage inclinó la cabeza con aire pensativo, observando al otro. El rostro de Maurice había adquirido una palidez mortal–. Si no pertenece a Potts, ¿sabría usted acaso de quién podría ser?

–Podría ser –respondió Maurice en tono apagado. Se giró bruscamente y anduvo a grandes pasos hacia la puerta. La abrió, se detuvo, miró a Gage con una sonrisa torcida en sus bien delineados labios–. Señor Thornton, si lo que usted dice es verdad, entonces se ha ganado usted a mi prometida. Y les deseo lo mejor.

–¿Se marcha definitivamente? –preguntó Gage, sorprendido.

No podía creer que el marqués desistiera tan fácilmente.

–Sí; y no regresaré a menos que Shemaine enviude por medios diferentes a los que yo había imaginado.

–Tiene una larga espera por delante –dijo Gage–. Pienso vivir hasta edad avanzada.

–Ojalá sea así.

–Shemaine y los O'Hearn se preguntarán por qué se marcha –insistió Gage–. ¿Qué debo decirles?

Maurice adoptó una actitud pensativa mientras reflexionaba la pregunta, y luego sonrió con aire triste.

–Dígales que he ido a cazar a una rata madre.

Tras lo cual Maurice salió y cerró suavemente la puerta.

–¿Una rata madre? –Ramsey estaba perplejo–. ¿Qué quiso decir su señoría?

Gage vio por la ventana cómo su rival iba deprisa hacia el río.

–Creo que su señoría se refirió a tener una conversación con la persona que pagó a Potts para que matara a Shemaine.

–¿Cómo puede saber quién fue? –preguntó el amigo.

–Por el monedero –respondió Gage, distraído–. Creo que lo ha reconocido... o al menos es del tipo que usa alguien que él conoce.

–No sabía que hubiese algún pariente suyo por aquí.

–Al parecer, esa circunstancia puede haber cambiado hace poco. Al menos, desde que llegó el marqués, supongo.

25

Cuando Maurice du Mercer entró como una tromba por la puerta de la taberna, se hizo un denso silencio en el local. Las escasas prostitutas que habían dejado su cama a hora tan temprana se quedaron con la boca abierta al verlo. En comparación con la clientela habitual, el marqués parecía delicioso y apetecible como un gordo gusano en un gallinero. Como una bandada de bulliciosas gallinas, se precipitaron hacia él empujándose y chocando entre sí en su impaciencia por atrapar a ese bocado tentador. Fiel a sus hábitos, Morrisa logró abrirse paso y adelantarse a sus compañeras.

–¿Podría serle útil, su señoría? –ronroneó, y siguiendo una vez más su costumbre, hizo un movimiento en redondo con el hombro que hizo resbalar la manga por el brazo.

Con otro movimiento, reveló también una porción de su amplio busto.

–Quizá –respondió Maurice con evidente desinterés–. El tabernero me ha dado a entender que mi abuela está instalada aquí. ¿Podría guiarme hasta su habitación?

–Bueno, no sé, milord.

Morrisa retrocedió unos pasos, reconociendo que había cometido una torpeza. Ése era el nieto que, según lady du Mercer, estaba enamorado de Shemaine y, teniendo en cuenta que ni Potts ni Roxanne habían vuelto de la casa de los Thornton a recoger su recompensa, era imposible saber qué había sucedido allí ni qué buscaba ese hombre. Cualquiera que fuese la razón que lo había traído, sería importante, pues sus ojos parecían sables de acero que querían perforarla. El problema era que la señora no quería que nadie supiera que ella estaba allí; menos aún su nieto.

–Si no me lo dice, yo mismo puedo averiguarlo –dijo Maurice sin rodeos–. Tal vez alarme a sus compañeras abriendo algunas puertas; no creo que sienta demasiado embarazo con lo que pueda descubrir. Eso sí, los clientes podrían sentirse un poco molestos por la interrupción.

Morrisa cedió de inmediato, imaginando la cólera de Freida si algún cliente se quejaba de haber sido molestado. No sabía cómo reaccionaría la anciana dama ante la visita de su nieto, pero confiaba en que podría manejarlo con mucha más facilidad que las iras de Freida y sus tácticas vengativas.

–Arriba, la última habitación a la derecha. Acabo de subir un poco de té para su señoría; por eso sé que está despierta y desayunando.

Maurice subió los peldaños de tres en tres, ante las miradas atónitas de varias rameras. Su paso junto a la balaustrada también fue veloz y, después un rápido golpeteo de los nudillos en la puerta, la abrió y entró en el cuarto, sobresaltando a su abuela, que estaba sentada frente a una pequeña mesa, tomando su comida matinal. La anciana se incorporó a medias en la silla ante la imprevista aparición, segura de que se encontraría con un sucio bandido empuñando una pistola y exigiéndole que le entregase su dinero. Cuando reconoció ese rostro, se dejó caer lentamente en el asiento y apretó una mano sobre su agitado corazón.

–Ay, Maurice, me has asustado –dijo.

–Ésa era mi intención –respondió él.

Su abuela intentó mostrar una sonrisa pero sólo consiguió un breve espasmo nervioso en los labios. No necesitaba oír una palabra para saber que sucedía algo malo.

–¿Últimamente te ha dado por hacer bromas a tus mayores? –preguntó Edith.

–Si así fuese, la tuya es de mucho peor gusto.

Los delicados dedos temblaron un poco cuando tomaron un pañuelo de encaje y Edith lo pasó levemente por las comisuras de la boca.

–No sé a qué te refieres, Maurice.

El marqués no se dejó engañar por la fingida inocencia de su abuela.

–Abuela, sabes perfectamente lo que has hecho. Yo estaba enamorado de Shemaine; ahora la he perdido...

–¿Murió?

Edith había estado esperando impaciente el anuncio, pero jamás imaginó que se lo hiciera nada menos que su nieto.

Los ojos oscuros de Maurice brillaron con ira mal contenida.

–Shemaine está viva, casada con un colono y embarazada... y yo daría toda mi fortuna por ocupar el lugar de ese hombre en el corazón de ella.

El corazón de Edith dio un vuelco al saber que Shemaine seguía con vida; sin embargo, era una actriz tan consumada como Morrisa.

–¿Toda tu riqueza? –Lanzó una risa forzada ante la exageración de su nieto e hizo un elegante ademán, como desechándola–. Maurice, ningún hombre en su sano juicio cedería una fortuna como la tuya por esa tonta muchacha...

–Se llama Shemaine, abuela –pronunció con claridad–. Ahora, Shemaine Thornton. Debería haber sido lady Shemaine du Mercer, de no haber sido por ti.

–Vamos, Maurice, estás demasiado excitado y no sabes lo que dices.

–Sé perfectamente lo que digo. –Metió su mano en el bolsillo del chaleco y sacó el terso monedero de cuero. Con un giro de la muñeca, lo arrojó sobre la mesa, cerca de la mano de la anciana, donde aterrizó con un tintineo de monedas–. ¿Lo reconoces, abuela? –preguntó, irónico–. Siempre estuviste orgullosa de tus gustos sencillos pero elegantes. No tuve necesidad de mirar dentro y ver tus iniciales para saber que es tuyo. ¿Cuántos de estos monederos habrás hecho hacer a lo largo de tu vida? Los he visto siempre. A medida que crecía, me has dado varios. Intentabas enseñarme el valor del dinero, ¿recuerdas?

El semblante de Edith siguió siendo como una rígida máscara que ocultaba el torbellino que rugía dentro de ella. El tono de su nieto revelaba mucho más de lo que ya habían mostrado sus palabras. En el fondo sabía que había perdido su juego mortífero por culpa de un tonto error. Había dicho a Morrisa que diese a Potts unas monedas y le prometiese más para acelerar su regreso. ¿Cómo podía imaginar que ese pequeño monedero sería su perdición?

–¿Dónde has encontrado ese monedero? –preguntó Edith, cautelosa–. Creía que lo había perdido.

Maurice negó sin vacilar.

–No lo perdiste. Se lo diste a Potts cuando le encargaste que matara a Shemaine. Pero él falló, abuela, y lo pagó con la vida. Esa tonta muchacha que tú no puedes aceptar le disparó cuando él intentaba matar a su marido. Es probable que también prometieras una eleveda recompensa a Roxanne Corbin, pero ella no volverá... es decir, volverá en el ataúd que Gage Thornton hizo para ella. Lo que me gustaría saber ahora es cómo has podido ser tan cruel conmigo, abuela... y con mi prometida.

Edith du Mercer mantuvo un digno silencio, negándose a contestar y mirando sin ver al otro lado de la habitación. Su mano huesuda aferraba el puño de plata de su bastón.

–¡Respóndeme! –exclamó Maurice, estrellando la mano sobre la mesa y provocando un grito ahogado de su abuela–. ¡Maldito sea tu helado corazón de perra! –le dijo entre dientes–. Ahora sé que te aliaste con magistrados ambiciosos para que organizaran la detención de Shemaine en Londres y su alejamiento de Inglaterra, y lo más probable es que estuvieras convencida de que me hacías un favor... por mi fama y mi futuro como marqués. Me duele pensar en lo que habrá sufrido Shemaine por tu causa. Cuando los O'Hearn descubrieron lo que le había sucedido, no me atreví a pensar que tú hubieras tenido algo que ver con eso. Pero su desaparición me pareció demasiado conveniente, menos de un mes después de nuestro compromiso. Con toda calma, me asegurabas que encontrarían a Shemaine. Vi más congoja en tus ojos cuando anuncié mi intención de casarme con ella. –Echó una mirada despectiva a su única pariente, sin sentir por ella otra cosa que desprecio–. Sin duda, esperarías que te llegara la noticia de la muerte de Shemaine para poder hacérmela saber de una manera conveniente.

Una sonrisa amarga curvó sus bellos labios.

–Estoy seguro de que si intentase encerrarte en cualquier prisión inglesa lograrías sobornar a alguien para salir, y por eso he elegido un castigo mucho más apropiado para ti, abuela. Desde hoy, no volverás a verme jamás. Si es que regreso a Inglaterra, será sólo para recoger mis posesiones. Pero volveré de inmediato aquí y viviré el resto de mi vida como un colono más, y nunca, jamás, serás bienvenida en la casa que construiré para mí y para mi familia, si tengo la suerte de casarme. No verás nunca a ningún descendiente que yo engendre, nunca oirás hablar de ellos, jamás podrás enorgullecerte de mis hijos ni de los hijos de mis hijos... en caso de que aún vivas. Y nunca podrás intentar organizar su vida como intentaste hacer con la mía. Te digo adiós para siempre, abuela. Ojalá tengas una larga y desdichada vida.

Volviéndose sobre los talones con suma rigidez, Maurice traspuso la puerta y se marchó, haciendo saltar a Edith con el resonante portazo.

Después de la partida de su nieto, Edith du Mercer permaneció en silencio mirando el extremo opuesto del cuarto. Se sentía congelada por dentro. Quizá ya estuviese muerta. Todo aquello que le había hecho medrar, lo que había ansiado, todo aquello de lo que había querido apoderarse había huido de su vida con ese portazo. No pudo sentir ni una mínima chispa de interés cuando unos instantes después oyó unos frenéticos golpes en la puerta. Era Morrisa, preguntando qué había sucedido.

–Potts y Roxanne han muerto –informó Edith con voz inexpresiva–. Será mejor que te vayas lo antes posible. Hay un pequeño saco con monedas en mi bolso, junto a la cama. Tómalo. Supongo que hay suficiente para que llegues a Nueva York... o a cualquier otro sitio lejano.

–Pero ¿y Freida? –preguntó Morrisa, temerosa–. Si me marcho sin comprarle mis documentos, mandará a alguien detras de mí... hasta podría hacerme matar.

Edith levantó el monedero que Maurice acababa de dejarle y se lo entregó:

–Puede que aquí encuentres bastante para recuperar tus papeles. En todo caso, debes marcharte. El señor Thornton llegará de un momento a otro esta mañana, tal vez para traer los cadáveres o a buscarte a ti. Yo tomaré el primer coche que salga para el norte y luego me embarcaré de regreso a Inglaterra.

Con aire pensativo, Morrisa agarró el monedero, sabiendo bien lo que contenía. Era más que suficiente para recuperar sus papeles pero, en lo que se refería al otro saco, no tenía ni idea de su contenido. Sólo abrigaba la esperanza de que le durase un tiempo, porque una vez que el dinero se acabara, ¿qué haría? ¿Volver a su oficio? Era muy arriesgado abandonar a Freida sin pagarle pero, al parecer, no había alternativa si quería tener unas monedas para gastar una vez que llegara al sitio que fuera. Pronto llegaría Gage Thornton y, seguramente, preguntaría por ella. No podía esperar. ¡Debía marcharse cuanto antes!

Hugh Corbin salió cojeando al porche delantero poco después de ver que Gage detenía su carro en el callejón, frente a su casa. Sabía que Roxanne no había regresado la noche anterior y también había visto los ataúdes en la caja del carro, y comenzó a angustiarse imaginando que algo malo podía haberle sucedido.

Gage se quitó el sombrero al acercarse al hombre. Hugh lo miró entornando los ojos como preguntándose qué le llevaría a su casa, y Gage se detuvo ante él. Era la primera vez desde hacía mucho tiempo que Hugh no lo recibía con un insulto.

–Señor Corbin, lamento muchísimo tener que decirle que Roxanne ha muerto. –Se volvió un poco indicando con el sombrero las cajas en el vehículo–. Su cuerpo está en una de esas cajas de pino. Yo tallé su nombre fuera para que supiéramos...

–Canalla, ¿por qué tenías que matarla? –preguntó Hugh, torturado–. ¡No era suficiente con que te persiguiera e hiciera el papel de tonta desde que llegaste aquí! Pero eso no te bastaba, ¿eh? No estuviste tranquilo hasta que pudiste arrebatarle el último aliento, como hiciste con Victoria.

–Yo no la maté, señor Corbin –dijo Gage en voz baja, casi un susurro–. Fue Caín.

–¿Caín? –Hugh Corbin clavó la vista en Gage, convencido de que se había vuelto loco–. ¡Caín nunca haría eso!

–Lo siento, señor Corbin. Mi esposa y yo vimos cómo lo hacía.

–¿Por qué? –preguntó Hugh–. ¿Por qué Caín haría algo así a Roxanne?

Gage alzó ligeramente los hombros.

–Porque Roxanne quería que él matara a mi esposa y él no quería obedecerla. También mató a Victoria engañado e instigado por Roxanne. Cuando su hija amenazó a Shemaine, Caín la alzó en sus brazos y saltó desde la proa de mi barco con ella. Roxanne no sobrevivió a la caída. Se rompió el cuello al golpearse la cabeza contra una roca.

Hugh Corbin se quedó mirando boquiabierto a Gage, incapaz de entender lo que decía el hombre. Tras un lapso de tenso silencio, se limpió las manos trémulas en los pantalones y musitó, como para sí:

–Me llevará un buen rato cavar dos tumbas...

Gage lo miró, dudando si había entendido al herrero.

–Yo pensé en buscar la cabaña de esa vieja que vive en el bosque, donde vivía Caín, y enterrarlo allí. Me ayudaría que usted me indicara dónde es...

–Enterraré a Caín junto a Roxanne.

–¿Está seguro de que quiere hacerlo así, señor Corbin? –preguntó Gage con simpatía–. Después de todo, Caín la mató...

–Aquí fue donde Caín nació; aquí será sepultado.

Gage pensó que el impacto de la muerte de Roxanne le había vuelto loco.

–Por lo que recuerdo, la anciana del bosque nunca dijo de dónde provenía Caín. ¿Dice usted que nació en Newportes Newes... o cerca de aquí?

–Era mi hijo –respondió Hugh en voz grave–. Mi primogénito. Nació un par de semanas antes de la fecha, y cuando vi lo grotesco que era, dije a Leona que se pusiera una almohada en la barriga para que todos creyesen que todavía estaba preñada. Luego, llevé al recién nacido al bosque y lo dejé en la puerta de la casa de la vieja. No me pareció bien matar a mi propio hijo. Cuando la vieja encontró a Caín y difundió la noticia, yo dije a algunas personas que Leona estaba de parto, pero no permití que nadie entrase en mi casa. Después, construí un ataúd pequeño, lo llené con un pequeño saco de grano y dije a los vecinos que el niño había nacido muerto. No quería reconocer a esa odiosa criatura que había llevado al bosque, pero Caín fue el único hijo varón que tuve.

–¿Roxanne sabía que Caín era su hermano?

–Nunca se lo dije a nadie... hasta este momento... y ahora ya no tiene importancia.

Gage lo dejó solo para que se enfrentase a sus penas lo mejor que pudiese. El herrero había trazado su propio camino en la vida y para él, en el breve tiempo que había estado allí, era evidente que Hugh no quería la compasión de nadie. Seguiría siendo tan empecinado y duro como siempre.

Gage ayudó a descargar los dos ataúdes y luego llevó el tercero a las autoridades británicas junto con una declaración que explicaba la muerte de Potts. Luego, se dirigió hacia la taberna y encontró a Freida en un estado de rabiosa alteración.

–Quisiera hablar con Morrisa –dijo a la dueña–. ¿Sabe dónde está?

–Ojalá lo supiera –replicó Freida, irritada–. Se marchó sin avisar y, por lo que he oído, se lió con el primer tipo que iba hacia el norte y que la aceptó, un montañés que ha estado visitándola últimamente. Al parecer, no tiene intenciones de regresar pronto.

–En ese caso, deduzco que Morrisa no se molestó en comprar su libertad.

Freida lanzó un resoplido, confirmando lo acertado de la conjetura.

–Puede apostar que, cuando la atrape, deseará haberlo hecho.

–Supongo que Morrisa tenía más miedo de lo que yo podía hacerle que a usted –dedujo Gage.

Freida lo miró de soslayo.

–¿Potts fue otra vez a su propiedad?

Gage afirmó con la cabeza.

–Esta vez, trató de matarme y dijo que Morrisa le había ordenado hacerlo. Pensaba matar a mi esposa después de deshacerse de mí.

La mujer lo recorrió con una larga mirada, sin encontrar heridas visibles.

–Pero usted está aquí, y Potts no.

–Su ataúd está cerca de aquí, en esta calle.

Freida apretó sus labios pintados y rodeados de arrugas.

–¡Oh! –dijo, apoyándose en la silla para mirarlo de hito en hito–. De modo que usted está aquí buscando a Morrisa y tal vez piense que hará con ella lo que ha prometido, pero tendrá que esperar turno, porque yo la encontraré primero y me arrojaré sobre ella de tal modo que deseará estar en su tumba.

–Como guste. En tanto esté fuera del territorio, creo que podré quedarme tranquilo sin pensar que podría ser un peligro para Shemaine.

–Oh, le aseguro que la traeré de regreso o la mataré en el intento. Tengo amigos que me mantienen informada. Hasta que averigüe adónde se ha marchado, estaré pensando cuál será el mejor castigo que puedo darle por haberse ido sin avisar. No me servirá de mucho si la dejo marcada por el látigo. En cambio, a los señores no les molestará que le falte un dedo o dos siempre que quede lo suficiente para ser atendidos. Y yo conozco otras cuestiones que harán obedecer a esa perra. Si Morrisa es inteligente, desde ahora se portará como es debido. De lo contrario, lo lamentará hasta el día de su muerte. Eso he prometido, y yo siempre cumplo lo que prometo.

Gage no supo cuál era la peor amenaza para Morrisa: si quedar a disposición de un montañés o a merced de una mujer cruel y vengativa como Freida. Cualquiera que fuese su destino, dudaba de que lo disfrutase mucho.

Gage se enteró de la precipitada partida de Edith du Mercer antes de abandonar la taberna, y regresó con su familia imaginando en que Maurice du Mercer se había encargado del asunto del modo que le había parecido más apropiado. Días más tarde, cuando Shemus y Camille llegaron a la cabaña después de pasar por la aldea, informaron a Shemaine y a Gage que Maurice había ido a verlos y les había comunicado sus intenciones. Estaba pensando en la idea de establecerse cerca de Richmond, cortejar a Garland Beauchamp y ver qué resultaba de esa relación. Aunque en ese momento todavía estaba enamorado de Shemaine, había llegado a la conclusión de que lo mejor era poner cierta distancia entre ellos, en bien de su propia tranquilidad. Tenía pensado regresar a Inglaterra después de una visita a los Beauchamp, y al cabo de un año o dos regresaría a las colonias e iría río arriba hasta Richmond. Si, llegado ese momento, Shemaine había enviudado o quedado abandonada a sus propios recursos, debería dejarle un mensaje en Newportes Newes informándole de tal situación. Como, al parecer, estaba profundamente enamorada de su marido, él la dejaría en paz, pero en caso de que ella quisiera casarse con otro, él volvería por ella con toda la impaciencia de un joven enamorado.

Gage se crispó ante el anuncio pero no podía culpar al hombre. De hecho, si Shemaine llegase a enviudar, él no podía imaginar a un hombre mejor para reemplazarlo como esposo. Sin embargo, esperaba frustrar completamente los deseos del marqués y vivir hasta edad muy avanzada con ella, porque sin duda era la clase de esposa que un marido podría apreciar más que todos los barcos, la fama y la fortuna del mundo.

Animado por su esposa, Shemus se aclaró la voz y se enfrentó a su yerno. La presencia de William no hacía más que aumentar su incomodidad:

–Como ha sido exculpado de la muerte de su primera esposa, supongo que debo pedirle perdón por las cosas que le dije el día que nos conocimos.

–Sólo si es sincero –dijo Gage, con cordialidad–. Una disculpa no vale de mucho si uno no la pide de verdad.

Shemaine rodeó la cintura de su esposo con el brazo y, apretándose contra su largo cuerpo musculoso, sonrió a su padre animándolo a enmendar las cosas.

–En realidad, no quieres castrarlo, ¿no es cierto, papá? Pues, de ser así, significaría que no tendrías más nietos después de que nazca el que está en mi vientre.

Su padre se puso muy encarnado, inundado de doloroso arrepentimiento.

–Tu madre y yo queríamos una familia grande, pero no ha podido ser. Algunos nietos nos compensarán por todos estos años de deseos frustrados.

–¡Dilo, pues, papá! –pidió, ansiosa.

Shemus se aclaró la voz y pronunció su entrecortada disculpa:

–Lamento lo que he dicho... de verlo mutilado, Gage, pero... en aquel momento... sólo pude imaginar que se había aprovechado de mi hija. ¿Podrá perdonarme?

–Puedo entender que estuviese preocupado por Shemaine. Más aún, si se hubiese tratado de mi hija, yo habría dicho algo parecido –extendió la mano en gesto de amistad y sonrió, al ver que el irlandés la aceptaba gustoso–. Tenemos un objetivo común, señor, que es el bienestar de Shemaine. Yo pronuncio mi voto de que como marido haré todo lo que esté a mi alcance para hacerla feliz.

Riendo con buen humor, Shemus posó su mano libre sobre las que ya estaban estrechadas y las sacudió, expresando así una franca aprobación a su yerno.

–Agradezco que fuera usted el que compró a Shemaine, señor. De otro modo, podría haber significado un desastroso fin para su aventura.

Shemaine hizo un comentario franco con respecto a la conjetura de su padre:

–Papá, antes de mi detención, yo no sabía nada, más allá de mis limitadas aspiraciones. Contra mi voluntad, mi vida tomó otro rumbo que aquel que yo me había trazado en la vida y sin embargo ahora, mirando hacia atrás, no puedo menos que creer que una mano bondadosa ha estado guiándome en mis desventuras, porque lo que siento en mi corazón es un amor y una dicha sin límites hacia mi esposo, mi hijo y el niño por venir... y por nuestras familias.

–¡Bravo, bravo! –exclamó Gage, al que se sumaron las exclamaciones de William y Shemus:

–¡Bravo, bravo!

Las olas coronadas de espuma se abrían al paso de la roda del *Blue Falcon*, que surcaba el mar sin esfuerzo, mientras pasaba de las aguas costeras al mar abierto. Sus blancas velas se hinchaban con el viento impulsándolo hacia delante y, bajo el claro cielo azul, las brillantes salpicaduras enceguecían a los que estaban en cubierta, gozando de la maravilla de su primer crucero. Todos compartían un sentimiento de asombro; el capitán no menos que nadie.

–¡Es una belleza! –exclamó Nathanial Beauchamp, echando una breve mirada al hombre que estaba a su lado–. ¡Y es usted, señor, quien ha creado esta maravilla!

Gage comparó el ritmo acelerado de su corazón con el de aquel momento especial en que Shemaine había aceptado su propuesta de matrimonio: del mismo modo, su corazón estaba tan pleno que él no hallaba palabras.

William Thornton apoyó una mano en el hombro de su hijo y lo apretó, en silenciosa comunicación. La dicha que lo inundaba llenaba sus ojos de lágrimas y no se atrevía a pronunciar su elogio en voz alta por temor a que el nudo que crecía en su garganta revelase la emoción que se esforzaba por contener.

–¡Papá, mira ese pez tan grande! –gritó Andrew, señalando hacia el grupo de delfines que nadaban a estribor. Atrapó la mano de Gillian y le pidió–: Levántame alto Gillian; así podré verlos mejor.

Shemaine sonrió, y su marido se reunió con ella. Gage le pasó un brazo sobre el hombro, acercándola a él, mientras deslizaba la otra mano bajo el largo chal que ella se había puesto para disimular su vientre, que ya comenzaba a notarse. Bajo esa cubierta, acarició la suave redondez.

–Me parece que a Nathanial le gusta el *Blue Falcon,* cariño –murmuró Gage.

Shemaine alzó hacia él su mirada amorosa y se atrevió a corregirlo:

–Me parece que el capitán Beauchamp está muy impresionado con el *Blue Falcon,* señor Thornton. Ha estado sonriendo desde que embarcamos –dijo.

–Sí, lo he notado.

–Por otra parte, tú también has estado sonriendo, querido, igual que Flannery.

Inclinó la cabeza indicando al viejo carpintero de ribera que, de pie en medio de la cubierta, dejaba ver la exaltación que sentía por tener un buen barco bajo sus pies. Su rostro arrugado estaba encendido de júbilo, y se podía decir que su sonrisa se extendía de oreja a oreja, mostrando sus escasos dientes.

En opinión de Gage, el anciano expresaba vívidamente lo que todos sentían en ese instante.

–Nathanial eligió el nombre justo para la embarcación, mi amor. *Blue Falcon*[1] le va bien al bergantín. Navegará estos mares como un pájaro de presa.

Shemaine giró la cabeza y miró de soslayo a su marido, con extraña sonrisa.

1. *Blue Falcon,* en inglés significa «halcón azul». (*N. de la T.*)

–Me alegra que no seas capitán de barco, pues me temo que yo quedaría relegada a un segundo lugar, después de una querida de madera.

–Eh, eso nunca, mi amor –murmuró Gage, apoyando el mentón en la coronilla de su mujer–. Tú eres mi única querida, mi más grande amor. No podría alejarme de ti como no podría alejarme de mi propio corazón.

–Sí, a mí me ocurre lo mismo. –Shemaine suspiró–. Jamás podría dejarte. Al principio, cuando nos enamoramos, no sólo se unieron nuestros cuerpos sino también nuestros corazones. Realmente, nos hemos convertido en uno solo.

–Sí, cariño, y nuestro hijo será el testimonio de nuestro amor, pues nuestra dicha fue completa cuando lo concebiste.

Shemaine apoyó la cabeza en el pecho de él.

–¡Sí, señor Thornton, ya lo creo! ¡Ya lo creo!

EPÍLOGO

Ya se había bajado la pasarela del barco recién llegado de Inglaterra y, después de que desembarcaran los primeros pasajeros, Gage acomodó a su hijo de un año en el brazo y lo extendió hacia la elegante pareja que procuraba hacerse un lugar junto a la borda. Siguiendo con la vista la dirección que indicaba su marido, Shemaine localizó al fin a sus padres y se puso a bailotear en el muelle, tratando de atraer su atención.

–¡Mamá, papá! ¡Aquí estamos!

Camille reconoció la voz familiar que llegaba a sus oídos y recorrió el muelle con sus ojos buscando a su hija. Cuando la vio, agitó un brazo.

–¡Ya vamos, querida! Pronto bajaremos.

Un momento después, Camille y Shemus O'Hearn, seguidos por todo un conjunto de sirvientes, bajaban deprisa por la pasarela y corrían hacia su hija con los brazos abiertos. Shemaine los abrazó con vehemencia mientras Gage y William esperaban detrás, con los niños. Andrew tenía agarrado un dedo de su abuelo y no sentía el menor deseo de ser besado y abrazado por los desconocidos que se acercaban. A continuación, Shemaine hizo adelantarse a sus padres, ansiosa de presentarles al nuevo nieto.

–Mamá, papá, este es Christopher Thornton.

El niño apartó con un brazo la amorosa caricia de la mujer y, quitando también de ella la mirada de sus ojos verdes, metió su cabeza oscura bajo el mentón del padre, haciendo que éste riera y lo abrazara.

–Christopher no es mejor que su hermano para aceptar a los desconocidos –informó Gage a sus suegros–. Pero en cuanto los conozca, no podrán quitárselo de encima, estará ansioso por subirse a sus piernas. Lo que más le gusta es que le lean.

–¿Siendo tan pequeño? –preguntó Camille, orgullosa–. Es un niño muy inteligente.

–Se parece a su padre –farfulló Shemus con cierta desilusión. Tenía la esperanza de que el niño se pareciera más a su hija.

–Sí, pero no hay manera de equivocarse con esos ojos verdes, querido –dijo su esposa, dándole una palmada en el brazo.

Shemaine no pudo contenerse más.

–Papá, ¿es verdad que lo has vendido todo y que pensáis vivir en Williamsburg?

El padre metió los pulgares en el bolsillo del chaleco y sonrió.

–Maurice me dijo que ahí hay buenas oportunidades para un hombre emprendedor. Él está viviendo allí con su esposa Garland; opina que yo podría echar un vistazo a los negocios que se hacen en la ciudad.

–¡Oh, papá, eso es maravilloso! Ahora viviremos lo bastante cerca para visitarnos con regularidad.

Shemus echó a Gage una mirada inquisitiva.

–¿Sigue construyendo barcos?

–Sí; con mi padre, que se ha asociado conmigo –respondió el yerno–. Hemos contratado a algunos hombres más, y ahora el trabajo sale más rápido.

–Oh, espero que no haya abandonado la fabricación de muebles –intervino Camille, alarmada ante la perspectiva–. Hemos vendido los nuestros antes de dejar Inglaterra; necesitaremos otros en cuanto encontremos una casa.

–Ahora, la ebanistería es más grande –informó Shemaine a su madre–. Y Gage ha tenido que contratar varios aprendices más para poder cumplir con los pedidos de sus clientes. De hecho, hemos agrandado la cabaña y tomado una criada que me ayuda a limpiar y a cocinar. Papá y tú podréis quedaros con nosotros y ocupar el cuarto de huéspedes, todo para vosotros, cada vez que vengáis a visitarnos. William todavía usa el altillo cuando viene.

–Pero ¿y qué pasa con Mary Margaret? –preguntó Camille a su hija por lo bajo–. Creía que ella y William se atraían mutuamente.

–Sin duda, se han hecho muy amigos –confió Shemaine, también en voz baja–. Pero no creo que hablen en serio de casarse, y menos en esta época. Siendo ella una mujer con larga experiencia en tretas de casamentera, Mary Margaret no está muy segura de querer dejar su vida de viuda sola. Juegan a los naipes muy a menudo, pero también ven a otras personas. William tiene fascinadas a todas las mujeres mayores; lo persiguen con tanto entusiasmo como las más jóvenes a Gage.

–Con buenos motivos –susurró Camille sonriendo–. Querida mía, si la apostura de tu marido se mantiene como la de su padre, te aseguro que te pasarás la vida ahuyentando a las mujeres.

Shemaine rió, despreocupada.

–Gage me da frecuentes confirmaciones de que yo soy el único amor de su vida, mamá.

Andrew dio un tirón a los pantalones de su padre.

–Papá, el abuelo quiere que Chris y yo vayamos al barco con él. ¿Podemos ir?

–Cuida muy bien a tu hermano –recomendó Gage, poniéndose en cuclillas.

Dejó sobre sus pies al pequeño y Chris, sin vacilar, dio la mano a su hermano. Sujetándose del dedo de su abuelo, el niño miró a su padre con una amplia sonrisa, que recordaba a la de Andrew a la misma edad.

–Adió, pa-pá.

El intento de hablar de su hijo menor hizo reír a Gage.

–Adiós, Chris.

Shemus rió ante el encanto de su nieto y, andando detrás de los otros tres, los siguió por la pasarela. No le costó mucho tiempo ganarse la confianza del más pequeño señalándole las gaviotas que hacían rizos en el aire a poca altura. Antes de que bajaran a tierra otra vez, ya llevaba a Christopher en brazos y lo hacía reír. Camille se reunió con su esposo y juntos disfrutaron de las deliciosas travesuras de su nieto.

Gage pasó la mano de su esposa por su brazo y dijo, orgulloso, observando a su familia:

–Shemaine, ¿imaginaste alguna vez que veríamos a nuestros padres tan inmensamente felices? Parecería que al traer a Christopher a este mundo les has dado nueva vida.

–Creo que usted también ha tenido algo que ver con eso, señor –recordó su esposa con una sonrisa.

Una mueca petulante curvó los labios de Gage.

–Sí, los dos lo hemos hecho bien, ¿no es así, cariño? –dijo.

–Sí, mi amor. Ya lo creo.

Gage compuso una expresión jactanciosa.

–Hay unos cuantos más en el sitio de donde vino éste, señora.

Con los ojos resplandecientes de amor, Shemaine apretó el brazo de su marido contra su pecho y sintió que sus músculos acerados se flexionaban en cálida respuesta a su suavidad.

–Sí, señor Thornton, de eso no tengo la menor duda.

Título de la edición original: *Petals on the River*
Traducción del inglés: Ana Mazía
Diseño: Emil Tröger
Ilustración: Ramón González

Círculo de Lectores, S.A. (Sociedad Unipersonal)
Travessera de Gràcia, 47-49, 08021 Barcelona
www.circulolectores.com
5 7 9 9 9 0 7 8 6 4

Licencia editorial para Círculo de Lectores
por cortesía de Ediciones B Argentina, s.a.

Depósito legal: B. 26952-1999
Fotocomposición: Fotoletra, S.A., Barcelona
Impresión y encuadernación: Printer industria gráfica, s.a.
N. II, Cuatro caminos s/n, 08620 Sant Vicenç dels Horts
Barcelona, 1999. Impreso en España
ISBN 84-226-7872-1
N.º 29843